Reader's Digest Auswahlbücher

Die Kurzfassungen in diesem Buch erscheinen
mit Genehmigung der Autoren und Verleger
© 1992 by Verlag Das Beste GmbH, Stuttgart
Alle Rechte, insbesondere das der Übersetzung,
Verfilmung und Funkbearbeitung, im In- und
Ausland vorbehalten
392 (182)
Printed in Germany
ISBN 3 87070 417 9

Reader's Digest Auswahlbücher

Verlag Das Beste
Stuttgart · Zürich · Wien

CLIFFORD IRVING Seite 7

HANS HERLIN Seite 183

DER ANWALT

Rechtsanwalt Warren Blackburn verteidigt zur gleichen Zeit die Angeklagten in zwei Mordfällen. Als sich sein Verdacht bestätigt, daß längst nicht so klar ist, wer schuldig und wer unschuldig ist, wie es zunächst den Anschein hatte, stürzt sich Blackburn in einen verzweifelten Kampf für die Gerechtigkeit.

Der letzte Mann von der »DOGGERBANK«

3. März 1943. Der deutsche Blockadebrecher Doggerbank wird im Atlantik nahe den Azoren torpediert und sinkt. Von 365 Mann Besatzung können sich nur 14 in eine kleine Jolle retten. Ein gnadenloser Kampf ums Überleben beginnt.

INHALT

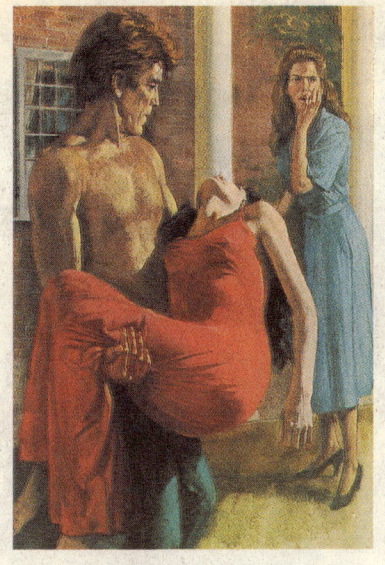

Patricia Robinson — Seite 275

Dick Francis — Seite 381

DAS VERMÄCHTNIS DER BENFORDS

Es gibt prächtige alte Häuser in Charleston, der berühmten Stadt im Süden Amerikas. Aber wer weiß schon, was es kostet, so ein Anwesen zu unterhalten? Das muß auch Sarah Eliot feststellen, als die Großmutter stirbt und ihr den Familiensitz hinterläßt. Sie hat keine andere Wahl – sie muß verkaufen. Aber etwas hält sie zurück ...

AUSSENSEITER

John Kendall kennt sämtliche Tricks des Überlebens. Er weiß, wie man sich im Dschungel Südostasiens durchschlägt oder in der Eishölle der Antarktis. Eines Tages kommt er im zivilisierten England einem unbekannten Mörder auf die Spur, und der schickt sich an, John mit seinen eigenen Waffen zu schlagen.

Der Anwalt

Eine Kurzfassung des Buches von
CLIFFORD IRVING

Nach der Übersetzung
von Gerda Bean

Mit Illustrationen von
Don Dailey

*W*arren Blackburn braucht dringend einen Fall, mit dem er beweisen kann, daß er ein guter Anwalt ist. Die Verteidigung eines Mexikaners, der einen Raubmord begangen haben soll, gibt dafür nicht viel her – der Prozeß, in dem Blackburn eine Nachtklubbesitzerin verteidigt, die ihren Geliebten offenbar in Notwehr erschossen hat, dagegen um so mehr. Doch bald kommen ihm Zweifel: Ist der Mexikaner wirklich schuldig, die Nachtklubbesitzerin tatsächlich unschuldig?

Fieberhaft sucht Blackburn nach Beweisen und weiteren Zeugen, um mit eindrucksvollen Plädoyers vor Gericht der Gerechtigkeit zum Sieg verhelfen zu können.

1. Kapitel

IM FRÜHWINTER des Jahres 1985 heckte in Houston, Texas, ein kleiner Dieb namens Virgil Freer einen Plan aus, wie er eine Supermarktkette beschummeln konnte. Mit einem illegal gefertigten elektronischen Auszeichnungsgerät veränderte er die Strichkodes an teuren Angelgeräten, Rasenmähern und dergleichen, kaufte die Waren billig in einem K-Markt-Laden ein und brachte sie in andere Filialen zurück, wo ihm die volle Kaufsumme erstattet wurde. Wie die meisten Gauner mit einem gut funktionierenden Trick wendete auch Virgil Freer seinen einmal zu oft an. Er wurde geschnappt und eingesperrt.

Virgil Freer war ein kleiner, drahtiger Mann mit hellen Augen und gelblichen Zähnen. Er machte einen vom Leben gebeutelten, mitleiderregenden Eindruck und ließ sich von den gewieften Insassen des Gefängnisses von Harris County beraten.

„Ich brauch 'nen echt guten Anwalt, 'n zähen Burschen. Aber ich hab nich viel Kohle. Also 'n junger wär's beste."

ER HEUERTE Warren Blackburn an, der, obwohl erst neunundzwanzig Jahre alt, schon Strafverteidiger war und dabei, sich zur Spitze seines Berufsstandes emporzukämpfen. Virgil hatte gehört, daß Warren Blackburn ein Freund der Freundlosen sei, daß er hartnäckig sei und vieles erreichte.

An einem kühlen Januarmorgen saß der junge dunkelhaarige Rechtsanwalt in Lederblouson und Kordhose Virgil in einem der Besuchszimmer des Gefängnisses von Harris County gegenüber. Ein durchdringender Geruch von Hackbraten und Desinfektionsmitteln lag in der Luft.

Warren nahm Virgil ins Gebet. „Wenn Sie ehrlich sind, Mr. Freer, kann ich Ihnen helfen. Wenn Sie mich belügen – na ja, ich hab schon so viele Lügner kennengelernt, daß einer mehr mich auch nicht umhauen wird. Aber es wird Ihnen an den Kragen gehen, nicht mir!"

Virgil gefiel dieser Anwalt auf Anhieb. Er war selbstsicher, ruhig, scharfsichtig und eindeutig in dem, was er sagte. Er gehörte nicht zu jenen schnellsprechenden Rechtsberatern, die immer nur „Machen Sie sich keine Sorgen" sagten, sich aber nie die Mühe machten, die Fallstricke zu erläutern, die im juristischen Unterholz lauerten. Das ist ein guter Verteidiger, sagte sich Virgil. Ein ehrlicher Mensch, der Mann, den ich brauche.

„Ich schwör's, ich sag die reine Wahrheit", erklärte Virgil. „Bitte – holen Sie mich sofort hier raus. Meine Frau liegt mit Krebs im Krankenhaus. Wenn ich nicht heim kann, verhungern meine Kinder."

Warren tastete sich mit ein paar grundsätzlichen Fragen weiter vor. „Virgil, sind Sie vorbestraft?"

Verschämt gestand Virgil, daß er einige Jahre zuvor in Oklahoma wegen Trunkenheit am Steuer verurteilt worden war und daß er später dabei ertappt wurde, wie er ungedeckte Schecks in Umlauf brachte.

„Das sind nur leichte Vergehen", meinte Warren. „Ich werd sehen, was ich für Sie tun kann."

Sie einigten sich auf ein geringes Honorar.

Warren rief im Ben-Taub-Hospital an und erfuhr, daß Freer die Wahrheit gesagt hatte: Seine Frau hatte Knochenkrebs und sollte in Kürze operiert werden. Das stimmte den jungen Rechtsanwalt traurig, gab ihm aber auch das Gefühl, den Worten seines Mandanten trauen zu können. Er ging zum zuständigen Staatsanwalt. Dieser knallte ihm einen Computerausdruck über die beiden früheren Verurteilungen Virgil Freers auf den Schreibtisch und forderte eine Kaution von 20000 Dollar.

Warren schüttelte traurig den Kopf. „Wollen Sie sich schlaflose Nächte verschaffen? Das ist das erste Verbrechen dieses Mannes. Seine Frau liegt im Krankenhaus, und er hat Kinder zu versorgen. Geben Sie dem armen Kerl doch eine Chance!"

Der Staatsanwalt gab sich widerwillig mit 5000 Dollar zufrieden. Und mit Hilfe eines Kautionsstellers, der ihm einen Gefallen schuldete, bekam Warren Virgil Freer frei.

Der Fall war dem 299. Bezirksgericht und der Richterin Louise Parker zugeteilt worden. Lou Parker, wie sie sich nannte, war sicher die schroffste und sturste Beamtin im Gerichtsgebäude von Harris County. Warren setzte seine Verhandlungen fort, zögerte die Entscheidung hinaus und hoffte auf eine glückliche Wende.

Sie kam tatsächlich. Lou Parkers hartgesottener zweiter Anklagevertreter schied überraschend aus dem Amt des Staatsanwalts aus. Er wurde durch eine junge Schwarze namens Nancy Goodpaster ersetzt. Sie war aufrichtig und ehrgeizig, aber ihr voller Terminkalender überforderte sie.

In ihrem kleinen Büro, in dem sich Papiere und überquellende Aktenordner zu hohen Stapeln türmten, nahmen Nancy Goodpaster und Warren die Feilscherei von neuem auf. „Freer ist nicht vorbestraft, oder?" fragte die Staatsanwältin und beantwortete ihre Frage selbst: „Sicher nicht – ich kann in seiner Akte keine Verurteilungen finden."

Der Computerausdruck, der Freers Vergehen in Oklahoma belegte, war offensichtlich tief vergraben, vielleicht sogar verlorengegangen.

Aufgeschreckt wechselte Warren das Thema. „Wenn wir mit Bewährung und einer Geldbuße davonkommen", sagte er, „könnten wir damit leben. Seine Frau stirbt möglicherweise an Krebs, und er hat vier kleine Kinder zu ernähren."

Nancy Goodpaster hatte im Gericht gehört, daß Warren ein gewissenhafter und vertrauenswürdiger Anwalt war. Sie gab nach und schlug als Strafe dreißig Tage vor, für ein Jahr zur Bewährung ausgesetzt, plus eine Geldstrafe von 500 Dollar. Ein gutes Angebot.

Warren dachte kurz darüber nach und kehrte dann zu Freer zurück, der im Gerichtsgebäude auf einer Bank saß und an seinen abgebrochenen Nägeln herumkaute.

Warrens Blick war fest und streng. „Sie schwören auf die Bibel und bei allem, was heilig ist, Virgil, daß Sie keine Schwierigkeiten mehr machen werden?"

„Ja, Sir! Ich schwör's!"

„Das müssen Sie auch, denn ich halte meinen Kopf für Sie hin." Warren erklärte ihm das Angebot der Staatsanwaltschaft und sagte: „Ich rate Ihnen, es anzunehmen. Kümmern Sie sich um Ihre Kinder, und beten Sie für Ihre Frau. Unterschreiben Sie schnell, Virgil, bevor ich es mir anders überlege."

Das zu unterzeichnende Papier war eine eidesstattliche Erklärung. Warren unterschrieb ebenfalls. Laut dieser eidesstattlichen Erklärung war Freer nicht vorbestraft.

WARRENS Karriere ging weiter steil bergauf. Er vergaß Virgil Freer. Doch neun Monate später wurde Freer eines Nachts bei dem Versuch erwischt, einen Lastwagen voller Fernsehgeräte zu klauen. Er hatte eine 9,5-Millimeter-Pistole bei sich und gab wie ein Wahnsinniger sechs Schüsse auf die Polizisten ab. Erst als er am Bein verletzt wurde, kam er der Aufforderung nach, sich zu ergeben.

Ein diensteifriger junger Staatsanwalt studierte die vollständige Akte sorgfältig und bemerkte, daß an Freers letzter Bewährung etwas merkwürdig war. Er fuhr Virgil an: „Hören Sie, in dieser eidesstattlichen Erklärung aus dem letzten Jahr haben Sie geschworen, nicht vorbestraft gewesen zu sein. Sie haben gelogen."

„Ja, aber mein Anwalt hat gesagt, ich soll das ruhig tun."

Als Warren das hörte, verbarg er sein Gesicht in den Händen. Er konnte bluffen und behaupten, Freer habe ihm nichts davon erzählt. Aber eine weitere Lüge würde ihn womöglich noch tiefer ins Unrecht verstricken.

Am Abend erzählte er alles Charm, seiner jungen Frau, die von anmutiger Gestalt war und feste Ansichten hatte. Unter ihrem Geburtsnamen Charmian Kimball war sie als Reporterin für den lokalen Fernsehsender tätig. Die Blackburns hatten am Braes Bayou einen roten Backsteinbungalow mit einem kleinen Swimmingpool, der von Bananenstauden umgeben war. In der Dunkelheit starrte Warren, der neben dem Becken stand, hinauf in die Stille des unerbittlichen, teilnahmslosen Universums.

„Ich komme mir so blöd vor", sagte er. „Da setze ich meine Karriere für einen Mann aufs Spiel, den ich nie wiedersehen werde!"

„Du dachtest wohl, er schuldet dir etwas", antwortete seine Frau leise und leicht vorwurfsvoll. „Du hattest vergessen, wie die Menschen sind."

Wie konnte ich mich nur so irren? dachte Warren finster.

Juristisch betrachtet hatte er sich eines Meineids schuldig gemacht – ein Verbrechen. Wenn er überführt wurde, bedeutete dies den Ausschluß aus der Anwaltschaft.

Gedemütigt und von sich selber angeekelt, schaffte es Warren, sich mit den anderen auf folgendes zu einigen: Meineid, der nicht als Verbrechen, sondern nur als ernstes Vergehen gewertet wird; Beteiligung an einer falschen eidesstattlichen Versicherung; Freiheitsstrafe von einem Jahr, zur Bewährung ausgesetzt.

In seinem konservativsten grauen Anzug rechtfertigte er sich vor der Richterin Lou Parker, da das Vergehen in „ihrem" Gericht stattgefunden hatte. In ihrer schwarzen Robe saß sie aufrecht auf dem hohen Lederstuhl. Ihre Brille baumelte an einer goldenen Kette, an der sie mit ihren kurzen, dicken Fingern herumfummelte. Sie hatte eine männliche Stimme mit starkem Südstaatenakzent. Als erstes nannte sie Warren eine Schande für das Ansehen der Anwaltschaft.

Dann beugte sie sich vor und erklärte: „Mr. Blackburn, bevor ich die Empfehlung der Anklage in Betracht ziehe, möchte ich in Ihren eigenen Worten hören, weshalb ich Ihnen eigentlich nicht drei Jahre Gefängnis aufbrummen soll. Und ich will keinen sentimentalen Einheitsbrei, den ihr mir jedesmal vorsetzt, wenn ihr so 'n elenden Halunken verteidigt, der Kokain an Kinder verkauft hat. Geben Sie sich gefälligst Mühe!"

Warren straffte die Schultern und sagte: „Ich habe weniger strenge ethische Maßstäbe angelegt als sonst, Euer Ehren. Ich bin auf eine rührselige Geschichte reingefallen. Ich schäme mich nicht nur, weil ich mir als Anwalt des Gerichts einen Meineid geleistet habe, sondern weil meine Menschenkenntnis total versagt hat."

„Fertig? Ist das alles?"

„Ja, Euer Ehren. Und das ist eine Menge."

Mit finsterer Miene akzeptierte die Richterin die Strafe, die Warren mit dem Staatsanwalt vereinbart hatte. Aber sie fügte aus eigenem Antrieb hinzu, er sei für ein Jahr von der Ausübung des Anwaltsberufs zu suspendieren.

Obwohl Warren es nicht gewollt hatte, war seine Frau im Gerichtssaal gewesen, als Lou Parker ihn zu seinem einjährigen Exil verurteilte. Später, zu Hause im Schlafzimmer, schleuderte Charm ihre Schuhe von sich und sagte hitzig: „Nach dem, was ich so höre, könnten sie aus dem Gericht von Harris County einen Parkplatz machen, wenn jeder Rechtsanwalt, der eine falsche Aussage unterschreibt, für ein Jahr suspendiert würde."

„Schatz, ich wußte, was ich tat", antwortete Warren. „Ich muß dafür bezahlen."

„Zu einfach. Ich glaube, daß der Grund, warum du Freer geholfen hast, vielleicht ein bißchen tiefer liegt, als dir bewußt ist."

Tiefer? Er hatte eine Handvoll Menschenleben retten wollen. Er fragte, was sie meine.

„Ich will damit sagen, daß du schwach warst, Warren. Du hast es getan, weil du das System nicht magst. Es schmerzt dich, daß Menschen ins Gefängnis kommen."

„Nicht bei allen", brummte er. Er merkte, daß er ihrem Argument auswich.

Charm merkte es auch. „Ich rede nicht von den Bösewichtern", sagte sie. „Die meisten deiner Mandanten sind einfach nur Blindgänger. In neun von zehn Fällen haben sie entweder was Falsches oder was unverzeihlich Dummes gemacht. Das Gesetz sagt, wenn sie schuldig sind, müssen sie ins Gefängnis. Wenn sie dir immer leid tun, eignest du dich vielleicht nicht zum Strafverteidiger."

„Mein Gott", knurrte er seine Frau an. „Hör auf, ja? Ich fühl mich ohnehin wie ein Stück Dreck. Du brauchst mir nicht auch noch zu sagen, daß ich meinen Beruf an den Nagel hängen soll."

IN DEN zwölf Monaten offizieller Ungnade meldete er sich einmal im Monat bei seinem Bewährungshelfer. Er arbeitete zeitweise als Rechercheur für seinen alten Freund Rick Levine, ebenfalls Anwalt. Er trat einem Fitneßklub bei und nahm an einem Kochkurs teil. Im Sommer fuhr er für einen Monat nach Mexiko und belegte in der Gebirgsstadt San Miguel de Allende einen Intensivkurs in Spanisch.

Charm nahm sich eine Woche Urlaub und flog zu ihm. Sie wohnten in einem kleinen Gasthof, wo purpurne Bougainvillea über den Balkon kletterte. Warren dachte später an diese Zeit als die beste Woche seiner Ehe, besser noch als ihre Flitterwochen auf Maui. Charm hatte ihm versichert: „Du bist ein guter Anwalt. Wenn das hier vorbei ist, wird's dir wieder bessergehen."

NACH dieser einjährigen Verbannung erschien er im Gericht, um der Welt zu demonstrieren, daß er bereit war, seinen Anwaltsberuf wieder auszuüben. Bis auf die Richter und Staatsanwälte waren alle freundlich und klopften ihm auf die Schulter. Aber was er brauchte, waren Aufträge, Mandanten, keine Gesellschaft beim Mittagessen. Ab und zu bekam er einen Auftrag, aber die meiste Zeit saß er in seinem Büro, einem umgewandelten Holzbungalow in der Montrose Street, versah seine Kochbücher mit Notizen und las die aktuellen Ausgaben der Fachzeitschrift *American Criminal Law Review*.

Charm organisierte Dinnerpartys für Rechtsanwälte und deren Ehefrauen oder -männer. Warren bereitete Weinbergschnecken und *Coq au Vin* zu. Die Partys waren lebhaft. Rick Levine – klein, schwarzhaarig, mit einem Schnurrbart und dem Ansatz eines Bauches – schlug ernsthaft vor: „Vielleicht solltest du ein Restaurant aufmachen."

Warren und Rick waren zusammen zur High-School gegangen, dann zur Universität – South Texas College of Law in Houston.

Eines Abends nach dem Essen zog Warren Rick auf die Terrasse hinaus. „Ich hab zwar einen Fehler gemacht, aber ich bin immer noch ein guter Rechtsanwalt. Hat man das vergessen?"

„Ich könnte mir vorstellen", entgegnete Rick, „daß potentielle Mandanten glauben, daß manche Richter gegen dich ein bißchen voreingenommen sind. Und da ist vielleicht sogar was dran. Jeder ist auf seinen Vorteil aus, und keiner will ein Risiko eingehen."

Warren hatte das Gefühl, daß Rick etwas in dieser Richtung gehört haben mußte. Vielleicht wäre er wirklich ein Risiko für seine Mandanten. Vielleicht bin ich nicht brutal genug, überlegte er. Das war es, was Charm ihm zu sagen versucht hatte. Vielleicht brauchte man in diesem Geschäft ein dickes Fell und kein Herz.

Warren fragte sich, ob er eigentlich wirklich das Zeug zum Strafverteidiger hatte. Aber um seinen Gegnern, Kollegen und Freunden zu beweisen, daß diese eine Fehleinschätzung weder seine Fähigkeiten noch seine Achtung vor dem Gesetz beeinträchtigt hatte, begann er sich um Aufträge als Pflichtverteidiger zu reißen.

Houston unterhielt, anders als die meisten größeren Städte, keine Dienststelle für Pflichtverteidiger. Wenn ein Angeklagter behauptete, sich keinen Anwalt leisten zu können, bestellte der Richter einen und ordnete an, daß die Gebühr aus öffentlichen Mitteln bezahlt wurde. Jeden Morgen um acht legten hungrige Verteidiger ihre Visitenkarten neben den Ellbogen des Richters und drängten sich dann um die Schreibtische der Beamten, die beim Verteilen der Fälle halfen. Einige Juristen, Neulinge, frisch von der Uni, übernahmen die vom Gericht zugeteilte Arbeit, um Erfahrung zu sammeln. Ältere Anwälte rissen sich erst um die Jobs als Pflichtverteidiger, wenn sie sonst keine Aufträge mehr bekamen.

Als Warren noch jünger und frecher war, hatte er diese Gruppe von Anwälten mit Geiern verglichen, die auf Aas warteten. Jetzt war er nachsichtiger. Er war ja nun einer von ihnen.

Zwei Jahre lang arbeitete er als Pflichtverteidiger. Es war ein Kampf ums Überleben. Aber es kam zu keinem Prozeß: Alle Fälle wurden vorher ausgehandelt. Er hatte mit betrunkenen Fahrern, Pennern, Süchtigen und kleinen Crack-Dealern zu tun, dem Abschaum der Straße.

An manchen Tagen wollte Warren vor lauter Frustration schon aufgeben. Ich bin Strafverteidiger, dachte er verbittert. Darin liegt schließlich meine Stärke. Das ist die Arbeit, die ich liebe. Wegen eines

Schweinehunds wie Virgil Freer, der jetzt dreißig Jahre wegen bewaffneten Raubs und Mordversuchs an Polizisten in der Strafvollzugsanstalt von Huntsville absitzt, mußte ich alles aufgeben.

REGEN trommelte aufs Dach. Blitze zuckten über den Horizont, und Donner rollte. Charm wälzte sich im Bett hin und her, wovon Warren wach wurde; er beruhigte sie mit Streicheln und Flüstern, bis sie wieder in einen unruhigen Schlaf fiel. Die Digitaluhr neben dem Bett zeigte drei Uhr dreißig an diesem Freitag, dem 26. Mai 1989.

Um sechs erwachte Warren wieder. Gewöhnlich lag Charm weit von ihm entfernt auf ihrer Seite, aber an diesem Morgen lag sie hinter ihm, an seine Schulter gepreßt. Er dachte mit Bedauern, daß diese Nähe sicher nur auf das Gewitter und die unbestimmten Ängste, die es in Charm geweckt hatte, zurückzuführen sei.

„Wie spät ist es?" flüsterte sie.

„Viertel nach sechs."

Sie drehte sich um und zog die Steppdecke über den Kopf. Warren stand auf, umarmte Oobie, seine arthritische alte Golden-Retriever-Hündin, und schlüpfte in seinen Jogginganzug. Mit einer fröhlichen, neben ihm herhumpelnden und japsenden Oobie rannte er zwanzig Minuten am Braes Bayou entlang. Zu Hause duschte er, kochte Kaffee und zog sich leise an, um Charm nicht zu wecken. Er blickte auf ein paar dunkelblonde Haarsträhnen und die feine Kurve einer Wange hinunter und flüsterte: „Ich liebe dich."

Kurz nach sieben fuhr er auf der Schnellstraße, über ihm blauer Himmel, vom Nachtregen saubergefegt. Warren träumte davon, daß er mit einer Frau verheiratet sei, die ihn immer noch anbetete, daß sein Bürotelefon nie aufhörte zu klingeln und daß er sein Leben fest im Griff hatte. Sein Leben war aus den Fugen geraten, und er mußte etwas dagegen unternehmen, bevor es zu spät war.

VON einem Telefon vor der Gerichtskantine rief er seinen Anrufbeantworter an. Die einzige Nachricht von Bedeutung war die Bitte, sich in Scoot Shepards Büro zu melden. Also warf er ein weiteres 25-Cent-Stück ein, um dort anzurufen. Eine Sekretärin informierte ihn, daß sich Mr. Shepard im 342. Bezirksgericht bei einer Anhörung befände.

„Und was ist im 342. los?" fragte Warren.

„Kautionsstellung im Fall Ott", antwortete die Sekretärin.

Scoot Shepard war Präsident der Strafverteidiger von Houston. Er hatte mächtige Drogenhändler und Mafiabosse verteidigt und sie freibekommen, selbst wenn nicht mehr an Hoffnung übrig gewesen war als ein vager Schimmer oder ein gemurmeltes sizilianisches Gebet. In der Zeitschrift *Time* war ein Bericht über ihn erschienen, und renommierte New Yorker Verleger hatten versucht, ihn zu überreden, ein Buch über seine Prozesse zu schreiben.

Warren nahm den Fahrstuhl zum 342. Bezirksgericht, das sich im selben Gebäude im fünften Stock befand. Der derzeitige Präsident des 342., Dwight Bingham, war einer der vier schwarzen Richter von Harris County. Sein Gerichtssaal war der geräumigste und würdevollste im ganzen Gebäude. Den hatte er sich durch sein hohes Dienstalter verdient.

Warren mochte und bewunderte Richter Bingham, weil dieser Mitgefühl besaß. Vor zehn Tagen hatte Bingham *den* Fall der Saison erwischt – den Mordfall Ott. Die Angeklagte, Besitzerin eines Nachtklubs, hatte ihren Liebhaber, den Gynäkologen und Multimillionär Dr. Clyde Ott, umgebracht. Die Anklage legte ihr vorsätzlichen Mord zur Last. Scoot Shepard hatte im Namen der Angeklagten auf Notwehr plädiert. Tagelang war der Mord in den Abendnachrichten Thema Nummer eins gewesen. Der Prozeß war für Ende Juli anberaumt worden und garantierte täglich Schlagzeilen – die Art von Prozeß, die ein Anwalt liebt.

Richter Bingham, bald siebzig und bereit, sich in den Ruhestand zu begeben, saß auf dem hohen Richterstuhl. Warren quetschte sich in eine der Zuschauerbänke und stellte fest, daß nicht wenige Verteidiger gekommen waren, um Scoot Shepard, den Maestro, zu hören.

Scoot, untersetzt und etwa einsfünfundsiebzig groß, hatte eine bleiche, gewölbte Stirn und leicht blutunterlaufene Augen. Seine Nase war groß und fleischig. Er trug einen zerdrückten Anzug. Warren fand, daß man ihn ohne weiteres für einen einfachen Arbeiter halten konnte, der in Las Vegas auf Urlaub war.

Mattes gelbes Licht schien von der hohen, getäfelten Decke herab auf Richter Binghams Glatze. Er blickte von seinen Papieren hoch und sagte sanft: „Nun gut, Mr. Shepard, ich habe diesen Antrag im Namen Ihrer Mandantin, Mrs. Johnnie Faye Boudreau, gelesen. Sie wollen, daß ich ihre Kaution von dreihunderttausend auf fünfzigtausend Dollar reduziere. Ich bin nicht sicher, ob das möglich ist."

Scoot Shepard rappelte sich linkisch auf. „Euer Ehren, meine

Mandantin hat die besten Gründe, die eine Angeklagte haben kann. Sie ist pleite."

Richter Bingham blickte durch den Gerichtssaal in das finstere Gesicht von Staatsanwalt Bob Altschuler. „Soweit ich verstehe", erklärte der Richter, „ist der Staat Texas da anderer Meinung."

„Ja, Euer Ehren, und aus den besten Gründen, die der Staat haben kann." Altschuler war bereits auf den Füßen, die Beine wie ein Ringer gespreizt. Er war ein massiger, gutaussehender Mann Mitte Vierzig mit blitzenden braunen Augen und vollem graumeliertem Haar. Er verschränkte trotzig die Arme. „Hier geht's um Mord. Es steht außer Frage, daß die Angeklagte, Mrs. Boudreau, das unbewaffnete Opfer, Dr. Ott, erschossen hat. Sie hat es zugegeben."

Richter Bingham sagte zum Staatsanwalt: „Nun, diesen Papieren ist zu entnehmen, daß Mrs. Boudreau in der Stadt wohnt, erwerbstätig ist und die Stadt nicht verläßt, obwohl sie das könnte. Und sie ist heute erschienen. Was ist Ihr Einwand, Herr Staatsanwalt?"

„Der Einwand der Anklage ist", entgegnete Bob Altschuler, „daß die Angeklagte die Kaution von dreihunderttausend Dollar zahlen kann, die dieses Gericht festgesetzt hat. Vor allem, wenn sie es sich leisten kann, Mr. Shepard anzuheuern."

Der Richter blickte auf die Angeklagte, Johnnie Faye Boudreau, die allein am Verteidigertisch saß. „Sie behaupten, daß Ihnen dieser Nachtklub draußen in der Richmond Street nicht gehört, obwohl jedermann sagt, daß es der Ihre ist. Wie heißt er gleich noch mal?" Er rückte die Hornbrille auf der Nase zurecht und blätterte raschelnd in den vor ihm liegenden Papieren. „,Ekstase'! Welch ein provozierender Name! Stimmt das?"

Scoot ging zurück und beugte sich flüsternd zu seiner Mandantin hinunter. Dann sagte er zum Gericht: „Euer Ehren, Mrs. Boudreau hat leichte Halsschmerzen, und dieser Gerichtssaal ist so groß. Ich möchte nicht, daß sie brüllen muß und sich ihr Zustand verschlimmert. Dürfen wir und Mr. Altschuler vortreten, um diese Sache zu erörtern?"

„Natürlich dürfen Sie, Herr Anwalt", antwortete der Richter.

Johnnie Faye Boudreau erhob sich langsam von ihrem Stuhl. An diesem Maimorgen trug sie ein weißes Leinenkostüm mit passenden hochhackigen Pumps, eine einreihige Perlenkette und einen Smaragdring. Sie hatte angegeben, vierzig Jahre alt zu sein, hätte aber ohne weiteres für dreißig durchgehen können. Sie hatte hohe Brüste, ausladende Hüften und eine erstaunlich schmale Taille. Das Bemerkenswerteste an ihr war jedoch die Farbe ihrer Augen. Eines war haselnußbraun, das andere graublau.

Im Saal wurde es still, als sie vor den Richter trat.

„Es stimmt, Euer Ehren", sagte Johnnie Faye Boudreau mit rauchiger, gelassener Stimme. „Das Ekstase gehört mir nicht. Ich arbeite nur dort."

Scoot übernahm: „Sie bezieht ein Gehalt, Euer Ehren – vierzigtausend Dollar im Jahr –, das monatlich gezahlt wird. Ihr einziges Vermögen besteht momentan aus einem Bankkonto mit etwa zweitausend Dollar, etwas Schmuck und einem Auto."

„Ihr Auto ist ein Mercedes 450 SL", stellte der Richter fest.

„Sie hat eben einen guten Geschmack", entgegnete Scoot.

Bob Altschuler runzelte die Stirn und wandte sich an die Angeklagte: „Mrs. Boudreau, behaupten Sie gegenüber diesem Gericht, daß Sie keine Sparkonten, Aktien, Wertpapiere oder irgendwelche anderen übertragbaren Vermögenswerte besitzen?"

Johnnie Faye Boudreaus breiter Mund verzog sich zu einem Lächeln. „Nein, Sir. Nichts außer meinem Konto bei der Bank of America und den Kleidern, die ich auf dem Leib trage."

„Und sicher ein paar Kleidern in Ihren Schränken zu Hause."

„Ein paar", erwiderte Johnnie Faye. „Soll ich welche verkaufen?"

Die Reporter der *Post* und des *Chronicle* hörten das und kritzelten es auf ihre Stenoblöcke. Das war etwas, das sich gut zitieren ließ.

Richter Bingham fuhr mit seiner Befragung fort: „Herr Staatsanwalt, diese Papiere hier besagen, daß Mrs. Boudreaus Arbeitgeber – diese Gesellschaft, die irgendwelchen Ölleuten in Louisiana gehört – bereit ist, Mrs. Boudreau das Geld zu leihen, wenn die Kaution herabgesetzt wird. Dann kann sie Mr. Shepard bezahlen, und wir können mit diesem Fall fortfahren. Was meinen Sie dazu?"

Altschuler drehte sich schwungvoll zur Angeklagten herum. „Mrs. Boudreau, können Sie einen Eid darauf schwören, daß Sie keinen Kapitalanteil an dieser Gesellschaft, der das Ekstase gehört, besitzen? Keine Aktien?"

„Ja, Sir, kann ich. Ich besitze keine. Genau wie in den Akten steht."

Richter Bingham fügte sanft hinzu: „Und Sie werden vor oder während des Prozesses nicht davonlaufen, nicht wahr, Mrs. Boudreau?"

„Nein, Sir", antwortete Johnnie Faye mit fester Stimme.

„Nun denn – ich glaube, das Gesuch ist begründet. Ich werde die

Kaution auf hunderttausend Dollar herabsetzen." Richter Bingham klopfte mit seinem großen Mahagonihammer auf den Tisch.

Warren Blackburn gelang es, Scoot gleich hinter der breiten Schwingtür des Gerichtssaals abzufangen.

„Ich kann jetzt nicht reden", erklärte Scoot und legte theatralisch einen Finger an die Lippen. Er deutete auf die Reporterschar, die dabei war, ihn einzukreisen. „Zeit zu einem Mittagessen nächste Woche?"

„Jederzeit", antwortete Blackburn.

„Ich rufe Sie an", sagte Scoot hoheitsvoll, „und sag Ihnen, wo."

AM SPÄTNACHMITTAG desselben Tages langte Johnnie Faye Boudreau unter die Matratze in ihrem Schlafzimmer und stopfte fünfzigtausend Dollar in Hundertdollarnoten in ihre große Ledertasche, um sich in eine Kauforgie zu stürzen. Aus Erfahrung wußte sie, daß es ihre Stimmung heben würde.

Bei Sakowitz, gegenüber der Galeria-Einkaufspassage, kaufte sie eine Rubinbrosche und in dem angenehm kühlen Kaufhaus Lord & Taylor eine russische Zobeljacke und ein T-Shirt mit einem Leopardenmotiv. Bei Neiman-Marcus kaufte sie ein graues Kostüm aus Schantungseide und ein dunkelblaues Seidenkleid, das, wie sie meinte, das Passende für die Gerichtsverhandlung war. Sie zahlte alles bar.

Etwa zur gleichen Zeit brachte ein Mann namens Dan Ho Trunh einen Zeitschalter für den Swimmingpool im hinteren Garten eines Hauses am Memorial Parkway an. Dan Ho, ein 27jähriger Vietnamese, lebte seit fünf Jahren in Houston und sollte im August amerikanischer Staatsbürger werden. Er war Elektriker, der für geringen Lohn arbeitete und sich sein Geld gern bar auszahlen ließ. Nachdem er die Arbeit beendet hatte und drei Zwanzigdollarnoten in der Brieftasche steckten, fuhr er mit seinem alten Ford Fairlane auf die Schnellstraße Richtung Osten. In der Nähe der Ausfahrt Wesleyan Street fiel Dan Ho ein, daß er noch Wäsche aus der Reinigung abzuholen hatte. Nach einem raschen Blick in den Rückspiegel betätigte er den Blinker, trat aufs Gaspedal und schwenkte von der mittleren Spur zur Ausfahrt hinüber. So etwas ging meist problemlos. Seiner Erfahrung nach waren die Texaner höfliche und nachsichtige Fahrer.

Aber das Auto zu seiner Rechten schien zu beschleunigen statt abzubremsen, um ihm Platz zu machen. Er spürte einen leichten Ruck, als ob die hintere Stoßstange seines Wagens beim Spurwechsel die vordere Stoßstange des anderen Autos gestreift hätte.

Er konnte nicht halten. Autos brausten rechts und links an ihm vorbei. Dan Ho donnerte die Ausfahrt hinunter, steuerte den Wagen von der Straße weg auf den Parkplatz eines kleinen Einkaufszentrums und stoppte vor der Wäscherei und Reinigung „Wesleyan Terrace Laundry & Dry Cleaners". Es war nach acht, und bis auf eine abgerissene Gestalt, die an die Fassade eines Optikerladens gelehnt dahockte, war der Parkplatz menschenleer.

Durch die Glasscheibe der Reinigung sah Dan Ho den ihm halb zugewandten Rücken einer Inderin in einem grüngoldenen Sari. Sie stapelte Pappkartons übereinander.

Dann merkte er, daß ein zweiter Wagen neben ihm hielt und die Frau darin es offensichtlich auf ihn abgesehen hatte. Sie fluchte wütend. Er kurbelte sein Fenster herunter.

„Was ist los?" fragte Dan Ho ruhig.

„Du gelber, schlitzäugiger Idiot!" keifte die Frau.

Er schüttelte den Kopf und sagte ruhig: „Lady, Sie sind verrückt."

„Was? Wer glaubst du eigentlich, wer du bist?"

Seufzend wandte sich Dan Ho ab und holte aus der Gesäßtasche seine Brieftasche, in der sich der Abholschein befand. Aus dem Auto neben ihm hörte er einen schrillen Schrei. Er blickte müde hoch – und sah in den Lauf eines Revolvers. Gleich darauf spürte er einen schrecklichen Schmerz und sank nach hinten in den Sitz, während hellrotes Blut auf das Armaturenbrett spritzte.

DER Name des Menschen, der am Optikerladen gelehnt hatte, war James Thurgood Dandy – in seiner Geburtsstadt Beeville, Texas, nur als Jim Dandy bekannt. Als der Ford und dann das zweite Auto auf den Parkplatz gefahren waren, hatte sich Jim Dandy hochgerappelt und ein paarmal gegähnt. Da hörte er den Schrei einer Frau, dann einen lauten Knall, der nur ein Schuß sein konnte.

Instinktiv duckte er sich und wandte den Kopf zur Straße. Nach einigen Augenblicken ging er langsam zu dem Ford hinüber. Das vordere Fenster war ganz heruntergekurbelt. Er schaute in den Wagen. Der Mann darin war offensichtlich tot.

Die rechte Hand des Mannes umklammerte eine offene Lederbrieftasche. Der Abholschein einer Reinigung hing heraus, und ein dicker Packen grüner Scheine war in dem Fach dahinter zu erkennen. Jim Dandy nahm die Brieftasche. „Heiße Sache", flüsterte er, drehte sich um und lief davon.

Eine Stunde später rollte Hector Quintana, ein Obdachloser, den Einkaufswagen eines Supermarkts zwischen den Gebäuden C und D der Ravendale-Apartments im Bezirk Braeswood hindurch.

Die Ravendale-Apartmentgesellschaft vermietete möblierte Wohnungen auf monatlicher Basis an Geschäftsleute von auswärts und an Leute, die in Scheidung lebten. Die Bewohner von Ravendale tranken teuren Wein und spielten an heißen Sommerabenden Wasserball im Swimmingpool. Niemand achtete auf Fremde.

Die Müllcontainer dieser Apartments waren immer eine Untersuchung wert, hatte Hector Quintana festgestellt. Die Gringos schmissen Sachen weg, um die sich seine Leute daheim in El Palmito schlagen würden. Einmal fand er einen Toaster hier, ein anderes Mal Sportschuhe, nur mit einem Loch in der Spitze. An diesem Abend hatte er noch mehr Glück. In dem Container grub er ein paar schmutzige weiße Tennissocken, ein halbleeres Glas gesalzene Erdnüsse und eine Flasche Whiskey aus, mit noch ungefähr zehn Zentimeter Inhalt. Er öffnete die Flasche und schnüffelte daran. Der Bourbonduft stieg ihm in die Nase. Gierig suchte er weiter. Zwischen Zitronenschalen und Kaffeesatz schloß sich seine braune Hand um etwas Kühles, Metallisches: einen Revolver. Er schaute ihn an und wußte, er hatte etwas gefunden, das sein Leben verändern konnte – wenn er den Mut fände, es richtig einzusetzen.

Dann setzte er sich auf das frisch gemähte Gras neben dem Parkplatz und aß die Erdnüsse, die er mit großen Schlucken Whiskey hinunterspülte, bis die Flasche leer war. Er ließ den Einkaufswagen stehen und steckte den kleinen Revolver in seine hintere Hosentasche. Zu Fuß steuerte er dem Supermarkt entgegen, der ihm vor ein paar Stunden nur wenige Häuser weiter in der Bissonet Street aufgefallen war.

Der Dienstagmorgen nach der Herabsetzung der Kautionssumme für Johnnie Faye Boudreau war ungemein schwül. Warren Blackburn kehrte zum erstenmal seit über zwei Jahren zum 299. Bezirksgericht, dem Ort seines Vergehens, zurück. Er stand zehn Minuten im Vorzimmer von Richterin Lou Parkers Arbeitszimmer. Er hatte ihr Gericht bis jetzt beharrlich gemieden, aber nun war es Zeit, sich wieder einmal blicken zu lassen. Ich kann ihr nicht ewig aus dem Weg gehen, hatte er sich gesagt. Außerdem habe ich meine Schulden bezahlt.

Warren trug seinen besten dunkelblauen Anzug, und seine Schuhe hatte er sich vom Schuhputzer im Untergeschoß des Gerichts extra noch wienern lassen. Endlich warf ihm Melissa Bourne-Smith, die Sekretärin, ein strahlendfrisches Lächeln zu.

„Ich hab vielleicht was Interessantes für Sie. Die Richterin hat gesagt, für diese Sache wünscht sie sich einen jungen Anwalt." Sie blickte auf den Terminplan. „Der Angeklagte heißt Hector Quintana. Kapitalverbrechen – Mord. Fall Nr. 388-6344. Könnten Sie mittags noch mal vorbeischauen?"

Überrascht und noch nicht sicher, ob er das glauben durfte, was er soeben vernommen hatte, notierte Warren sich die Daten auf seinem gelben Block. Ein Kapitalverbrechen stand ganz oben auf der Liste. Es gab da einen Unterschied zu gewöhnlichem Mord, weil erschwerende Umstände hinzukamen: Mord in Tateinheit mit einem weiteren Verbrechen, Mord an einem Polizeibeamten. Die Honorare beliefen sich im Durchschnitt auf anständige 750 Dollar pro Gerichtstag.

„Wer ist das Opfer?" fragte er Melissa.

„Irgendein Vietnamese. Auf einem Parkplatz erschossen. Eine ganz nichtige Sache – wird in Null Komma nix über die Bühne gehen. Lassen Sie mich nur schnell noch die Bestätigung von der Richterin holen."

„Ich werde um zwölf hier sein", sagte Warren. „Danke."

2. Kapitel

WARREN war 26 Jahre alt, als er Charmian Ellen Kimball an einem Sonntag nachmittag im September am Swimmingpool des Shamrock Hilton Hotels kennenlernte. Er trug eine Sonnenbrille und abgeschnittene Jeans. Charm, eine gertenschlanke, blonde junge Frau mit ernsthaften blauen Augen und kräftiger, klarer Stimme, hatte gerade ihr Journalistikstudium an der Universität von Pennsylvania abgeschlossen. Ihr Stiefvater, ein Börsenmakler aus Boston, war mit seiner Familie nach Houston gezogen, weil seine Firma eine Zweigstelle in der Galeria-Passage eröffnete, und Charm hatte so lange gekämpft, bis sie ihr Studium an der Ostküste absolvieren durfte. Die Vorstellung, einen Texaner zu heiraten, war für sie mehr als befremdlich.

Doch Warren hatte etwas Solides an sich, und er berührte tief in ihrem Innern eine sehnsüchtige Stelle. Warren wohnte in einem Studio-Apartment an der Ecke des Hermann-Parks, und Charm hatte gerade begonnen, als Fernsehreporterin zu arbeiten. Ein Jahr nachdem sie sich kennengelernt hatten, heirateten sie.

Den ganzen Sommer vor ihrer Heirat debattierten sie darüber, wo sie leben sollten. „Mir fehlt die Ostküste", hatte Charm immer wieder wehmütig gesagt, aber dann einigten sie sich, in Houston zu bleiben, wo er sich als junger Verteidiger einen Namen machte, und legten ihr Geld für das Haus am Braes Bayou zusammen.

Charm rückte zur Co-Moderatorin in den Abendnachrichten auf. Warren war für die paar Investitionen, die sie machten, zuständig und finanzierte die Hypothek von einem gemeinsamen Konto.

Aber nach dem Suspensionsjahr, das Lou Parker ihm aufgebrummt hatte, war Warren auf das Geld seiner Frau angewiesen. Nachdem das Berufsverbot aufgehoben worden war, sah er eines Monats die Kreditkartenauszüge durch und stieß auf eine Abbuchung von 1200 Dollar für das Kaufhaus Marshall Field und von 1600 Dollar für Lord & Taylor. Er fragte Charm, wofür.

„Ich habe mir zwei neue Kostüme gekauft", erklärte sie.

„Das ist aber verdammt viel Geld für zwei Kostüme. Ich hab seit zwei Jahren keinen Anzug mehr gekauft."

Charms Augen wurden schmal. „Du kannst dir keinen Anzug leisten", sagte sie, „ich aber schon. Ich brauche gute Kleidung für meinen Job, und der ernährt uns schließlich beide. Du gehst mir wirklich auf den Keks, Warren. Du hast aufgegeben. Ich glaube, es ist dir nicht mal klar, was mit dir passiert."

Sie hielten sich im Wohnzimmer auf. Oobie lag auf ihrer Matte und betrachtete sie aufmerksam aus feuchten Augen. Warren stand wie eingerahmt im gewölbten Eingang, die Hände in den Taschen seiner Jeans vergraben.

„Du machst jetzt ständig dieses Pflichtverteidigerzeugs", meinte Charm. „Du hältst es für erniedrigend, aber du machst es trotzdem. Du bist klug. Du hast einen Verstand, der den Kern eines Problems sofort erfaßt. Aber der ist dir offenbar abhanden gekommen. Du bist erst dreiunddreißig, aber du hast schon jede Motivation verloren."

Er versuchte sich zu beherrschen. „Motivation? Wofür?"

„Für alles ..., mich eingeschlossen. Wir sprachen einmal davon, Kinder zu haben."

„Soll das heißen, daß du bereit bist, ein Baby zu kriegen?"

„Merkst du nicht, daß ich vom Gegenteil rede? Warren, ich will keine Kinder haben, wenn unsere Ehe in die Brüche geht. Ich liebe dich, aber dein Leben ist so kaputt, daß du die Energie nicht mehr aufbringst, mich auch zu lieben. Du bist deprimiert, du bist gereizt, du schnauzt die Leute an. Was wärst du denn für ein Vater? Reiß dich endlich zusammen!"

Er konnte nichts erwidern. Er ging aus dem Zimmer in die Küche und goß sich ein Glas Whiskey ein, das er in fünf Minuten hinunterkippte. Und dann noch eins.

Eine unglückliche Ehe windet sich ständig hin und her zwischen dem Ringen um eine klare Definition dessen, was falsch läuft, und der Weigerung, das aufzugeben, was noch funktioniert. Warren wurde bewußt, daß seine Ehe ihren Reiz, jegliche Fröhlichkeit und Leidenschaft verloren hatte und ins Alltägliche abgeglitten war. Ihr Glanz war verblaßt – genau wie die Liebe zu seinem Beruf.

Doch dann, an einem Freitag im Mai, lauschte er Scoot Shepard, der für eine Kautionsminderung für Johnnie Faye Boudreau plädierte, und am folgenden Dienstag bat ihn eine Sekretärin, einen Mann namens Hector Quintana in einer Mordsache zu verteidigen.

An diesem Dienstag rief er Scoot Shepards Sekretärin an, die ihm mitteilte, daß die gewünschte Verabredung zum Mittagessen für den nächsten Tag angesetzt sei. „Mr. Shepard ist bei der Verhandlung im 181. Bezirksgericht. Er wäre Ihnen dankbar, wenn Sie ihn um zwölf Uhr dreißig abholen könnten."

„Ich werde dort sein", versprach Warren.

Vor seiner Zusammenkunft mit Richterin Lou Parker um zwölf hatte er noch Zeit für einen Kaffee in einem Plastikbecher. Er manövrierte sich samt Kaffee um ein Rudel wartender Geschworener herum in den Aufzug hinein. Als dieser im vierten Stock hielt, stieg Rick Levine ein. Seine braunen Augen glänzten vor guter Laune.

„Wie geht's dir, Kumpel?" fragte er, und sie plauderten, während der Lift nach unten fuhr.

„Lou Parker sucht einen jungen Anwalt für eine Mordsache – ein Mexikaner hat einen Vietnamesen erschossen", sagte Warren. „Ich bin im richtigen Moment bei ihr vorbeispaziert. Vielleicht auch im falschen."

Ricks olivfarbenes Gesicht verzog sich. „Bist du bereit, dich wieder mit dieser Hyäne einzulassen?"

„Es ist nicht mein sehnlichster Wunsch, aber ich werde es schaffen."

„Hör auf deinen alten Kumpel", meinte Rick düster. „Wenn's im 299. Bezirksgericht zur Verhandlung kommt, und die Geschworenen sind für Bewährung, gibt die Parker deinem Mandanten automatisch dreißig Tage Knast als Bedingung. ‚Wagen Sie es, meine Zeit zu vergeuden – Ihnen werd ich's zeigen!'"

Warren kippte den letzten Schluck Kaffee hinunter. „Ich muß gehen."

„Paß auf dich auf", verabschiedete sich Rick. „Sie hat ein sehr gutes Gedächtnis. Wenn es einen Weg gibt, dich zu verletzen, findet dieses Miststück ihn, und wenn sie noch so danach suchen muß."

Warren klopfte an die Eichentür des Richterzimmers, drehte den Messingknauf und trat ein. Der Raum war groß, die Fenster zeigten nach Osten; der Rundbau des Zivilgerichts und das gotisch anmutende Gebäude der Republic Bank waren zu sehen. An der Wand hingen links und rechts neben gerahmten Diplomen überdimensional große Fotos von George Bush und John Wayne. Lou Parker saß hinter ihrem überladenen Schreibtisch, stirnrunzelnd, eine lange Filterzigarette zwischen den Fingern. Sie winkte Warren zu einem Ledersessel und fragte ohne Umschweife: „Wollen Sie diese Mordsache übernehmen?"

Warren schwieg einen Augenblick. Warum sollte er sie nicht übernehmen wollen? Es war immerhin eine Möglichkeit, sich aus dem Keller des Strafrechts wieder in höhere Sphären zu begeben. Was sie wohl im Sinn hatte? Sie brauchte wahrscheinlich einen Anwalt, der aufs Wort gehorchte, jemand, den sie herumkommandieren konnte. Aber dieses Risiko mußte er eingehen. Und so antwortete er: „Ja."

„Was wissen Sie eigentlich von mir?" fragte die Richterin.

Er wußte, daß sie geschieden war und erwachsene Kinder hatte, eine der ersten Verteidigerinnen des Bezirks gewesen war und das 299. Gericht mit eisernem Willen regierte. Und daß sie ihn nicht ausstehen konnte. Aber er merkte sehr schnell, daß ihm eine rhetorische Frage gestellt worden war.

„Zwanzig Jahre lang bin ich Verteidigerin gewesen", sagte die Richterin, ohne seine Antwort abzuwarten. „Vor sieben Jahren habe ich mein Gericht bekommen." Sie drückte ihre Zigarette in einem Aschenbecher aus, der schon voll war. „Ich bin nicht beliebt wie Dwight Bingham, aber das ist mir Wurscht. Ich tu, was mir paßt, und ich sag, was mir gefällt. In meinem Gericht geht es nicht gemütlich zu. Bei mir werden Dinge erledigt, und ich weiß, was ich tue."

Warren nickte. Daran war in der Tat etwas Wahres.

„Das ist mein Gerichtssaal", erklärte die Richterin und zündete sich eine neue Zigarette an, „merken Sie sich das gefälligst. Keine Vorträge für den Pöbel. Keine Tricks. Wenn Sie noch mal so 'n Ding drehen wie vor vier Jahren, fliegen Sie hochkant raus."

Sie machte eine bedeutungsvolle Pause, aber dieses Mal nickte Warren nicht. „Ich gebe Ihnen diesen Mord", sagte sie, „weil Sie endlich Mumm genug hatten, reinzukommen und sich nach einem Fall zu erkundigen, und meiner Meinung nach verdient selbst ein Narr eine zweite Chance. Es ist nichts Umwerfendes – leichte Beute für die Anklage. Damit will ich nicht sagen, daß der Angeklagte schuldig ist – das darf ich gar nicht. Aber vergeuden Sie nicht meine Zeit, kapiert? Bringen Sie die Sache zu einem akzeptablen Ende. Ich erwarte, daß Sie sich ordentlich ins Zeug legen." Lou Parkers Augen blitzten, und sie blies Zigarettenqualm in Richtung seines Gesichts. „Gehen Sie jetzt zu Ihrem Mandanten."

IM PARK, gegenüber dem achtgeschossigen Granitklotz des Gerichtsgebäudes, kaufte sich Warren an einer Bude einen Hot dog und aß ihn, während er die Quintana-Akte studierte. Dabei tropfte Senf auf die Seiten. Warren wischte ihn mit dem Taschentuch weg.

Eine Stunde später ließ er sich auf einem der Eisenstühle im Besuchszimmer des Gefängnisses nieder – genau wie damals mit Virgil Freer. Er saß an einem glänzenden, leeren Metallschreibtisch unter einer Neonlampe, die so grell war, daß ihm die Augen schmerzten, und sprach mit Hector Quintana durch ein Metallgitter.

Quintana hatte glatte Haut, schwarze Haare, ein unkompliziertes Gesicht. Sie mußten etwa im gleichen Alter sein.

„Mr. Quintana, verstehen Sie Englisch?"

Quintana nickte, aber Warren bemerkte die Unsicherheit in den Augen des Mannes.

Er drückte sich einfach aus. „Mein Name ist Warren Blackburn, ich bin Rechtsanwalt. Das Gericht hat mich bestellt, damit ich Ihre Interessen vertrete. Der Staat Texas wird mein Honorar bezahlen, aber Sie dürfen nicht glauben, daß ich deshalb für die Staatsanwaltschaft arbeite. Ich arbeite jetzt für Sie. Nichts, was Sie mir über diesen Fall erzählen, werde ich jemals weitererzählen, es sei denn, Sie geben mir Ihr Einverständnis. Ich bin an meinen Eid gebunden – was wir Rechtsanwälte Schweigepflicht und Aussageverweigerungsrecht des Anwalts nennen. Verstehen Sie, was ich sage?"

„Sir", antwortete Quintana, „ich hab nicht gemacht, was die sagen."

Warren ignorierte das. Er würde Quintana niemals fragen, ob er es getan hatte. Das war die erste Regel eines Verteidigers.

„Vertrauen Sie mir?" fragte Warren.

„Ja, Sir."

Warren erklärte Hector Quintana, daß man ihn beschuldigte, am 26. Mai 1989 einen Mann namens Dan Ho Trunh, von Beruf Elektriker, siebenundzwanzig Jahre alt, verheiratet, Vater von zwei Kindern, ermordet zu haben.

„Den Mann kenn ich gar nicht", sagte Quintana.

„Lassen Sie mich bitte ausreden."

Ab und zu nahm Warren seine Spanischkenntnisse, die er in San Miguel erworben hatte, zu Hilfe, als er Quintana langsam erläuterte, daß die Anklageschrift des Schwurgerichts auf Mord lautete, weil man glaubte, daß die Tat in Zusammenhang mit einem Raub erfolgt war – die Brieftasche von Dan Ho Trunh wurde weder an seiner Person noch in seinem Auto gefunden. Wenn Hector Quintana sich vor Gericht verantwortete und des Mordes für schuldig befunden wurde oder wenn er sich als schuldig bekannte, dann gab es für ihn nach texanischem Recht nur zwei mögliche Strafen: lebenslänglich oder Todesspritze.

Quintana schnappte nach Luft. „Aber ich hab diesen Mann doch gar nicht umgebracht! Ich kenn ihn nicht! Ich wollte einen Laden ausrauben, *nada más* – sonst nichts!"

„Hector, nun erzählen Sie mir bitte Ihre Version. Was ist am Abend des 26. Mai passiert? Zuerst einmal: Wo wohnen Sie?"

Er lebe mit Freunden in der Nähe der Pferdeställe im Hermann-Park. Abends brieten sie hinter einem Schuppen Schweineschwarten in einem Topf mit Fett, erzählte er Warren. Er hatte in einem Supermarkt gearbeitet. Das sei ein guter Job gewesen, aber die Konzession war an einen Vietnamesen verkauft worden, der Hector einen Wochenlohn zahlte und ihn dann rausschmiß, weil ein Schwager den Job haben wollte.

„Hat Sie das geärgert?" fragte Warren.

„Ich hatte keine Arbeit mehr. Es war nicht fair."

Schlecht, dachte Warren. Wenn die Anklage es nicht bereits wußte, würde sie es mit Sicherheit herausbekommen.

Seit Februar hatte Quintana sich mit Gelegenheitsarbeiten über

Wasser gehalten. Im April hatte er sein bescheidenes Zimmer in einer Pension aufgegeben, um die Miete zu sparen und seiner Frau Francisca Geld schicken zu können. Seitdem schlief er mit seinen Freunden Pedro und Armando im Park bei den Ställen. Eines Tages fand er dann den Einkaufswagen eines Supermarkts ...

„Gefunden? Wo haben Sie ihn gefunden, Hector?"

„Auf der Straße, ich weiß nicht mehr ..." Aber Quintana wurde rot.

„Sie haben den Einkaufswagen gestohlen, nicht wahr?"

„Ich hab ihn gefunden. Vielleicht hat ihn jemand anders gestohlen. *Yo no* – ich nicht!"

Ein dickköpfiger Mann. Aber vielleicht stimmte es ja auch. Man konnte nie wissen.

Quintana berichtete Warren von den verschiedenen Schätzen und Lebensmitteln, die er aus den Abfallcontainern der Apartmenthäuser fischte. Er ging oft nach Ravendale, und dort, in jener Nacht, hatte er das, was von einer Flasche Whiskey übriggeblieben war, gefunden. Und *el révolver*.

Nach dem letzten Schluck Whiskey, sagte Hector Quintana, habe er beschlossen, sein Schicksal zu wenden und den Supermarkt in der Bissonet Street zu überfallen. Er hob die Schultern, als ob er sagen wollte: Dies sind eben schwere Zeiten, ein Mann wird müde und läßt seine Prinzipien schleifen. Der Revolver war nicht geladen, und er war froh darüber.

„Etwas müssen Sie wissen", sagte Quintana, der seinen Anwalt mit klarem Blick ansah. „Wenn ich nicht ein bißchen betrunken gewesen wäre, hätte ich's nicht getan."

Der Angestellte im Supermarkt hatte behauptet, er könne die Kasse nicht aufkriegen. Sie klemme häufig, man könne nur darauf herumhauen. Er habe Hector angefleht: „Bitte erschießen Sie mich nicht, ich tu mein Bestes." Endlich sei die Schublade aufgesprungen, woraufhin er Hector etwas über 120 Dollar in kleinen Scheinen und Wechselgeld übergeben habe.

„Ich war so glücklich", gestand Hector Warren, „daß ich ihm dankte. Ich lief auf die Straße. Aber da war auch schon die Polizei da. Die waren so schnell! Ich konnt's gar nicht fassen ..."

Zwei Polizisten seien mit gezogenen Revolvern aus dem blauweißen Auto gesprungen und hätten gebrüllt: „Polizei! Stehenbleiben! Lassen Sie die Waffe fallen!"

Unaufgefordert hatte Hector sich umgedreht und sich an ein neben ihm stehendes Auto gelehnt, so daß sie ihn hatten durchsuchen und Handschellen anlegen können.

„Haben die Ihnen gesagt, daß Sie das Recht hätten zu schweigen, daß Sie Anrecht auf einen Anwalt haben und so weiter?"

„Ja, wie im Fernsehen."

Erst spät am folgenden Tag, hier im Gefängnis, sei die Mordsache ins Spiel gekommen. Er konnte nicht glauben, daß sie das ernst meinten. Er hatte ihnen gesagt, sie hätten den Falschen geschnappt. Aber natürlich glaubten sie ihm nicht.

Warren fragte, wo er am frühen Abend des 26. Mai gewesen sei – bevor er in Ravendale eintraf.

Er war nur so herumgelaufen, hatte an Francisca und seine Kinder gedacht. Er stammte aus El Palmito, einem Dorf im nördlichen Teil Mexikos.

„Und in den Stunden, bevor Sie den Revolver im Abfall fanden – haben Sie da mit jemandem geredet? Sind Sie jemand begegnet, den Sie kennen?"

Er hatte an ein paar Türen geklopft, erinnerte sich Quintana, um zu fragen, ob jemand sein Auto gewaschen haben wollte. Aber niemand hatte das gewollt.

Warren dachte sorgfältig nach. „Konzentrieren wir uns auf *el révolver*, Hector. Mit derselben Waffe wurde am selben Abend ein Vietnamese ermordet, und die Tatsache, daß sie sich in Ihrem Besitz befand, ist sehr schlecht. Das verstehen Sie doch, oder?"

„Es waren keine Patronen drin", verteidigte sich Quintana. „Das hab ich Ihnen doch schon gesagt!"

„Haben Sie den Revolver jemandem gezeigt? Einem von Ihren Freunden bei den Ställen?"

„Wie denn?" fragte Quintana verwirrt.

„Es wäre wirklich dumm von Ihnen, mich – was den Revolver betrifft – zu belügen."

Quintana sah ihm in die Augen. Der Ausdruck war neu – fast drohend. „Wenn Sie glauben", erklärte er auf spanisch, „daß Sie mich dazu bringen können zu sagen, ich hätte einen Mann umgebracht oder überhaupt geschossen, dann haben Sie aufs falsche Pferd gesetzt."

„Plustern Sie sich nicht unnötig auf", sagte Warren streng und raffte seine Papiere zusammen. „Ich komm wieder."

Sein Vater hatte Warren einmal von einem alten Bergbewohner erzählt, der von seinen Pfannkuchen sagte: „Egal, wie dünn ich den Teig auch mache, es gibt immer zwei Seiten." Warren mußte unbedingt die andere Seite von Hector Quintanas Pfannkuchen kennenlernen. Leider war die beste Person, die man unter diesen Umständen fragen konnte, der Ankläger. Und das war in diesem Fall Staatsanwältin Nancy Goodpaster, die Warren vor vier Jahren belogen hatte.

Als er im siebten Stock das fensterlose 299. Gericht betrat, rief die Richterin Lou Parker gerade die Angeklagten und Anwälte auf. „Kein Schwatzen im Gericht!" rief die Richterin bissig ein paar Frauen auf der hinteren Bank zu. Warren gab Nancy Goodpaster ein Zeichen, und sie folgte ihm in ihr kühles kleines Büro, das neben dem Arbeitszimmer der Richterin lag.

„Die Richterin scheint heute schlechte Laune zu haben", meinte Warren.

Nancy Goodpaster ließ sich hinter ihrem Schreibtisch auf einem Drehstuhl nieder und blickte ihn gelassen an. „Die Richterin hat die Laune, die sie immer hat. Wir haben uns dran gewöhnt." Ihre schmalen Hände lagen ruhig auf dem Papierstoß vor ihr, als sie Warren anbot, Platz zu nehmen. „Mr. Blackburn", sagte sie, „ich möchte diesen Fall hinter mich bringen. Also fangen wir an."

Fünf Jahre mit Lou Parker und dem Staat Texas, dachte er, haben auch sie ganz schön aggressiv gemacht.

Er deutete auf die Akte auf ihrem Schreibtisch. „Was haben Sie?"

Was sie habe, sagte sie entschieden, sei ein aussichtsreicher Fall. Der Festgenommene habe ein Motiv, sei im Besitz der Mordwaffe gewesen und es sei mehr als wahrscheinlich, daß er die Tat begangen habe.

Das Mordmotiv sei Geld gewesen. Dan Ho Trunh hatte beim Verlassen seines Hauses an jenem Morgen mehr als fünfzig Dollar in der Brieftasche gehabt, und es war ermittelt worden, daß ihm im Lauf des Tages mindestens sechzig Dollar in bar für Elektroreparaturen gezahlt worden waren. Seine Brieftasche war aber nicht gefunden worden.

Was die Wahrscheinlichkeit, daß Hector Quintana die Tat begangen habe, betraf, so war er eine Stunde nach dem Mord keine anderthalb Kilometer vom Tatort entfernt gefaßt worden. Sollte er ein Alibi haben, so hatte er es noch nicht verkündet.

Warren hüstelte und sagte nichts.

Die Ballistiker bestätigten, daß die Mordwaffe derselbe 9,5-mm-Diamond-Back-Revolver war, den Hector Quintana umklammerte, als er aus dem Supermarkt in der Bissonet Street rannte. Nachforschungen über die Waffe hatten ergeben, daß sie zuletzt vor fünf Jahren in einer Pfandleihanstalt in Dallas erworben worden war. Der Käufer hatte einen gefälschten Ausweis vorgelegt.

„Und als Quintana in den Supermarkt marschierte, war der Revolver nicht geladen, ist das richtig?"

Die Staatsanwältin nickte. „Quintana war betrunken, geht aus dem Polizeibericht hervor. Vielleicht zu betrunken, um daran zu denken, ihn neu zu laden." Selbstgefällig fügte sie hinzu: „Quintana steht nicht wegen Trunkenheit am Steuer oder bewaffneten Raubüberfalls unter Anklage. Hier geht's um Mord."

Warren lehnte sich auf seinem Holzstuhl zurück und legte die Fingerspitzen aneinander. „Aber Sie haben keine Zeugen!"

„Wie kommen Sie denn darauf? Wir haben eine Zeugin, die ihn am Tatort gesehen hat und die ihn einen Tag später bei der Gegenüberstellung wiedererkannte. Tut mir leid, Mr. Blackburn."

Nancy Goodpaster zog ein paar zusammengeheftete Blätter aus der Akte und warf sie dem unglücklichen Verteidiger über den Schreibtisch zu.

AM NÄCHSTEN Morgen starrte Hector Quintana Warren durch das Metallgitter an.

„Sie haben nichts von einer Gegenüberstellung erwähnt", sagte Warren ruhig.

„Davon weiß ich auch nichts."

„Hat die Polizei Sie nicht zusammen mit ein paar anderen Typen vor einen dunklen Spiegel gestellt? Worauf Sie sich mit einer Nummer in den Händen umdrehen und Ihr Profil zeigen mußten?"

„Ach", antwortete Quintana unbeteiligt und müde. „Das war's also. Ich hab die Fünf hochgehalten, aber ich hab nicht gewußt, was es bedeutet."

„Bei einer Gegenüberstellung", erklärte Warren, „befinden sich Leute auf der anderen Seite des Spiegels. Die können Sie sehen, aber Sie können die Leute nicht sehen. In diesem Fall war eine Inderin namens Siva Singh auf der anderen Seite des Spiegels, und die hat Sie rausgepickt. Sie hat gesagt: ‚Das ist er.'"

Mit „er" war der Mann gemeint, den Siva Singh aus dem Einkaufszentrum hatte weglaufen sehen. Sie war im hinteren Teil der Reinigung gewesen und hatte etwas gehört, was sich später als Schuß herausstellte. Als sie eine Minute danach in den vorderen Teil des Ladens gegangen war, hatte sie einen Mann gesehen, der neben einem Ford stand. „Meine Güte – er lief ganz schnell weg", hatte sie zu Protokoll gegeben. Ein paar Minuten später sei eine Kundin hereingekommen, um Kleider zum Reinigen abzugeben. Im Polizeibericht war der Name dieser Kundin mit Rona Morrison angegeben – Verkäuferin in einem Geschäft in der Bissonet Street.

Auf dem Weg zurück zu ihrem Auto hatte Rona Morrison einen Blick durchs Fenster des Ford geworfen.

Siva Singh hatte einen Schrei gehört, war hinausgeeilt und hatte Mrs. Morrison würgend auf dem Parkplatz vorgefunden. Siva Singh hatte daraufhin in den Ford geschaut und den toten Mann entdeckt. Sie hatte Mrs. Morrison in den Laden geführt, dort auf einen Stuhl gedrückt und die Notrufnummer gewählt.

Als der Streifenwagen eintraf, wurde Mrs. Singh von den Sergeants der Mordkommission, Hollis Thiel und Craig Douglas, befragt. Sie beschrieb den Mann, den sie hatte weglaufen sehen, als etwa einsfünfundsiebzig groß. „Er hatte langes schwarzes Haar, und er trug nur Hose und Hemd, kein Jackett. Er sah, wenn ich so sagen darf, arm und wie ein Obdachloser aus. Ich hielt ihn für einen Lateinamerikaner." Dabei hatte sie ihn noch nie zuvor gesehen.

Am folgenden Morgen hatte sie Hector Quintana im Gefängnis von Harris County aus der Reihe von sechs Männern ausgewählt.

Warren berichtete das meiste davon Quintana, dessen Haar schwarz war und als lang bezeichnet werden konnte.

„Was haben Sie damals getragen, Hector?"

„Hemd und Hose."

„Keine Jacke?"

„'s war heiß. Meine Jacke lag in der Einkaufskarre."

„Das ist schlecht." Warren schüttelte traurig den Kopf. „Die Inderin sagt, sie hätte Sie weglaufen sehen."

„Sie hat einen anderen gesehen", brummte Quintana. „Wenn Sie mir nicht glauben – *Yo no.*"

„Ich weiß. Ich setze auf das falsche Pferd", entgegnete Warren. Daß Quintana seine Schuld bestritt, war unerheblich. Es hatte schon Männer gegeben, die ihre Schuld bis zu dem Augenblick bestritten, in dem sie den Gerichtssaal betraten und die grimmigen Gesichter der Geschworenen sahen. Texanische Geschworene töteten. Das gehörte zu ihrem Erbe.

„Hector, ich glaube Ihnen. Aber ich bin Rechtsanwalt und nicht Ihre Mutter. Ich muß das Beweismaterial heranziehen. Hier ist doch nun mal diese Inderin, die bezeugen wird, daß sie gesehen hat, wie Sie vom Tatort weggelaufen sind. Und der Experte von der Schußwaffentechnik wird sagen, daß dieser Revolver, den Sie eine Stunde nach dem Mord in der Hand hielten, die Waffe ist, die diesen Vietnamesen getötet hat. Das ist schlecht, sehr schlecht."

Quintana nickte ernst.

„Was kann ich als Ihr Verteidiger denn den Geschworenen nun erzählen? Ich kann ihnen nicht erzählen, daß Sie woanders waren, als der Mord begangen wurde, weil ich keinen einzigen Menschen herbeizaubern kann, der in der Lage ist, das zu bestätigen. Ich kann nicht sagen, daß Sie ein friedliebender Staatsbürger sind, weil Sie dabei erwischt wurden, wie Sie mit einem Revolver einen Supermarkt überfielen. Sie waren betrunken, aber das wird Ihnen auch nicht gerade helfen."

Gewöhnlich war das der Augenblick, in dem der Angeschuldigte den Kopf senkte, weil er endlich begriff, welch schrecklichen Preis er für seine Sünden und zweifellos auch für seine Dummheit zahlen mußte, und dann fragte: „Was können Sie für mich tun, wenn ich mich schuldig bekenne?"

Warren hatte kaum Zweifel, daß Hector Quintana den Mord an Dan Ho Trunh begangen hatte. Was ihn jedoch bei der Stange hielt, war die Tatsache, daß er Quintana mochte – die Konsequenzen, die sich daraus ergeben konnten, daß man einen Mandanten mochte, waren ihm allerdings nur allzu bewußt.

Er hatte noch eine Idee. „Hector, ich weiß, daß Männer, wenn sie sich betrinken, leicht überschnappen. Vielleicht sind Sie mit diesem Vietnamesen auf dem Parkplatz zusammengeprallt. Vielleicht hat er Sie beleidigt – hat was Häßliches zu Ihnen gesagt, weil Sie Mexikaner sind. Ist das möglich?" Warren spürte, wie sein Gesicht vor lauter Eifer heiß wurde. „Wenn es so war und wenn Sie ehrlich zu mir sind und ich ehrlich zu den Geschworenen, werden die verstehen, warum passiert ist, was passiert ist..."

Quintana fragte mit seiner sanften Stimme: „Es wird einen Prozeß geben?"

Warren knirschte mit den Zähnen. Das war ein verdammt dickköpfiger Bursche! „Es kann einen Prozeß vor Geschworenen geben. Zwölf Männer und Frauen."

„Kann ich mit den Geschworenen reden?"
„Dazu sind Sie berechtigt. Eine Zeugenaussage unter Eid."
„Dann werde ich den Geschworenen sagen, daß diese Frau sich irrt und daß ich den Mann nie gesehen und ihn nicht getötet habe."
Warren räusperte sich, um seine Ungeduld zu zügeln, und beugte sich vor. „Wenn es einen Prozeß gibt", sagte er ruhig, „und die Geschworenen erklären Sie für schuldig, dann werden die Sie entweder zum Tod durch eine Spritze Zyanid oder zu lebenslangem Zuchthaus verurteilen. So sind die Gesetze."
„Aber ich werd es ihnen sagen, und die werden mir glauben, auch wenn Sie mir nicht glauben. Ich werd's ihnen sagen", wiederholte Quintana verzweifelt.

WARREN ging langsam durch den gewundenen unterirdischen Tunnel, der das Gefängnis mit dem Gerichtsgebäude verband. Er dachte über Hector Quintana nach und verspürte einen stechenden Schmerz in der Magengegend. Kein Wunder. Es war ein hoffnungsloser Fall. Die Richterin hatte sich deutlich genug ausgedrückt: „Vergeuden Sie nicht meine Zeit. Ich erwarte, daß Sie sich ordentlich ins Zeug legen."
Es fiel ihm ein, daß Hector Quintana nie gefragt hatte, was geschehen würde, wenn er sich schuldig bekannte. Warren hätte gesagt: „Ich kann etwas aushandeln, Hector, und versuchen, die Anklage auf Totschlag herunterzudrücken. Ich würd's mit dreißig Jahren probieren. In fünfzehn Jahren könnten Sie dann wieder draußen sein."
Wenn Quintana damit einverstanden wäre, stünde Warren in Lou Parkers Gunst. Nur ein bescheidener Anfang, aber immerhin ein Anfang. Und Quintana würde am Leben bleiben und irgendwann seine Francisca wiedersehen. Wenn Warren den Fall aber vor die Geschworenen brächte und sie Hector zum Tode verurteilten – was durchaus im Bereich des Möglichen lag –, stünde er schlechter da als zu Beginn seiner Karriere. Man würde sagen, er habe das Leben eines Angeklagten aus Publicitygründen weggeworfen. Damit ließe sich nicht gut leben. Die Verantwortung eines Anwalts bei einem Verbrechen, das mit der Todesstrafe geahndet werden konnte, lag darin, dafür zu sorgen, daß sein Mandant mit dem Leben davonkam.
Ich darf es einfach nicht zum Prozeß kommen lassen, dachte er, als er am Ende des schwach beleuchteten Tunnels anlangte und am Eingang des Gerichtsgebäudes stehenblieb. Das war genau das, was Lou Parker ihm hatte sagen wollen, wenn auch ziemlich indirekt.

3. Kapitel

ER NAHM den Fahrstuhl zum 181. Gericht im dritten Stock. Da Scoot Shepard den Fall dort verteidigte, war der Gerichtssaal mal wieder voll.

Als der Richter eine zweistündige Pause anordnete, ging Scoot sofort auf Warren zu, drückte ihm die Hand und sagte: „Gehen wir doch rüber in mein Büro. Brenda soll uns Sandwiches besorgen." In seinem Büro holte er dann aus dem kleinen Kühlschrank hinter seinem Schreibtisch zwei Dosen Bier. Brenda wurde in die Hitze hinausgeschickt, um Truthahnsandwiches zu kaufen. Scoot zündete sich eine Zigarette an, riß die Bierdose auf und ließ sich mit einem Seufzer in seinen ledernen Lehnsessel fallen. Er mochte an die 65 Jahre sein, aber seine Haare waren immer noch dicht und schwarz, nur die Schläfen waren silbergrau.

„Was wissen Sie über den Fall Ott? Und über meine Mandantin, Johnnie Faye Boudreau?"

„Nur das, was ich im *Chronicle* darüber gelesen habe", antwortete Warren. „Und natürlich erinnere ich mich an den Underhill-Mord."

Zwischen abwechselnden Zügen aus der Dose und an der Zigarette faßte Scoot die Hintergrundinformationen kurz zusammen. Das Opfer, Clyde Ott, war in Houston ein erfolgreicher Gynäkologe gewesen. Mit Anfang Dreißig heiratete er eine seiner Patientinnen, Sharon Underhill, die 40jährige Witwe eines Öl- und Erdgasmagnaten und Mutter von zwei Teenagern. Mit Sharons Geld baute Dr. Ott die Underhill-Klinik für Drogensüchtige und eine Reihe von teuren Altenheimen, für die es Wartelisten gab.

„Ich kannte Clyde Ott", erklärte Scoot. „Bevor Clyde Sharon heiratete, hat er sich mit mehr Frauen in Harris County vergnügt als sämtliche Baseballspieler von Houston zusammengenommen. Die Ehe änderte daran wenig. Aber seine Hauptgeliebte ist in den letzten Jahren Johnnie Faye Boudreau gewesen. Sie haben sie ja vor Gericht gesehen. Sie ist die Chefin eines Nachtklubs hinter der Galeria. Vielleicht gehört er ihr, vielleicht nicht – wer weiß? Als sie jünger war, hat sie 'n paar Schönheitswettbewerbe gewonnen. Dann wurde sie Modell, später Tänzerin. Ihre Brüder sind in Vietnam umgekommen, sie redet ständig von ihnen. Zweimal verheiratet, keine Kinder. Von ihrem ersten Mann hat sie sich wegen Verletzung der Unterhaltspflicht scheiden lassen. Der zweite war Drogenhändler. Von dem ließ sie sich scheiden, als er in Dallas dreißig Jahre Gefängnis bekam. Das war kurz bevor sie sich mit Clyde Ott einließ."

An einem sonnigen Oktobermorgen vor fast zwei Jahren – das wußte Warren noch aus den Zeitungsberichten – war Clydes Frau, Sharon Underhill Ott, auf dem Weg zum Aerobic-Unterricht auf einem Parkplatz mit einem großkalibrigen Gewehr erschossen worden. Man hatte beobachtet, wie ein Mann in einer schwarzen Lincoln-Limousine vom Tatort davongerast war. Clyde Ott hatte sich zu diesem Zeitpunkt auf einem medizinischen Kongreß in San Diego befunden. Johnnie Faye Boudreau hatte ihre Mutter in Corpus Christi besucht. Todsichere Alibis!

„Johnnie Faye hatte damals noch einen anderen Teilzeitfreund, Dink genannt, weil sein richtiger Name David Inkman war", fuhr Scoot fort. „Er war stellvertretender Geschäftsführer in ihrem Klub und fuhr eine schwarze Lincoln-Limousine. Natürlich geriet auch er in Verdacht, aber selbstverständlich hatte auch er ein Alibi. Ein paar Barmädchen schworen, sein Lincoln habe in der Nacht zuvor bei ihnen in der Garage gestanden." Scoot öffnete eine neue Dose Bier. „Etwa drei Monate nachdem Sharon Ott getötet worden war, wurde Dink in der Einfahrt seines Hauses aus einem vorbeifahrenden Lieferwagen niedergeschossen."

Warren atmete stoßartig aus. „Sie meinen..."

„Ich nicht. Andere meinen das. Man behauptet, daß Johnnie Faye hinter der ganzen Sache steckte, daß sie Clyde Ott heiraten wollte und daß sie deshalb zuerst ihren Ehemann loswerden mußte. Das war leicht – es ging das Gerücht um, sie hätte der Polizei gesagt, wo er in Dallas Stoff abholen wollte. Und dann war Clydes Frau dran, was schwieriger war, und dann, nachdem Dink das aus der Schwärze seines treuen Herzens heraus für sie erledigt hatte, mußte sie auch noch ihn loswerden. Etwa um die Zeit des Inkman-Mordes gab es da auch noch einen Typ namens Bobbie Ronzini, der ebenfalls für sie im Klub arbeitete. Ronzini geriet in Verdacht, aber die Bullen konnten ihm nichts nachweisen. Dann verschwand er. Vielleicht in einem Loch im Fußboden. Niemand weiß es. So, und nun kommen wir zum Fall Ott", fuhr Scoot fort. „Hier wissen wir, daß Johnnie Faye Boudreau abgedrückt hat. Sie hat es zugegeben. Sie hat die Polizei angerufen und es ihnen gesagt. Clydes Stieftochter war im Haus, als es passierte. Es wäre also ziemlich kitzlig für Johnnie Faye geworden, hätte sie sich einfach davongeschlichen."

Mit einer halbautomatischen 6,35-mm-Pistole – ihrer eigenen Waffe, die sie normalerweise in der Handtasche mit sich führte – hatte sie dreimal auf Clyde Ott geschossen. Sie besaß auch einen Waffenschein. In ihrem Klub hatte sie es schließlich mit finsteren Gestalten zu tun.

„Ich sehe es Ihrem Gesicht an, daß Sie wissen möchten, warum ich eigentlich mit Ihnen darüber rede." Scoot Shepard lehnte sich zurück, während sich Zigarettendunst den Schlitzen der Klimaanlage entgegenkräuselte. Bob Altschuler, der Staatsanwalt, sei ein erstklassiger Anklagevertreter, und die Staatsanwaltschaft verfüge über gute Leute und sämtliche bürokratischen Mittel, sagte Scoot. Deswegen konnte Scoot den Fall nicht allein bewältigen. Gesetzbücher mußten gewälzt, potentielle Zeugen ausfindig gemacht und befragt werden. Die beiden jungen Anwälte, die in seinem Büro arbeiteten und ihm normalerweise assistierten, hatten noch monatelang mit einem größeren Rechtsstreit zu tun.

„Sie hatten Pech", sagte Scoot zu Warren. „Aber ich beobachte Sie schon seit Jahren und halte Sie für einen guten Rechtsanwalt. Wenn Sie frei sind, möchte ich Sie bitten, im Fall Boudreau neben mir die zweite Geige zu spielen. Ich zahle Ihnen zweitausend im voraus, was Sie mit Ihrem Stundensatz verrechnen können. Die Verhandlung ist für den 24. Juli angesetzt. Vielleicht haben Sie Ihren Spaß daran. Vielleicht lernen Sie was dabei. Wie wär's? Kommen wir miteinander ins Geschäft?"

Warren zögerte keinen Augenblick. Wenn Scoot ihm vertraute, würden es auch andere tun. Es war ein Schritt in Richtung Comeback. Jedenfalls erheblich besser, als sich für einen obdachlosen Mexikaner abzustrampeln, der nicht einsehen wollte, daß er verloren war.

„Einverstanden", antwortete er. „Wie wollen Sie die Verteidigung aufbauen?"

„Ich will es mit der ältesten Möglichkeit versuchen, die es gibt, und behaupten, der Schweinehund hätte umgebracht werden müssen. Ein bißchen riskant heutzutage, aber man kann's trotzdem noch probieren. Ich würde der Sache jedenfalls Gehör schenken ... Nehmen Sie das mit nach Hause, und lesen Sie's." Er reichte Warren eine Kopie der dicken Akte, auf der „Texas gegen Boudreau" stand.

In seinem Büro drehte Warren die Klimaanlage wegen der nachmittäglichen Schwüle um ein paar Grad herunter, schlug die Akte auf und las die Abschrift der ersten Gespräche von Scoot Shepard mit Johnnie Faye Boudreau.

Am Sonntag abend, dem 14. Mai, lud Dr. Clyde Ott Johnnie Faye zum Essen im „Hacienda", einem texanisch-mexikanischen Restaurant, ein. Es gehörte zu Johnnie Fayes Lieblingsrestaurants, ein großes Lokal mit mehreren Räumen, in denen Musikanten von Tisch zu Tisch zogen. Vor dem Essen nahm Clyde ein paar Drinks zu sich und während des Essens noch ein paar mehr, und nur er allein wußte, was er schon vorher in sich hineingeschüttet hatte.

Clyde trank und schnupfte Kokain. Er gehörte zu den Trinkern, die nie umfallen oder lallend reden. Er wurde schlichtweg bösartig. Vergangenes Weihnachten hatte er sie mit geballter Faust mitten ins Gesicht geschlagen, bevor sie wußte, wie ihr geschah. Die ganze Seidenbluse war voll Blut gewesen. Sie hatte sich gewaltsam befreien müssen, um zur Unfallstation ins Hermann-Krankenhaus fahren zu können. Außer der blutenden Nase hatte sie einen Haarriß im Wangenknochen davongetragen.

Clyde hatte auch seine Frau Sharon verprügelt und eine von seinen anderen Freundinnen, eine Kellnerin im Grand Hotel. Er schlug ihr drei Zähne aus und mußte ihr 25 000 Dollar zahlen, damit sie die Klappe hielt. Und er hatte Johnnie Faye mehr als einmal bedroht, sogar einmal seine Faust gegen sie erhoben und vor zwei Freunden geschrien: „Du Miststück, ich könnte dich umbringen!"

Sie wollte ihn heiraten, das stand fest. Liebe sei was Komisches – man suche sich nicht immer den Besten aus, um sich an ihn zu verschwenden. Daß er so reich war, hatte nichts damit zu tun. Er habe erklärt, wenn er sich scheiden lassen konnte, ohne seine Kliniken dabei zu verlieren, wolle er auf jeden Fall Johnnie Faye heiraten. Er war verrückt nach ihr. Sie war die aufregendste Frau, der er je begegnet war. Das hatte er oft gesagt, wenn er nüchtern war.

Dann wurde Sharon in ihrem nagelneuen pinkfarbenen Trainingsanzug draußen vor dem Aerobic-Studio von einem Wahnsinnigen erschossen. Clyde trauerte jedenfalls nicht um sie. Er war ein Schweinehund, aber wenigstens nicht scheinheilig. Er ließ sich etwa einen Monat nicht in der Öffentlichkeit blicken. Als er wieder auftauchte, hätte er Johnnie Faye heiraten können. Aber er tat es nicht.

„Es regte mich auf. Ich kann's nicht bestreiten. Immer wieder fragte ich ihn: ‚Heiraten wir nun, oder heiraten wir nicht, und wenn ja, wann?'

‚Ich brauch Zeit.'

‚Zeit, um dich zu entscheiden, oder Zeit, bevor wir heiraten?'

‚Beides, nehm ich an, Schätzchen.'"

Das brachte sie auf die Palme. Sie konnte Clyde einfach nicht dazu bringen, ihr zu sagen, wo die Schwierigkeit wirklich lag.

„Laß uns ganz ruhig zu Abend essen", hatte sie vorgeschlagen. „Und wir werden über unsere Hochzeit reden. Wir werden einen Zeitplan aufstellen, mit dem wir beide leben können."

Das war der Zweck ihres Dinners am Abend des 14. Mai im Hacienda gewesen. So gegen neun waren sie eingetroffen. Aber Clyde betrank sich und wurde ausfallend. Sie machten sich gegenseitig Vorhaltungen und warfen sich Gemeinheiten an den Kopf, bis sie ihn schließlich bat, sie nach Hause zu bringen.

Mit „nach Hause" meinte sie ihre Wohnung, aber Clyde hatte da andere Vorstellungen. Ob betrunken oder nüchtern – nie konnte er genug von ihr kriegen. Sie fuhr, und so schafften sie es ohne besondere Vorkommnisse bis zu seinem Haus am River Oaks Drive. Sie gingen gleich hinauf ins Schlafzimmer. Aber als dann nichts so lief, wie er sich das vorgestellt hatte, und er total frustriert herumbrüllte und sie wieder beschimpfte, stieg sie aus dem Bett, zog sich an und erklärte: „Ich halt das nicht mehr aus, Clyde. Ich verlasse dich!"

Sonst war er immer reumütig geworden, wenn sie ihm damit drohte, und hatte sie angefleht, ihm noch eine Chance zu geben. Aber nicht in dieser Nacht. Er schrie: „Mir hängen deine Drohungen zum Hals heraus!" und schlug ihr ins Gesicht.

In seiner schwarzseidenen Schlafanzughose folgte er ihr ins Wohnzimmer, als sie davonlief. Er war kein kleiner Mann, einsachtzig groß und zwei Zentner schwer, mit kräftigen Schultern und Bauch. Er watschelte zwar, wenn er ging, war aber trotzdem schnell. Im Wohnzimmer manövrierte er sich zwischen Johnnie Faye und den Flur, der zum Eingang führte. Seine Augen waren blutunterlaufen. Keuchend hob er die Faust, und Johnnie Faye wich über den Teppich zum Kamin zurück. Am Kaminbock lehnte ein Schürhaken. Johnnie Faye packte ihn, um sich zu verteidigen, aber Clyde drehte ihn ihr wie einen Zweig aus der Hand. Sie taumelte durch das Zimmer und verschanzte sich zwischen einem weißen italienischen Sofa und Bücherregalen. Sie hoffte, daß ihre Schreie seine Stieftochter Lorna, die sich in einer der Gästesuiten aufhielt, wecken würden. Aber das Haus war riesig.

In ihrer Handtasche lag eine halbautomatische 6,35-mm-Pistole, die sie immer bei sich trug. Sie kramte zwischen Schlüsseln, Papiertaschentüchern und Make-up herum. Dann richtete sie die Pistole auf ihn. „Clyde", sagte sie klar und deutlich, „wenn du näher kommst, erschieß ich dich." Als Antwort hob er den Schürhaken wie einen Baseballschläger. Sie schrie: „Nicht!" Aber der betrunkene Narr kam immer näher. In ihrer Angst drückte sie ab. 1928 war die 6,35-mm-Pistole als halbautomatische Waffe gebaut worden. Aber vor langer Zeit hatte ein früherer Besitzer mal den Unterbrecher abgefeilt und die Pistole so vollautomatisch gemacht. Das hatte sie vergessen, und das war die Tragik an der ganzen Sache. Sie hatte nicht verhindern können, daß drei Schüsse losgingen. Auch wenn das kaum zu glauben war, er holte immer noch mit dem Schürhaken aus. Als sie dann vorsichtig den Kopf hob, sah sie, wie er auf das weiße Sofa fiel. Obwohl eine Kugel daneben gegangen war, hatte eine ihn fast genau zwischen die Augen und die andere in die Brust getroffen.

„Und was war mit der Sicherung?" hatte Scoot gefragt.

Sie mußte die Waffe unwillkürlich entsichert haben, als sie sie aus der Handtasche nahm.

Und wußte sie, daß es illegal war, den Unterbrecher abzufeilen?

„Ich war's doch nicht", hatte sie auf diese Frage geantwortet.

Nachdem Clyde auf das Sofa gefallen war, hatte sie vom Telefon im Fernsehzimmer aus den Notruf gewählt, ihren Namen und die Adresse in River Oaks angegeben und gesagt: „Ich hab eben einen Mann umgebracht. Er wollte mich angreifen, und ich habe ihn erschossen."

Den Beamten von der Mordkommission erzählte sie dann eine kürzere Version dieser Geschichte.

Wenn ihr niemand widerspricht, dachte Warren, werden wir diesen Fall gewinnen. Wir können gar nicht verlieren, es sei denn, Scoot schläft im Gerichtssaal ein, und das war noch nie vorgekommen.

A<small>LS</small> Warren am Abend nach Hause kam, wärmte er sich das Hühnerfrikassee vom vergangenen Tag auf, fütterte Oobie, las die Akte ein zweites Mal durch und ging dann zu Bett. Charm war nicht nach Hause gekommen. Neuerdings ging sie in der Freizeit ihre eigenen Wege, traf sich häufig mit einer Clique vom Sender.

Am Morgen lag sie schlafend neben ihm. Ihr blondes Haar ringelte sich auf dem Kissen. Er betrachtete ihr Gesicht. Acht Jahre lang hatte er es geliebt und kannte es bis zu der winzigen Narbe, wo der Zweig eines Rosenstrauches sich in ihrem Mundwinkel verhakt hatte, als sie dreizehn war.

Er wollte mit ihr reden. Der Eid der Verschwiegenheit galt nicht für Eheleute, wie er meinte. Und sie hatte ihm immer geholfen, die Dinge klarer zu sehen. Aber ihr morgendlicher Schlaf war ihr heilig, und so weckte er sie nicht.

Als er mit Oobie die Straße entlanglief, faßte er einen Entschluß. Mit Scoot an dem Fall Ott arbeiten zu können war *die* Chance. Ohne es richtig zu merken, hatte er sie sich mit seiner Arbeit verdient. Er hatte wegen des Falls Freer seine Selbstachtung verloren, nach dem Jahr Suspension dann wie ein demütiger Bauer auf den Feldern des Rechts geackert, und endlich zahlte sich die Schufterei aus. Er würde gute Arbeit leisten. Sich behaupten.

Aber zwei Mordprozesse waren einer zuviel. Er mußte Quintana loswerden. Hör auf, den armen Kerl zu bedauern – er ist schuldig. Schließ diesen Fall ab, und zwar schnell!

Am folgenden Tag wurde Warren in Richter Binghams Gericht als zweiter Verteidiger für die Angeklagte in der Sache „Texas gegen Johnnie Faye Boudreau" registriert. Er schüttelte die Hand des dunkel gekleideten Bob Altschuler, dessen Handschlag dem eines Schwergewichtsringers glich.

„Herzlichen Glückwunsch!" polterte der Staatsanwalt. „Setzen wir uns, und legen wir die Karten offen auf den Tisch. Sie wissen, daß diese Frau eine Serienmörderin ist. Das ist eine Kannibalin, eine mordlustige Verrückte!" Er weigerte sich, Warrens Hand loszulassen. „Sie hat Otts Frau und den Typ, der das Ding für sie gedreht hat, und den Kerl, der den Typ erledigt hat, umgelegt, und wir glauben, daß sie '82 ganz spontan noch so 'n schlitzäugigen Koreaner beseitigt hat, der in ihrem Klub arbeitete und ihr unverschämt kam, als sie ihm keine Lohnerhöhung geben wollte. Wenn Sie der Gesellschaft einen Dienst erweisen wollen, dann helfen Sie mir, sie hinter Schloß und Riegel zu bringen. Sagen Sie Ihrem Partner, ich werd mich mit fünfzig Jahren begnügen."

Warren seufzte. „Sind Sie fertig? Kann ich gehen?"

„Sie glauben mir nichts davon?"

„Es ist nicht meine Aufgabe, zu glauben oder nicht zu glauben", antwortete Warren. „Und Ihre Aufgabe ist, zu beweisen, was Sie da behaupten." Er befreite seine Hand aus der Altschulers, schritt zügig aus und eilte die Treppe zu Lou Parkers Gericht hinauf.

Er traf Nancy Goodpaster und zog sie in eine ruhige Korridorecke. „Legen Sie die Karten auf den Tisch, Nancy. Was würden Sie für 'n Geständnis von Hector Quintana geben? Ich muß ihm was anbieten."

„Was wollen Sie, Warren?"

„Reduzieren Sie die Anklage auf Totschlag. Zwanzig Jahre. Ziehen Sie die Anklage wegen Raub und Waffenbesitz zurück."

„Sie vergeuden meine Zeit."

„Die Identifizierung durch Siva Singh reicht nicht aus. Auf dem Parkplatz vor der Reinigung war es dunkel. Ich hab's überprüft. Es gibt Tausende, die schwarze Haare haben und an einem Sommerabend Hemd und Hose tragen. Ich glaube nicht, daß die Singh das Gesicht des Mannes wirklich gesehen hat."

„Sie behauptet es."

„Nancy, was es zu einem Kapitalverbrechen macht, ist die Annahme, daß es sich um einen Raubüberfall gehandelt hat. Sagen Sie mir nur eins: Was hat Hector Quintana mit den hundertzwanzig Dollar aus Trunhs Brieftasche gemacht? Er hatte sie nicht bei sich, als er den Supermarkt überfiel. Sie können sich nicht an dem Mord festbeißen." Er wartete einen Augenblick. „Und Sie wollen die Sache doch hinter sich bringen, oder?"

„Natürlich."

„Dann geben Sie ein bißchen nach. Geben Sie wohlwollend nach."

„Fünfzig Jahre."

„Mein Mandant wird das nie akzeptieren. Er ist nicht vorbestraft."

Sie seufzte: „Er tut Ihnen leid, das ist alles."

„Und wenn Quintana im Zeugenstand steht", sagte Warren, „wird er auch den Geschworenen leid tun. Sie werden ihn nicht des Mordes für schuldig befinden."

„Vierzig Jahre", entgegnete sie. „Mein letztes Angebot."

„Sie sind eine unnachgiebige Frau."

„Nein, ich tue nur meine Pflicht. Wie Sie die Ihre."

„Sie nehmen die Anklage wegen bewaffneten Raubes zurück?"

„Ich werd's mir überlegen, Warren. Jetzt muß ich gehen."

Warren seufzte. Er hoffte, daß sie ihm sein Triumphgefühl nicht ansah. Er rettete schließlich einem Mann das Leben.

Am Spätnachmittag des folgenden Montags stellte Scoot Shepard in seinem Büro Warren die Frage: „Kennen Sie den Notwehrparagraphen?" In der einen Hand hielt Scoot eine Zigarette, in der anderen ein Glas Bourbon.

Warren nickte und runzelte die Stirn. „Und ich weiß, daß eine Bestimmung aufgepfropft wurde, die sich die ‚Pflicht, sich in Sicherheit zu bringen' nennt. Mir scheint, eine Frage, die der Staatsanwalt den Geschworenen zur Überlegung empfehlen könnte, wäre die: Wenn Clyde Ott in jener Nacht betrunken war und Johnnie Faye Boudreau beschimpfte – warum ist sie mit ihm ins Haus gegangen? Warum ist sie nicht einfach aus dem Haus gerannt, bevor er ihr den Weg versperren konnte? Hat sie wirklich versucht, sich in Sicherheit zu bringen? Wenn das stimmt, was sie sagt, hat er ihr einmal im Beisein von zwei Zeugen gedroht, sie umzubringen. Das ist oberflächlich betrachtet gut für uns, aber die Sache hat auch eine Kehrseite. Die Anklage wird sagen, das sei der Grund, warum sie die Pistole für ihre Dinnerverabredung in der Handtasche hatte. Sie werden von vorsätzlichem Mord sprechen."

„Sicher. Aber hier sind wir immer noch in Texas! Die Leute laden noch immer Flinten, wenn es ihnen paßt, und jeder Mensch darf sich wehren, wenn er bedroht wird, egal, ob im Gesetz von der Pflicht, sich in Sicherheit zu bringen, die Rede ist. Machen Sie sich darüber also nicht zuviel Sorgen." Scoot füllte sein Glas neu. „Man hat nicht die Pflicht, sich in Sicherheit zu bringen. Vor allem, wenn das Schwein es verdient hatte, umgebracht zu werden. Von diesem Standpunkt möchte ich die Geschworenen überzeugen und meine Mandantin als freie Frau aus Dwight Binghams Gerichtssaal marschieren lassen."

„Halten Sie Johnnie Fayes Story für wahr?"

„Schwer zu sagen. Ich möchte, daß Sie mit ihr reden. Und reden Sie auch mit allen anderen, die in irgendeiner Weise wichtig für diesen Fall sind. Finden Sie raus, wo man uns packen könnte. Wenn ich vor die Geschworenen trete, will ich keine unangenehmen Überraschungen erleben."

„Wann sehe ich Johnnie Faye?"

Scoot blickte auf seine Rolex. „In etwa zwei Stunden. Wir gehen alle ins Stadion und schauen uns das Baseballspiel an – Sie und ich und Johnnie Faye und ihr neuer Freund. Das war ihre Idee. In den Pausen haben Sie Gelegenheit, die Dame kennenzulernen."

WARREN fuhr nach Hause, um sich umzuziehen. Die Autobahn mied er. Er würde um Viertel nach sieben am Braes Bayou sein und um acht im Stadion. Die Verabredung zum Abendessen mit den Levines würde er platzen lassen müssen. Als er um die Ecke und in die Sackgasse bog, die zu seinem Haus führte, sah er Charms Mazda in der Einfahrt stehen. Sie war also gleich nach der Arbeit nach Hause gefahren und erwartete ihn nicht. Er hatte ihr gesagt, daß er sich mit den Levines zum Essen treffen würde. Charm war auch eingeladen. „Ich bezweifle, daß ich's schaffe", hatte sie gesagt, „aber wenn's klappt, rufe ich in Shepards Büro an."

In der dunstigen Abendhitze sah Warren, daß Charm mit einem Mann, den er nicht kannte, neben einem Auto stand, das auf derselben Straßenseite, etwas weiter oben, geparkt war. Charm wandte Warren den Rücken zu. Die Autotür stand offen, und der Mann lehnte energisch gestikulierend daran. Warren trat leicht auf die Bremse.

Der Mann legte seine Hand auf Charms Schulter und schien sie zu drücken. Dann legte er seine Hand an ihre Wange und ließ sie sekundenlang darauf ruhen. Charm neigte leicht den Kopf. Der Mann beugte sich hinab, küßte Charm kurz auf die Lippen und stieg in sein Auto.

Er fuhr an Warren vorbei, ohne ihn eines Blickes zu würdigen. Das Lenkrad fest umklammert, starrte Warren ihm ins Gesicht. Er sah einen sonnengebräunten Mann von etwa vierzig Jahren mit Schnurrbart. Charm drehte sich um und ging rasch die Einfahrt hinunter zum Haus. Weiter oben auf der Straße brüllten sich Kinder etwas zu. Rollschuhe schabten über den Asphalt.

Warren stellte das Auto ab, stieg aus, schloß die Haustür auf und betrat den kühlen Flur, der zur Küche führte. Oobie sprang an ihm hoch und wedelte wild mit dem Schwanz.

Charm saß in einem Schaukelstuhl am Küchentisch aus Kiefernholz und trank kalten Weißwein. Sie sah mit verschwommenem Blick hoch, in dem aber auch etwas Wildes lag und eine Wut, die seiner eigenen gleichkam.

„Ich hab dich draußen gesehen", sagte er wütend. „Ich saß im Auto."

Sie starrte ihn schweigend an.

Warrens Herz flatterte, aber alles andere war wie taub. „Können wir uns im Schlafzimmer unterhalten, Charm? Ich muß mich umziehen."

Scheinbar gehorsam folgte sie ihm mit dem Weinglas in der Hand und setzte sich auf die Kante des breiten Ehebetts, während Warren seinen Anzug auszuziehen begann und die Hose, Bügelfalte auf Bügelfalte, in den hölzernen Hosenspanner preßte. Ich weiß nicht, was ich sagen will oder tun soll, dachte er.

„Das ist ein Mann, mit dem ich mich neuerdings treffe", erklärte sie leise.

„Treffe?"

„Mit dem ich ein Verhältnis habe."

Er fand die schwarze Baseballmütze und beschloß, sie sich gleich hier aufzusetzen. Er trug ein weißes Hemd, rote Unterhosen und die Mütze.

Als er sich umdrehte, sagte Charm: „Du siehst albern aus."

„Das liegt daran, daß ich mich albern fühle", erwiderte er, während er spürte, wie ihm das Blut durch die Adern schoß.

Ihre Augen hatten sich mit Tränen gefüllt. „Was genau willst du wissen?"

Er antwortete sanft: „Wie es dir geht. Was du jetzt vorhast."

Sie weinte fünf Minuten lang. Daran war er gewöhnt. Sie war eine Frau mit tiefen Empfindungen, die nahe ans Wasser gebaut hatte und manchmal einfach nicht aufhören konnte zu weinen. Sie hatte ihm das früher einmal erklärt: „Ich bin unsicher. Das ist bei Kindern aus geschiedenen Ehen oft so. Mein Vater hat uns die ganze Ostküste rauf und runter geschleppt, bis ich zehn war. Als ich zwölf war, hatte ich schon fünf verschiedene Schulen besucht. Ich konnte meine Freunde nie lange behalten. Und dann bin ich hierherverfrachtet worden. Ich bin nirgends zu Hause."

„Doch, das bist du", hatte Warren gesagt. „Du bist hier zu Hause, bei mir."

Aber jetzt tröstete er sie nicht mit seinen Händen, und er beruhigte sie nicht mit seinen Worten. Er wußte nicht mehr, wie.

Sie ging ins Bad, um sich das Gesicht zu waschen. Warren zog frisch gewaschene Jeans, ein sauberes Hemd und seinen Baumwollblouson an. Er setzte sich auf den Boden und zwängte seine Füße in die alten Cowboystiefel.

Als sie herauskam, forderte er sie auf: „Erzähl!"

„Das hilft auch nichts."

„Vielleicht hilft es mir, Charm."

Sie dachte eine Weile darüber nach. „Na gut. Vielleicht sollte ich es wenigstens versuchen."

Er war Rechtsanwalt – Zivil-, nicht Strafrecht. Partner in einer großen Firma. Er war aus New York. Vor ein paar Monaten hatte er was beim Sender zu tun, und die Affäre hatte ihren Anfang genommen. Er war in sie verliebt, behauptete er. Sie war sich nicht sicher, was er ihr bedeutete. Er lebte in Manhattan von seiner Frau getrennt und wartete auf das endgültige Scheidungsurteil. Er hatte drei Kinder.

„Drei Kinder", murmelte Warren.

„Sollte das eine gehässige Bemerkung sein?"

„Es ist mir nur so herausgerutscht. Wie fühlst du dich denn bei der ganzen Sache?"

„Durcheinander."

„Das kann ich mir vorstellen. Und was ist mit unserer Ehe?"

Die sei doch das Grundproblem, erklärte Charm. Sie hatte das Vertrauen in Warren verloren – sie sah in ihm einen Mann ohne Ziel, einen Mann, wie sie vor einiger Zeit schon gesagt hatte, dem jede Motivation fehlte. Bis auf ihre Arbeit war ihr Leben langweilig. Nicht ausgefüllt. Er langweilte sie. Wahrscheinlich langweilte er sich mit all diesem Pflichtverteidigungskram selbst. Den Eindruck vermittelte er jedenfalls. Vielleicht war sie nicht mehr in ihn verliebt.

„,Verliebt' ist ein irrationaler Zustand. Aber du liebst mich", erklärte er trotzig. „Das ist ein Unterschied!"

„Ja, ich liebe dich. Und die letzten paar Jahre hast du mir leid getan."

„Willst du mich verlassen und diesen Typ heiraten?"

„Ich weiß nicht, was ich tun will."

Er blickte auf seine Uhr. Es war zehn Minuten vor acht. „Es tut mir leid", sagte er. „Ich hab dich wahrscheinlich enttäuscht. Ich möchte mit dir über all das reden. Und es tut mir auch leid, daß ich gehen muß. Wir werden miteinander reden, wenn ich zurück bin."

Charms verschwommener Blick flackerte auf. „Du gehst? Jetzt? Wohin?"

„Zum Baseball, mit Scoot Shepard und einer Mandantin."

„Zum Baseball – wo unser Leben auseinanderfällt?"

„Ich muß. Es ist dienstlich." Er haßte diese Worte.

Sie sprang vom Bett und rannte barfuß durch den Flur und das Wohnzimmer bis zur Vorhalle hinter ihm her. Als seine Hand auf dem Türknauf lag, drehte er sich nach ihr um. Er streckte die Hand aus, um ihre Schulter zu berühren, aber sie zuckte vor ihm zurück. Er sagte leise: „Charm, hör mir gut zu. Ich liebe dich noch immer, und ich werde dich nicht gehen lassen."

Er öffnete die Tür und trat hinaus in die stickige Abendluft. Auf der Fahrt zum Stadion kam er sich wie ein Idiot vor, wie einer, dem man Hörner aufgesetzt hatte, wie ein Heimatloser. So heimatlos wie Hector Quintana. Er weinte.

Die Astro-Mannschaft aus Houston führte gleich zu Anfang gegen die Mets aus New York, und die Menge im klimatisierten Stadion tobte. Auch Warren jubelte und johlte. An diesem Abend verspürte er ein besonderes Vergnügen, die Gegner der New York Mets anzufeuern. „Zeigt's ihnen!" brüllte er. „Na los! Macht sie nieder!"

Neben ihm prustete Johnnie Faye Boudreau vor Lachen. „Sie amüsieren sich ja köstlich, Mr. Blackburn."

Scoot trank Whiskey aus einem silbernen Flachmann. Warren, Johnnie Faye und ein Mann namens Frank Sawyer tranken Bier aus Plastikbechern. Sawyer war glatt rasiert, etwa dreißig, hatte hellblaue Augen und sehr kurz geschnittenes blondes Haar. Militär, dachte Warren. Rausschmeißer im Klub, sagte Johnnie Faye.

Unter dem schwarzen T-Shirt spannten sich die Muskeln eines Gewichthebers. Er war auf beiden Armen tätowiert: ein blauroter, feuerspeiender Drache auf dem einen, ein Anker und das Wort „Rosie" auf dem anderen. Den könnte ich gebrauchen, um Charms verdammten New Yorker rauszuschmeißen.

Warren plauderte lässig mit Johnnie Faye, aber immer wieder schwirrten ihm Bilder von Charm durch den Kopf. In der zweiten Hälfte des Spiels fragte ihn Johnnie Faye, ob sie nicht über den Fall reden sollten.

„Das ist nicht gerade die richtige Zeit und der richtige Ort", erwiderte Warren so freundlich wie möglich. „Aber erzählen Sie mir ruhig was von sich." Ihre Augen flackerten dankbar auf. „Scoot sagt, Sie seien mal Schönheitskönigin gewesen?" soufflierte er.

„Ein Höhepunkt meines Lebens", erklärte sie.

Sie sei in Odem, einer kleinen Stadt westlich von Corpus Christi, mit ihrem geliebten Zwillingsbruder Garrett und ihrem älteren Bruder Clinton aufgewachsen, erzählte sie. Ihr Vater war Baptistenprediger und besaß gleichzeitig die Tankstelle am Ort. Als sie mit der High-School fertig war, kam Vietnam; ihr Bruder Clinton wurde bei Da Nang von einer Mine zerfetzt und in einem Leichensack nach Texas zurückverfrachtet. Und jetzt waren diese schrecklichen Schlitzaugen hier und rissen sich alles – von Krabbenfischerbooten bis hin zu

Supermärkten - unter den Nagel, und ihre schwarzhaarige Brut mit den unbeweglichen Gesichtern schnappte den echten amerikanischen Kindern sämtliche Stipendien weg.

Sie schuftete in der Tankstelle, bis sie genug Geld zusammenhatte, um sich nach Corpus Christi absetzen zu können, wo sie in einer Bäckerei bediente. „Ich wollte aufs College, aber ich konnt's mir nicht leisten. Das bedauere ich am meisten."

Mit 21 wurde Johnnie Faye „Miß Corpus Christi" und qualifizierte sich damit für die Miß-Texas-Wahlen in Austin. Es gab aber ein Problem: Im Sportklub lernte sie einen krausköpfigen jungen Fiedler einer Country-Music-Band kennen - er hieß Bubba Rutherford. Bubba versprach ihr die Welt, und zwei Wochen später heiratete sie ihn.

Ihre Freundinnen rieten ihr, darüber die Klappe zu halten. Miß-Texas-Anwärterinnen hatten ledig zu sein.

Nach der Vorrunde wurde sie von den Organisatoren erneut aufgefordert, noch ein paar Pfund zu verlieren, um noch zierlicher auszusehen. Johnnie Faye war unter den ersten acht, und in dem Teil, in dem man eine Begabung unter Beweis stellen mußte, wurde sie mit dem Singen eines Schlagers Zweite. Bei der Preisverleihung stellte sie sich ans Mikrofon, ließ ihre weißen Zähne für die Fernsehkameras blitzen und verkündete der Welt, sie sei in Wirklichkeit Mrs. Bubba Rutherford, habe die Katze aber nicht aus dem Sack lassen dürfen. Daraufhin verlor sie - wie erwartet - ihren Titel und bekam, was sie nicht erwartet hatte, etliche Angebote von einer Werbeagentur in Houston, für sie als Modell zu arbeiten. Bald wurde ihr Bubba langweilig.

„Also ließ ich mich scheiden und blieb in Houston. Inzwischen tauchte mein Zwillingsbruder Garrett auf und zog bei mir ein. Ich sorgte für ihn. Er hatte Alpträume und war drogenabhängig. Das hatte der Krieg aus ihm gemacht. Aber an einem Wochenende ging er mit ein paar von seinen sogenannten Kumpels weg und setzte sich den goldenen Schuß. Ich habe ihn so geliebt, und das war das Schlimmste, was mir je passiert ist. Damals arbeitete ich als Tänzerin und war total erledigt. Ich fand jemand, der mir ein paar Jahre lang den Nachtklub mitfinanzierte, und den Rest der Geschichte kennen Sie ja. Ich fahr immer noch dreimal im Jahr zu meiner Mama nach Odem runter, und ich halt zu jedem, der zu mir hält. Das ist eines meiner Prinzipien", schloß Johnnie Faye.

Als das Spiel aus war, gingen sie zum Ausgang. Die Mets hatten gewonnen. Am Würstchenstand tippte Johnnie Faye mit dem Finger auf Warrens Brust. „Mit Ihnen hab ich noch ein Hühnchen zu rupfen. Seit dem Unentschieden haben Sie mir überhaupt nicht mehr zugehört! Ich weiß nicht, ob ich einen Anwalt will, der mir nicht zuhören kann. Sie schulden mir eine Erklärung!"

Warren holte tief Luft und antwortete: „Meine Frau hat mir eben erklärt, daß sie eine Affäre hat. Sie wird mich vielleicht verlassen. Das geht mir im Kopf rum, nicht das Spiel!"

Johnnie Fayes Augen fingen an zu leuchten. „Das hätten Sie mir früher sagen sollen, Warren", meinte sie und hängte sich bei ihm ein. „Es gibt Frauen, denen braucht man bloß den kleinen Finger zu reichen, und schon reißen sie einem das Herz raus und trampeln darauf herum. Ist Ihre Frau so eine?"

„Nein", sagte Warren, „nein!"

Als er nach Hause kam, schlief Charm schon. Er schlüpfte in der Dunkelheit leise ins Bett, und während er auf seiner Seite lag, hörte er eine Weile lang ihrem ruhigen, gleichmäßigen Atem zu. Der Schmerz betrübte sein Herz. Nichts von alldem hier war wahr. Wenn er am nächsten Morgen aufwachte, würde alles wieder in Ordnung sein.

4. Kapitel

AM NÄCHSTEN Morgen stand Warren um neun vor dem Haus des verstorbenen Dan Ho Trunh. Die Trunhs wohnten südlich des Autobahnrings in Blueridge, in einer Straße mit kleinen, ordentlichen Backsteinhäusern. Ein kleiner Chevrolet stand in der Einfahrt. Warren spähte hinein. Er war tadellos sauber. Auch das Haus sah tadellos aus. Dan Ho Trunhs junge Witwe und seine Mutter trugen schwarze Blusen und schwarze Jeans. Ein paar Kinder spielten leise in einem anderen Raum. Warren reichte den beiden Frauen seine Visitenkarte und erklärte, daß er der Anwalt sei, der vom Staat Texas für die Verteidigung des Mannes bestellt worden war, dem die Tötung ihres Gatten und Sohnes angelastet wurde.

Keine Kleinigkeit, so was zu sagen. Aber sie schienen zu verstehen. Die jüngere Mrs. Trunh, die Witwe, war etwa 25. Ihre dunklen Augen waren ernst, aber sie lächelte ihn an. Wie konnte sie helfen?

„Indem Sie mir alles erzählen, was am Abend passiert ist, bevor Dan Ho das Haus verließ. Und am Morgen."

Sie erzählten ihm nichts, was er nicht bereits wußte.

Er konzentrierte sich auf die Witwe. „Sie gaben vor der Polizei an, Ihr Mann habe an jenem Tag seine Brieftasche dabeigehabt. Haben Sie gesehen, wie er die Brieftasche genommen hat, bevor er weggegangen ist, Mrs. Trunh?"

„Nein, aber er hatte sie immer dabei."

„Woher wissen Sie, daß er mehr als fünfzig Dollar in der Brieftasche hatte?"

„Das war immer so", erklärte sie.

„Hatte Ihr Mann Feinde, Mrs. Trunh?"

Die Witwe verneinte die Frage.

Warren kratzte sich am Kopf. Das half ihm alles nicht weiter, im Gegenteil. Er fragte, ob die Polizei immer noch das Auto habe, mit dem ihr Mann unterwegs gewesen war. Nein, sagte die Witwe, es war zurückgebracht worden.

„Kann ich es mal sehen?"

Die Frauen führten ihn durch die Küche in die Garage. Der alte knallblaue Fairlane glänzte. Innen war staubgesaugt worden. Von Blutflecken keine Spur.

Als er hinter das Auto trat, um sich das Kennzeichen zu notieren, sah er, daß die hintere Stoßstange rechts ein paar Zentimeter weit abgerissen war, und über dem glänzendblauen Metall war ein cremefarbener Kratzer zu sehen. Während er noch darauf starrte, schwatzte die Schwiegermutter laut vor sich hin.

Die Witwe erklärte ihm, was sie sagte. „Sie ist böse auf die Polizei, weil sie das Auto beschädigt haben. Die lädierte Stoßstange und der große Kratzer – das war noch nicht, als mein Mann am Morgen wegfuhr. Die Polizei hat das gemacht."

„Ach", meinte Warren nur. Die Mutter redete noch immer auf vietnamesisch und benutzte die Hände, um ihrer Aussage mehr Gewicht zu verleihen.

Die Witwe fuhr fort: „Natürlich sagen sie: ‚Nein, das waren wir nicht. Das war schon vorher.' Und deshalb müssen wir die Reparatur selbst bezahlen. Das kostet viel Geld."

„Ja, das kostet enorm viel", sagte Warren und machte sich aus Gewohnheit Notizen über den Schaden.

Vom Haus der Trunhs fuhr er zum Hermann-Park und zu den Ställen.

Hinter dem Schuppen, wo Quintana einmal gelebt hatte, fand Warren einen verrußten Topf, in dem jemand Schweineschwarten gebraten hatte. Ein Fetzen einer karierten Decke lag auf der Erde. Die Hitze rollte in Wellen über den Boden. Es war niemand zu sehen.

Im Stall trieb Warren dann einen Mann auf, der Pferdemist in einen Eimer schaufelte.

„Armando?"

Der Mann drehte sich um. Er war dünn, hatte dunkle Haut und Haare und trug eine ausgebeulte, fleckige Hose. Er wischte sich den Schweiß von der Stirn und sagte: „Armando ist nicht hier."

„Dann müssen Sie Pedro sein."

Der Mann nickte.

„Na, Sie sehen aber ganz schön kaputt aus. Wenn Sie hier fertig sind, lad ich Sie zu Hühnertortillas und Bier ein. Ich bin ein Freund von Hector."

VOM Tortillastand brachte Warren zwei beladene Plastikteller zu seinem Auto, in dem er die Klimaanlage und den Motor hatte laufen lassen. Zu seiner Verwunderung – obwohl es Sinn hatte, wenn man genauer darüber nachdachte – hatte Pedro nicht gewußt, daß Hector im Gefängnis saß.

„Hat schon jemand von der Staatsanwaltschaft mit Ihnen gesprochen?"

Niemand sei gekommen, erklärte Pedro und schmierte die scharfe Salsasoße auf seine Tortilla. Warren konnte das nicht – es würde ihm den Gaumen aufreißen.

„Hector soll einen Mann umgebracht haben?" Pedro hörte nicht auf zu kauen, aber er schüttelte heftig mit dem Kopf. „Glaub ich nicht."

„Ich auch nicht, Pedro, aber sie sagen, er war's. Mit dem Revolver, den er in seinem Einkaufswagen mit sich herumschob."

„Der hatte keinen Revolver", erklärte Pedro, offensichtlich überrascht.

„Sie haben ihn nie gesehen?"

„Ich hab nie 'nen Revolver gesehen – das kann ich beschwörn. Von wem soll er ihn denn ausgeliehen haben? Wir kennen niemand mit 'nem Revolver."

„Vielleicht hat er sich den Revolver gekauft", meinte Warren.

„Der hatte doch gar kein Geld für 'nen Revolver."

„Woher wissen Sie das so genau?"

„Der hat sich doch noch drei Dollar von mir gepumpt. Ich vertrau ihm. Ich pump ihn auch an, wenn ich nix hab."

„Würden Sie das alles vor Gericht bezeugen?"
Pedro sah unglücklich aus.
„Ich kann Sie nicht für die Aussage bezahlen", sagte Warren, „das ist gegen das Gesetz. Aber ich kann Ihnen Geld geben, damit Sie sich 'n paar Tage lang was zu essen kaufen können." Er schob zwei Zwanzigdollarscheine in Pedros Hemdtasche. „Es kann Ihnen nichts passieren, wenn Sie die Wahrheit sagen. Verstehen Sie mich? Hector ist Ihr Amigo, Pedro. Wenn sie ihn schuldig sprechen, wird er vielleicht getötet." Pedro sagte immer noch nichts. „Schauen Sie – Sie gehen einfach zum Gericht, reden, und dann gehen Sie wieder. Die werden Sie nicht abschieben, weil Sie keine Papiere haben, das versprech ich Ihnen. Wenn ich mich drum kümmere – machen Sie's dann?"

„Na gut", sagte Pedro schließlich. Aber es kam nicht von Herzen.

Warren fuhr den Mexikaner zu den Ställen zurück. Bevor er ihn absetzte, gab er ihm eine seiner Visitenkarten. „Verlassen Sie die Stadt nicht. Verlassen Sie nicht einmal den Hermann-Park, ohne mich anzurufen und mir zu sagen, wo Sie zu erreichen sind. Lassen Sie mich nicht im Stich, Pedro. Lassen Sie Hector nicht im Stich! *Viva México!*"

Später am Nachmittag suchte Warren Siva Singh in der Reinigung auf. Die Inderin teilte ihm höflich mit, daß die Staatsanwältin ihr gesagt habe, sie solle mit niemandem über die Sache reden.

„Nancy Goodpaster hat das gesagt? Die Staatsanwältin?"

„Meine Güte, Sir, bitte werden Sie nicht böse. Ich habe ihre Karte hier." Sie nahm die Brille ab und griff in ihre Handtasche.

„Sie hat kein Recht, so etwas von Ihnen zu verlangen, Mrs. Singh", erklärte Warren. „Sie sind selbstverständlich berechtigt, mit mir zu reden. Und wenn Sie fair sein wollen, sollten Sie es sogar."

Siva Singh lehnte jedoch ab. Er versuchte daraufhin, Nancy Goodpaster anzurufen, konnte sie aber nicht erreichen.

DEN nächsten Morgen verbrachte er in Ravendale, wo er in den Apartmenthäusern neben dem Parkplatz von Tür zu Tür ging.

Die wenigen Leute, die zu Hause waren, starrten ihn entgeistert an. „Ob ich mich erinnere, eine halbleere Flasche Whiskey oder ein Paar Tennissocken weggeworfen zu haben? Machen Sie Witze?"

Warren trug Anzug und Krawatte, deshalb hielt ihn niemand für einen total Verrückten. Aber es konnte sich auch niemand erinnern, einen Mann im Abfallcontainer herumwühlen oder auf dem Parkplatz sitzen gesehen zu haben.

IM POLIZEIPRÄSIDIUM in der Reisner Street nahm Warren den Aufzug zur Mordkommission im dritten Stock, wo Hollis Thiel und Craig Douglas, die Hector festgenommen hatten, auf ihn warteten. Douglas war groß, Mitte Dreißig und sah aus wie eine Leiche. Thiel glich einem alternden Schweinchen Dick. Warrens persönliche Meinung war die, daß beide Sergeants Verteidiger wie die Pest haßten.

„Hat die Goodpaster Sie angerufen?" fragte Warren.

Thiel nickte. „Sie meinte, wir könnten Ihnen 'n paar Dinge erzählen."

„Erzählen Sie mir was über Quintana – aber mit Ihren eigenen Worten."

Thiel wiederholte die Geschichte von der Festnahme, die mit dem, was Hector ihm berichtet hatte, weitgehend übereinstimmte. Der Angestellte des Supermarkts hatte mit dem Fuß auf einen Knopf gedrückt. Ein Alarmsignal hatte in der nächstgelegenen Polizeiwache geblinkt. Am folgenden Tag hatte die Ballistik die Mordkommission angerufen, um ihnen zu sagen, daß Kaliber und Drall im Lauf von Hectors Revolver zur Kugel paßten, die im Schädel von Dan Ho Trunh gefunden worden war. Da Thiel und Douglas die Beamten waren, die am Tatort des Mordes aufkreuzten, war Hector in ihr Büro gebracht worden, wo ihm ein zweites Mal seine Rechte vorgelesen wurden.

„Hat er einen Anwalt verlangt?"

„Dazu ist der zu blöd", meinte Douglas. „Der saß bloß da und brabbelte: ,Ich weiß nich, wovon Sie reden.'"

„Hat er gesagt, daß er den Revolver in einem Müllcontainer gefunden hat?"

Thiel strich sich übers Kinn. „Genau."

„Sind noch andere Fingerabdrücke auf der Waffe?"

„Verschmierte."

„Haben Sie das Auto untersucht, in dem die Leiche gefunden wurde?" fragte Warren weiter.

„Da war nichts drin. Nancy sagte, wir sollten Ihnen 'n paar Fotos geben." Thiel zog eine Schublade auf, griff nach einem Ordner und schob ihn über den Schreibtisch. „Das Opfer wurde durch ein offenes Fenster auf der Fahrerseite seines Autos erschossen. Die Schußwaffentechnik sagt, vielleicht aus 'ner Entfernung von 'nem Meter fünfzig, 'nem Meter achtzig. Ihr Bursche muß danach einfach reingelangt und die Brieftasche herausgeklaubt haben."

Warren blickte auf seine Notizen. „Übrigens, wer hat den Wagen vom Tatort weggefahren?"

„Ich", murmelte Douglas.

„Haben Sie zufällig ein paar Laternenpfähle gestreift?"

„He, darüber hab ich schon mit seiner Alten geredet." Douglas schlug den Ordner auf und ließ die Farbvergrößerungen auf den Schreibtisch gleiten. „Und das hier", sagte Douglas und tippte auf ein Foto, das er aus dem Stapel gezogen hatte. „Sehen Sie das? Die Stoßstange war schon abgerissen, als wir ankamen. Das hab ich ihr gesagt." Er lachte heiser.

„Danke, Jungs." Warren stand auf. Er steckte die Fotos in seine Aktentasche. „Ist Tommy Ruiz im Haus?"

Ruiz war der Beamte von der Mordkommission, der Johnnie Faye Boudreau in der Nacht, in der Clyde Ott ermordet wurde, festgenommen hatte.

„Ich glaub, ja", sagte Thiel. „Ich ruf grad mal an."

AUF dem Pflaster begann in der mittäglichen Hitze der Teer zu schmelzen. Warren fuhr seinen BMW langsam auf den Parkplatz hinter dem Gefängnis. Zehn Minuten später saß er wieder in einem der Besuchszimmer Hector Quintana gegenüber.

„Hector, wir müssen zu einer Entscheidung kommen. Wir müssen einfach über bestimmte Dinge reden."

„Was kann ich denn noch sagen?" Quintana blickte ihn finster an.

„Ich habe Ihnen was zu erzählen. Die stellvertretende Bezirksstaatsanwältin Nancy Goodpaster möchte Sie nämlich lebenslang hinter Schloß und Riegel sehen oder den Staat Texas dazu bringen, Ihnen Zyanid zu spritzen. Sie glaubt, sie hat schlüssige Beweise. Das Problem ist, daß ich mit ihr in dieser Hinsicht sogar einer Meinung bin."

Quintana atmete heftig. Warren hob die Hand, um abzublocken, was zu kommen schien.

„Ich versuche objektiv zu sein", fuhr er fort. „Das gehört zu meinem Job. Aber ganz so schlimm, wie ich es schildere, sieht es nicht aus. Immer ruhig Blut!"

Quintana atmete wieder etwas ruhiger.

„Die Gerichte sind voll. Nancy Goodpaster ist deshalb zu einem Kompromiß bereit. Sie wird die Anklage von Mord auf Totschlag herabsetzen. Sie bietet Ihnen vierzig Jahre an."

Leise wiederholte Quintana die Zahl.

„Ich weiß, vierzig Jahre klingt wie 'ne ganze Menge", entgegnete Warren. Er sah das Entsetzen des Mannes in seinen braunen Augen. „Und es ist ja auch 'ne Menge", fuhr er fort, „obwohl Sie bei guter Führung höchstens die Hälfte davon absitzen müßten. Aber eins müssen Sie wissen – die Todesstrafe läßt sich nicht halbieren."

Quintana stöhnte und ballte die Fäuste zusammen.

„Ich möchte Sie etwas fragen", sagte Warren. „Sie sind jetzt schon ein paar Wochen hier. Gefällt Ihnen dieses Leben?" Warren wußte, daß das Gefängnis zu einer Alltäglichkeit werden konnte. Einsitzen, nannten es die Sträflinge. Drei Mahlzeiten am Tag, ein Bett zum Schlafen, ein Fernseher. Man mußte keine Miete zahlen. Einigen gefiel das sogar.

„Nein", antwortete Quintana. „Ich will wieder nach El Palmito zurück."

„Das wird nicht gehen, Hector."

Quintana begann leise zu weinen. „Vierzig Jahre...", murmelte er. „Zwanzig, haben Sie gesagt, wenn ich anständig bin. Was soll ich machen, Mr. Blackburn?"

„Schieben Sie mir nicht die Entscheidung zu, Hector. Sie sollen's mir sagen."

„Mr. Blackburn, hören Sie mir zu! In El Palmito konnt' ich nicht mal 'n Schwein töten. Die Leute haben mich ausgelacht, mich für einen Dummkopf gehalten. Glauben Sie wirklich, ich habe einen Menschen umgebracht, der mir nie was getan hat, noch nicht mal 'n Wort mit mir gesprochen?"

Warren blickte in Quintanas feuchte Augen. Es lag keine Angst mehr darin und plötzlich auch keine Verzweiflung mehr. Nur Sehnsucht und eine einfache Bitte. In Warrens tiefstem Innern regte sich ein Gefühl, das sein Herz berührte. Er konnte es nicht erklären. Es war ähnlich wie Liebe. Wenn man jemanden liebte, glaubte man ihm. Man vertraute ihm. Wie irrational das Gefühl auch sein mochte, in diesem Moment schien es untrüglich.

Pedro hatte gesagt, daß Hector keinen Revolver besaß, auch kein Geld hatte, um sich einen zu kaufen. Worte, die wahr klangen. Hectors Geschichte war einfach. Er wich nie davon ab, widersprach sich nicht, wurde nie rot. Ich glaube ihm, entschied Warren. Das ist kein Mensch, der tötet.

Warren verschränkte die Hände hinterm Kopf. Es war verrückt. Er hatte eine Verabredung mit Lou Parker. Der Boudreau-Prozeß

schwebte über ihm. Der wichtigste Prozeß seines Lebens. Wenn er mit Scoot gewinnen könnte, wäre er wieder auf dem richtigen Gleis. Aber er konnte Quintana nicht im Stich lassen. Er hätte sich geschämt.

„Nein, Hector, ich glaub nicht, daß Sie es getan haben."

„Nein?" In Hectors Augen traten erneut Tränen.

„Nein, wirklich nicht. Ich würde Sie niemals belügen."

„Aber warum muß ich dann zwanzig Jahre ins Gefängnis?"

„Mir fällt kein einziger Grund ein", sagte Warren und wurde rot. „Jetzt hören Sie mal zu! Ich werde gegen die Regeln verstoßen, ich werde Ihnen sagen, was ich tun würde, wenn ich in Ihrer Haut steckte. Wenn ich unschuldig wäre, würde ich ungeheuer viel beten und es zum Prozeß kommen lassen. Aber es ist Ihr Leben und nicht meins. Ihre Chancen stehen schlecht. Ungeheuer schlecht!"

„Gut", sagte Quintana leise. „Ich lass' es zum Prozeß kommen."

„Sie wissen, was passiert, wenn Sie verlieren?"

„Ja. Sie werden mich umbringen, einschläfern. Is vielleicht nicht so schlimm wie zwanzig Jahre Knast. Egal. Ich bin unschuldig."

Es war unmöglich, sich durch das Gitter die Hände zu schütteln. Warren preßte die Handfläche gegen das kühle Metall. Quintana preßte zurück.

Warren sammelte seine Papiere zusammen. „Ich werde tun, was ich kann", versprach er. „Wir werden's der Anklage schon zeigen. Aber wenn Sie Ihre Meinung ändern, sagen Sie mir um Gottes willen Bescheid!"

NACHDEM Warren mit Nancy Goodpaster gesprochen hatte, war er zur Richterin ins Arbeitszimmer beordert worden. Nancy Goodpaster hatte ihn unglücklich angeschaut und gesagt: „Ich glaube, Sie machen einen Fehler!", als sie zusammen zu Lou Parker gingen.

Er nahm auf dem Stuhl vor dem Schreibtisch der Richterin Platz. Lou Parker klemmte sich eine Zigarette zwischen Daumen und Zeigefinger und richtete sie wie einen Dartpfeil genau zwischen seine Augen.

„Lassen Sie mich mal eines klarstellen, Mr. Blackburn. Vor kaum einer Woche haben Sie die Staatsanwältin gebeten, sich mit Ihnen zu einigen." Sie nickte zu Nancy Goodpaster hinüber.

„Das ist richtig, Euer Ehren."

„Nancy war mit vierzig Jahren einverstanden. Ein Bombenkompromiß."

„Aber mein Mandant läßt sich nicht darauf ein, Euer Ehren. Er sagt, er ist unschuldig. Und zufällig glaub ich's ihm."

„Dann sind Sie ein Schwachkopf!" krächzte sie. „Soweit ich mich erinnere, saßen wir vor gar nicht so langer Zeit schon mal hier und haben die Weichen gestellt. Ich hab Ihnen gesagt, daß es für die Anklage kleine Fische sind. Ich hab Ihnen gesagt, Sie sollen die Sache zu einem akzeptablen Ende bringen und meine Zeit nicht verschwenden. Wenn Sie mir in diesem Fall einen Prozeß antun, kriegen Sie in Ihrem ganzen Leben keinen Job mehr in meinem Gericht, das kann ich Ihnen versprechen!"

„Was spielt es denn für eine Rolle, ob mein Mandant auf einem Prozeß besteht oder nicht?" fragte Warren, die Drohung ignorierend.

Die Richterin erhob ihre Stimme. „Ich sag Ihnen, was für eine Rolle es spielt! Sie sollen die Rechte des Mannes in seinem Interesse vertreten. Haben Sie diesen Quintana richtig aufgeklärt?"

„Ich hab mein Bestes getan", antwortete Warren, fragte sich aber, ob das stimmte.

„Wieso glaube ich Ihnen nicht ganz? Wieso denke ich, daß Sie die Absicht haben, zwei wertvolle Wochen meiner Zeit damit zu verbringen, dem Pöbel was vorzuspielen? Und ein fettes Honorar einzustreichen?"

„Das weiß ich nicht, Euer Ehren", entgegnete Warren, deutlich verärgert. „Warum sagen Sie mir nicht, wieso?"

„Werden Sie nicht frech, Herr Rechtsanwalt!"

„Dann stellen Sie bitte nicht in Frage, was ich für meinen Mandanten für das beste halte, der, wie ich Sie erinnern darf, seine Unschuld beteuert."

„Das tun sie doch alle!" schnaubte sie. „Bis man die nackten Tatsachen vor ihnen ausbreitet. Wir reden hier nicht von Bewährung. Wir reden von einer Spritze in den Arm. *Buenas noches, José.*"

„Das weiß er alles."

Seine Entschlossenheit brachte sie immer mehr in Rage. „Und was denken Sie eigentlich, wird das Ganze für Sie bringen? Der Prozeß wird keine Schlagzeilen machen – ein blöder, ignoranter Mexikaner, der einen vietnamesischen Handlanger kaltgemacht hat. Wie rechtfertigen Sie diese Farce?"

Als sie merkte, daß er nicht die Absicht hatte, ihr zu antworten, blätterte sie wild in ihrem Terminkalender herum und wandte sich dann an Nancy Goodpaster.

„Frau Staatsanwältin, ist die Anklage zur Eröffnung des Hauptverfahrens bereit?"

„Ja, Euer Ehren."

„Das Gericht wird am kommenden Montag, dem zwölften Juni, um neun Uhr, den verfahrenseinleitenden Antrag entgegennehmen. Verteidigungsantrag am nächsten Freitag, dem sechzehnten Juni. Die Staatsanwaltschaft hat eine Woche Zeit zum Erwidern. Wie wär's mit einem Prozeßtermin? Ist die Anklage bereit?"

„Die Anklage kann in sieben Tagen bereit sein", sagte Nancy Goodpaster.

„Zu früh. Aber am Mittwoch, dem fünften Juli, gleich nach dem Feiertag, hab ich noch einen Termin frei. Am einundzwanzigsten Juli, das ist ein Freitag, fliege ich nach Hawaii in Urlaub. So sieht's aus."

Warren sprang auf.

„Frau Richterin", plädierte er, „damit brechen Sie mir das Genick! Einschließlich der Geschworenenbefragung geben Sie mir weniger als drei Wochen für die ganze Sache. Und ich habe nur drei Wochen zur Vorbereitung. Bei einem Mordfall ist das überhaupt nichts!"

„Sie reden in den Wind! Mein Terminkalender ist voll bis zum Herbst. Sie wollten einen Prozeß – die Geschworenenbefragung beginnt am fünften Juli. Und dabei bleibt's."

Warren versuchte es mit einer anderen Taktik. „Scoot Shepard und ich verhandeln den Fall Boudreau am vierundzwanzigsten Juli. Bei aller Hochachtung – könnten wir den Fall nicht nach Ihrem Urlaub in Angriff nehmen?"

Die Richterin drückte ihre Zigarette aus und lehnte sich im Sessel zurück. „Lassen Sie diesen Quatsch mit der Hochachtung! Sie sind ein ganz großer Narr! Sie tun mir leid."

Sie machte eine Handbewegung in Richtung Tür.

NACHDEM sich Nancy Goodpaster in ihrem Büro hinter dem Schreibtisch niedergelassen hatte, sagte Warren zu ihr: „Ich möchte, daß Sie sich alles, was heute da drin passiert ist, gut merken. Machen Sie sich Notizen, wenn's nötig ist."

„Warum?"

„Nur so zum Spaß, Nancy", antwortete er. „Nur für den Fall, daß ich was vergesse. Haben Sie Mrs. Singh gesagt, daß sie nicht mit mir reden soll?"

„Ich hab ihr nur gesagt, daß sie nicht muß, wenn sie nicht will."

„Kann ich jetzt den Polizeibericht sehen?"
„Nein."
„Wovor fürchten Sie sich?"
„Ich halte mich nur an die Bestimmungen. Ich hätte Ihnen die Akte zeigen können, wenn Sie zu einem Kompromiß bereit gewesen wären. Aber da dem nicht so ist, kann ich Ihnen den Bericht nicht geben. Jetzt ist Krieg – es ist kein Spiel mehr!"

AM ABEND desselben Tages verließ Scoot Shepard das Büro und steuerte seinen Cadillac dem Houstonian-Klub entgegen. Er wollte sich dort mit ein paar Freunden zu einer Runde Poker treffen. Den ganzen Tag über hatte er schon Tabletten gekaut, aber seine Magenverstimmung wollte nicht verschwinden, genau wie die Schmerzen im Hinterkopf.

Er hatte Buffalo Bayou passiert und fuhr jetzt auf dem Memorial Drive Richtung Westen. Ohne Vorwarnung – wenn man von den Kopfschmerzen und Schwindelanfällen in den letzten beiden Jahren, den Ermahnungen seiner Frau und seines Arztes absah – verschwamm ihm plötzlich alles vor den Augen. Die Straße wurde völlig unscharf. Scoot verspürte einen unangenehmen Schmerz in der linken Schläfe, als ob jemand mit dem Fingerknöchel dagegen gedrückt hätte. Er hatte einen leichten Schlaganfall erlitten. In diesem Augenblick wechselte die Straße von einer rechten Kurve in eine linke. Scoot sah es nicht. Der Wagen kam von der Straße ab, drehte sich und prallte donnernd gegen eine alte Eiche. Der Kühlergrill wickelte sich um den Baumstamm, und die Lenksäule bohrte sich in Scoots Brust.

DEPRIMIERT über das, was im Büro der Richterin passiert war und das ahnen ließ, wie sich der Prozeß seines Mandanten abspielen würde, fuhr Warren nach Hause. Dabei merkte er, daß ihm ein neuer Refrain nicht mehr aus dem Kopf ging: Ich will meine Frau wiederhaben. Ich brauche sie. Ich brauche jemanden, mit dem ich reden kann. Ich bin ein Mensch, der sich für ein Leben lang an einen Menschen bindet.

Zu Hause mixte er sich einen Wodka-Tonic und schaltete den Fernseher ein. Da war Charm, in Farbe, die blauen Augen auf ihn gerichtet. Die Lippen bewegten sich tonlos. Er drückte auf den Lautstärkeregler. „... wir kommen gleich wieder. Bitte bleiben Sie bei uns ..."
Er stellte den Ton ab und öffnete die dünne Quintana-Akte.

Geschworenenbefragung in drei Wochen. Er studierte die Notizen von seinem Besuch bei den Trunhs. Vielleicht hatte es Hector doch getan. Er war betrunken gewesen. Vielleicht war er unfähig, sich zu erinnern, oder verdrängte das Entsetzliche, weil er nicht glauben konnte, daß es möglich war. Dieser Gedanke ließ Warren wie einen Eisblock erstarren.

Auf dem Bildschirm sah er Scoot Shepard, in glänzendweißes Halogenlicht getaucht, vor einem Gerichtssaal mit Reportern sprechen. Überrascht beugte sich Warren vor und stellte den Ton wieder an.

Charm sagte mit gesetzter Stimme: „... im Alter von vierundsechzig Jahren. Aus einem vorläufigen medizinischen Bericht geht hervor, daß Mr. Shepard kurz vor dem tödlichen Unfall einen leichten Gehirnschlag erlitt. Mehr dazu in den Nachrichten um dreiundzwanzig Uhr auf Kanal sechsundzwanzig."

Warren war wie betäubt. Das war einfach nicht möglich. Er schaltete von Sender zu Sender, aber alle brachten nur das Wetter und Sport. Schließlich stellte er das Gerät ab. Die Stille des Hauses schlug ihm wie Donner um die Ohren. Scoot, du armer Hund. Er stöhnte laut auf und war darüber überrascht. Und der Fall Ott..., die größte Chance meines Lebens. Dahin. Dahingegangen mit Scoot.

Er wartete auf Charm. In seinem ganzen Leben hatte er sich nicht so verlassen gefühlt. Er aß nichts und trank weiter Wodka-Tonics. Um Mitternacht ging er etwas benommen zu Bett. Er war schon fast eingeschlafen, als das Telefon klingelte. Er riß den Hörer von der Gabel und sagte: „Charm? Geht's dir gut?"

Aber es war Johnnie Faye Boudreau. Sie klang verängstigt. Warren hatte Mühe, ihre Worte zu verstehen. Schließlich begriff er, daß sie im Klub war und daß jemand ihr gerade von der Tragödie erzählt hatte.

Johnnie Fayes Stimme wurde schriller. „Was soll ich nur machen?"

„Beruhigen Sie sich", sagte Warren bestimmt. „In den nächsten Tagen suchen Sie sich einen neuen Anwalt, der den Fall übernimmt. Sie haben gute Chancen. Jeder anständige Rechtsanwalt kann den Prozeß gewinnen."

„Ich will Mr. Shepard!" heulte sie.

„Das wird schwierig sein", entgegnete Warren.

„Kann ich Sie sehen? Kann ich mit Ihnen reden? Ich brauch Ihren Rat."

„Ja, natürlich. Ich bin in zwanzig Minuten im Klub."

Am nächsten Tag aß Warren mit Richter Dwight Bingham in einem Gartenlokal in der Nähe des Gerichtsgebäudes zu Mittag. Bingham hob eine Gabel voll Wels zum Mund. Er war auf einer Plantage in der Nähe von Texarkana geboren und hatte sich das Studium selbst finanziert. Ein langer Weg, auf dem er viel gesehen hatte, lag hinter ihm.

„Ich mache mir Sorgen um Sie, mein lieber Warren. Bob Altschuler ist ein unheimlich guter Staatsanwalt. Er wird sich im November um das Richteramt bewerben. Er wird wie der Teufel kämpfen, um den Fall Ott zu gewinnen."

„Ich auch", entgegnete Warren bestimmt. „Schauen Sie, diese Boudreau meint, daß sie mich haben will. Das ist doch das Wichtigste."

Er hatte sie nicht gefragt. Er hatte sie nicht bedrängt. In der vergangenen Nacht im Ekstase hatte sie gefragt: „Glauben Sie mir?"

„Wenn Sie Scoot die Wahrheit gesagt haben", hatte Warren vorsichtig geantwortet, „und wenn Sie demjenigen, den Sie als Ihren neuen Anwalt wählen, auch die Wahrheit sagen, glaube ich an Ihre Verteidigung."

„Könnten Sie meinen Fall gewinnen?"

„Ja."

„Würden Sie ihn gewinnen?"

„Ja."

„Ich muß das alles noch mal überdenken. Jetzt bin ich zu müde."

„Sie werden schon das Richtige tun", hatte Warren geantwortet.

Im Gartenrestaurant zog der Richter die Stirn kraus. „Wann wird Mrs. Boudreau Ihnen Bescheid geben?"

„Ich werde sie heute abend wieder im Ekstase treffen."

„Ich möchte Ihnen was sagen, Warren, ganz im Vertrauen." Der alte Richter seufzte leise. „Wenn Sie mich zitieren, werde ich sagen, daß Sie lügen. Sie waren damals dabei, im Gericht, als es um die Herabsetzung der Kaution von Mrs. Boudreau ging. Die ganze Sache mit der Gesellschaft in Louisiana, die den Klub besitzen soll – daß sie kein Geld hat, das war doch alles Mumpitz. Ich wußte es, konnte es aber nicht beweisen und wollte mich auch nicht damit aufhalten. Das ist eine clevere Frau. Die kriegt, was sie will, wickelt die Leute um ihren kleinen Finger. Passen Sie bloß auf sich auf!"

Warren zahlte die Rechnung trotz des richterlichen Protests und verließ das Lokal. Johnnie Faye Boudreau zu verteidigen war die Chance seines Lebens. Aber wenn Johnnie Faye ja sagte, hatte er zwei Mordfälle durchzufechten. Er würde sich zerreißen müssen. Er konnte alles gewinnen ... oder alles verlieren.

WARREN rief das Büro von Rick Levine an und erfuhr, daß er in der Voruntersuchung eines Drogenfalls war.

Als der Richter im Gerichtssaal zur Pause aufrief, packte Warren Rick Levine am Ärmel. „Hast du eine Minute Zeit?"

Sie gingen bis zur Treppe.

„Der arme Scoot", sagte Rick. „Was wird da mit dir in der Boudreau-Sache?"

Warren berichtete von seinen Gesprächen mit Johnnie Faye und Dwight Bingham. „Wenn sie ja sagt, brauche ich einen guten Anwalt, der mir assistiert. Einen sehr guten Anwalt. Machst du mit?"

Rick strich sich nachdenklich über den Schnurrbart. „Ich tu eigentlich schon genug für die Wohlfahrt. Bringt's denn was ein?"

„Was immer ich kriege, teile ich mit dir."

„Was willst du zu ihrer Verteidigung vorbringen?"

„Notwehr. Clyde Ott hat gedroht, sie umzubringen – es gibt Leute, die es gehört haben. Und bevor sie ihn abknallte, hob er einen Schürhaken gegen sie."

„Hat sie ihn provoziert?"

„Sie behauptet, sie hätte es nicht getan", sagte Warren. „Es gibt keine Zeugen, die das widerlegen könnten."

„Ich bin im Juli ziemlich mit Arbeit eingedeckt." Rick zog die Stirn in Falten und kratzte sich am Kopf. „Ich müßte jemand finden, der mir diese Drogensache abnimmt."

Warren wartete. Er sagte nichts.

„Na gut, ich mach's", erklärte Rick und schlug ihm freundschaftlich auf die Schulter. „Ein guter Fall, dem Aufmerksamkeit in den Medien geschenkt wird."

„Unsere Mandantin wird dir gefallen", meinte Warren. „Wenn sie unsere Mandantin wird."

WARREN und Johnnie Faye saßen im Ekstase an einem kleinen runden Tisch neben der Bar. Frank Sawyer lehnte an der Bar und musterte die Freitagnachtmeute. Junge Kellnerinnen bewegten sich zwischen den Gästen. Sie trugen hohe Absätze und Tangas und im Haar gelbe

Bänder. Die Musik war gnadenlos laut, und der Zigarettenqualm ringelte sich im Strahl der Scheinwerfer. Warrens Augen brannten.

Johnnie Faye schien sich vom Trauma der vergangenen Nacht erholt zu haben. Sie lachte fröhlich.

Warren wandte sich an sie: „Also – kommen wir miteinander ins Geschäft oder nicht? Wenn ja, muß ich die Akte für Rick Levine fotokopieren."

„Ich hab mich seit gestern über Sie kundig gemacht. Eine Menge Leute halten unheimlich viel von Ihnen. Natürlich ist das sehr positiv, was ich aber von einem Anwalt hören will, ist, daß ich nicht verlieren kann."

„Ein Anwalt, der sagt, daß Sie nicht verlieren können, ist ein Dummkopf", entgegnete Warren.

„Mr. Shepard hat's gesagt."

„Das glaub ich nicht. Sie müssen ihn mißverstanden haben. Es ist ein aussichtsreicher Fall. Nicht ganz das, was man ‚kein Problem' nennt, aber fast."

„Strengen Sie sich 'n bißchen mehr an, Herr Rechtsanwalt." Johnnie Faye warf ihm einen finsteren Blick aus ihren unterschiedlich farbigen Augen zu.

„Prozesse sind nicht so einfach", erklärte er. „Rechtsanwälte können Fehler machen. Richter auch. Zeugen lügen, sind vergeßlich oder verwirrt. Die Geschworenen haben immer recht, egal, ob sie nun tatsächlich recht haben oder nicht. Aber davon abgesehen, werden wir Sie so gut wie oder sogar besser als jeder andere Anwalt in der Stadt vertreten."

„Sehen Sie", erwiderte sie, „Sie können gut reden, wenn Sie in Fahrt kommen. Das wollte ich hören. Ich mag Sie, Herr Rechtsanwalt. Also, gehen Sie ran – Sie und Mr. Levine. Ein Freund von Ihnen?"

Warren nickte. Was kam als nächstes?

„Wenn Ihr Freund auch so gut ist wie Sie, kann ich nicht verlieren, oder?"

Warren lächelte.

Zu Scoots Beerdigung am Samstag waren mehrere hundert Rechtsanwälte, Richter und ehemalige Mandanten gekommen.

Als Warren am Abend von der Beerdigung nach Hause kam, stand Charms Auto in der Einfahrt. Er hatte seine Frau seit Montag, dem Tag, an dem er sie draußen mit ihrem Liebhaber überrascht hatte, kaum gesehen. Seit diesem Tag hatte sich in Warrens Leben alles verändert.

Er ging zum Schlafzimmer, während Oobie sich an sein Hosenbein krallte. Charm stand unter der Dusche und wusch sich die Haare. Mit einem dicken braunen Handtuch um den Kopf und einem anderen wie einen Sarong um den Körper gewickelt, kam sie heraus.

„Gehst du heute abend auch wieder zum Baseball?" fragte sie, als sie sich anzuziehen begann.

„Das war mit einer Mandantin wegen einer Mordsache."

„Bist du die nicht los, jetzt, wo Scoot tot ist?"

„Ich hab den Fall übernommen. Rick assistiert."

„Das ist gut für dich, Warren. Das ist sehr positiv. Werdet ihr gewinnen?"

„Das weiß man schließlich nie, oder? Charm, können wir reden?"

„Das halte ich für eine gute Idee."

Aber das Gespräch hatte keine Ähnlichkeit mit seinen Tagträumen. Ja, natürlich wollte sie Zeit ... Nicht, damit er sie zurückgewinnen konnte, sondern um herauszufinden, was sie mit dem Rest ihres Lebens anfangen wollte. Sie hatte einen Agenten in Chicago beauftragt, ihr in einem Topsender – Chicago, Los Angeles, Boston, New York – einen Job als Moderatorin zu verschaffen.

„Aber unser Leben spielt sich hier ab."

„Dein Leben spielt sich hier ab, Warren. Meines nicht."

„Und was ist mit uns?"

Er wollte sie in die Arme nehmen. Sie hob eine Hand, um ihn zurückzuhalten. Er sah, daß ihre Finger zitterten.

„Warren, es fällt mir schwer, es zu sagen: Ich will mich scheiden lassen."

Es war wie sein schlimmster Alptraum. Er lief im Kreis herum, um sich wieder in die Gewalt zu bekommen. „Damit du den anderen heiraten und nach New York ziehen kannst?"

„Dazu entschließe ich mich, wenn ich soweit bin", antwortete Charm. „Ich habe daran gedacht auszuziehen. Du weißt, wie sehr ich Apartments hasse. Ich dachte, wir könnten das Haus noch eine Weile miteinander teilen. Ich meine aber nicht, daß wir das Bett teilen sollten. Das ist für uns beide zu schmerzhaft."

„Wer zieht also aus?" Er machte eine Handbewegung in den Raum hinein.

„Das liegt bei dir, Warren. Ich habe nicht das Recht, dich rauszuschmeißen ... Aber die Schränke im Gästezimmer sind so klein. Würde es dir sehr viel ausmachen?"

Nach einigen Augenblicken sagte er: „Es würde mir sehr viel ausmachen."

Er folgte ihr ins Bad, wo sie den Haartrockner anschloß.

„Vielleicht werden wir Freunde, Warren."

„Das bezweifle ich sehr." Er verließ das Bad.

In der Küche tätschelte er Oobie, die nicht gefüttert worden war. Er leerte die Dose Hundefutter in die Schüssel und sah Oobie beim Fressen zu. Ja, es macht mir viel aus, dachte er traurig.

Er setzte sich ins Wohnzimmer und legte den Kopf in die Hände. Er konnte nicht im selben Haus mit ihr wohnen. Charm ging zehn Minuten später. Sie rief ihm ein tonloses Lebewohl zu. Er hörte, wie sie mit ihren hohen Absätzen den Gehweg entlangeilte.

Später ging er zum Essen in ein Restaurant in der Nachbarschaft. Dann kehrte er heim und arbeitete eine Stunde lang an dem Fall Quintana. Danach widmete er sich der Boudreau-Akte, aber seine Augen wurden müde. Die beiden Fälle verschwammen, wurden zu einem. Ich sehe die Dinge nicht mehr klar, stellte er fest.

Er deckte eines der beiden Betten im Gästezimmer auf und knipste um zwei Uhr die Nachttischlampe aus.

In der Dämmerung des Sonntagmorgens erwachte er. Auf dem Weg in die Küche bemerkte er, daß die Schlafzimmertür angelehnt war. Das Bett war unbenutzt. Charm war nicht nach Hause gekommen.

„Zum Teufel mit ihr", sagte er leise. Vom Küchentelefon aus rief er in Ravendale an und fragte, ob eines der Apartments frei sei. Um zehn war er mit seinem Hund dort eingezogen.

Spät am Montag nachmittag wurden Warren M. Blackburn und Richard C. Levine als Verteidiger im Fall „Texas gegen Johnnie Faye Boudreau" in Richter Binghams Gericht eingetragen.

5. Kapitel

AN EINEM Nachmittag Ende Juni rief Richterin Lou Parker Warren und Nancy Goodpaster in ihre Kanzlei. Sie richtete ihren vernichtenden Blick auf den Mann, der zwischen Hector Quintana und dem Tod stand.

„Wie sieht's mit Klamotten für Ihren Heini aus? Ich will nicht, daß der Typ mit einem Gefängnisoverall dasitzt und uns alle beschämt. Wenn er nichts Anständiges besitzt, kaufen Sie ihm was. Der Bezirk bezahlt's. Finden Sie raus, was er für 'ne Größe hat, und machen Sie sich auf die Socken zu Kuppenheimer. Da ist Ausverkauf." Ohne ein Danke abzuwarten, gab die Richterin bekannt: „Die Auswahl der Geschworenen beginnt Mittwoch in einer Woche. Die Befragung beschränke ich für jeden Geschworenen auf dreißig Minuten pro Partei. Ich hab eine Schachuhr auf dem Schreibtisch. Wenn sie ‚ping' macht, ist der Fall erledigt. Keine Ausnahmen."

Sie starrte Warren finster an. „Lassen Sie sich das Ganze gut durch den Kopf gehen. Wenn Sie für Ihren Typ noch fünf vor zwölf was aushandeln wollen, werde ich zwar nicht jubilieren, aber ich werde Sie ganz bestimmt nicht daran hindern. Ist das klar?"

„Klar", antwortete Warren.

Ihr finsterer Blick verdüsterte sich noch mehr. „Ich sehe Sie beide zur Geschworenenbefragung Mittwoch in einer Woche, Punkt neun."

AM ABEND, in seinem Apartment in Ravendale, sah er sich auf einem gemieteten Videogerät Filme an. Er hatte sich außerdem einen Karton voll Töpfe und andere Küchenutensilien ausgeliehen und seinen Kühlschrank mit Wurstaufschnitt und gefrorenen Fertiggerichten und polnischem Wodka aufgefüllt. Das Apartment war im üblichen beigefarbenen Motelstil eingerichtet. Hier konnte er eine Tasse heißen Kaffee auf dem Couchtisch stehenlassen, ohne daß ihm jemand sagte, er solle einen Untersetzer drunterlegen. Die Ringe auf dem Tisch vermehrten und überschnitten sich bereits.

RICK und er trafen sich mehrmals mit Johnnie Faye, um sich ihre Version der Geschichte anzuhören und um eine Prozeßakte vorzubereiten. Warren las ihr eine Definition vor: „Notwehr ist die Anwendung tödlicher Gewalt, um die unmittelbar bevorstehende Gefahr, getötet zu werden oder schwere Körperverletzungen zu erleiden, abzuwehren, wenn man keine Gelegenheit hat, sich in Sicherheit zu bringen." Johnnie Fayes Aussage war hier entscheidend. „Es geht in drei Stufen vor sich", erklärte Warren. „Zuerst erzählen Sie uns genau, was passiert ist. Dann befragen wir andere mögliche Zeugen. Dann proben wir mit Ihnen – wir bereiten Sie genau auf die Hauptvernehmung und das Kreuzverhör unter Eid vor. Lassen Sie unterdessen nichts aus, egal, für wie trivial Sie es halten. Erzählen Sie uns wahrheitsgetreu, was passiert ist. Wir sind Anwälte. Wir sind hier, um Ihnen zu helfen, nicht, um über Sie zu urteilen."

Was sie erzählte, wich nicht vom früher Gesagten ab. Die Anwälte machten sich Notizen. Rick nahm diese dann mit ins Büro, wo seine Sekretärin, Bernadette Loo, sie in den Computer eingab und speicherte. Bernadette war chinesischer Abstammung, aber ihrer Sprache und ihren Ansichten nach war sie eine waschechte Texanerin.

Die Bezirksstaatsanwaltschaft, vertreten durch Bob Altschuler, hatte ihnen Auszüge aus dem Polizeibericht überlassen. Die Spurensicherung hatte genug Fingerabdrücke auf dem Schürhaken gefunden, die sowohl von Clyde Otts rechter als auch linker Hand stammten. Der Schürhaken war auf dem Wohnzimmerteppich, direkt vor dem Sofa gefunden worden. Johnnie Fayes Abdrücke waren auch darauf, was aber zu ihrer Geschichte paßte. Altschuler hatte Warren auch einen Satz Fotos des Wohnzimmers überlassen, einen Grundriß der Villa am River Oaks Drive, eine Niederschrift dessen, was Johnnie Faye am Telefon zur Polizei gesagt hatte, und eine Kopie der Notizen von Sergeant Ruiz, die er sich gemacht hatte, nachdem er sich im Haus der Otts das Geständnis angehört hatte.

Warren ging ins Archiv des *Chronicle* und fotokopierte die Artikel über die Ermordung von Sharon Underhill Ott und David Inkman. Verweise darauf waren im Prozeß ausgeschlossen, aber das Verteidigungsteam mußte über den Hintergrund Bescheid wissen.

Spät am Nachmittag fuhr Warren zum Restaurant Hacienda. Sowohl der Kellner als auch der Oberkellner erinnerten sich, daß Dr. Ott und Johnnie Faye dort gesessen hatten, und die Geschäftsleitung überließ ihm eine Kopie der Rechnung, aus der hervorging, daß sie zehn Cocktails bestellt hatten. Der Kellner erinnerte sich auch an einen Streit am Tisch.

An einem anderen Abend suchte Warren das Ehepaar auf, das – laut Johnnie Fayes Aussage – gehört hatte, wie Clyde ihr drohte, sie umzubringen. Dr. Gordon Butterfield, ein Schönheitschirurg, und seine Frau charakterisierten Johnnie Faye als oberflächlich und unmoralisch. Sie waren mit Clyde befreundet gewesen, betonten sie. Aber sie konnten sich auch an jenen Abend erinnern, vor einem Jahr oder so – ein Wohltätigkeitsdinner im Houston-Racquet-Klub zugunsten der Obdachlosen.

„Sie stritten sich wie üblich um das Geld, das Clyde für seine

Stiefkinder ausgab", sagte Dr. Butterfield. „Mitten in diesem Streit schüttete diese Boudreau ihm ihren Drink ins Gesicht. Und Clyde sagte: ‚Du Miststück, ich könnte dich umbringen!'"

Warren dankte den Butterfields und ging.

Im Hermann-Krankenhaus beschaffte sich Warren am nächsten Tag eine Kopie des Berichts der Unfallstation von der Nacht des 22. Dezember 1988. Er las darin: „Beschwerden der Patientin: Frakturverdacht, Nasenbein. (Schwellung am Nasenrücken festgestellt.) Diagnose: Haarriß des linken Jochbeins. Behandlung: keine. Verordnung: Tylenol III."

Der Arzt, der Johnnie Faye behandelt hatte, war bereit auszusagen.

Rick schaute in der Bar im Grand Hotel vorbei, aber Cathy Lewis – die Kellnerin, der Clyde angeblich 25000 Dollar zahlte, weil er ihr drei Vorderzähne eingeschlagen hatte – arbeitete seit achtzehn Monaten nicht mehr dort. Niemand wußte, wo sie war. „Ruf alle Hotelbars an", sagte Warren zu seinem Partner, „und probier's mal mit deinen Leuten bei der Sozialversicherung und der Kraftfahrzeugzulassung. Wir brauchen sie."

JEDEN Morgen rannte Warren mit Oobie am Braes Bayou entlang. Samstags kam eine Putzfrau. Er ging zum Gericht, wenn es erforderlich war, und traf sich mit Hector Quintana im Besuchszimmer des Gefängnisses, mit Rick und Johnnie Faye Boudreau in Ricks oder seinem eigenen Büro. Er stellte Zeugenpläne und eine Verteidigungstheorie für beide Fälle auf. Das Hin und Her zwischen den beiden Fällen machte ihn nervös und bescherte ihm Träume, die vor lauter Durcheinander alptraumhaft waren. Wenn er erwachte, war das Kopfkissen schweißnaß.

Gegen sechs Uhr abends kehrte er heim. Er vermied es, Kanal sechsundzwanzig einzuschalten, und sah sich die Nachrichten eines anderen Senders an. Auf Charms Anrufbeantworter hatte er eine Nachricht hinterlassen, um ihr zu sagen, wo er war, und in den vergangenen beiden Wochen hatte sie zweimal angerufen und sich erkundigt, ob alles in Ordnung sei, und jedesmal hatte er erklärt: „Es geht mir gut, Charm. Und wie steht's bei dir?" Das erste Mal hatte sie „alles bestens" geantwortet und das zweite Mal „gut". Aber er konzentrierte sich nicht auf Feinheiten. Er wollte keine langen Gespräche. Das Herz tat ihm weh, doch das ging sie nichts an. Konzentrier dich auf die Aussage der Boudreau und den leidenden Hector Quintana, sagte er sich.

Paß gut auf Oobie auf, denn die liebt und braucht dich. Ein dummer, hungriger Hund war alles, was er noch hatte.

Aber die Frauen schienen seine Verfügbarkeit zu riechen. Gerichtstratsch war schnell wie der Schall im Umlauf, wenn nicht gar mit Lichtgeschwindigkeit. Eines Morgens, in der Kanzlei von Richter Bingham, faßte Maria Hahn, die Protokollführerin, ihn am Ellbogen.

Maria war Ende Dreißig und hatte einen achtjährigen Sohn, eine Tatsache, die die meisten unverheirateten Juristen abschreckte. Sie war groß und langbeinig, trug ihr kurzes braunes Haar in feingekräuselter Dauerwelle und hatte strahlendblaue Augen.

Sie erzählte ständig Witze und kicherte viel mit Dwight Bingham, der das Verfahren unterbrach, wenn er den Eindruck hatte, daß sie müde war. „Pause für die schöne Maria", sagte er dann, und oft nahm Maria den Satz lächelnd ins Protokoll auf.

Sie fragte Warren, wie es ihm gehe, und er antwortete: „Gut."

„Warren, ich bin im Klub Langer Menschen, ob Sie's glauben oder nicht. Sonntag abend gibt's da 'ne große Party zum Nationalfeiertag. Ich möcht nicht allein gehen. Haben Sie Lust mitzukommen?"

„Klingt gut", meinte Warren nach einem Moment. Er mochte Maria. Sie war immer gut gelaunt. „Wie groß sind Sie eigentlich genau?"

„Einszweiundachtzig. Und Sie?"

„Einsfünfundachtzig. Vielleicht 'n paar Millimeter drunter."

„Dann werden Sie nicht aufgenommen. Männer müssen mindestens einsachtundachtzig sein. Aber ich darf einen Kleinen mitbringen." Sie drückte seinen Arm und gluckste. „Wollen Sie einen fiesen Witz hören?"

„Habe ich denn eine Wahl?"

„Es ist ein Rätsel. Warum haben Politiker eine Gehirnzelle mehr als Pferde?"

„Keine Ahnung."

„Damit sie bei Paraden nicht auch noch auf die Straße machen." Maria lachte schallend. „Geben Sie mir Ihre neue Nummer. Ich ruf Sie an und sag Ihnen, wann und wo wir uns treffen."

IN SHORTS und Safarihemd erschien Rick Levine in Warrens Büro. Es war der Samstagnachmittag des wegen des Nationalfeiertags verlängerten Wochenendes. Rick brachte Bernadette Loo mit. Sie hatte Grippe gehabt und war mit der Abschrift in Rückstand geraten.

Johnnie Faye sollte um vier eintreffen, um weiter auf das Kreuzverhör vorbereitet zu werden. Bernadette ließ sich in der Nische häuslich nieder, in der Warrens Computer und Drucker standen.

„Ich hab noch eine Frage, bevor wir anfangen", sagte Rick.

„Schieß los!"

Rick legte einen Grundriß und ein paar Fotos vom Erdgeschoß von Clyde Otts Haus am River Oaks Drive auf den Tisch. Die Ausmaße des Hauses waren grandios. Man betrat einen großen, hallenartigen Flur, der ganz in italienischem Marmor gehalten war, von dort aus führte eine breite Marmortreppe im südländischen Stil in die oberen Stockwerke. Rechter Hand lagen ein Wohn- und Fernsehzimmer. Links davon lag, durch einen Durchgang verbunden, ein weiteres riesiges Wohnzimmer. Dem Kamin gegenüber, in einiger Entfernung, befand sich in einer Wandnische ein eingebautes Bücherregal, vor dem das Ledersofa stand, auf dem Clyde Ott gestorben war. Ricks Finger zeigte auf den Umriß des Sofas. „Nehmen wir an – wie unsere Mandantin uns immerzu versichert –, daß Clyde mit dem Schürhaken in drohender Gebärde über seinen Kopf hinweg ausholte und sie ihn in dem Moment erschoß, in dem er auf sie einschlagen wollte. Wieso hat dann aber – als er fiel – die Stoßkraft seines Arms den Schürhaken nicht über das Sofa gegen das Bücherregal geschleudert? Wieso landete der Feuerhaken einen halben Meter vom Sofa entfernt auf dem Teppich, und zwar vor dem Sofa?"

Hinter ihnen tippte Bernadette Loo wild auf der Computertastatur herum.

„Es ist möglich", antwortete Warren, „daß Clyde den Schürhaken so geschwungen hat – um seinen ganzen Körper herum –, daß er hinter ihm auf dem Teppich landete."

Rick nickte. „Es ist auch möglich, daß sie ihn aufhob und vor das Sofa legte, nachdem sie Clyde erschossen hatte, damit die Polizei ihn nicht übersehen würde."

Richtig, dachte Warren. „Natürlich gibt es noch eine Möglichkeit", meinte er.

„Ja, die Schürhakenstory ist ein Märchen. Clyde hat ihn nie angefaßt und damit herumgefuchtelt. Sie hat ihn erschossen und dann den Haken in seine Hand gedrückt, um die Fingerabdrücke darauf zu kriegen. Anschließend legte sie ihn auf den Teppich, und zwar an eine Stelle, die sie für die sichtbarste hielt. Und dann hat sie sich diese Geschichte mit der Pistole ausgedacht."

„Du hast's erfaßt."

„Wenn wir drauf gekommen sind, kommt Bob Altschuler auch drauf. Bist du sicher, daß du diese Natter im Zeugenstand plazieren willst?" fragte Rick.

„Was haben wir denn ohne sie? Wenn die Geschworenen ihr glauben, ist sie frei. Und warum sollten sie ihr nicht glauben? Hat die Anklage vielleicht jemand, der ihr widersprechen könnte?" Warren überlegte kurz. „Aber ich muß sie darauf vorbereiten, daß man ihr mit der Pflicht, sich in Sicherheit zu bringen, kommen wird."

„Scoot hat doch gesagt, daß du dir darüber keine Sorgen zu machen brauchst."

„Scoot hat mit der Sache nichts mehr zu tun", erwiderte Warren.

JOHNNIE FAYE BOUDREAU kam um fünf. Sie parkte den cremefarbenen Mercedes auf dem Platz vor dem Haus. In einer Seidenbluse und engen weißen Dior-Hosen, mit Hüftschwung und einem Lächeln von Ohr zu Ohr fegte sie herein und rief: „Wie geht's euch denn? Wie geht's meinem Team?"

Warren stellte sie Bernadette vor, die einen neuen Stoß von Ricks Notizen abtippte. Nach etwa zehn Minuten verschwand Johnnie Fayes Lächeln. Unruhig rutschte sie auf dem Stuhl hin und her. Ihre Augen wurden matt und kalt.

„Könnte ich die Herren mal für eine Minute allein sprechen?"

„Bernie", sagte Rick, „schauen Sie, ob Sie nicht noch irgendwo ein paar Bier auftreiben können." Er holte einen Zehndollarschein aus der Brieftasche, mit dem Bernadette verschwand.

Johnnie Faye stieß einen Seufzer aus, der einer Sopranistin Ehre gemacht hätte. „Also, was hat die hier verloren?"

„Sie ist Ricks Sekretärin", erklärte Warren.

„Hört zu", sagte Johnnie Faye, „ich trau denen einfach nicht."

„Anwaltssekretärinnen?"

„Nein, Sie Dummkopf. Kapieren Sie denn nicht, wovon ich rede?"

Rick hüstelte. „Mrs. Loo arbeitet seit drei Jahren für mich. Bernadette hat die Universität von Houston absolviert. Sie sieht vielleicht aus wie eine Chinesin, aber sie ist eine vertrauenswürdige, hundertprozentige Amerikanerin."

Johnnie Faye ließ eine Schimpfkanonade vom Stapel: Schlitzaugen seien nichts wert. Die Japse rissen sich Banken unter den Nagel, kauften sämtliche Aktien großer Firmen und die Hälfte der teuren

Immobilien auf. Die Chinesen seien alle Kommunisten. „Schickt sie dahin zurück, wo sie hergekommen sind. Wenn's nach mir ginge –"

Ihr Gesicht war puterrot. Warren und Rick sahen sich an.

„Na, jedenfalls", schloß Johnnie Faye, „falls Sie nicht kapiert haben sollten, was ich damit sagen will – ich trau ihnen nicht."

„Wir haben's kapiert", erwiderte Rick.

„Wenn Ihre kleine Freundin zurückkommt, dann sagen Sie ihr gefälligst, daß wir sie hier nicht brauchen. Ich hab natürlich nichts gegen sie persönlich."

Als Bernadette ein paar Minuten später die Fliegengittertür aufstieß und einen Sechserpack Bier auf dem Schreibtisch absetzte, sagte Rick: „Wir sind fertig. Sie können nach Hause gehen. Oder", fügte er mit kaum veränderter Miene hinzu, „gehen Sie doch rüber zum ‚Bamboo Garden', und essen Sie was Schönes. Auf meine Rechnung natürlich."

„Mein Gott, Sie wissen doch, daß ich das chinesische Essen nicht ausstehen kann", antwortete Bernadette und packte ihre Sachen zusammen.

„Hab ich ganz vergessen", log Rick.

Als Bernadette gegangen war, nahmen sich die Rechtsanwälte Johnnie Faye wieder vor: der Grundriß von Clydes Wohnzimmer, der Schürhaken, ihr Wissen, was die Funktion der 6,35-mm-Pistole betraf. Nach einer Stunde klingelte das Telefon. Es war Charm. Sie sei in der Nähe. Ob sie miteinander reden könnten?

Ihre Stimme überraschte ihn, und einen Moment lang sagte er nichts.

„Paßt es dir schlecht, Warren?"

„Bleib grad mal dran –" Er legte die Hand über die Sprechmuschel und sprach mit Rick, der ihm erklärte: „Wir sind für heute fertig."

„Ich würde Ihre Frau gern kennenlernen", säuselte Johnnie Faye. „Macht's Ihnen was aus, wenn ich bleibe?"

Irgendwie war Warren froh, daß Johnnie Faye dabeisein würde, wenn Charm kam. Er wollte nicht herumrätseln, aber die möglichen Gründe für ihren Besuch jagten durch seinen Kopf. Wahrscheinlich etwas völlig Belangloses.

Rick ging türknallend aus dem Haus. Warren sagte zu Johnnie Faye: „Wir haben noch ein paar Minuten. Spielen wir doch die Sache mit der Pistole noch mal durch."

Eine der beunruhigenden Fragen war: Erschoß sie Clyde in einer Reflexbewegung, oder erschoß sie ihn, weil sie die Absicht hatte, ihn umzubringen? Und die Hinführung dazu war: Spannte sie den Hahn der Pistole, oder drückte sie nur ab, weil sie mit der Waffe nicht richtig vertraut war? Bisher hatte sie mehrere Antworten gegeben. Sie hatte den Hahn gespannt, sie hatte ihn nicht gespannt. Sie hatte die Absicht, auf ihn zu schießen, ihn aber nicht umzubringen.

Plötzlich sagte sie: „Es ging alles so schnell. Ich erinnere mich gar nicht so genau. Was passiert, wenn ich ein bißchen schwindle?"

„Wie bitte?"

„Schauen Sie – Sie sind doch mein Anwalt. Es ist alles vertraulich, stimmt's? Ich frag Sie also – was passiert, wenn ich mich wirklich an irgendwas nicht erinnere? Oder wenn ich mich so erinnere, daß man mich in die Mangel nimmt?"

Er überlegte. „Zweierlei kann passieren, wenn Sie lügen, Johnnie Faye. Sie können ungestraft davonkommen. Aber wenn der Staatsanwalt Sie mürbe macht und durcheinanderbringt oder wenn ein Zeuge Ihnen widerspricht, oder wenn es schwerwiegende Beweise gibt, die das Gesagte widerlegen, dann werden Sie in die Mangel genommen." Er schwieg, so vielsagend er konnte. „Und da ist noch eine Sache. Wenn ich Sie in den Zeugenstand stelle, bürge ich für Ihre Aufrichtigkeit. Wenn ich weiß, daß Sie lügen werden, kann ich Sie da nicht hinstellen. Das sind die Regeln."

In dem Augenblick hörte er das vertraute Geräusch von Charms Mazda, der auf die kleine Parkfläche rollte. Eine Autotür wurde zugeschlagen.

„Das ist meine Frau", sagte Warren. „Wir machen weiter, wenn sie wieder fort ist." Er hörte, wie Charm sich mit raschen Schritten der Tür näherte. Sie hatte verwaschene Jeans und ein T-Shirt an. Erst machte sie ein verblüfftes Gesicht, dann schossen ihre Augen Pfeile auf die Frau ab, die neben dem Schreibtisch saß. Warren machte die beiden miteinander bekannt.

„Ich bin echt stolz, Sie kennenzulernen", erklärte Johnnie Faye. „Ich kann nicht gerade behaupten, daß ich mir die Nachrichten oft angucke, aber wenn, dann seh ich immer Sie."

Charm lächelte etwas gequält, drehte sich zu Warren um und sagte: „Ich dachte –"

„Du hast es mir ja erst vor ein paar Minuten mitgeteilt. Mein Prozeß fängt diese Woche an. Wenn du mit mir allein sein willst, können wir rausgehen."

Sie gingen auf den Parkplatz hinaus. Charm stand Warren

gegenüber, der sich gegen die Motorhaube von Johnnie Fayes Mercedes lehnte. „Was kann ich für dich tun?"

„Ich finde, wir sollten unsere Scheidung in die Wege leiten. Ich habe mit einem Anwalt gesprochen. Hier in der Stadt", fügte sie schnell hinzu. „Er heißt Arthur Franklin. Er wird sich mit dir in Verbindung setzen."

Warren nickte grimmig. „Kenn ich nicht", murmelte er.

„Es wird einfach sein", meinte Charm. „Keine Alimente. Wir verkaufen das Haus, und jeder kriegt die Hälfte."

Was mit Charm passierte, kam ihm vor wie eine Szene in einem Film. „Wirst du wieder heiraten?"

Sie warf den Kopf zurück, und ihre blonden Haare bauschten sich sekundenlang zu einer Mähne auf. „Darüber möchte ich nicht diskutieren, Warren. Gib mir eine Chance!"

„Wolltest du mir sonst noch was sagen?" fragte er.

„Ich glaube nicht. Ißt du ordentlich? Du siehst dünn aus."

Die alten Gewohnheiten, daß man sich umeinander kümmerte, waren nicht totzukriegen, stellte er fest. „Ich trainiere", sagte er. „Vielleicht habe ich deshalb abgenommen."

„Das ist wohl deine Mandantin im Fall Ott?" Charm nickte zum Haus hinüber. „Phantastisch aussehende Dame."

Warren stützte sich mit den Händen ab und hievte sich auf die Motorhaube des Autos. Das Metall gab unter seinem Gewicht ein bißchen nach.

„Setzt du dich immer auf die teuren Autos deiner Mandanten?" fragte Charm mit gekräuselten Lippen und spielte damit darauf an, daß dieses Verhalten eine gewisse Intimität vermuten ließ.

Er zuckte nur gleichgültig mit den Schultern.

„Na, es macht ihr sicher nichts aus", meinte Charm. „Man sieht ja, daß sie eine unachtsame Fahrerin ist."

„Wie kommst du denn darauf?"

„Wegen der Stoßstange. Und dem Kotflügel." Charms Blick ruhte auf dem vorderen Teil des Wagens, an dem Warren zuvor gelehnt hatte.

Warren sprang von der Motorhaube und folgte ihrem Blick. Er sah, daß die Stoßstange sich vom Kühlergrill gelöst hatte. Im cremefarbenen Kotflügel war eine kleine leuchtendblaue Delle.

Er starrte ununterbrochen darauf und wußte zuerst gar nicht, weshalb. Und dann erinnerte er sich allmählich, wo er diese Kombination von Blau und Creme zum erstenmal gesehen hatte. Merkwürdiger Zufall. Aber wie viele Autos in Houston waren wohl in diesem merkwürdig leuchtenden Blau gespritzt? Und wie viele Zusammenstöße konnten diese blauen Autos mit anderen cremefarbenen gehabt haben? Warren blieb fast die Luft weg.

NACHDEM Charm wieder weggefahren war, ging Warren ins Haus zurück, wo Johnnie Faye auf ihn wartete. „Sie sehen aufgeregt aus", sagte sie.

„Bin ich auch", gab er zu, „aber ich möchte nicht darüber reden." Ein Gedankenblitz kam ihm in den Sinn. „Sind Sie müde?"

Nein, antwortete sie, sie sei nicht müde.

„Proben wir also wieder Kreuzverhör", schlug Warren vor. „Sie sind im Zeugenstand, unter Eid. Ich bin Bob Altschuler. Ich fange mit der Mordwaffe an."

Johnnie Faye nickte.

„Mrs. Boudreau, Sie haben Dr. Ott mit einer 6,35-mm-Pistole erschossen. Ist das richtig?"

„Ja."

„Haben Sie diese Pistole immer in Ihrer Handtasche mit sich herumgetragen?"

„Ja, ich brauche sie zu meinem Schutz."

„Nein", sagte Warren, „rechtfertigen Sie sich nicht. Beantworten Sie nur seine Frage. Wenn Sie eine Erklärung hinzusetzen, klingt das, als ob Sie sich verteidigen wollten."

Sie nickte.

„Mrs. Boudreau, ist die 6,35-mm-Pistole die einzige Waffe, die Sie besitzen?"

„Nein."

Er schluckte und sagte vorsichtig: „Beschreiben Sie bitte die andere Pistole."

„Es ist ein 11,5-mm-Revolver. Er liegt in der Schreibtischschublade in meinem Klub, unter Verschluß."

„War die 6,35-mm-Pistole, die Sie in Ihrer Handtasche hatten, immer geladen?"

„Ja."

„Wußten Sie an jenem Abend, an dem Sie mit Dr. Ott ins Restaurant Hacienda gingen, daß sie in Ihrer Handtasche war?"

„Ja, das wußte ich schon, aber ich hab nicht darüber nachgedacht."

„Nur ja oder nein!"

Sie zog die Stirn in Falten. „Ja."

„Wußte Dr. Ott, daß Sie an jenem Abend eine Pistole mit sich führten?"

„Keine Ahnung."

„Gut", lobte Warren. „Das ist die richtige Antwort. Also. Haben Sie Dr. Ott an jenem Abend gesagt, daß Sie die Pistole dabeihatten?"

„Nein."

„Im Restaurant kam es zwischen Ihnen zum Streit, nicht wahr?"

„Er stritt."

„Hat er Sie beleidigt?"

„Ja."

„Und haben Sie ihn beleidigt?"

„Nein, ich hab nur den Mund gehalten und zugehört."

„War Dr. Ott betrunken, als Sie beide an jenem Abend, nach dem Essen, sein Haus erreichten?"

„Ja."

„Waren Sie betrunken?"

„Ja, aber nicht so betrunken wie er."

„Sie hatten Ihren Mercedes vor seinem Haus geparkt, nicht wahr?"

„Ja."

Er überlegte, was er sie über den Mercedes fragen konnte. Ist es Ihr einziges Auto? Fährt sonst noch jemand damit? Haben Sie in letzter Zeit einen Unfall gebaut? Nein, sei kein Dummkopf. Er spürte förmlich, wie ihr Gehirn arbeitete.

„Also – als Sie bei ihm ankamen, hätten Sie mit Ihrem Auto nicht auch gleich nach Hause fahren können?"

„Na ja, ich denke schon."

„Aber das haben Sie nicht getan, nicht wahr?"

„Nein. Warten Sie mal", sagte sie zu Warren. „Kann ich erklären, warum ich nicht heimgefahren bin?"

„Nein, nur wenn er sie danach fragt, und das wird er nicht. Er wird keine Fragen stellen, die mit ‚warum' beginnen. Aber bei der Hauptvernehmung werde ich Ihnen eine Menge solcher Fragen stellen, und Sie können so viel reden, wie Sie wollen. Also, machen wir weiter! Wir überspringen mal einiges. Mrs. Boudreau, als Sie später mit Dr. Ott die Treppe hinuntergingen – wo sind Sie hingegangen?"

„In die Halle."

„Dr. Ott war betrunken und beleidigend und bedrohte Sie?"

„Ja, alles auf einmal."
„Sie hätten doch gleich gehen können, oder?"
„Nein."
„Er hat Ihnen den Weg versperrt?"
„Ja."
„Sie gingen zuerst die Treppe hinunter, und er folgte Ihnen, aber er brachte es trotzdem fertig, Ihnen den Weg zur Haustür zu versperren?"
„Ja, er holte mich im Flur ein."
„Und jetzt, Mrs. Boudreau", sagte Warren, „wie sind Sie vom Flur ins Wohnzimmer gelangt?"
„Er stieß mich hinein."
Warren machte sich Notizen.
„Schön", meinte er, „dann hoben Sie den Schürhaken auf, um sich zu verteidigen, und er nahm ihn Ihnen weg. Er fluchte und drohte, Sie umzubringen. Wo standen Sie, Mrs. Boudreau?"
„Hinter dem Sofa."
„Wann zogen Sie die Pistole aus Ihrer Tasche?"
„Als er den Haken in die Höhe hob, als ob er damit auf mich einschlagen wollte."
„Und er kam mit dem Feuerhaken über dem Kopf auf Sie zugerannt?"
„Ja."
„Er lief auf Sie zu, als Sie ihn erschossen?"
„Ja."
„Er hat nicht gezögert? Ist nicht stehengeblieben?"
„Nein."
„Sie zielten auf seinen Kopf und drückten ab?"
„Nein, ich hab überhaupt nicht gezielt. Ich war starr vor Schreck."
„Sie haben dreimal abgedrückt, nicht wahr?"
„Nein, nur einmal."
„Aber drei Kugeln wurden abgefeuert, entspricht dies nicht den Tatsachen?"
„Doch."
„Sie spannten den Hahn, als Sie die Pistole aus Ihrer Handtasche nahmen, nicht wahr?"
„Ich kann mich nicht erinnern."
„Wußten Sie, daß der Unterbrecher dieser Pistole abgefeilt worden war?"

„Ich weiß gar nicht so genau, was ein Unterbrecher ist."
„Sie haben mit dieser Pistole geübt, nicht wahr?"
„Einmal, vor fünf Jahren, als ich sie gekauft habe. Ich glaube, ich habe das Ziel höchstens zwei- oder dreimal getroffen."
„Schön", sagte Warren, nachdem er sich weitere Notizen gemacht hatte. „Das reicht für heute. Wie fühlen Sie sich?"
„Gut", antwortete Johnnie Faye mit funkelnden Augen.
„Wir gehen das Ganze irgendwann nächste Woche noch mal durch. Mein anderer Prozeß beginnt am Mittwoch. Ich rufe Sie an."

DURCH die Jalousie am Fenster beobachtete Warren, wie der Mercedes wendete und in den langen Schatten des frühen Abends verschwand. Er ließ sich auf seinen Drehstuhl fallen. Es mußte Zufall sein.

Er nahm die Quintana-Akte und starrte auf das Foto von Dan Ho Trunhs blauem Kombi und auf den cremefarbenen Kratzer im Metall gleich vor der hinteren Stoßstange. Dieser Kratzer, schwor Mrs. Trunh, war nicht dagewesen, als ihr Mann am Morgen seines Todes das Haus verließ.

Schön. Es hätte irgendwann im Laufe des Tages passieren können. Trunh hätte alle möglichen cremefarbenen Autos streifen können.

Aber es gab ein cremefarbenes Auto, bei dem sich ebenjene blaue Farbe am vorderen linken Kotflügel befand. Und diese blaue Farbe war so schreiend und auffallend – wahrscheinlich war der Wagen selbst gespritzt. Und die Vorurteile der Besitzerin des cremefarbenen Mercedes waren auch auffallend. „Schlitzaugen sind nichts wert... Wenn's nach mir ginge..." Er erinnerte sich, daß Bob Altschuler ihm erzählt hatte: „Wir glauben, daß sie spontan so 'n Koreaner, der in ihrem Klub arbeitete und ihr unverschämt kam, als sie ihm keine Lohnerhöhung geben wollte, beseitigt hat."

Das kann nicht sein, dachte Warren. Es ergab keinen Sinn. Es gab keine Verbindung. Keine Verbindung, außer der Wut, die sie in seinem Büro offenbart hatte, ihren Vorurteilen und Altschulers Beschuldigungen. Und die Trauer um ihre Brüder. Aber das war zu weit hergeholt. Kann ich sie fragen? Vorsichtig aushorchen? Herausfinden, wo sie an jenem Abend war? Ich habe keinen Grund zu fragen. Aber wenn sie unschuldig ist, weiß sie nicht, worauf ich hinauswill, und sie wird mir sagen, wo sie war – also riskiere ich nichts. Und wenn sie es doch getan hat, wird sie sich ausweichend verhalten, vielleicht wütend sein. Ich werde es bemerken und die Wahrheit erkennen. Und sie wird bemerken, daß ich es weiß. Dann bin ich als ihr Anwalt erledigt und habe noch nicht mal hieb- und stichfeste Beweise.

Er verbrachte fast den ganzen Sonntag in seinem Büro und bereitete ein Eröffnungsplädoyer für Hector Quintana vor. Am späten Nachmittag suchte er Hector auf, um ihm zu sagen, wie er sich im Gerichtssaal verhalten sollte. Hector war ernst und höflich. Warren ging deprimiert weg und zurück in sein Büro. Dieser Mann konnte es nicht gewesen sein. Er war unschuldig. Und ich habe keine Möglichkeit, es zu beweisen.

Es wurde dunkel. Er blickte auf seine Uhr: Es war fast acht. Er packte seine Sachen zusammen und fuhr nach Ravendale zurück, um sich für die Party mit Maria Hahn umzuziehen.

6. Kapitel

EIN bärtiger Mann von knapp zwei Meter Länge schlug Warren auf die Schulter und brüllte wegen des Lärms: „Na, Kleiner, wieso bist du für dieses patriotische Fest nicht richtig angezogen?"

„Ich wußte nicht, daß es ein Kostümfest ist", gab Warren zu.

„Was?"

Warren brüllte hinauf: „Ich hab gesagt, mein Sarong ist im Trockner eingegangen!"

Der bärtige Riese lachte schallend und steuerte auf den Swimmingpool hinter dem Haus zu. Warren folgte ihm. Unterwegs schnappte er sich einen exotischen Cocktail von der Bar.

Es war sein zweiter, seit er und Maria Hahn zu dieser Party der langen Menschen gekommen waren. Die fünfzig hochgewachsenen Gäste tanzten ausgelassen auf dem Rasen hinterm Haus.

„So ein Mist!" hatte Maria ausgerufen, als sie und Warren eintrafen und sahen, daß alle Strandkleidung trugen. „Wieso hab ich nicht daran gedacht?"

„Innerer Widerstand", sagte Warren. „Das kenn ich gut." Er ließ seinen Gedanken freien Lauf, und plötzlich setzte sich eine Idee fest. Es gab etwas, das er unbedingt tun mußte. Und zwar mußte er es heute nacht noch tun. Morgen war es vielleicht schon zu spät. Wie hatte er es bloß übersehen können? Er setzte den Drink ab und ging ins Haus. Seine Uhr zeigte dreiundzwanzig Uhr fünfundzwanzig.

Im Bad hing ein pinkfarbenes Wandtelefon. Warren wählte die Nummer des Ekstase. Es klingelte fünfmal, bevor sich eine Stimme mit dem Namen des Klubs meldete.

„Fernamt. Ich habe ein Gespräch aus Corpus Christi für Johnnie Faye Boudreau."

Nach fünf Sekunden, schneller, als er erwartet hatte, hörte er: „Ja, Mama, bist du's? Was ist los?"

Warren unterbrach die Verbindung.

MARIAS Füße und wohlgeformte Waden baumelten im Wasser des Schwimmbeckens. Sie unterhielt sich mit zwei Frauen. Als sie Warrens Blick auffing, entschuldigte sie sich bei den beiden und flatterte zu ihm herüber. Er hatte vorher nie bemerkt, wie anmutig sie war.

„Ich amüsier mich prima", sagte er, „aber ich muß woandershin. Ich muß mich um was kümmern. Und ich brauch vielleicht Hilfe."

„Mensch, Sie sind wirklich geheimnisvoll", erklärte sie.

„Ich brauche jemand, der Schmiere steht. Und einen Zeugen. Keine Fragen!"

„Nur eine, mein wunderlicher Freund. Wollen Sie eine Bank ausrauben?"

„Nein. Ein Auto fotografieren."

Maria ging nicht ins Kreuzverhör mit ihm. Sie schien die Verlockungen des Unbekannten der prosaischen Realität vorzuziehen.

Auf der dunklen Straße unterhalb des Hauses, in dem die Party gegeben wurde, schloß er die Tür seines Wagens auf.

„Haben Sie Ihre Kamera dabei?" fragte sie.

„Nein, ich muß..., o Mist!" fluchte er. „Charm hat die Kamera!"

Maria berührte rasch seinen Arm. „Keine Panik. Ich habe auch eine. Und sogar einen Film. Halten Sie vor meinem Haus, und ich hole die Sachen."

Eine halbe Stunde später hatte Maria die Kamera aufgeklappt und den Film eingelegt. Es war zwanzig Minuten nach Mitternacht. Warren fuhr in westlicher Richtung, der Richmond Street entgegen. Dann sah er die Lichter des Ekstase. Er fuhr langsam in eine Lücke am äußeren Rand des Parkplatzes. Im beleuchteten Eingang des Klubs tauchten unter der flackernden roten Neonschrift Silhouetten auf. Gelächter und Musikfetzen drangen herüber, als die Tür sich kurz öffnete und dann wieder schloß.

„Das Auto, das Sie fotografieren wollen –"

„Ich sehe es schon."

Das Auto stand etwa sechs Parkplätze von der Tür entfernt.

„Wollen Sie mir nicht sagen, worum es geht?" fragte Maria.

„Eigentlich nicht. Zeigen Sie mir, wie dieser Blitz funktioniert, bleiben Sie sitzen, und lassen Sie den Motor laufen."

„Meine Güte! Wie im Film."

Warren lächelte automatisch, aber sein Herz schlug plötzlich schneller. Er dachte an Filme, in denen in der Fluchtszene immer etwas schiefging.

„Ich mag Sie, Mr. Blackburn", sagte Maria.

„Wieso?"

„Das versuche ich gerade herauszufinden. Schauen Sie" – sie nahm ihm die Kamera aus der Hand und ließ das Blitzlicht ausfahren –, „hier stellen Sie den Abstand ein. Wenn Sie auf diesen Knopf drücken und das rote Licht aufleuchtet, ist es soweit."

„Gut", sagte er. „Maria, Sie werden vielleicht eidlich bestätigen müssen, was ich jetzt gleich mache. Schauen Sie gut zu!"

Warren ging durch die warme Nacht auf den Klub zu. Keine Heimlichtuerei, beschloß er. Aber mach schnell.

Maria sah alles. Sie sah, wie Warren in die Hocke ging und, als er auf der Fahrerseite des hellen Mercedes stand, die Kamera hochhielt. Sie sah auch den kleinen dünnen Mann an der Tür des Klubs, und daß sich sein Kopf zu Warren drehte, sah, wie der Mann Warren anstarrte und dann verschwand.

Warren stand mit dem Rücken zum Klub. Das rote Lämpchen des Blitzgeräts leuchtete. Er schaute durch den Sucher der Kamera und richtete die Linse auf den kleinen blauen Kratzer, der den Kotflügel des Mercedes zierte. Er schwitzte, als er auf den Auslöser drückte. Dann machte er einen Schritt nach links und knipste wieder. Er mußte seine Entdeckung genau im Bild festhalten.

Maria hörte das Gedröhn der Musik, als sich die Tür des Klubs öffnete und der kleine dünne Mann mit einem größeren durch die Tür trat. Maria griff zur Fahrertür und stieß sie auf. Zweimal rief sie laut Warrens Namen.

Warren stellte die Entfernung ein – viereinhalb Meter. Er hatte fast den ganzen Wagen im Bild, einschließlich Kotflügel und Kennzeichen. Plötzlich konnte er den Mercedes nicht mehr sehen. Etwas zerrte an seiner Kamera.

Frank Sawyer, im schwarzen T-Shirt und olivfarbener Hose,

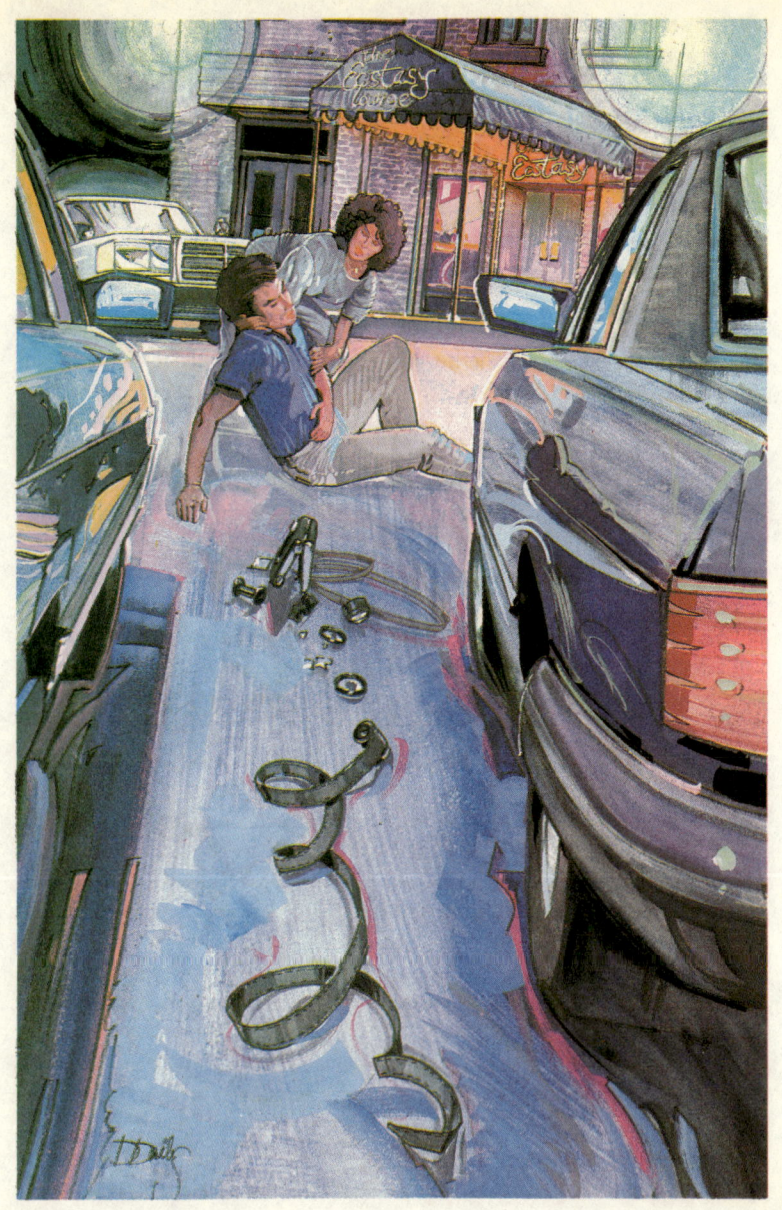

drückte die Hand auf die Kameralinse. Die Drachentätowierung auf seinem Arm schimmerte. „Was machen Sie da, Herr Rechtsanwalt?" fragte er anklagend.

„Ich tu nur meine Arbeit", antwortete Warren.

Sawyer versetzte ihm einen Faustschlag zwischen Backenknochen und Ohr. Die Welt verdunkelte sich. Warren glaubte in lichtlosen Tiefen zu versinken. Frank Sawyer riß ihm die Kamera vom Hals und schmetterte sie auf die Erde.

Warren hörte entferntes Knirschen und geisterhafte Stimmen. Als nächstes spürte er, wie ihn jemand an den Ellbogen packte. Er wurde in ein Auto gezerrt. Ein Duft fruchtigen Parfüms umhüllte ihn. Er war in seinem Wagen. Marias Stimme kam von weit her aus dem Nebel.

„... Sie sind in Sicherheit. Es ist vorbei. Beruhigen Sie sich..."

Sein Kopf und sein Blick klärten sich. Kühle Luft strich über seine Wangen. Maria Hahn fuhr durch Wohnstraßen zurück, nicht auf der Schnellstraße. Sein Kopf dröhnte, als ob jemand einen Militärmarsch auf ihm trommelte.

„Ich hab gerufen, um Sie zu warnen", sagte Maria. „Aber Sie haben mich nicht gehört." Die Kamera war fort. Sawyer hatte sie kaputtgemacht.

„Ich schulde Ihnen eine Kamera." Warren hob den Kopf ein wenig, sah Straßenlaternen vorbeisausen und spürte gleichzeitig teuflische Schmerzen.

EIN kleiner Junge stand neben Warren und beobachtete, wie er ein verschwollenes Auge öffnete. Im Wohnzimmer war es dunkel, weil die Jalousien heruntergelassen waren, aber es war eindeutig Morgen. Der Junge hatte Sommersprossen und lockige braune Haare und machte ein interessiertes Gesicht. Warren hörte Marias Stimme: „Randy, stör ihn nicht. Laß ihn schlafen..."

Der Junge verschwand. Warrens Auge schloß sich wieder. Um zehn erwachte er erneut. Er ging ins Bad und stellte bei einem Blick in den Spiegel fest, daß seine rechte Gesichtshälfte geschwollen war. Der Bluterguß auf seiner Wange war glänzend grün mit violetter Umrandung.

Warren ging langsam aus dem Badezimmer in die Küche. Maria war barfuß, hatte einen marineblauen Frotteebademantel an und sah sehr hübsch aus.

„Wie geht's Ihnen?"

„Hab mich schon besser gefühlt."
„Und auch schon besser ausgesehen. Sind Sie hungrig?"
„Ja, sehr."

Sie machte Rührei und briet Speck, während er sich an den Tisch setzte. „Wo ist Ihr Sohn?" fragte er.

„Bei einem Freund. Wollen Sie mir nicht sagen, um was es da eigentlich ging? Ich finde, ich sollte Bescheid wissen."

„Das kann ich Ihnen nicht sagen", entgegnete er.

„Können Sie nicht, oder wollen Sie nicht?"

„Ich kann nicht. Glauben Sie mir. Es tut mir leid."

Maria drehte sich um und ließ den Speck brutzeln, während sie versuchte, sich mit seiner Antwort abzufinden. „Na gut", sagte sie. „Ich finde mich damit ab – vorläufig. Und was haben Sie nun vor?"

Er fühlte sich benommen, und seine Beine waren schwer. Er hatte keine Pläne. Aber er versuchte, einen zu machen. Mit schmerzendem Kopf erinnerte sich Warren, daß er für heute zwei Dinge vorgesehen hatte – zum Hermann-Park zu gehen, um Pedro den Arm umzudrehen, damit er zugunsten von Hector Quintana aussagte, und die Mercedes-Fotos entwickeln zu lassen, aber dies konnte er ja von der Liste streichen. Frank Sawyer war sicher inzwischen dabei, den Befehl auszuführen, mit einem Fetzen Sandpapier und Farbe den Schaden am Wagen auszubessern.

Tut mir leid, Hector, aber ich hab's versucht, dachte Warren. Johnnie Faye Boudreau würde ihn als Rechtsanwalt sausenlassen. Sie würde zu Richter Bingham gehen und ihm sagen, sie habe nicht gewußt, daß ihr Anwalt so unerfahren sei. Die Geschichte würde sich rumsprechen, und sein großartiges Comeback fände nicht statt.

„Ich würde am liebsten für eine Weile auf Tauchstation gehen", sagte er zu Maria Hahn.

„Sie sind doch zu was ganz anderem fähig", erwiderte Maria.

Wahrscheinlich hatte sie recht. Er war ihr dankbar. Warum war sie so nett zu ihm? So was war er in letzter Zeit gar nicht gewöhnt.

„Aber erst esse ich das Rührei auf. Es ist köstlich, schmeckt himmlisch, das ist das beste Rührei, das ich je gegessen habe."

Maria lachte und sah ihn mit ihren blauen Augen freundlich an.

UM DIE Mittagszeit, als es gerade so richtig schön heiß wurde, fuhr er zum Hermann-Park. Der Topf mit dem Fett der gebratenen Schwarten war weg. Ein Schwarzer mistete im Stall eine Box aus.

„Hier waren mal zwei Männer", sagte Warren. „Zwei Mexikaner."
„Die sind fort."
„Wo sind sie hin? Weiß es jemand?"
Der Mann zog die Schultern hoch.
Fort. Verschwunden, so wie die Chancen für Hectors Verteidigung dahinschwinden würden, wenn er Pedro nicht fand.

Mit dem tröstlichen Gedanken an ein kühles Bier, einen abgedunkelten Raum und die Stille in seiner Wohnung fuhr er auf dem Montrose Boulevard zurück.

An seinem Anrufbeantworter blinkte die rote Lampe. Die erste Nachricht kam von Arthur Franklin, Charms Scheidungsanwalt, der Warren bat, so bald wie möglich zurückzurufen.

Die zweite Nachricht war von Johnnie Faye Boudreau. „Rufen Sie mich heute zurück!" befahl sie. „Wir haben eine Menge zu bereden, Herr Rechtsanwalt."

Ihre Wohnung lag im achtzehnten Stock eines neuen Gebäudes mit einem herrlichen Blick auf die Innenstadt von Houston. Warren hatte eine moderne Einrichtung erwartet, aber Johnnie Fayes Wohnzimmer war das einer alten Dame, vollgestopft mit Andenken und verschnörkelten Möbeln.

Johnnie Faye trug mit goldenen Troddeln geschmückte Pantoffeln und einen glitzernden goldenen Hosenanzug. Sie ließ sich in einem reichverzierten Sessel nieder und legte die Füße auf ein Sitzkissen. Ein Krug mit Eistee, zwei Gläser und eine Schale mit Zitronenscheiben standen auf dem kleinen Couchtisch.

„Ich hab gleich gewußt, daß was faul war – nach diesem Anruf aus Corpus Christi. Jemand wollte sicher sein, daß ich im Klub war, um mir einen Streich spielen zu können. Aber warum?" Sie hob das Eisteeglas zu einem Toast auf ihren Scharfsinn. „Also hab ich Frankie aufgetragen, er soll den Klub im Auge behalten, falls dort etwas Merkwürdiges passiert. Und hab ich's nicht gesagt? Ich finde, ich hab das Recht zu erfahren, was Ihnen an meinem Auto so gefällt, daß Sie's fotografieren wollen. Aber", sagte sie listig, „ich werd Sie nicht danach fragen, weil Sie mir sowieso einen Bären aufbinden würden. Also seien Sie still, und hören Sie mir zu!"

Es ging alles so zivilisiert und gesittet zu. Er saß da, mit einer Frau, die wahrscheinlich drei Menschen umgebracht hatte – drei, von denen er's wußte. Sie servierte ihm Nachmittagstee. Aber wo führte es hin?

„Sie sind noch immer mein Anwalt, und ich brauche Ihren Rat.

Wenn ich noch was gemacht hätte – könnten die mir das anhängen, wenn ich wegen Clyde vor Gericht stehe?"

Warren wurde wachsam, aber er war verpflichtet, ihr ehrlich zu antworten. „Man kann Sie im Kreuzverhör auch nach anderen Sachen fragen, wenn man einen triftigen Grund dafür hat. Aber man ist an Ihre Antwort gebunden. Man kann dann nicht plötzlich Beweise vorbringen, wonach Sie auch das andere Verbrechen begangen haben."

„Auch, wenn es der Mord an diesem vietnamesischen Typ ist, den ich Ihrer Meinung nach umgelegt habe?"

Er spürte, daß er blaß wurde. Es stimmte also. „Ja", sagte er.

„Also gut – ich war's. Notwehr. Ich mußte einfach schießen."

Warrens Herz schlug wie verrückt. Aber er sagte vorsichtig: „Sie haben ihn auf dem Wesleyan-Terrace-Parkplatz vor der Reinigung erschossen. Sie haben einen 9,5-mm-Revolver benutzt und ihn dann in einen Müllcontainer vor einem Apartmentkomplex geworfen."

Johnnie Faye sagte nichts.

„Warum?" fragte er perplex.

Auf der Heimfahrt von ihrer Kauforgie hatte sich Johnnie Faye für die Autobahn entschieden, erzählte sie ihm. Ein Ford Fairlane wechselte die Spur und streifte dabei die Stoßstange ihres Wagens. Dann steuerte er auf die Ausfahrt Wesleyan Street zu.

Sie blinkte und fuhr hinter ihm her, um es ihm heimzuzahlen. Er fuhr den Wagen auf den Parkplatz vor der Reinigung. Jetzt sah sie ihn zum erstenmal deutlich und bemerkte, daß es ein Asiate war.

Sie fing an zu schreien. Er schimpfte zurück, erzählte sie Warren, zischte durch seine vorstehenden weißen Zähne und faßte in seine Hosentasche, um irgendwas rauszuziehen.

Johnnie Faye geriet in Panik. So konnte das Leben enden, auf einem Parkplatz, den man nicht mal kannte, durch die Hände eines unbekannten Ausländers. Sie drehte am Knopf des Handschuhfachs und packte den 9,5-mm-Diamond-Back-Revolver. Mit geübter Hand entsicherte sie ihn.

Der Vietnamese richtete sich auf. In seiner Hand steckte etwas Dunkles, und es war auf sie gerichtet.

„Ich hab wahrscheinlich geschrien", sagte sie zu Warren. „Aber ich hab's ihm gegeben, bevor er mir's geben konnte."

„Haben Sie jemals von einem Mann namens Hector Quintana gehört?" fragte er.

Sie hatte die ganze Sache schon vor einigen Wochen erfahren und herzlich darüber gelacht. Es war doch wirklich Ironie, nicht? Aber das machte nichts, hatte sie sich gesagt.

Warren starrte sie an. „Aber er hat's doch nicht getan."

„Dann werden Sie ihn auch raushauen", entgegnete sie.

So einfach war das. Sie war eine Frau mit ungeheurer Zuversicht. Das Blut pochte in Warrens Schläfen.

„Aber eins müssen wir noch klarstellen", erklärte Johnnie Faye mit fester Stimme. „Sie sind immer noch mein Anwalt. Ich behalte Sie auf jeden Fall."

„Wieso glauben Sie", fragte Warren, „daß ich Ihr Anwalt bleiben will?"

„Etwa nicht?" Die Frage schien sie zu amüsieren. „Ich dachte, es sei ein toller Fall für Sie."

„Wenn in diesem Staat noch gehängt würde", sagte Warren mit rauher Stimme, „würde ich persönlich den Knoten in die Schlinge machen, oder ich würde Ihnen die Nadel der Todesspritze selbst in den Arm stechen."

„Sicher", meinte Johnnie Faye, „sicher, in Ihrer Phantasie. Aber nicht in der Wirklichkeit. Sie sind mein Anwalt. Alles, was ich Ihnen erzählt habe, unterliegt der Schweigepflicht, auch wenn Sie meinen Fall aufgeben. ‚Vertraulich' nennt man das, stimmt's? Sie können mir helfen zu gewinnen, aber Sie dürfen niemand weitererzählen, was ich Ihnen anvertraut habe. Ich hab im Gesetz nachgesehen. Stimmt das etwa nicht, Herr Rechtsanwalt?"

Seine Fäuste ballten sich. „Warum sind Sie so sicher", fragte er, „daß ich Sie – wenn ich Sie im Fall Ott verteidige – nicht vor die Hunde gehen lasse? Ich könnte das Ganze dermaßen verpfuschen, daß die Geschworenen nicht mal den Saal verlassen müßten, um Sie schuldig zu sprechen."

„Das können Sie gar nicht", erwiderte Johnnie Faye. „Die merken das doch, wenn Sie die Sache verpfuschen wollen. Sie würden ganz schnell wieder draußen sitzen. Ich bekäme einen neuen Prozeß, und jemand anders würde mich verteidigen." Sie tätschelte seinen Arm. „Ich kenne Sie. Sie tun Ihr Bestes. So sind Sie eben, Herr Rechtsanwalt. Deshalb gefallen Sie mir. Und außerdem gefällt mir die Idee, daß Sie in meiner Nähe sind, so kann ich immer auf Sie aufpassen." Sie gähnte und griff nach einer Zigarette.

„Und was, wenn Hector Quintana verurteilt wird?" fragte Warren. Er kochte innerlich vor Wut und fühlte sich machtlos. „Was, wenn ich ihn nicht retten kann? Was, wenn er zum Tode verurteilt wird oder lebenslänglich bekommt?"

„Einem traurigen Lied ist es egal, wessen Herz es bricht", sagte Johnnie Faye Boudreau. „Sie, vor allen anderen, sollten das wissen."

7. Kapitel

„Erheben Sie sich bitte von den Plätzen!" rief der Gerichtsdiener, als Lou Parker in den Gerichtssaal fegte, um den Mordprozeß gegen Hector Quintana zu beginnen.

Ihr Blick schnellte von den Anwaltstischen zur Geschworenenbank und zu dem guten Dutzend vietnamesischer Zuschauer.

An diesem Tag trug Hector Quintana – eine kleine Aufmerksamkeit des Staates Texas – einen blauen Anzug mit dunkelblauem Schlips und ein weißes Hemd. Warren, der neben seinem Mandanten am Verteidigertisch stand, legte eine Hand auf Hectors Arm und drückte ihn rasch, um ihm Mut zu machen.

Nancy Goodpaster war routiniert und abgehärtet. In ihrer Eröffnungserklärung gegenüber den Geschworenen sagte sie: „Die Beweisführung wird erbringen, daß der Angeklagte" – sie sah Hector direkt ins Gesicht und stieß mit dem Finger in seine Richtung – „sich bewußt vornahm, Dan Ho Trunh nicht nur zu berauben, sondern ihn auch zu ermorden, wegen eines Betrags von weniger als hundertfünfzig Dollar. Die Beweisführung wird die kaltblütige, vorsätzliche Ermordung eines unbewaffneten Menschen erbringen."

Hector Quintana, der mittlerweile saß, riß die Arme in die Höhe und stöhnte laut – das Aufheulen einer gequälten Seele.

Der jammervolle Schrei hallte durch den Gerichtssaal. Nancy Goodpasters Mund stand für einen Moment offen. Drei ganze Sekunden lang war der Raum völlig still. Konnte ein Schuldiger so schmerzerfüllt schreien? Würden die Geschworenen die Wahrheit begreifen?

Lou Parker platzte in die Stille hinein. „Herr Verteidiger, lassen Sie das nicht noch mal passieren! Keine Gefühlsausbrüche mehr!"

Warren flüsterte Hector ins Ohr: „Tun Sie das nicht wieder." Und setzte hinzu: „Jedenfalls nicht heute."

Als sich die Staatsanwältin gesetzt hatte, wies die Richterin mit ihrer bleichen, beringten Hand in Richtung des Verteidigers. Warren räusperte sich und stellte sich vor die Geschworenen. „Hector Quintana ist unschuldig", sagte er. „Er ist in allen Anklagepunkten schuldlos. Nicht nur ‚nicht schuldig' laut Gesetz, sondern wirklich unschuldig. Die Beweisführung der Verteidigung wird erbringen, daß er Dan Ho Trunh nicht ermordet hat und daß dieser ganze Fall ein entsetzlicher Justizirrtum ist. Und wir werden es Ihnen ohne jeden Zweifel beweisen." So weit wagte er zu gehen.

AM ABEND nach seinem Treffen mit Johnnie Faye Boudreau war er in seinem Apartment auf und ab gegangen, hatte geistesabwesend in den Fernseher geschaut und in Rechtsbüchern und anderen dicken Wälzern über die Standespflichten eines Juristen nachgelesen. Über das Aussageverweigerungsrecht und die Pflicht, vertrauliche Informationen des Mandanten zu verschweigen oder weiterzugeben, war eine Menge geschrieben worden. Eines war klar. Die vierte Regel der standesrechtlichen Grundsätze besagte: Gleichgültig, wie ruchlos das Geheimnis – es zu offenbaren ist verboten.

In diesem Fall, dachte Warren, ging es jedoch um Dinge, die solche Überlegungen nichtig machten. Zum Beispiel seine Verpflichtung gegenüber Hector Quintana. Die Regeln erlaubten ihm, sein Wissen mit dem zweiten Verteidiger zu teilen. Spät am folgenden Nachmittag sprach er mit Rick Levine.

„Es muß Ausnahmen zum Aussageverweigerungsrecht geben", sagte Rick düster.

„Ja, es gibt vier Ausnahmen. Wenn dir dein Mandant die Erlaubnis gibt; wenn dein Mandant von einem Verbrechen erzählt, das er für die Zukunft plant; wenn es die einzige Möglichkeit ist, an dein Honorar heranzukommen; oder wenn du dich selber gegen die falsche Anschuldigung, dich widerrechtlich verhalten zu haben, verteidigen mußt."

„Findest du nicht, daß es widerrechtliches Verhalten wäre, diesen Quintana für einen Mord sitzen zu lassen, den die Drachenlady verübt hat?"

„Doch, aber es liegt keine Anschuldigung gegen mich vor. Das könnte nur passieren, wenn Quintana verurteilt wird. Und was passiert, wenn ich dann rede? Dann habe ich immer noch keine Beweise!"

Rick hob die Schultern. „Dann geh jetzt zur Staatsanwaltschaft, und sag denen, daß du die Kratzer an den beiden Autos gesehen und dir das Ganze selbst zusammengereimt hast. Du hast mit ihr gesprochen, sie hat nichts gestanden, und du übertrittst nicht das Gesetz der Schweigepflicht. Laß sie allein damit fertig werden."

Warren lachte bitter. „Dann reicht sie Klage gegen mich ein. Der Staatsanwalt wird vielleicht einen Lügendetektortest fordern, den ich nicht bestehen werde. Und dann flieg ich aus der Rechtsanwaltschaft."

„Geh zu Nancy Goodpaster oder Lou Parker. Du hast die Pflicht, Hector zu retten."

Warren schlug mit der Faust auf den Tisch. „Glaubst du denn, das wüßte ich nicht? Nancy wird sagen: ‚Wo sind Ihre Beweise? Was soll ich tun, Mr. Blackburn? Soll ich das Verfahren einstellen, weil Sie behaupten, daß ein anderer schuldig ist? Die Fakten sprechen dagegen. Wir haben hier den Besitz der Waffe. Wir haben eine eindeutige Identifizierung durch eine Augenzeugin.'" Warren schnaubte. „Ich werde mich von dem Fall Quintana zurückziehen", erklärte er.

„Und du meinst, Hector wird verstehen, warum du dich mitten in der Geschworenenauswahl davonschleichst?"

„Nein."

„Die Parker wird Myron Moore ernennen. Der wird für den armen Kerl vierzig Jahre aushandeln. Kannst du damit leben?"

„Ich kann weder so noch so damit leben", stöhnte Warren.

Am Abend in seiner Wohnung überlegte er sich: Ich bin nicht nur meinen Mandanten Hector Quintana und Johnnie Faye Boudreau und der Rechtsstaatlichkeit gegenüber verpflichtet, sondern vor allem gegenüber meinem eigenen Gewissen. Ich kann meine Schweigepflicht mißachten. Ich kann zu Charms Sender oder zu den übrigen Medien gehen. Aber wäre Hector damit geholfen? Die Geschworenen mußten sich eidlich verpflichten, allein unter Zugrundelegung der Beweismittel über Hectors Schuld oder Unschuld zu entscheiden. An diesem Eid würde sich nichts ändern. Das Rechtswesen, dachte Warren bitter, schützt uns vor Barbarei und bringt uns statt dessen die Barbarei des Rechtswesens. Ich kann Hector Quintana jetzt nicht verlassen. Das wäre einfach nicht fair. Eins nach dem anderen. Mach den Fall weiter. Mach beide Fälle. Warte wie ein Löwe im Hinterhalt, bis sich das Opfer zeigt und einen Fehler macht. Behalt sie im Auge, und zwar aus demselben Grund, aus dem sie dich im Auge behalten will, und sieh zu, was passiert, riet er sich selbst.

WENIGER als vierundzwanzig Stunden nachdem er erfahren hatte, wer der Mörder von Dan Ho Trunh war, hatten er und Nancy Goodpaster begonnen, die Geschworenen auszuwählen, die über Leben oder Tod von Hector Quintana entscheiden würden. Der Verteidigung wie der Anklage wurde eine festgesetzte Anzahl von Ablehnungen zugestanden, eine Disqualifizierung von Geschworenen ohne Begründung. Nancy Goodpaster sortierte auf diese Weise vor allem Latinos aus. Warren hatte sich schon im voraus gegen Asiaten entschieden. Er wollte junge Leute haben, weil er darauf spekulierte, daß Jüngere mehr Mitgefühl für einen illegalen Einwanderer hätten, einem Mitglied der neuen Legion von Obdachlosen.

Mitten in der Geschworenenbefragung hatte er Maria Hahn abends in ein italienisches Restaurant eingeladen. „Ich habe noch nichts unternommen, um Ihre Kamera zu ersetzen, aber das werde ich noch tun. Das verspreche ich Ihnen. Ich bin in diesen Tagen nicht ganz bei mir."

Maria hatte abgewinkt. Später, vor dem Lokal, hatte er sie brüderlich auf die Wange geküßt und gute Nacht gesagt.

Zwei Tage später war er mit ihr in einem vollbesetzten Gerichtsaufzug zusammengestoßen. Sie hatte ihn am Arm gepackt und geflüstert: „Sie sehen furchtbar aus. Heute lade ich Sie zum Essen ein. Kopf hoch."

Maria war hübsch und wirkte weder bedrückt noch verzweifelt oder deprimiert. Aber was wollte sie von ihm? Freundschaft? Gesellschaft? Also das, was er auch wollte? Vielleicht hatten sie sich gesucht und gefunden.

Nach dem Mittagessen griff er nach der Rechnung. „Ich hab Sie eingeladen", erinnerte ihn Maria.

„Zu spät."

„Ich will meine Kamera wieder."

„Geben Sie mir bis Freitagabend Zeit."

„Abgemacht – ich führ Sie zum Essen aus. Und lassen Sie Ihr Geld zu Hause."

DIE Geschworenen für Quintanas Verhandlung waren bis zum Donnerstag ausgewählt und vereidigt. Sie setzten sich aus sieben Männern und fünf Frauen zusammen: sieben Weiße, fünf Schwarze, die Hälfte unter dreißig. Lou Parker wies die Geschworenen an, den Fall weder untereinander noch mit der Familie zu erörtern und am Montag um acht Uhr dreißig im Gericht zu erscheinen.

Am folgenden Tag ging Warren in ein Fotogeschäft und kaufte die Kamera für Maria. Dann ging er in Arthur Franklins Kanzlei im Gebäude der Republic Bank. Charms Anwalt war ein Mann in den

Sechzigern – ein Texaner, der in Harvard studiert hatte. Sein Büro roch nach Möbelpolitur, Havannazigarren und fetten Bankkonten. "Sie sind selbst Rechtsanwalt, Mr. Blackburn", begann Arthur Franklin. "Sie wissen ja, diese Angelegenheiten sind nie angenehm, aber sie brauchen nicht bitter zu sein." Am Ende war Warren mit allen Bedingungen von Charm einverstanden. Es gab nichts, worüber man sich streiten konnte. Aber er fühlte sich trotzdem wieder elend.

Er ging nach Hause, um zu duschen und Oobie zu füttern, und um acht traf er sich mit Maria Hahn in einem französischen Restaurant in River Oaks. Warren schaute auf die Speisekarte und sagte: "Darf ich was Taktloses fragen? Können Sie sich das leisten?"

"Aber sicher", antwortete Maria. "Nicht ständig, aber das Leben ist kurz."

Für ihren normalen Arbeitstag bei Richter Bingham beziehe sie ein festes Gehalt, erklärte sie, und für zusätzliche Arbeiten bezahle man sie pro Seite. Sie hatte noch eine Stenographiermaschine in einem freien Zimmer bei sich zu Hause und arbeitete manchmal bis nach Mitternacht. "Der Junge muß irgendwann mal aufs College, und Sie wissen, was das kostet. Randy ist ein cleverer Bursche."

"Ist es nicht ein bißchen früh, jetzt schon ans College zu denken?"

"Man muß das schon früh planen."

Nach dem Espresso bezahlte Maria die Rechnung mit einer Kreditkarte und bat ihn, noch mit zu ihr zu kommen. Sie wohnte ganz in der Nähe am Autobahnring, in einem Gebäude im englischen Tudorstil.

Marias Sohn verbrachte einen Monat bei seinen Großeltern in Austin. Sie legte eine Platte mit spanischer Gitarrenmusik auf, streifte die Schuhe ab und ließ sich neben Warren auf das Wohnzimmersofa fallen. Der Drink wärmte ihn, das Sofa war weich. Wie jeder andere Vagabund sprach auch er sofort auf diese Bequemlichkeiten an. Maria nahm ihm das Cognacglas aus der Hand und stellte es auf den Couchtisch. Sie neigte sich zu ihm und küßte ihn. Warren genoß es mehr, als er erwartet hatte. Sie war eine schöne Frau. Er begann ihren Nacken zu küssen, während sie an ihn gelehnt erschauerte.

"Maria –"

"Oh, sei still", sagte sie leise.

DIE strenge pechschwarze Robe unterstrich Lou Parkers absolute Autorität noch zusätzlich. Sie nickte Nancy Goodpaster zu. "Sie können Ihren ersten Zeugen aufrufen, Frau Staatsanwältin."

„Die Anklage ruft Khuong Nguyen auf."

Ein zierlicher Mann in den Fünfzigern trat in den Zeugenstand. Er trug ein hellgraues Seidenjackett und perfekt gebügelte dunkelgraue Hosen. Er stellte sich als Besitzer des Supermarkts in River Oaks vor. Als er den Supermarkt übernommen habe, war der Angeklagte, Hector Quintana, bereits etwa drei Monate für den früheren Besitzer tätig gewesen.

Die Staatsanwältin fragte: „Hat der vorhergehende Besitzer Ihnen im Hinblick auf Mr. Quintana Empfehlungen gegeben?"

„Einspruch", sagte Warren. „Hier wird nach Hörensagen gefragt."

„Stattgegeben. Versuchen Sie, die Frage anders zu formulieren, Frau Staatsanwältin."

„Danke, Euer Ehren. Mr. Nguyen, was hielten Sie von dem Angeklagten, nachdem Sie mit dem früheren Besitzer gesprochen hatten?"

„Ich erhebe immer noch Einspruch", sagte Warren. „Die Antwort läuft auf Hörensagen hinaus und bezieht sich auf eine Aussage, die außerhalb des Gerichts gemacht wurde."

„Erklären Sie mir nicht, was ‚Hörensagen' bedeutet, Mr. Blackburn!" Die Richterin funkelte ihn an. Dann wandte sie sich an die Geschworenen. „Bemerkungen, die sich auf den früheren Besitzer beziehen, sollen Sie weder glauben noch bezweifeln. Beachten Sie nur die Reaktion des Zeugen zum damaligen Zeitpunkt."

„Mir wurde gesagt", antwortete Mr. Nguyen, „daß Hector Quintana ein guter Arbeiter sei, daß er aber mehrmals während der Arbeitszeit unter Alkoholeinfluß gestanden habe."

Nancy Goodpaster hakte nach. „Und was haben Sie getan, Mr. Nguyen, nachdem Sie das erfahren haben?"

„Ich mußte ihn entlassen."

Warren sprang auf. „Euer Ehren, ich erhebe Einspruch gegen diese ganze Befragung. Sie führt zum Versuch, die Geschworenen voreingenommen zu machen. Ich bitte darum, daß alles gestrichen wird und die Geschworenen angewiesen werden, das Gesagte nicht zu beachten."

„Dem Einspruch wird nicht stattgegeben", sagte die Richterin, „und setzen Sie sich, Mr. Blackburn."

So lief es also ab. Warren hatte das Schlimmste erwartet. Und das Schlimmste geschah.

Nancy Goodpaster fing wieder an. „Hat es ein Gespräch zwischen Ihnen und Mr. Quintana gegeben?"

„Ich sagte zu ihm: ‚Es tut mir sehr leid, aber ich muß Sie entlassen‘, und ich gab ihm einen Wochenlohn. Und er sagte: ‚Das ist nicht fair.‘"

„Und was tat Mr. Quintana?"

„Er wurde wütend und beschimpfte mich."

„Sie verstanden, daß er Sie beschimpfte?"

„Es war sehr deutlich."

„Danke, Mr. Nguyen. Ihr Zeuge, Mr. Blackburn."

Bevor Warren sich erhob, beriet er sich eine Minute lang flüsternd mit Hector. „Mr. Nguyen, Sie erwähnten, daß der frühere Besitzer Ihnen gesagt habe, daß Hector ein guter Arbeiter sei, aber hin und wieder bei der Arbeit trank. Trotzdem hielt der vorhergehende Besitzer doch offenbar so viel von ihm als Arbeitnehmer, daß er ihn nicht entließ, nicht wahr?"

„Es scheint so", antwortete Mr. Nguyen vorsichtig.

„Sir, wo haben Sie gelebt, bevor Sie hierherzogen?"

„In Singapur. Und davor in Saigon."

„Wie viele Sprachen sprechen Sie?"

„Fünf. Vietnamesisch, natürlich – Englisch, Französisch und Thai. Und etwas Chinesisch, Mandarin."

„Aber Spanisch sprechen Sie nicht, oder?"

„Ich hatte noch keine Gelegenheit, es zu lernen."

„Und als Mr. Quintana Sie angeblich beschimpfte, war es auf spanisch, nicht wahr?"

Mr. Nguyen zog die Stirn kraus. „Wie ich sagte, es war deutlich."

„Sir, entschuldigen Sie, aber ich habe Sie nicht gefragt, ob es deutlich war oder nicht. Ich habe Sie gefragt, ob Mr. Quintana Sie auf spanisch beschimpft hat."

„Ich glaube mich zu erinnern, daß es so war."

Warrens Stimme wurde böse. „Haben Sie von dem, was Mr. Quintana sagte, ein Wort verstanden?"

„Ein paar Wörter", sagte Nguyen.

„Ach?" Warren versuchte es auf gut Glück: „Wiederholen Sie sie bitte gegenüber den Geschworenen."

„Ich erinnere mich nicht an sie", antwortete Nguyen.

„Keine weiteren Fragen, Euer Ehren."

Daraufhin wurde die nächste Zeugin, Rona M. Morrison, – eine blasse, nervöse Frau Ende Vierzig – vereidigt. Von Nancy Goodpaster dazu veranlaßt, erzählte sie, daß sie am Abend des 26. Mai ein paar Röcke und Baumwollpullover in die chemische Reinigung an der

Wesleyan Street gebracht hatte, und auf dem Weg zurück zu ihrem Auto hatte sie „nur mal schnell in diesen Ford reingeschaut, der da stand". Und da habe ein Mann dringesessen, der offensichtlich tot gewesen sei.

Nancy Goodpaster ließ ein paar Tatortfotos abstempeln und offiziell als Beweismaterial vorlegen; sie reichte sie der Zeugin.

„Ist es das, was Sie gesehen haben, Mrs. Morrison?"

Rona Morrison sagte ja. Tränen begannen zu kullern.

Warrens Gesicht verfinsterte sich. Eine Heulsuse war für die Anklage immer ein Glücksfall. Er ging ins Kreuzverhör. „Mrs. Morrison, haben Sie an jenem Abend auch noch jemand anders auf dem Parkplatz gesehen?"

Niemand, an den sie sich erinnern konnte.

„Diesen Mann haben Sie nicht gesehen, nicht wahr?" Er legte seine Hand auf Hectors Schulter und drückte sie.

„Nein, den hab ich nicht gesehen."

„Danke, Mrs. Morrison. Keine weiteren Fragen."

Nancy Goodpaster rief den stellvertretenden Leichenbeschauer von Harris County in den Zeugenstand, um den Geschworenen die Todesursache mitzuteilen: Es war ein 9,5-mm-Projektil, das im Gehirn steckengeblieben war.

Bei diesem Zeugen verzichtete Warren auf das Kreuzverhör.

„Die Anklage ruft Sergeant Hollis Thiel auf."

Thiel ließ sich im Zeugenstand nieder. Seine Augen sahen aus wie harte, kleine braune Knöpfe. Aber sonst war er ganz entspannt.

Nancy Goodpaster fragte ihn, was er gefunden hatte, als er das Fahrzeug durchsuchte.

„Zulassungspapiere für das Fahrzeug, die zur Identifizierung des Opfers als Dan Ho Trunh führten. Einen Kasten mit verschiedenen Elektrikerwerkzeugen. Ein paar schmutzige Hemden und eine zusammengeknautschte Jacke."

Keinerlei Waffen, erwiderte Thiel auf die entsprechende Frage. Keine Brieftasche, kein Geld.

„Haben Sie irgendwelche Anzeichen eines Kampfes festgestellt, der der Erschießung von Mr. Trunh eventuell vorausgegangen sein mochte?"

„Nein."

„Ihr Zeuge."

Warren trat vor den Verteidigertisch. „Sergeant Thiel, als Sie den

Tatort erreichten, war an dem Auto des Opfers das Fenster auf der Fahrerseite offen?"
„Ja."
„Sie fanden keine Brieftasche am Opfer oder im Auto?"
„Nein."
„Wenn Mr. Trunh eine Brieftasche gehabt hat, muß sie jemand vor Ihrem Eintreffen genommen haben."
„Das ist richtig."
„Und niemand kann sagen, wer diese Brieftasche genommen hat, nicht wahr? Es muß nicht die Person gewesen sein, die ihn erschossen hat, richtig?"
„Einspruch!" bellte die Staatsanwältin. „Hier wird zu Spekulationen aufgefordert."
„Stattgegeben."
„Aber Euer Ehren –"
„Stattgegeben. Fahren Sie fort, Mr. Blackburn."
Warren kochte. Dann beruhigte er sich.
„Lassen Sie es mich so formulieren, Sergeant. Irgend jemand – irgend jemand, der gerade vorbeikam – hätte nur die Tür so wie Sie zu öffnen brauchen, um einen Toten zu sehen und seine Brieftasche zu nehmen. Stimmt das?"
„Einspruch!"
„Antworten Sie nicht, Sergeant!" schrie die Richterin. „Mr. Blackburn, es reicht! Beide Anwälte zu mir in mein Zimmer!"
Am ersten Morgen gleich zwei Verweise von der Richterbank. Die Geschworenen folgten meist der Tendenz des Richters, wenn der eine Tendenz erkennen ließ. Und Lou Parker tat das ganz eindeutig. Es geht mir an den Kragen, dachte Warren.
Im Richterzimmer, an ihrem Schreibtisch, zielte die Richterin wie üblich mit dem Finger auf Warrens Brust. „Jetzt hören Sie mir mal zu! Was ich entscheide, gilt. Wenn Sie wegen Rechtsfehlern vor einem höheren Gericht in Revision gehen wollen – bitte schön! Aber versuchen Sie sich nicht durch die Hintertür reinzuschmuggeln, wenn Ihnen die Vordertür vor der Nase zugeschlagen wird, oder ich werde Sie wegen Mißachtung des Gerichts verklagen! Das ist mein Gerichtssaal. Verstanden?"
Warren überlegte, welche Möglichkeiten er hatte. Er hatte es satt, von dieser Frau getreten zu werden. Deshalb entgegnete er: „Nein, dies ist nicht Ihr Gerichtssaal. Ihre einzige Funktion besteht darin, uns

beiden" – er winkte, um Nancy Goodpaster mit einzubeziehen – „zu helfen, den Geschworenen den wahrheitsgetreuen Hergang des Geschehens zu präsentieren. Sie können entscheiden. Aber Sie müssen das tun, ohne die Geschworenen gegen mich oder meinen Mandanten einzunehmen. Weil es Quintanas Gerichtssaal ist, bis die Geschworenen mit ihrem Spruch hereinkommen. Er sieht der Todesstrafe entgegen. Ich habe nicht die Absicht, diesen Fall schludrig durchzuziehen, damit Sie in Hawaii schneller braun werden."

Neben ihm senkte Nancy Goodpaster den Kopf.

Lou Parker hatte ihn mit offenem Mund angestarrt. „Kein Wort mehr", stammelte sie. „Ich mache niemanden voreingenommen, verstanden? Sie folgen meinen Entscheidungen! Ich bin die Richterin! Und jetzt raus mit Ihnen!"

Sie hatte einen Rückzieher gemacht.

NANCY GOODPASTER rief Paul Stimac, einen dünnen dunkelblonden Mann auf.

„Wo arbeiten Sie, Mr. Stimac?"

„Im Supermarkt, Ecke Bissonet und Harding. Ich bin der Nachtkassierer."

Am Abend des 26. Mai, berichtete Stimac mit piepsiger Stimme, war ein Mann in den Laden gekommen und hatte einen Revolver auf ihn gerichtet. Ja, der Mann war im Gerichtssaal. Er identifizierte Hector Quintana.

„Hatten Sie Angst um Ihr Leben, Mr. Stimac?"

Warren erhob mit ruhiger Stimme Einspruch. „Irrelevant und darauf angelegt, die Geschworenen gegen meinen Mandanten einzunehmen."

„Das finde ich nicht." Die Richterin schüttelte den Kopf. „Es ist relevant, was er empfand. Dem Einspruch wird nicht stattgegeben."

„Na ja, ich bin schon zweimal überfallen worden", antwortete Stimac. „Ich hatte keine so große Angst. Ich wußte ja, was ich zu tun hatte." Er hatte auf einen Knopf am Boden getreten, der die Polizei alarmierte. Dann hatte er den Mann hingehalten, ihm schließlich das Geld übergeben, und dann war die Polizei auch schon eingetroffen.

Warren übernahm das Kreuzverhör. „Mr. Quintana hat Sie nicht bedroht, oder?"

Nancy Goodpaster erhob Einspruch. „Hier wird zu Schlußfolgerungen des Zeugen aufgefordert."

„Stattgegeben."

Warren zuckte leicht mit den Schultern. „Ich werde die Frage anders formulieren. Hat er so was wie ‚Wenn du das Geld nicht rüberschiebst, jag ich dir 'ne Kugel in 'n Kopf' gesagt, irgend so etwas?"

„Nein", sagte Stimac, „er hat nur Geld verlangt. Der sah aus, als ob er mehr Angst hätte als ich."

„Würde es Sie überraschen, Sir, wenn Sie hörten, daß in dem Revolver, den Mr. Quintana auf Sie richtete, keine Patronen waren?"

„Einspruch", warf Nancy Goodpaster ein, „es fehlt die Aussage."

Sie meinte damit, daß keine Frage gestellt werden durfte, die eine Tatsache einbezog, die noch nicht als solche nachgewiesen worden war. Der Revolver war nicht geladen gewesen, aber noch hatte kein Zeuge ausgesagt, daß er nicht geladen war.

„Stattgegeben!" polterte die Richterin. Sie schien ihm sagen zu wollen: Egal was du auch machst, Blackburn, ich werde trotzdem siegen. Ich bin die Richterin, und das ist mein Gerichtssaal.

Am Nachmittag trat Officer L. E. Manley in den Zeugenstand. Er war ein junger, athletisch gebauter Schwarzer und sagte aus, daß er und sein Kollege den Angeklagten festgenommen hatten, als er mit dem Revolver in der Hand aus dem Supermarkt getrottet kam. Natürlich hatten sie ihm den Revolver abgenommen.

„Ja, das ist die Waffe", sagte er, nachdem die Staatsanwältin sie in seine Hände gelegt hatte. „Ein 9,5-mm-Diamond-Back-Revolver. Diese Waffe hat einen Kolben mit charakteristischer Einlegearbeit aus Elfenbein. Und am Hahn und an der Abzugsfeder ist was gemacht worden. Dadurch ist sie ganz leicht abzufeuern."

Warren machte sich Notizen. Neue Informationen. Danke, Officer.

Die Staatsanwältin fragte Manley: „Waren Patronen in dem Revolver, als Sie sie Mr. Quintana abnahmen?"

„Nein."

„Ihr Zeuge."

Mit Manleys Hilfe ließ sich nachweisen, daß Hector keine Kugeln bei sich gehabt hatte und keine im oder außerhalb des Supermarkts gefunden worden waren.

Warren wandte sich an Manley: „Dieser bewußte Revolver, sagten Sie, habe ein Elfenbeingriffstück, und man könne ihn leicht abdrücken. Nach Ihrer Erfahrung können Sie sicher sagen, daß dies keine Waffe ist, die ein Mann im allgemeinen mit sich führt, oder?"

„Ja, das stimmt."
„Sie würden sagen, daß sie einer Frau gehört, nicht wahr?"
„Einspruch!"
„Stattgegeben", erklärte die Richterin.
„Keine weiteren Fragen."
Nancy Goodpaster war an der Reihe. „Ist an dieser Waffe irgend etwas, das einen Mann hindern könnte, sie zu benutzen?"
„Nein."
„Und der Angeklagte hatte sie in jener Nacht bei sich, nicht wahr?"
„Ja."
Dann war Warren wieder dran und schlug in dieselbe Kerbe. „Können Sie sich einen Grund vorstellen, Officer Manley, warum ein bettelarmer, illegaler mexikanischer Einwanderer einen Revolver bei sich hatte, der nicht nur nicht geladen, sondern auch nicht von der Art war, die Männer normalerweise mit sich führen?"
„Einspruch. Es wird zu Spekulationen aufgefordert."
„Sie können antworten, Manley", sagte Lou Parker zu Warrens Überraschung. Dann setzte sie, an die Staatsanwältin gerichtet, hinzu: „Sonst formuliert er's bloß wieder anders und quetscht es auf irgendeine andere Weise aus ihm raus."
Manley zuckte mit den Schultern. „Es war vielleicht die einzige Waffe, an die er rankommen konnte. Vielleicht hat er sie sich geliehen. Vielleicht hat er sie irgendwo gefunden. Alles ist möglich."
Manley wurde aufgefordert, den Zeugenstand zu verlassen.
Der Experte von der Schußwaffentechnik identifizierte den Diamond-Back-Revolver als die gekennzeichnete Waffe, die ihm in der Nacht des 26. Mai von Officer Manley übergeben worden war. Erst spät am folgenden Nachmittag sei die aus Dan Ho Trunhs Gehirn entnommene Kugel ins Labor gebracht worden. Sie habe auf Anhieb gepaßt.
Es war schon nach fünfzehn Uhr. Die Richterin klopfte mit ihrem Hammer auf den Tisch und entließ die Geschworenen bis neun Uhr früh des folgenden Tages.
Als sie gegangen waren, legte der Gerichtsdiener Hector wieder Handschellen um die Gelenke. Hector sah erschöpft und blaß aus.
Warren munterte ihn auf. „Hören Sie, es ist gut gelaufen. Und morgen wird alles noch besser."
Hector nickte erschreckend höflich. Er weiß, dachte Warren, daß seine Chancen etwa so groß sind wie die, eine Stecknadel im

Heuhaufen zu finden. „Sie kriegen Ihre Chance", meinte Warren ein bißchen verzweifelt.

Hector schüttelte den Kopf. „Sie werden mir nicht glauben. Ich werde sterben."

„Nein. Hören Sie! Sie müssen an mich glauben!"

Aber Hector drehte sich um und nickte dem Gerichtsdiener zu, der ihn abführte.

AM ZWEITEN Verhandlungstag des Quintana-Prozesses betrat Johnnie Faye Boudreau kurz nach neun den Gerichtssaal. Sie fiel Warren sofort ins Auge. Das war auch nicht schwierig. Sie trug ein kirschrotes Leinenkostüm über einer weißen Korsage und, zum Kostüm passend, rote, hochhackige Pumps. Ihr enger Rock endete weit oberhalb der Knie. Sie nahm in einer der hinteren Reihen Platz und lächelte Warren zu. Es drängte ihn gewaltig, Hector Quintana am Arm zu packen, ihn herumzudrehen und zu sagen: „Diese Frau dort in Rot war es, die den Mann ermordet hat, den Sie ermordet haben sollen. Gehen Sie zu ihr, Hector, und fragen Sie sie, wie sie damit leben kann."

In diesem Augenblick trat die Richterin ein. Der Gerichtsdiener forderte Ruhe, und die Anklage rief Mai Thi Trunh als erste Zeugin des Tages auf. Mrs. Trunh war aus zwei Gründen im Zeugenstand: um Mitleid zu erregen und um zu beweisen, daß ihr Mann am Morgen seines Todes noch im Besitz seiner Brieftasche gewesen war. Die junge Witwe trug Schwarz. Sie war gefaßt, sprach langsam und drückte sich mit einfachen Worten aus. Sie trug ihren Kummer nicht zur Schau, aber er war doch deutlich zu erkennen. Warren war bewegt.

Durch Nancy Goodpasters geduldige Befragung erfuhren die Geschworenen eine Menge über die Familie Trunh. Alles irrelevant, aber Warren erhob keinen Einspruch. Wenn ein trauernder Zeuge aussagt, muß der Verteidiger gute Miene machen. Das gnädige „Ihr Zeuge" der Staatsanwältin erfolgte erst kurz bevor die Geschworenen vom Gerichtsdiener weggeführt wurden.

Warren ging langsam nach hinten, wo Johnnie Faye Boudreau in ihrem kirschroten Kostüm auf ihn wartete.

„Langweilig", sagte sie.

„Wahrscheinlich. Was machen Sie hier?"

„Sie sind mein Anwalt. Ich wollte Ihnen bei der Arbeit zusehen. Wann dürfen Sie sich präsentieren?"

„Nach der Mittagspause. Es wird Sie enttäuschen."

„Das werden wir sehen. Gehen wir."
„Wohin?"
„Essen."
„Nein, danke."
„Wie dumm", meinte Johnnie Faye. „Ich weiß, daß Sie nicht gerade verrückt nach mir sind, aber wir werden noch eine Menge Zeit miteinander verbringen. Höflichkeit würde Ihnen nicht schaden. Außerdem möchte ich über den Fall sprechen. Meinen Fall."
„Ich bin jetzt mit dieser Sache beschäftigt. Wenn ich mit Ihnen über Ihren Fall reden will, rufe ich Sie an, und wir können uns in meinem Büro treffen."
Er bemerkte ihren berechnenden Blick, den Clyde Ott und Dink wohl mehr als einmal zu sehen bekommen hatten. Es wäre ihr ein leichtes, auch mich umzulegen, überlegte Warren. Sie ist dazu fähig. Wie diese Menschen weiß auch ich zuviel. Dann veränderte sich ihre Miene, und ihr blaugraues Auge wurde ausdruckslos wie ein Stein.
Als Warren nach der Mittagspause mit dem Kreuzverhör der Witwe begann, saß Johnnie Faye wieder auf ihrem Platz in den hinteren Reihen. Warren stand Mai Thi Trunh gegenüber. Der Diebstahl von Dan Hos Brieftasche machte aus einem Totschlag einen Raubmord. Das Entscheidende ihrer Aussage war die Tatsache, daß ihr Mann die Brieftasche immer mitgenommen hatte. Indizienbeweis. Im Verlauf des Tages war sie vielleicht gestohlen worden, oder er hatte sie aus Versehen auf der Straße fallen lassen. Wer konnte das Gegenteil beweisen? Und vielleicht irrte sich Mrs. Trunh. Die Brieftasche konnte immer noch zu Hause liegen. Aber Warren glaubte, daß Dan Ho Trunh die Brieftasche mitgenommen hatte.
„Die Verteidigung hat keine Fragen", erklärte er.
„Sie können gehen", sagte Richterin Parker zu Mrs. Trunh.
Nancy Goodpaster erhob sich eifrig. „Die Anklage ruft Mrs. Siva Singh auf."
Die Inderin mit der Brille sah nervös aus. Die Staatsanwältin stellte ihr Fragen über sich und ihre Familie. Sie war in Jaipur geboren. Sie und ihr Mann waren vor zwölf Jahren in die Vereinigten Staaten ausgewandert. Die chemische Reinigung an der Wesleyan Terrace gehörte ihnen. Ihr Mann arbeitete in den hinteren Räumen.
Nancy Goodpaster kam zur Sache. „Mrs. Singh, sagen Sie uns bitte, wo Sie sich am Abend des 26. Mai befanden."
„In meinem Geschäft."

„Betrat an jenem Abend eine Mrs. Morrison Ihren Laden?"

Siva Singh beschrieb, wie Rona Morrison hereingekommen war, um ihre zu reinigenden Sachen abzugeben. Sie habe den Laden verlassen, und Augenblicke später habe sie auf dem Parkplatz geschrien. Mrs. Singh war hinausgeeilt und hatte Mrs. Morrison neben einem geparkten Ford auf den Knien vorgefunden. Nachdem sie den blutüberströmten Körper eines Mannes im Auto gesehen hatte, hatte sie Mrs. Morrison ins Haus geschafft und die Polizei angerufen.

Nancy Goodpaster hakte nach. „Ist irgendwas Ungewöhnliches passiert, bevor Mrs. Morrison schrie und Sie die Leiche entdeckten?"

„Ja, in der Tat. Ich hatte in einem Hinterzimmer der Reinigung gearbeitet, als ich ein Geräusch hörte, das, wie ich später erfuhr, ein Schuß war. Ich ging wieder nach vorn."

„Vom Tresen aus konnten Sie den Parkplatz deutlich überblicken?" fragte die Staatsanwältin weiter.

„Ganz deutlich."

„Erzählen Sie den Geschworenen bitte, was Sie gesehen haben."

„Neben dem Ford stand ein Mann –"

„Neben demselben Ford, in dem Sie später die Leiche gefunden haben?"

„Ja. Er war etwa neun bis zwölf Meter von meinem Standort entfernt. Der Mann schien sich durchs Fenster zu beugen. Dann drehte er sich um und rannte weg."

Nancy Goodpaster schaute sie ernst an. Dann wollte sie wissen: „Als der Mann sich umdrehte, um fortzulaufen – drehte er sich in Ihre Richtung oder von Ihnen weg?"

„Eindeutig in meine Richtung, so daß ich die Möglichkeit hatte, sein Gesicht zu sehen."

„Haben Sie es deutlich gesehen?"

„Ganz deutlich."

„Können Sie uns den Mann beschreiben, Mrs. Singh?"

„Er war etwa einsfünfundsiebzig bis einsachtzig groß, hatte lange dunkle Haare und trug nur eine Hose und ein Hemd. Er trug keine Jacke. Er sah arm und obdachlos aus. Er schien mir mit Sicherheit Lateinamerikaner zu sein."

Warren notierte etwas. Wer war der Mann auf dem Parkplatz? Siva Singh hatte jemanden gesehen, das bezweifelte er nicht, aber nicht Hector Quintana. Johnnie Faye war in ihrem Auto gewesen, und selbst wenn sie für einen Moment ausgestiegen wäre, hätte man sie unmöglich für einen Mann halten können. Es mußte jemand gewesen sein, der zufällig vorbeigekommen war, die Leiche sah, erschrak und sich aus dem Staub machte. Das erklärte aber die fehlende Brieftasche nicht.

„Erzählen Sie uns, Mrs. Singh, was am folgenden Tag geschah, im Harris-County-Gefängnis."

Siva Singh beschrieb die Gegenüberstellung. Sechs Männer wurden ihr vorgeführt. Sie identifizierte einen davon als den Mann, den sie in der Nacht zuvor hatte weglaufen sehen.

„Sie waren sicher, daß es derselbe Mann war?"

„Ganz sicher."

„Sehen Sie diesen Mann heute in diesem Saal?"

„Ja, in der Tat."

„Deuten Sie auf ihn, und beschreiben Sie ihn bitte."

Sie deutete auf den Verteidigertisch. „Er trägt ein weißes Hemd und einen blauen, einreihigen Anzug."

Nancy Goodpaster lächelte verlegen und sagte mit fester Stimme: „Mrs. Singh, am Verteidigertisch sitzen zwei Männer in weißen Hemden und einreihigen blauen Anzügen. Können Sie etwas genauer sein?"

Die Geschworenen fingen an zu kichern. Mrs. Singh schlug sich mit der Hand vor den geöffneten Mund und erhob sich leicht vom Zeugenstuhl. Dann deutete sie aufgeregt in Hectors Richtung. „Der ist es! Der Mann mit der blauen Krawatte!"

„Das Protokoll soll festhalten", sagte die Staatsanwältin ernst, „daß die Zeugin den Angeklagten Hector Quintana identifiziert hat."

„Das Protokoll soll dies festhalten", bestätigte die Richterin.

Jetzt war Warren an der Reihe. Er erhob sich und trat Siva Singh gegenüber. „Mrs. Singh, wir treffen uns zum erstenmal, oder?" fragte Warren.

„Nein."

„Ich war vor ein paar Wochen in Ihrem Geschäft, nicht wahr?"

„Ja, das stimmt", antwortete Mrs. Singh unglücklich.

„Sie wollten nicht mit mir über den Vorfall reden, weil Sie irrtümlicherweise der Meinung waren, Mrs. Goodpaster, die Staatsanwältin, habe es Ihnen verboten. Ist das richtig?"

„So ist es. Ich bitte um Verzeihung."

„Nein, Mrs. Singh, ich bin es, der um Verzeihung bitten sollte. Ich hätte Mrs. Goodpaster veranlassen sollen, Sie anzurufen und Ihnen zu erklären, daß es Ihnen freisteht, sich mit mir zu unterhalten. Bitte, verzeihen Sie mir."

Mrs. Singhs dunkelbraune Augen funkelten.

„Ihre Brille ist für die Ferne, nicht wahr?" fragte Warren. Er erinnerte sich, daß sie sie abgenommen hatte, als sie die Visitenkarte der Staatsanwältin aus ihrer Tasche nahm.

„O ja. Mit ihr kann ich perfekt sehen."

„Können Sie in einiger Entfernung auch ohne Brille sehen?"

„Ganz gut."

Warren runzelte die Stirn. „Hatten Sie in der Nacht des 26. Mai Ihre Brille auf, als Sie sahen, wie der Mann sich in den Ford beugte?"

„In der Tat, ja. Ich hatte sie auf", sagte Mrs. Singh ernst, „sonst hätte ich ihn nicht so deutlich gesehen."

Warren dachte einen Augenblick nach, dann trat er näher an sie heran.

„Was ist Ihre Muttersprache?"

„Hindi", antwortete Mrs. Singh überrascht und plötzlich auf der Hut. „Aber natürlich habe ich als Kind in Jaipur Englisch gelernt."

„Und Sie sprechen auch perfekt Englisch. Britisches Englisch, kein amerikanisches Englisch, stimmt's?"

Die Vorsicht verschwand. „Ja, so ist es", sagte Mrs. Singh lächelnd.

„Wenn Sie mir den Gefallen tun würden, Mrs. Singh – bitte schließen Sie doch für einen Moment die Augen, und beantworten Sie mir eine Frage."

Gehorsam schloß Siva Singh die Augen.

„Erinnern Sie sich, so gut Sie können. Wie groß bin ich?" fragte Warren.

„Einspruch!" rief die Staatsanwältin.

„Ich ziehe die Frage zurück", erklärte Warren. „Mrs. Singh, haben Sie am Abend des 26. Mai, bevor die Polizei eintraf, um mit Ihnen zu reden, Ihrem Ehemann gesagt, daß Sie einen Mann in der Dunkelheit von dem Ford weglaufen sahen?"

„Ja. Ich habe es meinem Mann gesagt."

„Erinnern Sie sich, mit welchen Worten Sie ihn Ihrem Mann beschrieben? Antworten Sie mit Ja oder Nein."

„Ja."

„Bitte sagen Sie den Geschworenen, was Sie zu Ihrem Mann gesagt haben, Mrs. Singh."

Sie überlegte kurz. „Ich habe meinem Mann gesagt, daß er vielleicht einsfünfundsiebzig groß war, daß er lange dunkle Haare hatte, daß er nur eine Hose und ein Hemd trug und keine Jacke, daß er wie ein Armer und Obdachloser aussah, daß es mit Sicherheit ein Lateinamerikaner war und daß ich ihn noch nie zuvor gesehen habe."

Warren wartete – so lange er es wagte –, damit die Aussage wirken konnte. Dann fragte er: „Mrs. Singh, haben Sie diesen Mann nicht mit fast den gleichen Worten der Polizei beschrieben?"

„Das mag sein", entgegnete sie.

„Und heute in diesem Gerichtssaal, als die Staatsanwältin Sie bat, den Mann, den Sie in der Dunkelheit vom Auto weglaufen sahen, zu beschreiben – haben Sie nicht genau die gleichen Worte benutzt?"

„Höchstwahrscheinlich", antwortete Mrs. Singh.

„Haben Sie eine Kopie Ihrer eidlichen Erklärung gegenüber der Polizei?"

„Ja."

„Haben Sie sie auswendig gelernt? Wort für Wort? Satz für Satz, in der richtigen Reihenfolge, damit keine Widersprüche auftreten?"

„Ich habe sie nicht auswendig gelernt. Aber ich habe sie studiert."

Warren ging durch den Raum und stellte sich neben Hector. Die Blicke der Geschworenen folgten ihm aufmerksam.

„Mrs. Singh, als Sie mit der Polizei sprachen und den Mann beschrieben, den Sie weglaufen sahen, sagten Sie: ‚Ich meine, es könnte ein Lateinamerikaner gewesen sein' – nicht wahr? Nur ja oder nein, bitte."

„Ja."

„Und heute in diesem Gerichtssaal haben Sie zu meiner Kollegin, Mrs. Goodpaster, gesagt: ‚Er schien mir mit Sicherheit ein Lateinamerikaner zu sein'?"

„Ja."

„Und vor wenigen Augenblicken, als Sie den Geschworenen berichteten, was Sie Ihrem Mann erzählt haben, sagten Sie, daß es mit Sicherheit ein Lateinamerikaner gewesen sei. Ist das richtig?"

„Das mag ich gesagt haben."

„Ist es nicht eine Tatsache, daß Sie mit jeder Beschreibung immer sicherer werden?"

„Einspruch", stieß die Staatsanwältin scharf hervor, „Bedrängung der Zeugin!"

„Nicht stattgegeben", sagte Lou Parker zu Warrens Überraschung. „Sie dürfen antworten, Mrs. Singh."

„Ich weiß die korrekte Antwort nicht."

„Was ist ein Lateinamerikaner, Mrs. Singh?"

„Eine Person aus Mittel- oder Südamerika."

„Wie würden Sie eine solche Person beschreiben?"

„Sie sind meist dunkel. Nicht sehr groß."

„Sie sind auch dunkel und nicht sehr groß", sagte Warren, so leise er konnte, gerade noch hörbar. „Sind Sie Lateinamerikanerin?"

„Selbstverständlich nicht", erwiderte sie.

„Haben Sie etwas gegen Lateinamerikaner?"

„Nicht im besonderen."

Warren ging auf sie los. „Sie haben im allgemeinen etwas gegen sie? Ist es das, was Sie uns sagen wollen?"

„Es ist nur so, daß mir aufgefallen ist, daß viele arbeitslose und obdachlose Männer in unserer Stadt lateinamerikanischer Herkunft sind."

„Nur noch eines, Mrs. Singh." Er sah, daß sie sich entspannte. „Um acht Uhr abends ist der Parkplatz vor Ihrer Reinigung doch verhältnismäßig dunkel, nicht wahr?"

„Es sind Lampen vorhanden."

„War der Ford direkt unter einer dieser Lampen geparkt?"

„Nicht genau darunter. Aber auch nicht sehr weit entfernt."

„Ist es nicht so, Mrs. Singh, daß der Ford mindestens sechs Meter vom Fuß der nächstgelegenen Lampe entfernt geparkt war?"

„Das mag sein."

„Sie kamen, eine Minute oder zwei nachdem Sie den Schuß gehört hatten, aus den hinteren Räumen der Wäscherei?"

„Ja."

„Haben Sie den Mann, der weglief, deutlich gesehen?"

„Ganz deutlich."

„Mrs. Singh, bedeutet das Wort ,ganz' in dem britischen Englisch, das Sie in Jaipur gelernt haben und immer noch sprechen, ,sehr', oder bedeutet es ,einigermaßen'?"

„Wie bitte?"

„Als ich Sie fragte, ob Sie in einiger Entfernung ohne Brille gut sähen, antworteten Sie ,ganz gut'. Und doch ist Ihre Brille dazu da, daß Sie Dinge in einiger Entfernung erkennen können, nicht wahr?"

„Ja, so ist es."

„Als Sie ,ganz gut' sagten, meinten Sie demnach ,ziemlich gut' – ist es nicht so?"

„Das ist möglich."

„Als Mrs. Goodpaster Sie fragte, ob Sie das Gesicht des Mannes gesehen hätten, als er sich in Ihre Richtung drehte, und Sie ‚ganz deutlich' sagten, meinten Sie eigentlich ‚ziemlich deutlich'. Stimmt das?"

„Ich konnte ihn sehen", sagte Mrs. Singh. „Es war dunkel, und er sah struppig aus."

„Ein Lateinamerikaner."

„Nun, ich bin mir jetzt nicht mehr so sicher."

Warren pausierte, um das Gesagte bei den Geschworenen einsickern zu lassen.

„Und dann – später –, als Mrs. Goodpaster fragte, ob Sie sicher seien, daß der Mann, den Sie bei der Gegenüberstellung auswählten, derselbe Mann war, den Sie ‚ganz deutlich' auf dem Parkplatz gesehen haben, antworteten Sie, daß Sie ‚ganz sicher' seien. Sie meinten ‚ziemlich sicher', nicht wahr, Mrs. Singh?"

„Er sah ihm sehr ähnlich", erwiderte Siva Singh leise. „Wenn es nicht derselbe Mann ist, werde ich mir das nie verzeihen."

„Glauben Sie, er wird Ihnen verzeihen?" fragte Warren.

Mrs. Singh antwortete nicht.

Warren war hin und her gerissen – sollte er hier aufhören oder weitermachen? Er warf einen Blick auf die Geschworenen. Sie waren ihm gefolgt. Sie würden nicht vergessen, was sie gerade gehört hatten.

Er wollte den Geschworenen zeigen, daß Dan Ho Trunh leicht von jemandem, der seine Gewohnheiten kannte, bis zur Reinigung verfolgt worden sein konnte – ein Ablenkungsmanöver, das er für nötig hielt.

„Mrs. Singh, war Dan Ho Trunh ein Stammkunde bei Ihnen?"

„Ja, er kam einmal die Woche."

„Mr. Trunh kam immer am gleichen Tag?" fragte Warren.

„Das ist richtig. Am Freitag abend, zwischen fünf und acht."

„Sergeant Thiel hat ausgesagt, daß hinten in dem Ford ein paar schmutzige Hemden gefunden wurden. Welche Wäsche oder welche gereinigten Kleidungsstücke befanden sich in Ihrem Geschäft, die abzuholen waren? Können Sie sich daran erinnern?"

„O ja, ich erinnere mich in der Tat", antwortete sie aufatmend. „Fünf weiße Hemden, ein grauer Anzug und ein grüner Herrenpullover aus Baumwolle. Am Montag wurden sie abgeholt und bezahlt."

Warren hakte nach. „Ich verstehe nicht ganz. Meinen Sie den Montag vor dem Mord?"

„Nein. Den darauffolgenden Montag."

Warren runzelte die Stirn, immer noch ein bißchen verwirrt. „Sie meinen, sie wurden von Mrs. Trunh oder jemandem aus ihrer Familie abgeholt?"

„Es war auf gar keinen Fall Mrs. Trunh oder jemand aus ihrer Familie", sagte Mrs. Singh. „Aber der Mann hatte den richtigen Abholschein."

„Moment mal", sagte Warren. „Wer hatte den richtigen Abholschein, Mrs. Singh? Wer holte die Hemden, den Anzug und den Pullover ab?"

„Ich hatte ihn noch nie vorher gesehen", erklärte Mrs. Singh.

„Beschreiben Sie ihn!" verlangte Warren.

Siva Singh fühlte sich sichtlich unwohl. „Ich möchte sagen, er war von mittlerer Größe. Schlecht gekleidet, und er roch fürchterlich nach Alkohol."

„War es ein Lateinamerikaner?"

Sie zögerte. „Das kann ich nicht mit Sicherheit sagen."

„War es ein Asiate?"

„Ganz bestimmt nicht."

„War es ein Schwarzer?"

„Nein." Sie blickte in Warrens Augen. „Er hatte den richtigen Abholschein", erklärte sie tapfer. „Und er hat bezahlt."

Warren hätte sie am liebsten umarmt und geküßt. Er wäre am liebsten im Gerichtssaal herumgetanzt. Aber er zwang sich zur Ruhe. „Danke, Mrs. Singh. Ich habe im Augenblick keine weiteren Fragen." Er drehte sich schnell zu Lou Parker um. „Aber ich bitte darum, daß diese Zeugin heute auf Abruf im Gerichtsgebäude bleibt. Und ich hätte gern eine Besprechung im Richterzimmer, Euer Ehren."

8. Kapitel

EIN wenig benommen schritt Warren auf Lou Parkers Arbeitszimmer zu und spielte dabei alle Möglichkeiten durch, die sich aus Siva Singhs Aussage ergaben. Entschlossen erklärte er der Richterin dann: „Ich möchte Dan Ho Trunhs Witwe außer Hörweite der Geschworenen kurz befragen. Ich werde ihr nur eine Frage stellen. War sie oder ein Familienmitglied je im Besitz des Abholscheins? Wenn die Antwort nein ist – und ich glaube, daß sie nein lauten wird –, dann handelt es sich hier nicht um Raubmord. Irgendein unbekannter Weißer hat Dan Ho Trunhs Brieftasche gestohlen, wahrscheinlich, als er schon tot war, und hat drei Tage später die Sachen abgeholt. Und wahrscheinlich hat er auch gesehen, wie der Mord passierte."

„Wie kommen Sie denn darauf?" fragte Nancy Goodpaster.

„Siva Singh hörte den Schuß. Ein oder zwei Minuten später ging sie in den vorderen Teil des Ladens und sah einen Mann, der sich ins Autofenster beugte. Diese Frau ist zwar eine lausige Augenzeugin, aber völlig blind ist sie nicht. Was immer dieser Kerl auch tat oder nicht tat – er muß auf dem Parkplatz gewesen sein, als Trunh erschossen wurde."

Vorsichtig entgegnete die Staatsanwältin: „Und warum könnte Quintana Trunh nicht doch erschossen und die Brieftasche, nachdem er das Geld rausgenommen hatte, weggeworfen haben? Jemand anders hätte sich dann immer noch mit dem Abholschein davonmachen können."

„Es gibt eine Menge Möglichkeiten", erwiderte Warren. Er wandte sich an die Richterin, die kettenrauchend hinter ihrem Schreibtisch saß. „Wie dem auch sei – ich muß diesen Mann finden. Ich brauche eine Vertagung. Um mindestens eine Woche. Am Montag fange ich mit dem Ott-Prozeß an."

Die Richterin tippte mit dem Zeigefinger auf ihren Terminkalender. „Erwarten Sie von mir, daß ich den Geschworenen sage, sie sollen nach Hause gehen und zwei Wochen lang Däumchen drehen?"

„Wenn's nötig ist, ja."

„Sie haben vielleicht Nerven! Das muß ich mir erst noch überlegen", erklärte sie ruhig. „Fragen Sie inzwischen diese Mrs. Trunh aus. Vielleicht kriegen Sie nicht die Antwort, die Sie hören wollen. Und damit wäre dann Schluß mit diesem Theater."

Im Gerichtssaal erinnerte Warren Mai Thi Trunh daran, daß sie noch immer unter Eid stand, auch wenn die Geschworenen nicht anwesend waren.

Nein, sagte sie leise, sie hatte den Abholschein der Reinigung nie gesehen. Normalerweise hatte ihr Mann diese Dinge in seiner Brieftasche.

„Dürfen wir uns der Richterbank nähern?" Warren steuerte bereits darauf zu. Die Staatsanwältin folgte ihm auf den Fersen.

„Das bleibt unter uns", sagte Lou Parker und winkte die Protokollführerin, die sich immer in der Nähe aufhielt, zur Seite.

„Euer Ehren, da offensichtlich noch ein wichtiger Zeuge fehlt, bitte ich bis zum Abschluß des Boudreau-Prozesses um Vertagung", erklärte Warren.

„Nein, das kann ich nicht zulassen", sagte Lou Parker. „Wenn Sie diesen Prozeß unterbrechen wollen, um einen neuen Zeugen beizubringen, müssen Sie mir zuerst beweisen, daß seine Aussage relevant und notwendig ist. Sie wissen nicht, was dieser Mann sagen wird oder ob er überhaupt existiert. Sie kennen weder seinen Namen, noch wissen Sie, wo er wohnt. Vielleicht ist er gar nicht mehr in der Stadt."

Voll kalter Wut erwiderte Warren: „Ich weiß, daß es ein Weißer ist und daß er Hector Quintana ähnlich sieht. Wahrscheinlich ist es ein Stadtstreicher, und der geht nicht fort. Ich weiß, daß er die Kleidungsstücke des Opfers hat und sie vielleicht trägt. Ich weiß, daß das Leben eines Menschen davon abhängen kann, ob ich ihn finde. Und ich werde ihn finden!"

„Vielleicht – vielleicht auch nicht. Ich muß Ihre Chancen gegen das Problem abwägen, diese Geschworenen noch zehn Tage schmoren zu lassen, in denen sie jedes Wort, das sie gehört haben, möglicherweise wieder vergessen. Ich muß vielleicht völlig neue Geschworene aussuchen. Außerdem ist mein Kalender nach dem Urlaub schon voll."

Warren versuchte, seine Wut zu zügeln. „Die Geschworenen werden nichts vergessen. Und was Ihren Kalender betrifft, Euer Ehren, das ist Ihr Problem. Sie müssen die Termine eben umorganisieren."

„Keine Chance", erklärte Lou Parker strikt. „Ich habe entschieden, und dabei bleibt's. Fahren wir mit diesem Prozeß fort."

„Den Protest will ich protokolliert haben!" entgegnete Warren scharf. Er winkte die Protokollführerin heran, die gehorsam näher trat. „Euer Ehren, ich lehne Sie wegen Befangenheit ab! Legen Sie Ihr Amt nieder! Ich verlange einen neuen Prozeß mit einem neuen Richter!"

Die Richterin bleckte die Zähne. „Mit welcher Begründung?"

„Voreingenommenheit."

„Weil ich den meisten Ihrer idiotischen Einsprüche nicht stattgegeben habe? Weil ich Sie nicht hinter einem Hirngespinst herjagen lasse? Sie tanzen schon wieder aus der Reihe!"

Sie flüsterten nicht mehr. Der ganze Saal konnte sie hören.

„Genau deswegen", gab Warren zurück, „und noch einer Menge mehr. Als wir zum erstenmal darüber sprachen, daß ich diesen Fall

übernehmen würde, sagten Sie, ich solle Ihre Zeit nicht verschwenden. ‚Bringen Sie die Sache zu einem akzeptablen Ende, das ist leichte Beute für die Anklage' – Ihre Worte! Und das haben Sie eine Woche später auch mir und der Staatsanwältin gegenüber wiederholt. Sie glaubten, wir hätten uns geeinigt. Vierzig Jahre Knast sind schließlich kein schlechtes Angebot für einen Mann, der behauptet, unschuldig zu sein! Sie drohten, daß ich in Ihrem Gericht nie wieder arbeiten würde, wenn ich mit Quintana einen Prozeß anstrebte. Das ist eine eindeutige Verletzung des Gerichtsverfassungsgesetzes. Tagaus, tagein kommen Sie damit ungestraft davon, aber nicht bei mir! Ich weigere mich, in diesem Gerichtssaal weiterzumachen! Ich lege meine Arbeit nieder."

Ruhig und kalt entgegnete die Richterin: „Ich kann Sie wegen Ungebühr vor Gericht festnehmen lassen. Ihr Ruf stinkt sowieso zum Himmel!"

„Versuchen Sie's doch. Ich habe hier eine Zeugin gleich neben mir stehen." Er zeigte auf Nancy. „Sie erinnert sich bestimmt!"

Vertrauensvoll wandte die Richterin sich an ihre Staatsanwältin. „Sie erinnern sich an nichts Derartiges – oder, Nancy?"

Nancy Goodpaster holte unsicher Luft und sagte: „Doch."

Das Gesicht der Richterin bekam hektische Flecken. „Ich soll gesagt haben, was der da behauptet? Sie behaupten, Sie haben das gehört?"

„Ja", erwiderte Nancy. „Das haben Sie alles gesagt."

Die Richterin drehte sich ruckartig zur Protokollführerin: „Hinaus mit Ihnen! Das kommt alles nicht ins Protokoll! Nichts davon kommt ins Protokoll!"

Die Protokollführerin machte sich eilig davon.

Warren erklärte ruhig: „Wenn Sie nicht freiwillig zurücktreten, stelle ich in einem anderen Gericht den entsprechenden Antrag. Jetzt sofort, heute nachmittag noch. Ich habe mich bisher keinem Richter gegenüber respektlos verhalten, aber bei Ihnen mußte es irgendwann soweit kommen. Ich werde Sie in die Pfanne hauen!"

Die Augen der Richterin hatten die Farbe glühender Kohlen angenommen. Wieder trommelte sie mit den Fingern auf dem Terminkalender herum. Eine Minute verstrich. Schließlich entgegnete sie: „Suchen Sie Ihren Zeugen. Das Gesetz verlangt, daß Sie gewissenhaft vorgehen. Wenn Sie ihn nicht finden, bevor der andere Prozeß abgeschlossen ist, haben Sie Ihre Chance vertan. Wir nehmen die Verhandlung wieder auf. Mit denselben Geschworenen."

„Danke, Euer Ehren", sagte Warren höflich.

Am Abend sah er im Badezimmerspiegel – nachdem er seinen Anzug gegen Jeans vertauscht hatte – das trübsinnige, rotäugige Gesicht eines Anwalts, der mitten im Prozeß steht. Ich brauch 'ne Verschnaufpause, beschloß er. Er hatte noch ganze fünf Tage, bis die Auswahl der Geschworenen für den Boudreau-Prozeß begann. Er wählte Maria Hahns Nummer. Schon zehn Minuten später fuhr er mit Oobie, die auf dem Rücksitz zusammengerollt an einem Tennisball herumnagte, zu Maria.

Maria hatte Lasagne gemacht. Sie trug alte Jeans und ein blaues Cowboyhemd. „Wie ging's heute bei dir?" fragte sie beim Essen.

„Gut." Er faßte alles kurz zusammen.

„Und jetzt mußt du also diesen Kerl finden. Hast du einen Plan?" Sie liebte Pläne.

„Mir wird schon einer einfallen", versprach er.

„Brauchst du Hilfe? Vielleicht eine Fahrerin?"

„Beim letzten Mal hat's schon nicht so gut geklappt. Das nächste Mal geht's mir vielleicht richtig an den Kragen."

„Na, wir haben doch jetzt Erfahrung. Wir lernen aus unseren Fehlern. Das ist doch die Hauptsache, oder nicht? Randy ist weg, und bei mir ist diese Woche nichts los."

Warren schaute sie an, und sie lächelte. Ich könnte mich daran gewöhnen, dachte er.

Am Montag, dem 24. Juli, fünf Tage nachdem Lou Parker eine Vertagung des Quintana-Prozesses bewilligt hatte, trafen sich die beiden Anwälte, die Johnnie Faye Boudreau zu verteidigen hatten, zum Frühstück in Rick Levines Büro. Eine Stunde später gingen sie gemeinsam zum Kriminalgericht, das wenige Straßen weiter lag.

„Jetzt, wo ich dich bei Tageslicht sehe", meinte Rick, „muß ich dir sagen, daß du wie ein Gaul aussiehst, wenn er beim Rennen als letzter ins Ziel gekommen ist. Was zum Teufel hast du gemacht?"

Er hatte einen Mann gesucht, der nicht existierte. Fünf Tage und Nächte lang, mit und ohne Maria. Er hatte sich in den Straßen der Houstoner Innenstadt herumgetrieben und mit jedem Penner gesprochen, den er traf. Warren war zu allen Obdachlosenasylen gegangen, in die Parks, die dreckigen Kneipen in den Vierteln Montrose und Heights und zum Busbahnhof. Dreimal am Tag war er langsam am Wesleyan Terrace Shopping Center vorbeigefahren. Er hatte in den Krankenhäusern der Stadt und im Gefängnis nachgefragt. Erfolglos.

„Aha", sagte Rick, nachdem er diese Zusammenfassung gehört hatte. „Ich verstehe. Aber jetzt versuch doch bitte, dich auf unsere besorgte Mandantin zu konzentrieren."

„Warum ist sie besorgt? Die Sache sieht doch phantastisch für sie aus."

„Weil du sie vernachlässigt hast. Ich hab ihr gesagt, daß du Tag und Nacht an sie denkst."

„Stimmt", antwortete Warren.

Im überfüllten Korridor vor Richter Binghams Gerichtssaal hielten Reporter den Anwälten Mikrofone unter die Nase. Johnnie Faye Boudreau, in dem grauen Kostüm aus Schantungseide, das sie an dem Tag gekauft hatte, an dem sie Dan Ho Trunh ermordete, stellte sich bescheiden zwischen ihre Verteidiger.

„Mr. Levine und ich erwarten einen Freispruch in der Mordsache Dr. Ott", gab Warren als Erklärung in die Mikrofone ab.

„Wird Mrs. Boudreau aussagen?"

„Zu gegebener Zeit werden Mr. Levine und ich mit unserer Mandantin Rücksprache nehmen und die entsprechende Entscheidung treffen. Wenn Sie uns jetzt entschuldigen wollen..."

Auf dem Weg in den Gerichtssaal zupfte Johnnie Faye Warren am Ärmel. „Werde ich aussagen oder nicht?"

„Wenn's nötig ist, ja."

„Warum haben Sie mich dann eigentlich halb zu Tode geschunden und mir eingebleut, was ich da vorne sagen soll?"

„Moment." Warren blieb stehen, um ihr ins Gesicht zu sehen, und achtete darauf, daß Rick seine Worte hörte. „Ich habe Ihnen nicht gesagt, was Sie antworten sollen, sondern nur, wie Sie antworten sollen. Ich habe Ihnen empfohlen, bei der Zeugenaussage die Wahrheit zu sagen. Denken Sie daran!"

Die Auswahl der Geschworenen begann. Maria Hahn protokollierte. Immer, wenn sie Warrens Blick erhaschte, lächelte sie.

Am folgenden Nachmittag um zwei waren die Geschworenen ausgewählt. Richter Bingham rief die beiden Anwälte zu sich: „Wenn Sie wollen, können wir jetzt anfangen. Bringen Sie die Eröffnungsplädoyers hinter sich."

Bob Altschuler hob die Schultern. „Die Anklage ist bereit."

„Die Verteidigung ebenfalls", schloß sich Warren an.

Am selben Abend fuhren er und Maria zum Tranquillity-Park. Ein paar Obdachlose kampierten dort unter Magnolien. Keiner trug irgendwas von Dan Ho Trunhs Sachen. Warren redete mit jedem einzelnen: Keiner war Ende Mai auf dem Parkplatz des Einkaufszentrums gewesen, als der Schuß fiel. Warren beobachtete sie genau, als sie antworteten. Außerdem hielt er einen Zehndollarschein zwischen den Fingern.

„Versuchen wir's im Hermann-Park", schlug er vor.

Im Auto machte Maria ihm ein Kompliment. „Du hast heute ein gutes Plädoyer gehalten. Kurz und überzeugend."

„Unser Fall spricht für sich selbst." Er dachte eine Weile nach. „Was ist eigentlich zwischen dir und Randys Vater gewesen?"

Er erfuhr, daß Randys Vater in der Mordkommission in Dallas arbeitete und nach Houston gekommen war, um in einem Prozeß auszusagen. „Ich bin ein paarmal mit ihm ins Bett gegangen", sagte sie, „und dabei bin ich schwanger geworden. Ich wollte ihn aber nicht heiraten, weil ich ihn nicht wirklich geliebt habe. Aber ich beschloß, das Baby zu behalten. Ich war einunddreißig, das richtige Alter, um ein Kind zu bekommen. Also bekam ich Randy. Ich hab's nie bereut. Ich liebe dieses Kind. Und jetzt erzähl mir, was zwischen dir und deiner Frau vorgefallen ist."

Warren erzählte es ihr, so gut er konnte.

„Das versteh ich nicht. Du bist ein wunderbarer Mann."

„Danke. Die meiste Zeit verstehe ich's auch nicht. Vielleicht war ich nicht immer so wunderbar."

Er fuhr auf den Parkplatz neben den Ställen im Hermann-Park, wo er Pedro gefunden und dann wieder verloren hatte.

„Siehst du jemanden?" fragte Maria.

„Nein, aber wir werden mal herumschnüffeln."

Der Schuppen hinter den Ställen war leer, doch Warren entdeckte, als er mit der Taschenlampe hineinleuchtete, ein paar leere Bierflaschen und ein zusammengerolltes Bündel schmutziger Kleidungsstücke. Die Stalltür war verschlossen. Als er um die Ställe herumgehen wollte, berührte Maria seinen Arm. „Da ist jemand."

Warren richtete den Lichtstrahl der Taschenlampe nach oben, bis dieser zwei Männer am Holzzaun des Dressurplatzes erfaßte. Sie rauchten und unterhielten sich leise.

„Was gibt's?" fragte einer der beiden auf spanisch.

Warren richtete die Taschenlampe auf eines der Gesichter. „Pedro?"
„Wer ist da?"
„Ich bin's, Hectors Anwalt! Ich hab Ihnen vierzig Dollar gegeben, wissen Sie noch?"
„O ja."
„Ist das Ihr Freund Armando?" fragte Warren und deutete auf den Mann neben Pedro.
„Ja, das ist Armando."
„Was ist denn mit Ihnen passiert, Pedro? Als ich zurückkam, waren Sie verschwunden."
„Ich hab meinen Job verloren, Mann. Ich mußte zum Obdachlosenasyl."
„Gehen wir", sagte Warren. „Ich lad Sie beide zu einem Bier ein."
Sie fuhren zu einer Kneipe in der Nähe und bestellten Bier vom Faß. „Hören Sie, Pedro, und Sie auch, Armando. Hector braucht Sie! Sein Prozeß läuft. Nächste Woche hab ich die Chance, das Leben Ihres Freundes zu retten. Sie müssen kommen und schwören, daß Hector keinen Revolver besessen hat. Kommen Sie? Ja oder nein?"
„Wir kriegen Schwierigkeiten", entgegnete Pedro kleinlaut.
„Sie meinen Schwierigkeiten, weil Sie keine Papiere haben? Ich hab Ihnen schon mal gesagt, daß Sie unter meinem Schutz stehen. Sie schwören, daß Hector keinen Revolver hatte, und gehen wieder."
Die beiden Männer verhandelten mit großer Geschwindigkeit auf spanisch. Warren wartete ungeduldig.
„Na gut", sagte Pedro. „Aber Armando spricht kein Englisch."
„Wenn er aussagt, stellt das Gericht einen Dolmetscher. Wo schlafen Sie zur Zeit?"
Pedro zuckte mit den Achseln. „Wo wir können."
„Sie können bei mir wohnen. Eine schöne Wohnung, Essen, Bier, alles auf meine Kosten. Sie brauchen sich nur um meinen Hund zu kümmern."
„Haben Sie Fernsehen?"
„Mit Kabelanschluß. Zwei spanischsprachige Kanäle."
„Und wir werden nicht eingelocht? Und nicht rausgeschmissen?"
„Sie haben mein Wort. *Mi palabra de honor.*"
Armando sprach wieder. Pedro erklärte Warren: „Er will wissen, ob Ihr Hund beißt."
„Nur, wenn ich's ihm befehle", antwortete Warren.

In seiner Wohnung in Ravendale sagte er zu den beiden: „Telefonieren Sie bitte nicht mit Mexiko. Das kann ich mir nicht leisten." Sicher taten sie's trotzdem, aber nun vielleicht nicht länger als zehn Minuten.

„Warum erkundigst du dich nicht, ob sie den Typ gesehen haben, den du suchst?" fragte Maria ihn leise.

Warren beschrieb den beiden den Mann.

„'ne Menge Typen sehn so aus", sagte Pedro.

Warren beschrieb die Kleidungsstücke, die in der Reinigung abgeholt worden waren. Pedro wandte sich an Armando und schnatterte in seinem musikalischen Spanisch. Armando antwortete ihm ebenso. Pedro erklärte, was sie miteinander gesprochen hatten. „Den kennen wir, den haben wir im Obdachlosenasyl gesehen. Grüner Pullover, grauer Anzug. Is 'n Saufbruder. Heißt Jim Soundso. Alle lachen, wenn er den ganzen Namen sagt, aber ich kann ihn mir nicht merken. Vor 'n paar Tagen war er betrunken, und jemand hat seine ganzen neuen Sachen geklaut."

„Ist er noch im Obdachlosenasyl?" fragte Warren aufgeregt.

„Nee, der kommt und geht. Ich hab ihn vielleicht vor zwei Tagen das letzte Mal gesehn."

„Hören Sie", sagte Warren. „Ich habe eine Aufgabe für Sie. Wenn Sie diesen Jim bis Sonntag finden, gebe ich jedem von Ihnen hundert Dollar. Finden Sie ihn in den nächsten Tagen, kriegen Sie mehr."

„Abgemacht", sagte Pedro, nachdem er sich wieder mit Armando beraten hatte. „In bar?" Ein Handschlag besiegelte den Handel.

Auf der Fahrt zu ihrer Wohnung drückte Maria Warrens Arm. „Siehst du? Manchmal passiert auch etwas Positives."

Er lachte glücklich. Am nächsten Tag würde der zweite Prozeß beginnen.

Die Anklage begann den Prozeß damit, daß der ärztliche Leichenbeschauer von Harris County die Todesursache darlegte: eine 6,35-mm-Kugel trat ins Gehirn ein und wieder aus; eine zweite Kugel blieb in der rechten Lunge stecken. Sofortiger Tod. Die Schüsse schienen aus einer direkt vor dem Opfer befindlichen Position abgegeben worden zu sein.

Altschuler stellte dann die Frage, ob Dr. Ott sich bewegt oder still gestanden habe, als ihn die Kugeln trafen. „Meiner Einschätzung nach stand Dr. Ott still, als er getötet wurde."

„Ihr Zeuge."

Warren erinnerte sich nur zu gut an einen früheren Dialog mit Johnnie Faye. „Er lief auf Sie zu, als Sie ihn erschossen?" – „Ja." – „Er hat nicht gezögert? Er ist nicht stehengeblieben?" – „Nein." Das war Johnnie Fayes Story. Wenn Clyde still gestanden hatte, bedeutete das, daß erheblich weniger Grund gegeben war, ihn zu erschießen. Und es bedeutete auch, daß sie ihre Anwälte belogen hatte.

Warren nahm den Leichenbeschauer ins Kreuzverhör, aber der Arzt, der auch Jurist war, ging von seiner Meinung nicht ab.

„Ihre Einschätzung, daß Dr. Ott still stand, als ihn die Kugeln trafen – das ist nicht unbedingt eine Tatsache, oder?"

„In diesem Fall doch. Er stand fast mit hundertprozentiger Sicherheit still."

Je mehr Warren auf dem Leichenbeschauer herumhackte, desto sicherer wurde dieser.

„Keine weiteren Fragen", sagte Warren und setzte sich. Johnnie Faye warf ihm einen düsteren, fragenden Blick zu.

Fotos der Leiche wurden als Beweismaterial vorgelegt, und dann berichtete Tommy Ruiz, der Sergeant von der Mordkommission, von seinem Eintreffen in River Oaks. Die Angeklagte hatte am Eingang gewartet. Bevor sie zu ihm hinaustrat, schnippte sie eine Zigarette auf den Rasen. Im Polizeiprotokoll hatte er Johnnie Faye zitiert: „Als wir die Treppe hinuntergingen, versuchte ich, das Haus zu verlassen, aber Clyde verstellte mir den Weg ... Ich hob einen Schürhaken auf, um mich zu verteidigen, und er riß ihn mir aus der Hand ... Ich wollte ihn nicht umbringen, aber er kam auf mich zu wie ein alter Grizzlybär und schwang den Schürhaken über seinem Kopf." Ein Schürhaken war tatsächlich 45 Zentimeter vor einem weißen Ledersofa im Wohnzimmer gefunden worden, sagte Ruiz aus. Dr. Otts Leiche habe halb auf dem Sofa, halb auf dem Fußboden gelegen.

Anhand einer großen farbigen Skizze beschrieb Ruiz das Ott-Haus in allen Einzelheiten. Altschuler ließ ihn sich an den riesigen Ausmaßen des Wohnzimmers ergehen und der Geräumigkeit des gewölbten Durchgangs, der vom Wohnzimmer in die Vorhalle und zum Eingang führte. Dann fragte Altschuler: „Wäre es schwierig, Sergeant Ruiz, an einer Person, die entweder im Durchgang oder in der Vorhalle steht, vorbeizulaufen – das heißt, um sie herumzulaufen?"

Rick Levine erhob Einspruch. „Hier wird zu Spekulationen aufgefordert."

„Stattgegeben", sagte Richter Bingham. „Sie können neu formulieren, Herr Staatsanwalt."

„Wie viele Menschen etwa, die nebeneinanderstehen, würden in diesen Durchgang passen, Sergeant Ruiz?"

„Zehn oder zwölf", erwiderte Ruiz. „Die Vorhalle ist fünfeinhalb mal fünfeinhalb Meter groß. Im Grunde ist es ein großer, leerer Raum."

„Das weiße Ledersofa im Wohnzimmer – wie weit stand das ungefähr vom Fuß der Marmortreppe entfernt?"

Ruiz schaute sorgfältig auf die Skizze. „Ich würde sagen – etwa zwanzig Meter."

Altschuler fuhr mit der Befragung fort. „Sergeant Ruiz, Sie sagten, daß Mrs. Boudreau, kurz nachdem sie Sie an der Tür empfing, Tränen in den Augen hatte und einen sehr aufgeregten Eindruck machte. Hat sie undeutlich gesprochen oder irgendwelche Bewegungen gemacht, die Sie zu der Auffassung gelangen ließen, sie sei betrunken gewesen?"

„Nein", antwortete Ruiz. „Sie schien völlig nüchtern zu sein und sich unter Kontrolle zu haben."

Auf der Straße – Johnnie Faye ging nur wenige Schritte vor ihnen – schaute Rick nachdenklich Warren an. „Es wird ein bißchen schwieriger, als wir gedacht haben."

„Altschuler bereitet sich gut vor", bemerkte Warren.

Beim Mittagessen saß Johnnie Faye mit finsterer Miene da. „Ich versteh nicht, worauf das Ganze hinausläuft. Wieso ist das so wichtig, ob ich betrunken oder nüchtern war?"

Bob Altschuler, erklärte Warren, ging zum doppelten Angriff über, und zwar im Hinblick auf ihre Glaubwürdigkeit und ihre Pflicht, sich in Sicherheit zu bringen. In ein paar Tagen würde Johnnie Faye in den Zeugenstand treten. „Und beim Kreuzverhör", sagte Warren zu ihr, „wird Altschuler zu beweisen versuchen, daß Sie das Haus hätten verlassen können, was bedeutet, daß es keinen Grund gab, Clyde zu erschießen. Wenn Sie noch ein bißchen betrunken gewesen wären, wie Sie behaupten, hätten Sie vielleicht nicht so leicht weglaufen können, und das würde auch die Erklärung stützen, warum die Pistole losging. Aber Ruiz behauptet, Sie seien nicht betrunken gewesen."

„Und was soll ich jetzt sagen?" Johnnie Faye sah besorgt aus. „War ich betrunken oder nicht? Und was ist mit diesem Leichenbeschauer? Was soll denn dieser Quatsch mit dem Stillstehen?"

Die Anwälte schwiegen. Rick hustete. Die Aussage des Leichenbeschauers machte ihre Notwehrversion zunichte.

„Ich habe Ihnen gleich gesagt, es handle sich nur um einen aussichtsreichen Fall, wenn Sie die Wahrheit sagen", meinte Warren kühl. „Halten Sie sich am besten dran."

Nach dem Mittagessen rief die Anklage Sergeant Jay Kulik auf, den Experten der Polizei für Fingerabdrücke. Nachdem er einen ziemlich ausführlichen Vortrag über die technischen Einzelheiten der Analyse gehalten hatte und festgehalten worden war, daß sowohl Clyde Otts als auch Johnnie Faye Boudreaus Fingerabdrücke auf dem achtzig Zentimeter langen, anderthalb Kilo schweren Schürhaken festgestellt wurden, bat Altschuler Kulik, die genaue Position dieser Abdrücke für Laien verständlich zu beschreiben.

„Die Fingerabdrücke waren überall", antwortete Kulik. „Unten, oben, in der Mitte. Abdrücke der Handfläche und der Fingerspitzen."

„Auch von Dr. Ott?"

„Nur einmal, unten – am Griff. Keine Abdrücke der Handfläche. Nur die Fingerspitzen beider Hände."

Altschuler legte den Schürhaken vor und ließ ihn als Beweismittel eintragen. Er näherte sich dem Zeugen. „Stehen Sie bitte auf, Sergeant. Nehmen Sie diesen Schürhaken so in die Hand, daß ihn Ihre Handflächen nicht berühren. In anderen Worten: nur mit den Fingern." Kulik faßte ihn ungelenk an.

Altschuler trat einen Schritt zurück. „Sergeant, versuchen Sie mal, den Schürhaken über Ihren Kopf zu heben, indem Sie ihn nur mit den Fingerspitzen anfassen. Geht das?"

„Ja, aber so würde ihn niemand anfassen. Es ist unhandlich."

Altschuler gab sich damit nicht zufrieden. „Und jetzt, Sergeant, packen Sie den Feuerhaken, wie Sie's normalerweise tun würden, und halten Sie ihn über Ihren Kopf. Sie können ihn auch ein bißchen herumschwenken."

Kulik holte aus und schwang ihn, als ob er wie beim Baseball zuschlagen wollte.

„Wenn Ihnen dieser Schürhaken jetzt abgenommen würde, und Ihr Büro würde ihn untersuchen – was würde man feststellen?"

„Meine Fingerabdrücke und Abdrücke der Handflächen."

„Und an diesem Schürhaken wurden keine Abdrücke von Dr. Otts Handflächen festgestellt, als Sie ihn in Ihrem Labor untersuchten, nicht wahr?"

„Genau, keine. Nur Abdrücke seiner Fingerspitzen."

„Führt dies zu der Annahme, Sergeant Kulik, daß Dr. Ott diesen Schürhaken höher als seine Schulter gehalten hat?"

„Nein."

Altschuler sah die Geschworenen scharf an, um festzustellen, ob sie ihn verstanden hatten. Zufrieden sagte er: „Ihr Zeuge."

Warren bat um eine zehnminütige Pause. Er ignorierte Johnnie Faye und zog Rick in den Korridor. Er war blaß. „Die Schürhakengeschichte", meinte er, „ist ein Märchen. Sie hat Clydes Fingerabdrücke draufgedrückt, nachdem sie ihn erschossen hatte."

„Meinst du, die Geschworenen sind dahintergekommen?" fragte Rick.

„Wenn's einige noch nicht kapiert haben, wird sich Altschuler in seinem Schlußplädoyer klar genug ausdrücken." Warren schüttelte trübsinnig den Kopf. „Was können wir noch rausfinden, was wir nicht bereits wissen?"

Die nächste Zeugin war Lorna Gerard, Sharon Underhills mehrfach geschiedene Tochter. In der Mordnacht hatte sie in Otts Haus geschlafen, aber nichts gesehen oder gehört. Sie hatte Schlaftabletten genommen, und das Haus war ja ohnehin so riesig.

Altschuler fragte, ob sie die Angeklagte gekannt habe.

„Ja, durch meinen Stiefvater. Sie war seine Geliebte. Ich war zu verschiedenen Anlässen mit ihnen zusammen – leider, muß ich sagen."

„Erzählen Sie uns bitte von diesen Anlässen, Mrs. Gerard."

Lorna Gerard sagte, einen Monat nach Sharons Tod habe Clyde Mrs. Boudreau nach Dallas gebracht, wo sie alle im französischen Restaurant des Hotels Anatole gegessen hätten. Die Frau habe gesagt: „Clyde und ich werden heiraten", worauf Clyde erwidert habe: „Vielleicht." Die Frau habe wütend das Lokal verlassen, und Clyde habe zu seiner Stieftochter gesagt: „Ich schmeiß sie raus, sobald ich kann, das versprech ich dir."

Bei einer anderen Gelegenheit, bei der Mrs. Boudreau nicht anwesend war, habe er erklärt: „Ich fürchte mich vor ihr." Lorna Gerard hatte gefragt, warum, aber Clyde habe eine Erklärung abgelehnt.

Richter Bingham gab Warrens Einspruch, den er an dieser Stelle erhob, nicht statt.

Eine Woche vor Clydes Tod, fuhr Lorna Gerard fort, sei sie nach Houston gekommen, um alte Freunde zu besuchen. Sie wohnte im Haus in River Oaks.

„An einem Nachmittag wollte ich fernsehen. Johnnie Faye quasselte unaufhörlich auf mich ein: ‚Ich liebe deinen Stiefvater abgöttisch, aber manchmal führt er sich wie ein Verrückter auf. Wenn er sich betrinkt und gemein wird und weggetreten ist, könnt ich ihm im Schlaf die Gurgel durchschneiden.' Genau diese Worte hat sie gebraucht. Und vielleicht hat sie noch was ganz anderes gesagt, aber ich hielt mir die Ohren zu."

Unwillkürlich blickte Warren rasch zu Rick hinüber, der mit den Lidern zuckte. Johnnie Faye hatte ihnen nie von diesem Zwischenfall oder von dem Streit in Dallas erzählt.

Altschuler fragte weiter: „Haben Sie jemals gesehen, wie Ihr Stiefvater Mrs. Boudreau geschlagen hat, oder haben Sie gehört, wie er ihr in irgendeiner Weise mit Körperverletzung gedroht hat?"

„Nein, er wollte sie bloß loswerden. Aber sie fesselte ihn auf irgendeine Art."

„Ihre Mutter starb 1987, nicht wahr, Mrs. Gerard?"

„Ja, sie wurde ermordet."

„Hat Dr. Clyde Ott Ihnen jemals gesagt, wer es seiner Meinung nach war?"

„Einspruch!" stieß Warren hervor.

„Stattgegeben. Antworten Sie nicht."

„Ihr Zeuge", sagte Altschuler.

Warren nahm sie ins Kreuzverhör. „Kannten Sie Mrs. Boudreau so gut wie Ihren Stiefvater?"

„Natürlich nicht."

„Sie meinen, Sie kannten sie kaum – wollen Sie das sagen? Und es ist doch eine Tatsache, nicht wahr, daß Sie sie nicht gut genug kannten, um zu wissen, wann sie etwas ernst meinte oder übertrieb?"

„Also, wenn Sie darauf anspielen, was sie damals vor dem Fernseher über Clyde sagte –"

Warren unterbrach sie: „Mrs. Gerard, Sie müssen doch solche Sachen oft genug von anderen Leuten gehört haben. Nehmen Sie die immer ernst?"

„Ich habe Johnnie Faye ernst genommen. Sie hätten mal ihren Blick sehen sollen!"

„Als Mrs. Boudreau die Bemerkung machte, daß sie Dr. Ott im Schlaf die Gurgel durchschneiden wollte, wo stand sie da?"

„Hinter mir. In meiner Nähe. Ich weiß nicht mehr genau."

„Sie saßen, und sie stand. Richtig?"

„Ja, so war's."

„Ist es nicht eine Tatsache, daß Sie, wenn Sie sich einen Film ansahen und Mrs. Boudreau hinter Ihnen stand, unmöglich sehen konnten, was Sie als ‚ihren Blick' bezeichnen?"

„Aber ich hab ihn gesehen. Fragen Sie mich nicht, wie. Ich hab ihn gesehen."

„Und dann, nach der angeblichen Bemerkung, haben Sie sich, wie Sie behaupten, die Ohren zugehalten, damit Sie sie nicht mehr hörten?"

„Ja."

„So daß Sie, falls Mrs. Boudreau noch etwas anderes gesagt hat, wie beispielsweise ‚ich hab nur Spaß gemacht' oder ‚ich hab's nicht so gemeint', das nicht gehört hätten – ist das richtig?"

„So was hat sie nicht gesagt."

Warren lächelte. „Keine weiteren Fragen."

„Gute Arbeit", meinte Rick, als Warren an den Verteidigertisch zurückkehrte und der Richter eine Pause anberaumte.

Johnnie Faye zog ihre Anwälte in eine einsame Ecke des Korridors. „Mir gefällt nicht, wie es läuft."

„Sie hätten uns diese Sachen erzählen sollen", sagte Warren.

„Das ist doch alles gelogen." Hochrote Flecken brannten auf ihren Wangen.

„Sie hatten nicht diese Diskussion in Dallas?"

„Denken Sie, ich spinne? Diese Lorna ist doch schizophren. Sie kann mich nicht ausstehen! Sie saugt sich das alles aus den Fingern."

Warren und Rick schwiegen. Johnnie Faye rannte den Flur entlang zur Toilette.

„Unsere Mandantin steckt ganz tief in Schwierigkeiten", erklärte Rick. „Wie kamen wir bloß auf die Idee, daß das ein leichter Fall sei?"

„Aufrichtigkeit", meinte Warren, „ist nicht ihre Stärke."

Nach der Kaffeepause sagte Kenneth Underhill aus. Er war Sharons zügelloser Sohn, ein Mann Ende Dreißig. Er war drogensüchtig, aber auf Entzug, und gab an, zweimal Zeuge wütender Streitigkeiten zwischen Clyde Ott und Mrs. Boudreau gewesen zu sein. Das eine Mal hatte es beim Dinner im Anatole Streit gegeben. Er berichtete ziemlich dasselbe wie seine Schwester Lorna Gerard. Das andere Mal zankten sie sich in River Oaks, und Mrs. Boudreau hatte Clyde eindeutig beschimpft. Als Altschuler den Zeugen weiterreichte, sagte Warren: „Keine Fragen."

Johnnie Faye trat ihm unter dem Tisch gegen den Knöchel, und Warren japste vor Schmerzen nach Luft. Sie zischte: „Er lügt! Was ist los mit Ihnen?"

Warren biß die Zähne zusammen und rieb sich den schmerzenden Knöchel. Dann lächelte er so, daß die Geschworenen es sehen konnten. „Halten Sie jetzt Ihren Mund! Und wenn Sie mich noch mal treten, verlasse ich diesen Saal."

Gegen Ende des Nachmittags trat Dr. Gordon Butterfield für die Anklage in den Zeugenstand. Altschulers Ziel war es, Clydes Drohung im Houston-Racquet-Klub zu entschärfen.

„... als Mrs. Boudreau den Drink Dr. Ott ins Gesicht geschüttet hatte und er schimpfte: ‚Du Miststück, ich könnte dich umbringen', war Ihr Eindruck, daß er es nicht wörtlich meinte?"

„Absolut. Clyde beruhigte sich sofort wieder."

„Dr. Butterfield, wie würden Sie Dr. Ott charakterisieren?"

„Ein hart arbeitender, das Leben genießender, geselliger Mann. Hitzig, aber auch sehr versöhnlich."

Altschuler reichte den Zeugen weiter.

Warren fragte gelassen: „Dr. Butterfield – das Leben genießen bedeutet doch unter anderem auch, trinkfreudig zu sein, oder?"

„Ja, in gewisser Weise."

„War er ein Frauenheld?"

„Das könnte man so sagen."

„Hitzig bedeutet, er hat seine Geduld schnell verloren, stimmt das?"

„Ja, aber –"

Warren schnitt ihm das Wort ab: „Sie haben geantwortet. Und seine Geduld zu verlieren bedeutet Jähzorn und Gebrüll, richtig?"

„Vermutlich."

„Hat Dr. Ott, soweit Sie informiert sind, gewohnheitsmäßig Kokain geschnupft?"

Dr. Butterfield starrte ihn an. Das Blut schoß ihm ins Gesicht. „Ich habe die Frage bereits beantwortet, als Sie zu uns kamen. Er war Arzt."

„Wollen Sie damit sagen, Dr. Butterfield, daß es für einen Arzt unmöglich ist, Kokain zu schnupfen?"

„Es ist sehr selten."

„Keine weiteren Fragen."

Richter Bingham klopfte mit seinem Hammer auf den Tisch und verkündete, daß die Verhandlung bis zum folgenden Morgen um neun vertagt würde. Als alle aufstanden, während die Geschworenen den Gerichtssaal verließen, funkelte Johnnie Faye ihre Anwälte zornig an.

„Was für ein Haufen Blödsinn! Sie wissen ganz genau, daß Clyde Koks schnupfte, und Sie sind einfach nicht schlau genug, um diesen Idioten dazu zu bringen, es zuzugeben. Sie haben Ken – einen Drogensüchtigen! – einfach sagen lassen, was er wollte. ‚Ihr Zeuge'", äffte sie nach. „Für einen großen Fall wie meinen hätt ich jeden Anwalt in der Stadt kriegen können und bleib an zwei Unfähigen wie euch hängen!"

„Versuchen Sie sich doch zu beruhigen", bat Rick.

„Mich beruhigen? Ich bin ruhig! Ich hab Angst!"

„Das ist nicht nötig", meinte Warren. „Wir haben unsere Seite der Story noch nicht erzählt. Wir lassen Sie aussagen. Wie können wir denn verlieren?"

Nachdem Johnnie Faye und Rick gegangen waren, ging Warren durch den Verbindungsgang zum Gefängnis, um Hector Quintana zu besuchen. „Sie sollen nicht denken, ich hätte Sie vergessen", sagte er. Hector sah lustlos und müde aus. „Haben Sie von Ihrer Frau gehört?" fragte Warren.

In letzter Zeit nicht. Er hatte Francisca nicht geschrieben, daß er in Schwierigkeiten war. Er wollte sie nicht beunruhigen.

„Ich hab Ihre Amigos gefunden, Pedro und Armando. Sie werden für Sie aussagen. Sie werden sagen, daß Sie keinen Revolver besaßen."

„Ich hab nachgedacht", erklärte Hector. „Die Jungs hier sagen, so 'n Prozeß ist schlecht. Die Geschworenen bringen dich um. Mein Freund sagt, der Knast is so voll, daß in 'n paar Jahren die Zeit verkürzt wird – auf ein Drittel. Vielleicht mach ich doch lieber, was Sie früher mal gesagt haben. Geh vierzig Jahre in'n Knast. Und komm nach einem Drittel wieder raus."

Warren wußte, daß Hector wenig von dem begriffen hatte, was im Gerichtssaal durch Siva Singh herausgekommen war. Er hatte die Geschworenen beobachtet. Und auf Knastbrüder gehört.

„Hector, es liegt natürlich bei Ihnen. Aber es ist nie zu spät – erst, wenn die Geschworenen den Saal verlassen, um zu ihrer Entscheidung zu kommen."

„Ich hab aber Angst", flüsterte Hector.

Und dazu hat er allen Grund, dachte Warren. Er fühlte sich schwach. Also nahm er seinen ganzen Mut zusammen und sagte: „Machen Sie sich keine Sorgen. Haben Sie Vertrauen zu mir!"

Ernüchtert verließ er das Gefängnis. Für Hector, das wurde ihm klar, würde er alles tun. Aber nicht für Johnnie Faye. Sie war schuldig, glaubte Warren. Sie hatte den Preis zu zahlen. Wenn sie als freier Mensch aus diesem Gerichtssaal stolzierte und Hector starb, würde er sie umbringen.

Am Abend schaute sich Warren in seinem Apartment die Nachrichten auf Kanal 26 an und erwischte gerade noch das Ende des Prozeßberichts. Der Ausdruck seines Gesichts, als er an den Mikrofonen der Reporter vorbeirauschte, war gleichmütig. Rick und ich sehen beide aus, als ob wir die Nase voll hätten, dachte er, was auch zutrifft.

Der Kommentar von Charm war kühl: „Die Anklage, angeführt von Staatsanwalt Robert Altschuler, wird den Fall morgen weiterverhandeln, und dann hat die Verteidigung ihren großen Tag. Johnnie Faye Boudreaus Hauptverteidiger Warren Blackburn hat sich noch immer nicht dazu geäußert, ob seine Mandantin aussagen wird."

Nachts um elf stießen Pedro und Armando die Tür auf. Seit dem späten Nachmittag hatten sie im Obdachlosenasyl herumgegangen, berichtete Pedro. Der Mann, den sie als Jim kannten, war nicht aufgetaucht.

Warren bat sie: „Tun Sie mir den Gefallen, und gehen Sie schon am Morgen zum Asyl. Bleiben Sie bis Mitternacht. Finden Sie diesen Kerl. Rufen Sie mich am Nachmittag an, und sprechen Sie eine Nachricht auf meinen Anrufbeantworter – ich will wissen, ob sich was tut."

Dann machte er sich auf den Weg zu Maria Hahn.

9. Kapitel

„Der Staat Texas ruft José Hurtado auf."

Warren prüfte seine Zeugenliste, wo neben der Adresse des Restaurants Hacienda drei lateinamerikanische Namen standen. Hurtado war Oberkellner.

Hurtado beschrieb den Geschworenen die Szene des Geschehens: Dinner bei Kerzenschein, mexikanische Musik, ein streitendes Paar und viele hochprozentige Drinks, allein vier Margaritas vor dem Essen an der Bar, sechs weitere während des Essens. Er präsentierte den Durchschlag der Rechnung, und Altschuler ließ ihn als Beweismittel eintragen.

„Waren das starke Getränke? Was meinen Sie?"

„Allerdings! Margaritas sind stark. Nichts für Kinder."
„Ihr Zeuge."
„Keine Fragen", sagte Warren.

Luis Sanchez wurde als nächster vereidigt und ließ sich im Zeugenstand nieder. Es war ein dünner, ernster, pockennarbiger Mann von vierzig Jahren. Sanchez war der Barkeeper. Er erinnerte sich an Dr. Ott, der schon betrunken zu sein schien, als er das Restaurant betrat, und drei der vier Drinks hinuntergekippt habe, die der Barkeeper servierte. Der Doktor und die Dame, die bei ihm war, hatten sich gestritten. Sie hatte den Doktor beschimpft. „Sie sagte immer wieder zu dem Mann: ‚Du hast mich angelogen.' Sie war sehr böse."

„Inwiefern angelogen? Hat sie noch mehr gesagt?" fragte Altschuler.

„Ich habe es nicht gehört."

Warren erinnerte sich, daß er Johnnie Faye gefragt hatte: „Haben Sie ihn beschimpft?" und sie geantwortet hatte: „Nein, ich hab nur den Mund gehalten und zugehört."

Warren war an der Reihe. „Mr. Sanchez, wie viele Leute waren an jenem Abend an der Bar?"

„Zehn, zwölf. Ich kann mich nicht genau erinnern."

„Sie mixten und servierten jeden einzelnen Drink für diese zehn oder zwölf Leute?"

„Natürlich."

„So haben Sie Dr. Ott und Mrs. Boudreau nicht die ganze Zeit beobachtet, nicht wahr?"

„Nein."

„Sie haben also nicht jedes einzelne Wort dieses Streits zwischen Dr. Ott und Mrs. Boudreau gehört, oder?"

„Wahrscheinlich nicht. An der Bar ist es laut."

„So daß Sie nicht wissen können, ob Dr. Ott Mrs. Boudreau beschimpft oder beleidigt hat, bevor sie ihn beschimpfte. Ist es nicht so?"

„Ja, das ist durchaus möglich", antwortete Sanchez.

„Wieviel Leute sind nötig, um zu streiten?"

„Zwei."

„Keine weiteren Fragen."

Daniel Villareal, der Kellner, betrat den Zeugenstand. Er hatte sechs Margaritas am Tisch serviert, erklärte er auf Altschulers Frage, drei dem Herrn und drei der Dame. Die Dame trank aber nur einen von ihren Cocktails. Die anderen schob sie dem Herrn über den Tisch zu.

„Was trank die Dame in dieser Zeit?"

„Viel Wasser. Ich mußte ihr Glas zweimal füllen."

Warren blickte zu den Geschworenen. Die Frauen hatten alle einen spröden Zug um den Mund. Sie würden bestimmt folgern, daß sieben oder acht Margaritas einen Mann unter den Tisch beförderten, ihn auf jeden Fall unfähig machten, die Flucht einer zehn Jahre jüngeren und im Besitz ihrer geistigen Fähigkeiten befindlichen Frau durch eine fünfeinhalb Meter breite Vorhalle zu verhindern.

Rick flüsterte Warren ins Ohr: „Wir werden gekillt. Nimm diesen Typ nicht ins Kreuzverhör – das macht's nur noch schlimmer."

Warren befolgte diesen Rat, und Altschuler rief den letzten Zeugen für die Anklage auf: Harry T. Morse. Morse, ein Mann mittleren Alters mit schütterem Haar und Hakennase, identifizierte sich als stellvertretender Leiter von Western America, einem Schießübungsplatz elf Kilometer nördlich der Stadt.

„Sehen Sie jemanden in diesem Gerichtssaal, der irgendwann einmal zu Western America kam, Mr. Morse?"

„Ja. Die Frau, die dort drüben sitzt." Er deutete auf Johnnie Faye Boudreau.

„Warum sind Sie so sicher, daß Sie sie bei Western America gesehen haben?" fragte Altschuler lächelnd.

„Einspruch – nicht relevant!" rief Warren verzweifelt. Er erinnerte sich, Johnnie Faye gefragt zu haben, ob sie jemals mit der Pistole geübt hatte, und daß sie geantwortet hatte: „Einmal vor fünf Jahren, als ich sie gekauft habe. Ich glaube nicht, daß ich mehr als zwei- oder dreimal getroffen habe."

„Nicht stattgegeben. Sie können antworten."

„So eine gutaussehende Dame", erklärte Morse, „bleibt einem irgendwie im Gedächtnis." Er hatte sie mindestens zweimal auf dem Pistolenschießstand üben sehen.

„Haben Sie beobachtet, was für eine Pistole sie benutzte?"

„Sie hatte drei. Einen 9,5-mm-Diamond-Back-Revolver, einen 11,5-mm-Revolver mit Elfenbeingriff und eine Pistole, die aussah wie eine 6,35-mm-Halbautomatik."

Warrens Herz schlug schneller. Er beugte sich gespannt vor und widerstand dem Drang, Johnnie Faye ins Gesicht zu sehen.

„Drei?" Altschulers Mund stand vor gespielter Überraschung weit offen.

„Ja."

„Wieso sind Sie in der Lage, diese drei Waffen so eindeutig zu identifizieren, Mr. Morse?"

„Sie legte die Waffen auf den Tresen, als sie sich zum Schießen eintrug. Sie fielen mir auf. Zu uns kommen nicht so viele Damen, und ich habe noch nie eine gesehen, die gleich drei Waffen auf einmal mitbrachte."

„Wann ereignete sich das alles?"

„Das erste Mal – vielleicht vor einem Jahr oder so. Das letzte Mal ist noch nicht so lange her. Ende April. Vielleicht Anfang Mai."

Johnnie Faye schob Warren einen Zettel hin, auf dem stand: „Tun Sie was!"

Ohne den Blick von den Geschworenen zu wenden, schrieb er unter ihre Worte: „Es gibt nichts zu tun – noch nicht."

„Mr. Morse", fragte Altschuler, „haben Sie die Anmeldebogen der letzten achtzehn Monate dabei? Ich meine die Namen und Adressen, die die Leute angeben, wenn sie zum Üben zu Western America kommen."

Morse präsentierte ein dickes Papierbündel, das von Gummibändern zusammengehalten wurde. Es wurde als Beweismaterial der Anklage eingetragen.

„Erscheint der Name Johnnie Faye Boudreau irgendwo auf diesen Blättern?"

„Nein, obwohl wir schwer danach gesucht haben."

„Haben Sie dafür eine Erklärung, Mr. Morse?"

„Ich hab jedesmal gesehen, wie sie unterschrieben hat. Sie muß also einen falschen Namen benutzt haben."

Warren erhob Einspruch, dem nicht stattgegeben wurde.

„Nur noch ein paar Fragen, Mr. Morse. Haben Sie der Dame, die dort drüben sitzt, jemals auf Ihrem Übungsplatz beim Schießen mit den drei Waffen zugesehen?"

„Beide Male. Es hat mich interessiert."

„Und was haben Sie beobachtet?"

„Sie traf oft ins Schwarze."

„Haben Sie sie mit der halbautomatischen 6,35-mm-Pistole schießen sehen?"

„Ja, aber die war nicht halbautomatisch. Bei der war wahrscheinlich der Unterbrecher abgefeilt worden. Man drückt ab und läßt los. Dann feuert sie ununterbrochen."

„War sie mit dieser Pistole vertraut? Sah es aus, als ob sie sich mit der Automatik auskannte?"

„Sie kannte sich aus. Es sah aus, als ob sie wüßte, was sie tat. Peng, peng, peng! Als ob es ihr Spaß machte."

„Ihr Zeuge", sagte Altschuler und starrte Johnnie Faye ins Gesicht.

Hoffnungslos, dachte Warren. Er hatte eine Mandantin, die ihm nie die Wahrheit gesagt hatte. Aber er trat selbstsicher auf und blieb in einigem Abstand vor Harry T. Morse stehen.

„Sie sagten gerade, daß Mrs. Boudreau die Pistole abfeuerte, als ob's Spaß machte. Das haben Sie gesagt, nicht wahr?"

„Das hab ich gesagt", erklärte Morse. Sein Blick verdüsterte sich.

„Stellen Sie ‚Spaß machen' mit ‚ernster Absicht' gleich?"

„Normalerweise nicht."

„Zu Western America kommen doch Leute, die sich nur amüsieren wollen, oder?"

„Sicher."

„Sie würden Ihre Kunden nicht als potentielle Mörder bezeichnen, oder?"

„Um Himmels willen, nein!"

„Danke, Mr. Morse. Keine weiteren Fragen."

Altschuler erhob sich und sagte ernst, aber mit spürbarem Triumph in der Stimme: „Die Anklage hat ihre Beweisführung zunächst abgeschlossen."

IN DER Mittagspause besuchten Warren und Rick ein kleines griechisches Restaurant in der Nähe des Gerichtsgebäudes, wo Warren sich einen Salat und einen Espresso bestellte. Rick trank einen doppelten Scotch auf Eis.

„Unser Problem ist", sagte Rick, „daß alles für uns davon abhängt, ob die Geschworenen Johnnie Faye glauben werden, wenn sie aussagt. Sie versichert, Clyde habe ihr Leben bedroht, und jetzt stellt sich raus, daß sie sein Leben bedroht hat. Sie behauptet, sie sei betrunken gewesen und hätte keine Chance gehabt, das Haus zu verlassen – und die Leute im Restaurant sagen, sie war nüchtern. Und Tommy Ruiz schwört, man könne in der Halle mit einem Lastwagen durchfahren. Sie erklärt, Clyde sei mit dem Schürhaken auf sie losgegangen – der ärztliche Leichenbeschauer behauptet, er wurde im Stehen erschossen. Noch schlimmer: Kulik sagt, es müßten Abdrücke der Handflächen vorhanden sein. Und wir sind noch nicht mal zu der dummen kleinen

Frage gekommen, wie der Schürhaken auf der falschen Seite des Sofas landen konnte. Was ich damit sagen will: Wenn wir diesen Fall gewinnen wollen, mußt du mit ihr reden. Sag einfach: ‚Ich weise Sie an, die Wahrheit zu sagen. Aber sagen Sie aus, wie Sie es für richtig halten.'"

Warren nickte und versuchte abzuwägen, was ehrenvoll und was praktisch war und was ihm seinen Verstand und seine Selbstachtung bewahrte. Er stellte die Espressotasse ab und sagte nichts.

„Mein Gott!" Rick las ihm entsetzt seine Gedanken vom Gesicht ab. „Du wirst sie doch nicht ans Messer liefern wollen – oder?"

„Nein, ich will gewinnen!"

„Soll ich die Sache in die Hand nehmen?"

Warren schüttelte entschieden den Kopf. „Ich rede mit ihr."

Bevor er in den Gerichtssaal zurückkehrte, rief er in seinem Apartment an. Pedro nahm ab.

„Was zum Teufel macht ihr dort?" fragte Warren wütend. „Es ist ja noch nicht mal eins."

„Immer mit der Ruhe, *patrón*."

Das Obdachlosenasyl sei seit dem frühen Morgen geschlossen gewesen, erklärte Pedro. Voller *policía*. Spät in der Nacht war irgendein Penner auf dem Klo erschossen worden. „Einfach abgeknallt, Mann." Zwei andere Männer, die in den offenen Kabinen saßen, sahen, wie es passierte, und hatten sogar den Mann gesehen, der ihn umgebracht hatte. Aber sie kannten ihn nicht, hatten ihn noch nie zuvor gesehen.

Warren holte tief Luft. „Der Mann, auf den geschossen wurde – es war nicht Jim, oder?"

„Nein", sagte Pedro. „Seit Tagen hat ihn keiner gesehen. Vielleicht hat er die Stadt verlassen. Das macht er manchmal, hat uns ein Typ gesagt. Runter nach'm Süden. Er hat 'ne Frau da unten. Niemand weiß, in welcher Stadt."

„Kannte dieser Typ, mit dem Sie geredet haben, Jims Nachnamen?" fragte Warren.

„Nur den Spitznamen. Die nennen ihn Jim Dandy."

Sie versprachen, am Abend wieder hinzugehen, wenn die Bullen fort wären. „Und Ihre Frau hat angerufen", sagte Pedro. „Hat gesagt, Sie solln sie anrufen."

Warren legte auf. Noch ein Mord. Und was Charm wohl von ihm wollte? Er merkte, daß es ihm gleichgültig war.

Der erste Zeuge, den Warren für die Verteidigung aufrief, war Dr. George Swayze, der Assistenzarzt, der Johnnie Faye im vergangenen Dezember im Hermann-Krankenhaus behandelt hatte. Mit klarer Stimme las Swayze eine Kopie seiner Diagnose und den Bericht über die Behandlung des angebrochenen Wangenknochens vor. Nach Johnnie Fayes Erklärung gefragt, antwortete er: „Sie behauptete, ihr Freund habe es getan."

„Hat sie den Freund beschrieben?" fragte Warren.

„Sie sagte, er sei ein Kerl von Mann. Und er hätte getrunken."

Beim Kreuzverhör fragte Altschuler den Arzt: „Sagte sie, welcher ihrer diversen Freunde sie geschlagen hatte?"

Warren erhob gegen die Bezeichnung „diverse Freunde" Einspruch.

„Bitte anders formulieren, Mr. Altschuler", entschied der Richter.

Auf die umformulierte Frage antwortete der Arzt: „Nein, sie nannte seinen Namen nicht."

Als nächste sagte Cathy Lewis aus, ehemalige Kellnerin im Grand Hotel. Rick hatte sie schließlich über die Kfz-Zulassungsstelle ausfindig gemacht. Cathy Lewis erzählte von ihrem Verhältnis mit Clyde und wie er sie einmal „mit seiner großen haarigen Pranke" auf den Mund geschlagen und ihr dabei drei Vorderzähne dermaßen gelockert hatte, daß sie neue brauchte. Cathy Lewis sagte, Clyde habe die Zahnarztrechnung bezahlt und ihr außerdem 25 000 Dollar gegeben.

„Wofür?" fragte Rick.

„Zum Abschied und damit ich die Klappe halte."

Bob Altschuler fragte, als er dann an der Reihe war: „Haben Sie eine Quittung für die fünfundzwanzigtausend Dollar, die Dr. Ott Ihnen angeblich gegeben hat, Mrs. Lewis?"

„Nein."

„Wir müssen Ihnen also einfach glauben, richtig?"

„Ja."

„Die meiste Zeit, seit Sie erwachsen sind, haben Sie als Cocktailserviererin gearbeitet, nicht wahr?"

„Ja."

„Auch ‚oben ohne'?"

„Eine Zeitlang."

„Sind Sie jemals mit Männern für Geld ins Bett gegangen?"

„Eigentlich nicht", antwortete sie, bevor Rick aufspringen und „Einspruch!" brüllen konnte.

Altschuler hatte keine weiteren Fragen. Die letzten beiden Zeugen des Tages waren frühere Patientinnen von Dr. Ott. Die erste, Patricia Gurian – eine wohlgeformte Blondine von vierzig Jahren und verheiratet –, betrat den Zeugenstand. Normalerweise, sagte sie, suche sie zweimal im Jahr einen Gynäkologen zur Kontrolluntersuchung auf. Bei ihrem zweiten Besuch bei Dr. Ott habe er, als die Arzthelferin den Raum verließ, um einen Telefonanruf zu beantworten, angefangen, an ihr herumzufummeln.

„Einspruch!" brüllte Altschuler. „Das ist nicht nur irrelevant – es ist obszön!"

„Euer Ehren", entgegnete Warren, „diese Befragung soll zur Darstellung des Charakters von Dr. Ott im Verhältnis zur Angeklagten führen."

Der Richter seufzte. „In Ordnung, aber kommen Sie rasch zur Sache."

Warren ging nahe an die Geschworenen heran und stellte sich vor eine der spröde wirkenden Frauen in der ersten Reihe. „Was haben Sie getan, als das passierte, Mrs. Gurian?"

„Ich beschloß zu gehen."

„Versuchte Dr. Ott, Sie aufzuhalten?"

„Ja. Er stellte sich mir in den Weg."

„Hatten Sie Angst?"

„Eigentlich nicht. Ich wußte, ich konnte die Arzthelferin rufen."

„Hat er Sie geschlagen?"

„Nein."

„Ihre Zeugin", sagte Warren.

„Zum Richtertisch!" brüllte Altschuler und trat zusammen mit Warren zu einer Privatkonferenz vor den Richter. „Euer Ehren", schnaufte er, „das ist absurd! Die Frau hat gesagt, daß er nicht gewalttätig wurde! Wo ist da die Relevanz? Euer Ehren, Sie können nicht erlauben, daß er die zweite Patientin in den Zeugenstand holt."

Richter Bingham wandte sich an Warren. „Ist es diesmal relevant?"

„Ich bin zwar kein Hellseher, Euer Ehren, aber ich glaube schon, daß es relevant ist."

Der Richter entschied: „In Ordnung. Lassen Sie sie aussagen."

Judith Tarr – rothaarig und Mitte Dreißig – wurde vereidigt. Sie war eine Patientin von Dr. Ott gewesen und hatte ein Verhältnis mit ihm gehabt. Mrs. Tarr zuckte mit den Schultern. „Ich war einsam."

Altschuler erhob Einspruch, der aber abgelehnt wurde.

Warren blickte flüchtig zu den Geschworenen. „War Dr. Ott damals verheiratet?" fragte er.

„Ja, es war ungefähr ein halbes Jahr, bevor seine Frau getötet wurde."

„Wurde er Ihnen gegenüber jemals gewalttätig?"

„Er war ein rauher Typ. Er trank 'ne Menge und schnupfte in meiner Gegenwart Kokain. Aber geschlagen hat er mich nie."

„Ihr Zeuge", sagte Warren.

Er ging zum Verteidigertisch zurück. Johnnie Faye drückte ihm die Hand. „Blackburn, ich hab wieder Vertrauen zu Ihnen."

NACH der Verhandlung ging er mit Johnnie Faye zu deren gemietetem Chevrolet. Warren hatte keine Ahnung, wo der Mercedes war. Neu gespritzt und verkauft, vermutlich. Er erwähnte den Mercedes nicht.

„Morgen früh lasse ich Sie aussagen", erklärte er. „Ziehen Sie was Konservatives an, und halten Sie sich beim Make-up ein bißchen zurück. Wenn ich Sie frage, was jemand gesagt hat, geben Sie es – so gut Sie können – Wort für Wort wieder. Und geben Sie Einzelheiten an. Wenn Sie ein Fernsehgerät erwähnen, sagen Sie nicht nur ‚ein Fernsehgerät'. Sagen Sie ‚ein Fernsehgerät von Mitsubishi mit 100-Zentimeter-Bildschirm' oder was auch immer. Auf diese Weise merken die Geschworenen, daß sie Ihrem Gedächtnis trauen können. Verstehen Sie?"

„Ich hab's geschnallt, Herr Rechtsanwalt."

„Wenn's zum Kreuzverhör kommt, wird Altschuler versuchen, Sie zu reizen. Lassen Sie sich auf keinen Streit mit ihm ein. Bleiben Sie ruhig. Schauen Sie ihm in die Augen. Und wenn es eine wichtige Antwort ist, sprechen Sie direkt zu den Geschworenen. Wenn Sie auf eine Frage keine Antwort wissen, raten Sie nicht. Sagen Sie es. Die meisten seiner Fragen werden Sie dazu zwingen, ja oder nein zu sagen, und so müssen Sie antworten. Aber wenn er zum Beispiel fragt: ‚Schlagen Sie immer noch Ihren Hund?', dann haben Sie das Recht zu antworten: ‚Ich schlage meinen Hund nie.' Wenn Sie nicht sicher sind, ob die Antwort ja oder nein ist, sagen Sie beispielsweise: ‚Ich glaube nicht, daß ich darauf ehrlich mit Ja oder Nein antworten kann.' Wenn Sie meinen, ich sollte Einspruch erheben und tu's nicht, gibt es dafür einen guten Grund. Vertrauen Sie mir. Ist das alles klar?"

„Glasklar."

„Haben Sie noch Fragen?"

„Nur ungefähr hundert", meinte Johnnie Faye. „Was ist mit dem fehlenden Abdruck von Clydes Hand auf dem Schürhaken? Was ist mit diesen Lügen, die Lorna Gerard von sich gegeben hat – daß ich Clyde bedroht habe? Und ob Clyde durchs Wohnzimmer auf mich zugegangen ist oder nicht? Und als ich die Treppe runterging und an ihm vorbei aus dem Haus wollte und nicht konnte? Was ist damit? Und dieser Quatsch, daß ich mit dieser winzigen 6,35-mm-Pistole so toll umgehen kann? Was soll ich denn bloß sagen?"

„Ich sage es Ihnen ständig, aber Sie hören offensichtlich nicht zu", erwiderte Warren. „Sagen Sie einfach die Wahrheit..."

Den zweiten Teil von Ricks geflügeltem Wort „... aber sagen Sie aus, wie Sie es für richtig halten" ließ er weg. Warren machte Unterschiede. Er wollte mit gutem Gewissen leben können, wenn diese Sache vorbei war und er sich aufmachte, Hectors Leben zu retten, was ihm hoffentlich gelingen würde.

UM NEUNZEHN Uhr fuhr er nach Ravendale zurück. Bis auf seinen Hund, der auf dem Sofa lag, war das Apartment leer. Das Lämpchen seines Anrufbeantworters blinkte. Er hörte das Band ab. Als erstes war Pedros Stimme zu hören.

„Ich rufe Sie an – wie Sie gewünscht haben. Wir haben mit 'nem Typ gesprochen, der diesen Jim kennt. Er sagt, der is mit Sicherheit aus der Stadt raus. Heim. Irgend so 'n Ort wie Beaver. Wir rufen später wieder an. *Viva México, patrón.*"

Die zweite Nachricht war von Charm. Sie sagte mit ruhiger Stimme: „Bitte ruf mich zu Hause oder beim Sender an, Warren. Ich muß mit dir reden."

Warren kramte seinen alten Straßenatlas aus einem Karton und blätterte hinten in der Liste der texanischen Städte. Einen Ort, der Beaver hieß oder so ähnlich klang, gab es nicht. Es gab Beeville. Es lag etwa dreihundert Kilometer südwestlich von Houston.

Er rief Maria an, um ihr zu sagen, daß er zwischen acht und halb neun bei ihr sein und unterwegs noch was einkaufen werde. Als er aufgelegt hatte, trommelte er mit den Fingern leicht auf die Tischplatte. Es war schon Wochen her, seit er zum letztenmal mit Charm gesprochen hatte. Und nun hatte sie schon zweimal angerufen.

Was immer es ist, ich hab keinen Bedarf, mit ihr zu reden. Soll's mir doch ihr Anwalt sagen, dachte er.

10. Kapitel

„WIE alt sind Sie, Mrs. Boudreau?" fragte Warren freundlich.

„Genau vierzig. Nächsten Monat, am 14. August, werd ich einundvierzig." Sie blickte einer Frau, die etwa in ihrem Alter war und in der ersten Reihe der Geschworenen saß, direkt ins Gesicht und lächelte.

„Wo sind Sie geboren und aufgewachsen?"

„In Odem, Texas, unten bei Corpus Christi. Das ist bloß eine kleine Stadt. Dort gibt's Baumwolle, Erdnüsse, Zwergeichen. Mein Vater hatte eine Tankstelle. Meine Mutter hat ihm geholfen. Nebenbei war mein Vater noch Prediger – er hat mir die Bibel nahegebracht. Vor fünf Jahren ist er gestorben."

„Haben Sie Geschwister?"

„Zwei Brüder, aber die sind in Vietnam umgekommen. Unbesungene Helden, könnt man sagen. Und eine Schwester, die noch in Odem in der Nähe meiner Mutter wohnt. Ich besuch sie, sooft ich kann."

„Erzählen Sie uns, was Sie erlebt haben, nachdem Sie von Odem weggezogen sind."

Johnnie Faye, die ein einfaches dunkelblaues Seidenkleid trug, erzählte den Geschworenen im zum Bersten vollen Gerichtssaal ihre Lebensgeschichte. Sie hatte früh geheiratet, was ein Fehler gewesen war. Dann hatte sie sich sehr bemüht, sich weiterzubilden. Sie berichtete, wie sie, ein schüchternes Mädchen vom Lande, nach Houston kam. Sie mußte sich den Lebensunterhalt verdienen, also tanzte sie. Sie schickte ihrer Mutter, die Probleme mit dem Herzen hatte, Geld. Dann eine weitere schlechte Ehe. „Meine Schuld. Hab mir den Falschen ausgesucht. Mit Männern hab ich kein Glück." Keine Kinder. Das tat ihr im Innersten weh. Endlich eine Chance: das Angebot, einen Nachtklub zu leiten. Und das tat sie immer noch.

„Wie haben Sie Dr. Clyde Ott kennengelernt?"

Er war vor etwa vier Jahren in ihren Klub gekommen. Er hatte eine Freundin, die dort tanzte.

„Zuerst waren Sie nur Freunde?"

„O ja. Ich wollte nichts überstürzen."

„Aber dann wurden Sie intim?"

„Nach 'ner Weile, ja, sehr intim."

„Was hielten Sie von der Tatsache, daß Dr. Ott verheiratet war?"

„Ich hatte ein schlechtes Gewissen, aber er sagte, er sei sehr unglücklich mit seiner Frau. Ich hab mich in ihn verliebt, obwohl ich das gar nicht wollte."

„Liebe ist ein überwältigendes Gefühl", sagte Warren. „Erzählen Sie uns bitte, wie Ihre Beziehung zu Dr. Ott war."

Johnnie Faye berichtete, Sharon sei auf tragische Weise umgekommen. Sie habe Clyde geholfen, das alles durchzustehen. Aber er habe viel getrunken und Kokain geschnupft, was sie haßte, weil Drogen einen ihrer Brüder umgebracht hatten. Clyde wollte sie heiraten. Aber er hatte eine gewalttätige Veranlagung. Einmal hatte er ihr vor gemeinsamen Freunden gedroht, er wolle sie umbringen. Mehrmals, als er betrunken war, hatte er sie geschlagen. Und dann, als er sie im vergangenen Dezember so übel zugerichtet hatte, wurde ihr klar, daß ihre Liebesaffäre zum Scheitern verurteilt war.

„Sie haben sich aber weiter mit ihm getroffen?"

„Von Zeit zu Zeit, wenn er versprach, nüchtern zu bleiben."

„Haben Sie noch mit ihm geschlafen?"

„Ab und zu. Ich war halt schwach. Und er war sehr dominierend."

„Wie waren seine Beziehungen zu seinen Stiefkindern?"

„Er beherrschte auch sie. Er sagte immer: ‚Lorna ist eine Trinkerin, und Ken ist ein alternder Drogensüchtiger.' In einem Lokal in Dallas gab's großen Streit. Clyde sagte ihnen, daß er mich heiraten wolle. Das brachte Lorna auf die Palme. Deshalb machte er einen Rückzieher und sagte: ‚Na, vielleicht heiraten wir doch nicht.' Ich wurde wütend, beschimpfte ihn und lief weg. Das war natürlich blöd. Ich hab's sofort bereut."

Aha, dachte Warren, sie hat also beschlossen, es zuzugeben – allerdings mit einem kleinen Dreh. Warren lächelte kaum sichtbar. Er brauchte ihr nicht zu sagen, wie sie sich verhalten sollte. Sie wußte Bescheid.

„Mrs. Boudreau, haben Sie in Lorna Gerards Gegenwart jemals etwas Ähnliches wie ‚Wenn Clyde sich betrinkt und die Besinnung verliert, könnt ich ihm im Schlaf die Gurgel durchschneiden' gesagt?"

Johnnie Faye wurde rot. „Ja", antwortete sie ruhig. „An einem Nachmittag sah Lorna fern. Sie saß vor dem großen Mitsubishi-Fernseher mit dem 100-Zentimeter-Bildschirm und trank wahrscheinlich ihren sechsten Scotch auf Eis. Ich mußte mit jemandem reden, weil Clyde mich in der Nacht mal wieder geschlagen hatte, kurz bevor er die Besinnung verlor. Lorna war vom Fernsehprogramm ganz gefesselt und wollte mir nicht zuhören. Ich mußte sie also irgendwie auf mich aufmerksam machen, und mir fiel nichts anderes ein. Ich wollte ihr gleich sagen, daß ich's nicht so gemeint hatte, aber sie hielt sich die Ohren zu, wollte überhaupt nicht zuhören. Ich hab mich hinterher so geschämt, daß ich weinen mußte. Ich hab's Clyde dann später erzählt, als er wieder nüchtern war, und er sagte: ‚Lorna haßt dich, weil sie sich einbildet, daß du mir einreden willst, ihr kein Geld mehr zu geben. Jetzt hast du ihr einen neuen Grund geliefert, dich zu hassen.'"

Sauber, dachte Warren. Wieder ein netter Dreh. Sie muß die halbe Nacht wach gelegen haben, um sich das alles auszudenken.

Warren ging nun zum Abend des 14. Mai über, zum Dinner im Hacienda. Er fragte, ob es für das gemeinsame Essen einen besonderen Anlaß gegeben hätte.

„Für mich war's ein Abschiedsessen", antwortete Johnnie Faye. „Ich konnt's einfach nicht mehr aushalten."

Warren erinnerte sich an die Abschrift von Johnnie Fayes Tonbändern, die Scoot aufgenommen hatte: „Ich wollte ihn heiraten, aber er hat mich immer hingehalten, und das hat mich total aufgeregt..."

Also hatte sie damals gelogen – oder jetzt. Oder beide Male. Egal, was er glaubte, es gab keinen Grund zu befürchten, daß sie sich verriet.

„Waren Sie im Hacienda auch betrunken?"

„Ein kleines bißchen."

„Hatten Sie sich an der Bar gestritten, bevor Sie sich zum Essen an den Tisch setzten?"

„Ja, ich war wütend, weil Clyde mir gesagt hatte, er habe wieder Kokain geschnupft. Deshalb brüllte ich: ‚Du hast mich belogen!' Und ich hab ihn auch beschimpft."

„Versuchten Sie an der Bar und am Tisch, Clyde betrunken zu machen?"

„Er wollte, daß ich immer wieder neue Drinks bestellte. Ich erklärte zwar: ‚Ich will nichts mehr trinken.' Aber er befahl: ‚Tu, was ich sage.' Also bestellte ich eben – ich wollte ihn nicht noch wütender machen, als er schon war. Als die Drinks kamen, kippte er sie ganz schnell hinunter, und dann sagte er: ‚Wenn du sie nicht willst, schieb sie rüber.'"

„Was geschah, als Sie das Restaurant verließen?"

„Ich wollte mit dem Taxi zu ihm fahren, allein, weil ich mein Auto abholen wollte. Aber ich dachte, wenn er fährt, bringt er sich um. Deshalb fuhr ich ihn in seinem Porsche zurück. Und als wir vor seinem Haus standen, sagte er: ‚Komm rein – wir müssen noch miteinander reden.'"

„Haben Sie miteinander geredet?"

„Na ja, wir gingen für eine Weile rauf. Dann verschwand er im Bad. Als er rauskam, konnte ich sehen, daß er außer sich war. Was er da drin gemacht hat, weiß ich nicht, aber seine Augen waren rot, und er schwitzte. Und er brüllte wieder. Er schlug mir ins Gesicht. Ich rannte die Treppe runter, und er folgte mir ins Wohnzimmer."

„Was machte er im Wohnzimmer?"

Sie beschrieb, wie Clyde geschrien und sie beschimpft hatte, wie sie den Schürhaken am Kamin aufgehoben habe, um ihn auf Abstand zu halten, wie er ihn ihr dann entwunden und über seinen Kopf gehalten hatte.

„Bitte, warten Sie einen Augenblick, Mrs. Boudreau", bat Warren mit erhobener Hand. „Sergeant Ruiz hat den Geschworenen berichtet, daß Sie ihm nach seinem Eintreffen in River Oaks erklärt hätten, Sie wollten aus dem Haus laufen, aber Dr. Ott habe sich Ihnen in den Weg gestellt. War das so?"

„O ja", antwortete Johnnie Faye, „das passierte davor. Ich meine, als wir gerade angekommen waren. Ich wollte gleich wieder gehen, und Clyde stellte sich mir in den Weg. Natürlich hätte ich um ihn herumgehen können – zu dem Zeitpunkt. Sergeant Ruiz hat absolut recht, die Halle ist riesig. Aber Clyde war zu dem Zeitpunkt noch nicht so außer sich. Er bettelte, ich solle doch bleiben. Er tat mir leid, also hab ich nachgegeben. Dann sind wir raufgegangen."

Warren blickte sie unverwandt an. „Sie wollen damit sagen, daß Dr. Ott sich Ihnen nicht in den Weg stellte, nachdem Sie beide die Treppe hinuntergegangen waren, als Sie den Schürhaken aufhoben und er ihn Ihnen aus der Hand nahm?"

„Stimmt. Er stellte sich mir in den Weg, bevor wir hochgingen. Ich glaube, ich habe Sergeant Ruiz etwas verwirrt, als ich später mit ihm redete."

„Warum sind Sie dann, als Sie später die Treppe hinuntergingen und wußten, daß Dr. Ott schon wütend und aggressiv und, wie Sie es ausdrückten, ‚außer sich' war – warum sind Sie dann nicht direkt aus der Tür gerannt und haben sich in Ihrem Auto in Sicherheit gebracht?"

Ein Funke blitzte in Johnnie Fayes Augen auf. Aber er verlosch sofort wieder. Warren glaubte nicht, daß die Geschworenen es gesehen hatten. „Weil ich meine Handtasche auf dem Sofa liegengelassen hatte", erklärte sie. „Mein Auto stand in der vorderen Einfahrt, und die Schlüssel zu meinem Auto – meinem Mercedes – waren in der Handtasche. Meiner braunen Handtasche, die ich auf dem weißen Ledersofa gelassen hatte, bevor ich nach oben ging."

Einzelheiten, hatte ihr Warren eingeprägt. Der Mitsubishi-Fernseher, die braune Handtasche, das weiße Sofa. Sie erinnerte sich genau, auch wenn die Einzelheiten zu einem neuen Märchen gehörten.

„Ich verstehe." Er brauchte einen Moment, um sich neu einzustellen. „Mrs. Boudreau", fuhr er dann fort und hatte keine Ahnung, was sie antworten würde, „sagen Sie uns bitte, was geschah, nachdem Sie die Treppe hinuntergegangen waren."

Johnnie Faye erklärte, sie sei die Treppe hinuntergegangen und habe ihre Tasche vom Sofa genommen. Clyde habe gebrüllt, er werde sie grün und blau schlagen. Sie habe den Schürhaken aufgehoben, um sich zu verteidigen. Er habe ihr daraufhin den Schürhaken aus der Hand gerissen und ihr einen solchen Stoß versetzt, daß sie durch den Raum getorkelt und rückwärts aufs Sofa gefallen sei. Dann habe er geschrien: „Jetzt bring ich dich um, du Luder! Du willst es ja nicht anders!"

„Und was tat Dr. Ott dann?" fragte Warren.

„Er lief durchs Zimmer auf mich zu, da griff ich in meine Handtasche und zog meine kleine Pistole heraus. Ich hatte aber nicht die Absicht, sie zu benutzen. Mein Herz schlug wie wild. Er kam auf dem Teppich irgendwie rutschend zum Stehen, war vielleicht noch einen Meter von mir entfernt. Ich sagte: ‚Komm nicht näher, Clyde, sonst schieß ich.' Aber ich wollte nur bluffen."

„Sie saßen immer noch auf dem Sofa?"

„Ja."

„Und er stand still und griff Sie nicht an?"

„Das ist richtig. Aber dann schaffte ich es aufzustehen, und er hob den Haken, um ihn mir auf den Kopf zu schmettern. Deshalb drückte ich ab. Ich wollte ihn nicht umbringen. Ich wollte ihn nur Angst einjagen oder ihn außer Gefecht setzen, damit ich mich in Sicherheit bringen könnte. Aber die Pistole schoß immer weiter. Ich wollte nicht, daß das passiert. Ich hatte meine Finger nicht mehr unter Kontrolle. Ich bin wohl in Panik geraten."

Clyde sei nach vorn aufs Sofa gefallen. Sie habe es gerade noch geschafft, zur Seite zu springen. Der Schürhaken sei auf den Teppich gefallen.

„Und wie fühlten Sie sich in diesem Augenblick, Mrs. Boudreau?"

„Schrecklich, ich war entsetzt, daß ich so etwas getan hatte. Fürchterlich." Johnnie Faye holte aus ihrer Handtasche ein Taschentuch. Sie putzte sich die Nase.

Nach einer angemessenen Weile fuhr Warren fort: „Mrs. Boudreau, haben Sie nach den Schüssen einen Arzt oder einen Krankenwagen gerufen?"

„Nein, Sir. Ich wollte es tun, aber da war so viel Blut, daß ich das Schlimmste vermutete. Ich fühlte Clydes Puls. Nichts. Ich wußte, daß er tot war. Dann hab ich was Dummes getan." Sie zögerte, senkte den Kopf.

Warren konnte sich überhaupt nicht vorstellen, was jetzt kommen würde. Aber er fragte: „Was haben Sie getan, Mrs. Boudreau?"

„Ich hob den Schürhaken vom Teppich auf, wo Clyde ihn fallen gelassen hatte. Ich weiß nicht, warum ich das gemacht habe. Wahrscheinlich war ich ein bißchen hysterisch. Ich hab den Griff in den Händen herumgedreht. Ich wollte ihn schon wieder an den Kamin lehnen, aber dann dachte ich, nein, das ist ja noch dümmer. Dann ließ ich den Schürhaken wieder auf den Teppich fallen, ungefähr da, wo Clyde ihn fallen gelassen hatte."

Warren mußte vor so viel Frechheit fast lächeln. Alle grundlegenden Punkte, einschließlich der fehlenden Abdrücke von Otts Händen, waren abgedeckt.

„Sagen Sie den Geschworenen bitte – haben Sie Dr. Ott in irgendeiner Weise bedroht oder provoziert, bevor er mit dem Schürhaken ausholte?"

„Nein." Ihr Kopf war jetzt hoch erhoben.

„Als Dr. Ott mit dem Schürhaken ausholte – hatten Sie Angst um Ihr Leben?"

„Ja. Ich war halb wahnsinnig vor Angst."

„Wo waren Sie in diesem Augenblick?"

„Ich saß auf dem Sofa. Dann stand ich auf."

„Konnten Sie sich irgendwohin zurückziehen?"

„Nein. Das Sofa stand sehr nah am Bücherregal."

„Hatten Sie die Absicht, Dr. Ott zu töten?"

„Nein."

„Waren Sie nüchtern oder betrunken, als Sie abdrückten?"

„Inzwischen wieder nüchtern. Auf der Heimfahrt war ich nüchtern geworden."

„Mrs. Boudreau, Mr. Harry Morse von Western America bezeugte, daß Sie seinen Schießplatz aufsuchten und einen falschen Namen benutzten. Warum haben Sie das getan?"

„Ich bleib gern anonym", erklärte sie. „Und ich dachte nicht, daß es verboten ist, einen anderen Namen zu benutzen, wenn man nicht vorhat, jemanden zu betrügen. Ich habe Mr. Morse nicht betrogen."

„Besaßen Sie damals drei Waffen?"

„Damals, ja. Eine wurde mir später gestohlen, und die andere, der 11,5-mm-Revolver, befindet sich im Klub, in meinem Büro, in einer fest verschlossenen Schreibtischschublade."

„Waren alle drei Waffen registriert?"

„Der 11,5-mm-Revolver und die 6,35-mm-Pistole, ja. Die andere nicht. Jemand hat sie mir mal geschenkt. Ich hatte es vergessen."

„Wofür benötigten Sie diese Waffen?"

„Zum Schutz. Vor fünf Jahren wurden wir überfallen. Und jemand folgte mir mal nach Hause und versuchte, mich zu vergewaltigen. Danach hatte ich immer einen Revolver im Auto. Es war der, der mir dann gestohlen wurde."

Nicht gestohlen, dachte Warren, in einen Abfallcontainer geworfen, nachdem du damit einen Mann ermordet hattest!

„Noch eine Sache, Mrs. Boudreau. Mr. Morse bezeugte außerdem, daß er Ihnen beim Üben auf dem Schießstand zugesehen hat. Er sagte, Sie seien eine gute Schützin. Stimmt das?"

„Ja", erklärte sie, „ich bin eine sehr gute Schützin."

„Dann sagen Sie uns bitte, wie Sie sich die Tatsache erklären, daß Sie Dr. Ott nur verwunden wollten und daß ihn dennoch zwei oder drei Kugeln, die Sie abfeuerten, an wesentlichen Stellen trafen und damit töteten?"

Sie war vollkommen beherrscht und vorbereitet. „Ich glaube, er hat sich bewegt, nur ein bißchen. Und ich war in Panik. Ich hatte Angst um mein Leben. Meine Hände zitterten."

Warren hatte genug. Er sagte: „Ihre Zeugin."

„Hier machen wir eine Pause", erklärte Richter Bingham. „Nach dem Mittagessen können Sie, Mr. Altschuler, die Angeklagte ins Kreuzverhör nehmen."

„Gute Arbeit", meinte Rick, als Warren zum Verteidigertisch zurückkam.

„Wovon redest du?" Warren schüttelte verärgert den Kopf. „Glaubst du, ich hätte ihr gesagt, daß sie so einen Mist erzählen soll?"

Er begann seine Papiere zusammenzuschieben, als ihn jemand von hinten leicht am Arm berührte. Er drehte sich um: Es war Charm. Sie hatte abgenommen, und die Wangenknochen zeichneten sich deutlicher ab. Es machte sie älter, aber es stand ihr.

„Ich habe zweimal angerufen und Nachrichten auf dem Anrufbeantworter hinterlassen. Ich muß mit dir reden."

„Das ist kein sehr geeigneter Zeitpunkt, Charm."

„Das weiß ich", antwortete sie leise. „Es tut mir leid, aber ich dachte, wir könnten schnell was essen."

Warren zögerte. Am Nachmittag käme Johnnie Faye ins Kreuzverhör. Er brauchte Zeit, um die Löcher in ihrer Geschichte zu überdenken. Es war auf jeden Fall die falsche Zeit für einen Besuch, der entnervendes Geplauder bedeutete.

Auf der anderen Seite des Verteidigertisches räusperte sich Rick. „Ich nehm unsere Mandantin mit. Kein Problem."

Johnnie Faye lächelte. „Alles in Ordnung. Gehen Sie mit Ihrer Frau essen."

Warren führte Charm in das kleine griechische Restaurant. Dort gab es Plastikdecken und dünne, verbogene Gabeln. Er bestellte eine Cola und einen Salat, und Charm bestellte etwas, das er nicht aussprechen konnte. Warren lehnte sich zurück.

„So. Was gibt's?"

„Ich habe mich von Jack getrennt. So heißt der Mann, mit dem ich befreundet war. Jack Gordon. Vor etwa zwei Wochen."

Gut, dachte Warren. Gleichzeitig dachte er, gar nicht gut. Nicht gut für sie und wahrscheinlich auch nicht gut für mich.

Er sah, daß Charm Trost brauchte. Sie senkte den Kopf und preßte die Finger an die Schläfen. „Ich fühl mich so elend", murmelte sie.

„Weil Jack weg ist."

„Zum Teil. Aber vor allem wegen der Art, wie ich dich sitzenlassen habe. Ich habe einen Fehler gemacht, und jetzt zahle ich dafür."

Als sie endlich die Hand sinken ließ, sah er, daß ihr Tränen in den Augen standen. Plötzlich spürte er das enorme Gewicht des Verlustes.

„Ich muß mich entschuldigen", meinte sie. „Ich sollte nicht so zu dir kommen und wie ein Schulmädchen heulen. Aber ich mußte es dir sagen."

„Ich weiß nicht, was ich jetzt antworten soll, Charm." Und das war die Wahrheit.

„Haßt du mich, Warren?"

„Haß ist das falsche Wort. Ich war wütend. Ich war verletzt."
„Hast du eine andere Frau gefunden?"
„Ja, es gibt eine andere."

Charm faßte in ihre Handtasche und schneuzte sich kräftig in ein Papiertaschentuch. „Was Ernstes?"

„Es ist noch im Stadium, wo es Spaß macht", antwortete Warren.

Charm begann in ihrer Handtasche zu wühlen. Sie sprach nervös, leise. „Ich habe nie aufgehört, dich zu lieben. Mir hing bloß unser Leben zum Hals raus. Und ich wollte dich fragen ..." Sie schluckte. „Und ich wollte dich fragen, ob du wieder nach Hause kommen möchtest. Nicht heute, sondern wenn du soweit bist. Antworte mir jetzt nicht. Ich weiß, was du antworten würdest. Ich kann es dir an den Augen ansehen. Und hab kein Mitleid mit mir. Mir geht's gut." Charm floh aus dem Lokal.

Warrens Verstand war blockiert, die Schaltungen waren mit widersprüchlichen Gedanken und Gefühlen überlastet. Aber es gelang ihm nicht, irgendeine dieser Empfindungen in Worte zu fassen. Seine Lungen waren mit Mitleid gefüllt, nicht mit Luft.

Warren sah, wie sie auf der heißen Straße verschwand. Was für eine gutaussehende Frau, dachte er. Was für ein Herz, was für eine Seele. Was für ein Dummkopf sie ist. Ich weiß nicht, ob ich sie zurückhaben will. Er schaute auf seine Uhr. Er hatte noch zehn Minuten, um die Rechnung zu bezahlen und zum Kreuzverhör seiner Mandantin zu kommen.

BOB ALTSCHULER lehnte sich träge auf seinem Stuhl zurück. „Mrs. Boudreau, ich darf Sie daran erinnern, daß Sie noch unter Eid stehen."

Johnnie Faye begegnete Altschulers kaltem Blick, ohne mit der Wimper zu zucken. Altschuler runzelte die Stirn. Dann blickte er prüfend auf seinen gelben Notizblock. „Schön ... Soweit ich mich erinnere, sagten Sie, daß Drogen einen Ihrer Brüder umgebracht hätten. Stimmt das?"

„Ja."

„Ganz zu Anfang Ihrer Aussage haben Sie aber auch erwähnt, daß Ihre beiden Brüder in Vietnam umgekommen seien. Wie ist es denn nun gewesen, Mrs. Boudreau?"

Ein Fehler, dachte Warren. Das weckt bei den Geschworenen eher Mitgefühl. Aber er wußte schon, worauf Altschuler hinauswollte.

Geduldig und in allen Einzelheiten schilderte Johnnie Faye, was

Clinton und dann Garrett geschehen war. Sie sprach direkt zu den Geschworenen. „Was ich meinte", schloß sie, „war, daß Garrett durch Vietnam getötet wurde, auch wenn er nicht wirklich in Vietnam getötet wurde."

„Mit anderen Worten: Als Sie aussagten, sagten Sie etwas, mit dem Sie aber etwas ganz anderes meinten. Könnte man es fairerweise so ausdrücken?"

„Ja, in gewisser Weise. Aber was meinen Bruder Garrett angeht – ich dachte nicht, daß es wichtig wäre."

„Es ist nur insoweit wichtig, als die Geschworenen erkennen können, wie Ihr Verstand arbeitet, Mrs. Boudreau, wenn Sie aufgefordert werden, unter Eid die Wahrheit zu sagen."

Bevor Warren Einspruch erheben konnte, antwortete sie: „Ich habe die Wahrheit gesagt. Ich hab später gesagt, daß mein Bruder an einer Überdosis starb."

Zwei Minuten im Kreuzverhör, dachte Warren, und schon verwikkelt sie sich in einen Streit mit Altschuler. Er wird sie zerfetzen. Warren stand auf und schüttelte traurig den Kopf. „Einspruch, Euer Ehren, die Aufgabe des Staatsanwaltes ist es, der Zeugin Fragen zu stellen, und nicht, sie zu piesacken."

„Stattgegeben. Unterlassen Sie es in Zukunft, Mr. Altschuler."

Warren blickte Johnnie Faye eindringlich an. Er hoffte, daß die Botschaft angekommen war, und setzte sich wieder.

„Beschäftigen Sie in Ihrem Nachtklub Oben-ohne-Tänzerinnen?"

„Ja."

„Junge Frauen tanzen von der Taille aufwärts nackt?"

„Ja."

„Leisten sie auch sexuelle Dienste?"

„Nicht daß ich wüßte", sagte Johnnie Faye. Sie hatte sich wieder gefaßt und überlegte sich genau, was sie antwortete.

„Sie sagten, um auf Dr. Otts Frau zu sprechen zu kommen: ‚Sharon starb auf tragische Weise.' Erzählen Sie den Geschworenen bitte – wie starb Mrs. Ott?"

„Ich glaube, sie wurde vor einem Aerobic-Center erschossen."

„Was wußten Sie von diesen Ereignissen, Mrs. Boudreau?"

„Nur soviel, wie ich in der Zeitung darüber las und was Clyde mir davon erzählt hatte."

„Waren Sie mit einem Mann namens David Inkman, den die Polizei im Verdacht hatte, Mrs. Ott ermordet zu haben, eng befreundet?"

„Einspruch!" schrie Warren. „Keine Aussage, es ist irrelevant, und es stellt eine ungeheure Unterstellung dar!"

„Stattgegeben", sagte Richter Bingham. „Die Geschworenen lassen die Frage außer acht. Unterlassen Sie das, Herr Staatsanwalt."

„Mrs. Boudreau, Sie besaßen einmal drei Waffen, und eine davon, ein 9,5-mm-Revolver, war nicht registriert."

„Ja."

„Ist Ihnen bewußt, daß das illegal ist?"

„Ja."

„Dieser Revolver war ein Geschenk?"

„Ja."

„Von wem?"

„Von David Inkman."

Altschuler grinste. „Erzählen Sie uns", forderte er sie auf und wechselte das Thema bewußt, um sie zu verwirren, „wie war es, nachdem Dr. Ott Sie zum erstenmal schlug – machten Sie sich Sorgen um Ihre persönliche Sicherheit?"

„Ja", antwortete Johnnie Faye.

„Und haben Sie seitdem nicht eine 6,35-mm-Pistole in der Handtasche mit sich herumgetragen, damit Sie sich schützen könnten, falls Dr. Ott drohte, Sie erneut zu schlagen?"

„Nein, ich hab diese Pistole immer dabeigehabt. Das hatte nichts mit Clyde zu tun. Ich glaube, ich erwähnte, daß jemand mich mal zu vergewaltigen versuchte."

„Meldeten Sie diesen Vergewaltigungsversuch der Polizei?"

„Nein."

Warren hörte gespannt zu. Sie war in Schwierigkeiten, aber sie hielt sich tapfer. Ihre Hände lagen ruhig auf der Tasche.

„Wie viele Drinks nahmen Sie in der Nacht des vierzehnten Mai im Hacienda zu sich, Mrs. Boudreau?"

„Zwei oder drei."

„Und Dr. Ott hatte mindestens sieben, vielleicht sogar acht?"

„Ja."

„Hatten Sie nicht vor, gerade so viel zu trinken, daß Sie nüchtern blieben, und haben Sie Dr. Ott nicht zum Trinken animiert?"

„Nein, das hab ich ganz und gar nicht getan."

Altschulers Augen wurden tiefschwarz und drohend. „Wieviel Uhr war es genau, als Sie in der Nacht des vierzehnten Mai vom Hacienda zu Dr. Otts Haus zurückkehrten?"

„Moment ..., so gegen halb zwölf."
„Sie gingen mit Dr. Ott nach oben. Sie haben mit ihm geschlafen, nicht wahr?"
„Ja. Er bestand darauf."
„Wollen Sie damit sagen, daß Sie gar nicht mit ihm schlafen wollten?"
„Nein. Ich meine, das stimmt – ich wollte nicht."
„Er war betrunken und stand unter dem Einfluß von Kokain, und Sie waren nüchtern. Wollen Sie uns erklären, daß er unter diesen Umständen in der Lage war, Sie zum Geschlechtsverkehr zu zwingen?"
„Ja, das ist richtig."
„Drohte er, Ihnen Gewalt anzutun, wenn Sie nicht dazu bereit seien?"
„Nein. Er stieß mich nur runter aufs Bett."
„Aber als Sie mit ihm nach oben gingen, wußten Sie doch, daß er Geschlechtsverkehr wünschte."
„Nein. Ich dachte, er wollte reden."
Plötzlich – erstaunlicherweise – strömten Tränen über Johnnie Fayes Gesicht. „Ich hätte nicht mit ihm hinaufgehen und mit ihm schlafen sollen", sagte sie mit erstickter Stimme. „Ich schäme mich, daß ich es getan habe, aber er tat mir leid. Ich bin eben auch nicht vollkommen. Man tut nicht immer zu allen Tages- und Nachtzeiten das Richtige."
Altschuler zögerte. Eine Zeugin wie Johnnie Faye Boudreau würde er normalerweise auseinandernehmen, ihren Charakter bloßstellen. Aber nun gab sie bei jedem Schlag nach wie ein biegsamer Zweig. Und jetzt gar noch Tränen!
„Also hatten Sie in jener Nacht völlig gegen Ihren Willen Geschlechtsverkehr?" fragte Altschuler. „Er hat Sie vergewaltigt?"
„Nein, er konnte nicht. Das hat ihn ja so wütend gemacht."
„Hat er Sie ins Gesicht geschlagen?"
„Ja."
„Hatten Sie Angst, als er wütend wurde und Sie schlug?"
„Ein bißchen."
„Und deshalb rannten Sie die Treppe hinunter, um die Pistole aus Ihrer Handtasche zu holen?"
„Nein. Ich brauchte meine Handtasche, weil meine Autoschlüssel drin waren. Ich wollte wegfahren."

„Sie hatten Ihre Handtasche auf dem Wohnzimmersofa liegengelassen?"

„Ja."

„Sie wußten auch, daß sich Ihre Pistole in der Handtasche befand, nicht wahr?"

„Daran dachte ich nicht."

„Wollen Sie uns erzählen, daß Sie in der Nacht des vierzehnten Mai nicht wußten, daß sich Ihre Pistole in Ihrer Handtasche befand?"

Mein Gott, dachte Warren, ist der gut!

„Ich sagte ja nicht, daß –"

„Stopp! Ist die Antwort Ja oder Nein, Mrs. Boudreau?"

Johnnie Faye wischte sich die Augen und wandte sich an Richter Bingham. „Euer Ehren, das ist genauso, als ob man mich fragen würde: ‚Schlagen Sie immer noch Ihren Hund?' Ich kann das nicht einfach und ehrlich mit Ja oder Nein beantworten. Ich möchte wahrheitsgemäß antworten, aber er läßt mich nicht."

„Antworten Sie, so gut Sie können", sagte der Richter.

„Meine Antwort ist: Ich wußte, daß sie in meiner Handtasche war, aber ich dachte nicht daran, daß sie drin war."

Und sie ist auch gut, dachte Warren. Es lohnte sich, diesem Wettstreit zuzuhören. Er war sich allerdings nicht sicher, auf welcher Seite er stand.

„Als Sie ins Wohnzimmer hinuntergingen und Ihre Handtasche aufhoben, hätten Sie in diesem Augenblick nicht das Haus verlassen können?"

„Er kam runter, bevor ich die Tasche in der Hand hatte."

„Sie erzählen uns, daß Sie nüchtern waren und Ihre Tasche nicht holen und nicht aus der Tür laufen konnten, bevor ein Betrunkener aus dem Bett kletterte und eine lange Treppe hinunterstolperte?"

„Er war direkt hinter mir. Ich hörte ihn brüllen."

„Und er stellte sich Ihnen in den Weg, so daß Sie nicht weglaufen konnten?"

„Nein, in diesem Moment hat er es nicht getan. Das war lange vorher."

„Mrs. Boudreau, hatten Sie Sergeant Ruiz nicht vierzig Minuten nach dem Mord erzählt, daß Dr. Ott Ihnen den Ausgang blockiert hatte, nachdem Sie und Dr. Ott unten an der Treppe angekommen waren?"

„Ja."

Eine halbe Stunde walzte Altschuler das Thema ihrer früheren widersprüchlichen Aussage breit. Johnnie Faye erklärte, daß sie Sergeant Ruiz gegenüber bestimmte Ausdrücke verwendet haben mochte, daß die Fakten aber inkorrekt waren. Sie war verwirrt gewesen, hatte sich im Schockzustand befunden.

„Sie haben also den Schürhaken vom Kamin genommen, um ihn zu erschlagen?"

„Nein, Sir, ich habe ihn genommen, weil er mich bedrohte."

„Sie wollten ihn mit dem schweren Eisenhaken umbringen, nicht wahr? Oder ihn schwer verletzen?"

„Nein, Sir. Ich wollte ihn damit von mir fernhalten."

„Und dann nahm er Ihnen den Schürhaken weg?"

„Ja."

„Er war betrunken und high, und Sie waren nüchtern, und trotzdem war er in der Lage, Ihnen den Schürhaken aus der Hand zu reißen? Konnten Sie ihm denn nicht ausweichen?"

„Ja, er war in der Lage, und nein, ich konnte ihm nicht ausweichen."

„Und er versperrte Ihnen den Weg zum Ausgang?"

„Nein, in dem Moment nicht. Er warf mich aufs Sofa."

„Und dann zogen Sie die Pistole aus der Tasche?"

„Nein. Erst als er den Feuerhaken hochhob und sagte, er würde mich damit umbringen."

„Und Sie schossen auf ihn, als er auf Sie zustürzte, stimmt das?"

„Nein. Ich sagte: ‚Keinen Schritt weiter, Clyde, sonst schieß ich!' Und er blieb stehen, er stand still."

„Sie hatten den Hahn bereits gespannt?"

„Nein, Sir. Ich hatte ihn nicht gespannt."

„Aber als Sie die Pistole aus der Handtasche nahmen, entsicherten Sie sie doch, oder nicht?"

„Ich muß es, ohne zu überlegen, getan haben."

„Sie behaupten, eine sehr gute Schützin zu sein, nicht wahr?"

„Ja, auf dem Schießstand."

„Auf welchen Körperteil Dr. Otts zielten Sie?"

„Auf seine linke Schulter, glaube ich."

„Zeigen Sie uns, wie Sie die Pistole gehalten haben. Nehmen Sie einfach Ihren Finger, und richten Sie ihn auf mich. Sie können aufstehen, wenn Sie wollen."

Johnnie Faye stand auf und hob die Hand, die Faust geballt, den Zeigefinger gestreckt. Der Arm war angewinkelt.

„Sie hatten den Arm nicht ausgestreckt?"

„Nein."

„Kann man nicht besser zielen, wenn der Arm ausgestreckt ist?"

„Doch."

„Liefen Sie mit angewinkeltem Arm nicht Gefahr, daß die Pistole, die, wie Sie sagen, auf die linke Schulter gerichtet war, ein paar Zentimeter danebenzielen und ihn statt dessen ins Herz treffen könnte?"

„An die Gefahr habe ich nicht gedacht. Ich hatte Angst."

„Sie wußten, daß der Unterbrecher dieser Pistole verbotenerweise abgefeilt worden war, wodurch sie vollautomatisch wurde – das wußten Sie, nicht wahr?"

„Ich wußte von dem abgefeilten Unterbrecher. Ich wußte nicht, daß es verboten war."

„Sie haben dreimal abgedrückt, nicht wahr?"

„Nein, nur einmal. Aber sie feuerte weiter."

„Der erste Schuß ging daneben?"

„Ich weiß nicht."

„Sie wollen sagen, der letzte Schuß ging daneben?"

„Nein, Sir. Ich will sagen, daß ich nicht weiß, welche der zwei von den drei Schüssen ihn trafen."

„Mrs. Boudreau, entspricht es nicht der Tatsache, daß Sie um ihn hätten herumlaufen und es zum Ausgang und in die Sicherheit Ihres Autos hätten schaffen können?"

„Nein, ich saß auf dem Sofa."

„Entspricht es nicht der Tatsache, daß Sie ihn mit Ihrer Pistole hätten in Schach halten können, während Sie an ihm vorbeirannten oder -gingen?"

„Nein. Selbst wenn ich das hätte tun können, hätte er mich mit dem Schürhaken erschlagen können, während ich an ihm vorbeigelaufen wäre."

„Entspricht es nicht den Tatsachen, daß er den Schürhaken überhaupt nicht aufnahm?"

„Nein, er hat ihn aufgenommen."

„Entspricht es nicht den Tatsachen, daß die Abdrücke seiner Handflächen nur deshalb nicht am Schürhaken waren, weil Sie den Schürhaken selbst in die Hand nahmen, nachdem Sie Dr. Ott erschossen hatten, und dann die Finger des Toten darauf preßten?"

„Nein, Sir, das entspricht absolut nicht den Tatsachen."

„Hören Sie, Mrs. Boudreau – beschlossen Sie nicht, Dr. Ott zu erschießen, weil Sie wütend waren, daß er Sie nicht heiraten wollte?"

„Nein, das ist auch nicht wahr."

„Was ist wahr, Mrs. Boudreau?"

„Daß ich ihn in Notwehr erschossen habe. Daß er mich vielleicht umgebracht hätte, wenn ich nicht geschossen hätte. Er hätte mich bestimmt umgebracht."

„Ach – was denn nun? Vielleicht oder bestimmt?"

„Damals war ich sicher", erklärte Johnnie Faye, „daß er mich bestimmt umbringen würde."

„Aber vorhin benutzten Sie das Wort ‚vielleicht', nicht wahr?"

„Ja."

„Also sind Sie doch im Zweifel!"

Johnnie Faye holte tief Luft. „Seit das alles in der Nacht des vierzehnten Mai geschehen ist, quäle ich mich damit. Ich hab kaum geschlafen. Ich hab Clyde nicht gehaßt. Einen Menschen zu töten ist das Schlimmste, was einem passieren kann, und wenn man jemanden tötet, den man einmal geliebt hat, selbst wenn man gar nicht die Absicht hat, ihn zu töten, dann hat man für immer die Hölle auf Erden. Also – ja, ich bin im Zweifel – oft. Es sind schreckliche Augenblicke. Ich weine manchmal die ganze Nacht. Aber ich bin fest davon überzeugt, daß ich keine andere Wahl hatte – es sei denn, ich wäre das Risiko eingegangen, daß er mich umgebracht hätte."

Nach dem dunkelrosafarbenen Fleck, der sich auf seinem Gesicht ausbreitete, zu urteilen, befürchtete der Staatsanwalt, daß die Geschworenen auf dieses Ammenmärchen hereinfallen könnten. Aber bis zum Schlußplädoyer blieben ihm wenig Möglichkeiten. Er starrte den Verteidiger mit versteinerter Miene an und reichte die Zeugin weiter.

Fast zwei Stunden lang wurde Johnnie Faye zwischen Anklage und Verteidigung hin- und hergereicht. Dann – mit Altschulers letztem höhnischem „Ihre Zeugin" und Warrens zuversichtlichem „Ich bin fertig!" – war alles vorbei.

Kurz nach siebzehn Uhr dreißig klopfte Richter Bingham müde mit dem Hammer auf den Tisch. „Am Montag morgen", verkündete er, „werde ich die Geschworenen belehren. Dann haben wir das Schlußplädoyer beider Anwälte." Er wandte sich an die zwölf regulären und die beiden Ersatzgeschworenen. „Lesen Sie übers Wochenende keine Zeitungen. Bitte vermeiden Sie, die Nachrichten im Fernsehen anzuschauen. Und diskutieren Sie nicht mit Ihrer Familie oder mit Freunden den Fall. Sie werden Montag nachmittag mit der Beratung beginnen. Ich schlage vor, daß Sie etwas zum Übernachten mitbringen, falls Sie die Nacht hier verbringen müssen. Und jetzt wünsche ich Ihnen allen ein schönes Wochenende."

11. Kapitel

DIE Hitze flimmerte über dem Highway. Das Land dehnte sich flach und braun in alle Richtungen aus. Maria Hahn saß neben Warren in seinem Wagen und fummelte am Kassettendeck herum.

Er versuchte Charm aus seinem Kopf zu verbannen. Er war ein versöhnlicher Mensch, aber das Vergessen der ganzen Geschichte war schwierig. Doch auch das war möglich. Das Leben floß weiter wie ein Strom. Die wichtigste Frage: Was wollte er? Er mochte Maria, hatte Spaß mit ihr – er liebte sie noch nicht, war sich aber sicher, daß er sie lieben könnte. Und mit der Zeit würde er sie lieben. Er sah das ganz klar.

„Tu mir einen Gefallen", sagte Warren. „Schau mal ins Handschuhfach. Da muß eine Kassette mit Vivaldi drin sein."

Die Musik beruhigte ihn für eine Weile.

Am frühen Morgen hatte er Hector aufgesucht. Die ständige Anspannung hatte das Gesicht des Mexikaners noch grauer als beim letztenmal erscheinen lassen. Warren hatte ihm sagen wollen: Ich arbeite für Sie. Geben Sie nicht auf, aber die Worte, die sich im Kopf bildeten, erschienen ihm ohne Substanz.

„Wie geht es Ihnen?" hatte er statt dessen gefragt.

„Ich kann nicht gut schlafen", hatte Hector geantwortet.

„Es ist nicht mehr lang", versprach Warren. „Vielleicht nur noch bis nächste Woche."

„Ich muß Ihnen was sagen", erklärte Hector. „Ich hab Sie angelogen."

„Wie?" fragte Warren. Sein Herz schlug deutlich schneller.

„Die Einkaufskarre. Sie haben mich mal vor einiger Zeit gefragt, ob ich sie gestohlen hätte. Ich hab behauptet, ich hab sie gefunden." Hector schüttelte den Kopf. „Das ist aber die einzige Lüge, die ich Ihnen aufgetischt habe."

Warren dachte, mir bricht das Herz, wenn dieser Mann ins

Zuchthaus kommt. Er hatte ihm versprochen, am Sonntag wieder vorbeizukommen und eine Zeitung mitzubringen.

Ein Straßenschild sauste vorbei. GOLIAD 13 KM, BEEVILLE 61 KM.

„Möchtest du einen Schluck Kaffee, Schatz?" fragte Maria.

„Nein, danke." Er lächelte. „Schatz" hatte sie ihn genannt. Sie war so zärtlich, brauchte Zärtlichkeit und hatte bis jetzt wenig mehr verlangt. Mit Maria könnte ich glücklich sein, dachte er. Ich könnte meiner Arbeit nachgehen, ihren Sohn großziehen, ein eigenes Kind mit ihr haben. Mit Gelassenheit alt werden. Der Strom würde fließen. Es würde Steine und Strudel geben, aber der Strom wäre schiffbar.

„Machst du dir über den Fall Gedanken?" fragte Maria.

Er dachte, ja, ich mach mir Sorgen, daß meine Mandantin freigesprochen wird. Nicht nur Sorgen. Ich bin halb wahnsinnig vor Angst. Aber er sagte nur: „Es ist kompliziert."

Draußen vor dem Gerichtssaal, gestern am späten Nachmittag, hatte Johnnie Faye ihn am Arm gepackt. Ihre Augen waren ganz schmal geworden. „Halten Sie ja ein gutes Plädoyer für mich!"

Ja. Es war seine Pflicht, ob sie nun ein gutes Plädoyer verdient hatte oder nicht.

Jetzt, am Samstag morgen, fuhr er nach Beeville, um einen Mann zu suchen, von dem er nur den Spitznamen wußte. Ohne ihn, so glaubte er, würden die Quintana-Geschworenen zu einem Schuldspruch kommen.

Um elf erreichten sie Beeville. Es war eine alte Viehzüchterstadt. Warren bog in die Hauptstraße ein. Sie fuhren an einem Motel, einem Supermarkt und einem Bowlingcenter vorbei. Warren entdeckte eine Tankstelle.

Er erklärte Maria: „Ich fang mit der Tankstelle an", und hielt.

Draußen schlug ihm Hitze entgegen. Ein Mann von etwa fünfzig Jahren saß an der Kasse und sortierte Kreditkartenquittungen.

Warren, in Stiefeln und abgetragenen Jeans betont lässig gekleidet, steckte sich einen Zahnstocher zwischen die Zähne und sagte: „Morgen. Heiß heute."

„Weiß Gott."

„Es gibt 'n Mann in dieser Stadt – 'n paar Leute in Houston nennen ihn Jim Dandy. Hält er sich hier in der Gegend auf?"

Der Mann hinter der Kasse grinste und zeigte gelbe Zähne. „Bulle?"

„Nein", antwortete Warren. „Ich bin Rechtsanwalt. Ich will Jim in 'ner Sache helfen."

„Jim Dandy is da. Bei Kitty Marie. Kenn' Se Kitty Marie auch?"
„Nein."
„Kleines Haus in der DeKalb Street. Fahrn Se 'n paar Straßen zurück, an der Drogerie Walgreens vorbei und dann rechts abbiegen. Das vorletzte Haus. Ein verbeulter schwarzer Chevy-Pickup steht davor."
„Und wie heißt er wirklich?" fragte Warren.
„Jim Dandy. So heißt er wirklich. Mit dem Namen isser geboren."
Warren lachte leise. „Sollte ich sonst noch was wissen?"
„Tja, Jim Dandy is so arm, der müßt sich sogar noch Geld ausleihen, damit er sich Wasser zum Heulen kaufen kann. Und Kitty Marie is so häßlich, daß sie sogar 'nen Hund von einem vollen Freßnapf vertreiben würde. Wenn man religiös wär, könnt man sagen, Gott hat ihnen 'nen Gefallen getan, daß er sie zusammengebracht hat. Wolln Se sonst noch was wissen?"
„Nein", sagte Warren. „Danke."
Zwei Minuten später klopfte er an die Tür des vorletzten Hauses in der DeKalb Street. Das Haus sah aus, als ob es zusammenfallen würde, wenn man heftig gegen eines der fauligen grauen Bretter trat. Eine Frau Ende Dreißig mit rosa Lockenwicklern und Pferdegebiß öffnete die Fliegengittertür. Warren reichte ihr seine Visitenkarte und fragte nach Jim Dandy. Der betrunkene alte Hund läge noch im Bett, sagte sie, aber sie werde ihn gleich wach rütteln.

JIM DANDY saß am Küchentisch und trank ein kaltes Bier, das zweite aus dem Sechserpack, den Maria schnell aus dem nächsten Supermarkt geholt hatte. Maria war jetzt mit Kitty Marie draußen im Garten hinter dem Haus. Warren saß an dem wackligen Tisch Jim Dandy gegenüber. Auf Jim Dandy paßte Siva Singhs Beschreibung wie auf viele andere auch: an die Vierzig, schlampig, langhaarig und dickbäuchig. Er hatte sich seit mehreren Tagen nicht mehr rasiert und roch stark nach dem gestrigen Bier.
„Ich sag's Ihnen noch mal, Partner", sagte Warren, „solang Sie nüchtern genug sind, um's zu begreifen. Sie kommen nicht in Schwierigkeiten. Niemand stört's, daß Sie die Brieftasche geklaut haben. Aber Sie müssen zugeben, daß Sie's getan haben, und erzählen, was Sie gesehen haben. Und zwar alles."
„Gefällt mir nicht", brummte Jim Dandy.
„Woran hapert's denn? Sie können's mir sagen."

„Das Geld ist weg."

„Na klar. Aber das ist den Leuten doch völlig Wurscht. Wenn Sie nicht nach Houston kommen, ist das natürlich was anderes."

Jim Dandy rieb sich ununterbrochen die Hände, als ob er sie wärmen wollte. Sein Blick huschte zu den Frauen im Garten. „Ich kann nicht."

„Dann stecken Sie allerdings tief im Schlamassel, Partner. Dann wird die Polizei vielleicht wissen wollen, was Sie mit dem Geld gemacht haben."

„Wie wollen die denn rauskriegen, daß ich's hatte?"

„Ich würd's ihnen sagen."

„So gemein wären Sie?"

„Vielleicht. Ich hab einen Mann, dem die Todesstrafe droht."

„Und wie komm ich nach Houston?" fragte Jim Dandy.

Warren lachte. „Mit mir – heute. Ich hab in Houston so 'ne Art kleines Hotel. 'n paar Amigos pennen da schon. Sie sind auch eingeladen – kostenlos. Freibier bis zu dem Tag, an dem Sie aussagen, kostenlose Verpflegung, solang Sie bei mir wohnen."

Jim Dandy betrachtete Warren stirnrunzelnd von oben bis unten. „Ich ess' nix, was hüpft, kriecht oder auf Bäume klettert."

„Der Supermarkt ist gleich um die Ecke. Sie können selbst einkaufen gehen. Ich zahl's."

„Na ja ... Sie scheinen in Ordnung zu sein. Also gut."

Warren erhob sich sofort. „Den Rest des Biers nehmen Sie untern Arm, und dann nichts wie los."

Auf der Fahrt nach Houston saß Jim Dandy auf dem Rücksitz. Die Fenster standen offen, damit sein Duft sich verflüchtigen konnte. Warren fragte ihn: „Warum haben Sie die Sachen aus der Reinigung geholt?"

„Schien mir 'ne gute Idee zu sein", antwortete Jim Dandy.

„Aber die sind Ihnen wieder geklaut worden, hab ich gehört."

„Nee, nee – ich hab sie für zehn Piepen verkloppt", sagte Jim Dandy. „Außerdem war's Unglückszeug. Den Kerl, der sie mir abgekauft hat, haben sie umgelegt – durchlöchert wie 'n Sieb. Gleich da im Obdachlosenasyl, richtig gekillt."

PUNKT neun erschien Warren im 342. Gericht. Alle erhoben sich in dem riesigen Saal, als die Geschworenen ihre Plätze einnahmen.

Richter Bingham wiederholte den Anklagevorwurf: Johnnie Faye

Boudreau war des Mordes angeklagt. „Nach unserem Recht begeht ein Mensch einen Mord, wenn er – oder in diesem Fall sie – absichtlich oder wissentlich den Tod einer Person herbeiführt. Mrs. Boudreau hat zugegeben, den Tod von Dr. Clyde Ott herbeigeführt zu haben, und sich mit der Begründung, in Notwehr gehandelt zu haben, für nicht schuldig erklärt. Ein Angeklagter kann nicht für schuldig erklärt werden, wenn er wegen unmittelbarer Todesgefahr oder der Gefahr ernsthafter Körperverletzung gezwungen war, sich so zu verhalten, daß der Tod der anderen Person herbeigeführt wurde. Voraussetzung dafür ist jedoch, daß er das Opfer nicht provoziert hat, ihn zu bedrohen oder anzugreifen. Unser Recht verlangt außerdem, daß jeder, der sich einer solchen Bedrohung ausgesetzt fühlt, die Pflicht hat, sich in Sicherheit zu bringen – wenn ein derartiger Rückzug möglich ist –, bevor er gegen die ihn bedrohende Person vorgeht. Wenn Sie der Meinung sind, daß Mrs. Boudreau den Angriff provoziert hat oder daß sie Gelegenheit hatte, sich in Sicherheit zu bringen, und diese Gelegenheit nur nicht wahrnahm und somit willentlich den Tod von Dr. Clyde Ott herbeiführte, werden Sie sie auf schuldig erkennen. Wenn Sie der Meinung sind, daß sie ihrer Pflicht, sich in Sicherheit zu bringen, nachgekommen ist oder ein Rückzug für sie unmöglich war und sie den Tod von Dr. Ott nicht willentlich herbeigeführt hat, dann werden Sie die Angeklagte auf nicht schuldig erkennen. Mr. Blackburn, Sie dürfen mit dem Plädoyer der Verteidigung beginnen."

Warren trat vor, dankte den Geschworenen für ihre Geduld und faßte die Fakten aus der Sicht der Angeklagten kurz zusammen: eine stürmische Beziehung zwischen zwei Liebenden, Mißhandlung durch den Liebhaber über einen längeren Zeitraum hinweg. „Er war ein Mann, dessen Tod manche in der Tat beklagen werden, dessen Lebensweise aber sicher nicht rühmenswert erscheint. Johnnie Faye Boudreau hat Ihnen von Schlägen, die eine Behandlung im Krankenhaus erforderten, berichtet. Dr. Ott war kein gütiger Mensch, er war in mancherlei Hinsicht ein Unmensch."

Warren hielt sich an Scoot Shepards Verteidigungsstrategie, nach der der Schweinehund es verdiente, umgebracht zu werden.

„Was die Angeklagte betrifft – sie ist keine Heilige, das steht außer Frage. Sie führt einen Nachtklub. Ich möchte Sie aber daran erinnern, daß sie dafür nicht unter Anklage steht. Sie besaß drei Handfeuerwaffen, mit denen sie auf einem Schießplatz übte. Auch das ist kein Verbrechen. Mrs. Lorna Gerard, die finanziell abhängige Stieftochter von

Dr. Ott, zitierte Mrs. Boudreau, wonach diese gesagt haben soll: ‚Wenn er betrunken ist, könnt ich ihm im Schlaf die Gurgel durchschneiden.'" Warren lächelte mit einer gewissen Vertraulichkeit die Geschworenen an und fuchtelte mit ausgestrecktem Zeigefinger vor ihnen herum. „Wie viele von uns haben den Satz ‚dafür könnte ich dich umbringen' schon gesagt? Haben wir es wirklich ernst damit gemeint? Nehmen wir solche im Zorn gemachten Aussagen für bare Münze, oder akzeptieren wir sie als einen Teil menschlicher Schwäche? Ich glaube, Sie wissen die Antwort."

Er hielt mitten im Redefluß inne, trat zurück an den Verteidigertisch und stellte sich neben Johnnie Faye Boudreau.

„Außerdem haben Sie der Angeklagten zugehört, die unter Eid sprach. Sie haben einer tapferen und unabhängigen, aber auch traurigen Frau zugehört. Sie liebte Clyde Ott lange Zeit. Was vielleicht nicht klug war. Clyde Ott war reich, aber Johnnie Faye Boudreau hatte einen Job, und sie zahlte ihre Miete selbst. Von seinem erheblichen Reichtum hat sie sich keine Vorteile verschafft. Ob sie ihn heiraten wollte und er zögerte, oder ob er sie heiraten wollte und sie zögerte – wen kümmert das? Ihre Lebenserfahrung sollte Ihnen sagen, daß diese Fragen nie eindeutig zu beantworten sind.

Und so kommen wir zu den tragischen Ereignissen der Nacht des vierzehnten Mai. Sie sind tragisch – Mrs. Boudreau ist auch dieser Auffassung. Sie trauert – Sie konnten es sehen. Sie wollte Clyde Ott nicht töten. Sie wollte ihn daran hindern, sie zu töten oder ihr schweren körperlichen Schaden zuzufügen. Die Anklage hat keinen einzigen Zeugen präsentiert, der Gegenteiliges vorbringen konnte. Sie hat einen Experten für Fingerabdrücke präsentiert, der bezeugte, daß sich an dem Feuerhaken, mit dem Clyde Ott die Angeklagte bedrohte, keine Abdrücke seiner Handflächen befanden. Aber die Angeklagte hat selbst zugegeben, daß sie in einem Zustand, den wir als halb hysterisch bezeichnen können, unabsichtlich einige Abdrücke an diesem Haken verwischt hat. Sie hat sich damit selbst um ein Beweismittel gebracht, das sie vollkommen entlastet hätte! Kann man ihr das zur Last legen?"

Er ging zur Geschworenenbank zurück.

„Richter Bingham hat Ihnen erklärt, wie unser Gesetz ‚die Pflicht, sich in Sicherheit zu bringen' definiert. Ich frage die Männer unter Ihnen: Wenn ein betrunkener Mann, der etwa 110 Kilo wiegt, wie ein Rasender mit einem schweren Eisenhaken auf Sie zukäme und klar und deutlich zum Ausdruck brächte, daß er Sie damit umzubringen gedenkt – was würden Sie tun? Sie könnten versuchen zu fliehen. Würde es einer von Ihnen tun? Das bezweifle ich. Sie könnten versuchen, ihn durch gutes Zureden von seinem Vorhaben abzubringen, obwohl wir alle wissen, was es heißt, einem wütenden Betrunkenen gut zuzureden. Sie könnten versuchen, mit ihm zu ringen. Einige von Ihnen wären vielleicht so mutig. Andere vielleicht nicht. Oder, wenn Sie eine Pistole zur Verfügung hätten, täten Sie vielleicht, was Johnnie Faye Boudreau getan hat."

Warren stand vor den Geschworenen. Schweigend studierte er ihre angespannten Mienen.

„Und jetzt will ich die Frauen unter Ihnen fragen: Hätten Sie versucht wegzulaufen? Mrs. Boudreau konnte es nicht. Der Durchgang und die Vorhalle sind zwar breit, aber, meine Damen, sie saß auf dem Sofa, mit dem Rücken zur Wand! In Anbetracht dieser Umstände frage ich Sie nun: Würden Sie als Frau kämpfen? Würden Sie, weil Sie ‚nur eine Frau' sind, versuchen, ihm sein Tun auszureden, und beten, daß der Mann mit dem Schürhaken Ihnen nicht den Schädel zertrümmert?" Warrens Stimme schwoll an. „Denn dies war der einzig mögliche Rückzug: die Schläge hinnehmen oder zurückschlagen! Johnnie Faye kämpfte. Sie schoß auf Dr. Ott, und die Schüsse töteten ihn. Sie hatte es nicht beabsichtigt, aber es ist geschehen.

Und so frage ich Sie nun, ob wir als texanische Männer und Frauen kriechen und betteln und den Tod oder eine Entstellung in Kauf nehmen sollen, wenn wir eindeutig bedroht werden. Und als Antwort auf diese beiden Fragen bitte ich Sie – weil Mrs. Boudreau in Notwehr gehandelt hat – auf nicht schuldig zu erkennen."

Warren setzte sich. Das war hervorragend, dachte er. Ich habe mein Bestes gegeben! Das mußte ich einfach tun.

BOB ALTSCHULER trat vor die Geschworenen und zeigte sich vom ersten Moment an äußerst kampflustig.

„Heute", erklärte er mit dröhnender Stimme, „fehlt ein wichtiger Mann in diesem Gerichtssaal! Ein Mann, den wir hören müßten und nicht hören können, weil er tot ist! Auf den zweimal geschossen wurde – einmal zwischen die Augen und einmal hierhin!" Altschuler legte die rechte Hand aufs Herz. „Clyde Ott – Dr. Clyde Ott, ein Mediziner, der viele Menschen geheilt hat." Er deutete mit ausgestrecktem Finger auf Johnnie Faye Boudreau. „Diese Frau, die einen

Nachtklub führt, schoß ihn kaltblütig nieder! Erkennen Sie das nicht? Spüren Sie es nicht im tiefsten Herzen?" Altschuler schüttelte, offenbar völlig perplex, den Kopf. „Gehen wir doch die Beweisführung noch einmal zusammen durch."

Er konzentrierte sich sofort auf Johnnie Fayes Aussage gegenüber Sergeant Ruiz kurz nach dem Mord. „Die Angeklagte änderte also unter Eid ihre Geschichte! Sie hat uns erzählt, daß Dr. Ott den Eingang versperrte, bevor die beiden nach oben gingen, bevor er sie angeblich bedrohte und einen Schürhaken aufnahm. Warum erzählte sie im Gerichtssaal eine andere Geschichte als zum damaligen Zeitpunkt? Wissen Sie wirklich nicht, warum? Weil ihr klargeworden war, daß, wenn sie die Einzelheiten ihrer Geschichte nicht änderte, deutlich würde, daß sie die Pflicht, sich in Sicherheit zu bringen, verletzt hat!"

Seufzend schüttelte er erneut den Kopf. „In der Nacht des vierzehnten Mai sagte sie zu Sergeant Ruiz, daß Dr. Ott, den Schürhaken über seinem Kopf schwenkend, damit ‚wie ein alter Grislybär' auf sie zugekommen sei. Dies waren ihre Worte. Auf sie zugekommen sei. Aber vor ein paar Tagen bezeugte der ärztliche Leichenbeschauer, daß Dr. Ott erschossen wurde, während er still stand! Was tat Johnnie Faye Boudreau also, nachdem sie das hörte? Sie änderte ihre Geschichte. Jetzt sagt sie, Dr. Ott sei mit dem Schürhaken auf sie zugerannt und dann stehengeblieben, und erst dann habe sie auf ihn geschossen. Ist Ihnen nicht bewußt geworden, was sie tat, als Sergeant Kulik bezeugte, daß Dr. Otts Handabdrücke auf dem Haken fehlten? Erst bei ihrer Aussage vor Gericht erwähnte Johnnie Faye Boudreau, daß sie den Schürhaken aufgehoben habe, nachdem sie Dr. Ott getötet hatte – vorher kein einziges Wort davon –, und daß sie dabei möglicherweise die Abdrücke seiner Handflächen verwischt habe. Das ist eine Erfindung! Diese Frau hat keinerlei Hemmungen, sonstwas zu behaupten!"

Warren mußte seine Nackenmuskeln spannen. Er war im Begriff gewesen, beifällig zu nicken.

„Nun", fuhr der Staatsanwalt fort, „denken wir doch mal über all diese Drohungen, von denen die Zeugen uns berichtet haben, nach. Nachdem Johnnie Faye Boudreau Dr. Ott im Houston-Racquet-Klub einen Drink ins Gesicht geschüttet hatte, sagte er zu ihr: ‚Ich könnte dich umbringen.' Aber er hat sie nicht umgebracht, nicht wahr? Andererseits sagte Johnnie Faye Boudreau vor Mrs. Gerard: ‚Ich könnte ihn umbringen', und sie hat es getan. Das ist ein großer Unterschied. Sind

Sie nicht auch dieser Meinung? Bitte denken Sie daran, daß Dr. Ott zu seiner Stieftochter auch einmal gesagt hat: ‚Ich fürchte mich vor ihr', wobei er die Angeklagte meinte. Denken Sie darüber nach! Warum hatte Dr. Ott wohl Angst? Die Verteidigung nimmt außerdem die Tatsache auf die leichte Schulter, daß Johnnie Faye Boudreau nur wenige Wochen vor dem Mord mit der Mordwaffe auf einem Schießstand übte. ‚Alle möglichen Leute schießen zum Spaß.' Sicher durchschauen Sie dieses doppelzüngige Gerede! Andere Leute üben vielleicht mit ihren Pistolen. Aber sie bringen nicht gleich hinterher jemanden um! Johnnie Faye Boudreau benutzte einen falschen Namen – für den Fall, daß jemand Erkundigungen einzog! Aber zu ihrem Pech konnte sich Mr. Morse an sie erinnern." Er hob einen Finger und stellte mit ernstem Nachdruck fest: „Und sie ist eine sehr gute Schützin." Altschuler schüttelte wieder zornig den Kopf.

Warren war fasziniert. Gut so, Bob! Mach sie fertig!

„Meine Damen und Herren, glauben Sie wirklich, daß die Angeklagte die Kugel nur wenige Zentimeter neben sein Herz jagte und nicht beabsichtigte, ihn umzubringen? Glauben Sie, daß Dr. Ott ‚sich leicht bewegte', wie Johnnie Faye Boudreau behauptet, und daß ihn die andere Kugel deshalb zwischen den Augen traf?" Altschuler umklammerte seinen Kopf, als ob er explodieren würde, als ob alles, was er gesagt hatte, so unfaßbar gewesen wäre, daß er den Verstand verlöre, wenn er daran glaubte. Dann wurde er unheimlich ruhig.

„Und jetzt wollen wir noch über die Pflicht reden, sich in Sicherheit zu bringen." Er hielt für einen Augenblick inne, damit sich das Gesagte bei den Geschworenen setzen konnte. „Johnnie Faye Boudreau behauptet, daß Dr. Ott, wenn er betrunken war, zu Gewalttätigkeiten neigte. Doch als sie beide in jener Nacht zu seinem Haus kamen, ging sie mit hinein. Sie hätte nicht mit ihm nach oben zu gehen brauchen, aber sie tat es. Er war betrunken. Hatte sie keine Angst?" Altschuler riß die Arme hoch. „Nein, natürlich hatte sie keine Angst! Sie hatte ja eine Pistole in der Handtasche!"

Er lächelte weise und hob einen Finger. „Aber warten Sie! Sie erinnern sich wahrscheinlich ebenso wie ich, daß Johnnie Faye Boudreau gesagt hat, sie habe ihre Handtasche unten auf dem Sofa liegengelassen. Meine Damen und Herren, Sie haben den Grundriß des Ott-Hauses gesehen. Sie wissen, wo sich das Wohnzimmersofa befand. Es steht etwa zwanzig Meter von der Eingangstür entfernt. Jetzt frage ich Sie – besonders die Damen –, betritt eine Frau ein Haus, das nicht das ihre ist, geht mit einem Mann hinauf in sein Schlafzimmer und macht davor einen Umweg von zwanzig Metern, um ihre Handtasche auf dem Wohnzimmersofa im Erdgeschoß zu deponieren? Überlegen Sie einmal, was in der Handtasche ist. Von der Pistole will ich gar nicht reden – aber denken Sie mal an die Schminkutensilien, die Schlüssel, die persönlichen, unverzichtbaren Kleinigkeiten! Sie nimmt die Handtasche natürlich mit!"

Er wartete volle fünf Sekunden.

„Und wenn sie dies tut, meine Damen und Herren, und wenn sie dann wieder hinuntergeht und einem Mann zu entfliehen versucht, der sie bedroht – warum rennt sie dann nicht einfach aus der Tür hinaus und fährt nach Hause?"

Altschuler trat wieder voll aufs Gas. „In Sicherheit hat sie sich nicht gebracht!" Er stieß die Hand vor und zeigte erneut mit ausgestrecktem Finger auf Johnnie Faye Boudreau, die reglos und mit ausdrucksloser Miene dasaß. „Dort sitzt ein wahres Ungeheuer! Falsch! Schlau! Böse! Eine geschickte Manipulatorin! Sie ist eine kaltblütige Mörderin, und ich bitte Sie, im Namen des Staates Texas und im Namen der Gerechtigkeit, auf schuldig des Mordes zu erkennen, nicht der Tötung in Notwehr, sondern des vorsätzlichen Mordes."

Warren hätte am liebsten applaudiert. Amen, dachte er. Sag nichts weiter, Bob. Du hast die Geschworenen in jeder Beziehung auf deiner Seite. Setz dich hin. Und Bob Altschuler setzte sich.

Richter Bingham nickte dem Gerichtsdiener zu, und der Gerichtsdiener nickte den Geschworenen zu. Gehorsam erhoben sie sich und folgten ihm durch die Hintertür des Gerichtssaals in den Raum für die Geschworenen.

Rick sah Warren mit trübem Blick an. Warren wand sich Johnnie Faye zu, deren Miene eisig war. Sie starrte zu Bob Altschuler, der am Tisch des Staatsanwalts ein Glas Wasser trank.

„Dieses Schwein", murmelte sie. „Dem möchte ich was zwischen die Augen jagen." Schließlich blickte sie Warren an. „Na, Blackburn, alter Kumpel, und was machen wir jetzt?"

„Abwarten", antwortete er kalt.

UM DREIZEHN Uhr dreißig verließ der Gerichtsdiener den Saal, um Sandwiches, alkoholfreie Getränke und Kaffee für die Geschworenen zu besorgen.

„Wie wär's mit einem Mittagessen?" fragte Johnnie Faye Warren.

„Ich hab keinen Hunger. Sie können in die Cafeteria im Untergeschoß gehen, wenn Sie wollen. Verlassen Sie aber das Gerichtsgebäude nicht."

„Was ist, wenn die mich für schuldig erklären? Lassen sie mich heimgehen und meine Sachen in Ordnung bringen?"

„Das hätten Sie bereits tun müssen", entgegnete Warren. „Sie werden Ihnen Handschellen anlegen und Sie abführen."

Ihre Lippen zitterten. „Kann ich Berufung einlegen?"

„Dafür können Sie sich einen Anwalt nehmen."

„Wollen Sie die Sache übernehmen? Sie kennen die Fakten."

Absurd, dachte Warren. Sie weiß, wie sehr ich sie verachte, aber sie verläßt sich trotzdem auf mich. „Ja, ich kenne die Fakten. Und gerade deshalb übernehme ich den Fall nicht."

Er stand auf und verließ den Gerichtssaal durch die Hintertür, um zu einem Telefon zu gehen, das für Anwälte und Reporter reserviert war. Er rief seinen Anrufbeantworter an, um die Mitteilungen vom Band abzuhören. Charm bat ihn zurückzurufen. Zwei Rechtsanwälte wollten Fälle mit ihm besprechen, und ein Mann hatte aus dem Gefängnis angerufen und flehte ihn an, ihn sobald wie möglich aufzusuchen, wegen einer Rauschgiftsache, in die er verwickelt war.

Die Arbeit lief also wieder. Eigentlich sollte ich mich viel mehr darüber freuen, dachte Warren. Er trat hinaus in den Korridor, um das öffentliche Telefon zu benutzen, weil er dort ungestörter sprechen konnte, und rief Charm an.

„Warren", sagte sie ein wenig atemlos, so als ob er sie mit seinem Anruf überrascht hätte. „Wie ging's?"

Er berichtete, daß die Geschworenen sich berieten und daß es nicht besser hätte laufen können.

„Ich muß schnell was loswerden", erklärte sie. „Neulich beim Mittagessen habe ich nicht alles gesagt, was ich sagen wollte. Ich fühlte mich so schrecklich, daß mir die Worte fehlten. Können wir uns noch mal treffen?"

Er versuchte zu überlegen.

„Sperr mich nicht aus deinem Leben aus, Warren. Bitte!"

Er sah ein paar Kameraleute vom Fernsehen, die sich vor der Tür zum Gerichtssaal eilig zu schaffen machten. „Ich muß gehen. Also gut. Morgen zum Mittagessen, wenn dir das paßt."

Sie antwortete, sie käme dann um zwölf in Binghams Gerichtssaal.

Warren eilte zurück und stieß die Schwingtür auf. Altschuler packte

Warren am Ellbogen und schob ihn schnell auf eine leere Bank im Hintergrund. „Ihre Mandantin ist doch ganz eindeutig schuldig", sagte der Staatsanwalt. „Sie hat Clyde Ott erst betrunken gemacht und ihn dann kaltblütig abgeknallt. Das wissen Sie doch, verflixt noch mal, oder etwa nicht?"

Warren überlegte kurz. „Bleibt das unter uns?"

„Selbstverständlich."

„Sie haben recht. Ich weiß es."

„Na ja – Sie hatten keine andere Wahl", erwiderte Altschuler seufzend. „Ich wünschte nur, Sie hätten sie nicht so unwahrscheinlich gut verteidigt."

„Sie waren auch nicht schlecht. Ich glaube, Sie haben sie drangekriegt."

Altschuler streckte seine Pranke aus. Warren schüttelte sie.

Um sechzehn Uhr waren die Geschworenen noch immer nicht zu einer Entscheidung gekommen. Warren und Rick besprachen sich kurz, dann nahm Warren den Aufzug zum 299. Gericht. Lou Parkers Saal war bis auf die Richterin und Nancy Goodpaster leer. Sie brüteten gemeinsam über dem Terminkalender. Nancy lächelte Warren zu und formte mit den Lippen ein lautloses „Hallo".

Die Richterin war braun gebrannt und sah aus, als ob sie ein paar Pfund zugelegt hätte. „Na, wen haben wir denn da – meinen Freund, Mr. Blackburn!"

„Wie geht's Ihnen, Euer Ehren?"

„Sehr gut. Sitzen denn die Geschworenen noch über dem Fall Boudreau?"

Er nickte. „Aus zuverlässiger Quelle war eben zu erfahren, daß sie noch heute abend zu einer Entscheidung kommen werden. Wann kann's mit Quintana losgehen?"

„Morgen und übermorgen sind noch weitgehend frei. Von Donnerstag an ist mein Kalender voll. Fangen Sie also morgen nach dem Mittagessen an, sonst entlasse ich die Geschworenen, und wir suchen uns im September neue aus. Und dabei bleibt's." In diesem Augenblick klingelte das Telefon auf dem Schreibtisch des Gerichtsdieners.

Nancy Goodpaster nahm ab und lauschte einen Moment. „Ja", sagte sie, „ich werd's ihm ausrichten." Sie legte auf und wandte sich an Warren: „Ihr Partner möchte, daß Sie zurückkommen. Die Geschworenen kommen rein."

„ERHEBEN Sie sich bitte von den Plätzen!" rief der Gerichtsdiener. Die Geschworenen traten hintereinander ein und setzten sich. Johnnie Faye Boudreau stand zwischen Rick und Warren am Verteidigertisch. Bob Altschuler stand am Staatsanwaltstisch. Seine Finger trommelten auf das Nußbaumholz.

Richter Bingham fragte die Geschworenen, ob sie zu einer Entscheidung gekommen seien, und der Obmann bejahte. Er reichte dem Gerichtsschreiber ein Stück Papier.

„Sie dürfen den Spruch der Geschworenen vorlesen", sagte Richter Bingham.

Der Gerichtsschreiber las mit ruhiger Stimme: „Wir, die Geschworenen, erklären die Angeklagte Johnnie Faye Boudreau für nicht schuldig, weil sie aus Notwehr handelte."

Das Blut wich aus Warrens Gesicht. Johnnie Faye stieß vor Freude einen Jauchzer aus. Sie schlang die Arme um Rick und drückte ihn an sich. Dann schwenkte sie mit ausgestreckten Armen herum, um Warren zu umarmen. Aber Warren war schon nicht mehr da.

Er schritt schnell, rannte fast, aus dem Gerichtssaal. Reporter liefen hinter ihm her, brüllten Fragen und stießen ihm die Mikrofone fast zwischen die Zähne. Er spürte eine ungeheure Wut in sich aufsteigen. „Die Geschworenen haben gesprochen", antwortete er eiskalt, „ob richtig oder falsch – Mrs. Boudreau ist frei. Ich habe nichts weiter zu sagen."

Aber so einfach kam er nicht davon. Die Reporter versperrten ihm den Weg, packten ihn am Ärmel. „Mr. Blackburn, was meinen Sie mit ,ob richtig oder falsch'? Zweifeln Sie an der Gerechtigkeit des Urteils?"

„Die Geschworenen haben immer recht", erwiderte Warren, sich selbst zitierend, „ob sie nun recht haben oder nicht..."

Rasch schob er sich an den Reportern und Kameraleuten vorbei und eilte der Treppe entgegen.

Er schlug die Tür, die zum Treppenhaus führte, hinter sich zu. Seine Hände fühlten sich feuchtkalt an, sein Magen rebellierte. Wenn ich wirklich Mumm besäße, hätte ich diese Mikrofone gepackt und gesagt: „Sie ist frei – frei, um weiterzulügen, frei, um weiterzumorden." Er wollte vor Frustration am liebsten aufschreien.

Aber was hätte er tun können? Nichts. Und was konnte er jetzt tun? Nichts. Aber, bei Gott, er würde schon noch einen Weg finden!

12. Kapitel

ALS Warren am Morgen nach dem Urteil sein Büro um neun betrat, hatte schon jemand angerufen. Die rote Lampe des Anrufbeantworters blinkte. Das Band war voll. Er hörte es nicht ab, sondern zog einfach den Stecker raus. Um elf fuhr er zum Gerichtsgebäude.

Wie sie es besprochen hatten, erwartete ihn Charm um zwölf vor Richter Binghams Gerichtssaal. Gleich nachdem Warren „Hallo" gesagt und sie ihn auf die Wange geküßt hatte, um ihm zu dem Urteil zu gratulieren, flog die Tür auf, und Maria Hahn kam mit Richter Bingham aus dem Gerichtssaal. Sie lachten. Der Richter blieb stehen und streckte die Hand aus. „Mr. Blackburn! Wie ich in der Zeitung lese, sind Sie ein ganz schlimmer Kerl!" Er neigte seinen kahlen Kopf vor Charm. „Können Sie Ihren Mann nicht im Zaum halten, Mrs. Blackburn? Können Sie nicht dafür sorgen, daß er seine große Klappe hält?" Aber er lächelte, als er das sagte. Ihm hatte der Prozeß Spaß gemacht.

Maria Hahn lächelte nicht.

Warren tauschte mit dem Richter ein paar Worte und sagte dann: „Auf Wiedersehen, Euer Ehren. Auf Wiedersehen, Maria. Bis später."

Warren und Charm gingen wieder in das griechische Restaurant. Charm sah blaß und noch dünner aus als beim letztenmal. Unterwegs fragte sie: „Das ist die Frau, mit der du dich triffst, nicht wahr?"

„Welche?"

„Ach komm, Warren – die Große mit der phantastischen Figur. Die, die mit dem Richter aus dem Saal kam."

Warren staunte. „Wie hast du das gemerkt?"

„Na, so wie sie dich ansah. Und du sie." Charm preßte die Lippen zusammen.

Mit feuchten Augen und zitternden Händen bat sie im Restaurant. „Gib mir 'ne Chance, Warren. Wirf unsere Ehe nicht wegen einem Menschen über Bord, den du kaum kennst. Ich kenne dich. Ich liebe dich. Wir haben eine Vergangenheit. Wir waren Partner, und wir können wieder Partner sein."

Das waren seine Gedanken gewesen, als sie ihn verlassen hatte, Gedanken, die er nicht hatte zum Ausdruck bringen können. Daß sie jetzt genau diese Gedanken ausspricht, bewegte ihn. Ihre Worte rührten sein Herz. Er spürte, wie sich etwas in ihm wandelte. Er hatte getrauert, als sie ging, er war verbittert gewesen. Aber das war jetzt vorbei.

„Ich möchte mit dir Kinder haben, Warren. Ich bin jetzt bereit dazu."

„Das sind ja ganz neue Töne", entgegnete er.

„Ich weiß", sagte sie errötend. „Bitte verzeih mir."

„Natürlich", erwiderte Warren. „Charm, ich brauche Zeit. Ich kann nichts überstürzen. Und ich kann dir nichts versprechen."

„Ich gebe dir Zeit, das weißt du. Aber ich kann nicht ewig herumhängen. Ich glaube, ich kann einen Job bei dem Sender PBS in Boston bekommen."

Er sah, daß der Gedanke sie beflügelte. „Ach? Würdest du ihn gern annehmen?"

„Wenn wir nicht wieder zusammenkommen, ja. Wenn wir zusammensein können, wahrscheinlich nicht. Dein Leben spielt sich hier ab."

„Ich muß jetzt gehen", meinte Warren, nachdem er auf seine Uhr geschaut hatte. „Ich habe eine Verhandlung im 299. Gericht und darf mich nicht verspäten."

„Liebst du mich überhaupt noch, Warren?"

„Ja, ob ich das will oder nicht."

Röte überzog ihre Wangen. Ihre Augen strahlten. „Ruf mich an", sagte sie zum Abschied.

DIE Geschworenen waren auf ihren Plätzen, und Hector Quintana saß neben Warren am Verteidigertisch. Warren erhob sich. Er war noch nie zuvor in seinem Leben in einem Gerichtssaal so nervös gewesen. „Die Verteidigung ist bereit, Euer Ehren, und ruft James Thurgood Dandy auf."

Jim Dandy war nüchtern und trug ein neues Hemd und eine neue Hose. Er hing krumm auf dem Zeugenstuhl und war fast so nervös wie Warren, obwohl dieser ihm erklärt hatte, daß es hier um die Aufklärung des Mordes an Dan Ho Trunh ging und nicht um den Diebstahl, den er begangen hatte. Warren hatte ihm versprochen, daß der Diebstahl nicht weiter verfolgt werde.

Nachdem Jim Dandy vereidigt worden war, stellte Warren die üblichen Fragen nach Namen, Adresse, Alter und Beruf.

„Man nennt mich Jim Dandy. – DeKalb Street, Beeville. Im

Süden unten. – Ungefähr achtunddreißig. – Ich hab keinen Beruf."

Warren sprang – wie ein Schwimmer vom Sprungturm – ins kalte Wasser. „Können Sie sich erinnern, wo Sie am sechsundzwanzigsten Mai dieses Jahres gegen zwanzig Uhr waren?"

„Ich weiß nicht so genau, ob's der sechsundzwanzigste Mai war, aber ich weiß, wovon Sie reden. Ich saß an 'ner Mauer, betrunken."

„Wo?"

„Hier in der Stadt. Irgend so 'n Einkaufszentrum. Ich hatt mir da 'n Liter Fusel gekauft. Hab mich hingehockt, um's zu genießen."

„Ist irgendwas Außergewöhnliches passiert, während Sie dort in dem Einkaufszentrum an der Mauer saßen?"

„Na ja, ich erinnere mich, daß ich aufgestanden bin, um mich zu strecken. Und da hab ich einen Schrei gehört und einen Schuß."

„Und was haben Sie dann gemacht?"

„Ich hab mich geduckt und dann meinen Kopf gedreht – ich hatte immer noch Angst, daß vielleicht jemand auf mich zielt –, und da hab ich die beiden Autos gesehen. Ein Ford, und das andre war 'n großes schönes Auto. Der Motor lief. Die haben nebeneinandergestanden, mit dem Kühler in meine Richtung."

„Wie weit von Ihnen entfernt?"

„Kann ich nicht sagen. Nicht weit, nicht nah. Aber nah genug, daß ich was sehen konnte."

„Und was haben Sie gesehen?"

„In dem Ford hab ich niemand gesehen. In dem anderen Auto saß 'ne Frau."

Warren kümmerte sich nicht um die Geschworenen: Sie waren nicht Gegenstand dieser Übung. Er warf Nancy Goodpaster einen Blick zu. Sie saß vornübergebeugt am Staatsanwaltstisch und lauschte gespannt. „Mr. Dandy, Sie haben im Auto, das neben dem Ford geparkt war, eine Frau gesehen? Eine Frau? Sind Sie ganz sicher?"

„Ganz sicher. Außerdem hab ich ja jemanden schreien gehört, bevor ich den Schuß gehört hab. Das war Frauengeschrei, so 'n Gekreische."

„War die Frau allein im Auto?"

„Ich hab niemand bei ihr gesehen."

„Können Sie die Frau im Auto beschreiben?"

„Nee, bestimmt nich. Ich hab lange Frauenhaare und roten Lippenstift gesehen, und das is alles. Dann war sie weg."

„Können Sie das Auto beschreiben? Die Marke? Das Modell?"
„Eigentlich nich, aber 's war groß und sah neu aus."
„Hatte die Frau was in der Hand?"
„Kam mir wie 'n Revolver vor."
„Groß oder klein?"
„'n Riesending war's nich."
Ein großartiger Zeuge, dachte Warren. Er stellt keine Vermutungen an, unterläßt Ausschmückungen und sagt die Wahrheit.
„Was haben Sie dann gemacht, Mr. Dandy?"
„Ich bin zu dem Ford rüber und hab reingeguckt. Da lag 'n toter Mann drin. Ich hab ihm die Brieftasche weggenommen. Er brauchte sie ja nich mehr."
„Was war außer Geld noch in der Brieftasche?"
„'n Zettel von der Reinigung."
„Was haben Sie mit der Brieftasche gemacht?"
„In 'n Gully geschmissen."
„Und was haben Sie mit dem Abholschein der Reinigung gemacht?"
„Na ja, 'n paar Tage später hab ich mir gedacht, der tote Kerl braucht ja nix mehr zum Anziehen. Und da bin ich halt zu der Wäscherei gegangen und hab die Sachen abgeholt."
„Wissen Sie noch, wer Sie in der Reinigung bedient hat?"
„'ne Inderin."
„Können Sie die Kleidungsstücke beschreiben, die Sie in der Reinigung abholten?"
„'n schönen grauen Anzug, weiße Hemden, 'n schönen grünen Pullover. Das Zeug hat nich so gut gepaßt – war 'n bißchen eng. Da hab ich's halt im Obdachlosenasyl verkauft."
Warren fragte mit erhobener Stimme: „Mr. Dandy, haben Sie den Mann, der neben mir sitzt, schon mal gesehen?" Er legte seine Hand, die beinah zitterte, auf Hector Quintanas Schulter.
Jim Dandy schaute zu Hector hinüber. „Nich daß ich wüßte. Sieht wie 'n Mexikaner aus."
„Sie haben diesen Mann in jener Nacht nicht auf dem Parkplatz vor der Wäscherei oder irgendwo anders in der Umgebung des Einkaufszentrums gesehen?"
„Nee."
„Danke sehr", sagte Warren. „Ihr Zeuge."
Nancy Goodpaster nahm Jim Dandy nur fünfzehn Minuten ins

Kreuzverhör. Sie konzentrierte sich vor allem auf die Tatsache, daß er so sicher war, daß es sich in dem Auto um eine Frau handelte. Aber Jim Dandy war sicher. „Ich war blau", erklärte er, „aber so blau war ich noch nie, daß ich 'nen Mann nich mehr von 'ner Frau unterscheiden konnte."

Nancy zögerte und sagte dann: „Keine weiteren Fragen."

Um die Geschworenen vollends von Quintanas Unschuld zu überzeugen, rief Warren Siva Singh als Entlastungszeugin auf. Sie identifizierte Jim Dandy schnell als den Mann, der Dan Ho Trunhs gereinigte Sachen abgeholt hatte. „Könnte Mr. Dandy auch der Mann sein, den Sie vom Auto und vom Parkplatz weglaufen sahen?"

„Das ist möglich", antwortete sie leise.

Nachdem es Nancy Goodpaster ablehnte, Siva Singh ins Kreuzverhör zu nehmen, bat Warren um eine zehnminütige Beratungspause.

Nancy Goodpaster ging mit Warren in ihr Büro zurück. Sie setzte sich an ihren Schreibtisch und sagte: „Es gibt ein Problem. Woher sollen wir wissen, daß es nicht Ihr Zeuge, dieser Dandy, war, der Trunh ermordet hat? Er hatte ein Motiv – das Geld. Die Wahrscheinlichkeit, daß er es war, ist groß."

„Warum würde er sich dann vor Gericht sehen lassen?" fragte Warren. „So blöd ist er doch nicht, daß er sich nicht denken kann, daß Sie ihn drankriegen könnten."

„Ich hab keine Ahnung", gab Nancy zu.

„Er war's nicht, Nancy. Und das ist keine Vermutung."

Nancy Goodpaster runzelte die Stirn. „Sie wissen etwas über die Sache, das ich nicht weiß. Hören wir endlich auf mit der Heimlichtuerei. Was ist es?"

„Ich weiß, daß die Frau in dem Auto Trunh ermordet hat. Sie warf den Revolver in einen Müllcontainer. Quintana hat ihn gefunden. Ich weiß, wer die Frau ist. Sie hat es mir gegenüber gestanden."

„Gütiger Himmel! Dann hören Sie doch endlich auf, dieses Versteckspiel zu spielen. Wer ist es?"

„Das kann ich Ihnen nicht sagen – es fällt unter meine Schweigepflicht." Er lächelte kurz, erschöpft. „Und jetzt sollten wir vielleicht den Fall Quintana zu Ende bringen. Sie sind die Staatsanwältin in diesem Gericht. Wird die Staatsanwaltschaft die Anklage zurücknehmen?"

Nancy seufzte. „Wir haben wohl keine andere Wahl." Mit dem Ärmel wischte sie sich einen leichten Schweißschimmer von der Stirn.

„Mein schlimmster Alptraum hätte wahr werden können. Die Geschworenen hätten Ihrem Mandanten die Nadel verpassen können. Ich war sicher, daß er schuldig ist."

„Machen Sie sich nichts draus", meinte Warren. „Lange Zeit war ich der gleichen Meinung."

Nancy legte ihre schlanke Hand auf seine Schulter. „Ich möchte Ihnen was sagen, Warren. Sie sind ein phantastischer Anwalt. Ich hab noch nie jemanden so für einen Mandanten kämpfen sehen wie Sie. Und ich hab noch nie jemanden kennengelernt, der sich wie Sie gegen ‚Hochwürden' behauptet hat. Das hat mich für den Rest des Jahres wiederaufgebaut. Sie müssen sich unheimlich gut fühlen."

„Ja", entgegnete Warren. „Aber auch furchtbar müde." Plötzlich wurden seine Augen feucht. Er mußte sich abwenden.

Wieder in Lou Parkers Gerichtssaal, beantragte Nancy Goodpaster die Vertagung bis zur Entscheidung der Anklage. „Die Anklage", sagte sie, „ist außerdem bereit, einem Antrag der Verteidigung, den Diebstahl der Brieftasche nicht zu verfolgen, zuzustimmen."

„Die Verteidigung stellt diesen Antrag", erklärte Warren.

„Stattgegeben", sagte die Richterin und schüttelte ungläubig den Kopf. Sie hämmerte auf die Richterbank. „Und wollen Sie jetzt bitte alle den Saal verlassen, damit ich die Geschworenen entlassen und mit meinen Terminen weitermachen kann?"

Warren ging zu Hector Quintana. „Sie können gehen."

„Wohin?" fragte Hector.

„Wohin Sie wollen. Sie sind frei, Hector. Es ist alles vorbei."

Hector murmelte ein paar Sätze in Spanisch. Dann glitzerten Tränen in seinen Augen. Er umarmte seinen Anwalt heftig. „Danke", sagte er. „*Dios te pagará* – Gott wird Sie belohnen."

Warren konnte sich nicht erinnern, jemals so froh gewesen zu sein. Er weinte und lachte, und er umarmte und puffte seinen Klienten Hector Quintana – alles zur gleichen Zeit.

„Ich hab kein Geld", sagte Hector schüchtern, als sich beide genügend gefaßt hatten, um sich wieder den praktischen Dingen des Lebens zuzuwenden. „Wo soll ich hingehen?"

„Machen Sie sich keine Sorgen ums Geld", meinte Warren. „Morgen gebe ich Ihnen so viel, daß Sie nach Mexiko zurückfahren oder hierbleiben können, ganz wie Sie wollen. Aber tun Sie mir den Gefallen, und kommen Sie jetzt mit mir. Ich hab noch was zu tun. Etwas, das nicht warten kann."

„ICH bin Ihnen etwas schuldig", sagte Warren zu Bob Altschuler, „und ich bin hier, um zu bezahlen. Aber zuerst müssen Sie mir einen Gefallen tun und mir ein paar Fragen beantworten."

Altschuler lehnte sich in seinem großzügigen Büro im sechsten Stock des Gebäudes der Staatsanwaltschaft in der Fannin Street in einem hohen Drehsessel zurück. Hector Quintana wartete draußen im Vorzimmer.

Der Staatsanwalt nickte kühl. „Nur zu."

„Vor vier oder fünf Tagen wurde jemand im Obdachlosenasyl ermordet, ein Stadtstreicher – auf der Toilette erschossen. Soweit ich weiß, ist niemand angeklagt worden. Ich vertrete niemanden, der damit zu tun hat, und ich verspreche Ihnen, daß ich das auch in Zukunft nicht tun werde. Ich glaube, ich weiß, wer's war. Aber bevor ich's Ihnen sage, muß ich mir den Polizeibericht ansehen dürfen. Ansonsten müßte ich mit dem Beamten der Mordkommission reden, der den Fall bearbeitet."

Altschuler fixierte Warren sekundenlang mit seinen schlauen dunklen Augen. Dann griff er nach dem Telefon. Zehn Minuten später saß Sergeant Hollis Thiel auf einem der Stühle neben Warren.

„Erzählen Sie, was passiert ist", forderte Warren Thiel auf.

Thiel blickte Altschuler an.

„Reden Sie", sagte Altschuler.

„Das ist der reinste Affenstall da drüben im Obdachlosenasyl", legte Thiel los. „Diese Typen – ein ständiges Kommen und Gehen die ganze Nacht. Um vier rum ging also dieser Mensch zur Toilette. Er hieß Jerry Mahoney, war so um die Fünfunddreißig. Ein anderer Typ kam reinmarschiert, zog sein Schießeisen, jagte dem nichtsahnenden Kerl zwei Kugeln rein und haute ab. Bis die Polizei eintraf, war Mahoney tot."

„Was hatte Mahoney an, als er getötet wurde?" fragte Warren.

Thiel schaute in seinen Unterlagen nach. „Einen grünen Baumwollpullover, ein weißes Hemd, graue Hosen, aber keine Krawatte, und braune Schuhe mit Löchern in beiden Sohlen. Ich hab Ihnen ja gesagt, 'n klassischer Penner."

„Und es gab Zeugen", sagte Warren.

„Ja. Zwei Stadtstreicher." Thiel schaute wieder auf seine Papiere. „Ein Schwarzer namens Fred Polson und einer namens Raul Fernandez."

„Haben sie Ihnen eine Beschreibung des Killers geliefert?"

„Ja, aber sie wissen nicht, wer's ist. Sie kennen ihn nicht."

„Lassen Sie mich raten", meinte Warren. „Etwa dreißig Jahre alt. Blond. Muskelmann. Bekleidung: schwarzes T-Shirt, olivfarbene Hose. Tätowierungen an beiden Armen – ein Drache auf dem einen und auf dem anderen Arm ein Anker und der Name ‚Rosie'."

Thiels Augen verengten sich zu Schlitzen. Er raschelte mit seinen Papieren und blickte zu Altschuler auf, der wieder zustimmend nickte. Thiel sah Warren an.

„Ziemlich nah dran, Herr Rechtsanwalt. Eine Tätowierung haben sie gesehen. Polson sagt, der Kerl war etwas über dreißig. Das schwarze T-Shirt stimmt auch. Er hatte noch 'nen Hut auf. Die Haarfarbe konnten sie also nicht erkennen."

„Und Sie haben Patronenhülsen gefunden", sagte Warren, „wahrscheinlich hinter der Leiche und rechts davon – die Patronenhülsen eines 11,5-mm-Revolvers."

„Ich hab nicht gesagt, daß es ein 11,5-mm-Revolver war", erwiderte Thiel langsam. „Aber es war einer."

„Halten sich Polson und Fernandez noch in der Gegend hier auf?"

„Ja."

„Warum besuchen Sie heut abend nicht ein paar Nachtklubs mit ihnen?" schlug Warren vor und reichte Thiel einen gelben Zettel, den er aus seinem Notizblock herausgerissen hatte. „Hier ist die Liste der Klubs. Zerreißen Sie den Zettel, bevor ich dieses Büro verlassen habe. Schauen Sie sich den dritten Klub auf der Liste ganz genau an. Wenn Sie den Kerl dort finden, nach dem Sie Ausschau halten, haben Sie Grund genug, das Gebäude zu durchsuchen. Bob wird das Boudreau-Protokoll lesen – meine Hauptvernehmung der Angeklagten – und Ihnen sagen, wo Sie nachschauen sollen. Der 11,5-mm-Revolver ist möglicherweise dort, vielleicht aber auch nicht. Aber der Typ, den Sie finden werden, weiß, wo er ist, und er weiß, wer ihn ihm gegeben und wer ihn beauftragt hat, einen Mann in grünem Pullover und weißem Hemd kaltzumachen. Ein zäher Bursche, aber wenn Sie ihm einen guten Handel anbieten, wird er keine Faxen machen."

Warren wandte sich an Bob Altschuler. „Ich hab gerade im 299. Gericht einen interessanten Fall gehabt. Der hätte Ihnen Spaß gemacht. Sie sollten die Protokollführerin um eine Abschrift bitten. Achten Sie auf die beiden Zeuginnen der Anklage – Mai Thi Trunh und Siva Singh – und einen Zeugen der Verteidigung – James Thurgood Dandy. Lesen Sie sorgfältig. Diese Zeugen werden Ihnen gewiß sagen können, warum Mahoney einen grünen Pullover und graue Hosen trug."

„Wenn Sie schon so viel wissen", entgegnete Altschuler, „warum legen Sie nicht die Karten auf den Tisch, statt mich wie einen Zirkuslöwen durch Reifen springen zu lassen?"

„Weil Sie mich dann aus allem raushalten können", erwiderte Warren. „Ich bin kein Zeuge. Ich bin keine Quelle. Können Sie damit leben?"

„Na ja." Altschuler lächelte freundlich. „Wenn alles klargeht – warum nicht?"

AM ABEND griff Warren in seinem Apartment in die Brieftasche und verabschiedete Pedro, Armando und Jim Dandy und lud Hector Quintana, seinen neuen Gast, ein, es sich auf der Wohnzimmercouch bequem zu machen. Nachdem er mit Oobie am Bayou entlanggelaufen war, duschte er, schaute noch mal nach, ob Hector alles hatte, was er brauchte, und fuhr zu Maria Hahn.

Marias Sohn Randy war aus Austin zurück. Maria servierte Randy Kalbsbraten, und während der Junge aß, diskutierte Warren mit ihm über die laufenden Baseballspiele. Als Randy sein Geschirr abgespült hatte, schickte ihn Maria auf sein Zimmer.

Dann kuschelte sie sich mit unter ihren Rock geschlagenen Beinen in einen Sessel. Ihre sonst so fröhlichen Augen blickten melancholisch. „Wie geht's dir?" fragte sie tonlos.

„Innerhalb von zwei Tagen habe ich zwei Fälle gewonnen. Ich fühle mich großartig. Aber es hat mir nicht gefallen, dir so über den Weg zu laufen – vorm Gerichtssaal."

„Was war mit deiner Frau?"

Warren erzählte ihr alles. Es dauerte eine ganze Weile.

„Und was wirst du tun?"

„Ich weiß nicht", antwortete er. „Ich habe ihr gesagt, daß ich Zeit brauche."

Maria biß sich auf die Lippe.

„Ich bin nicht glücklich darüber, und ich glaube nicht, daß du das Richtige tust, aber ich versteh's. Wir haben uns nie etwas versprochen. Keine Liebesbeteuerungen."

Warren wollte sie festhalten und trösten, aber er wußte, es würde nichts nützen. Der bevorstehende Verlust machte ihn traurig. Genauso mußte sie sich auch fühlen. Er stand auf.

„Hör zu", meinte er, „ich bin nicht hierhergekommen, um mich zu verabschieden. Ich bin gekommen, um dir zu sagen, daß ich ein Problem habe, das ist alles. Ich möchte, daß alles seine Richtigkeit hat. Ich möchte nichts vertuschen."

„Ziehst du wieder bei deiner Frau ein?"

„Genau das werde ich nicht tun. Und ich verspreche dir – falls du mir glauben kannst –, keine Spielchen zu spielen. Sollte ich jemals wieder zurückkommen, dann bin ich ein freier Mann." An der Tür blieb er stehen und drehte sich um. „Weißt du was? Du hast meinen Verstand gerettet. Du bist meine beste Freundin."

„Das ist meine Spezialität", sagte sie traurig. „Mach's gut, Warren."

Er ging zu seinem Auto, stieg ein und schloß die Augen. Er hatte nicht vorgehabt, sie mit einem Schlag aus seinem Leben zu verdrängen. Doch genau das schien er gerade getan zu haben. Er fühlte sich benommen und wie ein Verräter.

Am Montag brachte Warren Hector zum Bus nach McAllen, und zwar mit genügend Geld in der Tasche, um mit einem weiteren Bus nach El Palmito zu gelangen und noch etwas übrig zu haben, bis er Arbeit fand. Hector dankte ihm leise.

„Kommen Sie mich mal besuchen?"

„Vielleicht", sagte Warren. „Wer weiß?"

Hector lächelte.

„Kommen Sie nicht zurück", riet Warren Hector an der Bushaltestelle. „Armsein ist nicht gut, aber ich glaube nicht, daß das hier besser ist."

Am Wochenanfang übernahm er drei neue Mandanten. Am Freitag morgen rief er Charm beim Sender an und fragte: „Was machst du morgen abend? Hast du Lust, mit mir essen zu gehen?"

Am nächsten Abend besuchten sie ein italienisches Restaurant, wo sie Saltimbocca aßen und eine Flasche Chianti tranken. Er brachte sie nach Ravendale, um ihr zu zeigen, wo er seit der Trennung gelebt hatte. Sie waren beide nervös, gingen aber trotzdem zusammen ins Bett. Sie war ein bißchen schüchtern. In der Nacht klammerte sie sich dann an ihn.

Am Sonntag lud sie ihn zu sich nach Hause ein. Mit nacktem Oberkörper mähte er den Rasen, während Oobie auf dem Gras herumrannte und einem kaputten Tennisball nachjagte, den Charm warf. Charm buk Heidelbeerpfannkuchen. Nach dem Essen sagte sie: „Ich muß dir was sagen."

„Was denn?"

„Der Agent, den ich beauftragt habe, hat mir den Job in Boston vermittelt. Ich habe zugesagt."

„Das freut mich, Charm", antwortete Warren leichthin – obwohl er eigentlich Grund hatte, sich zu ärgern. „Das wolltest du doch. Wann fängst du an?"

„Anfang September. Nur ..."

„Ja?"

„... ich weiß nicht, wie du darüber denkst."

„Ich denke", sagte er, „daß es genau das Richtige für dich ist. Wenn du allerdings wissen willst, ob ich in Erwägung ziehe, in Boston ein Anwaltsbüro zu eröffnen oder gelegentlich für ein Wochenende nach Boston zu fliegen, um meine Ehe aufrechtzuerhalten, dann ist die Antwort nein."

„Bist du böse?"

„Nein. Es wird sich schon alles zum Guten wenden. Du wirst sehen."

Er war erleichtert. Dieses Gefühl überraschte ihn etwas. Er behielt es für sich.

AM MONTAG morgen, als er bei Bob Altschuler vorbeischaute, um mit ihm über einen Fall zu reden, schloß Altschuler die Tür, grinste und sagte: „Ich hab Neuigkeiten für Sie. Bleibt's unter uns?"

„Natürlich."

„Ich hab die Akte ‚Quintana' gelesen. Sie haben phantastische Arbeit geleistet. Wir haben letzte Woche im Ekstase einen Kerl namens Frank Sawyer geschnappt – eindeutige Identifikation durch die beiden Zeugen, daß er derjenige war, der diesen Stadtstreicher Jerry Mahoney abgeknallt hat. Wir konnten zwar keine Waffe finden, aber Thiel und Douglas haben ihn so in die Mangel genommen, daß Sawyers Anwalt schließlich gefragt hat, wie wir uns einigen könnten. Um's kurz zu machen – wir haben uns geeinigt, und Sawyer gestand: ‚Diese Frau hat mich gezwungen. Sie ist mein Dealer, und sie weiß Sachen von mir, die sie den Bullen erzählen wollte, wenn ich nicht mitspielte. Ich hatte keine andere Wahl, verstehen Sie? Sie hat mich zum Obdachlosenasyl geschickt, um einen Typ mit grünem Pullover und grauem Anzug zu finden, irgend so 'n Kerl, der sie hätte identifizieren können, als sie den Vietnamesen abgeknallt hat. Also hab ich's gemacht. Ich wollte nicht, aber ich mußte. Ich hab den Revolver in den

Buffalo Bayou geschmissen, aber ich kann Ihnen zeigen, wo. Und es ist ihr Revolver.'"

Altschuler rieb sich heftig die Hände. „Also haben wir die Froschmänner zum Bayou geschickt, und die haben die Waffe gefunden. Einen 11,5-mm-Revolver mit Elfenbeingriff. Und er gehört ihr, er ist registriert. Unter Eid hatte sie ja ausgesagt: ,Er liegt in meinem Schreibtisch, und ich bin die einzige, die einen Schlüssel dazu hat.' Wir haben sie Samstagnacht festgenommen. Junge, Junge, sie hat mich beschimpft, als ob ich der Teufel wäre, der aus der Grube gefahren ist. Sie hätten Ihre Freude gehabt, Warren!"

„Die hab ich jetzt auch, Bob. Was haben Sie für Sawyer ausgehandelt?"

„Fünfunddreißig Jahre. Nach zwölf ist er wieder draußen. In einer halben Stunde treffe ich Johnnie Fayes neuen Anwalt. Er möchte einen Kompromiß aushandeln, aber da ist nichts mehr zu machen. Im Zusammenhang mit dem Fall Trunh kann ich auch ihre anderen Verbrechen aufrollen, das bedeutet mehrfachen Mord – ein Kapitalverbrechen. Wie dem auch sei, ich werde diesen Fall vor ein Geschworenengericht bringen, und wenn sie nicht die Spritze kriegt, dann sitzt das Weib lebenslang hinter Gittern."

Altschuler streckte die Hand aus, Warren schüttelte sie. Er blickte auf den Kalender des Staatsanwalts. Es war der 14. August 1989. Das Datum erinnerte ihn an etwas. „Bob", sagte er, „bitten Sie Johnnie Fayes neuen Anwalt, seiner Mandantin etwas von mir auszurichten."

„Natürlich", erwiderte Altschuler verdutzt, „was soll er sagen?"

„Alles Gute zum Geburtstag!"

„Echt? Mit Vergnügen! Junge, Sie sind vielleicht ein gemeiner Hund!"

„Nicht so ein gemeiner wie Sie", entgegnete Warren. „Aber ich hab auch meine gemeinen Momente."

Nachdem er sich von Altschuler verabschiedet hatte, eilte er durch die Hitze zum Gerichtsgebäude und erreichte wenige Minuten nach zwölf das 342. Bezirksgericht. In der Kühle des leeren Gerichtssaals saß Maria Hahn mit dem Rücken zur Tür am Tisch der Protokollführerin. Sie war allein und packte gerade Unterlagen zusammen. Gleich würde sie aufstehen und sich umdrehen. Rasch beugte er sich von hinten über sie und legte seine Wange an ihre, holte schnell tief Luft, um den Schlag seines Herzens zu dämpfen, und sagte: „Ich hab ein Rätsel für dich."

Sie drehte sich nicht um. Leise erinnerte sie ihn: „Du hast gesagt, ‚keine Spielchen‘. Und du hast mir etwas versprochen."

„Weiß ich", antwortete Warren. „Hier ist trotzdem das Rätsel: Was ist ein Strafverteidiger?"

„Das kenn ich schon. ‚Überflüssig.‘ Ich weiß ein besseres: Warum fängt man jetzt an, bei Laborversuchen Rechtsanwälte statt weißer Ratten einzusetzen?"

„Sag's mir heute abend beim Essen..., vorausgesetzt, du hast noch nichts vor. Und dann erzähl ich dir alles, was mir in den letzten paar Tagen passiert ist."

Maria hob die Augenbrauen. „Alles?"

„Ja."

Spät am Abend, nachdem er ihr sein Herz ausgeschüttet hatte, fragte er: „Was ist nun die Lösung des Rätsels?"

Maria seufzte leise. Sie führte ihn ins Schlafzimmer, neigte sich zu ihm, als ob sie ihm ein großes Geheimnis anvertrauen wollte, und sagte dann: „Weil es mehr Anwälte als weiße Ratten gibt. Anwälte beseitigen auch ihre Schweinereien schneller als weiße Ratten. Wenn man ein bißchen Verstand hat, schließt man einen Anwalt nicht ins Herz. Aber vor allem", fügte sie mit einem Lächeln hinzu, das er jetzt schon liebgewonnen hatte, „tun sie Dinge, zu denen weiße Ratten einfach nicht fähig wären."

Clifford Irving

Die Idee zu *Der Anwalt* kam Clifford Irving, während er in der texanischen Hauptstadt Houston Recherchen für ein Buch über einen spektakulären Mordfall anstellte. Dabei drängte sich ihm eine Frage auf, die ihn nicht mehr losließ: Was würde ein Anwalt wohl tun, wenn er erführe, daß einer seiner Klienten einen Mord begangen hat, für den ein anderer vor Gericht steht? Da Irving seit seinen Recherchen in Houston restlos von Texas fasziniert ist, ließ er auch *Der Anwalt* dort spielen. In einem Interview erklärte er: „Man findet in Texas eine Offenheit wie sonst fast nirgends in den USA. Und die Leute sind so freundlich – außerordentlich freundlich."

Clifford Irving wurde 1930 in New York geboren und wuchs dort auch auf. In den fünfziger Jahren arbeitete er für eine amerikanische Fernsehgesellschaft als Korrespondent im Nahen Osten, später schrieb er für verschiedene Zeitungen als freier Mitarbeiter und gab an der University of California in Los Angeles Kurse, in denen Studenten das Schreiben von Geschichten lernen konnten.

Seit den siebziger Jahren ist er als Schriftsteller tätig. Mit einer frei erfundenen Geschichte über den exzentrischen amerikanischen Multimillionär Howard Hughes, der das Erscheinen des Buches aber schließlich zu verhindern wußte, machte Irving Anfang der siebziger Jahre von sich reden. *Der Anwalt* ist mittlerweile sein achter Roman, ein weiterer ist in Arbeit.

Seit vielen Jahren schon lebt Irving in San Miguel de Allende, einer Stadt in den Bergen Mexikos. Zusammen mit seiner Frau, die ebenfalls Schriftstellerin ist, unternimmt Irving gerne Reisen – ob nun zu Recherchen für ein neues Buch oder einfach so zum Spaß.

Mann

**Eine Kurzfassung
des Buches von
Hans Herlin**

**Mit
zahlreichen
Fotos**

Warum wurde der deutsche Blockadebrecher Doggerbank *versenkt? War der Angreifer ein deutsches U-Boot?
Die zuständigen Stellen schweigen hartnäckig.
Doch der Mann, der diese Fragen immer wieder
stellt, gibt nicht auf. Mit gutem Grund:
Bootsmann Fritz Kuert ist der einzige Überlebende
der* Doggerbank.

PROLOG

AM 16. JANUAR 1945 liegen die Stadt Genf und der See unter einer grauen Nebeldecke. Gegen Mittag hat es zu schneien begonnen. In dichten Flocken treibt der Schnee über die Gleise des *Gare du Cornavin*. Die Zeiger der Bahnhofsuhr verschwinden unter einem dicken Überzug von Schnee und Eis.

Männer und Frauen mit Rotkreuzbinden warten fröstelnd an zwei Holztischen. In hohen Aluminiumkannen dampft Kaffee. Schweizer Soldaten stampfen sich auf dem verharschten Schnee die Füße warm. Um 15 Uhr sollen die beiden Sonderzüge mit den Kriegsgefangenen eintreffen.

Wie bei jedem Austausch hat das Rote Kreuz die Schweizer Miliz, das deutsche und das amerikanische Generalkonsulat verständigt. Die amerikanischen Kriegsgefangenen hat man aus den verschiedenen deutschen Lagern nach Konstanz überführt. Die in den USA gefangengehaltenen Deutschen sind über den Atlantik nach Marseille gebracht worden und dort in einen Sonderzug gestiegen.

Aus der Ferne kommt der Pfiff einer Lokomotive, hell und durchdringend: der Zug aus Konstanz. Durch den wirbelnden Schnee sieht man die dunkle Wagenreihe vor der Einfahrt stehen.

Zwei Männer in schwarzen, pelzbesetzten Ulstern reichen den Posten ihre Legitimation. Die Schweizer prüfen die Papiere der beiden deutschen Diplomaten mit kühler Höflichkeit. Die Amerikaner vorhin sind von ihnen sehr viel freundlicher behandelt worden.

Der Bahnsteig erdröhnt, als der Zug aus Konstanz einläuft. An der Seitenwand des Tenders hat man den Schriftzug RÄDER ROLLEN FÜR DEN SIEG übermalt. Der größere der beiden Deutschen, ein Mann mit geröteter Haut und Schmissen im Gesicht, sagt: „Der Gegenzug muß jeden Augenblick kommen."

Überall werden Türen aufgerissen. Amerikaner springen auf den Bahnsteig. Ihre Stimmen sind laut und ausgelassen. Die Schweizer Posten treiben sie zurück. Frauen mit Rotkreuzbinden gehen mit ihren Aluminiumkannen und Pappbechern von Wagen zu Wagen.

Der Mann mit den Schmissen holt die Liste mit den Namen der deutschen Austauschgefangenen aus dem Ärmelumschlag seines Ulsters. Auf der dritten Seite ist ein Name rot angekreuzt:

> Kuert, Fritz Louis August Otto, geb. 7. Aug. 1918, Lünen, Westf. Staatsangehörigkeit: deutsch. Bootsmann. Letzter bekannter Aufenthaltsort: Gefangenenlager Valley Forge, USA. POW 2000 NA.

Fritz Kuert, der Überlebende der Doggerbank, *im Januar 1945, nach der Rückkehr aus US-Gefangenschaft*

„Das ist unser Mann. Wir haben keine nähere Personenbeschreibung, aber sie werden namentlich aufgerufen. Was wir brauchen, ist eine gute Aufnahme von ihm. Also halten Sie Ihre Leica bereit."

„Was wollen Sie eigentlich von dem Mann?" fragt der Kleinere. Seine Kamera hängt auf seiner Brust. „Hat er drüben was ausgeplaudert?"

Eine Kupplung fällt mit einem harten Geräusch herunter. Die Lok fährt an. Auf den Trittbrettern stehen zwei bewaffnete Posten. „Er ist der einzige Überlebende eines Schiffes", sagt der Mann mit den Schmissen zurückhaltend.

„Was für ein Schiff?"

„Die *Doggerbank*."

Die Lokomotive verschwindet im Schneegestöber.

„*Doggerbank*? War das nicht dieser Blockadebrecher, der von unseren eigenen Leuten versenkt worden ist?"

Der Mann mit den Schmissen schweigt. Er geht den Zug entlang, dessen Scheiben sich zu beschlagen beginnen. Der Wind fegt den Schnee von den Wagendächern über den Bahnsteig.

Auf dem Parallelgleis ist der schneeüberkrustete Zug aus Marseille eingefahren. Zuerst werden die Schwerverwundeten herausgetragen, auf Bahren, in dicke Decken gehüllt. Über ihren Mündern stehen kleine Atemwölkchen, als die Rotkreuzhelfer sie zu dem Zug mit den beschlagenen Scheiben tragen.

Dann verlassen die übrigen Deutschen schweigend den Marseiller Zug. Sie gehen zu einem Tisch, an dem Vertreter des Roten Kreuzes ihre Namen auf einer Liste abhaken.

Zwei Gefangene treten heran. Der eine ist schmal und blaß. Er hat den starren Blick eines Blinden. „Kürzinger", sagt er, „Josef."

Der andere, der ihn führt, trägt eine seltsame Phantasieuniform: einen langen U-Boot-Mantel, einen dicken weißen Wollschal, die Mütze eines Kapitäns der Handelsmarine. Sein Gesicht ist eingerahmt von einem dichten Bart. „Kuert, Fritz, Bootsmann." Die ganze Art, wie er sich gibt und bewegt, ist trotz der seltsamen Uniform die eines Zivilisten.

„Weiter, der nächste!"

Der Mann namens Kuert führt den Blinden zum Zug zurück. Er hilft ihm das Trittbrett hinauf, reicht ihm seinen Koffer in den Gang. Als er selbst in der Tür ist, wendet er sich noch einmal um. Er blickt erstaunt auf die beiden Männer in den dunklen Ulstern. Der eine hat die Kamera gehoben, eine Leica, drückt ab. Kuert lächelt automatisch: „Kriege ich auch einen Abzug?"

Dann fährt der Zug ab. Kürzinger und Kuert sitzen am Fenster des Zuges, jeder in seiner Ecke. Für einen Augenblick erscheint der Genfer See, verhangen im grauen Dunst.

„Links ist der See", berichtet Kuert. „Alles grau in grau. Man sieht kaum etwas." Er hat es sich angewöhnt, dem Blinden alles zu erklären. In den Abteilen des Wagens ist es ruhig. Manchmal kommt jemand durch den Gang. Sonst ist es still, bis auf das Geräusch des fahrenden Zuges. Auf der anderen Seite sieht man die dunklen Schatten der Berge.

„Stell dir vor! Heute abend bist du schon zu Hause", sagt der Bootsmann Kuert.

„Möglich." Josef Kürzinger stammt aus Radolfzell am Bodensee. Er ist dort Lehrer gewesen, vor dem Krieg. In Afrika hat ihn ein Granatsplitter getroffen; er wird für immer blind bleiben. „Willst du nicht mitkommen?"

„Ich muß erst diese Sache hinter mich bringen", erwidert Kuert. „Dann komme ich bestimmt." Man merkt, daß es wenig gibt, was der eine nicht vom anderen weiß. Sie haben lange zusammen in Philadelphia im Hospital gelegen, im gleichen Saal, Bett an Bett.

Kuerts Hände tasten nach dem Brotbeutel, den er um den Hals trägt. Er ist sein einziges Gepäck. Seine Hände haben tiefe Narben. Er beugt sich vor, als könnte der andere ihn sehen. „Ich muß erst wissen, wie das passiert ist! Ich muß wissen, wer das war, der uns abgeschlachtet hat."

„Du redest dich um Kopf und Kragen!" warnt der Blinde.

„Ich bin der einzige, der überlebt hat. Der einzige von dreihundertfünfundsechzig!"

„Das, was du vorhast, macht keinen von ihnen wieder lebendig."

„Ich hab es geschworen! Ich muß für sie reden. Ich bin der einzige, der es kann..."

Langsam senkt sich die Dunkelheit über das Abteil. Um sie ist nur das monotone Rattern des Zuges. „Gib mir wenigstens deine Aufzeichnungen", sagt der Blinde schließlich. „Bei mir sind sie sicher."

Sie hatten sie gemeinsam verfaßt. Damals, als Kuert ins Hospital eingeliefert worden war, hatte er Josef Kürzinger seine ganze Geschichte erzählt; der Lehrer hatte ihm den Rat gegeben, sie niederzuschreiben.

„Sei vernünftig, Fritz! Die machen dich fertig."

„So leicht macht mich keiner fertig." Er kann sich nicht vorstellen, daß er je wieder Angst haben wird, nicht nach dem, was er erlebt hat. Er holt die in eine Ölhaut eingeschlagene Kladde heraus. Zögernd hält er sie in den vernarbten Händen. „Versprich mir..."

„Ich gebe sie nicht aus der Hand. Ich hebe sie auf, bis du sie brauchst."

Kuert legt die Kladde in Kürzingers Koffer. Dann setzt er sich wieder in seine Ecke. Es ist jetzt fast völlig dunkel draußen. Die Deckenbeleuchtung brennt. Sie sprechen nicht mehr.

Kuert erwacht erst aus seinem Halbschlaf, als der Lehrer ihn anstößt. Er fährt auf, trotz seines Mantels fröstelnd. „Wir sind doch noch nicht da?"

„Hör doch!" Auf dem Gesicht des Blinden erscheint ein Lächeln.

Kuert vernimmt Stimmen. Sie haben einen Ton, den er vergessen zu haben glaubte. Er öffnet das Fenster. Konstanz. Auf dem dunklen Bahnsteig wippen ein paar Lichter auf und ab. Er erkennt Feldgendarmerie an den Blechschildern auf der Brust.

Kuert holt schweigend den Koffer aus dem Netz. „Wir sind wieder zu Hause", sagt er.

Vierzehn Tage später führen zwei Marinesoldaten den Bootsmann Fritz Kuert in das Dienstzimmer des Admirals.

Es ist ein grauer Tag. Über den Hof der Kaserne in Buxtehude geht ein dichter Schneeregen nieder, verwandelt sich in dunkle Nässe, sobald er den Boden berührt. Hier ist die Seekriegsleitung des Oberkommandos der Marine untergebracht. Kuert wartet auf dem Gang vor dem Dienstzimmer, während einer der Marinesoldaten meldet: „Bootsmann Kuert von der *Doggerbank*, Herr Admiral!"

„Herein mit ihm."

Kuert tritt in den Raum, meldet sich.

Der Admiral hat ungewöhnlich helle, wasserblaue Augen. Sein Haar ist weiß mit gelblichem Schimmer. Er weist auf den Stuhl vor dem Schreibtisch und nimmt dem Adjutanten den Ordner aus der Hand. „Ich rede allein mit ihm." Der Adjutant und der Posten verlassen den Raum.

Der Admiral beugt sich vor. „Wir wollen ganz offen miteinander reden", er versucht, seiner Stimme einen jovialen, väterlichen Klang zu geben, „und was hier gesprochen wird, das bleibt unter uns, klar?" Er schlägt den Ordner auf. „Unangenehme Sache. Mir liegt daran, sie schnellstens aus der Welt zu schaffen..."

Kuert sagt nichts. *Die Säue haben uns abgeknallt!* denkt er und sieht vor sich die breiten Ordensbänder auf der Brust des Admirals. Kuert hat das Verlangen zu schreien, hinauszuschreien, was er sich zurechtgelegt hat. Aber er kann seine Zunge nicht zum Sprechen bringen, er, ein kleiner, unwichtiger Bootsmann der Handelsmarine.

„Es ist nur wegen meiner Kameraden, Herr Admiral..." Das ist alles, was er in seiner Aufregung hervorbringt.

„Wie alt sind Sie, Kuert?"

„Sechsundzwanzig."

„Da laufen Sie in der Weltgeschichte herum, erzählen wilde Geschichten, stellen dumme Fragen! Mann, Sie sind doch Soldat!"

„Ich war nie Soldat."

„Wieso?"

„Ich bin bei der Handelsmarine. Wir sind unser eigener Verein, dienstverpflichtet für die Kriegsmarine."

Der Admiral schüttelt den Kopf. In seiner Stimme ist zum erstenmal Ungeduld spürbar. „Wir sind alle Soldaten in dieser Stunde..." Er nimmt seine Brille, aber er setzt sie nicht auf, als er die Akte auf seinem Schreibtisch umblättert. „Wir haben den Fall damals genau untersucht." Er sieht auf. „Wir haben den Verlust der *Doggerbank* zunächst nicht aufklären können. Dann kam die Nachricht, daß es einen Überlebenden gab – von dem spanischen Tanker, der Sie aufgefischt und nach Aruba gebracht hatte. So erfuhren wir zum erstenmal von der Versenkung der *Doggerbank*."

Kuert sitzt steif in seinem Stuhl. Er wartet. Er vergißt allmählich, wo er ist. Mehr als je zuvor fühlt er die Gegenwart seiner toten Kameraden. Er weiß, daß er an ihrer Stelle hier sitzt, als ihr Sprecher, als letzter und einziger Zeuge ...

„Wir haben das Datum überprüft", hört er den Admiral sagen. „Am 3. März 1943 hat nur eines unserer U-Boote eine Versenkung gemeldet, U 43. Wir haben den Kommandanten nach Berlin kommen lassen. Bei einem Verhör haben wir feststellen müssen –" Er hält inne. „Was haben Sie?"

„Es stimmt also!" Kuerts Hände umklammern die Kante des Schreibtisches. „Es war also ein deutsches U-Boot! Wer war der Kommandant? Wer hat uns abgeschlachtet? Wie hieß der Kerl?"

Das Gesicht des Admirals ist grau geworden. Seine Stimme klingt schneidend. „Ich denke, das wissen Sie! Das erzählen Sie doch in der ganzen Weltgeschichte herum!"

„Wir haben es geahnt, aber keiner von uns war sicher." Kuert spürt, wie Zorn, Empörung und die Verzweiflung über den Tod der anderen ihm die Zunge lösen. „Wer war das Schwein? Wer hat uns drei Torpedos verpaßt und ist dann sang- und klanglos verduftet, hat nicht einen von uns aufgefischt ..."

„Mann, reißen Sie sich zusammen!" Das Gesicht des Admirals erstarrt vollends. „Was nehmen Sie sich heraus! Die Sache ist erledigt. Die Untersuchung hat ergeben, daß den Kommandanten des U-Bootes keine Schuld trifft. Es war ein Versehen. Das ist zwar bedauerlich, aber nicht zu ändern. Hören Sie, Kuert, ich gebe Ihnen einen guten Rat ..."

Während er dem Admiral zuhört, kommt ihm der Gedanke, daß sie beide von ganz verschiedenen Dingen reden. 364 Seeleute waren elend zugrunde gegangen, sie waren erstickt, verbrannt, ertrunken oder hatten, in aussichtsloser Lage, sich selbst getötet ... *Ein Versehen* ...

Die Worte kommen über seine Lippen, ohne daß er weiß, daß er sie spricht, ohne sich der Ungeheuerlichkeit der Situation bewußt zu sein: Ein kleiner, unwichtiger Bootsmann fordert von einem Admiral der Obersten Seekriegsleitung Rechenschaft. „Deswegen sind also die

Männer der *Doggerbank* krepiert. Aus Versehen! Reden Sie nicht um den heißen Brei herum. Rücken Sie heraus mit dem Namen ..."

Der Admiral fährt aus seinem Sessel auf. „Jetzt ist es genug!" Seine Stimme überschlägt sich. „Herrgott im Himmel! Das Schicksal unseres Volkes steht auf dem Spiel, und Sie besitzen die Unverschämtheit, an Ihren eigenen persönlichen Kram zu denken! Ich hätte gedacht, daß wir die Sache unter uns ins reine bringen könnten. Aber –" Er vollendet den Satz nicht, drückt auf einen Klingelknopf. „Tut mir leid, Kuert, die Folgen haben Sie sich selbst zuzuschreiben."

Sie führen ihn ab, keine Marine diesmal, sondern zwei Männer in den graugrünen Uniformen des Sicherheitsdiensts. Der Schnee fällt dichter über dem Kasernenhof, aber er vergeht noch immer auf dem Boden. Das Gespräch mit dem Admiral erscheint Kuert plötzlich unwirklich, so als hätte es gar nicht stattgefunden. Jetzt hingegen, das spürt er, geht es um Kopf und Kragen, und das macht ihn hellwach. Eines wenigstens weiß er nun: die Nummer des Bootes. U 43. Es wird nicht schwer sein, den Namen des Kommandanten zu erfahren.

Das Büro, in das sie ihn führen, ist nüchtern, kühl und fast leer. Der Mann hinter dem Schreibtisch weist schweigend auf einen Stuhl. Der Kragen seiner Uniform steht offen, das Schweißband hängt heraus. Auch er hat die zwei Buchstaben SD für „Sicherheitsdienst" auf dem Uniformärmel und zwei Sterne auf den Schulterklappen. Kuert kennt den Rang nicht, aber der spielt keine Rolle – es ist das regungslose Gesicht, das den Mann genügend ausweist. Sein Ausdruck ist weder feindlich noch freundlich. Der Mann scheint ein fast klinisches Interesse an dem Fall zu haben. Er sitzt einfach da und sieht Kuert an. Vor ihm auf dem Tisch liegt der Aktenordner, der vorher auf dem Tisch des Admirals gelegen hat.

Aus dem Nebenraum dringt das klappernde Geräusch einer Schreibmaschine herüber. Der Mann mit den zwei Sternen steht auf und geht zur Tür. „Wie weit sind Sie?"

„Gleich fertig, Scharführer."

„Bringen Sie es rüber. *Er* ist hier zum Unterschreiben." Er kommt zurück, bleibt hinter seinem Stuhl stehen und sieht Kuert an. „Ich habe den Bericht studiert ..., sechsundzwanzig Tage in einem Boot auf dem Atlantik, ohne Proviant, ohne Trinkwasser – da muß einer schon zäh sein." Seine Stimme ist wie sein Gesicht, glatt und ohne Gemütsbewegung. „Wann haben die Amerikaner Sie zum erstenmal verhört?"

„In Aruba."

„Was haben Sie ihnen erzählt?"

„Was ich erzählen konnte, war nicht viel."

„Aber es reichte aus, daß die Engländer in ihrem Sender berichten konnten, die *Doggerbank* sei von einem deutschen U-Boot versenkt worden."

Es ist das erste Mal, daß Kuert davon hört. Er zuckt zusammen wie einer, der plötzlich sieht, daß er am Rande eines Abgrundes steht. Er ist auf der Hut, angespannt. Sein Selbsterhaltungstrieb funktioniert wieder; er hat ihm mehr als einmal das Leben gerettet. „Sie werden sich die Geschichte zusammengereimt haben. So schwer kann das nicht gewesen sein. Vielleicht haben sie Funksprüche aufgefangen... *Ich* konnte es ihnen jedenfalls nicht erzählen."

„Und wieso nicht?"

„Weil keiner von uns davon gewußt hat, daß es ein deutsches U-Boot war! Ich habe es erst hier erfahren – vor einer halben Stunde. Wir haben so was vermutet, ja, aber mehr war es nicht."

„Und darüber haben Sie gesprochen."

„Nein. Wer gibt schon gerne zu, daß einem die eigenen Leute drei Torpedos verpassen? So freundlich wurden wir nun auch wieder nicht von den Amerikanern behandelt."

„Zäh – und schlau, wie? Aber der Bericht im Londoner Sender, der bleibt. Dem Feind Informationen geben, die er gegen uns verwenden kann – so könnte man das auch auslegen. Das hieße Beihilfe zur Wehrkraftzersetzung... Es sind schon Leute für weniger gehenkt worden." Er hat die Stimme nicht gehoben, auf seinen Lippen liegt ein eingefrorenes Lächeln. Im Nebenraum ist das Geräusch der Schreibmaschine verstummt. Der Schreiber kommt herein und reicht dem Mann hinter dem Schreibtisch einen beschriebenen Bogen Papier. Der SD-Mann legt ihn fast achtlos auf den Schreibtisch. Er klappt den Deckel eines Tintenfasses auf, deutet auf den Federhalter. „Vielleicht unterschreiben Sie..., so klug, wie Sie sind."

Die Erklärung ist nicht lang. Er, Fritz Kuert, verpflichtet sich, hiermit über die Vorfälle bei der Versenkung der *Doggerbank* zu schweigen. Datum, Ort, ein paar Punkte für die Unterschrift.

Kuert nimmt den Halter und unterschreibt. Ein Fetzen Papier, denkt er. Ich habe sechsundzwanzig Tage in dem Boot überlebt, ich werde auch das überleben.

„Krieg ich einen Urlaubsschein?" fragt er.

„Wir brauchen Sie noch etwas, Kuert. Wir haben noch ein paar Fragen."

„Das heißt –"

„Sagen wir Hausarrest", kommt der andere ihm zuvor. „Sie sind mir ein bißchen zu schlau, Kuert, und Papier ist geduldig. Wir wollen sichergehen."

NACH acht Tagen bringen ihn zwei Mann nach Wilhelmshaven, in die Jachmann-Kaserne. Er steht weiter unter Hausarrest; nur innerhalb der Kaserne kann er sich frei bewegen.

Auch hier die Verhöre durch den SD. Es geht wieder um die Sendung des Londoner Rundfunks. Immer die gleichen Fragen: Was haben Sie bei den Amerikanern ausgesagt? Wie konnten Sie wissen, daß es ein deutsches U-Boot war, das die *Doggerbank* versenkt hat? Mit wem haben Sie alles darüber gesprochen?

Kuert sinnt nur noch auf Flucht, und nach drei Wochen zeichnet sich zum erstenmal eine Möglichkeit dazu ab.

Am Abend hat es, wie so oft, Fliegeralarm gegeben. Kuert ist nicht zu bewegen, in den Bunker zu gehen. Er ist durch und durch Seemann, und seine Erfahrung hat ihn gelehrt, daß man unter Deck eines Schiffes kaum Chancen hat: Die paar Sekunden extra, die man braucht, um bei Alarm an Deck zu kommen, sind meist der schmale Grat zwischen Überleben und Sterben.

So hält sich Kuert bei Fliegeralarm immer in der Nähe der Tür auf. Dort spricht ihn ein Maat an: „Sag mal, Kumpel, ich wollte dich schon lange mal alleine sprechen. Du kanntest doch den Gernhöfer? Der war doch mit dir auf der *Doggerbank*."

Der Maat ist ein Mann von über vierzig. Ein breites, wettergegerbtes Gesicht, vertrauenerweckend – aber Kuert zögert. Genau so einen würden sie ihm auf den Hals hetzen, um ihm eine Falle zu stellen.

„Woher weißt du das von der *Doggerbank?*" fragt er vorsichtig.

„Ich habe Wind davon bekommen", sagt der Maat. „Ich will gar nichts weiter davon hören, verstehst du? Es ist nur – Gernhöfer war ein Freund von mir, und seine Frau und seine Eltern, die leben hier in Wilhelmshaven."

Kuerts erster Gedanke: Sie werden Zivilzeug haben. In der Uniform, in die man ihn gesteckt hat, hat er keine Chance. In Zivil kann seine Flucht gelingen ...

„Die haben nur 'ne kurze Nachricht bekommen", fährt der Maat fort, „da stand nur drin, daß es bei der Versenkung des Schiffes keine Überlebenden gab. Ich hab dem alten Herrn von dir erzählt. Er möchte dich treffen."

„Ich stehe unter Hausarrest."

„Hat sich herumgesprochen", sagt der Maat, „aber das laß nur meine Sorge sein. Halt dich morgen abend bereit."

„Also gut."

Die Zweifel kommen Kuert erst, als der Maat gegangen ist. Sie weichen den ganzen nächsten Tag nicht. Gegen acht Uhr abends kommt der Maat. Kuert folgt ihm schweigend. Es sind nur hundert Schritte über den Kasernenhof bis zur Hauptwache. Der Maat nickt den Wachen zu, dann sind sie draußen ...

Das Einfamilienhaus liegt in einer Nebenstraße. Mit Gernhöfers Frau und den Eltern sitzen sie im Wohnzimmer. Kuert muß erzählen von der letzten Fahrt der *Doggerbank*. Er berichtet ihnen von der Äquatortaufe, von der Ankunft in Japan. Von dem Aufenthalt in Yokohama, während das Schiff beladen wird. Von den Judostunden, die sie genommen haben. Er redet von Ereignissen, die er schon fast vergessen hat, schmückt sie aus, alles nur, um nicht die Wahrheit sagen zu müssen. Die Frauen sitzen da, gefaßt scheinbar, doch die Beherrschung ist nur ein dünner Firnis über ihrer Verzweiflung; ein falsches Wort, und sie werden in Tränen ausbrechen.

Der Maat erlöst ihn endlich. Sie müssen gehen, sie müssen zurück sein, ehe die Wachen wechseln!

Gernhöfers Vater bringt sie in den Flur. Er schließt die Wohnzimmertür hinter sich. „Wie ist Werner gestorben?" Er steht da, weißhaarig, auf einen Stock gestützt. „Sagen Sie mir die Wahrheit, bitte."

Kuert berichtet, nur das Wichtigste, verschönt auch hier. Und er denkt die ganze Zeit: Du mußt ihn nach den Kleidern fragen!

„Ich wollte Sie um etwas bitten", sagt er schließlich. „Ich bräuchte Zivilsachen, eine Jacke und eine Hose. Ich werde Ihnen beides zurückschicken."

Der Weißhaarige geht, auf seinen Stock gestützt, zu einem Wandschrank. „Nehmen Sie sich, was Sie brauchen. Sie haben fast Werners Figur. Die Sachen müßten Ihnen passen."

Kuert sucht sich ein Jackett und eine Hose aus. Der alte Mann bringt Papier und eine Schnur. An der Tür sagt er: „Mit denen ist nicht zu spaßen! Sieh zu, daß du wegkommst, Junge."

Die Gelegenheit zur Flucht kommt drei Tage später. Kuert steht wie immer im Kaserneneingang, als die Bomber Wilhelmshaven anfliegen. Sirenen heulen, Scheinwerfer tasten die niedrige Wolkendecke ab. Plötzlich bellt Flak auf. In der Ferne fallen die ersten Bomben. Dann Luftminen; eine Serie von fünf Stück in unmittelbarer Nähe. Die Wucht der Explosion schleudert Kuert zurück. Er rappelt sich auf, rennt in seine Stube und zieht die Zivilsachen an. Die Uniform stopft er unter den Strohsack.

Die Minen haben das Hauptgebäude der Wache glatt wegrasiert. In der Nähe brennt es. Er achtet auf nichts, rennt einfach los. Er hat nur ein Ziel: raus aus der Stadt, auf die Landstraße.

Dann steht er auf einem freien Feld. Das Bellen der Flak ist verstummt. Hinter ihm hat sich der Himmel rot gefärbt. Um ihn herum ist Nacht, plötzlich unheimlich still und drohend. Hoch über ihm verklingt das Motorengeräusch der abfliegenden Bomber ...

Am Tag schläft er in abgelegenen Heuschobern oder Waldgehölzen. Nachts marschiert er, benützt nur kleine Landstraßen.

Am Morgen des fünften Tages erreicht er Hamburg. Er ist jetzt auf vertrautem Boden. Wie oft hat er hier auf Schiffen angeheuert! Er wartet die Dunkelheit ab, ehe er zu der alten Villa in der Sierichstraße geht.

Er hat Glück. Harry Purrmann ist da, ein Seemann wie er, dem man vertrauen kann, ein Kamerad, mit dem er auf vielen Schiffen zusammen gefahren ist.

Aber Purrmann kann ihn nicht verstecken. Sein Schiff geht am nächsten Morgen, und der Hauswirt ist ein scharfer NS-Mann, ein Schnüffler. So geht Purrmann los, um jemanden zu finden, bei dem Kuert untertauchen kann.

Nach drei Stunden ist er zurück. „Ich habe das Richtige. Ein Maschinist. Will dich aber erst ansehen, ehe er sich entscheidet."

Ein Vorort von Hamburg, Jungfrauenthal. Eine Wohnung im vierten Stock: Hugo Schulz, Maschinist, Seemann. Er sieht sich Kuert an, stellt ein paar Fragen, nickt dann. Kuert kann bei ihm bleiben. Sie richten für ihn ein Lager im Dachstuhl her. Fast jede Nacht Fliegerangriffe, aber er muß oben bleiben, darf sich nicht sehen lassen, kann seinen Verschlag nie verlassen.

Manchmal kommt ein junges Mädchen und bringt ihm zu essen. Manchmal kommt der Maschinist, nur ein paar Minuten, bringt die letzten Nachrichten über den Vormarsch der alliierten Truppen. Sonst ist Kuert allein, Tag und Nacht, Woche um Woche. Allein mit seinen Gedanken an das Schiff, die *Doggerbank*. Oft, in der Nacht, wacht er auf, verfolgt von seinen Alpträumen. Wenn er dann daliegt, sind alle um ihn ...

Erster Teil: Das Schiff

Er vergass den Morgen nie, an dem er die *Doggerbank* zum erstenmal sah. Es war am 23. Juni 1942, und der Treffpunkt hieß Nelke, 29 Grad Süd, 19 Grad West, südwestlich der Kapverdischen Inseln an der Westküste Afrikas. Hier versorgte die *Charlotte Schliemann*, ein Tanker, voll bis unter die Decks mit Öl, Ersatzteilen und Marketenderware, deutsche U-Boote auf See.

Der Bootsmann Fritz Kuert erinnerte sich an jede Einzelheit dieses klaren, windstillen Morgens: an die Farbtöpfe mit der mausgrauen Farbe, mit der sie gerade die Funkkabine der *Charlotte Schliemann* strichen, an das tiefe Blau der See mit ihrer langen Atlantikdünung und an den Augenblick, als das Schiff aus dem Dunst auftauchte, der wie eine dünne Gardine den Horizont verschleierte.

Die Freiwachen des Tankers standen an der Reling, als das Schiff in langsamer Fahrt auf sie zukam. Kuert war zu den Ausgucks in der Back gelaufen. Sie beobachteten das Schiff durch ihre Gläser. „Mensch", sagte der eine, „was für ein vergammelter Kahn!" Kuert hätte ihn normalerweise um das Glas gebeten, aber er war ein Fremder auf der *Charlotte Schliemann*, kannte fast niemanden von der Besatzung. Er hatte den Tanker von dem Augenblick an, als er ihn betreten hatte, nicht gemocht.

Der „vergammelte Kahn" kam schnell näher. Der Silhouette nach sah er wie ein Engländer aus, mit dem typischen, von vorne bis hinten ganz flachen durchgehenden Deck. Irgendwann hatte er wohl einmal einen neuen grauen Anstrich bekommen, aber die alte Bemalung schien wieder durch: das Schwarz des Rumpfs, das Kanariengelb der Aufbauten.

Kuert konnte weder einen Namen am Bug entdecken noch den Heimathafen am Heck. Aber da das seltsame fremde Schiff auf sie zukam und kein Alarm gegeben worden war, mußte der Kapitän der *Charlotte Schliemann* seine Ankunft wohl erwarten.

Das Schiff stoppte kaum zweihundert Meter entfernt von ihnen.

Kuert beobachtete, wie der Signalgast in der Nock des fremden Schiffes seine Flaggensignale herüberwinkte. Er hörte das Geräusch eines startenden Motors. Wenig später kam das Verkehrsboot hinter dem schwarzgrauen Bug des Schiffes hervor.

Kuert stand an der Gangway, als das Verkehrsboot an der Seite der *Charlotte Schliemann* festmachte. Sobald der Offizier des fremden Schiffes an Deck war, machte der Bootsmann sich an den Jungen heran, der im Boot geblieben war. Der Junge trug weiße Hosen, ein offenes weißes Hemd, die Uniform der Handelsmarine. Er hatte ein schmales Gesicht, helle Haut, hatte sich sicher noch nie rasiert. Der Schiffsjunge vermutlich, höchstens sechzehn Jahre alt.

„Sag mal, was seid ihr für ein Schiff?" fragte ihn Kuert.

„Wir?" Der Junge blickte zurück zu dem schwarz-gelben Schiff. „Wir sind die *Doggerbank!*"

Kuert kannte sich aus bei Seeleuten. Und daran, wie der Junge sein Schiff ansah, wie seine Augen plötzlich aufleuchteten, merkte er, daß es ein gutes Schiff war, trotz seines Aussehens.

„Kein Deutscher?" fragte er.

„Engländer", sagte der Junge, „gekapert vor einem Jahr im Indischen Ozean... Frühere *Speybank*, jetzt *Doggerbank*."

„Sind außer dir noch andere von der Handelsmarine an Bord?" fragte Kuert.

„Die Stammbesatzung."

„Wer bereedert das Schiff?"

„Die Hansa."

Kuert starrte wie gebannt auf das Schiff dort drüben in der Dünung. Er nahm das Bild in allen Einzelheiten in sich auf: die Brückenbauten, die beiden Masten, die Ladebäume, die Rettungsboote, das Geschütz in der Back, die Männer an der Reling.

„Wer ist der Alte?"

„Unser Käpten? Schneidewind."

„*Paul* Schneidewind? Von der *Tannenfels?*"

„Schon möglich. Sind fast alle alte Felsfahrer an Bord." Die *Tannenfels*, die *Geierfels*, die *Freienfels*, die *Reichenfels* – daher der Name „Felsfahrer" – waren alle Hansaschiffe, Schiffe, auf denen Kuert früher gefahren war. Er wandte keinen Blick von dem Schiff. Er sah es nun mit anderen Augen; es bekam in seinen Augen eine Schönheit, die sich nicht in Worten ausdrücken ließ.

„Euer Erster Bootsmann?" fragte er weiter.

„Karl Gaides ist unser Erster." Der Junge blickte Kuert verwundert an.

„Wer hat die Ladung unter sich?"

„Der heißt Johnny Jahr."

„Und der Koch?"

„*Oh, rats*", entfuhr es dem Jungen, „unser Koch ..."

„Jan Bahrend also! Der meistgeliebte und meistgehaßte Koch auf dem Atlantik. Kann immer noch kein Sauerkraut kochen, wie? Fehlen nur noch ‚Papa' Boywitt und Perunie Stachnovski."

„Die sind alle an Bord!"

„Mensch, die ganzen alten Macker!" Der schwarz-gelbe Kahn war in seinen Augen wirklich das schönste Schiff, das er je gesehen hatte! „Und wie heißt du? Bist du der Moses?"

Der Junge nickte. „Waldemar Ring. Ich bin der Schiffsjunge."

„Hör zu, Waldemar! Du gehst sofort zu einem von ihnen, am besten zu Gaides oder Johnny Jahr. Sag ihnen, dies hier ist der beschissenste Job, den ich je gehabt habe, naßkalt und langweilig. Sag ihnen, die Kameradschaft ist Scheiße. Ich gehe hier ein. Sie müssen das schaukeln, daß ich von diesem Kasten herunterkomme. Kapiert?"

„Ich werde es versuchen. Und was für einen Namen soll ich ihnen sagen?"

„Die Losung heißt: ‚Für Lire und Vaterland'."

„Für Lire und Vaterland?"

„Ja, Junge! Und ich bin Signor Lire persönlich."

Für Lire und Vaterland – so hatten sie ihren „Verein" getauft, damals, als sie gemeinsam Truppen und Kriegsmaterial von Italien aus nach Afrika an die Front schipperten und ihre Heuer in Lire bekamen. Ein Verein ohne Fahne, Männer der Handelsmarine, Seeleute, Zivilisten des Krieges, die wie Soldaten starben ...

EINE Stunde später kam Johnny Jahr mit dem Boot herüber; drei Stunden später wurde Kuert zum Zweiten Offizier der *Charlotte Schliemann* gerufen, der ihm eröffnete, daß Kapitän Schneidewind dringend einen Zweiten Bootsmann brauche und ihn, Kuert, angefordert habe. „Scheinen ja eine gute Nummer bei denen zu haben", sagte der Zweite etwas säuerlich.

Kuert verkniff sich jede Erwiderung und wartete nur, bis ihm seine Papiere ausgehändigt wurden. Dann packte er seine Sachen. Das Wichtigste war sein selbstfabrizierter Rettungsgürtel. Er lag immer am Fußende seiner Koje bereit, ein breiter Gurt aus steifem Segeltuch, an dem ein Bootsmesser und eine Feldflasche hingen, die stets mit Rum gefüllt war. Jeden Abend, bevor er sich schlafen legte, schnallte er den Gurt um, und er trug ihn immer, wenn es brenzlig wurde.

Er legte den Gurt an, nahm seinen Koffer und ging zur Gangway, um auf das Boot zu warten, das ihn holen würde ...

Das Motorboot dümpelte, als es durch die lange Dünung schnitt. Kuert stand breitbeinig in dem schwankenden Boot und sah vor sich auf die *Doggerbank*. Sie warfen ein Tau und die Jakobsleiter über die Reling. Kuert konnte es kaum erwarten: Noch ehe sie das Boot vertäut hatten, war er die Leiter hinaufgestiegen.

SIE waren alle zu seinem Empfang erschienen: Karl Gaides, Erster Bootsmann der *Doggerbank*, in Shorts, mit nacktem Oberkörper, ein wandelndes Museum der Tätowierungskunst; Perunie Stachnovski, rötlichblond, aber immer noch ohne Bart, der ihm einfach nicht wachsen wollte; Jan Bahrend, der Koch mit deutscher und amerikanischer Staatsbürgerschaft, wie immer elegant mit seiner schneeweißen, gestärkten Kochmütze; Karl „Papa" Boywitt, ein Fischer, der sich wie stets still im Hintergrund hielt. Und viele andere, die er kannte.

Ihre Gesichter waren grau, die Gesichter von Männern, die lange unterwegs gewesen waren, unausgeschlafen und gezeichnet von der Erinnerung an die Nervenproben vieler Tage und Nächte.

„*Oh, rats!*" rief Jan Bahrend aus. „Signor Lire *himself!* Du hast uns gerade noch gefehlt." Er strahlte dabei über das ganze Gesicht.

„Friitz!" Perunie Stachnovski aus Beuthen zog wie immer das „i" lang. Er packte Kuert bei den Schultern, drehte ihn herum, betrachtete den Rettungsgürtel: „Er ist es! Unser Friitz. Mit allem Drum und Dran."

Gaides trat vor, mit nacktem Oberkörper. Er stemmte die Hände in die Hüften und fragte mit verstellter Stimme: „Bootsmann Kuert, was wollen Sie schon wieder hier?"

Gaides ahmte die Stimme perfekt nach; eine Stimme, die jeder Mittelmeerfahrer der Handelsmarine kannte, die des Korvettenkapitäns Koch von der Seetransportstelle Neapel. Koch war für die Einteilung der Besatzung verantwortlich. Ihn, Kuert, hatte er schließlich auf kein Schiff mehr lassen wollen, weil er damals allein innerhalb eines Jahres mit vier Schiffen abgesoffen war! Vier Schiffe, die entweder von feindlichen U-Booten torpediert oder von Fliegerbomben getroffen

Linke Seite: *Die Savoia nach der Bombardierung im Dezember 1941 vor Brindisi. Bootsmann Kuert überlebte vier Versenkungen von Frachtern, die im Mittelmeer als Nachschubschiffe für das Afrikakorps eingesetzt worden waren. Weitere Mittelmeertransporter dieser Art waren die Aegina (rechte Seite oben)* und die Freienfels (rechte Seite unten), *die am 19.12.1940 auf der Höhe von Livorno versenkt wurde.*

worden waren ... Sie, die hier standen, waren Zeugen dieser Szene in der Seetransportstelle Neapel geworden, die Gaides ihnen jetzt vorspielte.

Gaides rang die Hände. „Sie kommen mir auf keinen Dampfer mehr, Bootsmann Kuert! Bei jeder Reise verlieren Sie Ihr Schiff. Ich will Sie hier nicht mehr sehen!"

„Kein Schiiff mehr für Sie, Bootsmann!" schrie Perunie. Dann umringten sie ihn, schüttelten ihm die Hände, begannen zu fragen. Und Kuert stand in ihrer Mitte, inmitten ihrer Worte, ihres Lachens und fühlte sich zu Hause ...

Später erfuhr Kuert mehr über sein neues Schiff. Die *Doggerbank* war in den Augen der Besatzung zu einer Legende geworden, ein Glücksschiff, dem die tollkühnsten Aufträge gelangen. Der Kapitän, Paul Schneidewind, war beliebt und respektiert wegen seiner unerschütterlichen Ruhe, weil er keine Rangunterschiede kannte und großzügig war und weil dennoch Disziplin auf dem Schiff herrschte. Vor allem aber machte er seinem Namen alle Ehre: ein Mann ohne jegliche Nerven scheinbar, immer wie aus dem Ei gepellt in seiner Handelsmarineuniform mit den vier Kapitänsstreifen – so als wäre immer noch tiefster Friede ...

AM 27. JUNI 1942 – vier Tage nachdem der Bootsmann Fritz Kuert von der *Charlotte Schliemann* auf die *Doggerbank* übergewechselt war – erhielt Kapitän Schneidewind über Funk den Befehl, Japan anzulaufen. Im August erreichte die *Doggerbank* Yokohama und ging in die Werft, wo sie zum Blockadebrecher umgebaut wurde – einem der Schiffe, die, mehr oder weniger unbewaffnet, die feindliche Abschirmung der Meere durchbrachen und für Deutschland kriegswichtige Dinge, vor allem Rohstoffe, transportierten.

Am 30. November ereignete sich auf einem im Hafen von Yokohama liegenden deutschen Schiff eine schwere Explosion mit 56 Toten und Hunderten von Verletzten. Die *Doggerbank* nahm alle Leichtverwundeten an Bord. Es waren über dreihundert. So kam es, daß die *Doggerbank*, sonst mit einer Stammbesatzung von 109 Mann unterwegs, nun auf einmal 365 Menschen an Bord hatte.

Am 17. Dezember verließ die *Doggerbank* den japanischen Hafen. Die weiteren Stationen waren: 19. 12. Kobe; 30. 12. bis 5. 1. 1943 Saigon; 7. 1. Singapur; 10. 1. Batavia. In all diesen Häfen nahm die *Doggerbank* ihre wertvolle Ladung an Bord: Fette, Öle, Edelmetalle,

Rohgummi. Dann machte sie sich, tief im Wasser liegend, auf den langen und gefährlichen Heimweg. Ihr Ziel war der Hafen von Bordeaux, eine Reise von über 10000 Seemeilen.

Die *Doggerbank* umrundete das Kap der Guten Hoffnung. Sie schmuggelte sich erfolgreich durch die besonders gefährliche Meerenge bei Freetown und Natal, die ständig von alliierten Flugzeugen überwacht wurde.

Ende Januar wurde das Schiff von einer amerikanischen Liberator-Maschine überflogen. Die *Doggerbank* stoppte, die englische Flagge wurde an Deck ausgebreitet – und wie so oft gelang die Täuschung.

So kam der 3. März 1943. Die *Doggerbank* näherte sich den Azoren. Begünstigt durch gutes Wetter und günstige Meeresströmungen, war das Schiff schneller vorangekommen als auf der Ausreise. Keine Mastspitze zeigte sich, kein Flugzeug weit und breit. Meer und Himmel waren wie ausgestorben.

Um 12 Uhr mittags hatten die Wachen auf der *Doggerbank* gewechselt. Die Männer hatten sich fast lautlos und ohne zu sprechen auf ihre Ausguckposten begeben. Um 12.10 Uhr beugte sich der Vollmatrose Richard Binder über den Rand des Krähennestes am Mast eins, zwanzig Meter hoch über dem Deck. „Alles ruhig, Kapitän!"

Seit sieben Tagen, seit sie den Äquator passiert hatten, hatte der Toppausguck nichts anderes gemeldet, aber jeder wußte, daß die Ruhe trog. Im Gegensatz zum Südatlantik war im Nordatlantik die Gefahr, von feindlichen Flugzeugen entdeckt zu werden, um ein Vielfaches größer.

Keiner wußte das besser als der Kapitän. Paul Schneidewind stand seit Stunden auf der Brücke in der Steuerbordnock. Als er jetzt wieder durch sein Glas den Horizont absuchte, machte er sich erneut darüber Sorgen, was ihnen stündlich passieren konnte. Die Gedanken an sinkende Schiffe und ertrinkende Menschen waren eine ständige Nervenqual für ihn, und sie hatten ihre Spuren in seinem vor Übermüdung und Anspannung zerfurchten Gesicht hinterlassen. Er war Anfang Vierzig, aber er sah älter aus.

„Das Wetter wird sich nicht halten." Langhinrichs, der Erste Offizier, stand neben Schneidewind, zusammen mit den Signalgasten und Ausgucks.

Schneidewind ließ das Glas auf seine Brust sinken. Im Westen zogen ein paar helle, fedrige Wolken auf. Er nickte stumm.

„Wir sind ziemlich nahe bei den Azoren, Käpten", sagte Langhinrichs. „Was glauben Sie, werden wir bald Begleitung bekommen?"

Sie näherten sich jetzt schnell dem Seegebiet, in dem ein deutsches U-Boot den Schutz des Schiffes mit seiner wertvollen Ladung übernehmen sollte. Von hier sollte es die *Doggerbank* den besonders gefährlichen Weg durch die Biskaya bis nach Bordeaux begleiten.

„Ich schätze, heute oder morgen", sagte Schneidewind. Er nickte den Männern zu. „Haltet die Augen offen." Er trat ins Ruderhaus.

„Kurs Nord-Nordwest, 130 Grad", meldete der Rudergänger.

„Wir halten den Kurs." Paul Schneidewind führte die *Doggerbank* nicht ohne Absicht auf dieser Route – eine Route, die alle von Westafrika nach England fahrenden Schiffe einschlugen. Und er verhielt sich nicht nur wie ein „Engländer" – die *Doggerbank* war schließlich auch ein englisches Schiff. Als *Speybank* war sie 1926 gebaut worden, auf einer Werft in Glasgow. Die Werft hatte von diesem Typ über die Jahre hinweg siebzehn Schwesterschiffe gebaut – Schiffe, die sich glichen wie ein Ei dem anderen. So konnte Schneidewind, wenn notwendig, jeden Tag den Namen seines Schiffes wechseln – und war immer gleich echt. Diese Tarnung war vollkommen, sie war ihr größtes Plus, und sie hatte ihnen viele Male das Leben gerettet.

Über ihnen rief der Toppausguck, der sich alle zehn Minuten meldete, wieder: „Alles ruhig, Kapitän."

Es war 12.20 Uhr – zehn Minuten vor Auftauchen des U-Bootes.

BOYWITT, Karl Gaides, Stachnovski, Jan Bahrend und Bootsmann Kuert hielten sich in ihrem Logis achtern über der Rudermaschine auf.

„Papa, hast du schon gegessen?" fragte Kuert. Er war hier der jüngste von ihnen mit seinen fünfundzwanzig Jahren.

Boywitt schüttelte den Kopf. „Keinen Hunger." Er lag dort, die Arme unter dem Kopf verschränkt, und starrte gegen die Decke. Sie nannten ihn nicht umsonst „Papa" Boywitt; er war ein stiller, ruhiger Mann, verschlossen, in sich gekehrt. Morgens und abends betete er, vor seiner Koje kniend, so, als wäre er allein; niemand hätte je gewagt, ihn deswegen zu verspotten.

„Ich bring dir 'n Schlag mit", sagte Kuert.

Wie an jedem Samstagmittag gab es Sauerkraut, Rauchfleisch und Bratkartoffeln. Als Kuert mit den zwei Portionen zurückkam, drehte sich Stachnovski in seiner Koje um.

„Gib nur her!" Er streckte die Hand aus.

Kuert sah Boywitt fragend an. Der Fischer nickte. „Gib's ihm ruhig."

Stachnovski begann das Essen hinunterzuschlingen. Er stellte den Blechteller auf den Boden, neben den anderen, der dort schon stand. Er war immer hungrig, soviel er auch aß, und dabei blieb er immer dürr.

„Verdammtes Sauerkraut, *I hate it!*" Jan Bahrend schob die Teller angewidert mit dem Fuß zur Seite. „Verdammte Krautfresser, *nothing but damned Krauteaters!*"

Wie andere Seeleute ihr Deutsch mit amerikanischen Brocken mischten, so sprach Jan Bahrend Amerikanisch mit deutschen Brocken. Er hatte dreißig Jahre seines Lebens in Amerika verbracht, besaß die amerikanische Staatsangehörigkeit und hatte sich – als Endfünfziger, was er freilich nie zugab – bei Ausbruch des Krieges auf abenteuerliche Weise nach Deutschland durchgeschlagen.

Bis Yokohama war er der Koch der *Doggerbank* gewesen. Er war ohne Zweifel ein guter Koch, hatte in New York ein Restaurant besessen. Die Tragik war, daß Bahrend nur aus dem vollen wirtschaften konnte: Er war von Anfang an mit den kargen, genau berechneten Zuteilungen auf einem Schiff wie der *Doggerbank* nicht klargekommen. Ein paar Wochen gab es an Bord die tollsten Dinge, dann waren sämtliche Vorräte verbraucht. Schneidewind hatte ihn als Koch abgesetzt, weil die Besatzung meuterte, und Bahrend fuhr seither als Matrose. Wenn Schneidewind ihm auch die Heuer als Koch beließ, so war die Absetzung doch ein Schock für Bahrend gewesen.

„Ich verspreche euch", erklärte Jan, „wenn wir nach Bordeaux kommen, dann werd ich euch ein Essen zaubern! Dreizehn Gänge."

„Heilige Muttergottes von Tschenstochau", sagte Stachnovski, „hör auf, vom Essen zu reden!"

Er war zu Gaides getreten, der in seiner Koje lag. Stachnovski trug Juchtenreitstiefel, die er aus Japan mitgebracht hatte, und einen grünen Janker über der nackten Brust, auf der nur noch schwach die Tätowierung eines Schiffes zu sehen war.

„Der Schiet, den der Friitz mir gemacht hat", sagte er, „der hält einfach nicht. Nach drei Wochen ist der weg."

Da es an Bord keine Tusche gab, hatte Kuert die Tätowierung auf Stachnovskis Brust mit Ruß gemacht. Am Anfang sah es ganz ordentlich aus, aber nach kurzer Zeit begann es zu verblassen.

Bewundernd betrachtete Stachnovski die Tätowierungen auf

Gaides' Oberkörper. „Der, der das gemacht hat, ist ein Künstler", sagte er.

„Ich werd euch anständigen Ruß besorgen", versprach Gaides. „Ihr nehmt den falschen."

„Vor Bordeaux mußt du noch mal ran", wandte sich Stachnovski an Kuert.

„Bordeaux", wiederholte Bahrend, „ich wäre mir nicht so sicher, daß du Bordeaux wiedersiehst ... Hat einer von euch den Fudschijama gesehen, als wir ausliefen?"

Keiner sagte etwas. Sie sahen ihn an, wie er dort saß, groß und hager, schon mit dichten grauen Schläfen. Man wußte bei ihm nie, woran man war, wenn er seine Geschichten erzählte. Meist waren sie düster und unheilvoll und endeten damit, daß ihr Schiff beschossen, torpediert und versenkt wurde. Trotzdem waren seine Geschichten beliebt, oft hörten sie ihm stundenlang zu, wenn er mit todernstem, melancholischem Ausdruck auf dem Gesicht erzählte, so daß niemand sicher war, ob er gerade schwindelte oder nicht.

„Die Japaner haben da einen Spruch", fuhr er jetzt fort. „Siehst du beim Auslaufen den heiligen Berg, dann kehrst du zurück von deiner Reise! Ich hab den Fudschijama nicht gesehen. Und ihr?"

Sie schwiegen betroffen. Plötzlich spürten sie die heiße, verbrauchte Luft in der Kabine.

Und dann war auf einmal der enge Raum erfüllt von dem schrillen Lärm der Alarmsirene ...

IM LAUFEN schnallte Kuert sich den Rettungsgürtel um. Das Alarmsignal gellte in seinen Ohren, als er an Deck kam.

Er sah Kapitän Schneidewind und die anderen Offiziere in der linken Brückennock stehen, die Gläser nach Steuerbord gerichtet. Er selbst konnte nichts entdecken auf der spiegelnden Wasserfläche.

Als die Sirene verstummte, hörte er die Stimme des Ausgucks im Krähennest: „Zehn Grad Steuerbord, Käpten. Kleines Fahrzeug, keine Rauchwolke. Könnte ein U-Boot sein."

Langhinrichs sah Schneidewind fragend an. „Was meinen Sie, Käpten, ob das unser Boot ist?"

Schneidewind zuckte die Schultern und gab dem Läufer einige Befehle für den Rudergänger. Er führte das Schiff in einem weiten Bogen an das U-Boot heran. Sie kamen direkt aus der Sonne und sahen es jetzt auch von der Brücke aus durch ihre Gläser.

„Die scheinen zu schlafen", bemerkte Langhinrichs. Er warf einen Blick zum Heck, wo das Rohr der 10,5-cm-Kanone jetzt auf das U-Boot gerichtet war. „Wir könnten sie glatt fertigmachen."

Kapitänleutnant Fischer, der in die Nock gekommen war, sagte: „Gar kein Zweifel, es ist ein deutsches Boot. Ich kenne den Typ genau!"

„Lassen Sie die vereinbarten Erkennungssignale setzen!" befahl Schneidewind schließlich.

An Mast zwei ging die Reichskriegsflagge hoch, vorn am Steven ein schwarzer Ankerballon. Vom Funkraum bis zum Mast zwei wurde eine Manilatrosse gespannt und im Abstand von je zwei Metern mit acht roten Feuerwehrschläuchen behängt.

Auf dem U-Boot rührte sich nichts.

„Verstehen Sie das, Käpten?" Langhinrichs blickte zurück in die hochstehende Sonne. „Ob die uns wirklich nicht entdeckt haben?"

Schneidewind wandte sich an den Signalgast. „Die Morselampe."

Der Signalgast brachte die Morselampe. Schneidewind hing sie sich um. Er spürte, wie alle ihm nachsahen, als er damit auf das Peildeck stieg. Er nahm die Lampe fast liebevoll in die Hand und funkte auf englisch: WAS IST MIT IHNEN LOS – HABEN SIE MASCHINENSCHADEN – KÖNNEN WIR IHNEN HELFEN? Das verriet nichts.

Von dem U-Boot kam keine Antwort.

Schneidewind spürte die Blicke der anderen. Daß ihm seine Männer so bedingungslos vertrauten, vergrößerte nur sein Gefühl der Verantwortung. Dreihundertfünfundsechzig Menschen! Nur vier Rettungsboote, dazu vier Flöße. Er dachte es nüchtern, ohne Panik. Aber er war beunruhigt und spürte ein Gefühl der Furcht, das ihm fremd war. Welche Entscheidung er auch immer traf, er konnte sie nur allein treffen. Eine Rückfrage über Funk bei der für ihn zuständigen I. Seekriegsleitung war unmöglich: Die Briten und Amerikaner hatten entlang der gesamten afrikanischen Küste ihre Peilstationen und waren in der Lage, den Standort eines funkenden Schiffes innerhalb weniger Minuten mit tödlicher Genauigkeit zu bestimmen.

Schneidewind wandte sich an den Rudergänger: „Kurs Nord-Nordwest, hundertdreißig Grad." Es war ihr alter Kurs.

Der Rudergänger wiederholte den Befehl. „Ruder liegt an."

„Halbe Kraft voraus." Schneidewind wandte sich an Langhinrichs. „Die Leute bleiben auf Gefechtsstation."

Es war jetzt 13 Uhr. Eine halbe Stunde war vergangen, seitdem sie das U-Boot zum erstenmal gesichtet hatten. Der Kapitän nahm sein Glas. Langsam blieb das U-Boot zurück – und dann war um sie wieder nur das Meer, als wäre alles eine Täuschung gewesen ...

Drei Stunden später – um 15.55 Uhr – sichtete der Torpedoausguck das Boot erneut. Daß es *nicht* dasselbe Boot war, sollten sie nie erfahren, ebensowenig die Tatsache, daß sich die *Doggerbank* in einem Seegebiet befand, in dem eine Gruppe von sieben deutschen U-Booten sich zu einem Angriff auf einen alliierten Geleitzug bereitmachte. Keines dieser U-Boote erwartete die *Doggerbank*. Und keines war über die mit der Seekriegsleitung vereinbarten Erkennungszeichen unterrichtet ...

Das Seegebiet, in das die *Doggerbank* einfuhr, gehörte nicht zu den klassischen Jagdgründen der U-Boote. Das war der Nordatlantik gewesen mit seinen Hauptnachschubrouten und mit den Geleitzügen, die Kriegsmaterial von den USA nach England und weiter nach Rußland über die Nordmeerroute brachten. Aber im Nordatlantik waren die deutschen U-Boote inzwischen selbst zu Gejagten geworden: Die Abwehrmaßnahmen der die Geleitzüge schützenden Kriegsschiffe und Flugzeuge waren immer besser geworden, die deutschen U-Boot-Typen hingegen veraltet.

So waren seit Oktober 1942 immer mehr deutsche U-Boote aus dem Nordatlantik abgezogen worden. Man hoffte, neue, verbesserte Typen von U-Booten bauen zu können, mit besseren Waffensystemen. Bis es soweit war, verlegte man den U-Boot-Krieg in den Südatlantik in der Absicht, die Zeit zu überbrücken. Außerdem wurden die Truppen des Deutschen Afrikakorps um diese Zeit bei Tunis schwer bedrängt, und die U-Boote sollten den in den Mittelmeerraum gehenden Nachschub an Truppen und Kriegsmaterial wenn nicht verhindern, so doch stören.

Am 27. Februar 1943 hatte die deutsche Seekriegsführung einen solchen westlich steuernden Geleitzug entdeckt. Eine Gruppe von sieben deutschen U-Booten – die Gruppe „Tümmler" – erhielt am 1. März den Befehl, sich südwestlich der Azoren in einem sogenannten Vorpostenstreifen aufzustellen. Die sieben Boote standen in einem Abstand von 30 Seemeilen und überwachten so einen Nord-Süd-Streifen von insgesamt 180 Seemeilen Breite, durch den der Geleitzug hindurchfahren mußte. Das Boot, das sich in diesem Streifen am weitesten südlich befand, war U 521. Es war mit aller Wahrscheinlichkeit das Boot, das von der *Doggerbank* an diesem 3. März gesichtet worden war.

Das Schiff hatte inzwischen seinen alten Kurs fortgesetzt und war – außer Sichtweite – an drei weiteren U-Booten vorbeigelaufen. Keiner bemerkte den anderen. Erst das fünfte Boot, U 43, bemerkte die *Doggerbank*. Das Duplikat des Kriegstagebuches von U 43, eine Art Logbuch, das an Bord geführt wurde und heute in den Archiven der britischen Admiralität liegt, vermerkt als Zeit 17 Uhr, es herrschte also helles Tageslicht. Dieser Umstand ist wichtig zur Beurteilung der späteren Geschehnisse.

Als der Kommandant des Bootes, Oberleutnant zur See Hans-Joachim Schwandtke, die schwache Rauchfahne durch sein Glas entdeckte, war U 43 etwa zehn Seemeilen von der *Doggerbank* entfernt. Es war das erste Schiff, das U 43 seit Wochen sichtete, und Schwandtke zögerte keinen Augenblick, seinen Vorpostenstreifen zu verlassen. Mit langsamer Fahrt lief U 43 auf die Rauchfahne zu.

U 43 war ein berühmtes, fast legendäres Boot. Sein früherer Kommandant, Kapitän zur See Wolfgang Lüth, hatte in seiner aktiven Zeit als U-Boot-Kommandant 46 Handelsschiffe mit einer Tonnage von über einer Viertelmillion, einen Zerstörer und ein feindliches U-Boot versenkt sowie schwere Schlachtschiffe torpediert und beschädigt.

Hans-Joachim Schwandtke, ein gebürtiger Oberschlesier und damals 25 Jahre alt, hatte U 43 im März 1942 von Lüth übernommen. Seitdem schien das Glück an U 43 vorüberzugehen.

Am 9. Januar 1943 war das U-Boot von Lorient ausgelaufen und hatte Ende Januar mit anderen Booten den Konvoi UC 1 angegriffen. Der Kampf hatte vier Tage gedauert, aber U 43 war nicht zum Angriff gekommen, sondern hatte selbst leichte Wasserbombenschäden davongetragen. Das Boot war nun bereits wieder zwei Monate auf See und besaß noch alle seine Torpedos! Schwandtke brauchte den Erfolg, er fieberte ihm entgegen.

Der Mast des Schiffes war jetzt von der Brücke des U-Bootes aus deutlich auszumachen. Die Männer auf der Brücke suchten den Horizont nach weiteren Schiffen ab.

„Scheint ein Einzelfahrer zu sein", bemerkte der Wachoffizier von U 43. Die Ausgucks riefen die Peilungen durch das Turmluk nach unten. Der Obersteuermann saß über seinen Karten und errechnete den Kurs des Schiffes. Schließlich kam seine Meldung auf die Brücke: „Generalkurs ist Nord. Hält seinen Kurs ziemlich genau. Geschwindigkeit etwa zwölf Knoten."

Machte Schwandtke sich keinerlei Gedanken darüber, was ein

Einzelfahrer in diesem Seegebiet suchte? Noch dazu ein Schiff, das einen geraden Kurs steuerte? Alliierte Schiffe suchten für gewöhnlich ihren Weg über den Atlantik in Zickzackkursen, um deutschen Booten den Angriff zu erschweren.

U 43 war jetzt so nahe heran, daß aus dem zerfließenden Schatten die Silhouette des Schiffes erkennbar wurde. Schwandtke schätzte es auf 7000 bis 10000 Tonnen. Er meldete seine Beobachtungen: „Plattdekker..., Mast eins zwischen Luk eins und zwei. Brücke an Luk zwei. Zweiter Mast zwischen Luk vier und fünf..."

Die Angaben gingen von Mund zu Mund, bis zum Wachoffizier, der unter Deck gegangen war und im Lloyd's-Register nachsah. Der Mann im Turmluk sagte schließlich: „Meldung vom WO. Könnte die *Dunedin Star* sein. Jedenfalls ziemlich sicher ein Engländer."

Schwandtke gab seine Befehle. Am Bug schäumten die Wellen auf. U 43 begann das Vorsetzmanöver. Sie liefen mit dem Boot nach vorne, um dem Gegner den Weg abzuschneiden und in Schußposition zu kommen. Nur über Wasser war das möglich, unter Wasser waren sie dazu nicht schnell genug.

Das fremde Schiff zickzackte nicht. Vollkommen arglos lief es weiter seinen Kurs, fast in ihrem Kielwasser. Würde Schwandtke im letzten Augenblick seinen Irrtum erkennen? Würde etwas ihn stutzig machen? Der Kurs des Schiffes? Die vielen Leute an Deck? Die roten Feuerwehrschläuche zwischen den Masten?

Aber Schwandtke hatte keinerlei Veranlassung, in diesem Schiff einen deutschen Blockadebrecher zu vermuten. Die Seegebiete, in denen solche Schiffe erwartet wurden, wurden für die betreffenden U-Boote gesperrt, was bedeutete, daß der Kommandant jeden Angriff auf einen Einzelfahrer dort zu unterlassen hatte. Und der Befehl wurde zur Sicherheit schon einige Tage vor dem Datum erteilt, an dem man das Schiff dort erwartete.

U 43 hatte keinerlei Warnung erhalten.

Das U-Boot fuhr vor ihnen her. Die Entfernung betrug etwa zwei Seemeilen. Von der Steuerbordnock der *Doggerbank* aus sahen sie sein Kielwasser mit bloßem Auge. Es begann langsam zu dämmern.

Inzwischen gab es für Schneidewind keinen Zweifel mehr, daß es ein deutsches Boot war. Aber warum hatte es beim erstenmal seine Morsezeichen nicht beantwortet? Und warum gab das Boot sich jetzt nicht zu erkennen?

Schneidewind, der nichts von den sieben U-Booten der Gruppe „Tümmler" wußte, mußte glauben, daß es sich immer noch um ein und dasselbe U-Boot handelte. In der I. Seekriegsleitung wiederum, der die *Doggerbank* unterstand, wußte man zwar von den sieben U-Booten, nicht aber davon, daß die *Doggerbank* dieses Seegebiet bereits erreicht hatte, acht bis neun Tage vor dem errechneten Zeitpunkt. Schneidewind hatte sein Glas genommen und blickte auf das vorausfahrende Boot. Er spürte förmlich, daß die anderen auf seine Entscheidung warteten. Schließlich nickte er dem Ersten Offizier zu. „Sie können die Rettungsboote wieder festlaschen lassen."

Auf den Gesichtern löste sich die Spannung. „Jawohl, Käpten", sagte Langhinrichs. „Und die Erkennungssignale?"

Schneidewind warf einen Blick auf die acht roten Schläuche, die auf der Manilaleine zwischen Funkraum und Mast zwei hingen. „Bleiben stehen", entschied er.

„Die Geschütze?"

„Die Bedienungen können wegtreten. Die Ausgucks sollen die Augen offenhalten." Er nickte den anderen zu. „Wenn was ist, ich bin in meiner Kabine."

Das U-Boot U 43 fuhr immer noch voraus. Die *Doggerbank* war direkt in seinem Kielwasser ...

NACHDEM der Befehl ausgeführt und die vier Rettungsboote der *Doggerbank* fest angefiert waren, ging Kuert unter Deck. Auf dem Weg schnappte er Gesprächsfetzen auf. In den überbelegten Logis gab es nur ein Thema: die bevorstehende Heimkehr.

Seeleute sind abergläubisch. Deshalb war das Thema Heimkehr bisher tabu gewesen; niemand hatte gewagt, davon zu sprechen. Jetzt aber, da das U-Boot aufgetaucht war, sahen sie sich in Sicherheit, wähnten sich schon zu Hause ...

Unter Deck kam Kuert der Schiffsjunge Waldemar Ring entgegen. „Mensch, Fritz", sagte er, „ist dir das klar? In acht Tagen sind wir in Bordeaux. Acht Tage, stell dir das vor!"

„Scheinst es gar nicht erwarten zu können, wie?"

Ring sah weg, auf den grauweißen Foxterrier, der um seine Füße schwänzelte. Leo, der Schiffshund der *Doggerbank*, und Waldemar waren unzertrennlich.

„Sag mal, Fritz, ich wollte dich schon lange was fragen ... Meinst du, daß sie mir schreiben wird?"

Selbst in der schlechten Beleuchtung des Niederganges sah Kuert, wie Ring rot wurde. Jeder an Bord kannte die Geschichte von dem Schiffsjungen und Hanako. Hanako war eine junge Prostituierte in einem der Bordelle in Yokohama. Stachnovski hatte Waldemar Ring überredet, mit ihm zu kommen, weil er selbst kein Geld mehr besessen hatte für die Liebesdienste der Mädchen. So hatte Waldemar Hanako kennengelernt. Sie war sein erstes Mädchen überhaupt gewesen, und er hatte sich prompt in sie verliebt, hatte nur mit ihr zusammengesessen, sie stumm angeschaut und Händchen gehalten.

„Sie wird dir schreiben!" versicherte Kuert.

„Meinst du?"

Kuert sah Ring vor sich, klein und schmächtig, und er sagte: „Vielleicht ist sogar Post von Hanako an Bord. Wenn sie den Brief beim Stützpunktoffizier abgegeben hat ... Du wirst sehen, in Bordeaux bekommst du ihren Brief." Er wußte nicht, warum er log. Es war sonst nicht seine Art, jemanden zu schonen.

„Stachnovski sucht dich", sagte Ring verlegen.

Als Kuert in die Kabine über dem Ruderhaus trat, schnallte er als erstes seinen Rettungsgürtel ab, den er bei dem Alarm angelegt hatte. Er legte ihn dahin, wo er immer lag, ans Fußende seiner Koje. Die Gefahr war vorbei. Und hatte er sich nicht immer auf seinen untrüglichen Instinkt verlassen können?

Stachnovski kam auf ihn zu und wies auf die verblaßte Tätowierung auf seiner Brust. „Du mußt sie mir neu machen, Friitz, für Bordeaux." Er deutete auf Gaides, der in seiner Koje lag. „Er sagt, du hättest den falschen Ruß genommen."

„Ich werd ihn euch anmachen", sagte Gaides. „Ihr werdet sehen, der hält. Waldemar, besorg mal Ruß", wandte er sich an den Moses.

Kuert holte die Schablone – die Silhouette der *Doggerbank* – und die Nadeln zum Tätowieren. Perunie hielt die Schablone gegen das Licht an der Decke. „Ist es nicht ein schönes Schiiff?" Wie immer zog er das „i" lang. „Hör mal, Friitz, kannst du mir auch noch ein U-Boot machen?"

Jan Bahrend saß steif auf dem Rand seiner Koje. „Eins sag ich euch", meinte er ernst. „Mit diesem gottverdammten U-Boot ist was faul. Es ist sogar oberfaul."

Niemand hörte auf ihn.

Jan legte sich hin. Er lag auf dem Rücken, die Füße etwas angezogen. Die Koje war zu klein für ihn. Eine Weile sprach niemand. Alle horchten auf das unverändert monotone Geräusch der Schiffsmaschine. Plötzlich und unvermittelt sprach der Koch weiter: „Wir haben 'ne Menge Spaß gehabt zusammen, nicht wahr? Sind ganz schön herumgekommen. Aber glaubt ihr, daß das ewig so weitergeht? Wär ja zu schön, um wahr zu sein. Nein, nein, früher oder später sind wir dran."

Keiner sagte etwas.

Schließlich tauchte Waldemar Ring auf, mit dem Ruß, nach dem man ihn geschickt hatte.

Gaides richtete sich in seiner Koje auf. „Okay, ich mach euch den Ruß jetzt so an, daß er hält. Aber tätowieren wirst du woanders, Fritz. Ich kann das nicht haben, wenn der Perunie stöhnt."

„Los, komm", sagte Perunie zu Kuert. Dann zu Gaides: „Wir sind vorne im Mannschaftslogis."

Kuert nahm die Schablone und die Nadeln, Stachnovski den Ruß. Kuert war jetzt sicher, daß ihnen nichts mehr geschehen konnte; nicht auf dieser Fahrt. Er ließ den Rettungsgürtel am Fußende seiner Koje zurück.

Auf dem Turm von U 43 wandte sich Hans-Joachim Schwandtke an den wachhabenden Offizier. „Wir greifen unter Wasser an. Tauchen."

Die Nacht schien zu zögern, als sei sie mit dem fremden Schiff dort im Bunde. Sie konnten nicht länger warten. Ein Funkspruch für die Gruppe „Tümmler" war eingegangen, dem Geleitzug entgegenzulaufen. Wenn, dann mußte Schwandtke jetzt angreifen. Er wartete, bis der letzte Mann im Turmluk verschwunden war. Er spürte Entschlossenheit und Besorgnis: Entschlossenheit, dieses Schiff unbedingt zu versenken; Besorgnis, daß irgend etwas faul an der Sache war. In seiner Ausbildungszeit bei der Flottille war er immer wieder vor U-Boot-Fallen gewarnt worden, Einzelfahrern, die sich meist im Gebiet der Geleitzugrouten aufhielten. Sie waren mit Wasserbomben und modernsten Abwehrmitteln ausgerüstet, und ihre Kommandanten waren erfahrene Offiziere der britischen Kriegsmarine.

Das Schiff, dessen dunkle Silhouette sich gegen den helleren Horizont abhob, hatte plötzlich etwas Drohendes. Schwandtke drehte den Lukendeckel zu, und dann hörte er, wie die Wellen über dem Deck zusammenschlugen.

Er wartete, bis das Boot einpendelte. U 43 ging auf dreißig Meter

Tiefe. Bis auf das leise Summen der E-Maschine war es still im Boot. In langsamer Schleichfahrt liefen sie dem Schiff entgegen.

Der Horchraum meldete die ersten leichten Horchpeilungen des Schiffes. Schwandtke ging auf Sehrohrtiefe und fuhr sein Periskop aus.

„Keine Kursänderung", meldete der Obersteuermann.

Wieder erwachte Schwandtkes Mißtrauen. Das sorglose Verhalten des Schiffes beunruhigte ihn.

Die dunkle Silhouette des Schiffes wurde immer breiter. „Rohr eins bis drei klarmachen." Und Schwandtke fügte hinzu, obwohl es unnötig war, obwohl alle an Bord verstanden, daß ihr Kommandant gewillt war, diesem Schiff drei Torpedos in den Rumpf zu jagen, wo ein einziger Treffer mit Sicherheit seinen Untergang besiegelt hätte, er fügte hinzu: „Wir müssen sehen, daß wir es ganz sicher kriegen..."

SIE waren vorne im Mannschaftslogis beim Tätowieren. Ein paar Matrosen standen um sie herum und hatten ihren Spaß, wenn Stachnovski das Gesicht vor Schmerz verzog.

„Machst du's auch richtig?" Perunie saß mit nacktem Oberkörper auf seinem Hocker. Er hielt sich selbst die Schablone vor die Brust. Kuert kniete vor ihm auf dem Boden.

„Halt still!" Kuert tauchte die Nadel in den Ruß, stach durch die Löcher der Schablone in die Haut. „Wenn du nur ein bißchen mehr Speck auf den Rippen hättest! Du frißt andauernd und bist dünn wie 'n Hering."

„Mach mir ja ein schönes Schiiff!" sagte Perunie. Es herrschte eine Bombenstimmung. Jeder war dabei, bereits seine Vorkehrungen für die Heimkehr zu treffen.

Kuert entdeckte Waldemar Ring in der Tür zum Niedergang.

„Hör mal, Perunie", sagte Kuert, „kümmere dich mal ein bißchen um unseren Moses. Er nimmt die Geschichte mit Hanako verdammt ernst."

„War 'n wirklich nettes Mädchen. Richtig verschossen in ihn", meinte Perunie.

„Er glaubt, sie würd ihm schreiben. Verdammt, Perunie, du hast ihn in dieses Puff geschleppt. Jetzt kümmere dich auch um ihn."

„Werd den Kapitän bitten, daß er uns zusammen auf Urlaub schickt", sagte Stachnovski. „Wär das was? Wir sind aus einer Ecke. Kommt aus Hindenburg, unser Moses, ich aus Beuthen. Ich paß auf

ihn auf!" Er sprach Worte, über die er erstaunt war. „Sag mal, Friitz! Warum ist das nur ein so verdammt gutes Schiff? Verstehst du das ..."
Er konnte plötzlich nicht weitersprechen.

Und einen Augenblick erinnerte sich Kuert wieder an das Gefühl, das er gehabt hatte, als er an Bord der *Doggerbank* gegangen war; an das Gefühl, zu Hause zu sein ...

„Was ist, träumst du?" fragte Perunie.

Kuert löste vorsichtig die Schablone.

„Fertig?" fragte Stachnovski. „Ist es ein schönes Schiiff?"

Kuert nickte.

Stachnovski stand auf und schielte auf seine Brust. „Hat jemand von euch einen Spiegel?" fragte er in die Runde.

DER Bugraum von U 43 meldete die Rohre klar.

„Entfernung eintausend Meter." Schwandtke sah durch seine Optik kein Licht an Deck des Schiffes. Es fuhr verdunkelt, hielt unverändert seinen Kurs.

Im Boot war es totenstill. Die Mariner wußten, was zu tun war. Sie hatten ihre Schuhe ausgezogen und liefen auf Strümpfen, damit sie keine Geräusche machten. Im Horchraum saß der Funkmaat vor seinen Geräten. Er hatte die 600-Meter-Notwelle eingeschaltet, um nach dem Auftauchen möglicherweise das Notsignal aufzufangen, das ihnen den Namen des Schiffes verraten würde.

Es war 20.55 Uhr, als sich die Mündungsklappen über den Bugtorpedorohren öffneten.

Schwandtke preßte seine Augen fester gegen das Okular. Dann hob er langsam den Arm. Alle warteten auf sein Zeichen.

STACHNOVSKI und Kuert standen an der Tür zum Mannschaftslogis. Perunie hielt einen kleinen Taschenspiegel in der Hand und besah sich die fertige Tätowierung auf seiner Brust.

Sie standen direkt am Niedergang; zwölf Stufen bis an Deck. Waldemar Ring war ausnahmsweise mit Kaffee für den Kapitän auf dem Weg von der Kombüse zur Kajüte Schneidewinds. Er ging schnell, um ihn nicht kalt werden zu lassen.

Papa Boywitt, der Fischer, befand sich auf dem Weg zu seinem Lieblingsplatz, dem Peildeck. Jeden Abend verbrachte er dort, saß dort allein und schaute in den Himmel. Dann stellte er sich vor, daß er in seinem Fischerboot saß, draußen vor dem Kurischen Haff ...

Kapitän Schneidewind hatte seine Kajüte verlassen. Er blieb neben dem Rudergänger stehen und starrte durch die große Scheibe in die Dunkelheit. Er sah nichts als den grauschwarzen Ozean. Die Nacht war kalt, angefüllt mit Grauen und Tod. Schneidewind fühlte, wie sie in ihn eindrang, von ihm Besitz ergriff mit ihrem schweigsamen, durchdringenden Schrecken.

Er wandte sich ab. Der Kaffee würde ihm guttun. Vielleicht ein Bad. Ein frisches Hemd. Eine Rasur. Es waren nur Schritte zu seiner Kabine. Er wollte gerade die Tür öffnen ...

SCHWANDTKE ließ den erhobenen Arm sinken und gab damit seinem Torpedooffizier den Schuß frei. Er hörte das Geräusch, als neben ihm der Abschußhebel umgelegt wurde.

U 43 schüttelte sich mit einer leichten Bewegung, als die drei Bugtorpedos ihre Rohre verließen. Schwandtke glaubte sie vor sich zu sehen, wie sie durchs Wasser zogen, schnurgerade, drei selbständig denkende Reptile, jetzt durch keine Macht der Welt mehr zurückzuhalten.

Jemand hinter ihm begann die Sekunden bis zum Aufschlag zu zählen.

EINE dumpfe Explosion erschütterte das Schiff. Für den Bootsmann Kuert stand sofort fest: Ein Torpedo mußte die *Doggerbank* getroffen haben! Wie aus einem Reflex heraus begann er zu rennen, die eisernen Stufen des Niederganges hinauf. Er hörte jemanden „Torpedo!" schreien, dicht an seinem Ohr. Erst dann wurde ihm klar, daß er selbst es war, der schreiend über Deck rannte, zusammen mit Dutzenden von Männern, die stolpernd und fallend alle die Reling zu erreichen suchten.

Er war vielleicht dreißig Meter gelaufen, als der zweite Torpedo traf und mittschiffs den Leib der *Doggerbank* aufriß. Kuert stürzte zu Boden, spürte den Sprühregen von der hohen Wassersäule, die an der Bordwand emporsprang und klatschend aufs Deck schlug.

Für Sekunden lag er dort wie gelähmt, unfähig, etwas zu tun. Die Schiffsmotoren waren verstummt. Fast ohne Fahrt und schon weit überhängend lag das Schiff im Wasser. Gestalten stolperten an ihm vorbei, sprangen über Bord ...

Das ernüchterte Kuert. Er erinnerte sich. Die ersten, die über Bord sprangen, hatten selten eine Chance. Sie gerieten womöglich in den

Sog des untergehenden Schiffes. Die Rettung saß in den Trümmern eines Schiffes, den Lukendeckeln, Balken und Kisten, die an die Oberfläche kamen, wenn das Schiff versunken war. Und dann fiel ihm ein, daß er die Aufgabe hatte, das Rettungsboot zu Wasser zu bringen.

Auf Händen und Füßen bewegte er sich vorwärts über das schräge Deck. In der Nähe hörte er wilde Angstschreie. Sie kamen aus Luk drei hinter der Brücke, in dem über hundert Männer ihre Schlafkojen hatten.

Er sah es sofort: Die schwere Eisenleiter, die hinunter ins Zwischendeck führte, hatte sich ausgehakt, schnitt den Männern den Ausweg ab. Das Luk war dunkel, bis auf ein paar Notlampen, winzige Pünktchen in der Finsternis. Aber er brauchte nichts zu sehen. Was er hörte, verriet ihm genug: Hunderte von Tonnen Wasser, die durch die klaffenden Lecks in der Bordwand in den Leib des Schiffes stürzten und Türen sprengten; Männer, die sich auf der Flucht vor dem schnell steigenden Wasser niedertrampelten, gefangen zwischen den eisernen Wänden. Sie hatten keine Chance. Sie mußten in dem überfluteten Raum wie Ratten ersaufen, zusammen mit dem Schiff, das sie erbarmungslos mit sich in die Tiefe zog.

Er wandte sich ab, stolperte blind weiter. *Ich muß zu meinem Boot*, an diesen einen Gedanken klammerte er sich.

Als er das Rettungsboot erreichte, traf der dritte Torpedo die *Doggerbank*. Das große Rettungsboot hing schräg in den Davits. Kuert riß das Beil aus seiner Halterung an der Reling und hieb wie wild auf die Taue los, die das Boot hielten. Aber es hatte keinen Sinn, es waren Drahttaue, und er brauchte sechs Hiebe, bis er das erste durchgeschlagen hatte. Nie würde er das Rettungsboot freibekommen! Er sah, wie sich der Steven des Schiffes dunkel aufrichtete, und warf das Beil weg. Als er sich umwandte, stand Mast zwei schon unter Wasser. Er wußte, daß das Ende kam. Nur der Gedanke ans Überleben beherrschte ihn. Das Notboot! Natürlich! Eine kleine Jolle, die sie in Japan an Bord genommen hatten. Sie lag auf dem Bootsdeck. Und sie war nicht angetäut!

Fast wäre das Wasser schneller gewesen, denn er hörte hinter sich bereits das gurgelnde Geräusch, als er das Bootsdeck erreichte. Er konnte nur noch eins tun: seine Hände durch die Schlaufen des Handseiles stecken, das außen um die Jolle herumlief.

Das Wasser erfaßte die Jolle, zerrte sie und den Mann, der sich an sie klammerte, mit sich. Kuert spürte einen schneidenden Schmerz in seinen Handgelenken. Der eiserne Mast huschte vorbei wie ein Beil, das ihn nur um Zentimeter verfehlte, und das nächste, was er bewußt wahrnahm, war das Wasser.

Um ihn wurde es dunkel. Etwas preßte seine Lungen zusammen, drückte ihm den Atem ab. Sein Kopf schien zu zerspringen. Er spürte weder Arme noch Beine, so als wären ihm die Glieder vom Rumpf gerissen worden.

Der Sog des sinkenden Schiffes hatte ihn mitsamt der Jolle wohl zehn Meter in die Tiefe gezogen. Erinnerte er sich später an diese Augenblicke, so gab es nur einen einzigen Gedanken, den die Todesangst nicht verdrängt hatte: *Festhalten ... Das Boot ... Halte das Boot fest ... Ein Boot kommt schneller an die Oberfläche als ein Mensch ...*

Der Druck ließ nach, als die Jolle wie ein Korken an die Oberfläche schoß. Kuert zog die Hände aus den Schlaufen. Seine Handgelenke schmerzten, als wären sie gebrochen. Er umklammerte den Rand des Bootes mit den Armen. So hing er dort, und sein Körper zuckte krampfhaft, während er das geschluckte Wasser erbrach. Um ihn war es seltsam still. Das Boot schwamm, Kiel nach unten, gestrichen voll von Wasser – aber es schwamm. Er hob den Kopf und sah schemenhaft das Schiff.

Ihr Schiff. Ihr sagenumwobenes, glückliches Schiff. Es war wie ein Traum, eine grausame, unwirkliche Vision: Den Steven steil aufgerichtet, verharrte die *Doggerbank* in der Luft. Kuert sah keinen Rauch, kein Feuer. Nur den aufrechten Leib des Schiffes. Plötzlich ging ein Beben durch den Rumpf. Langsam sackte er ab, fiel in sich zusammen wie schmelzendes Blei ...

Kuert spürte die leichten, schaukelnden Bewegungen, als er sich ins Boot zog.

Die Nacht schien nun heller, ein graues, ungewisses Zwielicht. Das Wasser trieb in einer langen Dünung vorbei. Aber es fehlte etwas – er vermißte das Geräusch der Wellen. Noch verwunderlicher war, daß er keine Hilfeschreie hörte. Eine eigenartige Stille lag über dem Boot, tief und schwer.

Seine Handgelenke bluteten, aufgescheuert von dem Hanfseil, an das er sich geklammert hatte. Er suchte nach einem Taschentuch. Aber er trug nichts mehr am Körper als ein Unterhemd und die seidene Dreiecksunterhose, die er sich in Yokohama gekauft hatte. Seine Hose, seine Schuhe und Strümpfe waren weg.

Paul Schneidewind, der Kapitän der Doggerbank (Mitte)
Unten: *Das U-Boot* U 43 *versenkte die Doggerbank 1943 bei den Azoren in dem Glauben, es wäre ein englisches Schiff; 364 deutsche Seeleute fanden dabei den Tod.*

Plötzlich waren seine Gedanken bei den anderen. Er horchte in die Nacht. Sie blieb dunkel und still, als sei er der einzige Überlebende.

Er durchsuchte das Boot, bis zu den Hüften im Wasser. In der Jolle hatten ein Mast, Segel und Bootsriemen gelegen. Nichts davon war mehr da. Nur das Ruder saß noch fest in seiner Halterung.

Du hast ein Boot. Du lebst und hast ein Boot. Alles andere wird sich finden.

Er vernahm jetzt zum erstenmal Geräusche. Sie wurden lauter, immer lauter. Der Druck auf dem Trommelfell ließ nach. Er schüttelte das Wasser aus den Ohren, und plötzlich war die Dunkelheit um ihn nicht mehr leblos und still. Er hörte von überall her Stimmen, Hilfeschreie. Sie mußten die ganze Zeit um ihn gewesen sein, nur hatte er sie nicht vernommen.

Er hob die Hände an den Mund. „Hierher!" schrie er. „Hier ist ein Boot!"

Aus der Dunkelheit schwamm eine Gestalt heran. Er sah zuerst nur Arme, die sich um den Bootsrand schlangen.

„Vorsicht!" warnte Kuert, schon wieder klar denkend. „Komm über die Ducht rein. Ich möchte nicht kentern..."

Ein Gesicht, ein schmales, grau verfärbtes Gesicht, dem die Haare in nassen Strähnen in die Stirn hingen.

„Perunie, bist du es?"

„Mensch, der Friitz!" Sein Atem ging keuchend. „Mein Friitz lebt."

Stachnovski klaffte das Hemd über der Brust auseinander, und darunter war die frische Tätowierung zu sehen.

„Wie bist du rausgekommen?"

Stachnovski schüttelte den Kopf. „Weiß ich nicht."

Sie kauerten schweigend nebeneinander auf der Ducht. Um sie ertönten Hilfeschreie leise und in weiter Entfernung, einmal hier und einmal dort.

Plötzlich richtete Stachnovski sich auf. „Diese Säue! Sie haben uns abgeschlachtet." Ins Leere starrend hob er die Faust und schüttelte sie drohend. Es war eine hilflose und ohnmächtige Geste. „Was haben diese Säue mit meinem Schiiff gemacht!" Er konnte plötzlich nicht weitersprechen. Er hatte Tränen in den Augen.

U 43 BRACH durch die Wasseroberfläche. Schwandtke stemmte das Turmluk auf. Er stieg auf die Brücke und nahm sein Nachtglas. Um ihn zogen die Wachen auf.

Der Kommandant von U 43 hatte noch immer das Bild vom Ende

des Schiffes vor Augen, so wie er es durch das Periskop beobachtet hatte. Von dem Augenblick an, wo das Schiff unter den hohen Wassersäulen fast verschwand, bis zu dem Augenblick, da es in die Tiefe sank, waren kaum acht Minuten vergangen. Schwandtke hatte das Bild fasziniert betrachtet. Seine erste Versenkung. Er war immer noch verwundert über die Leichtigkeit seines Erfolges. Über eine Stunde lang hatte er die Versenkungsstelle unter Wasser beobachtet, immer noch mißtrauisch. Um 21.58 Uhr hatte er dann Befehl zum Auftauchen gegeben.

„Wir gehen noch einmal zurück", entschied er jetzt.

Mit langsamer Fahrt lief U 43 auf die Versenkungsstelle zu. Die Männer auf der Brücke sahen bald die ersten Wrackteile auf dem Wasser. Dann meldete sich der Backbordausguck: „Da schwimmen ein paar Männer!" Es waren Tote. Sie trieben ganz nahe vorbei, die Gesichter nach unten. Schwandtke ließ die Diesel stoppen. In der Stille, die folgte, drangen aus der Dunkelheit Hilfeschreie...

Schwandtke sah die beiden Wachoffiziere an. „Sie sprechen doch Englisch. Fragen Sie die Leute nach dem Namen des Schiffes! Ich will den Namen!"

Der Erste WO war schon an der Leiter, als er sich noch einmal umwandte. „Sollen wir jemanden auffischen?"

Drei, vier stumme Sekunden folgten, während Schwandtke auf die See starrte, dorthin, wo das Schiff im Meer versunken war. Er war schon ein Risiko eingegangen, den Einzelfahrer zu jagen, während es seine Aufgabe war, seine Position im Vorpostenstreifen zu halten.

„Bringen Sie mir den Namen raus, weiter nichts", erwiderte er schließlich. „Wir müssen zurück."

DIE beiden Männer in der Jolle hatten begonnen, das Wasser aus dem Boot zu schöpfen. Aber mit den bloßen Händen allein war es aussichtslos.

In ihrer Nähe schrie jemand um Hilfe. Sie riefen zurück, horchten, bis sie die Bewegungen eines Schwimmers vernahmen. Es war Waldemar Ring. Als sie den Schiffsjungen ins Boot zogen, begann er zu schluchzen. Auch er trug nur Hemd und Unterhose. Er war, so berichtete er schließlich, von der Brücke aus über Bord gesprungen. Ob er Schneidewind noch gesehen habe? Ja, der Kapitän der *Doggerbank* sei gerade aus seiner Kabine gekommen. Er habe den Seesack mit den Geheimsachen dabeigehabt.

Ring zitterte vor Kälte und Erschöpfung. Die Augen in dem schmalen Gesicht blickten flehend, als erwartete er von ihnen zu hören, daß alles gut werden würde.

„Uns kann nichts mehr passieren", redete Kuert ihm zu. „Wir haben das Boot. Irgend jemand wird uns auffischen." Er fühlte, wie lächerlich wenig diese Worte jetzt bedeuteten. Glaubte er selbst daran? Es war nicht wichtig. Wichtig war nur, etwas zu tun.

Er wandte sich an Stachnovski. „Du gehst nach vorne, Perunie. Wir sind jetzt mittendrin in den Trümmern. Sieh zu, ob du was Brauchbares findest."

Waldemar folgte Stachnovski nach vorne. Er kauerte sich neben ihn auf den Boden des Bootes, bis zur Brust im Wasser. Ohne sich zu rühren, hockte er so da, während Stachnovski, weit nach vorne gebeugt, das Wasser absuchte.

Kurz darauf stieß Papa Boywitt zu ihnen. Er hatte auf einem alten Lukendeckel im Wasser getrieben, das Boot entdeckt und war darauf zugeschwommen. Kuert half ihm ins Boot.

Auch Boywitt hatte Schuhe und Hose verloren. Aber er trug immerhin ein Kolani, die blaue Marinejacke mit den goldenen Knöpfen, und ein Käppi. Er wrang die Jacke aus und fragte: „Habt ihr das Segel?"

„Kein Segel, kein Mast, keine Riemen, das ist alles weg", antwortete Kuert.

„Erst mal muß das Wasser aus dem Boot." Boywitt war die Ruhe selbst. Er begann, mit dem Käppi, das er gerettet hatte, das Wasser aus dem Boot zu schöpfen.

Es ist gut, Boywitt dabeizuhaben, dachte Kuert. Boywitt war Fischer. Er kannte sich mit Booten aus. Die Jolle hatte Platz für etwa sieben bis neun Mann. Es würde nicht gleich sein, wer diese Männer waren. Wenn sie überleben wollten, brauchten sie Leute wie Boywitt, mit seiner Ruhe und Erfahrung. Er war vermutlich der einzige von ihnen, der eine Ahnung davon hatte, auf welcher Position sich die *Doggerbank* bei der Versenkung befunden hatte, welches Ziel sie einschlagen konnten, wenn es hell wurde.

Boywitt schöpfte noch immer mit seinem Käppi, als sie die Persenning fanden. Eine Luftblase hielt sie an der Oberfläche; wie eine riesige Qualle trieb sie vorbei. Es war ein großes Stück, vier mal vier Meter. Sie hatten Mühe, es ins Boot zu ziehen, und noch mehr Mühe machte es Kuert, die feste, eingeölte Leinwand mit den bloßen Händen einzureißen. Schließlich gelang es ihm, ein Stück von siebzig mal siebzig Zentimetern abzutrennen. Er faßte es an zwei Ecken, Boywitt nahm die beiden anderen, und so begannen sie, Wasser zu schöpfen. Doch nach einer Stunde war das Boot immer noch halb voll.

Die ganze Zeit hörten sie Stachnovski Flüche ausstoßen. Er fischte etwas auf, warf es weg, fluchte: „Verdammt, wieder nichts zu fressen!" Er dachte an nichts anderes, und einmal konnten sie gerade noch verhindern, daß er ein Tau ins Wasser zurückwarf. „Hier wird nichts weggeschmissen!" Kuert riß ihm das Tau aus den Händen. „Wir können alles gebrauchen, jedes Stück!"

Perunie suchte, fluchte weiter. Aber von jetzt an fragte er jedesmal, wenn er etwas entdeckte: „Eine Kiste. Leer. Wollt ihr den Mist haben?"

Dann fischte er die blecherne Hülse einer 10,5 cm-Granate aus dem Wasser. Der Behälter faßte zirka acht Liter. Er war ideal zum Wasserschöpfen, und bald hatten sie die Jolle leer.

Außerdem fand Stachnovski Taue, Tampen und kurz nacheinander drei Ruderriemen. Boywitt wurde sofort hellwach. Er nahm einen der Riemen und steckte ihn probeweise durch das Loch in der mittleren Bootsbank, das für den Mast vorgesehen war. Der Riemen paßte.

„Wir nehmen zwei Riemen und binden sie zusammen, dann haben wir schon mal einen Mast!" schlug Boywitt vor. „Den dritten verwenden wir für die Querrahe, und aus der Persenning können wir ein Segel machen."

Kuert nickte. Wie gut war es, Boywitt dabeizuhaben.

Das Boot trieb in der Dünung. Jetzt, da es aus dem Wasser ragte, hörten sie das leise, stetige Klatschen der Wellen gegen die Seiten des Bootes. Aber da war noch ein anderes Geräusch! Kuert hob den Kopf. Es war sehr weit entfernt und klang wie ein Dieselmotor. Das U-Boot? Das Geräusch verstummte. Kuert war sich seiner Sache nicht sicher, und so machte er keine Bemerkungen darüber.

Er legte die Taue und die Persenning bereit. „Also", sagte er, „fangen wir an."

DIE beiden Wachoffiziere von U 43 standen vorne auf der Back des Bootes. Von der Brücke aus vernahm Schwandtke ihre Rufe: *„What ship? Who are you?* Wie heißt euer Schiff?"

Die Hilferufe aus der Dunkelheit schienen lauter zu werden. Schwandtke glaubte englische Wörter zu hören. *Help! Help!* Wie viele der 365köpfigen Besatzung der *Doggerbank* die Torpedierung und den Untergang des Schiffes überlebt hatten, wird nie feststellbar sein, aber es ist wahrscheinlich, daß etwa ein Drittel der Besatzung in diesem Augenblick noch lebte, und sicher hätten diese hundert Mann gerettet werden können – aber niemand auf U 43 schien einen Zweifel daran zu haben, daß man ein englisches Schiff versenkt hatte.

Die beiden Wachoffiziere auf der Back riefen noch immer zu den Schiffbrüchigen hinüber. Ein Wrackteil schlug mit dumpfem Poltern gegen den Bootskörper. „Beeilt euch!" rief Schwandtke ihnen zu. „Wir müssen weg!"

Die beiden Offiziere kamen über das Deck auf den Turm zurück. „Nun?" fragte Schwandtke. „Haben Sie was rausbekommen?"

„Ich bin nicht sicher", meinte der Erste WO. „Könnte ein englischer Schiffsname gewesen sein."

„Die *Dunedin Star?*" Das war bisher der einzige Anhaltspunkt – die Ähnlichkeit des Schiffes mit diesem Typ, so wie man es im Lloyd's-Register festgestellt hatte.

„Möglich, aber sicher bin ich nicht."

Wieder stieß eines der um sie treibenden Wrackteile gegen das Boot. Die Hilfeschreie wurden plötzlich lauter.

„Ein Schlauchboot, Herr Oberleutnant!" meldete der Backbordausguck. „Mit ziemlich vielen Leuten ..." Seine Stimme wurde aufgeregter. „Ein paar Mann gehen ins Wasser, schwimmen auf uns zu ... Sind höchstens noch zwanzig Meter weg!"

Schwandtke gab seine Befehle. Die Diesel sprangen an, und das Boot fuhr rückwärts von der Versenkungsstelle weg. Schwandtke blickte durch sein Nachtglas zurück auf die Trümmer und die Menschen...

Warum hat er niemanden aufgefischt? Ein Befehl, es nicht zu tun, bestand nicht, und in der Nacht war sein Boot nicht der Gefahr ausgesetzt, von feindlichen Flugzeugen entdeckt zu werden. Im Kriegstagebuch von U 43 ist ausdrücklich erwähnt, daß Schwandtke befürchtete, die herumschwimmenden Tampen und Trümmer könnten sich in den Schrauben des Bootes verfangen. Aber der Grund scheint konstruiert. Schwandtkes Handlungsweise bleibt ein Rätsel.

Um 10.30 Uhr erreichte U 43 seine Position in der Gruppe „Tümmler". Von U 66, dem Nachbarboot in der Vorpostenkette, kamen Blinkzeichen. U 43 gab sein Erkennungssignal und berichtete von seinem Erfolg. G<small>RATULIERE</small>, kam die Antwort durch die Nacht.

Zweiter Teil: Das Boot

Sie hatten die ganze Nacht über nicht geruht, und im ersten grauen Zwielicht der Morgendämmerung war das Behelfssegel fertig. Boywitt zog die ölgetränkte Persenning am Mast hoch. Es war ein großes Segel für die kleine Jolle, und als Wind aufkam, gewannen sie schnell an Fahrt.

Kuert hatte sich ans Ruder gesetzt. Er ließ die Jolle zunächst einen Halbkreis beschreiben und probierte dann ein paar scharfe Wendungen – die Jolle gehorchte. „Wir segeln!" schrie er. „Mein Gott, Papa, wir segeln!" Er beugte sich herab und rief Stachnovski unter dem Segel hindurch zu: „Halt nach den Trümmern Ausschau. Vielleicht finden wir die anderen..."

Sie waren in der Nacht von der Stelle der Versenkung abgetrieben worden. Um sie war nichts als das Meer, bleiern grau wie die Wolken, die über ihnen hingen. Wrackteile sichteten sie jetzt nicht mehr.

Das Holz der Ruderpinne fühlte sich gut an. Kuert spürte keinerlei Panik. Wann immer Gedanken an die Augenblicke der Torpedierung kamen, drängte er sie zurück. Er konzentrierte sich auf die Gegenwart. Die Nacht hatte ihm überraschend wenig ausgemacht. Er wunderte sich, wie wenig er fror. *Du bist gut in Form. Du bist schon abgesoffen, als du schlechter dran warst.*

„Mach langsam!" rief Stachnovski plötzlich. „Da, Steuerbord! Ob die noch leben?"

Kuert hatte die Köpfe bereits gesehen und hielt darauf zu. Er zählte sieben Männer. Sie lagen regungslos im Wasser, das Gesicht nach unten. Man sah von ihnen nur die Schwimmwesten und den Kranz der im Wasser ausgebreiteten Haare...

Boywitt hob die Hand, berührte seine Stirn, die Brust, die linke und rechte Schulter; seine Lippen bewegten sich, als er sich bekreuzigte. Kuert warf das Ruder herum und führte das Boot von den Leichen weg.

Sie fanden weitere Tote. Und sie fanden vier, die überlebt hatten. Zuerst zog Stachnovski den Bootsmaat der Artillerie ins Boot, Gernhöfer, einen Mann von vierzig. Er war am Ende seiner Kräfte. Der nächste war Klockmann, der Offizierssteward. Er war kaum zwanzig, ein Bulle von Kerl, dem die Nacht im Wasser wenig ausgemacht hatte.

Nach ihnen fischten sie noch den Ingenieursaspiranten Bergmann auf und Henke, einen der Rudergänger auf der *Doggerbank*.

Die Männer zogen ihre nassen Hemden und Jacken aus. Sie waren dankbar für die Sonne, die jetzt schien. Eine Stunde verging. Keine Wrackteile, keine Toten, keine Überlebenden. Nur die See.

Sie waren jetzt acht Mann an Bord, und die kleine Jolle lag tief im Wasser. Acht Mann! Zur Not konnten sie noch drei oder vier aufnehmen. Und dann? Dann gab es nur noch eines: Land. Sie mußten die Küste erreichen. Aber welche Küste?

Kuert beugte sich zu Boywitt und senkte seine Stimme, damit die anderen ihn nicht hörten. „Hast du Ahnung von Navigation?"

Boywitt blickte auf seine Hände, die das zum Segel führende Tauende hielten. „Nicht ausreichend. Nur der Alte verstünde genug."

Stachnovski kam unter dem Segel durch nach hinten gekrochen. Sein schmales Gesicht war nur noch ein hohlwangiger Schatten. Kuert bemerkte, daß die Tätowierung auf seiner Brust vom Salzwasser angefressen war.

„Glaubt ihr, daß wir noch eines der Rettungsboote finden?" fragte Stachnovski.

„Wenn eines zu Wasser gekommen ist."

„Und wenn nicht? Weißt du, was das bedeutet? Wir sind fertig, Friitz! Nichts zu fressen, keinen Tropfen Trinkwasser –"

„Geh an deinen Platz nach vorn", unterbrach ihn Kuert. „Und hör auf zu denken! Denken ist nichts für Schiffbrüchige."

Das habe ich ihnen voraus. Keiner von den anderen war je abgesoffen. Er hingegen hatte es nicht nur einmal erlebt. Und eines wußte er aus Erfahrung: Denken ist Gift. Es zerstört alle Kraft. Aufpassen, wachsam sein, aber nicht denken. Und wenn, dann nicht weiter als bis zur nächsten Minute...

„Das U-Boot!" Der Schrei kam von Stachnovski, von seinem Platz als Ausguck an der Spitze der Jolle. „Ich habe das Periskop gesehen!" Er deutete in die Sonne, und einen Augenblick lang erlag auch Kuert der Täuschung. Er war unfähig, sich zu rühren, etwas zu sagen.

„Es ist das Schlauchboot", sagte Papa Boywitt schließlich. Jetzt war es klar zu erkennen: Das große Schlauchboot der *Doggerbank*, das zum Transport von Torpedos gedient hatte, schwabberte in der Dünung. Das, was Stachnovski für ein Periskop gehalten hatte, war nichts als ein Ruderriemen, an dem ein Unterhemd flatterte.

Kuert segelte darauf zu, bis er hinter dem hohen Wulst des

Schlauchbootes die eng zusammengedrängten Männer sah, sicher an die dreißig. Draußen im Wasser hingen weitere dreißig bis vierzig Männer an den Handseilen.

Sie waren mit der Jolle bis auf dreißig Meter herangekommen. Plötzlich ließ Kuert das Boot abfallen. Boywitt sah fragend auf.

„Wenn die plötzlich alle zusammen zu uns in die Jolle wollen, schmeißen sie uns das Boot um", sagte Kuert. „Wir gehen nur auf Rufweite heran."

„Der Käpten!" schrie Stachnovski. „Ich glaube, der Käpten ist dabei."

Kuert erkannte die weiße Mütze und die blaue Jacke. Er führte die Jolle vorsichtig etwas näher an das Schlauchboot heran.

„Wer führt das Boot?" Es war wirklich Schneidewinds Stimme, die sie anrief.

„Bootsmann Kuert!" Es kam ihm ganz selbstverständlich über die Lippen, obwohl Papa Boywitt älter war.

„Wieviel Mann?"

„Acht."

„Habt ihr kein Rettungsboot gesehen?"

„Nein. Wir haben alles abgesucht."

Eine Weile herrschte Schweigen. Dann kam Schneidewinds Stimme: „Wir müssen ein Boot finden. Das Schlauchboot ist leck, und wir sind zu viele Leute. Sucht weiter."

Kuert blickte hinüber zu der weißen Mütze. Er dachte nicht an die anderen. Er dachte nur daran, daß sie einen Mann brauchten, der etwas von Navigation verstand.

Er beugte sich vor, hob die Hände an den Mund. „Wie wär's, wenn Sie zu uns in die Jolle kämen, um die Suche zu führen, Käpten?"

Er ließ das Schlauchboot nicht aus den Augen, jederzeit bereit, das Ruder herumzuwerfen. Endlich kam Schneidewinds Antwort: „Gut. Holt mich."

Kuert beobachtete, wie sich der Kapitän über den Rand des Bootes ins Wasser ließ. „Perunie, du schnappst ihn dir!" ordnete er an.

Schneidewind war vielleicht zehn Meter geschwommen, als Stachnovski ihn zu fassen bekam. Kuert warf das Ruder herum. Die anderen duckten sich, als das Segel herumschlug.

Wir sind verdammt gut eingespielt, dachte Kuert voller Stolz. Und jetzt, da sie den Kapitän an Bord hatten, waren ihre Chancen noch besser.

Schneidewind nahm auf der hinteren Bank am Ruder Platz, immer noch in seiner triefnassen Uniform. Er war der einzige von ihnen, der vollständig bekleidet war. Er besah sich das Segel und blickte dann auf die acht Männer in der Jolle.

„Was ist mit Ihrem Rettungsboot, Kuert? Warum ist es nicht zu Wasser gekommen?"

Kuert hatte seinen Platz am Ruder für den Kapitän frei gemacht und sich Boywitt gegenüber auf den Boden gesetzt. „Ich konnte es nicht zu Wasser bekommen. Die Zeit war zu kurz."

„Nichts gesichtet?"

„Glaube nicht, daß sie zu Wasser gekommen sind."

„Wir werden noch mal suchen", entschied Schneidewind. „Beim Schlauchboot befinden sich über siebzig Mann. Und das Boot ist leck. Vier Mann pumpen ständig. Sie halten vielleicht den Tag noch aus, aber keine Nacht mehr..."

Er zog den Kapitänsrock aus, und Boywitt legte ihn zum Trocknen aus. Wieder sah Schneidewind von einem zum anderen. „Hat jemand das U-Boot gesehen?"

Einer nach dem anderen schüttelte den Kopf. Niemand sagte etwas.

„Im Schlauchboot, da waren einige, die behaupteten, sie hätten es gesehen", fuhr Schneidewind fort. „In der Nacht, nach der Versenkung. Binder war dabei." Binder war einer der Rudergänger der *Doggerbank*. „Er sagte, sie seien an das U-Boot herangeschwommen und hätten um Hilfe geschrien. Er will gehört haben, daß vom U-Boot aus nach dem Namen des Schiffes gefragt wurde – auf englisch."

„Haben sie jemanden aufgefischt?" fragte Kuert.

„Binder sagt nein. Als man sie bemerkte, seien die Diesel angesprungen, und das U-Boot habe sich aus dem Staub gemacht."

Der Wind war aufgefrischt. Schneidewind wandte seine Aufmerksamkeit dem Ruder zu.

S*IE* kreuzten den ganzen Tag lang in allen Richtungen. Sie fanden kein Boot, aber sie sichteten schließlich das Floß der *Doggerbank*.

Die Dämmerung hatte schon begonnen. Das klobige, schwere Floß schwamm auf zwei verzinkten Tonnen, die fast zwei Meter hoch aus dem Wasser ragten. Oben auf den Brettern saßen Henry Schaper, einer der Ingenieure der *Doggerbank*, und Thielmann, einer der Heizer, und – was sie erst bemerkten, als Waldemar Ring einen lauten Schrei ausstieß – der Schiffshund Leo. Der grauweiße Foxl sprang mit einem

Satz in die Jolle. Jaulend leckte der Hund dem Schiffsjungen das Gesicht ab und verkroch sich dann zwischen seine Beine.

Schaper und Thielmann stiegen in die Jolle über, und dann wurde auf Befehl Schneidewinds das Floß in Schlepp genommen. Es hatte Platz für gut zwanzig Männer, und so würde sich wenigstens ein Teil der Leute vom Schlauchboot darauf retten können. Jetzt wurde es schnell dunkel. Sie kamen kaum voran mit dem klobigen und schweren Floß im Schlepp.

So segelten sie bis tief in die Nacht. Als sie nach Meinung Schneidewinds ganz in der Nähe des Schlauchbootes waren, riefen sie in die Dunkelheit. Doch sie bekamen keine Antwort.

Schließlich gab der Kapitän die Suche auf. Boywitt ließ das Segel herunter. Sie vertäuten das Floß so, daß die Jolle in seinem Windschatten lag, und ließen sich treiben.

Der Wind war stärker geworden. Kuert spürte zum erstenmal die Kälte. Er hatte seinen Platz an der Seite des Kapitäns beibehalten, während sich die anderen neun Männer auf den Boden der Jolle gelegt hatten. Unter dem Rest der Persenning lagen sie eng nebeneinander auf den harten Holzrippen, um sich gegenseitig zu wärmen. Nur die Geräusche der Nacht waren um sie herum.

Kuert döste vor sich hin. Er hielt den Kopf auf den angezogenen Knien, und ihn fror in dem eisigen Wind. Wann immer er aufblickte, sah er den Kapitän reglos auf der Ruderbank sitzen, jetzt wieder in seinem Rock. Die Knöpfe blitzten. Seine Mütze leuchtete weiß. Er saß dort, kerzengerade, steif und wachsam. So wartete er auf den Morgen und der Bootsmann Kuert mit ihm ...

DER Morgen des zweiten Tages nach der Versenkung begann so hoffnungslos und grau, wie die Nacht gewesen war. Die See war unruhiger geworden. Die elf Männer in der kleinen Jolle erhoben sich, zitternd und steif vor Kälte. Sie blickten schweigend auf die weißen Schaumkronen unter dem grauen Himmel.

Es war Schneidewind, der sie ermunterte, aufrüttelte: „Wir müssen weiter. Wir müssen das Schlauchboot finden."

Boywitt zog das Segel auf, und sie fuhren los, das schwere Floß im Schlepp. Sie kamen noch langsamer voran als am vergangenen Tag, in der wogenden See, in der die Jolle heftig rollte.

Stachnovski sah es als erster: schwarze, tanzende Punkte auf den Wellenkämmen. Sie verschwanden in den Wellentälern, tauchten wieder auf. Als Schneidewind darauf zuhielt, erkannten sie die Köpfe der Schwimmer, die verzweifelt gegen die schwere See ankämpften.

„Vier", stellte Kuert fest. „Es sind nur vier." Sie waren jetzt so nah, daß er sie erkennen konnte. „Binder ist dabei – und Bahrend..."

Der Kapitän saß wie erstarrt am Ruder. Trotz seiner Beherrschtheit zeigte sein Gesicht jetzt Entsetzen. „Mein Gott. Die waren im Schlauchboot... Nur vier?" Doch so sehr sie das Meer mit den Augen absuchten, sie sahen nur vier Köpfe.

Sie holten die Männer nacheinander ins Boot: Binder, ein Vollmatrose, zwanzig Jahre, ein Badener aus Waldshut; Heller, neunzehn Jahre, von der Kriegsmarine und in Yokohama auf die *Doggerbank* übergestiegen; Schuster, auch er wenig älter als neunzehn, ein schmächtiges, stilles Jüngelchen; schließlich Bahrend, der ehemalige Koch. Sie alle lehnten ausgepumpt an der Bordwand, mit grauen, eingefallenen Gesichtern.

Kuert hatte sich zu Bahrend herabgebeugt. Er packte ihn bei den Schultern, als müsse er ihn wach rütteln. „Was ist passiert?"

Bahrend wehrte ab, mit einer erschöpften, resignierenden Handbewegung. Er wies auf Binder. „Laß ihn erzählen."

„Was ist mit dem Schlauchboot?" fragte Schneidewind.

„Das Boot ist weg", sagte Binder stockend.

„Wieso?"

„Gestern abend. Einige Männer glaubten, ihr wäret abgehauen, ohne uns... Damit fing es an..." Er schlug die Hände vors Gesicht. „Die Leute wollten nicht mehr pumpen, sagten, es habe doch keinen Sinn mehr... Einige haben sich abtreiben lassen. Und dann... erschoß sich Fischer." Fischer, Kapitänleutnant der Kriegsmarine, war in Yokohama an Bord gekommen.

Schneidewind sah mit einemmal alt aus, wie ein geschlagener Mann. „Er hatte eine Waffe?"

Binder nickte. „Eine Pistole, in einem wasserdichten Beutel um den Hals."

Schneidewind faßte sich an die Brust. Kuert beobachtete die Bewegung, aber er schenkte ihr in diesem Augenblick weiter keine Beachtung.

„Er fing mit dem Wahnsinn an", fuhr Binder stockend fort. „Er hat sich als erster erschossen. Die in seiner Nähe müssen die Pistole aufgefangen haben. Die waren alle verrückt... Wir hörten acht Schüsse."

Schneidewinds Gesicht blieb unbewegt, doch für eine Sekunde schloß er die Augen, als könnte er so der Wahrheit ausweichen. Dann blickte er über die kleine Jolle, zählte die Köpfe, fünfzehn Mann, der Rest von dreihundertfünfundsechzig.

„Danach gerieten alle in Panik", sagte Binder. „Ließen sich einfach abtreiben. Ein paar klammerten sich an das Schlauchboot, aber niemand pumpte mehr, und es sank schnell."

„Wie viele leben noch?" fragte Schneidewind.

„Von uns? Bloß wir vier, Bahrend, Heller, Schuster und ich. Nur wir hatten eine Schwimmweste..."

Im Boot war es still. Die Männer in der Jolle sahen ihren Kapitän an. Auf ihren Gesichtern lagen Grauen, Angst. Der Tod der anderen – er war plötzlich vergessen, unwirklich. Sie hatten Angst um sich selbst. Hatten *sie* eine Chance?

Unter ihren Blicken schien der Kapitän sich aufzurichten. „Es gibt nur eins für uns", erklärte er. „Wir müssen sehen, daß wir Land erreichen."

Sie sahen ihn schweigend an, fünfzehn Mann in einer Jolle, die kaum zehn Zentimeter aus dem Wasser ragte. Sie waren tausend Seemeilen von der nächsten Küste entfernt, ohne Kompaß, ohne Proviant, ohne Trinkwasser...

„Die Azoren liegen am nächsten", fuhr Schneidewind fort. „Aber die Aussichten sind nicht gut. Wir hätten den Wind gegen uns. Außerdem wird es nach Norden zu kälter. Die Azoren scheiden also aus."

Die Sonne kam für Augenblicke hinter den Wolken hervor, aber sie spendete kaum Wärme.

„Die Bahamas können wir ebenfalls ausschließen. Da sind Strömungen, die wir nicht schaffen mit unserem überfüllten Boot." Er schwieg, sagte dann, als sei der Gedanke schon fertig in seinem Kopf gewesen: „Wir haben nur eine Chance – Südamerika."

„Mit dieser Nußschale?" sagte Stachnovski. „Ohne was zu fressen? Ohne Wasser?"

„Es wird keine leichte Fahrt", antwortete Schneidewind, „aber wir haben den Wind im Rücken. Und es zu versuchen ist besser, als nichts zu tun. Wir kreuzen auf unserer Route mindestens sieben neutrale Schiffsrouten. Außerdem wird es wärmer, je weiter wir nach Süden kommen."

„Wie lange werden wir brauchen?" fragte Kuert.

„Zwanzig Tage – im günstigsten Fall."

Zwanzig Tage in dieser Jolle, dachte Kuert. Aber er sagte nur: „Und das Floß?"

„Wir müssen es treiben lassen", entschied Schneidewind. „Mit dem schweren Floß schaffen wir keine drei Meilen in der Stunde. Und wir müssen segeln! Segeln, so schnell und so lange wir können."

Seine Hand fuhr in die Seitentasche seiner Uniformjacke. Als er sie hervorzog, hatte er ein Messer in der Hand, ein flaches, silbernes Taschenmesser. Er reichte es Kuert. „Kappen Sie das Tau, Kuert. Wer weiß, wozu wir es noch brauchen."

Kuert zog das Floß heran. Das Messer hatte nur eine Klinge. Sie war schartig, als er das Tau endlich durchschnitten hatte.

„Behalten Sie es nur", sagte Schneidewind, als Kuert das Messer zurückgeben wollte. Kuert schloß seine Hand um das Messer und spürte ein seltsames Glücksgefühl: Er besaß etwas, was die anderen nicht hatten. Er rollte das Messer in das Gummiband seiner Unterhose ein.

„Zwei Mann halten sich bereit zum Wasserschöpfen!" befahl Schneidewind. „Stachnovski und Henke, ihr fangt an. Ihr anderen legt euch in den Steven rein, dann seid ihr warm und gefährdet das Boot nicht. Versucht zu schlafen. Schont eure Kräfte."

Er nickte Boywitt zu. Der alte Fischer zog das Segel auf. Schneidewind nahm das Ruder. Es war Mittag geworden, vierzig Stunden nach der Versenkung der *Doggerbank*, als der Kapitän die Jolle auf Kurs brachte.

KUERT saß zu Füßen des Kapitäns auf dem Boden in der Mitte der Jolle. Es war so eng dort, daß seine Knie die von Boywitt berührten, der ihm gegenübersaß.

Das Glücksgefühl, das sich mit dem Besitz des Messers eingestellt hatte, war geblieben. Er hatte zwei Kerben in den Rand der Jolle geschnitten, eine für jeden Tag, hatte die Holzstückchen in den Mund gesteckt und zerkaute sie langsam. Auch das hatten die anderen nicht.

Inzwischen war eine starke Brise aufgekommen. Sie segelten mit dem Wind und der Strömung. Ab und zu brach die Sonne durch die Wolken, aber es blieb frisch. Alle zwei Stunden lösten Kuert und Boywitt einander am Segel ab. Dann wechselten auch die Wasserschöpfer, die am Mast saßen. Nur Schneidewind verließ seinen Platz am Steuer nicht. Die Spannung war aus seinem Gesicht gewichen; er schien nun ruhig und zuversichtlich.

Es wurde schnell dunkel. Die Geräusche, das Klatschen der Dünung gegen die Seiten des Bootes und das Zerren des Segels, bekamen etwas Unheimliches.

„Sie können mich ablösen", sagte Schneidewind schließlich.

Kuert rutschte vorsichtig auf die Bank, übernahm das Ruder. Er blickte auf das Segel.

„Das Segel bleibt oben!" befahl Schneidewind. „Wir müssen weitermachen, auch in der Nacht."

Die Sterne waren herausgekommen, flackernd und kalt.

„Sehen Sie den Großen Bären, Kuert? Steuern Sie so, daß wir ihn immer fünf bis zehn Grad Steuerbord achteraus haben." Schneidewinds Stimme war sehr beherrscht und ruhig. „Dann können wir gar nicht falsch segeln ..."

KUERT schnitt seine Kerbe in den Rand des Bootes – die dritte. Schneidewind hatte in der ersten Morgendämmerung wieder das Ruder übernommen. Boywitt bediente das Segel. Die anderen erhoben sich, aber nach einem Blick auf die tiefhängenden Wolken krochen sie unter die wärmende Persenning zurück.

Wenn Kuert nicht segelte, versuchte er zu schlafen. Aber der Hunger war stärker als die Müdigkeit. Wenn er ans Essen dachte, wurde sein Kopf völlig leer. Sein ganzer Körper schrie nach Nahrung.

Weder Boywitt noch der Kapitän sagten etwas, obwohl er ihre Mägen ganz deutlich knurren hörte. Sicher würde bald einer anfangen, vom Essen zu reden. Er tippte auf Stachnovski.

Aber es war dann Jan Bahrend, der damit begann. Der Koch lehnte gegen den Mast; das war sein Stammplatz, den er sich nicht nehmen ließ. Die anderen erwachten aus ihrer Lethargie, während Bahrend erzählte. Er erzählte von türkischen Hähnchen, von Enten mit Melone, gefülltem Truthahn. Er erzählte, wo er sie gegessen hatte, wo sie am besten seien, wie sie zubereitet wurden ...

Kuert wußte, während er ihm zuhörte, daß irgend etwas falsch daran war, Bahrend reden zu lassen. Es würde ihren Hunger nur verstärken, ihn qualvoller und unerträglicher machen. Aber er hörte es gerne. Später, in der Erinnerung, war für Kuert der Hunger in diesen drei Tagen – dem dritten, vierten und fünften nach der Versenkung – am schlimmsten, viel schlimmer als der Durst. Und am Morgen des fünften Tages wären sie beinahe gekentert, weil es deswegen Streit gab.

In der Dämmerung hatte sich Stachnovski an Waldemar Ring herangemacht und versucht, ihm den Hund aus den Armen zu reißen. Dabei hatte er geflucht und geschrien: „Schlachten wir doch den verdammten Hund." Waldemar hatte sich gewehrt, und schließlich hatte der Moses blind zugebissen.

Kuert konnte Stachnovski und Waldemar gerade noch auseinanderreißen. Stachnovski hielt seine Brust. Als er die Hand wegzog, war sie voller Blut. Waldemar kauerte am Boden, den Hund an sich gepreßt.

„Was soll der Köter!" schimpfte Stachnovski. „Ich bin dafür, wir schlachten und essen ihn. Oder wir könnten sein Blut trinken."

„An dem Köter ist nichts dran als Haut und Knochen", sagte Henke. „Schlachten wir doch den Stachnovski. Wer dafür ist, Hand hoch ..."

Eine Sekunde lang wußte niemand, ob er es ernst meinte. Stachnovski wich zurück. Seine Augen wurden weit, und er hob die Hände in Abwehr.

Kuert trat auf ihn zu und packte ihn bei den Schultern. „He, Perunie!" sagte er beschwörend. „Was ist los? Wenn wir nicht zusammenhalten, gehen wir alle drauf."

Stachnovski lachte plötzlich, ein verzweifeltes, halb irres Lachen. „Der Bahrend soll aufhören ... Ich kann es nicht mehr ertragen, wenn er vom Essen redet ..."

Bahrend sprach danach nie wieder vom Essen. Der Zwischenfall schien bald vergessen. Aber sie waren nicht mehr dieselben danach. Sie hatten sich verändert. Es war, als hätten sie alle, jeder für sich allein, eine unsichtbare Grenze überschritten, hinter der andere Gesetze galten.

DER Wind wurde von Stunde zu Stunde stürmischer, und Brecher schlugen ins Boot. Zwei Mann schöpften ständig; sie mußten sich alle halbe Stunde ablösen, länger hielten sie nicht durch. Schneidewind ließ nicht einmal die Segel reffen. Er segelte die Jolle durch den Sturm, daß selbst Boywitt, der ein guter Segler war, vorschlug, die Segel einzuholen. Schneidewind schüttelte nur den Kopf. So vergingen die Nacht, der folgende Tag und die Nacht darauf – mit Segeln und Schöpfen, Schöpfen und Segeln.

Am Morgen des siebten Tages ließ der Wind etwas nach. Schwere Wolken hingen über dem Wasser. Manchmal sah man, wie in der Ferne ein Regenschauer niederging.

Stachnovski hatte die Männer geweckt. Sie hatten die Persenning über den Steven ausgebreitet in Erwartung des Regens. Für Stunden jagten sie den regenverheißenden Wolken nach. Erst gegen Abend kam die Erlösung. Sie gerieten in einen dichten Schauer. Während der Regen herunterkam, die Persenning füllte, hingen die Männer vorne im Boot ihre Köpfe in das Wasser und soffen wie Pferde.

Kuert hatte das Segel heruntergelassen. Boywitt half ihm, die Persenning von der salzigen Kruste zu säubern, die sich darauf gebildet hatte. Sie fingen das Wasser auf, und dann trank er in großen Zügen. Wenn er Luft holte, wurde er gewahr, wie die andern neben ihm vor Wonne stöhnten.

Er trank, bis sein Bauch hervorquoll. Als er Schneidewind am Ruder ablöste, um den Kapitän trinken zu lassen, hatte er plötzlich Angst: Was, wenn der Regen aufhörte, ehe er noch einmal dazu kam zu trinken? Er stürzte zum Segel, als Schneidewind ans Ruder zurückkehrte. *Wer weiß, wann du wieder etwas bekommst.*

Schließlich füllte er den Blechbehälter, die leere Granatenhülse, mit Wasser. Er stellte ihn unter die Ruderbank. In dem Rest des Wassers, das noch im Segel war, wusch er sich das Gesicht und die eiternden Wunden an seinen Handgelenken, die nicht mehr verheilt waren. Dann setzten sie wieder das Segel, und Schneidewind führte das Boot auf seinen Kurs zurück.

Der Regen hatte sie alle bis auf die Haut durchnäßt. Im ersten Augenblick war es für Kuert ein herrliches, erfrischendes Gefühl gewesen. Jetzt spürte er nur die Kälte. Und nach einer Stunde hatte er wieder Durst...

Gleich am Morgen – es war der achte Tag, und der Sturm hatte wieder zugenommen – verteilte Kuert das Wasser. Jeder von ihnen bekam den Deckel des Blechbehälters voll. Als sie alle getrunken hatten, war der Behälter halb leer.

Kuert beobachtete die anderen, während sie tranken. Stachnovski war ganz ruhig. Sie hörten ihn nie mehr fluchen. Bahrend erzählte keine Geschichten mehr; er, der alte Schwarzseher und Märchenerzähler, saß dumpf an den Mast gelehnt. Er duckte sich nicht einmal, wenn der Gischt der hohen Wellen ihm ins Gesicht stob. Keiner war mehr der, der er gewesen war.

Sie sprachen jetzt überhaupt nicht mehr miteinander. Jeder war für sich allein, in einem sonderbaren Schweigen. Sie schienen vergessen zu haben, daß sie einmal zusammen auf einem Schiff gefahren waren, das *Doggerbank* hieß. Sie hatten den Krieg vergessen, das U-Boot, vielleicht ihre Vergangenheit. Stachnovski – wer war Stachnovski? Boywitt – er hatte mal etwas von ihm gewußt. Er war vergessen. Wer war er selbst?

Kuert zählte die Kerben, fuhr mit dem Finger darüber. Fünf und drei. Acht Kerben. Dann mußte heute ... Sonntag sein. Sie waren jetzt eine Woche unterwegs.

Schneidewind hatte gesagt, daß es wärmer werden würde. Kuert hatte das Gefühl, daß es kälter geworden war. Schneidewind hatte von Schiffsrouten gesprochen, die sie kreuzen würden. Aber sie hatten kein einziges Schiff gesichtet. Er fühlte sich plötzlich unsicher. Ob er durchhalten würde? So etwas zu denken war Wahnsinn, der Anfang vom Ende. Er schob die Gedanken beiseite; er spürte, daß sie den Rest seiner Kraftreserve zerstören würden.

Am Abend übernahm er das Ruder von Schneidewind. Das war bisher immer ohne Worte geschehen. Doch diesmal fragte er, und er war überrascht, daß die Worte ganz normal über seine Lippen kamen: „Was denken Sie, wie weit wir gekommen sind?"

Schneidewinds Antwort kam ohne Zögern: „Ich schätze an die achthundert Meilen. Eher noch mehr. Wir müssen bald am nördlichen Wendekreis sein."

„Haben wir schon die Hälfte?"

„Noch nicht ganz."

Wieder fragte Kuert sich, aus welchen geheimen Quellen der Kapitän seine Ruhe und Zuversicht schöpfte. Er senkte seine Stimme; er wollte nicht, daß jemand ihm zuhörte. „Sie glauben noch immer, daß wir eine Chance haben, Käpten?"

„Der Große Bär wird bald verschwinden." Auch Schneidewind flüsterte. „Dann haben wir eine Zeitlang nichts, nach dem wir segeln können. Nach zwei Tagen wird das Kreuz des Südens zu sehen sein." Seine Hand zeigte voraus über das Segel. „Dort, backbord voraus, fünf bis sieben Grad. Merken Sie es sich, Kuert, falls etwas passiert."

Eine Weile sprachen sie nicht. Im Grunde hatte Schneidewind Kuerts Frage nicht beantwortet, war ihr ausgewichen.

„Ich frage mich", fuhr Schneidewind fort, „ich frage mich die ganzen Tage, ob es nicht meine Schuld war. Das U-Boot, Kuert ... Ich war so sicher, daß es ein deutsches war. Vielleicht war ich mir einfach zu sicher ..." Er verstummte.

Plötzlich fiel es Kuert wie Schuppen von den Augen. Schneidewinds äußere Ruhe war nur Fassade; dahinter verbargen sich Selbstvorwürfe, Fragen, Zweifel ... *Ich darf nicht zweifeln*, dachte Kuert. Das U-Boot – das war jetzt nicht wichtig.

„Glauben Sie, daß wir alle es schaffen?" Es war ein Gedanke, der ihn seit langem beschäftigte.

„Einige vielleicht, vielleicht schaffen es einige von uns ... Haben Sie es sich gemerkt, wie Sie segeln müssen? Das Kreuz des Südens – backbord voraus, fünf bis sieben Grad ..."

Er würde es sich merken. Er würde einer von denen sein, die überlebten.

Die Stunden vergingen. Er saß da, auf das Ruder gestützt. Sein Nakken war steif. Der Arm auf dem Ruder fühlte sich an wie ein totes Stück Holz. Sein Mund war ausgetrocknet. Er dachte an den Rest Wasser in dem Behälter unter der Ruderbank. Ein Schluck, dachte er, nur ein Schluck. Niemand würde es bemerken, wenn er heimlich einen Schluck trank.

Oder schlafen. Eine Sekunde nur. Nur die Augen schließen ... Er schreckte auf. Er war einen Moment eingenickt. Seine Hand am Ruder hatte mit einer falschen Bewegung das Boot beinahe zum Kentern gebracht.

Wie willst du so überleben?

Er schöpfte mit der Hand Wasser und schüttete sich das kalte Seewasser in den Nacken. Und das wiederholte er jedesmal, sobald er müde wurde ...

DAS Regenwasser in dem Behälter war über Nacht bräunlich vom Rost geworden. Kuert verteilte es gleich am Morgen, schüttete jedem seine Ration in den flachen Deckel.

Als er Jan Bahrend seinen Anteil hinhielt, schüttelte der Koch den Kopf. „Gib es jemand anderem", sagte er. „Gib es Stachnovski oder dem Kapitän – irgend jemandem ..."

Trotz seiner eigenen Erschöpfung spürte Kuert, daß etwas nicht stimmte; etwas in Bahrends Stimme, in seinem Blick, in seiner Haltung warnte ihn. Er sah, wie schmal die Schultern des Kochs geworden waren. Die Schwimmweste, die einmal stramm an seinem Leib gesessen hatte, schlotterte an ihm. „Mach keine Geschichten", sagte Kuert. „Jeder kriegt seinen Teil, und jeder tut seine Arbeit. Hier, trink! Wer weiß, wann wir wieder Wasser bekommen."

„Fritz, ich will kein Wasser, und ich will auch nicht mehr schöpfen." Bahrends von grauen Bartstoppeln überschattetes, ausgemergeltes Gesicht belebte sich. „Warum trinkst du es nicht? Du kannst meine Ration haben. Du kannst es schaffen; ja, wenn einer es schafft, dann du." Seine Stimme sank zu einem Flüstern herab, so als vertraue er Kuert ein Geheimnis an. „Alle schaffen wir es sowieso nicht. Wir sind zu viele. Hast du den Fudschijama gesehen, als wir ausliefen? Habe ich euch erzählt, was die Japaner sagen? ... Ich hab euch gesagt, früher oder später erwischt es uns, hab ich's nicht immer gesagt, Fritz? Hab ich euch erzählt vom Fudschijama?"

Kuert hielt den Deckel mit dem Wasser in der Hand. Er wußte nicht, was er tun sollte, nur, daß er etwas tun mußte gegen das Gestammel des alten Mannes. Er versuchte, Bahrend den Deckel mit der Wasserration in die Hand zu drücken, aber dieser nahm ihn nicht. „Nein, trink du es! Du hast eine Chance..., trink es..."

Kuert verteilte die restlichen Wasserrationen, gab jedem ein bißchen mehr. Nachher war er erschöpft; alles kostete Anstrengung. Er dämmerte vor sich hin an seinem Platz auf der Ducht, und die ganze Zeit über war ihm die reglose Gestalt des Kochs am Mast gegenwärtig...

Plötzlich neigte sich das Boot zur Seite. Im Aufschrecken sah Kuert die Gestalt an der Backbordseite des Bootes, erhoben zu ihrer ganzen Größe. Es war bereits zu spät, noch etwas zu verhindern. Bahrend ließ sich einfach über Bord fallen; er fiel langsam und steif, so wie ein geschlagener Baum fällt.

Wasser schoß ins Boot. Ganz mechanisch begannen zwei Mann, es auszuschöpfen, während die Gestalt vom Boot wegtrieb.

Schneidewind war bleich geworden. Sein Mund zuckte. Er sah Kuert an, den Mann im Wasser, das Segel. Er schüttelte den Kopf. „Wir können nicht wenden, nicht bei dieser See."

Boywitt betete.

Kuert dachte: Laß ihn sterben, sei gnädig, laß ihn schnell sterben! Es starb sich schwer in einer Schwimmweste, die einen über Wasser hielt. Ein Mann konnte lange so treiben, einen Tag, zwei Tage... Wenn Bahrend einen leichten, schnellen Tod gesucht hatte, dann hatte er genau das Falsche getan.

„Wir müssen aufpassen, Kuert", sagte Schneidewind. „Das darf nicht noch einmal passieren. Das Boot kann kentern dabei, und dann sind wir alle verloren."

Kuert war dankbar für die Worte. Der Alte, dachte er, ist wenigstens klar im Kopf.

Nach einer Stunde war das Boot leer geschöpft. Kuert hatte den Eindruck, daß es etwas höher aus dem Wasser ragte. Das war gut. Gut für den Rest.

Jan Bahrend? Der Koch war einfach ein Mann, der nicht mehr bei ihnen war. Das einzige, was ihn ängstigte, war die Frage, wann er selbst an der Reihe sein würde ...

AM NÄCHSTEN Morgen hatten sie einen richtigen Sturm mit fünf bis sechs Meter hohen Wellen. Kuert hatte seine Kerbe eingeschnitten. Die zehnte.

Wenn er nicht das Segel führte, schlief er. Aber selbst der Schlaf hatte nicht mehr die Kraft, ihn vergessen zu lassen. Auch im Schlaf spürte er, wie die Jolle im Sturm rollte. Und immer war da das Gesicht Schneidewinds. Der Kapitän bemühte sich verzweifelt, das Boot im Sturm zu halten.

Gegen Mittag kenterte das Boot.

Sie kippten ins Wasser wie Puppen. Kuert versuchte, die Halteseile zu fassen zu bekommen, aber in der schweren See drehte das Boot sich um sich selbst wie ein Stück Holz. Er hörte die Schreie der anderen. Sie schwammen um ihn herum im Wasser, versuchten, in der Nähe der Jolle zu bleiben. Er sah, wie Schaper, Henke und Bergmann versuchten, von der Mitte aus ins Boot zu klettern. Er war schon drauf und dran, zu ihnen zu schwimmen, sich ihnen anzuschließen, aber sein Überlebensinstinkt war stärker. So beobachtete er, wie das Boot erneut kenterte und die drei Männer unter sich begrub. Er sah sie nicht mehr auftauchen.

Er blickte sich um und entdeckte einen weißen Punkt in den dunklen Wellen: die Mütze des Kapitäns. Der Gedanke versetzte ihm einen Schock. Nur das nicht! Er schwamm darauf zu, aber Schneidewind, die Mütze auf dem Kopf, nickte ihm zu.

„Verteilt euch vorne und hinten am Boot", keuchte er. „Wir müssen es ruhig kriegen."

Kuert schrie den Befehl weiter und schwamm ans Boot heran. Binder und Klockmann, der Messesteward, folgten ihm.

„Jetzt!" Sie ergriffen die Halteseile.

„Wer ist noch vorne?" rief Kuert. Er sah am Steven drei Mann, konnte sie aber in dem Gischt nicht erkennen.

„Stachnovski, Boywitt und Waldemar, der Moses", verkündete Binder.

„Meldet euch!"

Es kam keine Antwort. Aber drei Mann waren es. Drei und sie selber. *Sieben Mann.*

Sieben fehlten. Sieben und der Hund. Kuert erinnerte sich, gesehen zu haben, wie er mit müden, paddelnden Bewegungen vom Boot weggeschwommen war.

Sieben Mann waren übrig: Schneidewind, Binder, Klockmann, Stachnovski, Boywitt, Waldemar Ring. Waren sie die sieben, die überleben würden?

„Das Ruder!" Der Aufschrei riß Kuert aus seinen Gedanken. Es war Schneidewind, der entdeckt hatte, daß das Ruder fehlte. Und dann sah es Kuert: Auch der Mast fehlte, das Segel, die Persenning; sicher war auch der Behälter für das Wasser weg ... Er wußte nicht, wieviel Zeit vergangen war, als er Schneidewinds Stimme vernahm: „Es hat keinen Sinn mehr. Wir kriegen das Boot nie wieder klar ..."

Kuert starrte auf das Boot. Der Alte hatte recht. Was für eine Chance hatten sie noch? Er dachte es ganz klar. Vielleicht war es die Kälte des Wassers, die ihn so klar denken ließ. Was ihn verwunderte, war, warum er nicht zusammenklappte. Aber er wußte, daß er einfach weitermachen mußte. Seine Entscheidung, dies alles durchzustehen, war irgendwann gefallen. Er erinnerte sich selbst nicht einmal mehr, wann das gewesen war.

Die sieben Männer hingen an den Halteseilen, trieben mit dem Boot, hielten es gleichmäßig im Wasser. Mehr konnten sie nicht tun. Die Stunden vergingen. Es begann bereits zu dunkeln.

„Die Nacht überstehen wir nicht", sagte Schneidewind, „niemals."

Kuert schwamm neben ihm. „Ewig kann der Sturm nicht dauern. Wenn er erst mal vorbei ist, kriegen wir das Boot schon wieder flott."

„Wir sind am nördlichen Wendekreis", sagte Schneidewind. „Wenn hier ein Sturm hängt, zieht der nicht so schnell weg. Nein, wir haben keine Chance mehr."

Kuert sah Schneidewind an. Er war sein Kompaß, seine Navigation. Jeden anderen durfte er verlieren, nur den Kapitän nicht.

„Los, Klockmann", sagte er. „Pack mit an." Sie griffen Schneidewind unter die Schultern und hoben ihn aus dem Wasser auf die Ducht. Er ließ es mit sich geschehen.

„Hört zu", sagte er, „ihr müßt euch selber entscheiden. Ich jedenfalls ... mache Schluß." Es war etwas in Schneidewinds Blick, das Kuert klarmachte, daß der Kapitän es ernst meinte.

Plötzlich sah er die Hände, weiße, schmale Hände. Der Kapitän griff sich an den Hals, suchte etwas. Die Hände erinnerten Kuert an eine Bewegung, damals, als Binder von den Selbstmorden auf dem Schlauchboot erzählt hatte. Jetzt verstand er sie.

Schneidewind zog einen Gummibeutel unter dem Pullover hervor. Der wasserdichte Beutel hing an einer Schnur auf seiner Brust. Deutlich zeichnete sich eine Pistole ab.

Kuert starrte auf den Beutel, die Umrisse der Waffe. Es durfte nicht geschehen! Er mußte um ihn kämpfen. Er brauchte ihn.

„Warum warten wir nicht wenigstens bis zum Morgen! Vielleicht bessert sich das Wetter ..." Er mußte gegen den Sturm anschreien. „Selbst wenn es so bleibt – wir bekommen das Boot schon wieder flott!"

Schneidewind schüttelte den Kopf. „Wir haben nicht die geringste Chance, Kuert. Keiner von uns wird je Land erreichen." Er fingerte am Beutel herum. „Dies ist der beste Ausweg."

Nein, dachte Kuert, nein, nein, nein! Er war unfähig, etwas anderes zu denken. Der Zustand des Kapitäns begann ihm wirklich Angst zu machen. Schneidewind war immer ruhig, stark, furchtlos und zuversichtlich gewesen, ein Mann, der in Kuerts Augen nie zusammenbrechen konnte, nie aufgeben würde. Hatte er recht? *Nein, nein, nein!*

Schneidewind hatte die Pistole aus dem Beutel genommen. Kuert starrte auf das blanke, schwarze Metall in der Hand des Kapitäns. Einen Augenblick überlegte Kuert: Sollte er ihm die Waffe aus der Hand schlagen? Ihn von der Ducht stoßen?

Er spürte Schneidewinds Hand auf seiner Schulter. „Das würde nichts ändern, Kuert. Glauben Sie mir, das, was noch kommt, ist schlimmer als dies. Es ist leichter, so zu sterben, als ..."

Kuert redete auf ihn ein, flehte, bettelte. Aber gleichzeitig wußte er, daß es vergeblich war. Er wußte, der Kapitän hatte sich entschieden. Und da er wußte, daß er ihn nicht zurückhalten konnte, war der Kapitän mit einemmal nicht mehr wichtig für ihn.

Das Boot schaukelte plötzlich. Kuert sah Stachnovski am Boot entlang zu ihnen schwimmen. „Was ist los?" rief dieser. „Was redet ihr hier ..." Dann bemerkte er die Pistole in den Händen des Kapitäns. Er blickte starr darauf. „Will er sich erschießen?"

„Wir haben keine Chance mehr", wiederholte Schneidewind.

„Das kannst du nicht machen, Käpten!" schrie Stachnovski. „Wenn, dann kommen wir zuerst dran. Wir haben genauso ein Anrecht auf die Pistole wie du. Wenn du Schluß machst, dann nicht ohne uns!"

Laß sie! dachte Kuert. Denk nicht an sie! Wenn sie sich unbedingt umbringen wollen – laß sie es doch tun! Aber du mußt weg, weg von ihnen, die stecken dich sonst noch an ... Alle seine Gedanken waren darauf gerichtet zu überleben.

„Wir haben dich damals im Boot mitgenommen. Deine Pistole gehört uns jetzt genauso wie dir. Wenn du Schluß machen willst, dann sind wir auch dabei." Auf Stachnovskis Gesicht stand kein Erschrecken, nur die stumme Bitte, allem Leiden ein Ende zu machen. „Bitte ...", es kam wie ein kaum verständlicher Laut von seinen aufgesprungenen Lippen, „... schieß schon."

Auch Waldemar Ring war nach hinten geschwommen. Er klammerte sich an die Halteseile. Er schluchzte, fast lautlos, ein ständiges Wimmern, das seinen Körper schüttelte. „Laßt mich nicht allein zurück ..."

Niemand hatte auf Binder geachtet, einen der vier, die sie damals nach dem Untergang des Schlauchbootes aufgefischt hatten. „Wenn, dann sterbe ich lieber so", sagte er plötzlich. „Lieber ertrinke ich ..." Er ließ die Halteseile los. Es war unfaßbar, woher er plötzlich die Kraft hatte, aber er schwamm mit kräftigen Armzügen in die See hinaus und war plötzlich verschwunden.

Für einen Augenblick hingen die anderen an den Halteseilen, zu schreckerfüllt, um sich zu bewegen. Dann redete Stachnovski wieder auf den Kapitän ein. Waldemar heulte wie ein Hund, und auch Klockmann flehte den Kapitän an, ihn zu erschießen.

„Wartet!" schrie Kuert. „Perunie! Laß uns warten. Bis zum Morgen. Perunie!"

Stachnovski stieß ihn beiseite, wie von Sinnen. „Bitte, Käpten!" Kuert sah, wie Schneidewind die Pistole auf Stachnovski richtete. Er wandte sich ab, vom Grauen geschüttelt, und schwamm weg vom Boot. Er hatte Angst, Angst, daß er wankend werden könnte ... Und plötzlich wurde ihm klar, daß er bald allein sein würde.

Er sah Boywitt am Steven. Er ist der letzte, dachte Kuert. Ohne ihn bist du ganz allein!

Noch während er auf ihn zuschwamm, fiel der erste Schuß. Boywitt wollte gerade zu den anderen schwimmen, doch Kuert hielt ihn zurück. „Mach keinen Unsinn, Papa! Wir kommen durch... Ich versprech es dir! Laß mich nicht im Stich..." Sie hörten den zweiten Schuß; kurz darauf den dritten. „Bitte, Papa! Ich verspreche es dir, wir kommen durch..." Seine Worte waren nur noch ein Gestammel, Beschwörungsformeln. Die Schüsse bedeuteten nichts. Die anderen waren nicht mehr vorhanden, tot – aber selbst der Tod war keine Tatsache. Nur Boywitt war wirklich. An ihm hing jetzt sein Leben.

„Laß mich", sagte Boywitt. „Wir kommen doch nicht durch, und du weißt es. Wenn der Käpten aufgibt..."

Das Segel! dachte Kuert. Was war mit dem Segel? Es war irgend etwas Wichtiges.

„Das Segel ist noch da!" sagte Kuert, selbst überrascht von seinen Worten.

„Das Segel? Wieso?"

„Weil wir es festgebunden haben! Natürlich! Wir haben den Mast und das Segel am Boot befestigt!"

Boywitt schüttelte den Kopf. „Der Käpten würde nie Schluß machen, wenn wir noch eine Chance hätten..., unser Käpten nicht."

„Wir schaffen es, Papa! Du und ich, wir beide schaffen es... Ich bring dich durch, bleib nur bei mir..." *Du mußt ihn überzeugen! Es muß dir gelingen. Du brauchst ihn.* „Wir haben zehn Tage durchgehalten, willst du jetzt aufgeben? Keiner wird es je erfahren, wie wir krepiert sind... Keiner wird es deiner Frau sagen können... Und dein Sohn? Wer soll ihm das Segeln und Fischen beibringen..."

„Hör auf, bitte!" Boywitt schrie es hinaus. „Ich bleibe. Ich versprech's dir, ich bleibe... Wenn du meinst, daß wir es schaffen..." Hinter sich hörten sie den Kapitän lachen. Einen Augenblick lang erfaßte sie ein unaussprechbares Grauen.

„Bleib hier am Steven", sagte Kuert schließlich. „Halte das Boot. Ich spreche mit dem Alten, ich versuche es noch einmal."

Der Kapitän saß allein auf der Ducht. Die Pistole lag noch in seiner Hand. Die anderen waren nicht mehr da. Aber das Wissen um ihren Tod rührte Kuert nicht, drang nicht zu ihm durch. Er empfand nicht einmal mehr Grauen.

„Boywitt bleibt", sagte Kuert. „Wir wollen versuchen durchzukommen. Warum machen Sie nicht mit, Käpten?"

„Zu spät. Ich kann nicht mehr", erwiderte der Kapitän mit leiser, monotoner Stimme. „Es sind zu viele gestorben..., zu viele. Ein ganzes Schiff..."

„Wir haben das Segel und den Mast." Es war für Kuert inzwischen schon eine feststehende Tatsache geworden.

Schneidewind sah auf ihn herab, schüttelte den Kopf. Aber seine Stimme war plötzlich gefaßt und ruhig, als er sagte: „Das Kreuz des Südens, Kuert. Vergiß nicht, was ich gesagt habe, du mußt das Kreuz des Südens immer fünf bis sieben Grad backbord voraus haben..."

Er steckte die Pistole in den Gummibeutel zurück und zog das Tau heran, mit dem sie damals das Floß in Schlepp genommen hatten. Er schlang es sich um die Brust und verknotete es.

„Mehr kann ich nicht tun für euch", sagte er. „Vielleicht nütze ich euch als Treibanker. Vielleicht liegt das Boot etwas ruhiger so..."

Er holte die Pistole wieder aus dem Beutel und hob die Waffe an die Schläfe. Dann sagte er ganz ruhig: „Wenn du die Pistole haben willst, mußt du aufpassen..." Es waren seine letzten Worte. Der Schuß fiel. Sein Körper bäumte sich auf und fiel hinterrücks ins Wasser.

Kuert sah die Pistole durch die Luft wirbeln. Er hatte eine tödliche Angst, er könnte danach greifen; als wüßte er, daß er sich auch töten würde, wenn er das kalte, blanke Metall berührte.

Er schwamm zum Steven. Boywitt betete.

„Wir gehen ins Boot", entschied Kuert schließlich. „Du vorn, ich hinten. Sei vorsichtig. Wenn wir noch einmal kentern, ist es aus."

Er schwamm zurück, bemerkte das straff gespannte Tau, das Schneidewind sich um den Leib geknotet hatte und das von der Ducht ins Wasser tauchte, doch er fühlte nichts dabei.

Er gab Boywitt ein Zeichen, kletterte ins Boot und wartete, bis er Boywitt ebenfalls im Steven stehen sah. „Jetzt langsam, Papa, Schritt für Schritt!" Sie gingen aufeinander zu, hielten in dem vollen Boot mühsam die Balance, bis sie sich in der Mitte trafen.

Sie fanden das Bojereep, zogen den Mast und das Segel ans Boot heran und hoben den Mast in die Jolle.

„Was habe ich dir gesagt, Papa!" Aber er war zu erschöpft, um Triumph zu spüren. Er stellte fest, daß sein Taschenmesser noch da war, eingerollt in seine Unterhose. Er schnitt ein vierkantiges Stück aus dem Segel und begann zu schöpfen. Sie lösten einander ab, schöpften ohne Pause, Stunde um Stunde – ohne jeden Erfolg. Was sie auch an Wasser herausschöpften, die hohen Brecher schlugen das Boot immer wieder voll. Es war das erste Mal, daß Kuert nahe daran war aufzugeben. Er wehrte sich dagegen. *Boywitt ist bei dir geblieben! Du hast es ihm versprochen, du mußt ihn durchbringen.*

Schließlich sanken sie sich in die Arme. So fielen sie über die Bootsbank. Noch im Schlaf hielten sie sich umklammert; es war das einzige, was sie tun konnten, um nicht aus dem Boot gespült zu werden.

AM MORGEN erhoben sie sich wortlos.

Die See war nicht ruhiger geworden. Der Himmel war dunkel, und Kuert erinnerte sich, daß er in der Nacht keine Sterne gesehen hatte.

Er begann den Tag, wie er alle anderen begonnen hatte, indem er eine neue Kerbe – die elfte – in den Rand der Jolle schnitt. Er gab Boywitt das Stückchen Holz zum Kauen. Sie schöpften den ganzen Tag. Das Boot kam nicht höher. Am Abend mußten sie froh sein, daß die Jolle nicht gekentert war.

In der Nacht ließ der Sturm nach. Sie wachten auf und begannen erneut zu schöpfen. Diesmal merkten sie, daß das Wasser weniger wurde. Es spornte sie an, obwohl sie so schwach waren, daß sie alle zehn Minuten vor Erschöpfung niedersanken.

Der zwölfte Tag begann. Die zwölfte Kerbe. Wasser schöpfen. Sie bekamen das Boot nicht richtig leer, aber hinten und vorne war es jetzt trocken; nur in der Mitte stand noch das Wasser.

Gegen Mittag setzten sie das Segel. Sie verkürzten den Mast um einen Riemen. Das Segel war so kleiner, aber zu zweit segelten sie gut.

Das schlimmste war der Verlust des Ruders. Um das Boot im Kurs zu halten, blieb ihnen nichts übrig, als den zweiten Riemen, den sie beim Mast eingespart hatten, einfach nach hinten ins Wasser zu halten. Aber die Mühe, die es kostete, mit der einen Hand das Ruder zu halten und mit der anderen zu führen, um so das Boot zu steuern, höhlte den letzten Rest ihrer Kräfte aus.

Die Nacht kam, aber keine Sterne waren zu sehen, kein Kreuz des Südens. Der Morgen kam, und nichts war da als das Meer und der Himmel und der Wind.

Boywitt kauerte vorne im Steven. Er stöhnte und flehte: „Wasser, Fritz, ich brauche Wasser!" Kuert versuchte, nicht auf ihn zu hören. Er spürte, wie Boywitts Betteln um Wasser langsam seine Kraft zersetzte, seinen Willen, um seine Existenz zu ringen.

An diesem Morgen, dem dreizehnten Tag, bemerkte er zum erstenmal die Haie, kaum sieben Meter vom Boot entfernt. Boywitt mußte sie auch entdeckt haben, denn er wurde plötzlich still. Kuert sah ihre Schwanzflossen aus dem Wasser ragen. Er zählte zwei große Haie und vier kleine. Mit Schrecken beobachtete er, wie sie der Jolle folgten.

Sein Blick fiel auf das Tau, das immer noch von der Ducht ins Wasser hing. Das also hatte sie angelockt!

Das beste war, das Tau einfach zu kappen und die Leiche abtreiben zu lassen; dann würden die Haie von der Jolle ablassen. Aber es ging gegen seinen Instinkt, ein paar Meter Tau zu opfern. Wer weiß, wozu sie es vielleicht noch brauchen würden.

Er ergriff das Tau mit seinen aufgeschundenen Händen und zog es zu sich heran. Er wunderte sich, wie leicht es war, bis er den Rumpf sah, der am Ende des Taues hing. Schneidewinds Leiche war grausam verstümmelt, ohne Arme und Beine. Die Haie! Die Vorstellung, daß sie in der Nacht so nahe an das Boot herangekommen waren, lähmte ihn fast vor Schrecken.

Er ließ den Rumpf ins Wasser zurücksinken und schnitt das Tau durch. Er dachte: *Ich habe über zwei Meter Tau verloren.* Die verstümmelte Leiche – sie bedeutete wenig gegenüber dem Verlust des Taus.

Kuert sah die Haie fortan nicht mehr. *Sie werden wiederkommen und uns folgen. Sie sind ausdauernd und klug. Sie brauchen uns nur hinterherzuschwimmen. Sie wissen: Ihre Beute ist ihnen sicher.*

Es tat gut, sie zu hassen. Der Haß belebte ihn, gab ihm neue Kraft. Es tat gut zu wissen, daß die Jolle ihr Schutz war. Schutz oder Sarg ...

Er starrte auf das Tau in seinen Händen. Tu etwas! befahl er sich. Für Boywitt, für dich selbst. Für Schneidewind, für Bahrend, für Stachnovski, für den kleinen Waldemar – tu etwas!

Er kroch in den Steven. „Wir werden uns ein Ruder machen, Papa."

„Ein Ruder?" Boywitt sah ihn an, ungläubig. „Womit?"

„Wir schaffen es, Papa. Wir schaffen es, das Ruder zu machen! Und wir schaffen es, nach Hause zu kommen."

„Wasser, Fritz! Ich brauche Wasser ..."

Kuert begann damit, die vordere Bootsbank in der Mitte auseinanderzuschneiden. Er arbeitete mit dem Taschenmesser, führte einen Schnitt, vertiefte ihn, langsam, bedächtig, um die Klinge des Messers zu schonen, bis der Schnitt schließlich so tief war, daß er die zwei Zentimeter dicke Bank mit seinem Körper durchbrechen konnte.

Das schwerste war, die Nägel zu entfernen. Er brauchte sechs Stunden, um die zwei Nägel auf der einen Seite herauszubekommen. Die anderen beiden ließen sich leichter mit dem Brett herausdrehen. Aber er mußte vorsichtig sein, denn er brauchte die Nägel.

Als es zu dämmern begann, besaß er nach einem Tag Arbeit: zwei

Bretter aus der vorderen Bootsbank; vier Nägel, jeder sieben Zentimeter lang; ein Tau; eine Pinne, die er aus der hinteren Bootsbank gemacht hatte ...

Er war am Ende seiner Kräfte. Jeden Augenblick rechnete er damit umzukippen. Es war längst dunkel. Aber er gab nicht nach, bis das Ruder fertig war.

Am Morgen schnitt er die vierzehnte Kerbe. Dann setzte er mit Boywitt das Ruder ein. Es paßte wie nach Maß. Er war stolz auf sich. Und auf Boywitt. Und darauf, daß sie ein so gutes Gespann waren. Seine Hände waren blutig und voller eiternder Wunden. Er wusch sie im Salzwasser. Sie werden heilen, dachte er, je weniger ich daran denke, um so besser werden sie heilen. Alles, was ich tun muß, ist klar bleiben – und segeln. *Ich bin jetzt der Kapitän!*

DAS Wetter hatte sich gebessert, aber trotz der Sonne spürte er nicht, daß es wärmer geworden war. Er bestand nur noch aus einzelnen schmerzenden Teilen, die nichts miteinander zu tun hatten: blutende Hände; eiternde Wunden; brennende Augen, wie blind; eine vor Durst geschwollene Kehle.

Jetzt, mit dem Ruder, konnten sie wieder segeln. Aber nach einer halben Stunde am Steuer war er fix und fertig und ließ sich einfach der Länge nach ins Boot fallen. Boywitt kroch dann auf die Ruderbank und übernahm. Dann er. Dann Boywitt. Das alles geschah ohne Worte. Sprechen, die wunden Lippen bewegen, wäre eine zu große Anstrengung gewesen. Und dennoch war es gut, nicht allein zu sein. Allein zu sein bedeutete aufgeben – Tod.

Boywitt bettelte nicht mehr um Wasser. Aber unaufhörlich flehte er mit seinen Augen: Wasser!

Das Wetter blieb klar, sonnig. Der Wind ließ nicht nach.

Gegen Mittag des fünfzehnten Tages, während Kuert schlief, nahm Boywitt das Segel herunter wegen des starken Windes. Als sie es wieder hochziehen wollten, merkten sie, daß sie es selbst zu zweit fast nicht mehr schafften. Von nun an mußten sie das Risiko eingehen, das Segel stehenzulassen. Sie hatten keine andere Wahl.

In der Nacht zum siebzehnten Tag sahen sie das Kreuz des Südens. Backbord voraus. Wie der Kapitän gesagt hatte.

Am achtzehnten Tag hörte Boywitt auf, ihn am Steuer abzulösen. Es war seine Zeit, aber der Fischer lag vorne im Steven und rührte sich nicht. Kuert stellte das Ruder fest und kroch hinüber zu ihm. Sich aufzurichten, zu gehen, daran war nicht mehr zu denken; er kroch auf Händen und Füßen.

„Du mußt mich ablösen, Papa." Jedes Wort war eine Qual.

Boywitts Kopf zuckte. „Ich bin zu schlapp. Gib mir was zu trinken, gib mir Wasser ..., bitte ..." Er weinte ohne Tränen. Es gab Kuert einen Stich, als er Boywitts Gesicht sah, nur noch Haut, Knochen und Wunden. „Warum läßt du mich kein Salzwasser trinken, Fritz? Ein Schluck ... kann doch nicht schaden."

Diesmal erschrak Kuert. „Das bringt dich um, Papa! Sei vernünftig. Du gehst kaputt von Salzwasser."

Boywitt bettelte weiter. Es machte Kuert rasend vor Durst. Schließlich konnte er es nicht mehr hören. Er kroch zum Ruder zurück und ließ Boywitt im Steven sitzen.

Am Nachmittag begann Boywitt zu singen. Kuert wunderte sich, wie ruhig und fest die Stimme des Fischers plötzlich klang. Es waren Kirchenlieder, die Boywitt sang, ohne eine Spur von Angst in der Stimme:

> *Gott, der Vater, wohn uns bei,*
> *Laß uns nicht ver-der-ben,*
> *Mach uns al-ler Sün-den frei,*
> *Hilf uns se-lig ster-ben ...*

Boywitt sang den ganzen Nachmittag, mit kurzen Pausen, wenn er erschöpft war. Bald verstand Kuert die Worte nicht mehr. Dann wurden selbst die Melodien sich alle gleich – ein monotoner Singsang in immer längeren Intervallen. Zuerst hatte es Kuert nichts ausgemacht, doch schließlich bekam er Angst. Vielleicht drehte Boywitt durch.

Kuert kroch wieder zu ihm nach vorne. „Komm mit mir, Papa." Er legte den Arm um seinen Rücken und schleppte ihn mit sich. Erst jetzt, als er Boywitt wieder in seiner Nähe hatte, merkte er, wie sehr er sich vor dem Alleinsein fürchtete.

„Tut mir leid, Fritz ... Ich mach dir nur Mühe ..., laß mich doch." Nach einer Weile fragte er sogar: „Soll ich das Ruder nehmen?"

Kuert schüttelte den Kopf. Dumpf dachte er noch immer: Ich muß Boywitt durchbringen!

Er begann, auf den alten Fischer einzureden. Was wußte er von Boywitt? Was hatte der ihm erzählt?

Da war sein Fischkutter: Boywitt hatte ihm gesagt, daß es ein Kutter mit einem roten Segel sei, bekannt an der ganzen Küste. So redete

Kuert von dem Boot mit dem roten Segel und anderen Dingen. Boywitt wurde ruhig dabei. Und Kuert sprach immer weiter, und es fiel ihm nicht einmal auf, daß es kaum mehr zusammenhängende Sätze waren ...

Als er am nächsten Morgen aus seiner Erschöpfung aufdämmerte, war Boywitt nicht mehr an seiner Seite. Der alte Fischer hatte sich in den Steven verkrochen. Er lag dort, das Gesicht in den Armen geborgen. Aber er schlief nicht. Als Kuert zu ihm hinkroch, richtete Boywitt sich langsam auf. Er hatte einen veränderten Ausdruck auf seinem Gesicht, das nicht mehr Boywitts Gesicht war, und dann roch Kuert seinen Atem ... Er wußte sofort, was geschehen war.

Boywitts Mund stand offen. Seine Lippen waren grau. In den Mundwinkeln und in den Bartstoppeln hingen weiße Kristalle.

„Was hast du gemacht, Papa?" Er packte Boywitt bei den Schultern. „Du hast Salzwasser gesoffen!"

„Ich habe es nicht mehr ausgehalten, Fritz ..."

Kuert weinte. Aus Zorn über Boywitts Unvernunft; aus Verzweiflung über sein Versagen. *Warum habe ich nicht besser auf ihn aufgepaßt!*

Dann ließ er ihn los. Er konnte die Berührung plötzlich nicht mehr ertragen. Er ließ Boywitt zurück und kroch ans Ruder zurück. Der Gedanke wurde klarer und deutlicher: *Er hat Salzwasser getrunken. Du mußt dich damit abfinden, daß er nicht mehr lange bei dir sein wird.*

Am Nachmittag sang Boywitt wieder, mit heiseren, schluchzenden Lauten. In der Nacht, als Kuert schlief, trank er erneut Salzwasser. Kuert sah es am Morgen. Er wußte nun, daß er bald allein sein würde.

Er schnitt eine weitere Kerbe in den Rand der Jolle. Mühsam versuchte er sie zu zählen. Sie verschwammen vor seinen Augen. Er tastete sie mit dem Finger ab wie ein Blinder: neunzehn.

Dies war der neunzehnte Tag. Er saß auf der Ducht und segelte das Boot durch das endlose, tiefe Schweigen. Segeln, dachte er, segeln, segeln, wenn du überhaupt Land erreichen willst.

Was er noch an Kraft besaß, wollte er einsetzen; denn er war nun der letzte Mann von der *Doggerbank*.

Der Regen kam am Mittag des einundzwanzigsten Tages.

Kuert konnte sich nicht einmal mehr darüber freuen. Entschlußlos saß er an seinem Steuer. Wenn er trinken wollte, mußte er das Segel herunterlassen, aber er hatte Angst davor.

Schließlich schleppte er sich schwankend zur Mitte der Jolle. Er löste das Tau, ließ das Segel herunter und breitete es aus, um den Regen aufzufangen. Boywitt rührte sich nicht. Kuert dachte nicht an ihn, während er die Persenning von der krustigen Salzschicht säuberte und wieder ausbreitete. Er dachte nur an seinen quälenden Durst. Seit einundzwanzig Tagen hatte er keinen Bissen gegessen. Zwölf Tage war es her, seitdem er zum letztenmal getrunken hatte – einen Deckel rostigen Wassers.

Der Regen sammelte sich schrecklich langsam in der Mulde der Persenning, und immer wenn genug Wasser da war, trank er es weg, fieberhaft und gierig. Er hatte bestimmt einen Eimer voll getrunken, ehe er dachte: Warum kommt Boywitt nicht?

Er richtete sich auf und klammerte sich an den Mast. „Boywitt, wir haben Wasser. Papa . . ., es regnet. Komm!"

Der Fischer reagierte nicht. Er lehnte im Steven, das Gesicht im Regen, mit geschlossenen Augen und offenem Mund, so als ob er schliefe.

Kuert stieg wankend über die Bootsbank und kniete sich neben ihn hin. Dann beugte er sich über ihn. Boywitts wulstige, aufgeplatzte Lippen waren quittengelb. Aus den Mundwinkeln sickerte Eiter. Für einen Augenblick wandte Kuert sich schaudernd ab. „Papa! Warum hast du das Salzwasser getrunken? Ich hab dir gesagt, es bringt dich um. Jetzt regnet es. Komm . . ."

Boywitt gab keinen Laut von sich, als Kuert die Hand unter seinen Rücken schob. Sein Kopf sank zur Seite, und seine abgemagerten bleichen Arme rutschten hölzern von seinem Körper. Kuert begriff, daß er tot war. Aber er weigerte sich, es zu glauben.

Er kroch zum Segel zurück. Und während er trank, erwartete er die ganze Zeit, daß Boywitt sich aufrichten und kommen und mit ihm trinken würde.

Jedenfalls habe ich jetzt für den Rest meiner Fahrt zu trinken! Nun kann mir nichts mehr geschehen . . .

Erst langsam wurde ihm klar, daß er keinen Behälter hatte, in dem er das Wasser aufbewahren konnte. Wenn er segeln wollte, mußte er das Wasser wegschütten. Das herrliche Wasser, auf das er so lange gewartet hatte!

Es war eine unmenschliche Entscheidung, die da von ihm verlangt wurde. Und er mußte sie allein treffen.

Er schluchzte lautlos vor sich hin in seiner Schwäche, sich zu entscheiden. Mühsam zog er seine zerfetzten Kleider aus, schöpfte mit der Hand Wasser und schüttete es über seinen Nacken und die Wunden. Sie bedeckten seinen ganzen Körper wie Aussatz. Jeder kleine Kratzer hatte im Salzwasser begonnen zu eitern. Die Haut war überall aufgeplatzt. Er wusch seine Wunden, aber die ganze Zeit wußte er, daß es nur ein Hinauszögern der Entscheidung war.

Ich muß segeln.

Wenn er das Regenwasser ins Boot schüttete? In der Mitte der Jolle stand eine Lache Salzwasser. Vielleicht war es verdünnt trinkbar. Er hob das Segel, leerte das Wasser auf den Boden der Jolle.

Dann ergriff er mit seinen wunden Händen das Tau. Aber er hatte nicht mehr die Kraft, das Segel aufzuziehen. Über Boywitt hatte er nicht geweint. Aber jetzt rannen ihm die Tränen über das Gesicht. Er war sich dessen nicht bewußt. Nur seiner Schwäche, die ihn hinderte, das Segel aufzuziehen.

Ich darf nicht aufgeben!

Er stieg auf die Bootsbank, in der der Mast steckte, und knotete sich das Tau um den Leib. Dann ließ er sich fallen. Das Tau schnitt in seine Rippen, schürfte die Haut auf, aber durch das Gewicht seines fallenden Körpers brachte er das Segel einen halben Meter hoch. Hand über Hand zog er sich an dem Tau nach oben, knotete es neu um seine Brust, ließ sich fallen. Wieder ein Stück. Nach fünf Versuchen stand das Segel.

Nachher, am Steuer, starrte er auf das Wasser am Boden zu seinen Füßen. Er dachte an Boywitt, an seine vom Salzwasser zerfressene Kehle. Er hatte Angst. Wie lange würde er wohl der Versuchung widerstehen können, von dem Wasser am Boden der Jolle zu trinken? Er würde sich einreden, daß es ihm nicht schadete ...

Er stellte das Ruder fest und kroch von der Ducht. Dann nahm er das Stück Persenning, mit dem sie damals nach dem Kentern das Boot leer gemacht hatten, und schöpfte das Wasser aus dem Boden der Jolle.

Er segelte, mit dem Toten im Steven, schnitt seine Kerben in den Rand der Jolle, zerkaute die Holzsplitter langsam. Es gab kaum noch einen Unterschied zwischen Tag und Nacht.

Er rührte sich nicht mehr weg von der Ruderbank. Er döste ein, schrak durch eine Wendung des Bootes oder des Segels auf; dann war er für eine Weile wieder da, machte weiter.

Boywitts Tod hielt er noch immer von sich fern. War er wirklich tot? Jedenfalls war Kuert dankbar, daß sie da war, die Gestalt dort vorne im Steven.

Aber bald hatte er auch diese Wahrheit anzuerkennen. Seit dem Regentag brannte die Sonne auf das Boot herab. Der Geruch vom Steven her wurde immer unerträglicher. Er wehrte sich lange gegen den Gedanken, Boywitt der See zu übergeben. Es kam ihm wie Verrat vor. Und dann waren da die Haie. Sie hatten nie aufgegeben, dem Boot zu folgen.

Doch am dreiundzwanzigsten Tag wurde der Geruch so schlimm, daß er handeln mußte. Er wartete bis zur Dämmerung. Es war die Zeit, die Boywitt so geliebt hatte: die Stunde, wenn die ersten Sterne herauskamen und er still auf dem Peildeck der *Doggerbank* gesessen hatte.

„Ich kann nicht anders, Papa." Kuert fand es ganz natürlich, daß er laut sprach. „Ich wollte, du könntest dabeisein, wenn wir Land sehen. Aber ich kann nicht anders. Versteh mich, bitte..."

Er faßte Boywitts Beine und hob sie über den Bootsrand. Dann stieß er den Toten ins Wasser. Die Haie schossen auf ihn zu, schnappten nach dem Leichnam und zogen schließlich mit ihm ab. Kuert blickte über das Wasser. Er war sehr allein.

Es war schon Gewohnheit für ihn, Durst zu leiden, Schmerzen zu erdulden, Angst zu haben. Das schlimmste aber war, daß nichts geschah. Er war nur allein. Vollkommen allein. Selbst der Wind hatte ihn verlassen. Die See war spiegelglatt. Das Segel hing schlaff herab wie ein Leichentuch.

Lediglich in der Nacht kam stets eine leichte Brise auf. Also segelte er nachts. Er war noch immer richtig auf Kurs. Am Tag, wenn der Wind abflaute, ließ er sich treiben. Die Haie folgten weiterhin dem Boot.

Um die Mittagszeit des Tages, an dem er die vierundzwanzigste Kerbe eingeschnitten hatte, brach auf der Flucht vor den Haien ein Schwarm fliegender Fische aus dem Wasser. Sie segelten mit ihren hauchdünnen Flossen durch die Luft, und einer klatschte gegen das Segel und fiel auf den Boden der Jolle.

Kuert schnappte nach dem zappelnden Fisch, der nicht größer als ein Hering war. Er drehte den Kopf zwischen den Fingern ab und saugte das bißchen Blut, das der Fisch hatte, aus den Kiemen. Er verspürte kein Hungergefühl, aber er dachte: Du mußt essen, du brauchst Kraft. Er kaute das Fleisch, versuchte es hinunterzuschlucken, aber seine Kehle war wie zugeschnürt. Er spuckte die Haut aus und legte den Rest des Fisches auf die Bootsbank zum Trocknen.

Zu seinem Durst kam jetzt auch noch die Hitze. Die Sonne stand fast senkrecht über ihm und brannte erbarmungslos auf ihn nieder. Der Schweiß rann in seine Augen, und er sah alles wie durch einen Schleier aus Salz.

Am Nachmittag konnte er nicht mehr. Er kroch auf allen vieren zum Segel. Während er es herunterließ, verschwamm alles vor seinen Augen. Er würde das Segel nie mehr aufziehen können, aber daran dachte er jetzt nicht; er suchte nur Schutz vor der Sonne.

Er breitete das Segel über dem Steven aus und kroch in seinen Schatten. Er lag dort, wo Boywitt gestorben war. Der leicht ansteigende Steven war der bequemste Platz im ganzen Boot. Es war herrlich, nach den vielen Tagen auf der Ruderbank nur einfach dort zu liegen, das Segel über dem Kopf, und nichts zu tun ...

So begann der fünfundzwanzigste Tag.

Kuert dämmerte dahin unter dem Segel. Manchmal beobachtete er die Haie, die mit dem Boot schwammen. Er sah ihre blauen Rücken dicht unter der Wasseroberfläche. Manchmal erwachte er von einem leichten Schütteln des Bootes, wenn die Haie darunter hinwegtauchten. Er hatte alle Angst vor ihnen verloren. Im Gegenteil, er war froh, daß sie da waren, seine Gedanken beschäftigten. Sie sind meine einzigen Gefährten, dachte er. Was für gute Schwimmer sie sind! Zäh und voller Ausdauer.

Er kannte die Geschichten von Haien, die Boote zum Kentern gebracht hatten. Aber er war sicher, daß sie nichts Böses vorhatten. Sie suchten wie er nur den Schatten, wenn sie unter dem Boot hindurchtauchten, dort, wo der Schatten tief und kühl war. Immer wieder kam er zu sich, wenn sie mit ihren Schwänzen das Wasser peitschten, ehe sie tauchten, fühlte das Schütteln des Bootes in seinem Rücken, wandte den Kopf und sah sie auf der anderen Seite aus dem Wasser brechen ...

Er wusste nicht mehr, welcher Tag es war. Am Morgen hatte er die Kerbe eingeschnitten – es war die sechsundzwanzigste –, aber er war unfähig, sie zu zählen. Er war wieder unter sein Segel gekrochen, wußte, daß er nicht mehr viel Kraft hatte ... Eines Tages würde man ihn finden. Ein Boot ohne Namen. Eine namenlose Leiche.

Er nahm sein Messer und wälzte sich auf die Seite. Bei jeder Bewegung schienen seine Knochen zu brechen.

Langsam kerbte er mit dem Messer Buchstaben um Buchstaben in das Holz: seinen Namen; sein Land; den Ort seiner Geburt. *Nun hast du deinen Sarg. Ein großer Sarg, ganz für dich allein, mit deinem Namen* ...

Dann sah er den Vogel. Er stand ganz regungslos am Himmel, ungeheuer hoch, mit ausgebreiteten schwarzen Schwingen. Phantasierte er? Oder hatte der Vogel etwas mit dem Sterben zu tun?

Kuert konnte kaum noch atmen. Er lag auf dem Rücken und starrte zum Himmel, an dem der schwarze Vogel zu kreisen begonnen hatte. Dann stand der Vogel wieder still, schwebte in der Luft, mit schwarzen, bewegungslosen Flügeln ...

Er beobachtete ihn unablässig und spürte dabei den Schlag seines Herzens ganz hoch in der Kehle. Das Bild des schwarzen Vogels quälte ihn. Es bedeutete etwas, das er nicht verstand. Es war sehr wichtig. Aber er begriff es nicht.

Die Sonne stand im Zenit. Ihr Schein war wie ein leuchtender Regen, der über ihn fiel. Er kroch unter das Segel zurück.

Nur die Haie waren noch da. Er konnte sie hören.

Die Haie? – Das war ein anderes Geräusch, ein seltsames Rauschen. Vielleicht gehörte auch das zum Sterben; so wie der schwarze Vogel. Das Rauschen kam näher, eigenartig, mit einem schlagenden Geräusch.

Er kannte nur ein Geräusch, das so ähnlich klang: das Geräusch der Schraube eines Schiffes, das zu hoch im Wasser lag.

Dritter Teil: Die Rettung

Der Tag war der 29. März 1943, ein Donnerstag. Es war der sechsundzwanzigste Tag nach der Versenkung der *Doggerbank*. Der Punkt, an dem der spanische Tanker die Jolle sichtete, lag 1600 Seemeilen von der Versenkungsstelle entfernt.

Die B/T-*Campoamor*, die unter neutraler Flagge fuhr, gehörte der CAMPSA, der Gesellschaft des Petroleum-Monopols. Das 10000-Tonnen-Schiff war vor vierzehn Tagen, am 15. März 1943, aus Barcelona ausgelaufen, um Öl aus Venezuela zu holen, und sollte in zwei Tagen sein Ziel anlaufen, die Insel Aruba, die zu den Niederländischen Antillen gehörte.

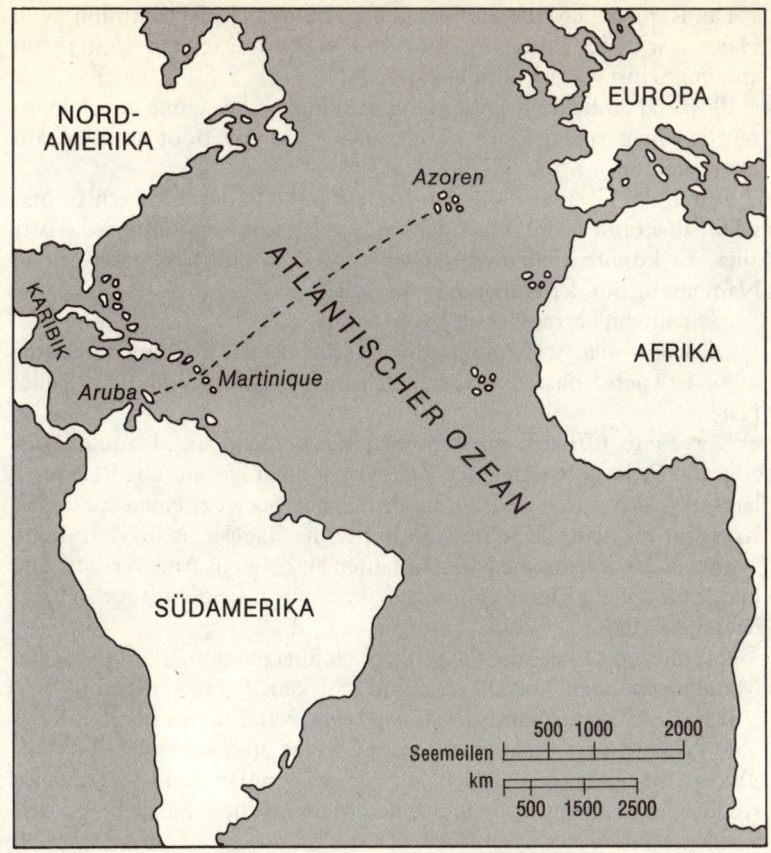

Um zwölf Uhr hatte der Zweite Offizier der *Campoamor* die Wache auf der Brückennock übernommen. Der Tag, heiß, fast windstill, war bisher ereignislos verlaufen.

Ein Dutzend Haie spielte im Wasser. Der Zweite Offizier beobachtete sie schon eine ganze Weile. Ihr Anblick, so weit von der Küste und den Inseln entfernt, irritierte ihn. Schließlich wandte er sich an den Läufer. „Hol den Kapitän!"

Als Kapitän Joaquín Díaz auf der Brückennock erschien, wies der Zweite Offizier nach Backbord. „Was halten Sie davon, Käpten? So viele Haie auf einer Stelle..., da stimmt doch etwas nicht."

Der Kapitän ließ sich das Glas geben. Eine solche Ansammlung von Haien war in der Tat ungewöhnlich. Doch wo waren ihre Opfer? Ein anderes Schiff war nicht in Sicht ...

Plötzlich erblickte Kapitän Díaz die kleine Jolle. Ohne die Haie, so wurde ihnen später klar, wären sie nie auf das Boot aufmerksam geworden.

Durch das Glas sah Díaz den Ruderriemen in der mittleren Bootsbank, aber ohne Segel. Über dem Steven lag eine Persenning – das war alles. Er konnte keinen Menschen entdecken und fand auch keinen Namenszug auf der Außenseite der Jolle.

„Scheint ein herrenloses Boot zu sein."

Die *Campoamor* war auf ihrem Kurs näher an das Boot herangekommen. Es trieb langsam vorbei, noch immer gefolgt von dem Rudel Haie.

Der Erste Offizier sah den Kapitän fragend an. Joaquín Díaz zögerte. Er konnte sich einen Zeitverlust nicht leisten. Die Reise war lang gewesen durch den vorgeschriebenen Seeweg, einen speziellen Korridor für neutrale Schiffe. Er hoffte, bei Tageslicht an Martinique vorbei in das Karibische Meer einlaufen zu können. Andererseits: Die Haie mußten ein Opfer gefunden haben, wenn sie dem Boot so hartnäckig folgten.

Es waren die Haie, die ihn schließlich überzeugten. „Lassen Sie die Maschine stoppen!" befahl er. „Und schicken Sie mir Carducho!"

Der Erste Bootsmann der *Campoamor* war ein riesenhafter Kerl. „Sie gehen runter und sehen sich die Sache an", sagte der Kapitän. „Wenn Sie jemanden finden ... Sie wissen Bescheid, Carducho: Keine Kleider, keine Sachen, nur den Mann. Rühren Sie nichts an. Ich will keine Krankheiten an Bord."

Das eigenartige Geräusch war verstummt. Die Sonne, die das Segel hell und durchsichtig über ihm gemacht hatte, verfinsterte sich. Er lag dort, in dem dunklen Schatten, und begriff nichts. Er versuchte sich aufzurichten, aber er war zu schwach. So hob er die Hand und schob das Segel zur Seite.

Der große Schatten war direkt neben ihm, hoch und schwarz ... wie die Bordwand eines Schiffes.

Selbst jetzt glaube ich noch an Schiffe, dachte er verschwommen. Er blickte auf die neben ihm aufragende dunkle Wand ... *Nieten* und *Bullaugen*. Die Jolle schwappte dumpf gegen *Eisen*.

Der Vogel – hatte er nicht wie ein Habicht ausgesehen? Das war es! Ein Habicht – ein *Landvogel*. Dann konnte das Land nicht weit sein ... Das Rauschen hatte wie das Rauschen einer *Schiffsschraube* geklungen. Und der dunkle Schatten vor seinen Augen ähnelte der *Bordwand* eines *Schiffes*. Und das da? Rot-Gelb-Rot. Die spanische Flagge?

Er begann zu schreien, aber alles, was er hervorbrachte, war ein leises Röcheln.

Er mußte für Augenblicke das Bewußtsein verloren haben; das nächste, an das er sich erinnerte, war ein Mann, der über die Bootsbank stieg. Den Blick des Mannes würde er nie vergessen. In seinen Augen stand ein solch großes, ungläubiges Entsetzen, daß Kuert im gleichen Augenblick wußte, daß er gerettet war. Dann verlor er endgültig das Bewußtsein.

Diego Carducho, Bootsmann der *Campoamor*, trennte dem Mann in der Jolle mit dem Bordmesser die zerfetzten Kleider vom Leib, eine Unterhose und ein durchlöchertes Unterhemd. Der ganze Körper war mit Wunden bedeckt.

Die Männer an Deck hatten eine Taillenboje ausgeschwungen, um den Schiffbrüchigen darin emporzuhieven, doch der Bootsmann winkte ab und schrie, sie sollten das Fischnetz bringen. Er warf einen Blick auf das Boot. Sein Inneres war ganz weiß von dem in der Sonne verkrusteten Salz. Er bemerkte Spuren von eingetrocknetem Blut und fand den ausgedörrten Rest eines Fisches. Dann entdeckte er die im Rand der Jolle eingeschnittenen Tageskerben. Er zählte sie. Sechsundzwanzig. Er schüttelte ungläubig den Kopf. Das Taschenmesser war ihm entgegengefallen, als er dem Schiffbrüchigen die Unterhose vom Leib getrennt hatte.

Carducho nahm die nackte Gestalt und legte sie in das Fischnetz. Er gab das Zeichen, sie hochzuziehen, dann kappte er das Tau, das die Jolle hielt, und kletterte die Leiter hinauf.

Kapitän Díaz stand an der Reling. Zusammen mit vielen anderen sah er zu, wie das Fischnetz mit dem Mann aus der Jolle langsam zu Boden glitt. Carducho schälte ihn aus dem Netz. Dann lag der Schiffbrüchige dort, auf den Planken des Decks, zum Skelett abgemagert, mit seinen eiternden Wunden und einem dunklen, vierwöchigen Bart. Die Männer der *Campoamor* wichen zurück bei diesem Anblick. Carducho trug den Mann schließlich unter Deck ins Krankenzimmer; er war leicht zu tragen ...

Nachher, auf der Brücke, sah der Kapitän noch einmal die Jolle und bemerkte, wie sie langsam immer weiter abtrieb. Die Haie waren verschwunden.

Als Díaz später in der Krankenstation anrief, war der Schiffbrüchige noch immer ohne Bewußtsein.

Zur gleichen Zeit befand sich U 43 nach dreimonatigem Atlantikeinsatz auf dem Heimweg. Am Morgen des 31. März 1943 tauchte die französische Küste bei Lorient auf. Die Küstenbewacher hatten U 43 bereits in ihre Mitte genommen und führten das Boot durch die Minensperren, die diesen großen U-Boot-Hafen schützten.

Oberleutnant Hans-Joachim Schwandtke, der Kommandant von U 43, stand auf der Brücke unter dem Mast mit dem Wimpel. Es war nur einer: *ein* Wimpel für *ein* versenktes Schiff. Die Geleitzugoperation der Gruppe von U-Booten, der er zugeteilt worden war, hatte mit einem Mißerfolg geendet. Immerhin hatte er noch Glück gehabt, daß er wenigstens dieses eine Schiff versenkt hatte, diesen Engländer von fast 10 000 Tonnen.

Er war froh, als das Boot schließlich in den Schatten des Bunkers glitt; das erstemal seit einem Vierteljahr, daß er keine Angst mehr vor feindlichen Flugzeugen oder vor Wasserbomben haben mußte.

Schwandtke hatte bis zu dieser Stunde nicht den geringsten Zweifel daran, daß das einzelne Schiff, das er versenkt hatte, ein englisches Schiff gewesen war. Wie alle Kommandanten mußte auch er zum Stab des Befehlshabers der Unterseeboote, um über seine letzte Fahrt einen persönlichen Bericht abzugeben. Aufgrund seiner Meldung, aufgrund der Eintragungen im Kriegstagebuch von U 43 war man auch beim BdU überzeugt: U 43 hatte am 3. März 1943 ein Schiff vom Typ *Dunedin Star* versenkt.

Von der *Doggerbank* fehlte jede Spur. Presse- oder Agentenmeldungen aus ausländischen Häfen war nichts zu entnehmen – etwa daß die Alliierten das Schiff aufgebracht hätten. Man vermutete, daß die *Doggerbank* vernichtet worden war. Aber wie und wo war das geschehen? Noch kam niemand auf die Idee, daß zwischen der Versenkung, die der Kommandant von U 43 gemeldet hatte, und dem Verschwinden der *Doggerbank* ein Zusammenhang bestehen könnte. Der Kommandant von U 43 wurde mit dem EK I ausgezeichnet und zum Kapitänleutnant befördert.

Der Schiffbrüchige befand sich in der kleinen Kabine auf dem oberen Deck der *Campoamor*, die man für ihn als Krankenzimmer eingerichtet hatte. Die Kabine war heiß und stickig. Er lag auf dem schmalen Bett, nackt, nur bedeckt mit den weißen Verbänden, mit denen man die schlimmsten Wunden versorgt hatte. Carducho, der Erste Bootsmann, der ihn an Deck gebracht hatte, hielt bei dem Schiffbrüchigen Wache.

Kapitän Joaquín Díaz stand nun schon eine Weile stumm vor der Koje, auf der der zum Skelett abgemagerte Mann sich unruhig hin und her wälzte. Sechsundzwanzig Kerben hatte Carducho in der Jolle gezählt – es war unvorstellbar! Kein Proviant an Bord, kein Wasser. Es sah fast so aus, als hätten sie ihn zwar gerettet, würden ihn aber nicht durchbringen.

„Hat er getrunken?" fragte Kapitän Díaz.

Carducho schüttelte den Kopf. „Ich habe es mit einer ganz leichten, verdünnten Fleischbrühe versucht, löffelweise. Er erbricht alles."

Díaz starrte auf die vom Salzwasser zerfressenen und eiternden Tätowierungen auf den Armen des Schiffbrüchigen. „Ich werde noch einmal ein SOS herausgeben."

Die *Campoamor* hatte nur eine kleine Besatzung, und ein Arzt war nicht darunter. Sofort nach Aufnahme des Schiffbrüchigen hatte der Funker des Tankers ein „SOS – Kranker an Bord" über den Funktelegrafen hinausgesandt. Verschiedene Schiffe hatten sich gemeldet, mit Ärzten an Bord. Die *Campoamor* hatte den Zustand des Schiffbrüchigen beschrieben und über Funk den Rat der Ärzte eingeholt.

Joaquín Díaz betrachtete den Mann. Auch den Namen und seine Nationalität – deutsch – hatte Carducho in das Boot eingekerbt gefunden. Aber wie kam der Mann hierher? Deutsche Schiffe auf diesen Breitengraden, die von den Amerikanern beherrscht wurden? Es gab ein paar deutsche U-Boote. Aber wieso kam er dann zu dieser Jolle? – Díaz beugte sich über den immer noch Bewußtlosen, dessen Lippen sich bewegten. *Wasser* war das einzige Wort, das der Kapitän verstand.

„Vielleicht versuchen Sie es mit Wasser", sagte Díaz. „Ein Löffel Wasser mit ein paar Tropfen Kognak oder Rum."

Er erwachte von dem Geruch von Rum. Du phantasierst, dachte er; aber er blieb da, der unverkennbare Geruch von braunem Rum. In der Kabine – ja, es war eine Schiffskabine – brannte Licht. Ein riesenhafter Kerl saß vor seiner Koje, ein Glas mit einem Löffel und eine

Flasche mit Rum in den Händen. Der Durst war schlimmer denn je, schlimmer als an irgendeinem Tag in der Jolle, und wenn er die Kraft besessen hätte, so hätte er dem Mann die Flasche aus den Händen gerissen. Er beobachtete, wie der Mann etwas Rum in das Glas goß. Nicht mal den Boden bedeckte es. Dann goß er Wasser auf. Eine Hand schob sich unter seinen Nacken, half ihm, sich aufzurichten. Die andere führte das Glas an seine Lippen.

Er griff nach dem Glas, aus Angst, der Mann könne es im letzten Augenblick wieder wegziehen. Er spürte das Glas an seinen Lippen. Allein die Berührung schmerzte höllisch. Aber dann trank er, schluckte – und schrie gleichzeitig auf. Der Rum brannte wie loderndes Feuer in seiner Kehle und in seinem Magen. Er wand sich und schrie vor Schmerzen. Aber er erbrach sich nicht.

Mehr. *Mehr* ...

Ich muß an den Rum ran! Er lag da und dämmerte vor sich hin, nur besessen von diesem einen Gedanken. Dann merkte er, daß er allein war. Die Rumflasche. Er hatte beobachtet, wo der Mann sie hingestellt hatte, in eine Art Arzneischrank. Aber wie sollte er dorthin kommen? Er versuchte, sich zu erheben, aber es gelang ihm nicht. Er rollte sich zur Seite an den Rand der Koje. Sie lag nicht hoch über dem Boden. Er rollte weiter, fiel hinunter, schlug auf dem Boden auf. Dann sammelte er alle seine Kräfte, kroch auf allen vieren zu dem Schrank und öffnete ihn. Mit beiden Händen griff er nach der Flasche, kaum fähig, sie zu halten ...

Sie fanden ihn auf dem Boden, neben ihm die Flasche. Carducho hob ihn auf und legte ihn zurück in die Koje. Er schlief zwanzig Stunden tief und fest, ohne sich zu rühren, zwanzig Stunden, in denen sie nicht einmal mehr sicher waren, ob sein Atem ging.

Hinterher, als er erwachte, spürte er zum erstenmal seine Wunden, aber er war ganz klar. Er erfuhr den Namen des Schiffes, das ihn gerettet hatte, und sein Reiseziel, Aruba.

Er trank eine Tasse mit Fleischbrühe, und diesmal behielt er sie bei sich. Immer noch war er zu schwach, um allein aufzustehen oder allein zu gehen, aber mit der Hilfe des Bootsmannes und eines Stewards konnte er die ersten paar Schritte tun.

In der Kabine, in die man ihn gelegt hatte, befand sich eine Waage, und auf die beiden Männer gestützt, wog er sich. Er hatte immer ein Gewicht von neunzig Kilo gehabt. Jetzt wog er noch knapp vierzig.

Aber der schlimmste Augenblick kam, als er sich im Spiegel an der Innenseite des Spindes sah. Er erblickte eine zum Skelett abgemagerte Gestalt voller Wunden. Eine Weile betrachtete er sich, ohne zu begreifen, daß er das sein sollte.

In keinem Augenblick hatte er sich in der Jolle so elend, so hilflos gefühlt wie jetzt vor dem Spiegel. Du stehst es nicht durch, dachte er, du kommst nie mehr auf die Beine! Er begann plötzlich hemmungslos zu weinen. Das Weinen schüttelte ihn wie ein Fieber, bis die beiden Männer ihn zu seiner Koje zurückführten.

NACH zwei Tagen kam die Küste in Sicht, und am Nachmittag des 1. April stoppte die *Campoamor* und warf ihre Anker draußen auf der Reede vor dem Ölhafen. Man hatte dem Schiffbrüchigen einen Liegestuhl an Deck gestellt, und so lag er dort, in Decken eingehüllt trotz des heißen Tages. Er war immer noch zu schwach, um allein gehen zu können; zwei Männer hatten ihn auf dem Weg an Deck und zu dem Liegestuhl stützen müssen.

Von seinem Platz aus sah Kuert den Hafen und die Stadt. Ein Boot löste sich von der Küste und kam in einem weiten Bogen durch das Wasser auf die *Campoamor* zu. Es zeigte die niederländische Flagge und das Zeichen des Hafenlotsen.

Kuert beobachtete es, bis es seinen Blicken entschwand. Aber er konnte die Stelle sehen, an der der Lotse an Bord kommen würde.

Er sah ihn dann auch bald, doch der Lotse war nicht allein: Drei Männer folgten ihm. Sie trugen amerikanische Marineuniformen. Einer schien ein Offizier zu sein, zwei hatten Armbinden der Militärpolizei und waren mit Maschinenpistolen bewaffnet. Sie verschwanden in Richtung Kapitänskajüte.

Kuert sah Carducho an, der immer in seiner Nähe blieb. Der Spanier zuckte die Achseln; die Insel Aruba war ein neutraler Hafen, aber die Amerikaner hatten dort eine starke Militärbasis und übten praktisch die Macht aus.

„Ihr werdet mich nicht ausliefern, oder?"

Der Bootsmann antwortete nicht.

„Der Käpten hat es mir versprochen. Ich meine, daß er mich mit zurücknimmt nach Spanien."

Er hatte verdrängt, was das für ihn bedeuten würde. Ja, er hatte bei dem Gedanken, mit der *Campoamor* den Atlantik zu überqueren, Angst gehabt. Irgendwann hatte er sich geschworen: Du gehst nie mehr auf ein Schiff ..., aber der Wunsch zurückzukommen war stärker.

Der Kapitän der *Compoamor* hatte ihn natürlich ausgefragt. Kuert erinnerte sich vage an den Dialog: Wie sein Schiff geheißen habe? Die *Doggerbank*. Woher sie gekommen seien? Aus Japan. Was sie an Bord gehabt hätten? Rohgummi vor allem. Wo die Versenkung erfolgt sei? Auf 36 Nord, 34 West. Das sei doch über 1600 Seemeilen entfernt! Wie die Versenkung erfolgt sei? Durch ein U-Boot ...

Jetzt kam Kuert plötzlich ein Gedanke. „Hat der Kapitän einen Funkspruch herausgegeben?"

„Ja, ein SOS, weil wir keinen Arzt an Bord haben."

„Hat er noch weitere Funkmeldungen gemacht?"

„Ja, daß wir dich aufgefischt haben."

„Auch, daß ich ein Deutscher bin?"

„Das ist üblich."

„Und den Namen meines Schiffes? Die Versenkungsstelle?"

„Das kann schon sein. Auch das ist üblich, oder? Was soll schon geschehen? Wir sind ein neutrales Schiff."

Das war es! Die Funkmeldung – sie erklärte die Anwesenheit der Amerikaner an Bord!

Ein Läufer erschien an Deck. Der Kapitän bat Kuert zu sich auf die Brücke. Wieder mußten ihn Carducho und der Steward stützen. Die beiden Militärpolizisten standen vor dem Salon des Kapitäns Posten. Als Kuert den Raum betrat, sah er dem Gesicht des Kapitäns an, daß seine Vermutung ihn nicht getrogen hatte.

Der amerikanische Offizier, so stellte sich heraus, war ein Arzt. Er sah Kuert nur an und sagte dann zu dem Spanier: „Sie können ihn unmöglich an Bord lassen. Er braucht richtige Pflege in einem Hospital. Wollen Sie die Verantwortung übernehmen, einen toten Mann zurückzubringen? Überlegen Sie es sich. Sie haben eine Stunde Zeit."

Als der Arzt gegangen war, sagte Joaquín Díaz eine Weile nichts. „Vielleicht ist es wirklich das beste", meinte er dann, „für Ihre Gesundheit."

„Ich bin schon ganz gut wieder auf den Beinen, oder?"

„Die können mich zwingen ... Ich meine, wir sind ein neutrales Schiff, natürlich. Aber sie werden Schwierigkeiten machen. Sie werden uns kein Öl an Bord nehmen lassen, sie werden uns nicht verproviantieren, kein Trinkwasser geben, keinen Treibstoff. Sie haben viele Möglichkeiten."

Es war Kuert klar, daß das keine Ausreden waren. „Die haben meine Auslieferung verlangt?"
„Mehr oder weniger, ja."
Wieder kamen ihm die Tränen vor Schwäche. Er merkte, daß er zusammengesackt wäre, wenn die beiden Männer ihn nicht gestützt hätten. Im Grunde war es ihm egal, was mit ihm geschah. Er war müde. Er wollte schlafen. Er spürte, wie ihn der Schlaf im Stehen übermannte...

Er erwachte vom Geräusch einer Sirene, die wie die Sirene eines Krankenwagens klang. Aber als er die Augen aufschlug, stellte er fest, daß er noch immer an Bord des Tankers war, auf der Koje in seinem Krankenzimmer. Carducho war da und der Funkoffizier. Die Sirene kam von draußen, vom Hafengebiet.
„Die Amerikaner?"
Carducho nickte.
Kuert war bereit. Er brauchte nicht zu packen. Er besaß eine geschenkte Hose, ein geschenktes Hemd – und sein Leben.
Vom Deck aus sah er den Krankenwagen unten an der Pier stehen. Ein grüner Wagen mit einem roten Kreuz im weißen Feld an den Seiten. Rechts und links parkten zwei Militärjeeps, und amerikanische Marineposten, vier an der Zahl, standen herum mit ihren Waffen. So viel Aufwand für einen müden, klapprigen Seemann.
Joaquín Díaz erwartete ihn am Fallreep. Ihn umringte ein Großteil der Mannschaft, so wie vor drei Tagen, als sie den Schiffbrüchigen in dem Netz an Bord gehievt hatten. Sie gingen beiseite, als der Kapitän näher trat, ihn umarmte und auf beide Wangen küßte.
Unten an der Pier hielten zwei Sanitäter bereits eine Bahre bereit. Er ließ es geschehen, daß man ihn hinaufhob. Es waren nur wenige Schritte, aber das Schaukeln machte ihn schwindelig. Er schloß die Augen und spürte, daß sie ihn in den Wagen schoben.
Die Tür schloß sich hinter ihm, und der Wagen fuhr an. Wieder überfiel ihn Übelkeit. Wo war er? Aber dann, als der Ton der Sirene über ihm aufheulte, kam er zur Besinnung: Aruba, ein amerikanisches Sanitätsauto, zwei Jeeps. Was für ein Aufwand. Ihm war fast zum Lachen zumute. Aber er machte sich keine Illusionen. Ihm war klar, daß er praktisch ein amerikanischer Kriegsgefangener war, auch wenn die Fahrt in einem Hospital enden würde.

Die Nachricht kam aus Spanien. Ein verschlüsselter Funkspruch aus Madrid. Es war eine Routinemeldung des Marineattachés der deutschen Botschaft. Aber für die deutsche Seekriegsleitung klärte sie das Rätsel um die *Doggerbank*.

Ein gewisser Kapitän Joaquín Díaz – so die Meldung aus Madrid – habe nach der Rückkehr von der Insel Aruba folgendes zu Protokoll gegeben: Sein Schiff, die *Campoamor*, habe aus einer treibenden Jolle einen Schiffbrüchigen aufgenommen. Der Mann habe seinen Namen als Fritz Kuert angegeben, deutscher Staatsangehöriger, Bootsmann der Handelsmarine, letztes Schiff: *Doggerbank*. Sein Schiff sei am 3. März desselben Jahres südwestlich der Inselgruppe der Azoren auf 36 Grad Nord und 34 Grad West von einem U-Boot versenkt worden. Die niederländischen und amerikanischen Behörden von Aruba hätten die Auslieferung des Schiffbrüchigen verlangt, und dem sei stattgegeben worden.

Die Meldung gelangte schließlich auch nach Berlin, zu jener Dienststelle, die verantwortlich war für alle deutschen Handelsschiffe und Hilfskreuzer während der Dauer des Krieges: Abteilung Seekrieg I oder I SKL.

Die Meldung löste die Frage, über der man in der I SKL so lange schon rätselte: Wo war die *Doggerbank*? Sie klärte allerdings immer noch nicht die Frage: Was genau war vorgefallen? Das Datum, der 3. März 1943, bereitete Kopfzerbrechen, denn bei der I SKL hatte man die *Doggerbank* noch nicht so weit vermutet.

Am rätselhaftesten aber war die Angabe, das Schiff sei durch ein U-Boot versenkt worden. Feindliche Boote hatten an diesem Tag keine Versenkungen gemeldet; und der Feind hätte es sich nicht nehmen lassen, einen solchen Erfolg zu melden. Man fragte bei der II SKL – dem Befehlshaber der Unterseeboote – an, bei der Abteilung OP, Operation Atlantik. Im Stabsquartier des BdU in Berlin-Charlottenburg, im „Hotel am Steinplatz", wurden die Akten durchgesehen: 3. März 1943? Südwestlich der Azoren?

Routinemäßig wurden die Kriegstagebücher – Logbücher eigentlich – der eigenen U-Boote überprüft. Nur ein Boot mit einer Erfolgsmeldung wurde gefunden: U 43, Kapitänleutnant Hans-Joachim Schwandtke. Aber der Kommandant hatte die Versenkung eines Engländers gemeldet, der *Dunedin Star* oder doch jedenfalls eines Schiffes dieser Typenklasse. Und damit hatte man sich zufriedengegeben.

Aber jetzt kamen dem Chef des Stabes des BdU die ersten Zweifel.

Die *Dunedin Star* war um fast 3000 Tonnen größer als die *Doggerbank*. Sollte Schwandtke sich so verschätzt haben? Die beiden Daten stimmten überein – sowohl der Kommandant von U 43 als auch der Überlebende der *Doggerbank* sprachen vom 3. März. Der Ort der Versenkung war ebenfalls identisch. Konnten das alles Zufälle sein? Der Schiffbrüchige war nicht greifbar. Wo also war Schwandtke? Schon wieder ausgefahren? Nein – er hatte Urlaub.

Der Kommandant wurde nach Berlin gerufen, dazu alle Besatzungsangehörigen des U-Bootes, die sich nach der Versenkung des Schiffes und dem Auftauchen des U-Bootes an Oberdeck des Bootes befunden hatten. Es war inzwischen Mai 1943 geworden, über zwei Monate nach der Versenkung der *Doggerbank*.

Diese erneuten Befragungen verschafften den Marineoffizieren, die sie durchführten, bald Klarheit: „Ein Verhör ergab, daß U 43 tatsächlich die *Doggerbank* versenkt hatte" – so hielt die Akte über den Fall fest. „Schiffstyp und -größe wurden vom Kommandanten so fehlerhaft geschätzt, daß seine Kriegstagebucheintragungen zuerst gar nicht mit der *Doggerbank* in Verbindung zu bringen waren."

Die Frage war nun: Sollte man den Kommandanten von U 43 vor ein Kriegsgericht stellen? Traf Schwandtke eine Schuld – und welche? Niemand hatte U 43 Befehl erteilt, auf einen Blockadebrecher zu achten. Es bestand kein Schießverbot, das er mißachtet hatte. Und daß Schwandtke keinen der Überlebenden aufgefischt und so eine mögliche Rettung eines Teils der Besatzung verhindert hatte – auch das verstieß gegen kein Gesetz.

Und dann war da noch eine andere Überlegung: Die Kommandanten deutscher U-Boote, die zu diesem Zeitpunkt des Krieges in See gingen – mit veralteten Booten und unterlegenen Waffen –, erwartete auf dem Atlantik die Hölle. Wollte man Schwandtke weiter als Kommandant verwenden – und das mußte man bei den großen Verlusten –, so war es besser, ihn gar nicht erst mit der Mitteilung zu belasten, daß er ein deutsches Schiff versenkt hatte.

Daher blieben die Akten über die Versenkung der *Doggerbank* geschlossen. Den Angehörigen der 364 Toten ging eine kurze Mitteilung zu: „Nähere Angaben können und dürfen aus Gründen der Geheimhaltung nicht gemacht werden. Wir befinden uns im Krieg, und jede Meldung, die Schiffe und Besatzungen gefährden könnte, muß unterbleiben."

Schwandtke, jetzt Kapitänleutnant, war nach Lorient zurückgekehrt. Er machte sein Boot bereit. Am 13. Juli 1943 verließ U 43 den U-Boot-Hafen Lorient.

Neben den üblichen Torpedos war das Boot vollgestopft mit Minen, die alle Gänge versperrten, jeden freien Winkel einnahmen. Sein Auftrag erreichte Schwandtke erst auf See per Funkspruch: Verminung der Gewässer vor Lagos an der Westküste Afrikas, einem wichtigen Nachschubhafen.

Ein Zufall – sicher nicht mehr – ergab, daß der Kurs, den U 43 nehmen mußte, das Boot am 30. Juli, siebzehn Tage nach dem Verlassen von Lorient, in jenes Seegebiet südwestlich der Azoren führte, in dem es am 3. März die *Doggerbank* versenkt hatte ...

Wie damals war es ein heller, strahlender Tag. Am Morgen hatte sich U 43 mit U 403 getroffen. Neben seinen Minen für den Lagos-Einsatz hatte U 43 zusätzlichen Treibstoff für U 403 an Bord. Nachdem U 403 das Öl übernommen hatte, tauschten die beiden Kommandanten noch einen Gruß aus. Dann legte U 43 ab und nahm Fahrt auf.

Alles schien ruhig. Aber die Ruhe täuschte. U 43 und U 403 waren bereits entdeckt. Eine „Wildcat" der Staffel VC 29, die von dem amerikanischen Flugzeugträger *Santee* gestartet war, hatte die beiden Boote mit ihrer neuen Kurzwellenfunkpeilung ausfindig gemacht.

Die „Wildcat" selbst – in der Sonne und weit genug entfernt – war von den Wachen auf den Booten nicht bemerkt worden. Der Pilot hatte über Funk Meldung erstattet. Zwei „Avenger"-Bomber waren sofort gestartet, und die „Wildcat" führte sie an ihre Opfer heran.

Die „Wildcat" kam zuerst. Sie stieß auf die Boote hinunter. Der Pilot sah einige Gestalten zu den Geschützen laufen, doch sie erreichten sie nicht mehr. Das Maschinengewehrfeuer hämmerte über das Oberdeck des Bootes, peitschte das Wasser auf und mähte die Männer auf dem Deck nieder. Ehe der Pilot die Maschine hochzog, registrierte er noch, daß die restlichen Männer zurück zum Turm liefen.

Beide Boote versuchten zu tauchen.

U 403 entkam mit Beschädigungen, aber es entrann seinem Schicksal nur für kurze Zeit; es wurde nach einer acht Tage dauernden Jagd dann doch gestellt und versenkt.

U 43 hingegen, dem Boot von Schwandtke, gelang die Flucht nicht mehr.

Marineleutnant Robert F. Richmond flog den zweiten „Avenger"-Bomber. Er war noch zweihundert Meter von dem Boot entfernt, dessen Oberdeck bereits das Wasser überflutete, als der „Avenger" seine beiden Bomben löste und außerdem einen „Tido", einen Torpedo, der sein Ziel selbst findet.

Richmond zog die Maschine hoch. Durch das Seitenfenster beobachtete er das Boot.

Was dann geschah, kam für den Piloten selbst so unerwartet, war ein so grausamer Anblick, daß er zunächst keine Erklärung dafür fand. Die Explosion, die U 43 zerriß, war wie ein einziges riesiges Feuerwerk. Wrackteile flogen durch die Luft, und Flammen schossen empor. Die Kette der Explosionen riß nicht ab, und die Druckwellen waren so stark, daß Richmond Mühe hatte, seinen „Avenger" in der Luft zu halten. Als er später die Stelle erneut anflog, war nichts zu entdecken als ein schmutziger Flecken Öl, der auf dem Ozean dahintrieb. Dann dämmerte es dem Piloten allmählich. Das Boot mußte Minen an Bord gehabt haben; es war ein einziges großes Sprengstoffdepot gewesen!

Der Tag war der 30. Juli 1943. U 43 und seine Besatzung hatten den Tod der Männer von der *Doggerbank* um keine fünf Monate überlebt. Doch diesmal gab es keinen, der davon berichten konnte...

KUERT, der Schiffbrüchige der *Doggerbank*, war fast dreieinhalb Monate auf der niederländischen Antilleninsel im Gewahrsam der Amerikaner. Seine relativ gute Verfassung der ersten Tage hatte nicht angehalten. Er erlitt einen Rückfall; eine Lungenentzündung kam hinzu. Die Salzwasserwunden verheilten nicht, näßten und eiterten immer wieder. Eine Herzschwäche trat auf, außerdem eine Anfälligkeit für Infektionen.

Er hatte eineinhalb Monate gebraucht, bis er zum erstenmal ohne fremde Hilfe laufen konnte. Er nahm nur langsam zu, trotz bester Nahrung und Aufbauspritzen. Sein Gesundheitszustand war noch keineswegs gut, und deswegen hatte man beschlossen, ihn nach den Vereinigten Staaten zu bringen, in ein Hospital nach New Orleans.

In New Orleans hatte der Überlebende der *Doggerbank* erneut einen Rückfall erlitten; er lag mit Typhus auf der Isolierstation des Militärhospitals. Drei Monate war sein Zustand ernst, dann besserte er sich. Man verlegte ihn in das geheime Verhörlager 6, auch „Meade" genannt, das zum Kriegsgefangenenlager Fort George gehörte. Die Amerikaner verhörten ihn, ebenso die Engländer. Dann, im Oktober, ließ man plötzlich von ihm ab: Man hatte offensichtlich aus anderen

Quellen die Bestätigung seiner Geschichte erhalten – die *Doggerbank*, Ex-*Speybank*, war von einem deutschen U-Boot versenkt worden. Auch für den Bootsmann Kuert war es die erste Bestätigung einer Wahrheit, die er noch immer von sich ferngehalten hatte.

Fort Myer und das Lazarett Valley Forge waren seine nächsten Stationen. Dann, Mitte Dezember 1944, teilte man ihm mit, er stehe auf der Liste der Austauschgefangenen. Wer in Deutschland hatte ihn darauf gesetzt? Wer hielt ihn, einen kleinen Bootsmann, für wichtig genug?

Kurz vor Neujahr kam er an Bord der *Charles A. Stafford*, eines vom Internationalen Roten Kreuz gecharterten Schiffes. Der Zielhafen war Marseille. Von dort sollte es mit dem Zug nach Genf gehen, wo der Austausch gegen amerikanische Kriegsgefangene stattfinden würde. Dann Deutschland. Dort endlich würde er, Kuert, die ganze Wahrheit erfahren. Aber wozu? Was nützte sie ihm – vor allem: Was nützte die Wahrheit den anderen – Schneidewind, Stachnovski, Bahrend, Ring, Papa Boywitt? Es war eigentlich nur der Gedanke, daß er der letzte Mann der *Doggerbank* war, daß er überlebt hatte, daß nur er nach der Wahrheit fragen konnte, für die anderen ...

Das allein beherrschte seine Gedanken bei der Überfahrt.

Und die Angst. Das Schiff fuhr hell erleuchtet. Aber noch war Krieg. Er verbrachte sämtliche Tage und Nächte an Deck, trotz der Kälte, blieb stets in der Nähe der Rettungsboote, und so, wie es Jan Bahrend früher getan hatte, hielt er Ausschau nach U-Booten.

Epilog

Es ist ein Tag im November 1961, mehr als achtzehn Jahre nach der Versenkung der *Doggerbank*.

Das Haus, zu dem Kuert bestellt ist, liegt in Aumühle, einem Hamburger Vorort. Eine Straße mit vornehmen Villen. Der Mann, der hier lebt, war einmal der Oberste Befehlshaber der Kriegsmarine, der Befehlshaber der deutschen U-Boote, letzter Regierungschef des Großdeutschen Reiches: Großadmiral Dönitz.

Es ist elf Uhr vormittags. Kuert, der ehemalige Bootsmann der *Doggerbank*, ist pünktlich. Doch einen Augenblick zögert er: Was will er hier – nach über achtzehn Jahren?

Achtzehn Jahre! Er hat in Hamburg in seinem Versteck das Ende des

Krieges überlebt. Schiffe, auf denen er hätte fahren können, gibt es nicht mehr. Er kehrt in seine Heimat zurück, bekommt eine Anstellung in der Zeche, in der auch sein Vater arbeitet – doch er, Kuert, arbeitet über Tage, für alles andere reicht seine Gesundheit nicht mehr aus. Sie bauen die zerbombte Zechenwohnung der Eltern wieder auf. Er heiratet. Drei Kinder kommen auf die Welt. Er hat überlebt.

Doch dann kommen die Briefe. Die Frau von Papa Boywitt meldet sich, die Familie Schneidewinds, die Mutter Stachnovskis, Schwestern Binders ... Sie haben erfahren, daß es einen Überlebenden der *Doggerbank* gibt. Sie schreiben, sie bitten um Nachrichten, um die Wahrheit, die sie nie erfahren haben. Er antwortet ihnen. Die Erinnerung holt ihn ein. Wieder beginnt er nachzuforschen. Er will Schwandtke finden. Und dann erfährt er, wie der Kommandant von U 43 gestorben ist. Wozu also – wozu ist er hier?

Dönitz selbst empfängt ihn an der Tür, führt ihn in den Wohnraum, ein freundlicher, weißhaariger Herr. Und ehe Kuert etwas sagen kann, holt Dönitz Zeitungsausschnitte hervor – über die *Doggerbank*? Nein, Nürnberg, der Prozeß, Spandau, das Gefängnis ... Er spricht von dem bitteren Unrecht, das man ihm angetan hat ...

Kuert hört ihn reden, sieht ihn an, versucht sich klarzumachen: Weshalb bin ich eigentlich gekommen? Alle Fragen, die er hat stellen wollen, erscheinen ihm jetzt sinnlos, angesichts des Mannes dort, der nur von sich spricht, von Ungerechtigkeiten, falschen Anschuldigungen, die *er* hat hinnehmen müssen.

„Die *Doggerbank*", sagt Kuert. Deshalb ist er schließlich gekommen.

Dönitz schüttelt den Kopf. Mein Gott, das liegt so lange zurück! Natürlich, er erinnert sich, ja, eine „peinliche Sache", aber schließlich, es sei Krieg gewesen, ein harter, unerbittlicher Krieg, und „wo gehobelt wird, da fallen auch Späne".

Während Kuert zuhört, kommt ihm der Gedanke, daß sie beide von ganz verschiedenen Dingen reden. 364 Menschen waren gestorben, elendig zugrunde gegangen, aber alles, was blieb, war eine Zahl, eine kleine, unwichtige Zahl in der großen Statistik des Krieges.

„... wahrscheinlich hätten wir sie, wenn sie überlebt hätten, beide vor ein Kriegsgericht gestellt, Schneidewind und Schwandtke, und beide freigesprochen ..., eine unglückliche Verkettung von Umständen ..."

Es ist sinnlos, länger zu bleiben, länger zuzuhören. Die beiden

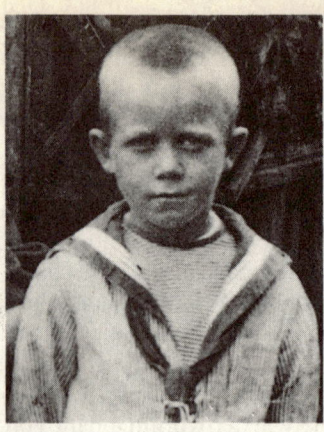

Fritz Kuert im Alter von sechs Jahren

Die Eltern Kuert im Jahr 1918 mit ihrem Sohn Fritz

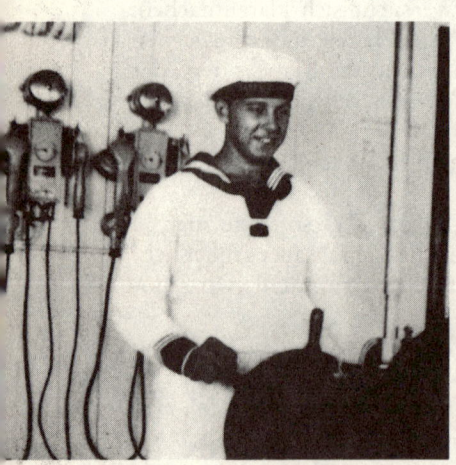

Fritz Kuert als Rudergänger auf der Brake, 1938 (oben), und als Bootsmann der Charlotte Schliemann, 1942 in Las Palmas (rechts)

Fritz Kuerts Kinder: Karin, Fred, Brunhilde (von links nach rechts)

Kuert im Jahr 1942, dem Jahr, als er auf die Doggerbank überwechselte

Ein Teil der Doggerbank-Mannschaft, aufgenommen im September 1942 in Hakone, Japan. In der Jolle befanden sich außer Kuert (1) noch folgende der abgebildeten Personen: Richard Binder (2), Ludwig Stachnovski (3), Bernhard Thielmann (4), Hans Henke (5).

Männer erheben sich. Dönitz tritt an seinen Schreibtisch. Er lächelt erleichtert. Dann holt er eine postkartengroße Fotografie hervor. „Ich habe nur noch ganz wenige davon", sagt er.

Eine Fotografie aus der großen Zeit. In der Uniform des Großadmirals. Mit Orden.

Er schraubt den Füllfederhalter auf, schreibt eine Widmung:

Fritz Kuert, zur freundlichen Erinnerung, Aumühle, 17. 11. 1961. Unterschrift ...

Kuert nimmt die Fotografie entgegen. *Zur freundlichen Erinnerung.* Was er spürt, ist Haß, zum erstenmal, ein leidenschaftlicher Haß auf alle diejenigen, die das Leben seiner Kameraden sinnlos geopfert haben. Und Bedauern und eine große Hoffnungslosigkeit. Er geht.

Es hat zu regnen begonnen. Er geht durch den Regen über die laubbedeckte Straße, ohne sich umzusehen.

Er wartet auf dem Bahnhof. Er hat noch zwei weitere Verabredungen getroffen für diesen Tag, mit zwei anderen ehemaligen Admiralen. Er wird sie nicht einhalten.

Der Zug fährt ein. Er besteigt ihn. Er weiß, er wird nicht mehr fragen. Aber er weiß auch: Es wird ihn nie loslassen, der letzte Mann von der *Doggerbank* zu sein.

Hans Herlin

Der am 24. Dezember 1925 geborene Hans Herlin gehört noch zu jener Generation, die die Schrecken des Krieges selbst miterlebt hat. „1944 wurde ich eingezogen und in einem Schnellkurs mit acht anderen jungen Männern als Jagdflieger ausgebildet", erinnert er sich. „Aber ich hatte Glück im Unglück: Wegen einer Tbc-Infektion wies man mich in ein Lazarett ein, und ich kam nicht mehr zum Einsatz. Meine acht Kameraden, alles siebzehn- bis neunzehnjährige Burschen, wurden bei ihrem ersten Einsatz von einem Bombergeschwader abgeschossen."

Nach dem Krieg begann Herlin zu schreiben und war als Lektor und Journalist tätig. Während der Arbeit an einer mehrteiligen Dokumentation, die unter dem Titel „Verdammter Atlantik" Anfang der sechziger Jahre im *Stern* erschien und über U-Boot-Kapitäne im II. Weltkrieg berichtete, lernte er Fritz Kuert kennen. „Seine Geschichte ergriff mich ganz besonders", bekennt der Autor. „Ich schlug Kuert vor, daraus ein Buch zu machen, und er stimmte zu. Viele Stunden hat er mir von seinem Leben und dem schrecklichen Schicksal der *Doggerbank* erzählt, und die ganze Zeit über ist das Tonbandgerät mitgelaufen. Die insgesamt zwanzig Tonbänder habe ich bis heute aufbewahrt."

Hans Herlin hat mittlerweile zahlreiche Bücher veröffentlicht, und seit seinem 1974 erschienenen, überaus erfolgreichen Roman *Freunde* gehört er zu der kleinen Gruppe deutscher Autoren, die auch zu internationaler Berühmtheit gelangt sind. 1980 ging er für eine Zeitlang in die Normandie, wo es ihm so gut gefiel, daß er beschloß, in Frankreich zu bleiben. Heute lebt er zusammen mit seiner französischen Frau in dem burgundischen Städtchen Autun, wo er ein Haus mit einem großen Garten inmitten der malerischen Altstadt bewohnt. Hier kann er sich, wenn er nicht gerade an einem neuen Buch arbeitet, entspannen – am liebsten beim Kartenspiel oder beim Kochen.

Sarah Eliot hat von ihrer Großmutter ein schönes altes Haus geerbt, doch damit fangen ihre Sorgen erst an. Weil sie finanzielle Probleme hat, muß sie einen Teil des Anwesens vermieten. Aber wer ist der Mann, der ihr Kutscherhaus gemietet hat und von dem man sich in Charleston die widersprüchlichsten Geschichten erzählt? Auch die nächtlichen Geräusche auf dem Dachboden beunruhigen sie ...

I

Sarah trat hinaus in die Abenddämmerung von Charleston, schloß die riesige Haustür ab und stieg erleichtert die Stufen hinunter. Im Garten blieb sie kurz stehen und schaute hinauf zu dem alten Haus. Es war ziemlich heruntergekommen; an den Säulen blätterte die Farbe ab, aber das Abendlicht war barmherzig, und für eine kurze Zeit erstrahlte das Haus in seiner einstigen Pracht. Sie sah es liebevoll an, aber dann wurde ihr wieder beklommen zumute, und sie drehte sich um. Sei kein Idiot, befahl sie sich. Häuser, in denen es spukt, gibt es doch nur in Romanen und im Fernsehen.

Eine Stunde später befand sie sich auf einem Empfang bei ihrer Schwester und kam sich ziemlich verloren vor zwischen all den blasierten Leuten aus dem Norden der USA, mit denen Elise neuerdings befreundet war. Sarah machte sich auf die Suche nach vertrauten Gesichtern, setzte eine leicht gelangweilte Miene auf und kippte den Rest ihres zweiten Martinis hinunter.

Warum bist du hergekommen? fragte sie sich. Die Antwort war nicht schwer: David Raeburn stand am anderen Ende des Raumes. Der geheimnisvolle Prinz aus der Fremde. Er erinnerte sie an die Helden der alten Liebesromane, die sie auf dem Speicher gefunden hatte. Ihre Schwester wollte sie doch unbedingt unter die Haube bringen. Wie wäre es, dachte Sarah, wenn ich sie mit einer brillanten Eroberung überraschen würde? Sarah war, anders als Elise, nie eine typische Südstaatenschönheit gewesen. Gesellschaftliche Dinge interessierten sie kaum. Auf ihrem Debütantinnenball war sie davongelaufen und hatte sich auf der Damentoilette versteckt. Im College hatte sie viel Zeit in ihr Studium gesteckt, und weil sie in den letzten zwei Jahren ihre kranke Großmutter gepflegt hatte, dachte die Verwandtschaft, sie sei dazu bestimmt, ledig zu bleiben und „sich nützlich zu machen".

Wieder blickte sie zu David Raeburn hinüber; er war der geborene Gentleman! Das schien auch eine Reihe anderer Frauen zu finden, und sie fragte sich, wie sie ihn auf sich aufmerksam machen könnte. Immerhin konnte sie an eine frühere Begegnung anknüpfen. Sie versuchte es mit einer verführerischen Pose, ließ es dann aber wieder. Wäre sie bloß nicht gekommen! In dem großen verschnörkelten Spiegel in der Diele hatte sie gesehen, daß ihr altes Kleid an Ausschnitt und Saum durchhing. Und die Absätze ihrer Schuhe waren viel zu flach.

Das war es dann wohl, dachte sie. Doch wie auf ein Stichwort hin wandte sich David Raeburn von seiner Gesprächspartnerin ab und blickte in Sarahs Richtung. Aber fast sofort widmete er sich wieder der schwarzhaarigen Schönen mit dem kehligen Lachen. Verärgert dachte Sarah daran, daß sie auf dem Weg zur Party sogar einen Umweg zu seinem Haus gemacht hatte. Er war der neue Mieter in dem Haus neben dem ihrer Großtante Olivia. Als sein dunkelblauer Mercedes nicht in der Einfahrt stand, hatte sie gehofft, ihn bei Elise zu treffen. Sie ließ sich noch einen Martini einschenken, stürzte einen großen Schluck hinunter und blickte wieder zu David hinüber. Ich werde ihn zwingen, sich nach mir umzudrehen, dachte sie, doch plötzlich kreuzte sich ihr Blick mit dem von Peter Larson, Davids allgegenwärtigem Gefährten. Er starrte sie mit seinen hellen Augen an, lächelte kaum merklich und drehte sich weg. Sie schauderte.

„Ich finde Charleston hinreißend", sagte eine weibliche Stimme mit Nordstaatenakzent gerade hinter ihr. „Die Stadt ist so himmlisch altmodisch."

Seit der Party vor sechs Jahren, die Freunde für Sarah zum zwanzigsten Geburtstag gegeben hatten, war sie auf keiner richtigen Gesellschaft mehr gewesen. Nun merkte sie, wie sehr die Szene sich verändert hatte. Charleston war inzwischen sehr touristisch geworden, und mit dem alljährlichen Spoleto-Kunst-Festival kam auch die Schickeria hierher, kaufte die alten Häuser auf und ließ sich hier nieder. Elise pries ihre neuen Freunde. „Endlich ist hier mal was los", pflegte sie zu sagen. „Womöglich werden wir noch eine Weltstadt."

Sarah dachte an all die gesellschaftlichen Ereignisse, die seit zweihundert Jahren in diesem Raum stattgefunden hatten. Bis vor kurzem hatte man bei diesen Veranstaltungen fast jeden Gast gekannt und gewußt, was einen erwartete. Jetzt waren ringsum fremde Dialekte zu hören, und neue Leute gaben den Ton an.

Apropos neue Leute: Sie mußte an Roper Chalfont denken, den Mann, der gerade ihr Kutscherhaus gemietet hatte. Er war vor kurzem in die Stadt zurückgekehrt, nachdem er sie vor einigen Jahren unter mysteriösen Umständen verlassen hatte. Obwohl er in Charleston geboren war, paßte er nicht hierher. Er war zu groß. Seine Stimme war zu tief. Es war ihm egal, wie er aussah, und er gehörte nicht zu den Leuten, die in ein Sonnenstudio gehen, um braun zu werden. Er hatte eine sehr direkte Art und war nicht besonders charmant. Sie erinnerte sich daran, wie er in ihrem Garten gestanden und das Haus betrachtet hatte. „Es gefällt mir riesig", hatte er verkündet. „Eine alleinstehende Dame, sozusagen ein Überbleibsel aus dem neunzehnten Jahrhundert, hält die Stellung in diesem Museum und verteidigt entschlossen ihre Vorstellungen von Sitte und Anstand. Die Heimat hat mich wieder."

Sie bemühte sich, nicht an Roper Chalfont zu denken, und schaute wieder zu David Raeburn hinüber. Er war umringt von Frauen. Warum gehe ich nicht nach Hause? dachte sie. Die Frage war müßig. Alles war besser, als zu Hause zu sitzen und zu wissen, daß etwas Seltsames in ihrem Haus vorging. Sie war sicher, daß die leisen Kratzgeräusche, die sie nachts hörte, keine Einbildung waren.

Jetzt beobachtete sie einen großen grauhaarigen Mann, der aussah wie ein orientalischer Teppichhändler, und eine sehr schlanke Frau mit streng zurückgekämmtem lila Haar und getönter Brille. Sarah hatte vor einigen Monaten einen Artikel über ihn in der Zeitung gelesen. Er hieß Alfred Freeman und schrieb Romane, Theaterstücke, Fernsehspiele und geistreiche Artikel. An der South Battery, der Prachtstraße von Charleston, hatte er sich ein Haus gekauft und ließ sich seinen Kaviar und Räucherlachs allwöchentlich aus New York einfliegen.

„Architektonisch gesehen ist es natürlich ein reizender Ort", sagte er gerade zu der Dame mit der getönten Brille, „aber kulturell lebt man hier auf dem Mond. Die Leute sind festgefahren in ihrer Vergangenheit, sie sonnen sich in dem vermeintlichen Glanz ihrer Ahnen. Das ist ihr Selbstverständnis, und deswegen würden sie es auch nie wagen, wegzuziehen und diese Identität hier zurückzulassen." Er lachte leise. „Ich erinnere mich an ein Gespräch mit Bill Faulkner eines Abends – wir waren gut befreundet – über die Rückständigkeit des Südens, die Engstirnigkeit. Ach, dabei fällt mir ein", meinte er plötzlich scheinheilig, „Sie gehen doch auch am Donnerstag zu den Bailliards?"

Mit einem unwillkürlichen Zucken der Lippe deutete die Dame an, daß sie nicht eingeladen war. „Leider sind wir da gerade verreist", antwortete sie betont gelangweilt, „wie schade."

„Ich wollte schon absagen", meinte Freeman grinsend. „Aber ich habe gehört, daß die Bailliards zur Crème de la Crème zählen – und das bedeutet, daß Fremde in ihren geheiligten Hallen nur selten gesichtet werden. Ich denke, es wird recht amüsant. Wissen Sie, ich schreibe einen Artikel über die Riten der Eingeborenen von Charleston. Bin ich nicht ein ganz Böser?"

Sarah war erstaunt darüber, wie Charleston auf Fremde wirkte. Weil Neuankömmlinge mit den antiquierten Wertmaßstäben der Menschen hier nichts anfangen konnten, stempelten sie die Einwohner kurzerhand als Provinzsnobs ab.

Ihr Blick wanderte wieder zu David Raeburn. Der hatte nicht nur sofort Zugang zur Gesellschaft gefunden, sondern war auch sehr beliebt. Das lag nicht nur an seinen untadeligen Manieren und seiner angenehmen Erscheinung, sondern auch daran, daß er offensichtlich viel herumgekommen war und sehr gebildet schien. Außerdem war er erst Anfang Dreißig, Junggeselle, und mittlerweile ganz hingerissen von Charleston. Nach einem schweren Unfall – die näheren Details waren unbekannt – war er in den Süden gekommen, um sich zu erholen. Das machte ihn noch interessanter.

Sarah bemerkte, daß die Frau mit der getönten Brille verschwunden war. Freeman war jetzt bei dem stämmigen Bubber Latour gelandet.

„Jawohl, Sir", tönte Latour und wischte sich die Stirn. „Charleston verändert sich ungeheuer, das stimmt." Sarah zwinkerte ihm zu, und er ergriff dankbar ihren Arm. „Hallo, Sarah! Wie geht's denn so, meine Beste?"

„Schön, dich zu sehen, Bubber. Wie geht's Della und den Kindern?"

„Prima." Bubber strahlte erleichtert. „Della ist hier auch irgendwo. Ich glaub, ich muß mich um sie kümmern. Das hier ist Alfred Freeman. Er ist Schriftsteller. Mr. Freeman: Miß Sarah Anne Eliot."

Freeman sah Bubber nach, bis er verschwunden war, und hielt dann Ausschau nach jemand Interessanterem als Miß Sarah Anne Eliot. Als er sie schließlich wieder ansah, spürte sie, wie er ihr ungeschminktes Gesicht und ihre altmodische Zopffrisur abschätzig musterte.

„Sie leben auch hier?" fragte er ohne Interesse.

Sie sah in sein arrogantes, gelangweiltes Gesicht. „Wissen Sie, ich bin ein Zugvogel", näselte sie in akzentfreiem New-York-Dialekt und spielte die Rolle gleich weiter: „Meine Güte, diese Leute hier. Kaum zu glauben, was?" Sie zeigte auf eine Gruppe von Leuten aus Charleston und fuchtelte dabei so temperamentvoll mit ihrem Glas herum, daß es ihr gelang, den Inhalt gleichmäßig auf Freemans Anzug zu verteilen. Sie amüsierte sich königlich. „Nennen wir doch die Dinge beim Namen: Die ehrbaren Bürger hier sind stilechte Antiquitäten. Altmodisch bis auf die Knochen!" Sie neigte sich vertraulich zu ihm. „Ist

Ihnen klar", flüsterte sie so laut, daß es jeder hören konnte, „daß sie vor fünf Jahren noch Plumpsklos hatten?"

„Sarah!" Süß lächelnd nahm Elise ihren Arm und hielt ihn fest umklammert. „Entschuldigen Sie, Mr. Freeman, meine Schwester wird am Telefon verlangt." Geschickt bugsierte Elise Sarah durch die Gästeschar und grüßte liebenswürdig nach allen Seiten, bis sie draußen in der Halle waren. „Ich würde vorschlagen", zischte sie wütend, „daß du hinaufgehst und dich unter die kalte Dusche stellst..."

Sarah lehnte sich an das Treppengeländer und versuchte freundlich zu lächeln. „Elise, du hast gesagt, ich soll mir Mühe geben."

„Dazu gehört aber nicht, daß du dich über Alfred Freeman lustig machst. Er ist ein prominenter Schriftsteller."

„Er ist ein aufgeblasener Trottel, Elise." Sarah grinste. „Du solltest mich vielleicht lieber verstecken, wie Dilly Cheevers Tante. Sie ist vollkommen zufrieden mit ihren Tarotkarten und einer Tüte Popcorn."

„Ich lass' dir von Etta eine Tasse Kaffee bringen." In eine Wolke von blassem Chiffon gehüllt, rauschte Elise zurück zu ihrer Party.

Sarah wollte schon die Treppe hinaufgehen, als sie eine bekannte Stimme hörte und sich umwandte. Da waren David Raeburn und Peter Larson. Einen Moment lang hoffte sie, daß David ihretwegen in die Halle gekommen war, aber er schaute kein einziges Mal in ihre Richtung. „Verdammt noch mal!" fauchte er Peter Larson an. „Das geht dich überhaupt nichts an." Mit großen Schritten ging er zur Tür.

Peter Larson war genau das Gegenteil von David. Beide waren über einsfünfundachtzig, aber David war schlank und leichtfüßig, während Peter sehr muskulös und beinahe plump wirkte. Sein breites Gesicht unter dem weißblonden Haar war ausdruckslos. „Wir haben ein Abkommen", schnarrte er. Er hatte David eingeholt, der ihm einen zornigen Blick zuwarf. David schlug die Augen nieder und ließ die Schultern hängen. Ohne ein weiteres Wort verließen die beiden Männer das Haus.

Sarah starrte ihnen nach, zutiefst enttäuscht. Gleichzeitig wunderte sie sich über Davids Wut. Wer oder was hatte sie ausgelöst? Vor sechs Monaten waren die beiden in der Stadt aufgetaucht, und bis jetzt hatte niemand herausbekommen, ob Peter ein Freund von David Raeburn oder ein Angestellter war.

Während sie die Treppe hinaufstieg, wurde ihr klar, wie albern es von ihr gewesen war zu glauben, David könne sie interessant finden.

Daß er ein paarmal aufmerksam gewesen war, ließ wohl kaum auf unsterbliche Verliebtheit schließen. Sie ging durch den Flur im zweiten Stock an der mit Gästen überfüllten Bibliothek vorüber. In einem der Gästezimmer hörte sie jemanden niesen, blieb stehen und öffnete die Tür. Am anderen Ende des Zimmers sah sie eine Gestalt vor der Sammlung alter Stiche stehen. Sarah trat hinzu.

„Erstaunlich", sagte Beatrice Bonham, ohne sich umzudrehen.

„Bea", grüßte Sarah, „ich hielt dich für Richard den Dritten." Bea, die nie konventionell gekleidet war, trug einen purpurnen Samtanzug mit Halskrause, der in der Tat an Shakespeares Zeit erinnerte.

„Ich bin ganz wild auf alte Kupferstiche."

Sie blinzelte Sarah mit ihren wimpernlosen Augen an und lächelte. Bea war etwa Mitte Vierzig, Verfasserin historischer Romane, und ihre Erscheinung hatte etwas Barockes.

„Ende achtzehntes Jahrhundert", staunte Bea. „Alle aus der Eremitage in Sankt Petersburg. Es ist unglaublich. Familienerbstücke?"

„Eine Cousine meines Ururgroßvaters James Eliot hat sie aus Rußland mitgebracht. Er war damals auf einer Weltreise dort." Sarah sank auf eines der Doppelbetten. „Vielleicht interessierst du dich für ein paar von Elises Antiquitäten, zum Beispiel diese Chippendalekommode. Sie ist anscheinend eine Rarität."

Doch Bea blieb wie gebannt vor den Stichen stehen. „Ihr Leutchen seid umgeben von Schätzen und seht sie nicht mehr", murmelte sie.

„Ich schon", sagte Sarah und dachte an ihr altes Haus, in dem es nichts Wertvolles mehr gab, nur noch ein paar verstaubte Jugendstilmöbel. Während sie Bea zusah, merkte sie, wie müde sie plötzlich war. Die Martinis taten ihre Wirkung. Wie ihre Tante Olivia hatte auch sie Bea gern und fand sie nicht nur amüsant, sondern auch anregend. Es war unbegreiflich, wieso Elise sich für einen Angeber wie diesen Freeman erwärmen und gegen einen so interessanten und gebildeten Neuankömmling wie Bea voreingenommen sein konnte. Sie seufzte.

„Na, eine kleine Depression?" Bea setzte sich zu Sarah ans Bett und ließ die Lupe, die sie benutzt hatte, in ihre Krokotasche gleiten.

„Eigentlich nicht. Ich weiß nicht, ich – " Sarah sehnte sich danach, sich auszusprechen. Sie brauchte dringend eine Freundin, die ihr sagte, daß sie durchaus in der Lage sei, ihr Leben selbst zu gestalten, daß sie einen Mann wie David Raeburn fesseln könne und daß es ganz normal sei, mitten in der Nacht in einem alten Haus sonderbare Geräusche zu hören. „Ich glaube, ich muß mich an das Alleinleben erst gewöhnen", antwortete sie zögernd, „ich schlafe nicht besonders gut. Ich –"

„Du hörst wohl Geister und Gespenster, die nachts ihr Unwesen treiben, was? Als meine Schwester starb, war ich zum erstenmal in meinem Leben allein. Ich habe nicht nur allerlei gehört, ich habe sogar angefangen, allerlei zu sehen."

Allmählich war Sarah vom Alkohol etwas schwindlig geworden. Sie stand auf und wollte gehen. Bea erhob sich mit ihr und drückte ihren Arm. „Hör mal, Liebes, wollen wir nicht diese Woche irgend etwas Tolles zusammen machen, zum Beispiel die Möwen unten am Hafen an der Battery füttern?"

„Ja, gern. Eine gute Idee."

Auf dem Weg hinunter in die Halle folgte Sarah einer plötzlichen Eingebung und trat ins Kinderzimmer, das Elise etwa ein Jahr nach ihrer Heirat mit Clay eingerichtet hatte. Sarah liebte dieses Zimmer mit seiner Bärentapete, dem Mobile aus winzigen Muscheln und der weißen Wiege, die schon vier Generationen in Clays Familienbesitz war. Sie bemerkte mit plötzlichem Schmerz, daß seit ihrem letzten Besuch die Jalousien heruntergelassen und die Möbel mit weißen Tüchern verhängt worden waren.

Sie ging hinaus und weiter den Gang entlang, schloß sich in Elises Bad ein und wusch sich das Gesicht mit kaltem Wasser. Ein Blick in den Spiegel sagte ihr, daß der Alkohol keine Spuren hinterlassen hatte und daß sie wie immer sehr freimütig dreinschaute. Sie erinnerte sich an die Versuche ihrer Großmutter, ihr das Flirten beizubringen. An ihrem vierzehnten Geburtstag hatte Großmutter ihr erklärt, welche Macht ein Seitenblick haben konnte, wenn man die Kunst des raschen Augenaufschlags beherrschte. „Deine großen Augen sind das Schönste an dir, mein Herzchen. Dieses sanfte Graugrün und diese langen Wimpern! Aber du darfst sie nicht einsetzen wie Scheinwerfer!"

Sarah fragte sich, ob ihre Großmutter nicht recht gehabt hatte. Vor zwei Tagen hatte sie ein entmutigendes Bewerbungsgespräch für eine Stelle in der Bibliothek gehabt. Bereits nach ihren ersten Sätzen hatte der Mann ihr nicht mehr in die Augen gesehen. Er hatte auf seine Kugelschreibersammlung gestarrt, auf einen Karteikartenstapel und besonders auf seine Uhr. Sarah hatte den Job nicht bekommen. Und sie würde nie erfahren, ob es an der mangelnden Erfahrung als Bibliothekarin oder dem fehlenden Seitenblick gelegen hatte.

Bei der Erinnerung an diese kleine Niederlage mußte sie an ihre

Geldnöte denken, an ihre unzureichende Berufserfahrung, an ihre trüben Zukunftsaussichten. Großmutter hatte ihr kaum mehr als das Haus hinterlassen, und Sarah sah die Verkaufsanzeige schon vor sich: „Prachtvolle dreistöckige Villa im historischen Charleston. Im Parterre zwei Einliegerwohnungen. Zwölf großzügige Räume. Elegante Eingangshalle. Vier Bäder. Zwei Innenhöfe. Umgebautes Kutscherhaus. Herrlicher, ruhiger Garten."

Während der letzten Lebenstage ihrer Großmutter hatte Sarah sich nur schwer konzentrieren können. Stundenlang hatte sie am Bett der alten Dame gesessen, und während die Großmutter döste, hatte sie versucht, das Tagebuch ihrer Urgroßtante Charlotte Benford zu entziffern und abzutippen. Neuerdings hielt sie jeden Tag Mittagsruhe. Frühjahrsmüdigkeit nannte sie das, aber sie wußte genau, daß es in Wirklichkeit die durchwachten Nächte waren, die Stunden, die sie aufrecht im Bett saß und horchte.

Sie setzte sich auf den Rand von Elises Badewanne. Es gefiel ihr nicht, wie ihre Schwester sich bemühte, den reichen Yankees zu gefallen. Clay war ein bekannter Anwalt, und ihr war klar, daß Elise seine Mandanten und Geschäftspartner bewirten mußte, aber es wollte ihr nicht in den Kopf, warum sie sich mit so einem Giftzwerg wie diesem Freeman abgab.

Andererseits konnte sie durchaus nachvollziehen, was die jungen Leute in Charleston an den Nordlichtern fanden. Auch in Charleston drehte sich jetzt das Modekarussell. Plötzlich fuhr man zum Einkaufen in die Boutiquen von New York, bemühte selbst für kleinere Einladungen den Partyservice, fuhr neue teure Wagen. Vor nicht allzu langer Zeit hätte man solchen Luxus noch als ordinär empfunden. In ein paar Jahren, überlegte Sarah, wird man die Stadt nicht mehr wiedererkennen. Alles, was Charleston dann noch von Dallas unterscheidet, sind die architektonischen Kleinode aus dem 18. und 19. Jahrhundert. O Schreck, dachte sie, ich rede schon so daher wie Großmutter. Ich bin ja selbst ein Stilmöbel, eine sechsundzwanzigjährige Antiquität. Vielleicht hat Roper Chalfont recht...

Sarah wusch sich noch einmal das Gesicht mit kaltem Wasser und legte sich dann im Schlafzimmer auf das breite Bett. Sie war erschöpft und wollte nicht mehr daran denken, was mit der Stadt geschah. Als sie sich in dem fliederfarbenen Himmelbett ausstreckte, fühlte sie sich zum erstenmal seit langem sicher und entspannt.

Zu Hause lag sie nachts oft wach und lauschte schweißgebadet auf die merkwürdigen Geräusche. Sie hatte nie etwas gefunden, wenn sie genug Mut aufbrachte, um nachzusehen, und auf Zehenspitzen in die obere Diele schlich. Einmal hatte sie sich sogar in den obersten Stock vorgewagt. Ihrer Schwester konnte sie sich nicht anvertrauen, weil Elise sowieso der Meinung war, daß das Alleinsein ihr nicht guttat und sie das Haus verkaufen sollte. Mehr als einmal war Sarah drauf und dran gewesen, die Polizei zu rufen, hatte es dann aber doch nicht getan, weil sie nicht für schrullig gehalten werden wollte.

Eingelullt von dem Gefühl der Sicherheit, schlief sie ein. Zwei Stunden später wurde sie von Etta geweckt, und einen Moment fühlte sie sich wieder wie damals als Zehnjährige, als sie von Etta angetrieben werden mußte, damit sie rechtzeitig in die Schule kam. Zusammen mit Großmutter hatte Etta Elise und Sarah großgezogen. Jetzt blickte sie Sarah streng an. „Elise hat mir erzählt, daß du dir einen Schwips angetrunken hast. Das kenne ich gar nicht von dir, Kind. Stell dir bloß vor, wie deine Großmutter sich für dich schämen würde."

„Etta, laß mich in Ruhe."

„Und überhaupt finde ich, daß du mehr aus dir machen könntest. Geh doch mal zum Friseur und zur Kosmetikerin, so wie Elise. Laß dich hübsch machen."

„Ich bin nicht der Typ zum Hübschmachen."

„Was soll das heißen, du bist nicht der Typ?" Die alte Frau hatte sich schon wieder beruhigt. Lächelnd half sie Sarah aus dem Bett und schüttelte mißbilligend den Kopf über das schlechtsitzende Kleid. „Eines Tages kommt ein schöner Mann und sieht dich. Und dann sagt er: ‚Ist das nicht die süßeste kleine Frau, der ich je begegnet bin?'"

Sarah fing an zu lachen. „Etta, du hörst dich schon an wie Großmutter." Sie umarmte sie und fragte: „Ist Elise wirklich böse auf mich?"

Etta kicherte. „Na ja, sieht ganz so aus."

ALS Sarah unten am Kamin saß, bekam sie eine Tasse Kaffee und ein dünnes Krabbensandwich. Nachdem sie sich ein bißchen gestärkt hatte, fiel Elise über sie her.

„Sarah, stimmt es, was Carol Whittaker mir heute abend erzählt hat?" Sie sah Sarah empört an. „Du hast das Kutscherhaus an Roper Chalfont vermietet?"

„Warum denn nicht?" murmelte Sarah mit vollem Mund.

„Ich muß Elise recht geben, Sarah." Clay Hillman stocherte im Kaminfeuer herum. „Also wirklich, ich wundere mich über dich."

Sarah hätte gern einen guten Draht zu Clay gehabt, aber obwohl er immer nett zu ihr war, hatte sie das Gefühl, daß ihr Schwager sie für einen hoffnungslosen Fall hielt.

„Ich hab am Donnerstag früh ein Inserat aufgegeben, und Roper Chalfont war der erste, der sich gemeldet hat. Oh, ich weiß, daß die Gerüchteküche kocht", bemerkte sie etwas schnippisch, „aber an seiner Herkunft ist nichts auszusetzen. Der erste Chalfont von Charleston ist um siebzehnhundert erwähnt."

„1712", sagte Clay. „Aber darum geht es nicht."

„Ich nehme es mit dem Vorleben meiner Mieter vielleicht nicht so genau", sagte Sarah ironisch, „aber in Sachen Stammbaum bin ich pedantisch."

„Sarah, das ist nicht witzig." Der Chiffon raschelte, als Elise aufstand und zum Kamin trat. Ihr blondes Haar schimmerte im Widerschein des Feuers, und der Ausdruck ihrer grauen Augen war alles andere als freundlich. „Du weißt genau, daß die Leute reden werden."

„Ja", antwortete Sarah lächelnd. „Das ist in Charleston todsicher."

Clay sah sie an. „Vielleicht kennst du nicht die ganze Geschichte, Sarah. Die Leute sind den Chalfonts gegenüber sehr loyal gewesen. Damals wurde weitgehend Stillschweigen bewahrt."

„Du mußt doch gewußt haben, wer er ist." Elise sah sie böse an. „Du bist hier aufgewachsen. Du mußt ihm doch begegnet sein?"

„Ich bin ihm begegnet", murmelte Sarah.

„Roper Chalfont", sagte Clay mit seiner Gerichtssaalstimme, „hat vor acht Jahren eine Gefängnisstrafe abgesessen. Die Behörden haben eine große Ladung Drogen auf seinem Segelboot oben in Bulls Bay gefunden. Anscheinend handelte er damit. Hast du das wirklich nicht mitbekommen?"

Nein, dachte Sarah verblüfft. Damals war ich im College und nicht zu Hause.

„Denk an deine Lage." Clays Stimme klang schrecklich vernünftig. „Du bist unverheiratet und lebst allein in dem großen Haus."

„Allein ist wohl kaum die richtige Bezeichnung. Ich habe außer Roper noch zwei Mieter in den beiden Parterrewohnungen."

„Über die du nichts weißt", begehrte Elise auf. „Treibgut. Abschaum."

Sarah sah zu ihrer Schwester auf. „Einen Medizinstudenten würde ich nicht als Treibgut und eine Chefsekretärin nicht als Abschaum bezeichnen."

„Überall in der Stadt ist eingebrochen worden", fuhr Clay fort. „Frauen wurden überfallen und ausgeraubt. Du kannst es Elise und mir nicht übelnehmen, wenn wir uns Sorgen um dich machen."

„Aber was hat das alles mit Roper Chalfont zu tun? Glaubst du wirklich, er schleicht sich bei mir ein und stiehlt das Silber oder vergewaltigt mich beim ersten Vollmond?"

Clay trat zu dem Tisch mit den Getränken. Er hinkte leicht, aufgrund eines Geburtsfehlers, und Sarah kam es so vor, als sei es heute ausgeprägter als sonst. „Du mußt anfangen, an die Zukunft zu denken, Sarah. Es ist jetzt zwei Monate her, seit deine Großmutter gestorben ist. Du hast immer gedacht, du müßtest das Haus behalten, solange sie lebte –"

„Großmutter hätte schon vor Jahren in ein Pflegeheim gehört." Elise blickte ins Feuer. „Wenn ihr mich fragt, war es der pure Wahnsinn, das Haus zu behalten, nur damit sie die Illusion ihres früheren Lebensstils aufrechterhalten konnte. „Sie kam doch nicht einmal mehr allein die Treppe herunter."

„Elise, bitte!" Clay brachte sie mit einer Bewegung zum Schweigen und kehrte mit einem Glas Brandy zu seinem Sessel zurück. „Das ist Schnee von gestern. Offen gestanden, ich finde es wundervoll, wie Sarah eure Großmutter gepflegt hat. Aber jetzt mußt du ein neues Leben anfangen, Sarah. Mach doch erst mal eine Reise, nach Europa vielleicht, oder eine Kreuzfahrt in die Karibik."

„Amy Bancroft will ihr kleines Haus in der Stadt verkaufen." Elise, die sich neben Sarah auf das Sofa gesetzt hatte, schien finster entschlossen. „Es wäre ideal für dich, und es ist ein Neubau. Amy hat wirklich Geschmack –"

„Ich verkaufe das Haus nicht", unterbrach Sarah sie. Sie stellte erschrocken fest, daß sie zitterte. „Jetzt nicht. Möglicherweise nie. Ihr habt recht, ich muß tatsächlich an die Zukunft denken, aber ich möchte euch darauf hinweisen, daß es sich um *meine* Zukunft handelt." In diesem Augenblick war sie ganz die Enkelin ihrer Großmutter.

Elise war aufgestanden. „Aber Sarah – du mußt einfach –"

„Ich muß heim." Sarah erhob sich ebenfalls und ging zur Tür. „Morgen früh kommt der Installateur, auf den ich seit einer Woche warte." Sie wandte sich um zu Elise und Clay und inszenierte einen Abgang, der ihrer Großmutter zur Ehre gereicht hätte. „Es war eine großartige Party, und ich komme immer liebend gern zu euch. Dieses

Zimmer...", ihr Blick schweifte über die sanften Farben des französischen Gobelin und den schönen Glanz auf den alten englischen Chippendale-Möbeln, „jedesmal, wenn ich mit den Meinen in diesem schönen Raum verweile, kann ich mich davon überzeugen, daß die Welt noch immer ein sicherer und zivilisierter Ort ist. Seid bedankt!"

Clay brachte sie zu ihrem Wagen. Die schmale Straße wurde nur wenig beleuchtet durch den Lichtschein aus den hohen alten Häusern. Es war Ende März und noch recht kühl. Wie immer lag der Geruch des nahen Meeres in der Luft.

„Sarah!" Clay sah durch das Fenster ihres verbeulten alten Fiat zu ihr herein. „Tut mir leid, wenn Elise und ich ein bißchen zu heftig auf dich eingeredet haben. Wir machen uns Sorgen um dich."

„Das weiß ich, Clay."

„Im Moment bekämst du einen guten Preis für das Haus, aber wer weiß, wie sich der Immobilienmarkt entwickelt."

„Ich werd es mir überlegen. Wirklich." Als die Kirchenglocken die Stunde schlugen, verstummten sie. Bei dem Klang der Glocken mußte sie an ihre Kirche denken, die Kirche, in der sie getauft worden war und in der Clay und Elise vor sechs Jahren geheiratet hatten. Die Glocken, die Sarah sonst das Gefühl von Beständigkeit vermittelten, hatten heute abend einen etwas anderen Klang, als zeigten sie mehr an als nur die verflossene Zeit.

II

Als Sarah in ihre Einfahrt einbog, beschloß sie, endlich für etwas mehr Außenbeleuchtung zu sorgen. Der Lichtschein aus dem Kutscherhaus erhellte kaum die Konturen der vier anderen Wagen auf dem Parkplatz: Duncan McFees kesser MG, Franny Barths bescheidener Chevrolet, Roper Chalfonts verbeulter Kombi und eine windschnittige gelbe Corvette. Wer wohl in der Corvette gekommen war?

Eine Hecke trennte Parkplatz und Kutscherhaus vom Garten. Anfangs hatte ihre Großmutter sich dagegen gewehrt, das Parterre zu Wohnungen umbauen zu lassen und das Kutscherhaus zu vermieten, doch Clay hatte sie schließlich überzeugt, weil dies der einzige Weg war, das nötige Geld aufzubringen, um den Besitz instand zu halten, damit Sarah ihn übernehmen konnte.

Sie stieg aus, bewunderte die Corvette und sah hinüber zum Kutscherhaus. In den Fenstern war Licht. Die Versuchung war zu groß, und Sarah rechtfertigte sich im stillen damit, daß sie ein Auge auf ihre Untermieter haben sollte, besonders auf solche mit krimineller Vergangenheit. Sie trat an eines der Fenster und spähte ins Innere.

Da stand Roper Chalfont, das schwarze Haar zerzaust, braun gebrannt wie immer, in enger Umarmung mit einer Frau. Es war die Frau, die heute abend mit David gesprochen hatte, die dunkle Schöne mit dem kehligen Lachen. Sarah war wie gebannt, und nur mit größter Anstrengung konnte sie sich losreißen. Sie war verletzt und verwirrt. Als sie zu ihrem Haus hinüberging, versuchte sie, einen klaren Gedanken zu fassen. Was ihre Mieter taten, ging sie nichts an. Sie war die Vermieterin, nicht mehr, nicht weniger.

Das schwache Licht der Straßenlaternen schmeichelte dem alten Haus wie Kerzenlicht einer alternden Schönen. Es war aus braunroten Ziegeln gemauert, die über hundertfünfzig Jahre alt waren und aus der Lehmgrube auf der Plantage ihres Urgroßvaters stammten. Man konnte sich leicht vorstellen, wie eine Kutsche eines Nachmittags im Jahre 1850 hier vorfuhr. Sie würde am nahen Anlegeplatz des Flusses Ashley gewartet haben, wo die Familie, wenn sie von der Plantage in die Stadt kam, das Schiff verließ. Im Geist sah sie Thomas Benford im Frack, der seine Frau und seine beiden älteren Töchter, die bezaubernde Dorothea und die weniger hübsche Charlotte, die Stufen hinaufgeleitete. Die Damen trugen Krinolinen. Sie kamen übers Wochenende oder auch, um den ganzen Sommer hier zu verbringen. Die Bediensteten waren vorausgeschickt worden, hatten saubergemacht und die Küche mit Vorräten versehen. Es würde nach Roastbeef riechen, nach Pasteten und Putenbraten.

Sarah trat einen Schritt zurück, um das ganze Haus sehen zu können. Plötzlich spürte sie entsetzt, daß jemand hinter ihr stand. Sie öffnete den Mund, um zu schreien, als er schon vor ihr war und grinste.

„Ach, Duncan, Sie? Sie haben mich aber erschreckt."

„Wieso, Sie haben mich doch beinahe über den Haufen gerannt!"

Sie brauchte ein paar Sekunden, um sich wieder zu fassen. Duncan war einer ihrer Mieter, aber sie kannte ihn kaum. Er machte sie nervös, weil er die Angewohnheit hatte, stets unerwartet aus dem Nichts aufzutauchen. Andererseits tat er ihr auch ein bißchen leid. Er war ungeschlacht, übergewichtig und hatte eine beginnende Glatze. Er studierte Medizin, war täglich an der Uni, und jeden Abend saß er in seiner Wohnung und büffelte. Er hatte nie Besuch.

„Ich hab nur dagestanden und mir das alte Haus angeschaut", sagte er zu ihr. Sein Grinsen war merkwürdig.

„Nachts sieht es besser aus", sagte Sarah. „Da sieht man nicht, daß die Farbe abblättert." Sie lächelte ihm zu und ging die Einfahrt hinauf zur Treppe, doch er hielt mit ihr Schritt.

„Hören Sie –" Er stellte sich ihr in den Weg. „Wenn meine Familie nächstes Mal herkommt, hätten Sie etwas dagegen, wenn ich ihnen das Haus mal von innen zeige? Die haben so ein Haus noch nie von innen gesehen."

„Natürlich nicht. Sagen Sie mir vorher Bescheid." Sie sah, daß er einsam war und gern weitergeredet hätte, aber sie war jetzt wirklich müde. „Gute Nacht", meinte sie nur.

Als sie die Stufen hinaufstieg, hörte sie, daß aus Franny Barths dunkler Wohnung Countrymusik ertönte. Das Lied handelte von Liebe und Verrat. Es war eindeutig, daß sich in Frannys Leben etwas verändert hatte. Sie war wie Duncan aus einer kleinen Stadt im Norden gekommen, wegen der besseren beruflichen Möglichkeiten in Charleston. Sie war Sekretärin, und jeden Morgen ging sie frisch frisiert, die hübsche Figur unter einem flotten Kostüm verborgen, zur Arbeit. Neuerdings hatte ihr Gang etwas Elastisches, und ihre Augen glänzten. Vor ein paar Tagen hatte Sarah sie gesehen, wie sie den Müll wegbrachte. Anders als früher, trug sie nicht ihren alten Kordbademantel, sondern ein rotes Negligé.

Sarah öffnete die große Haustür. „Major!" Ihre Stimme hallte in der großen Diele. Der braune Jagdhund erhob sich schläfrig vom Teppich neben dem breiten Treppenhaus am Ende der Diele und stupste sie mit seiner feuchten Schnauze. Sarah beugte sich zu ihm und kraulte ihn hinter den Ohren, dankbar für die Begrüßung. „Mußt du Gassi gehen, mein Alter?"

Der Hund wandte sich zum Eßzimmer.

„Nein, zu fressen gibt's jetzt nichts", sagte Sarah energisch. „Du wirst zu dick. Denk daran, was Großmutter immer gesagt hat: Man muß entweder gut aussehen oder Charme haben."

Beim Gedanken an die Großmutter warf sie einen Blick die dunkle Treppe hinauf und erwartete fast, ihre gebieterische Stimme zu hören: „Sarah Anne? Bist du das, Liebes?" O Großmutter, wie ich dich vermisse, dachte sie. Immer so großer Theaterdonner und doch stets zu Späßen aufgelegt!

Sie betrachtete den großen Salon mit seinem Sammelsurium aus viktorianischen Möbeln und mußte an den heißen Augustnachmittag denken, als sie auf dem hartgepolsterten Sofa gesessen hatte und Großmutter ihr und Elise mitteilen mußte, daß ihre Eltern bei einem Schiffsunglück ertrunken waren. Damals war sie vier, Elise sechs gewesen, zwei kleine Mädchen in Sonntagskleidern, die den Tag bei der Großmutter verbringen durften.

„Major!" rief sie. Der Hund folgte ihr nach draußen. Sie wartete auf der Terrasse, während er im Garten verschwand. Die kühle Luft täuschte, denn der Frühling stand unmittelbar vor der Tür.

Major rannte vor ihr zurück ins Haus, wartete, bis sie die Tür abgeschlossen hatte, und jagte dann die breite Treppe hinauf. Geduldig stand er neben ihr, während sie sich auszog, und sah zu, wie sie ihr Nachthemd vom Kopfkissen nahm. Als sie es hochhob, fiel etwas zu Boden. Es dauerte Sekunden, ehe ihr klar wurde, was es war. Sie bekam eine Gänsehaut, und ihr wurde fast schlecht. Eine tote Fledermaus lag vor ihr auf dem Boden mit zusammengefalteten Flügeln und gebleckten Zähnen. Die toten Augen starrten ins Leere. Ihr war kalt, und das Herz schlug ihr bis zum Hals. Ihre Furcht vor Fledermäusen war ganz unbegründet, das wußte sie, aber etwas anderes jagte ihr noch größere Angst ein. Sie war sicher, daß jemand die tote Fledermaus dorthin gelegt hatte, damit sie sie fand. Jemand wollte sie erschrecken.

Es war ein verrückter Gedanke. Völlig abwegig. Wer sollte sie denn ängstigen wollen? Und warum? Außerdem hatte es schon früher Fledermäuse im Haus gegeben. Sie waren durch die Öffnungen zwischen Dach und Sparren hereingekommen oder durch den Schornstein.

Sie riß sich zusammen, legte ihr Nachthemd über das tote Tier, trug es auf den Balkon und warf beides hinunter in den Hof. Dann verschloß sie die Fenster und die Zimmertür und lehnte sich aufatmend dagegen. Sie gab sich einen Ruck, zog ein frisches Nachthemd an und legte sich in ihr Himmelbett. Sofort ließ sich Major auf den Boden plumpsen und schlief fest ein. Er wachte auch nicht auf, als sie ein paar Stunden später lauschend den Kopf hob. Seit mehreren Nächten hörte sie aus dem Stockwerk über sich scharrende Geräusche.

Sarah nahm sich fest vor, das nächste Mal hinaufzugehen und festzustellen, wo die Geräusche herkamen. Sie lag stocksteif in ihrem Bett und versuchte sich einzureden, daß alles nur Einbildung sei. Regen trommelte auf das Blechdach der Veranda. Major schnarchte leise. Schließlich ließ auch sie sich zurücksinken und schlief ein.

Zum Glück ließ Major sie am nächsten Morgen bis acht Uhr schlafen, bevor er sie mit der Nase aufmunternd anstupste. Schlaftrunken zog Sarah sich an und ging mit dem Hund nach unten. Es versprach ein trüber Tag zu werden. Der Himmel war bedeckt, und die Welt war grau in grau.

Eine große Leiter lehnte an der Seite des Kutscherhauses. Roper Chalfont saß rittlings auf dem schrägen Dach und nagelte Dachschindeln fest. Die Hammerschläge schienen in ihrem schmerzenden Kopf widerzuhallen. Er winkte ihr zu, aber da sie den Gruß nicht erwidern wollte, pfiff sie den Hund, um ins Haus zurückzukehren.

Aber Roper Chalfont rief sie zurück. „Miß Eliot! Einen Moment!"

Widerstrebend drehte sie sich um und sah zu, wie er die Leiter herunterkletterte. Er nahm etwas vom Gartentisch und kam mit großen Schritten über den Hof gelaufen. In seinem verwaschenen blauen Arbeitshemd und den Jeans sah er aus wie ein Hafenarbeiter. Er nahm zwei Stufen auf einmal und blieb mit leuchtenden Augen vor ihr stehen. „Das da habe ich im Hof gefunden", erklärte er.

Seine Miene war ausdruckslos, aber seine Augen funkelten. Er hielt ihr das Nachthemd hin, das sie mit der toten Fledermaus vom Balkon geworfen hatte. Schweigend starrten sie es beide an: Elise hatte es Großmutter gekauft: ein Einmannzelt aus schlichter weißer Baumwolle mit winzigen rosa Schleifchen am züchtigen Ausschnitt. Sarah spürte, wie sie rot wurde. Sie wollte etwas Schlagfertiges erwidern, aber sie konnte nur an die dunkelhaarige Schöne denken, die sie gestern abend bei ihm gesehen hatte. So eine Frau hätte sich nicht einmal tot in einem solchen Nachthemd erwischen lassen.

Er drapierte ihr das Nachthemd sanft um die Schultern. „Ich dachte mir schon, daß es Ihnen gehört." Seine Stimme klang ernst, aber sie sah, daß seine Mundwinkel verräterisch zuckten. „Genieren Sie sich nicht, Miß Eliot. Ich frage nie danach, was meine Freunde in der Glut der Leidenschaft tun."

Seine unterdrückte Heiterkeit war mehr, als sie ertragen konnte. Sie wandte sich um und ging mit steifen Schritten ins Haus.

In der Küche zwang sie sich zu einem Toast und einer Tasse Kaffee. Seit langem war ihr nichts mehr so peinlich gewesen. Daß er sie auch immer in Verlegenheit bringen mußte! Jetzt war sie froh, daß sie das Dach des Kutscherhauses nicht hatte reparieren lassen. Hoffentlich war der Regen heute nacht in Roper Chalfonts Bett getropft. In der Annahme, daß das Dach noch dicht war, wollte sie das Geld lieber für die Reparatur der Waschmaschine verwenden. In einem schwachen Augenblick hatte sie Franny Barth angeboten, sie mitzubenutzen. Schließlich führte eine Tür aus Frannys Schlafzimmer direkt in die Waschküche. Gut, daß Elise das nicht wußte. Sie hätte sicher gesagt, daß es idiotisch sei, einem ihrer Mieter Zutritt zum Haupthaus zu gestatten. Glücklicherweise wußte Elise wenig über die Zustände in Sarahs Haushalt, besonders über den Zustand ihrer Finanzen.

Sie dachte kurz daran, den Küchenboden aufzuwischen. Im blauen Salon und im Musikzimmer war seit Ewigkeiten nicht mehr abgestaubt worden. Leola, das Dienstmädchen, kam einmal die Woche, aber es war Sarah zu peinlich, sie zu bitten, die Kronleuchter zu putzen. Ihre Kopfschmerzen waren schlimmer geworden, und sie verwarf den Gedanken an Hausarbeit. Statt dessen ging sie hinauf, um ein Aspirin zu nehmen und weiter Charlotte Benfords Tagebuch abzutippen.

Sie hatte zwei alte Tagebücher gefunden, geschrieben von zwei jungen Frauen, die nicht mit einem attraktiven Äußeren gesegnet gewesen waren. Im Abstand von dreißig Jahren waren sie in eine Gesellschaft hineingeboren worden, in der man schönen Frauen huldigte. Die alten Fotografien zeigten, daß sie große Ähnlichkeit hatten: dünnes braunes Haar, vorquellende Augen mit spärlichen Wimpern und einen ausgeprägten Überbiß. Da es ihnen nicht bestimmt war, Verehrer um sich zu scharen, hatten sie sich anderweitig getröstet.

Auralee Benfords Tagebuch stammte aus der Zeit um 1830. Als leidenschaftliche Naturliebhaberin interessierte sie sich besonders für die Vogelwelt. Sie malte Hunderte von zaghaften Aquarellen, angeregt durch ihre Freundin M., eine Naturwissenschaftlerin. Der Name der Freundin wurde nie ganz ausgeschrieben, doch offenbar war M. mit einem Geistlichen verheiratet, lebte in einem großen Haus und hatte im Souterrain eine Art Werkstatt, in der sie und ihr Mann ausgestopfte Vögel sammelten. Offensichtlich hatte Auralee einen Platz im lebhaften Haushalt von M. gefunden, in dem sich Kinder, Verwandte und Tiere tummelten und der oft durch der Anwesenheit eines Durchreisenden mit dem witzigen Namen „Jostle" beehrt wurde. Auralees Gekritzel war kaum als Tagebuch zu bezeichnen. Ihre Eintragungen waren sprunghaft und unvollständig. Vögel bestimmte sie sorgfältig, aber für Menschen interessierte sie sich nicht besonders. Sarah war die einzige in der Familie, die sich für Auralee erwärmen konnte.

Sarah war es auch, die das Tagebuch von Auralees Nichte Charlotte gefunden hatte, versteckt zwischen rostigen Krinolinenreifen und alten Turnüren in einem der großen Koffer auf dem Speicher. Mit Charlotte hatte Sarah die umwälzenden Ereignisse des Sezessionskrieges durchlebt. Voller Bewunderung hatte sie Charlottes umfangreichen Bericht gelesen mit den detaillierten Beschreibungen von Truppenbewegungen und den Auflistungen von Geburten, Heiraten, Todesfällen, Bällen und Picknicks.

Anfangs war Sarah schockiert gewesen, daß gesellschaftliche Ereignisse während des Krieges weitergingen. Dann erinnerte sie sich, daß ihre Großmutter gesagt hatte: „Kind, gesellschaftliche Zusammenkünfte gehörten hier seit jeher zum Lebensstil. In guten Zeiten machte es das Leben unendlich viel angenehmer, in schlechten war es eine Methode, dem Schicksal eins auszuwischen."

Als Sarah so hinter den aufgeschlagenen Seiten von Charlottes Tagebuch saß, mußte sie plötzlich an ihr letztes Gespräch mit der Großmutter denken. „Was ist denn mit dir, Kind? Du siehst aus, als hättest du eine ganze Woche nicht geschlafen."

„Ich wach immer wieder auf, Großmutter. Ich weiß, es ist albern, aber manchmal höre ich Geräusche." Kaum hatte sie es zugegeben, schämte sie sich.

Die Großmutter war ganz gelassen geblieben. „Man hört immer Geräusche, Liebes. Tauben auf dem Dach, Eichhörnchen in den Wänden, Mauersegler in den Kaminen." Nach kurzer Pause hatte die alte Dame gesagt: „Und dann ist da natürlich auch noch die Vergangenheit. Hundertfünfzig Jahre ist nicht alt für ein Haus, aber hier ist doch soviel geschehen. Denk doch nur an die Geburten und die Sterbefälle. Denk an die Zeiten des Glücks, des Leidens, des Überflusses und der Armut. Da bleibt doch etwas zurück."

Sarah saß reglos an der Schreibmaschine. Sie hätte so gern geglaubt, daß ihre Großmutter recht gehabt hatte. Die Alternative war unvorstellbar. Entweder erfand ihr gestreßtes Hirn Phantasien, oder es ging jemand nachts von einem Zimmer ins andere und suchte etwas. Aber was? Wenn ein Dieb im Haus herumstrich, warum hatte er dann nicht das Silberbesteck aus dem Eßzimmer mitgenommen?

Was Sarah am meisten störte, war die Vorstellung, daß jemand trotz der Eisengitter vor den Fenstern, trotz der Riegel an der Haustür, der Außentür zur Waschküche und dem Hintereingang Zugang zum Haus haben könnte. Nur sie und Elise besaßen Schlüssel. Es war einfach verrückt! Vielleicht sollte sie endlich der Wahrheit ins Gesicht sehen – mit ihren sechsundzwanzig Jahren entwickelte sie die Schrullen einer alten Jungfer. Womöglich hatte sie demnächst die abwegige Vorstellung, daß der Briefträger in ihr ein Objekt seiner Begierde sah.

Mißmutig schob Sarah die Schreibmaschine zurück und ging nach unten, um sich noch eine Tasse Kaffee zu machen, als das Telefon klingelte. Es war Elise. „Sarah, hör mal, wollen wir nicht zusammen essen gehen?"

„Ich muß um drei bei Tante Olivia sein. Du weißt schon: der Literaturzirkel."

„Ach herrje! Dieser Haufen alter Exzentriker? Aber bis dahin ist doch noch genügend Zeit. Ich hole dich um halb eins ab."

Sarah tippte noch zwei Seiten aus Charlottes Tagebuch, wischte den Küchenboden, und als der Installateur kam, blieb sie neben ihm stehen, während er die Waschmaschine reparierte. Fünf Minuten vor halb eins war sie abholbereit. Als sie am Gartentor auf Elises weißen Jaguar wartete, ertönte plötzlich hinter ihr eine tiefe Stimme: „Kann ich Sie irgendwohin fahren?"

Sarah fuhr zusammen, und vor lauter Schreck ließ sie ihre Handtasche fallen. Sie bückte sich, um sie wieder aufzuheben, aber Roper hatte sie schon in der Hand, und als sie beide wieder aufstehen wollten, stießen sie mit den Köpfen zusammen. Sarah wurde feuerrot. „Nein. Ich warte auf meine Schwester. Trotzdem ... vielen Dank."

„Ich dachte, Ihr Wagen hätte vielleicht eine Panne." Beide schauten auf den alten Fiat auf dem Parkplatz. Einen Augenblick lang wünschte sie sich, sie hätte Elises distanziertes Auftreten. „Hören Sie, das mit dem Dach tut mir leid", log sie drauflos. „Ich hatte ja keine Ahnung, daß es so schlecht in Schuß ist. Hat es irgendwo durchgeregnet?"

Amüsiert zog er die Augenbrauen hoch. „Jawohl, kübelweise, könnte man sagen."

„Tut mir leid", erwiderte sie mit charmanter Unaufrichtigkeit.

„Ist schon repariert", versicherte er. „Es waren nur ein paar Dachschindeln locker." Er sah sie, wie ihr schien, mit unnötiger Intensität an. „Miß Eliot, ich bin Ihnen dankbar, daß Sie an mich vermietet haben. Es hat sicher Verdruß mit der Familie gegeben, wie?"

„Nein", log sie wieder. „Man respektiert meine Entscheidungen."

„Aber Miß Eliot, in der Stadt wird doch sicher darüber geredet!"

„Nun ja, die Leute wundern sich eben, wieso Sie wieder hergezogen sind und was Sie hier machen."

Roper betrachtete aufmerksam seine Hände. „Wenn sie es ganz

genau wissen wollen, sagen Sie ihnen, ich sei ein Doppelagent auf der Flucht. Der KGB hat einen Killer auf mich angesetzt."

Sarah sah Elises Wagen vorfahren. „Und wenn sie mir das nicht glauben?"

Roper stieß das Tor auf und deutete eine Verbeugung an. „Dann sagen Sie einfach, ich bin Entwicklungshelfer und hierhergeschickt worden, um den rückständigen Südstaatlern ins zwanzigste Jahrhundert hinüberzuhelfen."

Sarah stieg in den Jaguar. Elise ließ fünf Minuten vergehen, ehe sie das Wort ergriff. „Wer war das?" fragte sie. „Der Installateur?"

III

SARAH und Elise gingen in ein exquisites Restaurant in der Nähe des alten Markts. Sie saßen unter gestreiften Sonnenschirmen auf einer Terrasse und genossen die erste Wärme des Frühlings. Elise trug ein todschickes himbeerrotes Kostüm, aber sie schien nicht entspannter zu sein als am Abend zuvor. Ihr Monolog reichte vom alltäglichen Klatsch und Tratsch bis zum Klagen über die Touristen. Schließlich ging ihr der Stoff zum Plaudern aus. Sie seufzte. „Hör mal, Sarah, ich muß mich entschuldigen, daß ich dir gestern abend so zugesetzt habe. Ich darf dir nicht vorschreiben, wie du zu leben hast."

„Ich verstehe schon, wie es gemeint war. Ehrlich."

„Nein, nein. Ich weiß, ich wirke oft oberflächlich. Es sieht immer so aus, als ob ich mich nur dafür interessiere, was die Leute denken, wie das Haus aussieht und ob ich auch passend angezogen bin. Manchmal finde ich mich widerlich."

„Elise –"

„Sarah, kannst du dich noch an unsere Einschulung erinnern? Die gräßlichen Taftkleider, die Großmutter uns anzog –"

„Mit dazu passenden Rüschenhöschen und ohne Gürtel!" Sarah lachte. „Weißseidene Socken und schwarze Spangenschuhe! Großmutter sagte immer: ‚Mode ist ordinär. Stil ist zeitlos.'"

„Dich hat es eigentlich nie gestört, daß man dich ausgelacht hat, nicht wahr? Und weißt du noch, als wir Teenager waren? Diese fürchterlichen Gewänder, die Großmutter uns da gekauft hat? Alle anderen hatte am Samstagabend ein Rendezvous, nur wir nicht. Nein, dich hat das natürlich nie gestört, du hattest ja immer die Nase in einem Buch."

„Einmal hat es mich gestört", sagte Sarah. „Bei meiner ersten Party. Weißt du noch, wie Großmutter auf diesen altmodischen Tanzkarten bestand, die seit Jahren kein Mensch mehr benutzte? Nachdem ein paar Jungen mich zu Pflichttänzen geholt hatten, verbrachte ich, wie mir schien, Stunden hinter einem Rhododendron und überlegte, ob ich mich noch mal auf der Damentoilette verstecken sollte. Und dann sah ich einen Mann, der mich von der Tür aus beobachtete. Er war kein Junge, wie die anderen, sondern ein richtiger Mann. So hatte mich noch nie jemand angeschaut. Ich wollte so gern, daß er mich auffordert, hatte aber furchtbar Angst, mich dumm anzustellen. Er kam mit einem wundervollen Lächeln auf mich zu, nahm meine Tanzkarte und schrieb seinen Namen quer über alle Tänze, dann steckte er die Karte ein. Da wußte ich, daß ich phantastisch tanzen würde."

„O Sarah, davon bin ich überzeugt."

„Jemand kam zu ihm und richtete aus, er werde am Telefon verlangt. Er sah mich an und sagte: ‚Ich muß einen Moment weg. Versprich mir, daß du wartest.' Ich wartete und wartete. Ich überlegte mir etwas Witziges, was ich sagen könnte, wenn er sich dafür entschuldigte, daß es so lange gedauert hatte. Ich beschloß, die Brauen hochzuziehen und zu bemerken: ‚War es lange? Ich hab's kaum gemerkt.'"

„Du willst mir doch nicht sagen..."

„Er kam nie wieder."

„Du hast ihn nie wiedergesehen?"

„Doch, gesehen hab ich ihn."

„Hat er sich nie entschuldigt oder es erklärt?"

„Er hat es total vergessen. Aber das ist lange her, Elise."

„Sarah!" Elise beugte sich über den Tisch. „Ach, Kleines, wie gräßlich! Ich hätte bei deiner ersten Party dabeisein sollen."

„Du warst damals schon hübsch und sehr beliebt. Und Clay gab es auch schon."

„Ich war ein egoistisches Biest."

„Du hast immer versucht, mir zu helfen." Sarah lachte. „Tust es immer noch."

„Ich werde mich bemühen, in Zukunft weniger hilfreich zu sein. Außer..." Elise holte tief Luft. „Sarah – wegen des Hauses –"

„Elise, ich will es nicht verkaufen."

„Auch nicht an Clay?"

„Clay? Wozu würde der es denn wollen?"

„Es wäre eine Möglichkeit, es zu erhalten, Sarah. Verstehst du,

Clay hat eine Gruppe von Anwälten, Investmentberatern und Immobilienmaklern zusammengebracht, die Charleston zu einem attraktiven Wirtschaftsstandort machen wollen. Na, und die brauchen schließlich einen Ort, um Gäste zu empfangen, um künftige Investoren unterzubringen – so eine Art Klub."

„Du willst aus Großmutters Haus einen Klub machen?" Sarah starrte sie an.

„Du weißt, daß du es eines Tages doch verkaufen mußt."

„Aber an eine Familie mit vielen Kindern. Es ist für eine Familie gebaut worden." Kaum waren die Worte heraus, bereute sie sie bitter, besonders als sie das Gesicht ihrer Schwester sah. Sie dachte an das Babyzimmer in Elises Haus, das vor fünf Jahren mit so freudigen Erwartungen eingerichtet worden war und das jetzt doch nicht gebraucht wurde. „Elise", sagte sie rasch, „es gibt doch noch andere Häuser, die Clay kaufen könnte."

„Keine, die so groß sind." Elise sah sie aufmerksam an. „Liebes, du mußt dich damit abfinden, daß die Stadt sich verändert."

Die Mahnung ging Sarah immer noch durch den Kopf, als Elise sie heimfuhr. Überall wurde der Charme der schmalen Halbinsel mit den schönen alten Häusern durch Hotels, Eigentumswohnungen und Parkhäuser zerstört.

„Versprich mir, daß du wenigstens darüber nachdenkst", sagte Elise, als sie am Gartentor hielt. Elise machte sich offensichtlich nicht nur um das Haus oder um sie Sorgen. Es beunruhigte sie noch irgend etwas anderes.

Sarah neigte sich zu ihr und küßte sie. „Es war ein feines Essen, Elise. Danke!" Sie ging zum Gartentor.

„Sarah!" Elise streckte den Kopf aus dem Wagenfenster. „Dieser Mann, der nicht zum Tanz zurückkam – wer war es?"

Doch Sarah war bereits im Garten, blickte hinauf zur Terrasse, und vor ihrem inneren Auge sah sie New Yorker Bankiers und arabische Scheichs, die sich dort drängten.

Sie ging in die Bibliothek, um ein Buch zu holen, das sie in den Literaturkreis mitbringen wollte. Es stand nicht an der gewohnten Stelle. Vor Jahren hatte sie die Bibliothek eigenhändig eingeordnet und jeden Band katalogisiert. Als sie näher hinsah, merkte sie, daß sämtliche Bücher durcheinander waren, als seien sie herausgenommen und wieder zurückgestellt worden. Sie starrte sie an und versuchte, ruhig zu bleiben. Es war sicher passiert, als Leola hier geputzt hatte. Sie hatte ihr zwar gesagt, daß sie die Bücher nicht abzustauben brauche, aber Leola überraschte sie gern. Schließlich fand sie das Buch, das Beatrice Bonham von ihr ausleihen wollte. Dabei fiel ihr ein, daß Bea ihr Auralee Benfords Tagebuch noch nicht zurückgegeben hatte.

Auf der Fahrt zu ihrer Tante Olivia dachte sie über Auralee und Charlotte nach. In ihrem Stammbaum schien jede Generation zwangsläufig eine alte Jungfer hervorzubringen, ein unattraktives Mädchen, das schon mit sechzehn Jahren wußte, daß es nie heiraten werde. Die Schwägerin ihrer Großmutter, Sarahs Tante Olivia Benford, paßte nicht ganz in diese Kategorie, denn sie war freiwillig unverheiratet geblieben. Von Geburt an eine Schönheit, hatte sie nach ihrem sensationellen Debüt in der Gesellschaft zahllose Herzen gebrochen und dann aus unerfindlichen Gründen beschlossen, allein zu bleiben. Großmutter formulierte es so: „Olivia strebte immer nach dem Unmöglichen. Was sie wollte, war ein Märchenprinz, ein Romanheld, und der tauchte nicht auf."

In der Straße, in der Olivia wohnte, standen fast nur Häuser aus dem späten achtzehnten Jahrhundert. Neben Olivia wohnte jetzt David Raeburn. Das Haus, das einem wohlhabenden Arzt gehörte, sah sehr gepflegt aus. Es hatte einen frischen rosafarbenen Anstrich, weiße Fenster und Dachrinnen. Olivias Nachbarin auf der anderen Seite war Bea Bonham. Das von ihr gemietete Haus hatte immerhin keine Risse in den Mauern, aber der Garten war vollkommen verwahrlost.

Noch schlimmer sah das Haus ihrer Tante aus. Sarah betrachtete es nachdenklich. Sie konnte sich nicht erinnern, wann es zum letztenmal gestrichen worden war. Im zweiten Stock hing ein Fensterladen schief in den Angeln. Sarah ging durch die überdachte Tür, die von der Straße auf die untere Terrasse führte. An einem der geöffneten Fenster blieb sie stehen, blickte in Olivias blauen Salon hinein und stellte fest, daß er genauso heruntergekommen aussah wie ihrer. Die schönsten Stücke der Einrichtung waren verkauft worden, um Instandhaltung und Steuern zu bezahlen. Sie erinnerte sich, daß ein wertvoller Stich, der Brachvogel Audubons*, vor Jahren verkauft werden mußte, um geplatzte Wasserrohre zu sanieren.

---

*John James Audubon (1785–1851) zeichnete vor allem Vögel und andere Tiere. Von seinen farbigen Zeichnungen fertigte er selbst Kupferstiche an. Sein bekanntestes Werk, *The Birds of America,* wurde 1827–38 in London und 1856 in New York herausgegeben.

Wie immer waren mehr Frauen als Männer beim Literaturkreis. Wer rechtzeitig gekommen war, hatte bereits das Sofa und die Sessel mit Beschlag belegt. Die weniger Glücklichen hockten auf Klappstühlen. Alle blickten zum Kamin, wo Viola Stinner, eine etwas überspannte alte Jungfer, unter gewaltigem Augenrollen ein Gedicht vortrug. Sarah schlich sich ins Haus und blieb in der Halle stehen, um Violas Vortrag nicht zu stören.

„Hier herein", flüsterte Bea Bonham und winkte Sarah zu sich ins Eßzimmer. Auf Zehenspitzen traten beide an den Tisch, auf dem eine Schüssel mit Punsch und die kulinarischen Mitbringsel der Mitglieder standen.

„Hast du das Buch mitgebracht, Sarah?" fragte Bea. Sarah gab es ihr. „Tausend Dank", sagte Bea und gluckste vergnügt. „Viola ist unglaublich, was? Wo sonst findet man noch einen derartigen köstlichen Schwulst aus dem neunzehnten Jahrhundert?"

Sarah war gern mit Olivias Freunden zusammen. Die meisten Gedichte waren fürchterlich und die anschließenden Gespräche meist etwas exzentrisch. Aber sie kamen alle gern, und sie nahmen sich gegenseitig ernst. Trotzdem war sie froh, daß Alfred Freeman nicht dabei war, um einen Artikel über die Zusammenkunft zu schreiben.

„Hör dir das an", sagte Bea.

Eldredge Pratt-Baines sprach über Violas Gedicht. Er war jahrelang Englischlehrer an einem College in Ohio gewesen und trug stets denselben wollenen Anzug, von dem er gern erzählte, daß er ihn sich bei einem Forschungsaufenthalt in Schottland gekauft habe. Er klang wie ein Prediger auf der Kanzel. „Die Alliteration ist zugegebenermaßen ein nützlicher poetischer Kunstkniff, doch darf man hier nicht Quantität mit Qualität verwechseln."

Violas Augen funkelten. „Auch Quantität hat durchaus ihre Qualitäten."

Bea unterdrückte ein Kichern und zog sich ins Eßzimmer zurück. Sie wühlte in ihrer Handtasche. „Übrigens, ich muß mich entschuldigen, daß ich es jetzt erst zurückgebe." Sie zog Auralees Tagebuch heraus und reichte es Sarah. „Ich bin total ausgehungert. Hab nicht zu Mittag gegessen." Sie ging um den Tisch herum und betrachtete das Angebot mit skeptischem Blick.

Sarah fragte sich, was Elise zu Beas heutiger Kostümierung sagen würde: ein weites Batikkleid, das in der Taille von einem breiten silbernen Gürtel gehalten wurde; auf den tizianroten Haarwogen hatte sie einen lila Chiffonschal drapiert. „Probier mal die da." Sarah zeigte auf ein Tablett mit halbmondförmigen Sandwiches. „Juanita Whipples Krabbenhäppchen."

Bea steckte eines in den Mund, kaute und schluckte es mit einem Würgelaut hinunter. „Krabben? Ach herrje! Eher Sojabohnen, Katzenfutter und Insektenspray!" Sie tupfte sich die Lippen mit einer Papierserviette, auf der *Fröhliche Weihnachten* zu lesen war. „Wie kommst du mit dem Abtippen von Charlottes Tagebuch voran?"

„Ich bin schon im August 1863", sagte Sarah, „bei der Beschießung der Stadt. Charlotte und ihre Familie machen sich bereit für die Evakuierung."

„Ich habe es mit großem Vergnügen gelesen, Sarah. Es ist ein echtes Dokument. Hoffentlich bist du mir nicht böse, daß ich Mr. Raeburn erlaubt habe, einen Blick in das Abgetippte zu werfen und auch in Auralees Tagebuch."

„Tatsächlich?" Sarah sah in den Salon hinüber und erblickte David Raeburn.

Bea runzelte die Stirn. „Ich wüßte wirklich gern, was er von dem Tagebuch hält." Ihre Stimme war kalt, fast berechnend.

„Wie meinst du das?" fragte Sarah. „Ich dachte, du magst ihn?"

„Tu ich auch," sagte Bea. „Er ist eine blendende Erscheinung. Ich würde ihn in jedem meiner Bücher gern zum Helden machen. ‚Sein Gesicht'", zitierte Bea, „‚kündete von edler Abstammung und unergründlicher Melancholie.'"

„Wie kommt er überhaupt hierher, Bea?"

„Er hat sich mit Olivia angefreundet. Außerdem habe ich ihm gesagt, wenn er wirklich in Charleston Wurzeln schlagen wolle, müsse er den Umgang mit der alten Garde pflegen, eben mit Leuten wie deiner Tante."

„Ich würde nicht sagen, daß Tante Olivia typisch ist."

„Sie ist ein Original, Sarah, in einer Stadt der Originale."

„Hat David dir nichts über sich erzählt?"

„Ich weiß nur, daß er an einer Knabenschule unterrichtet haben soll, dann einen Autounfall hatte und ein Jahr lang im Krankenhaus lag. Er ist, wie gesagt, sehr zurückhaltend. Das kann ihm ja auch keiner übelnehmen, so wie alle Gastgeberinnen der ganzen Stadt hinter ihm her sind, nicht wahr?"

„Und was ist mit diesem Peter Larson?" Sie sahen beide zu dem jungen Mann neben David. Obwohl er grüne Augen und weißblondes

Haar hatte, hatte er einen fremdartigen Gesichtsschnitt. „Was hat er mit David zu tun?"

„Soweit ich das beurteilen kann, ist er eine Kombination aus Begleiter und Diener. Er kocht, fährt den Wagen, pflegt den Garten, und wenn man ihn etwas fragt, gibt er einsilbige Antworten."

„Zeit für die Erfrischungen!" rief Olivia.

Die Gruppe ließ Manuskripte, Handtaschen und Aktenmappen fallen und strömte ins Eßzimmer. David Raeburn drängte sich zu Sarah durch und ergriff ihre Hand. „Miß Eliot, ich hatte schon Angst, daß Sie nicht kommen."

„Ich bin aufgehalten worden."

Seine Hand war warm und glatt. „Ich habe Sie gestern abend angerufen, aber es ging niemand an den Apparat. Am Donnerstag abend ist ein Konzert im Auditorium. Ich hatte gehofft, Sie würden mich begleiten, und vielleicht könnten wir vorher irgendwo noch etwas essen."

In den Monaten nachdem sie sich zufällig bei einer Bibliotheksgesellschaft kennengelernt hatten, war er zwar immer freundlich gewesen, hatte sich aber nie mit ihr verabreden wollen. „Danke, Mr. Raeburn", sagte sie ruhig. „Ich komme gern."

„Wunderbar", antwortete er.

Dann war Olivia neben ihr. „Sarah, Liebes, kann ich dich einen Moment sprechen? Mr. Raeburn, entschuldigen Sie uns bitte. Haben Sie sich schon Punsch eingegossen? Ich bringe Sarah gleich wieder. Eine Familienangelegenheit."

Olivia zog Sarah mit in die chaotische Küche und schloß die Tür. Mit ihren achtundsiebzig Jahren war sie immer noch hübsch, die Augen blitzten munter. „Sarah, ist es wahr, daß du das Haus verkaufen willst?" Olivia wartete eine Antwort nicht ab. „Weil ich nämlich glaube, daß sich David Raeburn dafür interessiert. Er hat es vor ein paar Wochen mal erwähnt. Er will eine Knabenschule darin einrichten."

„Tante Olivia, ich habe nicht vor –"

„Olivia!" Die dicke Martha Bench Pooser kam in die Küche gerollt. „Die Decke! Die Kommode! Eine wahre Sintflut! Einfach durch die Dielen aufs Salonsofa."

„Heiliges Kanonenrohr!" schrie Olivia. Sie fuhr herum und lief zur Hintertreppe. Martha folgte ihr.

Sarah lehnte sich an den Ausguß, atmete ein paarmal tief durch und schlüpfte dann durch die Hintertür hinaus. Sie wollte David nicht wieder begegnen. Sie hatte sich lächerlich gemacht – aufzuflammen wie eine Neonleuchte, als er sich mit ihr verabredete. Sei ehrlich, sagte sie sich: Er ist nicht bezaubert von deiner Schönheit, nicht betört von deinem Charme, hat es nicht einmal auf deine Tugend abgesehen. Er interessiert sich für deine Immobilien, junge Frau.

Die Sonne ging gerade unter, und die Welt war in pastellfarbenes Rosa getaucht, als sie heimfuhr. Der vor ihr liegende Abend bot nur trübe Aussichten. Sie konnte verzweifelt die Rechnungen auf ihrem Schreibtisch durchblättern. Sie konnte an Charlottes Tagebuch arbeiten. Selbst letzteres hatte nichts Reizvolles. Irgend etwas an den Tagebüchern begann sie zu beunruhigen. Sie hatte das Gefühl, daß sie nur noch einen kleinen Schritt davon entfernt war, Gespenster zu sehen und Stimmen zu hören.

Als sie aus dem Wagen stieg, traute sie ihren Augen kaum: Roper Chalfont stand an der Tür des Kutscherhauses, Major neben sich.

„Na, hungrig?" rief er. Er kam durch den kleinen Innenhof und sah jetzt in weißem Hemd und gebügelten Khakihosen beträchtlich gepflegter aus als sonst. Wassertropfen glänzten auf seinem rotbraunen Haar. „Ich war heute draußen in Edisto und hab Unmengen von Krabben gefangen!"

„Danke, sehr nett von Ihnen, aber –"

„Ich esse so ungern allein. Und ich hab gehört, daß einsame Damen von Salatblättern leben."

Sie dachte, wie sehr Elise dagegen sein würde. Das lockte sie.

Er ging zurück zum Haus, in der Annahme, daß sie nachkommen würde. Das tat sie auch, aber in der Tür blieb sie stehen. „Zwei Fragen", sagte sie.

„Ja?" Im schwindenden Licht hatte er viel weichere Züge als sonst.

„Werden Sie mir eine Offerte für mein Haus machen?"

Die buschigen Brauen hoben sich erstaunt. „Warum sollte ich?" Er steckte die Hände in die Taschen und lehnte sich an den Türpfosten. „Frage eins ist so verrückt, daß ich Frage zwei kaum erwarten kann."

„Haben Sie irgendwelche Hintergedanken?" Er öffnete verblüfft den Mund, doch noch ehe er antworten konnte, fuhr sie fort: „Bei einer meiner letzten Abendeinladungen wurde mir vorgeworfen, ich hätte keine Beziehung zu meiner Sexualität, weil ich nicht aus purer Dankbarkeit für ein Hummeressen meine Gunst gewährte."

Er brach in schallendes Gelächter aus und zog sie ins Haus.

Sie saßen auf dem Fußboden vor dem Kamin, den schlafenden Hund neben sich. Roper hatte Feuer gemacht. Außer den Krabben servierte er Maisbrei, Salat mit frischen Kräutern, Bier in hohen Gläsern und anschließend Kaffee.

Sie aßen schweigend. Neugierig betrachtete sie Roper Chalfonts Besitztümer. So richtig eingerichtet war er noch nicht, aber über dem Kamin hing schon ein großes Aquarell einer Moorlandschaft. Eine orientalische Büste aus Bronze befand sich in einer Ecke. In einer anderen lag ein Haufen Stricke, Angelzeug, Skier, Rucksäcke. Ein Ledersofa, zwei gleiche Sessel und ein runder Couchtisch standen etwas verloren im Raum.

„Wieso sollte ich Ihr Haus kaufen wollen?" fragte er plötzlich.

„Das wollen anscheinend eine Menge Leute."

„Wollen Sie es denn verkaufen?"

„Nein. Eigentlich nicht. Ich ..." Sie stockte, es fiel ihr schwer, ihm etwas vorzumachen. „Ich kann es mir nicht leisten, es zu behalten", gestand sie. „Und Elise meint, wenn ich weiter allein in dem großen Gehäuse wohne, werde ich noch eine wunderliche alte Schachtel."

Ropers Lächeln verwirrte sie. „Aber Charleston ist doch stolz auf seine wunderlichen alten Schachteln, oder?"

„Vielleicht hat Elise recht. Wenn man nachts in einem alten Haus allein ist, fängt man an, Geräusche zu hören. Aber wenigstens den Geist von Dabney Benford habe ich noch nicht gesehen!"

„Ein Familiengespenst?"

„Ja, ein Bruder meines Ururgroßvaters, ein schwarzes Schaf, im Duell um eine Frau gefallen. Hat die Familie Chalfont nicht auch ein paar Leichen im Keller?"

„Dazu würde nur ich mich eignen. Aber ich bin noch nicht qualifiziert."

„Es geht das Gerücht, Sie seien ein hervorragender Anwärter."

„Gerüchte sind das Lebenselixier dieser Stadt." Er stand auf und reckte sich, so daß sie sich sehr klein vorkam neben ihm. „Soll das ein Verhör werden, Miß Eliot?"

„Elise sagt, ich sei in der Wahl meiner Mieter zu leichtsinnig."

„Ah ja, die schöne Elise." Roper warf ein Stück Holz aufs Feuer. „Ich glaube, Ihnen gegenüber muß ich ehrlich sein. Ich mache es so schlimm, daß Sie mir glauben. Wie wäre es mit: geheilter Trunkenbold, eben aus der Klapsmühle entlassen, der sich redlich bemüht, wieder auf die Beine zu kommen?"

Sarah lachte. Plötzlich kauerte er sich neben sie und umschloß ihr Handgelenk.

„Sie haben ein unheimlich nettes Lachen", sagte er. Seine glänzenden Augen waren ihr so nahe, daß ihr schwindlig wurde.

Er senkte die Stimme. „Wozu das Spielchen? Sie wissen doch, was wirklich passiert ist, oder?"

„Ja, das stimmt."

„Und warum haben Sie mich dann als Mieter genommen?"

„Damals wußte ich noch nicht Bescheid."

„Und jetzt?"

Sie sah ihn an. Er war so selbstsicher und humorvoll. „Ich hatte den Mietvertrag schon unterschrieben", sagte sie tonlos.

Er nickte. „Eine Frau, ein Wort. Nun denn, um Sie seelisch zu entlasten, Miß Eliot: Ich werde nicht lange bleiben. Ich ziehe in eine größere Wohnung, sobald ich eine finde. Bis dahin könnte ich doch hier als alter Taugenichts ein bißchen Schwung in die Bude bringen, meinen Sie nicht auch?"

„Wer hat gesagt, daß hier Schwung in die Bude gebracht werden muß?"

„Nach dem, was ich so höre, waren die letzten paar Jahre nicht besonders abwechslungsreich für Sie. Die Großmutter pflegen und festsitzen in diesem Haus ..."

Was sie in seiner Miene las, konnte nur Mitleid sein. Welches Recht hatte er, sie zu bemitleiden? Sie spürte, wie Wut in ihr aufstieg.

„Die Dinge sind nicht immer, was sie scheinen", bemerkte sie heftig.

Roper beugte sich vor und sah sie aufmerksam an. „Oh, Miß Eliot, Sie werden mir doch nicht einreden, daß Sie ein Doppelleben führen?"

Sie dachte zuerst, daß er sich wieder über sie lustig machen wolle, aber er schien vollkommen ernst zu sein. „Verschwenden Sie nicht Ihr Mitleid an mich", antwortete sie lässig. „Wenn Sie in mir allerdings ein Überbleibsel aus dem neunzehnten Jahrhundert sehen ..."

„Ach, hat Sie das gestört? Ich hab doch nur einen Witz gemacht."

„Ich würde es nicht ‚stören' nennen. Es stimmt ganz einfach nicht."

„Tja dann." Er lehnte sich zurück und sah sie an. „Es wundert mich nicht. Sie sind sehr attraktiv. Es muß doch Männer in Ihrem Leben geben."

Sarah hatte eine Vision von Regimentern von Verehrern, die vor ihrer Tür Schlange stehen. „Es hält sich in Grenzen." Sie lächelte.

„Und doch sind Sie unverheiratet?"

Sie zögerte. „Im Grunde bin ich an einer Ehe nicht interessiert." Es freute sie, daß er die Stirn runzelte.

„Ach so", sagte er nur.

Sarah empfand so etwas wie einen kleinen Machtrausch: Jetzt hatte sie die Oberhand. „Es hat einmal eine ... Bindung gegeben."

„Eine Bindung?" Er schaute etwas verdutzt drein, dann hellte sein Gesicht sich auf. „Oh, natürlich. Ja, eine Bindung." Er neigte sich wieder vor, sichtlich interessiert. „Sie sagten, hat gegeben. Ist es aus und vorbei?"

Sarah schlug die Augen nieder. „Ich habe sie beenden müssen." Sie seufzte wie jemand, der der Welt entsagt hat.

„Er tanzte wohl auf mehreren Hochzeiten?" meinte Roper hoffnungsvoll.

„Er ist verheiratet", sagte sie möglichst dramatisch.

„Nein!"

„Doch!"

„Na, auch gut", kommentierte er ruhig. „Das ist kein Leben für Sie." Er schüttelte den Kopf. „Sich irgendwo heimlich treffen, in billigen Hotels, und Weihnachten allein feiern, wenn er bei Frau und Kindern ist."

Sie forschte in seinem Gesicht. Er hatte ihr geglaubt, und sie schämte sich ein bißchen. Sie war drauf und dran, etwas zu sagen, als sie bemerkte, daß seine Augen übermütig funkelten. Am liebsten hätte sie ihn vor Wut geschlagen.

Sie brachte ein boshaftes Lächeln unechten Triumphs zustande und stand auf. „Wie Sie sehen", sagte sie, „bleibe ich ebensowenig bei der Wahrheit wie Sie. Ich muß sagen, Sie sind so naiv wie charmant." Damit nahm sie ihre Handtasche und ging zur Tür.

Er war bereits auf den Füßen, erwiderte ihr Lächeln und sah sie mit unverhohlener Bewunderung an. „Eins zu null für Sie, Miß Eliot." Er folgte ihr. „Eigentlich sollte ich Sie jetzt doch bitten, mir Ihr Haus zu verkaufen. Wissen Sie, ich möchte hier meine Zelte aufschlagen. Aber zu meinem Glück fehlt mir eine liebeshungrige alte Jungfer, die mich nimmt. Möglicherweise sind Sie selbst interessiert, Miß Eliot? Ich bin eine leichte Beute für heiratswillige Mädchen. Ich würde sogar so weit gehen, einen altmodischen Heiratsantrag zu machen."

Sie drängte sich an ihm vorbei, wäre fast über den Hund gestolpert und bemühte sich dann, würdevoll über den Innenhof zu schreiten.

Roper folgte ihr mit langen Schritten. „Überlegen Sie es sich, Miß Eliot." An den Stufen blieb er stehen. „Was ich brauche, ist nur ein wenig Glück und die Liebe einer guten Ehefrau."

In ihrer Hast hätte Sarah fast die hochgewachsene, hinkende Gestalt übersehen, die soeben durch das Gartentor auf die Straße ging. Clay war sicher gekommen, um mit ihr über das Haus zu sprechen. Sie wollte ihn schon zurückrufen, ließ es dann aber. Im Moment hatte sie keine Lust, mit jemandem zu reden.

In dieser Nacht hatte sie zum erstenmal seit Jahren wieder den Alptraum, der sie heimsuchte, seit ihre Eltern bei dem Schiffsunglück ertrunken waren. Im Traum war sie es, die unter dem gekenterten Schiff nach Atem rang und deren Lunge sich mit Wasser füllte. In der größten Bedrängnis wachte sie auf. Sie lag da mit geballten Fäusten. Erst nach und nach erkannte sie ihr Zimmer und stellte mit Erleichterung fest, daß sie noch immer atmete. Major blickte sie verwundert an und begann mit dem Schwanz zu wedeln, als sie das Licht anmachte. Sie beugte sich aus dem Bett und wollte ihn streicheln, aber er wandte sich mit gespitzten Ohren zur Tür.

Die Nachtgeräusche hatten den Hund bisher noch nie gestört. Entweder hatte er sie identifizieren können, oder sie waren für seine alten Ohren zu leise gewesen. Jetzt stand er aufmerksam da und horchte. Sie horchten beide. Da – ein schwacher Raschellaut aus dem oberen Stock, so als ob etwas bewegt und beiseite gezogen wurde.

Etwas fiel mit dumpfem Aufschlag zu Boden. Major lief zur Schlafzimmertür und schnüffelte. Sarah umschlang ihre Knie und kniff die Augen zu, bis sie plötzlich merkte, was für eine jämmerliche Figur sie abgab. Wut stieg in ihr auf; über sich selbst und über das, was in ihrem Haus vorging. Sie stand auf, durchquerte das Zimmer und öffnete die Tür. Die Halle war nur durch ein Lämpchen am Telefontisch erleuchtet, und durch das Fenster oberhalb des Treppenabsatzes kam ein wenig Mondlicht herein. Sarah streckte die Hand aus, um die Deckenlampe anzumachen, doch dann fiel ihr ein, daß sie die kaputte Birne nicht ersetzt hatte. Aber die im obersten Stockwerk war neu.

Ich geh jetzt dort hinauf, befahl sie sich, und beweise mir, daß alles nur Einbildung ist. Major streifte ihr Bein. Aber der Hund hat doch auch etwas gehört, dachte sie beklommen. Der bildet sich nichts ein. Sie begann die Treppe hinaufzugehen, entschlossen, ihre Ängste zu ignorieren. Trotzdem war ihr das Ganze nicht geheuer, denn Major jagte nicht wie sonst vor ihr her, sondern hielt sich dicht an ihrer Seite.

Auf dem Treppenabsatz blieb sie stehen und starrte hinauf in die Finsternis. Plötzlich fiel ihr die Fledermaus in den Falten ihres Nachthemds ein und eine andere, die in ihrer Kinderzeit im Schlafzimmer herumgeflogen war. Sie erinnerte sich an ihre panische Angst und daran, wie sie geschrien hatte. Sie zwang sich, die letzten Stufen hinaufzusteigen, und tastete an der Wand entlang, um den Lichtschalter zu finden. Oben angekommen, sah sie plötzlich etwas Dunkles, Massiges, das hin und her zu schwanken schien. Sekundenlang war sie wie gelähmt. Als sie endlich nach dem Schalter tastete und das Licht anknipsen wollte, funktionierte es nicht. Verzweifelt fingerte sie am Schalter herum. Nichts. Dann stürzte die Gestalt auf sie herunter. Große schweigende Schwingen schlugen sich um sie, deckten sie zu. Ein widerlicher Geruch stieg ihr in die Nase, sie griff in etwas Öliges, Weiches, hörte ihren eigenen erstickten Schrei. Sie schlug um sich, wankte und fiel rücklings in den schwarzen Abgrund des Treppenhauses. Mit der einen Hand wehrte sie sich, mit der anderen griff sie nach dem Geländer, bekam es zu fassen und ließ es wieder los. Sie stürzte die Stufen hinab und schlug auf dem Treppenabsatz auf.

IV

„Ist auch wirklich alles in Ordnung?" Duncans Stimme hatte einen unaufrichtigen Ton. „Als Sie anriefen, ich meine, um diese Zeit..."

Sarah hob die Kaffeetasse, merkte, daß ihre Hand immer noch zitterte, und stellte die Tasse zurück auf das Küchenbüfett. Sie wünschte, sie hätte jemand anders angerufen, irgend jemand sonst. „Mir geht es wieder gut. Ich hab nur ein paar blaue Flecken."

„Der Pelzmantel hat den Sturz abgefangen. Ein Glück, daß Sie sich den gegriffen hatten."

„Ich hab ihn mir nicht gegriffen." Es klang beklommen. „Jemand hat ihn über mich geworfen."

„Ja, natürlich." Er verschränkte die Arme. „Möchten Sie, daß ich mich oben noch mal umsehe?"

„Ich glaube nicht, daß Sie etwas finden", sagte Sarah matt, „und da das Dielenlicht nicht funktioniert –"

„Es funktioniert einwandfrei." Es schien ihm Spaß zu machen, ihr das sagen zu können. „Sämtliche Lichter dort oben sind in Ordnung."

Es war schwer, ihn sich als Medizinstudenten vorzustellen,

geschweige denn als Arzt. Er schien nicht sehr intelligent zu sein, und seine Manieren grenzten ans Beleidigende. „Hören Sie, ich will Sie nicht länger aufhalten."

„Das macht mir nichts aus. Wie wär's, wenn ich heute nacht hierbliebe? Und ich sollte Sie vielleicht untersuchen. Um sicher zu sein, daß nichts passiert ist. Ein solcher Sturz..." Seine plumpe Hand lag auf ihrem Arm.

Sie wich angewidert zurück. „Es ist mir nichts passiert. Tut mir leid, daß ich Sie belästigt habe." Sie wollte ihn jetzt gerne los sein.

Als sie aufstand, zuckte sie zusammen, weil ihr alles weh tat. Sie ging durch das Eßzimmer, und er folgte ihr zögernd. An der Haustür hätte sie ihn beinahe hinausgeschoben. Er ging ein paar Stufen hinunter und wandte sich um. „Ich glaub, ich bleib doch lieber da." Erstaunlich behende war er wieder oben und stand neben ihr. Er packte sie am Arm und schob sie zur Tür. „Und ich untersuche Sie, ob nicht doch etwas gebrochen ist."

„Nein." Sie riß sich los. „Ich habe Ihnen doch gesagt –"

„Die Dame kommt allein zurecht", ertönte eine energische Stimme aus dem Dunkel. Sarah und Duncan fuhren herum. Eine imposante Gestalt trat hinter einer der Säulen hervor. Dann legte Roper seine Hand auf Duncans Schulter und führte ihn entschlossen zur Treppe. „Miß Eliot ist Ihnen sicher dankbar für Ihre Hilfe und Teilnahme."

Duncan warf rasch einen Blick auf Sarah und stapfte zur Tür.

Sarah war ganz erschöpft vor Erleichterung. Sie holte tief Luft und versuchte Roper kühl anzusehen. Sie wünschte, jemand anders hätte sie gerettet. Er war nur mit einem Bademantel bekleidet und hatte keine Schuhe an. „Ich merkte, daß bei Ihnen Licht brannte", sagte er. „Das kam mir komisch vor mitten in der Nacht. Ich dachte, da muß was passiert sein."

„Ich hatte Duncan gerufen", sagte Sarah und bemühte sich, das Zittern in ihrer Stimme zu unterdrücken, „weil ich dachte, daß sich jemand im obersten Stock zu schaffen macht." Sie verzichtete auf nähere Einzelheiten, weil sie es zu demütigend fand, wenn man ihr nicht glaubte.

„Hat er das Haus durchsucht, Sarah?"

„Ja."

„Und nichts gefunden?" Er sah sie noch immer aufmerksam an. „Warum haben Sie mich nicht gerufen?" fragte er ruhig.

Klang seine Stimme nicht ein bißchen enttäuscht? Sie hatte damit gerechnet, daß er spöttisch auf Duncans Gegenwart im Haus mitten in der Nacht reagieren würde, aber er schien aufrichtig besorgt zu sein.

Plötzlich hatte sie das Gefühl, es nicht mehr ertragen zu können – die ausgestandene Angst und den wiederkehrenden Argwohn, daß sie sich die nächtlichen Geräusche, die verstellten Bücher, die Fledermaus nur eingebildet hatte. Vielleicht hatte Duncan recht. Niemand hatte einen Mantel über sie geworfen. Sie hatte einen Schatten gesehen, war gegen den Mantel getaumelt, hatte ihn gepackt. Sie fing an, ihren Sinnen zu mißtrauen. Sie spürte, wie Tränen aufstiegen.

Sie konnte Roper nicht in die Augen sehen. Er stand ganz nahe vor ihr und stellte eine neue Bedrohung dar. Sie reagierte auf ihn in einer Weise, die sie weder begriff noch kontrollieren konnte. Das mußte aufhören. Doch es war zu spät. Er streckte die Arme aus und zog sie sanft an sich. Sie war zu schwach und erschöpft, um sich zu wehren, und sie wollte es auch gar nicht. Sie überließ sich ganz ihren Gefühlen. Endlich in Sicherheit! Aber da war noch etwas anderes. Sie war gern in seinen Armen, und ein Gefühl der Zärtlichkeit erfüllte sie. Sie verlor jedes Zeitgefühl und hätte später nicht sagen können, wie lange sie in enger Umarmung dagestanden hatten. Doch allmählich kam sie wieder zu sich, und plötzlich mußte sie an Elises bittere Bemerkung denken: „Roper hat eine ziemliche Brandschneise hinterlassen, die Hälfte aller Frauen hier in der Stadt war in ihn verliebt." Und dann fiel ihr ein, wie er vor wenigen Tagen im Kutscherhaus gestanden hatte, mit der Dunkelhaarigen in den Armen, so wie jetzt mit ihr. Beschämt von der eigenen Schwäche, wollte sie sich von ihm losreißen, aber ihr Körper gehorchte ihr nicht.

Schließlich war es Roper, der sie losließ. Er sah auf sie herunter. „Gehen Sie schlafen, Sarah. Machen Sie sich keine Sorgen. Ich halte die Augen offen. Und wenn irgendwas Sie erschreckt, egal was es ist, rufen Sie mich. Sofort." Ehe sie antworten konnte, war er gegangen.

Sie wußte, daß sie in dieser Nacht nicht mehr einschlafen konnte, und ihr war klar, daß sie sich Roper Chalfont aus dem Kopf schlagen mußte. Sie nahm Auralees Tagebuch mit hinauf, ging dann in ihr Arbeitszimmer und holte sich das von Charlotte. Zusammen mit Major kehrte sie in ihr Schlafzimmer zurück und verschloß die Tür. Major ließ sich fallen und war Sekunden später eingeschlafen. Sie setzte sich in das große Himmelbett, die Tagebücher vor sich auf dem Schoß. Sie hätte nicht an sich zweifeln sollen. Jemand war im Haus gewesen und hatte es systematisch durchsucht. Als er sie die Treppe heraufkommen hörte, hatte er den alten Seehundmantel über sie geworfen, um Zeit zur Flucht zu haben. Aber wie war er hereingekommen? Duncan hatte gesagt, daß die Haustür und die Tür zur Waschküche abgeschlossen waren. Derjenige, der im Haus gewesen war, mußte einen Schlüssel gehabt haben. Aber keiner hatte einen Schlüssel außer Elise und ihr.

Bei dem Gedanken, daß jemand nachts in ihrem Haus herumschnüffelte, wurde es ihr eiskalt. Was wollte er? Es gab in diesem Haus nichts Wertvolles. Von Familienschmuck oder Silber, das im Bürgerkrieg vor marodierenden Unionssoldaten versteckt worden war, war nichts bekannt. 1863 waren alle Wertsachen nach Camden gebracht worden. In sämtlichen Benford-Papieren gab es nur eine einzige Anspielung auf etwas, das man heimlich irgendwo eingelagert hatte.

Auf dem Bett sitzend, durchsuchte Sarah die Seiten von Charlottes Tagebuch, bis sie die Eintragung vom 22. August 1863 fand. Charlottes Vater, der im letzten Gefecht am Shenandoah gefallen war, hatte alles für den Umzug der Familie in ein Städtchen im Norden vorbereitet, wo sie seiner Ansicht nach in Sicherheit war.

> Papa hat Quartier für uns gefunden, in Camden, bei dem Vetter von Rosa Bridges. Er bittet mich, daß ich den Inhalt seines Schreibtischs und der Bibliothekstruhe an einem Ort verstecken soll, den er mir vor seiner Abreise zeigte, und erwähnt in seiner scherzhaften Art, ich möge den Madeira nicht vergessen. Sicher hat er mich gebeten, diese Dinge zu verstecken, nicht so sehr, um sie vor dem Feind zu schützen, als vielmehr vor Mama, die immer alles wegwirft, was sie für wertlos hält. Ich neige zu Mamas Ansicht. Als ich die Schubfächer leerte, fand ich darin nur alte Urkunden und Briefe und dicke Bände von Auralees Bildern, die viel zu kühn und zu unschön sind, um sie aufzuhängen.

Lange vor Charlotte, um das Jahr 1830, malte Auralee Benford getreulich, wenn auch nicht hervorragend, was ihr in der Welt der Natur ins Auge stach. Auralee konnte Charlotte nicht das Wasser reichen. Ihre gekritzelten Eintragungen waren pure Notierungen von Flora und Fauna. Sarah hätte gern mehr über Auralees Freundin und Mentorin M. gewußt und über Jostle, einen Künstler, der sie regelmäßig besuchte und dessen Arbeit sowohl Auralee als auch M. so sehr bewunderten. Jostle war mit M.'s Ehemann, einem Pastor, befreundet und interessierte sich leidenschaftlich für die Tier- und Pflanzenwelt der Niederungen.

Olivia war ihr bei der Identifizierung dieser Personen keine Hilfe gewesen: „Der einzige Pastor, der mir einfällt, der um diese Zeit an der Rutledge Avenue gewohnt hat, war ein Dr. Bachman, aber dessen Frau hieß Harriet." Ich werde Clay fragen, dachte Sarah.

Sarah war in eine Sackgasse geraten. Was Charlotte für ihren Vater versteckt hatte, war sicher längst wieder hervorgeholt worden, schon damals, als die Familie nach dem Krieg nach Charleston zurückkehrte. Selbst wenn die Sachen sich noch im Haus befanden und jemand davon wußte, wen würden abgelaufene Verträge, alte Briefe und Auralees Aquarelle reizen?

Sarah legte sich zurück und sah sich im Zimmer um. Die vertrauten Gegenstände wirkten beruhigend auf sie: die silberne Haarbürste, die ihr Großmutter zum sechzehnten Geburtstag geschenkt hatte, der hohe Wandspiegel, vor dem vier Generationen von Frauen ihren Brautschleier geordnet hatten. Hoffentlich hatten sie den Mann geheiratet, den sie liebten, dachte sie. Und sofort drängte sich der unwillkommene Gedanke an Roper auf und wie sie sich in seinen Armen gefühlt hatte.

Sie nahm die beiden Tagebücher, legte sie auf den Tisch neben dem Bett und streckte sich aus. Es dauerte eine Weile, bis sie vor Erschöpfung einschlief. Im Halbschlaf kam es ihr so vor, als seien Auralee und Charlotte bei ihr und streichelten sie mit tröstenden Händen.

Als ihre Tante Olivia am nächsten Morgen anrief, saß Sarah in der Badewanne und versuchte, sich zu entspannen. Nach dem achten Klingeln wickelte sie sich in ein Handtuch und rannte hinaus in die Halle.

„Sarah Anne, ich hab mir überlegt, was wohl gestern mit dir los war! Nachdem Eldredge die Kommode wieder an ihren Ort gerückt hatte, stellte ich fest, daß du fort warst. Alle waren so enttäuscht. Ich wußte gar nicht, was ich sagen sollte. Ich hab ihnen gesagt, dir ging es nicht gut."

„Da hattest du ganz recht, Tante."

„Sarah Anne, du klingst so sonderbar. Ist was?"

Plötzlich sehnte sich Sarah nach Mitgefühl, und die alte Stimme am Telefon erinnerte sie so an ihre Großmutter. „Nein, nein. Es ist nichts Schlimmes, aber ich bin heute nacht gestürzt."

„Gestürzt? Kind, wo denn nur?"

„Die Treppe hinunter. Aus dem obersten Stock. Aber mir ist nichts passiert."

„Die Treppe hinunter? Kind, du hättest tot sein können! Ich komme sofort rüber." Ehe Sarah etwas einwenden konnte, hatte die Tante schon eingehängt.

Sarah zog Rock und Bluse an und bereitete sich auf das vor, was Olivia den „familiären Krisengipfel" zu nennen pflegte. Es war Sitte in Charleston, daß bei so einem Ereignis jemand aus der Verwandtschaft für das leibliche Wohl sorgte.

Olivia kam ins Haus gerauscht mit einem ganzen Tablett voller Cocktailhappen, die vom Literaturkreis übriggeblieben waren. Bea Bonham folgte ihr auf dem Fuße.

„Kind!" Olivia stellte das Tablett auf den Couchtisch und nahm Sarah in die Arme. „Laß mich mal die Beule auf deiner Stirn anschauen."

„Es ist nichts, Tante. Setzt euch, ich mach uns Kaffee."

„Bist du sicher, Liebes?" Olivia musterte sie noch einmal gründlich und setzte sich dann aufs Sofa. „Na, vielleicht hilft etwas zu essen."

„Den Kaffee mache ich", sagte Bea Bonham und ging hinaus.

„Ich habe ein Vorgefühl gehabt", sagte Olivia plötzlich heftig. „Tagelang hatte ich das Gefühl, daß jemandem, der mir nahesteht, Gefahr droht." Beide fuhren zusammen, als es klopfte.

„Das muß Clay sein", bemerkte Olivia. „Er ist beunruhigt deinetwegen. Das sind wir alle."

Als Clay das Haus betrat, wirkte es gleich noch schäbiger. Wie David Raeburn besaß auch er eine natürliche Eleganz, die nicht nur auf seinen Maßanzug und den teuren Glanz seiner Schuhe zurückzuführen war.

„Sarah, hast du dir was getan?" Er legte eine Hand auf ihre Schulter. „Elise wäre mitgekommen, aber sie hatte einen Termin beim Zahnarzt."

„Mir geht's gut", sagte Sarah munter. „Schau, nicht einmal ein Pflaster!"

„Aber Olivia hat gesagt –"

„Ach, Clay, du weißt doch, daß Olivia Katastrophen liebt. Komm doch herein. Bea macht gerade Kaffee."

Er begrüßte die Tante. „Clay, du bist zu mager", warf Olivia ihm vor, „hoffentlich joggst du nicht. Birnham Webster hat sich einen Herzanfall angejoggt."

„Nein, Olivia, ich jogge nicht." Clay beugte sich vor und küßte sie.

Kaum hatte er sich gesetzt, erhob sich Olivia. „Wißt ihr, mir wäre

Tee eigentlich lieber. Nein, Sarah, unterhalte du dich ruhig mit Clay. Ich hole ihn mir. Hast du losen Tee, Liebes? Ich finde Teebeutel fürchterlich." Ohne eine Antwort abzuwarten, verschwand Olivia in der Küche. Man hörte noch, wie sie zu sich selbst bemerkte: „Mama sagte immer, der Niedergang der Zivilisation werde eines Tages auf die Erfindung der Teebeutel zurückgeführt."

Als Olivia verschwunden war, grinsten Sarah und Clay sich an. Sie setzte sich ihm gegenüber und sah, wie er sich im Zimmer umschaute. „Ich bin immer wieder überrascht, wie groß dieses Haus ist", sagte er.

Sie betrachtete ihren Schwager. In diesem Moment wäre sie froh gewesen, wenn sie ein besseres Verhältnis zueinander gehabt hätten. Könnte sie ihm doch nur die Wahrheit sagen. Zum Beispiel: Clay, hilf mir. Heute nacht ist mir etwas Furchtbares passiert ...

„Elise hat dir sicher schon von meinem Angebot erzählt", meinte er ruhig.

Sarah nahm sich zusammen, und es gelang ihr ein kühles Lächeln. „Ja. Ich sehe es schon vor mir: Araber auf der Veranda und Anwälte in der Bibliothek."

„Sarah, hör zu –"

„Clay!" Sie neigte sich vor. „Das hier ist ein Haus für eine Familie. Es ist für eine Familie gebaut worden."

„Ich weiß, wie du darüber denkst, Sarah. Aber was ich vorschlage, wäre ja nicht unwiderruflich. Dir ist doch sicher klar, daß du künftig, wenn du das Haus mal brauchst, zum Beispiel, wenn du heiratest..." Er war taktvoll genug, dabei woandershin zu schauen. Ihre Chancen, jemanden zu heiraten, der reich genug war, um die Reparaturen und die Instandhaltung zu zahlen, grenzten ans Unmögliche.

„Clay, erinnerst du dich an die Tagebücher von Auralee und Charlotte Benford?"

Der Themawechsel schien ihn zu verwirren. „Ja, aber ich sehe nicht recht – Elise und ich haben sie gelesen. Warum fragst du?"

„Erinnerst du dich, gelesen zu haben, daß etwas in diesem Haus versteckt ist?"

„Versteckt! Du liebe Zeit, Sarah, hoffst du etwa, einen Familienschatz zu finden?" witzelte er. Als sie nicht antwortete, fuhr er fort: „Es gab einen Hinweis darauf, daß Charlotte die Akten ihres Vaters irgendwo unterbringen sollte, aber ich dachte immer, daß sie nach der Rückkehr der Familie aus Camden wieder hervorgeholt worden sind."

„Nicht, wenn sie nicht wußten, wo sie suchen sollten."
„Sie müssen es gewußt haben." Clay starrte sie an. „Charlotte –"
„Sie ist ja nie zurückgekommen. Sie ist in Camden an einem Fieber gestorben."
„Du glaubst doch nicht im Ernst, daß hier irgendwo im Haus..."
„Da sind wir." Olivia kam wieder, hinter ihr Bea mit einem Tablett. „Sag mal, Sarah, war das nicht Roper Chalfont, den ich eben beim Kutscherhaus gesehen habe?"
„Ja, Tante. Er ist mein neuer Mieter."
„Ein attraktiver Bursche", bemerkte Bea.
Olivia überhörte das. „Sarah, es wäre wirklich besser gewesen, wenn du mit mir oder Clay gesprochen hättest, ehe du diesen Schritt unternommen hast. Der Mann ist ein –"
„Knastbruder", verkündete Bea mit Genuß.
„Der arme Louis Chalfont hat mir so leid getan." Olivia seufzte. „Er hatte ein Jahr zuvor seine Frau verloren, und dann der Skandal mit Roper. Natürlich war Roper schon immer ein Halunke, steckte immer in einer Klemme. Die beiden Jungen waren so verschieden wie Tag und Nacht. Der junge Louis war der Augapfel seines Vaters. Ist mit Auszeichnung vom College abgegangen, studierte dann Jura und heiratete ein nettes Mädchen aus Maryland."
„Aus Virginia", verbesserte Clay sanft. „Eine alte, angesehene Familie. Ich glaube, ein Kind hatten sie auch."
„Bei Roper", sagte Bea, „gibt's bestimmt viel Interessanteres. Ich hoffe, er ist mit Schimpf und Schande in Princeton rausgeflogen."
Clay wußte Bescheid. „Nein, er hat ein paar Jahre vor der Drogengeschichte in Berkeley sein Examen gemacht. Er hat dann bei einer Umweltbehörde in Washington gearbeitet, kam aber regelmäßig heim."
„Berkeley", murmelte Olivia. „Im Bezirk Berkeley?"
„Eine sehr bekannte Universität", sagte Clay, „in Kalifornien."
Olivia schenkte ihm ein besonders warmes Lächeln. „Clay, gesegnet sei der Tag, an dem Elise uns beide zu Verwandten gemacht hat. Wie oft schon hat die Präzision deines Verstandes uns vor den Fallstricken der Ungenauigkeit bewahrt, ganz zu schweigen vom schludrigen Umgang mit Bildern und Metaphern." Sie warf ihm einen liebevollen Blick zu und tat rasch drei Stück Zucker in ihren Tee. „Was für ein Segen", sagte sie, „daß der alte Louis nicht mehr erlebt hat, was dem jungen Louis passiert ist. So eine Tragödie."

„Was für eine Tragödie?" Beas Augen glitzerten vor schamloser Neugier.

Olivia seufzte. „Louis und seine Frau sind voriges Jahr bei einem Skiunfall umgekommen." Sie sah Clay herausfordernd an. Clay nickte zustimmend.

„Sarah Anne", Olivia senkte die Stimme, „an Fremde zu vermieten ist das eine, aber an Einheimische, die in Verruf geraten sind und die Stadt verlassen haben, etwas ganz anderes."

Plötzlich hatte Sarah es satt, sich ständig kritisieren zu lassen. „Liebe Olivia, lieber Clay", sagte sie nachdrücklich. „Ich verwalte das Haus nun schon eine ganze Weile. Es besteht keine Veranlassung, mich wie ein unmündiges Kind zu behandeln. Ich weiß eure Fürsorge zu schätzen, aber ich würde meine Entscheidungen gern selbst treffen."

Olivia holte tief Luft. Clay bemerkte mit wahrer Engelsgeduld: „Sarah, Liebes, wir wollten uns nicht in deine Angelegenheiten einmischen, aber –"

„Clay", sagte Sarah, „du siehst ein bißchen mager aus. Ich glaube, Elise gibt dir nicht genug zu essen. Hier." Sie nahm ein Brötchen und drückte es ihm in die Hand. „Versuch mal dies."

„Waccamaw – Krabbenhäppchen?" krähte Olivia. „Toll!"

Sarah beobachtete, wie Clay, der offensichtlich an etwas ganz anderes dachte, das Sandwich in den Mund steckte und kaute. Mit boshafter Freude sah sie, wie sich Bestürzung auf seinen Zügen malte.

Als alle endlich gegangen waren, war Sarah richtig erleichtert. Das Gefühl hielt an, bis sie in der Küche den Abwasch machte und durchs Fenster Roper erblickte. Es ist nicht weiter verwunderlich, dachte sie, daß er eine kriminelle Vergangenheit hat. Er macht nicht den Eindruck, als ob er viel Respekt vor dem Gesetz hat. Sie versuchte, nicht mehr an ihn zu denken, und überlegte, was sie mit drei Dutzend Krabbenhäppchen anfangen sollte. Doch als sie wieder in den blauen Salon ging, stellte sie fest, daß sich das Problem erledigt hatte. Major hatte keinen einzigen Krümel auf dem Tablett übriggelassen.

Das Telefon klingelte. Es war Elise. „Sarah, bist du heil? Clay hat gesagt, er käme bei dir vorbei. Was um Himmels willen ist denn passiert?"

„Nichts, Elise. Ich bin über den Hund gestolpert."

„Ach so. Aber Olivia hat doch gesagt –"

„Tante Olivia hat sich heute vormittag gelangweilt. Clay ist gerade gegangen."

„Hat er dich wegen der Schlüssel gefragt? Daß ich Zweitschlüssel machen lassen will?"

„Schlüssel?"

„Ich habe die Schlüssel zu deinem Haus verloren. Besser gesagt, ich habe mein ganzes Schlüsselbund verloren. Ich glaube, es war an dem Tag, als die Riesengeburtstagsfeier bei Olivia war. Die Schlüssel zu deinem Haus habe ich immer noch nicht ersetzt."

„Nein", sagte Sarah, „Schlüssel hat Clay nicht erwähnt."

„Na ja, wie dem auch sei, könntest du mir neue Schlüssel machen lassen?"

„Ja, ist gut, mach ich. Verzeih, ich muß jetzt aufhören, ich habe eine Verabredung."

„Wohin willst du denn?"

Sarah überlegte schnell, wie sie ihre Schwester so überraschen konnte, daß sie nichts zu erwidern wußte. „In den Schönheitssalon", sagte sie und legte auf.

Zehn Minuten später saß sie noch immer neben dem Telefon. Sie hatte eine Liste mit allen Leuten gemacht, die auf Olivias Geburtstagsparty gewesen waren. Erst einmal die üblichen Familienmitglieder, einschließlich ihrer ungeliebten Cousine Corinne, die meisten Mitglieder des Literaturkreises, Bea Bonham, David Raeburn und Peter Larson. Die Party hatte zwei Wochen vor dem Tod ihrer Großmutter stattgefunden. Kurz bevor die Großmutter gestorben war, hatte Sarah angefangen nachts Geräusche zu hören. Sie konnte sich kaum daran erinnern, was damals auf der Party geschehen war, weil sie nicht einmal eine Stunde geblieben war. Sie hatte ihre Großmutter nicht so lange allein lassen wollen.

Nein. Es war undenkbar, daß jemand auf der Party Elises Schlüssel an sich genommen hatte. Sarah warf die Liste in den Papierkorb. Als das Telefon klingelte, war sie erleichtert. Es war eine willkommene Unterbrechung.

„Miß Eliot, hier spricht David Raeburn. Ich wollte Sie nur an das Konzert morgen abend erinnern. Kann ich Sie gegen sieben abholen?"

„Das wäre wunderbar, David."

„Ich habe mir gedacht, es wäre doch nett, wenn wir vorher zusammen essen? In der Hafengegend hat gerade ein neues Lokal eröffnet."

„Ja, gern."

„Dann also ungefähr um halb sieben?"

„In Ordnung."

Nach dem Anruf blieb sie sitzen und starrte auf ein Aquarell über dem Telefontisch. Auralee hatte einen Zaunkönig auf einem Mimosenzweig gemalt. Charlotte hatte geschrieben, daß Auralees Bilder „zu kühn und zu unschön seien, um sie aufzuhängen", aber das hier wirkte eigentlich eher verhalten.

Vor einer Woche noch, dachte sie, wäre ich begeistert gewesen bei der Aussicht, ein Rendezvous mit David Raeburn zu haben. Ich hätte keine Ahnung gehabt, daß es nur um Verkaufsgespräche ginge. Sie rief den Schönheitssalon an und machte für zwei Uhr einen Termin mit Elises Lieblingskosmetikerin Billy aus.

Sarah staunte über sich selbst. Erst vor einer Stunde hatte sie erfahren, daß jemand möglicherweise die Schlüssel zum Haus besaß, und es gab keinen Grund anzunehmen, daß er nicht auch Gewalt anwenden würde. Und was unternahm sie? Sie ging in einen Schönheitssalon.

Um zwei Uhr fand sich Sarah demütig im *Salle bleue* ein. Beim Warten durchblätterte sie drei Frauenzeitschriften und las Wort für Wort einen Artikel, der behauptete: „Image ist alles". Ihr wurde klar, daß sie sich ganz rasch für einen Typ entscheiden mußte. Ein Modefoto fiel ihr auf: eine zähnefletschende Schauspielerin, die nichts weiter anhatte als britische Rugbyshorts und eine Halskette aus Raubtierzähnen. Doch sie wußte, daß die Gesellschaftslöwin Amanda de Vries von Long Island als Vorbild vielleicht doch besser geeignet war. Amandas polierte Arroganz war der sensationsheischenden Schauspielerin deutlich überlegen. Der Schwung ihrer blonden Mähne, der Abstand zwischen Augen und Brauen sprachen Bände: Männer wie David Raeburn fielen ihr tagtäglich zu Füßen.

„Sarah Eliot!" Sie blickte auf und ins Gesicht ihrer Cousine Corinne. „Was machst du denn hier?"

Noch während Sarah sich fragte, wie sie Corinne den Wind aus den Segeln nehmen könnte, hörte sie: „Miß Eliot? Sie sind dran." Mit der gelangweilten Miene einer Amanda de Vries rauschte sie an Corinne vorbei.

Billy, die einmal Maskenbildnerin in Hollywood gewesen war, musterte Sarah fachmännisch. „Prima Figur", verkündete sie. „Sie wären ein gutes Fotomodell."

Sarah hielt ihr die Zeitschrift hin und zeigte auf Amanda de Vries. Und während Billy maß, schnippelte, stutzte, wusch und spülte, döste Sarah vor sich hin. Sie war immer noch im Halbschlaf, als es ans Auskämmen ging und als Billy begann, sie zu schminken.

Dann sah Sarah in den Spiegel und begegnete dem Blick einer zweiten Amanda. Die großen grünen Augen funkelten wie kühle Smaragde. Der sinnliche Mund hatte etwas leicht Überhebliches. Ihre blonden Haare fielen in üppigen Locken bis auf die Schultern. Soviel stand fest: Die Frau im Spiegel hatte nie einen Samstagabend allein verbracht.

Sarah verließ den Schönheitssalon, eine ganze Ladung teurer Kosmetika in einer Tragetasche. Wie in Trance fuhr sie zu Woolworth, um einen Satz Zweitschlüssel für Elise anfertigen zu lassen. Während sie dort wartete, gingen zwei ältere Damen, die sie ihr Leben lang gekannt hatten, ohne ein Zeichen des Erkennens an ihr vorüber.

Sie war richtig euphorisch, als sie nach Hause kam und auf ihre Schwester wartete, die die Schlüssel abholen wollte.

Sie wurde nicht enttäuscht. Elise war ausnahmsweise sprachlos. „Das ist ja irre! Wie hast du das denn gemacht?" flüsterte sie endlich.

Sarah amüsierte sich köstlich. „Der *Salle bleue* und Billy." Sie ließ die Schlüssel in die Handtasche ihrer Schwester gleiten. „Wie wär's mit Abendessen? Ich mach uns einen Salat."

„Nur zu gern, aber ich kann nicht. Clay und ich gehen auf eine Party. Sarah, du siehst phantastisch aus." Elise küßte sie und eilte die Treppe hinunter.

Nach dem Abendessen brachte Sarah ihre Wäsche in die Waschküche. Franny Barth war schon dort und stellte eben die Waschmaschine an.

„Ach, Miß Eliot, Entschuldigung! Sie brauchen sicher die Waschmaschine. Warten Sie, ich stelle sie ab, ich kann mein Zeug ja später waschen."

„Nein", beruhigte Sarah sie. „Ich mache meine Wäsche morgen."

Franny starrte sie an. „Sie haben sich die Haare schneiden lassen? Das steht Ihnen aber!"

„Danke."

Als Franny sie so breit anlächelte, sah sie wieder aus wie das Mädel vom Land, obwohl sie das sonst mit ihren Schneiderkostümen und den aufregenden Negligés gut zu verbergen wußte. Sie sah Sarah mit plötzlichem Verständnis an. „Ja, eine Veränderung bringt manchmal was, bestimmt. Man hat dann ein ganz anderes Bild von sich."

„Das stimmt", sagte Sarah, die anfing, verlegen zu werden. „Ich trag jetzt besser den Abfall hinaus. Morgen kommt die Müllabfuhr."

Franny folgte ihr zu den aufgereihten Mülltonnen. Die Nachtluft war beinahe warm, schwer vom Duft der Teesträucher entlang der Einfahrt. Zusammen trugen sie die Tonnen zur Straße hinaus und gingen zurück zum Haus. Auf dem Weg blieb Franny stehen. Das Licht der Straßenlaterne lag freundlich auf dem ungejäteten Rasen, den ungeschnittenen Sträuchern.

„Ich kann's gar nicht glauben, daß ich in Charleston bin", sagte Franny leise, „und in diesem wunderschönen Haus lebe. Es hat lange gedauert, aber das war es wert."

„Was hat Sie denn hierher verschlagen?" fragte Sarah höflich.

„Verschlagen?" Franny lachte. „Es hat mich nicht hierher verschlagen. Ich habe vier Jahre lang gespart, als Verkäuferin in einem Lebensmittelladen. Als ich genug zurückgelegt hatte, bin ich nach Charleston gezogen und auf die Handelsschule gegangen. Und hab dann die Stellung gekriegt." Franny atmete tief ein. „Eine wunderschöne Stadt ist das."

Sarah dachte an Frannys dunkle Fenster neulich abends und die Musik. Es gab zweifellos einen Mann in ihrem Leben. Hoffentlich war er nicht verheiratet oder ein kompletter Schuft! „Ja", sagte sie. „Es ist eine schöne Stadt."

„Riechen Sie nur mal die Teesträucher." Wieder atmete Franny tief ein und schlug die Arme um sich. „Wissen Sie, was ich am Frühling so mag? Egal wie sehr man im Winter am Boden ist, wenn's Frühling wird, meint man, daß sich jetzt alles ändert."

Sie wünschten sich gute Nacht. Doch ehe Sarah die untersten Stufen hinaufgestiegen war, sagte Franny schüchtern: „Miß Eliot?"

„Bitte, wollen wir uns nicht beim Vornamen nennen?"

„Ja, gern! Ich hab mir gedacht, ob du nicht mal zu mir zum Abendessen kommen möchtest?"

„Danke, Franny, gern", versprach sie.

Sarah konnte trotz aller Müdigkeit nicht einschlafen. Sie lag im Bett und suchte nach Hinweisen auf eventuelle Wertgegenstände im Familienbesitz, auf ein Geheimversteck. Im Halbschlaf fiel ihr dann das Porträt auf Olivias Speicher ein. Elizabeth Benford, eine Schönheit des 18. Jahrhunderts, war mit ihren Diamant- und Saphirohrringen samt dazu passender Halskette gemalt worden. Olivia hatte es abgelehnt, das Bild aufzuhängen. „Eine Dame von zweifelhaftem Ruf", hatte sie verkündet, „gemalt von einem Mann mit zweifelhaftem Talent." Danach muß ich mich morgen erkundigen, dachte Sarah.

Am nächsten Morgen erwachte sie fröhlich: Sie hatte nachts keine

Geräusche gehört. Die Abendverabredung mit David fiel ihr ein. Sie sprang aus dem Bett und lief zum Spiegel, um ihr neues Aussehen zu überprüfen. Ihr Haar hatte die Fasson behalten.

Nach dem Frühstück ging Sarah hinaus auf die obere Veranda und legte sich auf eine alte Korbliege in die Morgensonne. Sie überlegte, was Roper Chalfont wohl gemacht hatte, seit er aus der Haft entlassen war. Schwer zu glauben, daß er aus einer vornehmen Familie stammte. David Raeburn hingegen war der Inbegriff eines Gentlemans aus Charleston. Fehlte nur noch der schwarze Gehrock ...

„He, da oben, sind Sie das, Sarah Anne?"

Sarah kletterte aus dem Liegestuhl und trat ans Geländer. Unten stand Roper im städtischen Anzug. „Die Regenrinne unter Ihrem Schieferdach ist total verrostet!" rief er und wies auf ihren Giebel. „Wenn sie noch nicht leckt, dann wird es bald soweit sein. Ich könnte das Nötige besorgen und es reparieren."

„Bemühen Sie sich nicht. Ich habe schon den Spengler bestellt", erfand sie rasch.

Er blickte weiter zu ihr auf. „Was haben Sie denn mit sich gemacht?" schrie er. „Sie haben sich ja die Haare abschneiden lassen!"

„Vielen Dank für –"

„Warum zum Kuckuck haben Sie das getan?"

Im Nachbarhaus wurde ein Fenster geöffnet, und ein Kopf zeigte sich. Sarah floh ins Haus. Erst als sie hörte, wie er mit seinem Kombi wegfuhr, atmete sie wieder normal. Sie überlegte, ob sie ihm den Mietvertrag kündigen sollte.

V

Als Sarah nachmittags Olivia anrief und nach dem Porträt von Elizabeth Benford fragte, lachte die alte Dame. „Allzuviel weiß man nicht. Ich habe übrigens heute einen Riesentopf Bohnensuppe gekocht. Möchtest du was davon abhaben?"

„Tante Olivia, weich mir nicht aus! Ich bin alt genug, um auch schlimme Wahrheiten zu erfahren."

„Hab ich dir schon mal von Fanchion Benford Leize erzählt? Eine Frau von unglaublichem Mut, eine Heldin der amerikanischen Revolution."

„Tante!"

Olivia seufzte. „Elizabeth Benford hat sich entführen lassen. Sie ist durchgebrannt."

„Was ist daran so schlimm?"

„Sie war verheiratet", sagte Olivia bissig.

„Oho!"

„Das ist nicht komisch. Es ist ein Kapitel Familiengeschichte, das wir lieber vergessen wollen."

„Sogar nach zweihundert Jahren?" Sarah bemühte sich, nicht zu kichern. „Und was ist mit dem Brillantkollier und den Ohrringen?"

„Ach, das Geschmeide! Himmel, haben wir darüber gelacht! Immer wenn die Familie sich in einer finanziellen Notlage befand, hieß es: Vielleicht finden wir Elizabeths Geschmeide. Ich persönlich glaube, sie hat es mitgenommen."

„Aber sicher weißt du es nicht?"

„Zum Glück führte die Dame kein Tagebuch. Und ihr Name wurde im Familienkreis selten genannt. Sarah Anne – die Beule auf deiner Stirn –, also ich hab mir wirklich Sorgen um dich gemacht."

„Tante, mir geht es gut. Ich habe sogar gestern etwas richtig Aufregendes getan: Ich habe mir die Haare schneiden lassen."

„Die Haare? Aber du hast doch immer Zöpfe gehabt!"

„Du wirst es nicht glauben, aber weißt du, wem ich zum Verwechseln ähnlich sehe –"

„Deiner Mutter natürlich. Ich habe doch immer gesagt, daß du nach deiner Mutter gerätst ..."

„Elizabeth Benford." Sarah lachte.

Olivia schnalzte mißbilligend mit der Zunge. „Komm nachher vorbei, und hol dir deine Suppe."

Sarah versuchte den ganzen Tag, nicht an den kommenden Abend zu denken. Um sich abzulenken, ging sie durch alle Zimmer und versuchte, mögliche Verstecke zu entdecken.

Im Arbeitszimmer blätterte sie noch einmal Auralees Tagebuch durch in der Hoffnung auf eine Erwähnung von Elizabeth Benfords Geschmeide. Es gab keine. Sie las die letzte Eintragung. Auralee, mittlerweile Anfang Dreißig, hatte sich mit einem Witwer verlobt. Die Braut erwähnte eine Anzahl von Hochzeitsgeschenken, aber es war kein Schmuck darunter. Das Geschenk ihres Vaters hatte ihr anscheinend große Freude gemacht, aber sie hatte nicht geschrieben, was es war. Auralee notierte: „Mein Geschenk von Papa war die allergrößte Überraschung." Hier endeten die Notizen. Die Heirat kam nie zustande. Auralees Zukünftiger wurde von einem Pferd abgeworfen und starb zwei Tage vor der Hochzeit.

Entmutigt gab Sarah die Suche auf. Um Viertel vor sieben stand eine ziemlich gute Kopie von Amanda de Vries im Empfangszimmer. Sarah gefiel ihr Aussehen besser, als sie zugeben wollte. Sie rückte ein düsteres Porträt ihres Großvaters gerade und erfand eine Bildunterschrift für sich: „Dame der Gesellschaft. Sarah Eliot im blauen Salon ihres Hauses, in dem geschickte Verwendung abgenutzter Stoffe und viktorianischer Nippes einen unerschütterlichen Sinn für einstige Größe widerspiegeln."

Um halb acht saß sie auf dem Sofa und versuchte, dieses leere Gefühl loszuwerden, das sie von ihrem Debütantinnenball her kannte. Er hatte es vergessen. Er würde in ein paar Minuten anrufen und eine unglaubwürdige Entschuldigung vorbringen. Aber dann klopfte es. Da stand er, in einem wunderbar geschnittenen grauen Anzug. Er machte keine Bemerkung über ihr verändertes Aussehen, blickte ihr aber suchend in die Augen, wie um festzustellen, ob das noch da war, was er einmal darin gefunden hatte. „Hallo, Miß Eliot", sagte er nur und nahm sie beim Arm.

Peter Larson saß am Lenkrad des dunkelblauen Mercedes. Als David ihr in den Wagen half, neigte Peter den Kopf und murmelte ein flüchtiges „guten Abend".

Im Restaurant saßen sie an einem Fenster, aus dem man den Hafen überblickte. Sarah hörte nur mit halbem Ohr auf die Stimmen der Gäste und auf die Klaviermusik. Sie staunte darüber, daß David und sie so unbefangen miteinander sprachen, daß es sogar möglich war, eine Weile zu schweigen. Doch gab es einiges, das sie gern über ihn gewußt hätte.

Er schien Gedanken lesen zu können, denn er setzte das Glas ab und stützte den Arm auf. „Wissen Sie", bemerkte er, „Sie sind ganz anders als alle anderen Frauen, die ich kenne. Sie strahlen so viel Ruhe aus." Er lächelte. „Wenn ich es nicht besser wüßte, würde ich Sie für einen Tagtraum halten, für eine Dame aus einer anderen Zeit."

„Wir wissen so wenig voneinander", meinte Sarah und gab sein Lächeln zurück. „Wie Bea sagt: ‚Sie haben eine Aura des Geheimnisvollen.'"

Er wandte sich ab und blickte auf den Hafen hinaus. „Es gibt nichts Geheimnisvolles. Eigentlich bin ich ein ganz normaler Mensch. Was wollen Sie denn wissen?"

Sarah spürte sein Zurückweichen, konnte sich aber nicht bremsen. „Ach, nur so das Übliche, wissen Sie. Ich weiß nicht einmal, ob Sie Familie haben."

„Nur meine Mutter lebt noch", sagte er. „Mein Vater ist gestorben, als ich noch ein Kind war. Keine Geschwister." Er tat einen tiefen Atemzug, als wäre ihm ihre Frage unangenehm. „Ich bin in Boston aufgewachsen, habe in Stanford promoviert und an einer Knabenschule unterrichtet."

„Aber damit mußten Sie aufhören", bemerkte sie leise.

„Ja, der Unfall." Er warf ihr einen Blick zu und wandte sich rasch wieder zum Fenster. „Die Ärzte bestanden darauf, daß ich eine Weile mit der Arbeit aussetze. Dann wurde ich mehrmals operiert. Das Ganze zog sich endlos hin."

Sarah sah, wie er sich beherrschte. „O Mr. Raeburn, Sie tun mir so leid. Sie hatten so viel durchzumachen."

„Aber auch Grund zur Dankbarkeit." Er sah sie wieder an, und sein Gesicht hellte sich auf. „Ich habe Charleston wiederentdeckt. Ich war vor Jahren hier, aber ich habe die Stadt nie richtig kennengelernt."

„Es freut mich, daß es Ihnen hier gefällt", sagte sie leise und platzte dann unvermittelt heraus: „Und Peter? Ist er schon lange bei Ihnen?"

„Er war Krankengymnast im Krankenhaus. Er hat mich nach meiner letzten Operation behandelt. Ich habe ihm zugeredet, seinen Job für eine Weile aufzugeben. Es gab zu Anfang allerlei, was ich nicht allein konnte, zum Beispiel Autofahren."

„Und Ihre Mutter..."

„Die ist im Augenblick auf unserem Familienbesitz in Boston. Vor ein paar Monaten aber war sie hier, auf ‚Mille Fleurs', der Plantage."

„Ach so. Ich wußte, daß Mille Fleurs in den siebziger Jahren verkauft worden ist, aber ich wußte nicht, an wen."

„Ich habe es immer geliebt. Natürlich hat Mutter einiges dort verändert. Vor ein paar Jahren habe ich ein paarmal dort Weihnachten gefeiert. Übrigens war ich auch auf ein paar Debütantinnenbällen hier in der Stadt. Es ist möglich, daß wir uns dort getroffen haben."

„Ja", sagte sie kurz.

Sie schwieg, solange der Ober ihnen die Hummercremesuppe servierte. „Ich war dort auf der Plantage. Zuletzt als Kind, aber sie gehörte einmal Freunden unserer Familie, den Darcys."

„Miß Eliot, wollen wir nicht morgen mal hinausfahren? Würde Ihnen das Spaß machen?"

„Gerne. Ich bringe etwas für ein Picknick mit."
„Großartig. Wir machen uns einen schönen Tag."
Sie aßen ihre Suppe in kameradschaftlichem Schweigen. Über den gefüllten Avocados und der *Blanquette de veau* sprachen sie von denkwürdigen Picknicks, auf denen sie gewesen waren. Nach dem *Mousse au chocolat* begann David seinerseits Fragen zu stellen.

„Das Haus, in dem Sie jetzt wohnen", Davids Augen leuchteten interessiert, „muß doch so um 1840 gebaut sein oder wenig später. Wo haben denn die Benfords vorher gelebt?"

„Auf der Plantage. Natürlich hatten sie auch ein Haus in der Stadt, ein viel kleineres, aber das wurde verkauft, als mein Ururgroßvater das neue baute. Als die Unionssoldaten die Pflanzung niederbrannten, zog die Familie für immer in die Stadt."

„Dann sind Sie also hier aufgewachsen?"

„Ja. Meine Eltern starben. Großmutter hat Elise und mich großgezogen."

„Meine Mutter hatte eine Manie, Häuser zu kaufen und zu verkaufen. Ich kann mir deshalb gar nicht vorstellen, so lange in ein und demselben Haus zu wohnen. Es wird schwer für Sie sein, es aufzugeben", sagte er leise. Jetzt, dachte Sarah, macht er mir ein Angebot. „Bea hat erzählt, daß Sie wahrscheinlich verkaufen müssen."

Sie sah auf die Uhr und konnte nicht sprechen. Es war auch nicht nötig.

Peter Larson stand am Tisch: „Es ist schon fast neun." Er wandte sich an David, als sei sie nicht vorhanden. David beachtete ihn nicht. „Sie haben sich verspätet, hab ich gesagt." Peters Stimme war barsch. Dann packte er David am Arm. „Es ist Zeit zu gehen."

David schüttelte ihn ab, stieß den Stuhl zurück und stand auf. „Wir gehen nicht", murmelte er, den Blick noch immer auf Sarah gerichtet.

Peter stand mit geballten Fäusten vor ihm. „Sie haben es versprochen."

„Ich habe es mir anders überlegt." Er zog seine Brieftasche hervor und warf ein paar Scheine auf den Tisch. Mit einem kurzen „Erledigen Sie das bitte" half er Sarah vom Stuhl auf und führte sie zwischen den Tischen hindurch ins Freie.

Als sie auf der Straße waren, merkte sie, daß sie am Parkplatz vorbeigingen. Sie blieb stehen. „Wohin gehen wir?"

„Lassen Sie uns zu Fuß gehen." Seine Stimme klang bedrückt. „Hoffentlich macht es Ihnen nichts aus, das Konzert zu verpassen."

„Mr. Raeburn, ich –"
„Es ist nicht weit. Bitte."

Sie gingen viel weiter, als Sarah gedacht hatte, und kamen schließlich zur Battery. Schweigend wanderten sie auf dem breiten Gehweg oberhalb der Kaimauer. Schließlich blieb David stehen und blickte hinüber zu einem wunderschönen Haus mit langen Veranden und Glastüren, die auf schmiedeeiserne Balkons führten. Er starrte darauf, als gelte es, ein Rätsel zu lösen. „Dieses Haus kaufe ich", sagte er. „Nächste Woche unterschreibe ich den Vertrag. Ich werde ein Internat für begabte Kinder eröffnen. Das war schon immer mein Traum."

Anfangs war sie zu verblüfft, um etwas zu erwidern. Sie war sich so sicher gewesen, daß David nur einen Grund gehabt hatte, um den Abend mit ihr zu verbringen. Sie hatte sich geirrt. Er wollte ihr Haus gar nicht. Nicht deshalb hatte er sie gebeten, mit ihm auszugehen. „Das ist ja wunderbar", sagte sie.

„Miß Eliot, bitte erzählen Sie es noch niemandem."

„Ich verspreche es", erwiderte sie.

„Jetzt kehren wir besser um. Peter wird nach uns suchen. Der gute Peter ist manchmal zu fürsorglich. Sie dürfen ihm das nicht übelnehmen."

Hand in Hand kehrten sie auf den Parkplatz zurück, wo Peter wartete. Schweigend fuhren sie zurück zu ihrem Haus. David begleitete sie zur Tür, nahm ihr die Schlüssel ab und schloß auf. Er sah ihr in die Augen, berührte ihre Hand mit den Lippen und lächelte. Dann war er fort.

Major im Gefolge, stieg Sarah verträumt die Treppe hinauf in den zweiten Stock. Erstaunt bemerkte sie, daß in ihrem Arbeitszimmer Licht brannte. Das war merkwürdig. Als sie das Haus verlassen hatte, war es noch nicht dunkel gewesen. Sie ging hinein und blieb an ihrem Schreibtisch stehen. Alles schien so zu sein, wie sie es verlassen hatte, aber dann sah sie ein Buch umgekehrt auf ihrer Schreibmaschine liegen. Sie drehte es um: ein Buch mit Gedichten aus dem 19. Jahrhundert. Eine Strophe war mit Blaustift angestrichen.

> Und als der stille Morgen heller ward
> und frischer auch des Sommers Atem,
> ward milder auch des Engels Lächeln;
> er nahm mich bei der Hand und sprach:
> „Ich bin der Tod."

Im nüchternen Licht des nächsten Morgens kam sie zu dem Schluß, daß sie selbst das Buch auf die Schreibmaschine gelegt hatte. Sie war ja gestern so zerstreut gewesen. Und den Vers hatte bestimmt schon vor Jahren jemand angestrichen, jemand aus Großmutters Generation. Aber es hatte sie doch beunruhigt.

Nur mit ihrem alten Morgenrock bekleidet, ließ sie Major in den Garten. Sie stand noch auf der Treppe, als Roper erschien, mit einer Angelrute und einem Blechbehälter in der Hand.

„Guten Morgen!" rief er, lud seine Sachen in den Kombi und kam auf sie zu. „Wie wär's mit einem Tag auf dem Lande, Sarah? Ich will meinen Onkel und meine Tante auf Edisto besuchen." Er nahm zwei Stufen auf einmal und stand in seiner vollen Größe vor ihr. „Schnell, ziehen Sie sich was an. Ich warte hier auf Sie."

Sie richtete ihren Blick auf das Grübchen in seinem Kinn. „Besten Dank", sagte sie mit einer Andeutung von arrogantem New Yorker Akzent, „aber ich habe heute schon was vor." Sie strich sich gelangweilt das Haar zurück. „Vielleicht ein andermal."

Er zog die Brauen in die Höhe. „Wer ist der Knilch im Anzug für achthundert Dollar? Der große dunkle Unbekannte?"

Er hatte sie also gestern abend mit David fortfahren sehen. Der Gedanke bereitete ihr inniges Vergnügen. „Ein Freund", sagte sie lässig.

Roper lehnte sich an das Eisengeländer, die Hände in den Taschen. Er schüttelte den Kopf und tat besorgt. „Hüten Sie sich vor Fremden, Sarah Anne. Hat Ihnen das Ihre Großmutter nicht gesagt? Besonders jetzt, wo die Stadt belagert wird. Wo all diese Yankees anrücken, um Ihnen Ihren Lebensstil zu klauen. Spekulanten und Kriegsgewinnler, die wollen, daß unsere hiesigen Mädchen lesen und schreiben und französisch kochen lernen."

Sarah lachte. „Ich bin überzeugt, daß wir damit fertig werden."

„Ich auch, aber wir sollten zusammenhalten. Sie müssen es mal so betrachten: Dreimal ist die Stadt von feindlichen Streitkräften besetzt worden. Erst durch die Briten während des Unabhängigkeitskriegs, dann von der Unionsarmee und jetzt von all diesen Fremden mit ihren großen, glänzenden Wagen."

„Und schicken Mädels in gelben Corvettes."

Einen Moment schien er verblüfft, dann hellte sich seine Miene auf. Er warf den Kopf zurück und lachte. „Aber Miß Eliot, schämen Sie sich. Sie spionieren Ihren Mietern nach?" Er lachte entzückt.

„Wenn Sie mich jetzt entschuldigen, ich habe zu tun." Sarah wandte sich ab, aber Roper ergriff sie am Arm.

„Sarah, bitte sagen Sie, daß Sie eifersüchtig waren."

„Würden Sie bitte –"

„Das schicke Mädel in der gelben Corvette ist, so leid es mir tut, meine Cousine Jacqueline. Sie werden sich doch noch an Jacqueline erinnern? Sie hat geheiratet und ist vor Jahren weggezogen. Jetzt ist sie wieder hier. Sie kämpft sich im Moment durch eine Scheidung und hat es ziemlich schwer."

„Das geht mich nichts –"

Ohne Vorwarnung trat er heran, sein Gesicht war dem ihren ganz nah. „Lassen wir doch Jacqueline. Was geht hier vor, Sarah? Immer noch Geräusche im obersten Stock? Was ist es?"

Dem bohrenden Blick der topasfarbenen Augen wich sie aus, doch er hob ihr Kinn in die Höhe. „Ach, nichts", murmelte sie. Er ließ sie los, aber ehe sie zurückweichen konnte, hatte er beide Hände um ihr Gesicht gelegt, küßte sie auf die Nasenspitze und ging dann rasch die Stufen hinunter zu seinem Wagen.

Um zwölf Uhr sollte sie sich mit David auf Mille Fleurs treffen. Sie ging hinauf und überprüfte ihre Garderobe. Eigentlich sollte sie sich etwas Vernünftiges anziehen, wenn sie auf eine Plantage wollte, doch sie betrachtete sehnsüchtig ihr geblümtes Kleid und dachte sogar an einen leichten Strohhut, den sie auf dem Dachboden gefunden hatte.

Das Telefon klingelte und riß sie aus ihrer Träumerei. Es war Bea Bonham. „Olivia hat mich gebeten, dir etwas Suppe vorbeizubringen."

„Bea, ich bin gerade auf dem Sprung. Ich komm bei dir vorbei und hol sie mir ab."

Sarah entschied sich schließlich für ein leichtes Baumwollkleid in leuchtendem Grün. Sie konnte sich Ropers Bemerkungen vorstellen, wenn er sie in geblümtem Batist und mit Strohhut antraf.

Sie fuhr zum Supermarkt und gab in der Delikatessenabteilung zuviel Geld aus für frischen Krabbensalat, Brie, französisches Weißbrot, Trauben und eine Flasche Wein. Als sie vor Beas Haus parkte, stellte sie fest, daß Davids Wagen nicht in der Einfahrt stand. Wahrscheinlich war er schon früher auf die Plantage gefahren und bereitete alles für ihren Besuch vor.

Als Bea ihr die Tür öffnete, war sie zunächst sprachlos und brauchte Zeit, um sich auf Sarahs Verwandlung einzustellen. „Aha, der

Schmetterling ist endlich aus dem Kokon gekrochen", meinte sie schließlich. Heute trug sie einen schwarzweißen japanischen Kimono und ein orangefarbenes Handtuch als Turban auf dem Kopf. „Komm herein, ich mach dir eine Tasse Kaffee."

„Bea, ich kann nicht bleiben, ich bin verabredet." Wieder einmal staunte Sarah über Beas Talent, ein Haus aus dem 18. Jahrhundert in eine Art Wohnwagen zu verwandeln. Als sie sich kennenlernten, hatte Sarah Vorbehalte gegen sie gehabt, denn Bea lächelte zwar oft, doch ihre Augen blieben stets kühl und abschätzend. Inzwischen hatte Bea sie mit ihrem raschen Verstand und ihrer amüsanten Art diese Vorbehalte vergessen lassen. Elise schien die einzige zu sein in Charleston, die nicht angetan war von ihr.

„Setz dich bitte einen Augenblick." Bea ging voraus ins Wohnzimmer, nahm einen Stoß alter Zeitungen von einer Chaiselongue und legte sie auf einen Couchtisch.

Sarah setzte sich zögernd und fragte sich, was Elise wohl sagen würde über die Staubflusen in den Ecken und die übervollen Aschenbecher.

„Etwas Wichtiges?" Beas Augen funkelten neugierig.

Sarah wollte sich nicht unnötig zieren. „Ich treffe mich mit David Raeburn draußen auf der Mille-Fleurs-Plantage."

„Ein Rendezvous mit dem feschen David, na großartig." Bea ließ sich auf einem üppig gepolsterten Sofa nieder. „Ich habe gehört, daß seine Mutter da unten irgendwo ein Haus besitzt. Die Dame hat offenbar Geld wie Heu."

„Hat David dir von seiner Mutter erzählt?"

„Du liebe Zeit, nein. Ich habe es aus meinen eigenen Quellen."

„Quellen?"

Bea lachte. „Liebchen, ich bin Romanschriftstellerin, hast du das vergessen? Ich bin ein Spürhund. Oben in Richmond habe ich eine Studentin, die nebenbei für mich arbeitet. Sie macht gerade ihr Examen in Literaturwissenschaft und verdient sich ein bißchen was dazu. Außerdem hat einer ihrer ehemaligen Liebhaber beim FBI gearbeitet."

„Und da läßt du Nachforschungen über David anstellen?"

„Sie macht bloß ein paar Milieustudien für mich." Bea blickte sie verschwörerisch an. „Ich gebe zu, ich bin unersättlich neugierig. Ich glaube, das gehört wohl zum Schriftstellerberuf."

„Was hast du noch über ihn erfahren?"

„Bis jetzt hat Barbara mir nur so ein paar leicht zugängliche Informationen über ihn geliefert, aber sie sucht weiter. Ich habe das dumpfe Gefühl, daß der faszinierende Mr. David Raeburn mich noch ein Weilchen beschäftigen wird."

In diesem Moment erinnerte Bea Sarah an eine große Spinne, die in ihrem Netz lauert. Sie blickte zur Seite und stand auf. „Ich muß jetzt wirklich gehen."

„Also gut." Die dicke Bea erhob sich mit einer Leichtigkeit, die man ihr nicht zugetraut hätte. Schließlich war sie nicht mehr die Jüngste. „Ein wunderbarer Tag, um aufs Land zu fahren." In der Diele nahm sie einen Topf mit Suppe und reichte ihn Sarah. „Ist sonst alles in Ordnung bei dir?"

„Alles bestens, Bea."

„Ich glaube, du brauchst mal einen Tapetenwechsel. Du mußt aus diesem Haus heraus. Ich habe ein Gästezimmer."

„Momentan möchte ich lieber an Ort und Stelle bleiben, Bea, aber trotzdem: danke!"

„Sobald ich Näheres über unseren geheimnisvollen Fremden erfahre, rufe ich an."

Sarah fuhr durch die Stadt, überquerte die Brücke am Cooper River, und erst etliche Kilometer hinter Mount Pleasant wurde sie allmählich ruhiger. Daß Bea Erkundigungen über David einzog, hatte sie richtig erschüttert. Aber nach den Aufregungen der letzten Tage waren ihre Nerven sowieso sehr angespannt. Sie fuhr jetzt durch Marschlandschaft, und die Luft roch nach Meer und Frühling. Ein herrlicher, vielversprechender Tag lag vor ihr.

Trotzdem war sie beunruhigt. Was, wenn David ihren Besuch auf Mille Fleurs so deutete, daß sie zu einer kurzen Affäre bereit war? Oder, noch schlimmer, wenn er erwartete, daß sie mit ihren sechsundzwanzig Jahren eine gewisse Erfahrung hätte?

Eigentlich wollte sie David so etwas nicht unterstellen. Wenn seine Qualitäten sich auf sein gutes Aussehen beschränkten, wäre er als Mann für sie nicht mehr attraktiv. Ihre Schwäche war ein altmodischer Wunschtraum: Sie sah sich mit ihrer Familie am Kamin, das eine Kind las, zwei andere spielten. Sie selbst saß auf dem Boden, zurückgelehnt an einen stillen, namenlosen Mann, und fühlte sich von seinen Armen umschlungen.

Sie dachte an Elise und Clay. Es war ganz klar, daß Elise ihn liebte, sich fast umbrachte, um eine perfekte Hausfrau und Gastgeberin zu sein, auszusehen wie ein Traum und wettzumachen, daß sie keinen Erben geboren hatte. Sarah überlegte, ob Elise jemals glücklich und entspannt war, ob es Nächte gab, in denen Clay sie tröstete, lobte, liebte. Plötzlich mußte sie an Roper denken – ein unwillkommener Gedanke, den sie hastig verdrängte.

Der Weg nach Mille Fleurs führte von der Küste landeinwärts. Sarah ließ die Salzsümpfe hinter sich und fuhr nach Westen, wo die Landschaft allmählich in eine unfruchtbare Steppe überging. Sie bog in eine schmale Landstraße ein, die durch Kiefernwälder und niedriges Strauchwerk führte, bis sie zu einem kleinen Schild mit der Aufschrift MILLE FLEURS kam. Nach einem halben Kilometer erreichte sie das Verwalterhäuschen, das anscheinend nicht mehr bewohnt war.

Sie fühlte sich wie damals, als sie zehn Jahre alt war und sich auf das Haus und auf Anne und Thomas Darcy freute. Sie würden zuerst in einem alten Boot auf dem Fluß herumrudern. Nach einem gewaltigen Familienessen, wenn es schon dunkelte, würden sie Glühwürmchen jagen, auf den Ziegelwegen im Garten herumlaufen ... Die Plantage war nach diesem Garten benannt worden. Generationenlang war Mille Fleurs wegen seiner üppigen Kamelien berühmt gewesen. Sarah erinnerte sich ihres ehrfürchtigen Staunens, als sie den Garten zum erstenmal hatte blühen sehen, eine Überfülle samtiger Blüten, weiß, blaßrosa, feuerrot.

Sie hatte ihre Großmutter gefragt, warum sie nicht dufteten. „Soviel Schönheit", hatte Großmutter sie belehrt, „braucht sich nicht besonders darzustellen."

Der Weg bildete einen Kreis vor dem Haus, das mit Blick auf den Fluß und die Reste der Reisfelder gebaut worden war. Verglichen mit später gebauten Villen war es eher bescheiden, aber es hatte immer schon einen ganz eigenen Charme gehabt. Das Haus war schön proportioniert, perfekt durchdacht und einfach bezaubernd, wie es dalag inmitten der großartigen Kameliengärten.

Sarah trat auf die Bremse und hielt den Atem an. Die Kamelien, der Ziegelweg, der Springbrunnen waren verschwunden. An ihrer Stelle lag da ein großer, von Fliesen umrahmter, leerer Swimmingpool.

Sarah parkte neben dem Pool. Da Davids Wagen nirgends zu sehen war, setzte sie sich auf einen schmiedeeisernen Stuhl. Ein Blick auf die Uhr sagte ihr, daß sie ziemlich spät dran war. Sie blickte auf den Boden des leeren Schwimmbeckens, wo ein halbverwester Waschbär lag. Sie schloß die Augen. Vergiß den Kameliengarten, befahl sie sich, er ist für immer dahin. Und David hat es sich vielleicht anders überlegt. Doch als sie die Augen wieder öffnete, sah sie ihn.

Er saß in einiger Entfernung unter dem krummen Ast einer riesigen Eiche am Fluß. Er hielt einen Zeichenblock vor sich und schien zu zeichnen. Im Norden zogen dunkle Wolken auf und tauchten die Landschaft in ein dramatisches Licht. Ihre Füße sanken tief ein in das weiche Gras, als sie zu ihm hinüberging.

Sie war überzeugt, daß er sie nicht bemerkt hatte, denn er blickte über den Fluß hinweg zu den Mooren, den zerstörten Gräben und Kanälen.

Als sie nur noch wenige Meter von ihm entfernt war, sagte er, ohne sich umzudrehen: „Die damals haben das Land wirklich gestaltet, die Moore in Reisfelder verwandelt, die Sümpfe in Lagunen, und Gärten in der Wildnis angelegt. Ich wünschte, ich wäre damals dabeigewesen." Er legte den Zeichenblock beiseite. Noch immer sah er auf den Fluß hinaus. „Geben Sie mir die Hand."

Sie bemerkte verwundert, daß seine Finger eiskalt waren. Er zog sie hinunter neben sich.

„Wir sind uns sehr ähnlich, Sie und ich. Ich habe das schon beim erstenmal gespürt. Das war vor Monaten, bei dem Empfang für diesen Pianisten. Ich habe Sie in der Ecke stehen sehen. Sie sahen aus wie eine junge Königin vor der Hinrichtung."

Sarah lächelte verschmitzt. „Meine Schwester ist entschlossen, mich in ihren gesellschaftlichen Wirbel einzubeziehen. Und ich erkläre ihr immer wieder, daß es hoffnungslos ist. Wie Sie schon sagten, bin ich zur falschen Zeit geboren. Ich weiß nicht, wohin ich gehöre."

„Ins Zeitalter der Ritterlichkeit." Er blickte auf ihre Hand, die er immer noch hielt. „Sie erinnern mich immer an Wörter, die keiner mehr benutzt: Ehre, Treue, Anmut." Er ließ ihre Hand los und nahm wieder den Skizzenblock.

„Darf ich zuschauen, wenn Sie zeichnen?" fragte sie leise.

„Nein." Es klang scharf, doch dann entschuldigte er sich: „Das ist danebengegangen und wird nichts mehr. Es ist mir erst einmal gelungen, diese Landschaft einzufangen." Mit Blicken folgte er der Biegung des Flusses und der dunklen Linie am Horizont. „Es war ein Aquarell in Naß-in-Naß-Technik. Damals war es später als jetzt. Schon Abenddämmerung."

„Das würde ich gern sehen."

„Es liegt irgendwo im Haus. Wahrscheinlich in meinem Zimmer.

Ich müßte es suchen." Er stand auf und blieb einen Moment regungslos stehen. „Warten Sie hier?" Es war eine ganz normale Frage, daher war sie erstaunt über seine besorgte Miene. „Sie gehen nicht weg?"

„Nein, ich gehe nicht weg, Mr. Raeburn."

„Ich hatte schon Angst, Sie würden heute nicht kommen."

„Ich hatte keine Ahnung, daß Sie bereits hier sind. Ich habe Ihren Wagen nicht gesehen."

Er zögerte. „Ich habe hinter dem Verwalterhäuschen geparkt."

„Und Peter –"

„Peter hat heute etwas anderes zu tun", sagte er kurz.

Sie sah ihm nicht nach, sondern beobachtete die Wolken, wie sie gen Süden segelten, wie das Licht auf dem Fluß verblaßte, eine Blauflügelente vorüberglitt. Sie saß still da und dachte über das nach, was er gesagt hatte.

Leichter Regen setzte ein. Die Tropfen auf dem Skizzenblock wurden immer größer. Sie warf einen Blick auf die Uhr. Seit fast einer Stunde war er fort. Sie raffte ihre Handtasche, den Zeichenblock und seinen Malkasten zusammen und lief zum Haus. Als sie am Schwimmbecken ankam, warf sie einen Blick auf die leeren Fenster und stieg dann die Stufen zum Hintereingang hinauf. Die Tür stand halb offen. Drinnen war es mehrere Grad kühler.

Es gab keine Ähnlichkeit mehr mit dem Wohnzimmer der Darcys, an das sie sich erinnerte und wo immer so viele Kinder und Hunde herumgetollt hatten. Jetzt hingen zarte Seidenvorhänge an den Fenstern. Ein riesiges Sofa, bezogen mit gelbem Samt, war vor dem Kamin plaziert. In einer Ecke stand ein Flügel, und überall waren silbergerahmte Fotografien aufgestellt.

„Mr. Raeburn?" rief sie. Da sie nicht recht wußte, ob sie im Wohnzimmer auf ihn warten oder ihn suchen sollte, betrachtete sie die Fotografien und versuchte, eine von David zu finden. Immer wieder sah sie eine schöne blonde Frau, die herausfordernd in die Kamera schaute. Nie war sie allein: Ein Polospieler hatte ihr den Arm um die Taille gelegt. Sie lehnte an Bord eines Segelschiffs an der nackten Brust eines Mannes. Nur auf wenigen Bildern war David zu sehen. Auf einem Bild war er etwa fünf Jahre alt, ein kleiner Junge mit starrem, abweisendem Gesicht. Ein anderes zeigte ihn einige Jahre später, wie er etwas unbeholfen auf einem Pony saß. Dann als junger Mann von Anfang Zwanzig bei der Examensfeier von seinem College. Er trug einen Talar, aber sein Lächeln schien seltsam seelenlos. Gerade als sie

das Bild zur Hand nehmen wollte, hörte sie plötzlich ein Geräusch von oben. Sie hätte vor Schreck beinahe das Bild fallen lassen. Er mußte im darüberliegenden Zimmer sein.

Am Ende der Halle befand sich die Treppe, die mit dickem, grünrosa Teppich belegt war. Die Stufen knarrten leise, als sie auftrat. „Mr. Raeburn?" rief sie wieder. Das Haus verschluckte ihre Stimme. Im zweiten Stock waren vier Türen. Sie klopfte bei der ersten und öffnete sie. Es war jetzt fast dunkel, und die letzten Lichtstrahlen gaben dem Zimmer etwas Unheimliches. Plötzlich krachte ein Donnerschlag, so scharf wie ein Schuß. Ein Blitz leuchtete auf und tauchte die Bäume in flammendes Licht.

Der Raum war der Wunschtraum eines Innenarchitekten. Ein Herrenzimmer in Beige- und Brauntönen mit einem Empirebett. Über dem Kamin hing ein antiker Säbel. Ein hoher Sessel stand am Fenster. Der Raum war so schwach erleuchtet, daß sie die Hand auf der einen Seitenlehne fast übersehen hätte. Dann sah sie ihn. Sein Gesicht war vollkommen weiß. Ihr fiel jetzt erst auf, daß er sich seit gestern abend nicht umgezogen hatte. Sein Schlips hing schief, und sein Anzug war zerknittert. Seine Augen waren geschlossen.

„Mr. Raeburn?" flüsterte sie. Sie trat ans Fenster zu ihm. „David?"
Als er die Augen öffnete, schien er nicht zu wissen, wer sie war. Dann kehrte langsam Farbe in sein Gesicht zurück. „Ach Sarah."
Sie dachte an die Fotos, die sie unten gesehen hatte, vor allem an die Frau mit den vielen verschiedenen Männern. „Ich habe Sie endlich gefunden", flüsterte sie.
Er tastete nach ihrer Hand. Sie kniete sich neben den Sessel. Auf dem Boden lag eine zerknitterte Zeichnung. Er sagte kein Wort, klammerte sich an ihre Hand und schloß wieder die Augen.
Sie war ratlos. Warum hatte er sie so lange allein gelassen? Warum saß er hier und sah aus wie ein geprügeltes Kind?
„Der Regen schadet nichts", tröstete sie. „Wir können ja drinnen picknicken."
„Es war ein Fehler", sagte er.
Sie wußte sofort, was er meinte. Alles, was ihn an seine Kindheit erinnerte, war schmerzlich für ihn. „Dann gehen wir wieder", beruhigte sie ihn.
Er öffnete die Augen und starrte aus dem Fenster hinaus auf die Auffahrt. Plötzlich erhob er sich wankend, stieß sie beiseite und ging ans

Fenster. Sie erhob sich und stellte sich neben ihn. Peter Larson hatte gerade seinen kleinen grauen Wagen geparkt und ging auf das Haus zu.

David ballte die Fäuste, wandte sich vom Fenster ab und sah sich suchend im Zimmer um.

Sie streckte die Hand nach ihm aus. „David!"

Er schlug danach und sah sie böse an. „Bleiben Sie hier!" Es war ein Befehl. Dann riß er den alten Säbel vom Haken über dem Kamin, warf die Scheide zu Boden und stürzte mit der blanken Waffe in der Hand zur Tür. Er griff nach dem Schlüssel, und sie hörte, wie er die Tür von außen zuschloß.

Wie betäubt stand sie da und konnte sich nicht rühren. Sie vernahm Wutgebrüll von unten und dann einen schrecklichen Schrei. Sarah rüttelte an der Tür. Es war unmöglich auszumachen, wer so geschrien hatte, oder die Stimmen auseinanderzuhalten. Auf der Treppe ging etwas vor sich; dumpfe Schläge, Ächzen, ein lautes metallisches Klirren waren zu hören. Dann war alles ruhig.

Eine Ewigkeit schien es vollkommen still zu sein. Dann knarrten die Treppenstufen, leise, regelmäßig: Jemand stieg vorsichtig die Treppe herauf. Sie wußte, wer da kam. Es konnte nur noch Sekunden dauern, bis der Schlüssel sich im Schloß drehte und die Tür sich öffnete. Sie hatte Angst vor dem Mann mit dem maskenhaften Gesicht und den stechenden Augen. Ohne viel nachzudenken, rannte sie zum Fenster und öffnete es. Regen und Wind peitschten ihr ins Gesicht, während sie hinauskroch auf die Galerie. Sie versuchte, sich zu erinnern, welches Zimmer der Hintertreppe am nächsten lag, und rannte ans andere Ende des Hauses. Sie erreichte von außen den Raum, den sie für das einstige Kinderzimmer über der Einfahrt hielt, und versuchte das Fenster hochzuschieben, aber es war verschlossen. Verzweifelt zog sie einen Schuh aus und zerschlug damit die Glasscheibe. Sie griff durch die zerbrochene Scheibe und öffnete den Riegel.

Drinnen schlich sie zur Tür, öffnete sie und atmete erleichtert auf, als sie feststellte, daß sie sich im hinteren Korridor befand. Sie erinnerte sich an eine schmale Stiege zur Speisekammer und daß eine weitere Treppe unter der Hauptveranda ins Parterre führte. Atemlos hielt sie inne und lauschte. Außer dem Regen war nichts zu hören. Im Parterre angelangt, blieb sie nochmals stehen und rannte dann los, am Swimmingpool vorbei und zu ihrem Wagen.

Sie hatte die Fenster offengelassen, und es regnete ins Auto. Sie kletterte auf den Rücksitz, kurbelte die Fenster hoch und glitt hinter das

Lenkrad. Als sie auch vorne das Fenster hochkurbeln wollte, spürte sie einen Widerstand und sah plötzlich, daß jemand die Scheibe festhielt. Es war Peter Larson. Er war vollkommen durchnäßt, sein weißblondes Haar hing ihm strähnig in die Stirn, und der Regen lief ihm in Strömen übers Gesicht.

Mit einem erstickten Schrei fuhr sie zurück und wollte die Zündung einschalten, aber er ergriff mit einer Hand ihren Arm, mit der anderen ihr Kinn.

„Lassen Sie ihn in Ruhe!" zischte er, und sein stählerner Griff ließ keinen Zweifel daran, daß er es ernst meinte. „Lassen Sie ihn in Ruhe", wiederholte er und blickte sie kalt an.

Mit einem Ruck riß sie sich los, drehte den Zündschlüssel und trat aufs Gaspedal. Der Wagen sprang vorwärts.

Während der langsamen Heimfahrt auf der zentimeterhoch überfluteten Autobahn war sie gezwungen, sich auf die Straße zu konzentrieren. Sie war naß bis auf die Haut, ihre Hände und Füße waren eiskalt, und sie zitterte am ganzen Körper. Sie war nicht nur zutiefst erschrocken über das Verhalten der beiden Männer, sie wußte auch nicht, was das alles zu bedeuten hatte. Als sie die Brücke am Cooper River erreichte, hatte der Regen nachgelassen.

Endlich zu Hause angekommen, stellte sie erleichtert fest, daß der Kombi verschwunden war. Sie ging durch die Waschküche im Parterre ins Haus und wollte gerade die halbdunkle Treppe hinaufsteigen, da öffnete sich die Wohnungstür.

Franny trug ein rotes Abendkleid. Ihr frisch geschminktes Gesicht leuchtete, ihr langes zurückgekämmtes Haar war mit einem Band zusammengehalten. „Sarah, ich habe auf dich gewartet. Warte eine Sekunde, ich habe etwas für dich." Sie lächelte in kindlicher Vorfreude. Dann erst sah sie Sarahs durchweichtes Kleid, ihre lehmverkrusteten Schuhe und ihr nasses Haar, das ihr in Strähnen um den Kopf hing. „Na, dich hat es aber wirklich erwischt."

Sarah lächelte gequält. „Ich war draußen auf dem Land und bin vom Regen überrascht worden." Sie war völlig durcheinander und wollte am liebsten allein sein nach der ganzen Aufregung.

„Du möchtest natürlich sofort aus deinen nassen Sachen raus – ich bin gleich wieder da." Franny verschwand in ihrer Wohnung und kam mit einem Einkaufskorb zurück. Darin saß ein weißes Kätzchen und sah lebhaft interessiert zu Sarah auf. Franny schien etwas verlegen, so als fürchte sie, ihr Geschenk könnte aufdringlich wirken. „Ich dachte nur – ich meine, wo du doch allein bist und so. Das Mädel im Büro zieht um und mußte es verschenken."

Sarah wollte kein Kätzchen, sie hatte sich nie etwas aus Katzen gemacht, aber sie war gerührt über diese freundschaftliche Geste. „Franny, wie nett von dir. Was für ein süßes Kätzchen. Ich hatte noch nie eine Katze."

Franny kicherte. „Jetzt hast du also eine. Ich hab ein bißchen Katzenstreu in eine Schachtel getan, in der Diele neben der Küchentür."

„Du hast an alles gedacht. Nochmals vielen Dank." Obwohl ihr so elend zumute war und sie gern allein gewesen wäre, sagte Sarah unvermittelt: „Franny, komm doch mit mir hinauf zum Abendessen. Ich könnte uns ein paar Omelettes machen."

Franny schaute ganz betrübt drein. „Ach, wie gern ..., aber ..." Sie blickte Sarah verträumt an. „Ich erwarte jemand. Lädst du mich ein andermal ein?"

„Darauf kannst du dich verlassen."

Als Sarah die Treppe hinaufstieg, spürte sie, daß Franny ihr nachsah und daß sie diese neue Freundschaft gern gefestigt hätte. Einige Minuten später stand Sarah in der Tür, während Major im Garten war, und sah Frannys Besucher flüchtig – er war recht groß, aber sein Gesicht konnte sie nicht erkennen.

Nachdem sie geduscht und sich die Haare getrocknet hatte, ging sie hinunter, um die Tiere zu füttern. Das Kätzchen war aufs Küchenbüfett gesprungen. Major saß dicht davor und betrachtete es mit liebevollem Besitzerstolz, ohne sich darum zu kümmern, daß es ihn protestierend anfauchte. Sarah hatte seit dem Frühstück nichts mehr gegessen, und ihr war ganz schlecht vor Hunger, aber als sie sich einen Teller Rührei gemacht hatte, hatte sie plötzlich keinen Appetit mehr. Sie fühlte sich entsetzlich schuldig, weil sie David im Stich gelassen hatte und vollkommen kopflos davongelaufen war. Sie zwang sich, ein paar Bissen zu essen, und grübelte nach – vor allem darüber, warum sie so feige gewesen war.

Peter Larson war ihr von Anfang an unsympathisch gewesen. Er hatte etwas Unangenehmes, nein Beängstigendes an sich. Armer David. Sie sah in ihm nicht länger den romantischen Helden, den sie sich zurechtgeträumt hatte, sondern sie sorgte sich um einen Mann, der ihr wie ein halbes Kind und – auf eine seltsame Weise – wie ein Opfer vorkam.

VI

Als früh am nächsten Morgen das Telefon läutete, hatte Sarah Angst, es könnte David sein. Erleichtert hörte sie Beas Stimme.

„Sarah, ich will dich ja nicht aufregen, aber ich glaube, du solltest gleich mal rüberkommen und nach Olivia sehen."

„Was ist denn, Bea? Ist sie –"

„Nein, nein, gesundheitlich ist alles in Ordnung. Aber gestern abend, als sie ausgegangen war, ist jemand eingebrochen und hat allerlei gestohlen, Schmuck, Silber und ihren Fernseher. Sie hat es abgelehnt, die Polizei zu rufen, hat mich beschworen, nichts zu sagen. Aber ich finde doch, jemand aus der Familie sollte es wissen."

Zwanzig Minuten später, als Sarah vor Olivias Haus parkte, fiel ihr der merkwürdige Zufall auf, daß ihr Haus durchsucht und das von Olivia ausgeraubt worden war. Sie trat ein und rief nach der Tante, bekam aber keine Antwort.

Im Wohnzimmer klebten lauter kleine Zettel an den Möbeln und an den Vorhängen, die sich bei näherem Hinsehen als Visitenkarten mit dem Aufdruck OLIVIA LAMAR BENFORD entpuppten. Die Karten waren alle beschrieben, auf der am Kaminsims stand „schneidig", auf der am Vorhang „vernünftig". Bei der Treppe entdeckte sie eine Karte mit „abenteuerlich", am Geländer und auf der obersten Stufe stand „optimistisch".

Die Tante saß vollkommen angezogen auf dem Bett und schlief. In der einen Hand hielt sie eine alte Duellpistole. Das Pendant dazu lag noch in dem mit Samt ausgeschlagenen Kasten auf dem Nachttisch.

Für Sarah hatte Olivia nie in die Generation gepaßt, zu der auch ihre Großmutter gehört hatte. Sie war so munter und voller Tatendrang, aber heute kam es Sarah klar zu Bewußtsein, daß Tante Olivia eine sehr alte Dame war mit einer Haut, die so zerknittert war wie Pergament.

„Tante Olivia", flüsterte sie.

Olivia öffnete die Augen und sah sich voller Schrecken um. Es dauerte Sekunden, ehe sie Sarah erkannte und die Angst verebbte. Sie blinzelte unsicher und tat dann betont gelassen. „Ach, Sarah Anne", sagte sie freundlich, „welche Überraschung."

„Geht es dir gut, Tante?"

„Selbstverständlich geht es mir gut", sagte Olivia energisch. Sie schwang ihre kurzen Beine über den Bettrand und legte die Pistole in den Kasten zurück. „Ich war schon früh wach, und da hab ich mir gedacht, ich putze mal Urgroßvaters Pistolen. Alte Feuerwaffen muß man pflegen, sonst rosten sie. Sieh einer an, ich scheine dabei eingenickt zu sein." Sie fuhr sich durch die kurzen Locken, stand auf und zupfte ihren Rock zurecht. „Möchtest du einen Kaffee, Liebes?" Ohne eine Antwort abzuwarten, trabte sie in Richtung Diele.

„Tante Olivia, was sollen all diese Visitenkarten im Parterre?" fragte Sarah und folgte ihr. „Ist das ein neues Spiel?"

„Ja, so könnte man es nennen." Olivia begann die Stufen hinunterzusteigen. „Kürzlich war ein Artikel in der Zeitung, von einem Psychiater – einer Ärztin, wohlverstanden –, die befürwortete gewisse Methoden gegen –"

„Streß?"

„Ja. Sie riet, man solle eine Liste von seinen positiven Eigenschaften machen, sie auf Kärtchen schreiben und die im Haus verteilen. Auf diese Weise" – Olivia blieb am Treppenabsatz stehen und wandte sich zu Sarah um – „wäre man, falls man ein bißchen deprimiert sei, weil man das Telefonbuch versehentlich in den Kühlschrank geräumt hat, gleich wieder beruhigt, wenn man am Herd eine Karte fände, auf der ‚verläßlich' steht." Sie blickte ihre Nichte verschmitzt an.

Während Olivia Kaffee machte, ging Sarah an den Kühlschrank und wollte die Milch herausnehmen. Sie war etwas erschrocken, als sie feststellte, daß der Kühlschrank so gut wie leer war. Als sie den Zucker aus dem Schrank holte, sah es dort ähnlich trübe aus: ein paar Dosen Thunfisch, eine einzige Dose Bohnen.

Sarah hätte lieber gemütlich am Küchentisch gesessen, aber Olivia zog den Salon vor, wo sie zusammen auf dem steifen Roßhaarsofa ihren Kaffee tranken. Sarah fand es an der Zeit, die Karten auf den Tisch zu legen.

„Tante Olivia", sagte sie. „Bea hat mir erzählt, was passiert ist."

Olivia preßte die Lippen zusammen. „Bea hatte mir versprochen, nichts weiterzusagen", meinte sie vorwurfsvoll.

„Bea hat sich Sorgen um dich gemacht. Sie hat getan, was sie für das beste hielt."

„Wenn du das Elise und Clay erzählst..."

„Ich erzähl es niemand."

Die kleine Gestalt saß jetzt sehr gerade auf dem alten Sofa. „Das hier ist mein Zuhause, Sarah. Und solange ich für mich selbst sorgen kann, bleibt es auch mein Zuhause."

„Selbstverständlich. Wir müssen eben nur –"

„Ich bin keine tatterige, unfähige Alte wie Maybelle Jay. Du weißt doch, was Maybelle passiert ist."

Sarah erinnerte sich: Vor zwei Monaten hatte man die alte Dame in ihrem Haus bewußtlos aufgefunden. Sie war niedergeschlagen und beraubt worden, und erst dann stellte sich heraus, daß es vorher schon zweimal passiert war. Sie hatte ihren Kindern nichts gesagt, weil sie überzeugt war, daß sie sie in ein Pflegeheim stecken würden.

„Maybelle ist im Heim ,Neue Hoffnung'", sagte Olivia kalt. „Sie hat ein sauberes, sonniges Zimmer, nahrhafte Mahlzeiten, wird ärztlich betreut, kunsthandwerklich beschäftigt und ist unter ihresgleichen. Sie kann es kaum erwarten zu sterben."

„Olivia –"

„Sie haben ihre Möbel verkauft und den armen Kater William eingeschläfert. Haben behauptet, er sei nicht mehr sauber. Haben es Gnadentod genannt."

Sarah nahm ihre Hand. „Mir kannst du vertrauen. Ich erzähle Elise oder Clay nichts. Wir denken uns etwas aus, wie wir –"

„Ich habe das Problem bereits gelöst." Sanft entzog Olivia ihr die Hand. „Ich werde Eldredge Pratt-Baines einladen, bei mir zu wohnen. Er kann zwei Zimmer im obersten Stock haben."

„Du nimmst einen Untermieter?" Sarah erinnerte sich an den alten Mann im Wollanzug, der einmal Collegeprofessor gewesen war.

„In schwierigen Zeiten ist so was schon früher geschehen, Sarah Anne."

Sarah tat einen tiefen Atemzug. „Ich finde die Idee großartig." Sie hielt Eldredge für einen aufgeblasenen alten Schwätzer, aber er bekam sicher eine Rente. Immerhin wäre mehr Essen im Haus. „Hat er denn keine eigene Wohnung?" fragte sie.

„Nur ein enges Zimmerchen über einer chemischen Reinigung."

„Komm, wir rufen ihn gleich mal an", sagte Sarah.

Während Olivia mit Eldredge telefonierte, fragte sich Sarah, ob sie je wieder etwas von David hören werde. Sie bezweifelte es, und sie schämte sich ein bißchen, daß sie an ihn dachte, nach allem, was Olivia passiert war.

Als Olivia ins Zimmer zurückkehrte, strahlte sie. „Er zieht schon morgen ein und freut sich wie ein Schneekönig." Sie blickte Sarah scharf an. „Ich weiß, was du denkst. Er ist ein alter Langweiler. Aber wir sind befreundet, seit er hergezogen ist. Außerdem", fügte sie mit einem Anflug von Koketterie hinzu, „hält er große Stücke auf mich."

Sie plauderten den ganzen Vormittag. Nach viel Überredung willigte Olivia ein, daß Sarah heimgehen, ein paar Sachen zusammenpakken und wiederkommen sollte, um die Nacht bei ihr zu verbringen. Sarah war schon in ihren Wagen gestiegen, da rief Olivia ihr aus der Haustür nach: „Sarah, das hab ich ganz vergessen – der Künstler, nach dem du mich gefragt hast, Jostle. Weißt du noch?"

„Tante, darüber reden wir, wenn ich wieder da bin."

„Nein, sonst vergesse ich es wieder. Es war Audubon. Jostle war der Spitzname, den Dr. Bachman Audubon gegeben hat. Und was diese „M" betrifft, damit muß Auralee Maria Martin gemeint haben, Dr. Bachmans Schwägerin. Sie führte den Haushalt, weil seine Frau kränkelte. Maria Martin war etwas ganz Besonderes, eine Naturkundlerin wie Bachman und obendrein Künstlerin. Sie hat bei manchen von Audubons Bildern den Hintergrund gemalt."

Sarah stieg aus und kehrte um. „Danke, daß du dieses Rätsel für mich gelöst hast", sagte sie. „Ich werde noch eine Fußnote zu dem Tagebuch machen!"

„Warte!" Olivia blickte Sarah besorgt an und schlug dann die Augen nieder. „Wenn Eldredge einzieht – du weißt doch, wie die Menschen sind hier in der Stadt. Glaubst du, daß geklatscht werden wird?"

Sarah legte den Arm um die alte Dame, drückte sie zärtlich an sich, trat dann zurück und sagte innig: „Ach, Tante Olivia, das will ich doch hoffen!" Zum erstenmal an diesem Tag lachte Olivia.

Als Sarah heimkam und die Haustür aufschloß, hörte sie, wie jemand die Wäscheschleuder zumachte. „Franny?" rief sie. Es kam keine Antwort, und so ging sie in die Waschküche, um selbst nachzusehen. Es gelang Duncan, zugleich kleinlaut und trotzig auszusehen. „Oh!" war alles, was er äußerte.

„Ich dachte, es wäre Franny."

Er hantierte mit seiner Wäsche herum. „Ich war in der Klemme, zeitlich, mein ich. Sie hat's mir angeboten. Sie haben doch hoffentlich nichts dagegen?"

Sie hatte etwas dagegen, aber sie ließ sich nichts anmerken und meinte: „Ist schon in Ordnung." Sie wußte, sie hätte sagen müssen: „Sie haben kein Recht, meine Waschküche zu benützen." Aber sie sagte nur: „Ich werde warten und hinter Ihnen abschließen."

„Ich wollt sie ausführen, um ihr auch 'nen Gefallen zu tun, aber sie hat abgelehnt. Ich glaube, ich bin nicht ihre Kragenweite." Sein Grinsen hatte nichts Sympathisches. „Wissen Sie was? Sie sehen irgendwie anders aus."

„Wie gesagt, ich werde –"

„Kein Problem! Ich kann durch Frannys Wohnung abkürzen." Er schob sich an Sarah vorbei, verließ die Waschküche und blieb vor Frannys Tür stehen. Er schien der Meinung zu sein, daß nun wohl doch eine Erklärung angebracht sei. „Jeder von uns hat die Schlüssel vom anderen. Für den Notfall, wissen Sie. Sagen Sie mal, wie geht's dem Gespenst im obersten Stockwerk? Wirft es noch immer mit Pelzmänteln?"

Sarah antwortete nicht, sondern ging an ihm vorbei und dann hastig die Treppe hinauf. Das Kätzchen saß auf dem Tisch, und Major sah zu ihm auf und versuchte seine wohlwollenden Absichten durchblicken zu lassen. Als sie die beiden gefüttert hatte, ging sie in die Bibliothek, um sich ein Buch über Audubon zu holen, das ihrem Vater gehört hatte. Sie hätte die Identität des geheimnisvollen Jostle selbst herausfinden sollen. In Charleston war man stolz darauf, daß der große Audubon vorübergehend hier gelebt hatte, im Hause seines Freundes, des Naturforschers und Geistlichen Dr. Bachman.

Tatsächlich wurde in dem Buch eine Maria Martin erwähnt, die eine begabte Künstlerin gewesen war und Audubon beim Zeichnen der Hintergründe seiner Vogelbilder geholfen hatte. Bei einer Exkursion hatte Bachman ihm den Spitznamen Jostle verpaßt – das englische Wort für Rempelei –, weil Audubon so witzige Bemerkungen gemacht hatte, als sie auf einem ausgefahrenen Feldweg durchgeschüttelt wurden. Fasziniert las Sarah über die blattweise Veröffentlichung von *Birds of America* und Audubons Versuch, für diese Serie über Amerikas Vogelwelt Subskribenten zu bekommen. Es war kaum zu glauben, daß dieser begabte Mann gezwungen gewesen war, kostbare Zeit damit zu verschwenden, seine Arbeit zu vermarkten. Auch war es eine Ironie des Schicksals, daß der immer von Geldnöten geplagte Audubon keine Ahnung hatte, daß seine Zeichnungen eines Tages zu den Kostbarkeiten der Welt gehören würden.

Sarah packte ein paar Sachen zum Übernachten ein, ging wieder hinunter und öffnete den Picknickkorb, den sie am Tage vorher nach Mille Fleurs mitgenommen hatte. Den Krabbensalat warf sie weg, weil er schlecht geworden war, doch den Rest wollte sie mitnehmen.

Sie kehrte zu Olivia zurück, und sie aßen einigermaßen feierlich miteinander zu Abend. Bea Bonham kam dazu und brachte zwei Brathähnchen von einem Imbißstand mit. Sie saßen etwas beklommen am kerzenbeleuchteten Tisch, und als Sarahs Wein ausgetrunken war, holte Olivia eine staubige Flasche aus dem Keller. „Davon habe ich nur noch ein paar Flaschen übrig", sagte sie. „Papa pflegte sie im Speicher zwischen den Dachsparren zu verstecken, wie in grauer Vorzeit."

Es wurde nicht über den Einbruch oder andere unerfreuliche Themen gesprochen. Obwohl ihnen klar war, daß etwas Schlimmes passiert war, und man nicht wußte, was die Zukunft bringen würde, aßen und tranken und lachten sie. Sarah mußte an Charlottes Tagebuch denken und an die Gesellschaft, die gegeben wurde, als der Süden in der Schlacht von Shiloh vernichtend geschlagen worden war.

Gleich nachdem Bea sich verabschiedet hatte, rief Elise an. „Ich habe vorhin Etta heimgefahren", erzählte sie, „und deinen Wagen bei Olivia stehen sehen. Ich wollte dir nur sagen, daß ich meine Schlüssel gefunden habe. Sie lagen unter dem Vordersitz im Wagen. Ich verstehe das nicht, ich hatte den Wagen doch durchsucht..."

Später, als Sarah im schmalen Messingbett in Olivias Gästezimmer lag, war sie sehr erleichtert, daß Elise ihre Schlüssel wiederhatte, aber sie konnte trotzdem nicht einschlafen. Gebete lagen ihr nicht, aber jetzt betete sie. Sie betete für ihre Schwester. Sie betete für David, um Olivias Sicherheit und mit gemischten Gefühlen auch für Roper Chalfont. Zuletzt betete sie für sich selbst, und da ihr nichts Spezielles einfiel, bat sie schließlich um die Fähigkeit, aus Erfahrung zu lernen. Während sie in den Schlaf sank, fiel ihr ein Spruch ihrer Großmutter ein: „Man lernt nur aus Mißgeschicken, Liebes."

SARAH und Olivia gingen in die Frühmesse in St. Michael und nachher zum Frühstücken nach Hause. Olivia war so aufgedreht wie ein junges Mädchen. „Eldredge wird ganz unabhängig sein", versicherte sie, „ich habe nicht vor, ihn zu bemuttern." Aber sie ließ es sich nicht nehmen, in den Garten zu gehen, um einen Armvoll Azaleen für den dritten Stock abzuschneiden. Am späten Vormittag, als Sarah wegfahren wollte, kam eine braune Limousine die Straße heraufgetuckert und hielt mit einem Ruck mindestens einen Meter vom Gehsteig entfernt. Sarah winkte, als sie Eldredge erkannte, wie er sich hinter dem Lenkrad hervorquetschte. Obwohl das Außenthermometer am Haus über dreißig Grad anzeigte, trug er seinen üblichen Wollanzug.

Auf dem Heimweg wurde Sarah immer vergnügter. Sie stellte fest, daß sie vor sich hin summte, suchte nach einem Grund und bemerkte dann die große Neuigkeit: Der Frühling war da. Die Knospen des Hartriegels, der Glyzine und des Jasmins hatten schon farbige Wimpelchen. Uralte Nußbäume und Eichen wetteiferten mit ganz jungen Bäumchen um das frischeste Grün.

Sarah staunte. Das Leben war nicht leicht gewesen für sie in den vergangenen Monaten. Sie hatte ihre Großmutter verloren, und sie war so gut wie mittellos zurückgeblieben. Sie hatte keine Stellung und auch sonst keine Aussichten, zu Geld zu kommen. Dazu kam die Sorge um Olivia. Und doch fuhr sie nun vergnügt dahin und summte eine muntere Weise.

Nicht einmal der Anblick von Roper Chalfont konnte ihr die Stimmung verderben. Als sie in die Einfahrt bog, sah sie ihn in der Hängematte liegen und Zeitung lesen. Er trug kein Hemd, und es war nicht zu übersehen, wie braun gebrannt und muskulös er war. Sie überlegte, was Großmutter wohl dazu gesagt hätte, wenn sie am Sonntagmorgen einen halbnackten Mann im Garten gesehen hätte. „Beeilen Sie sich", rief sie honigsüß, „oder Sie kommen zu spät zur Kirche!" Ohne auf die Antwort zu warten, die sicher nicht sehr freundlich ausgefallen wäre, ging sie rasch durch den Parterreeingang.

Kaum hatte sie die Tür zur Waschküche geöffnet, roch sie es: Der Warmwasserboiler hatte sie mal wieder im Stich gelassen. Das letzte Mal, als er repariert wurde, hatte der Kundendienst Finsteres prophezeit, und jetzt hatte sie Angst, daß es jeden Moment eine Explosion geben könnte. Was sollte sie jetzt tun? Duncan verständigen? Nein, bestimmt nicht.

Zögernd ging sie wieder hinaus zu Roper. „Hören Sie, es tut mir leid, Sie damit zu belästigen, aber meine Waschküche ist voller Qualm."

„Riecht es nach Gas?"

„Ich bin sicher, daß es der Boiler ist. Ich würde Sie nicht bitten, aber es ist Sonntag, und die Handwerker kommen bestimmt nicht."

„Ich seh es mir mal an." Schon stürmte er an ihr vorbei. Ehe sie die Waschküche erreicht hatte, stand er bereits wieder in der Tür. „Haben Sie den Schlüssel dazu?" Er nickte in Richtung von Frannys Wohnung.

„Aber ja, bloß –"

„Geben Sie ihn mir!"

Sie kramte in ihrer Tasche und zog schließlich den Ring mit den Wohnungsschlüsseln heraus.

„Warten Sie hier draußen!" Es war ein scharfer, unmißverständlicher Befehl. Er rannte los.

Mit einem Schlag wurde ihr klar, was geschehen war. Sie stand wie versteinert und starrte auf Frannys Fenster. Die Rolläden waren geschlossen. Sie fing an zu beten.

Kurz darauf erschien Roper wieder und schnappte nach Luft. Auf den Armen trug er jemanden. Sie erkannte Frannys rotes Abendkleid. Erst einmal hatte sie einen toten Menschen gesehen, aber als sie Frannys Gesicht sah, wußte sie, daß Franny nicht mehr lebte.

„Rufen Sie einen Krankenwagen! Von meinem Apparat aus! Schnell!" schrie er. Dann ließ er Franny zu Boden gleiten und versuchte Mund-zu-Mund-Beatmung, während Sarah in Ropers Wohnung mit zitternden Händen die Nummer des Notrufs wählte.

Als Sarah wieder herauskam und sich neben ihm hinkniete, sank er zurück auf die Fersen. Sie starrte den Ring an Frannys Finger an: Gold mit einem kleinen blauen Stein. Da ertönte schon die Sirene, und der Krankenwagen hielt in der Einfahrt. Türen öffneten sich und fielen zu, Schritte näherten sich. Roper packte sie an beiden Armen und zog sie in die Höhe. Zwei Männer in weißen Kitteln knieten neben Franny. „Sie ist tot", sagte der eine. Als Roper sie zum Kutscherhaus führte, hörte sie im Sanitätswagen jemand mit dem Einsatzleiter sprechen.

Roper goß ihr einen Brandy ein, aber sie stieß ihn zurück und kauerte sich in der Ecke zusammen wie ein kleines Kind.

„Von Schwächeanfällen einer Südstaatenschönheit halte ich gar nichts", sagte Roper. „Reißen Sie sich zusammen, Sarah."

Zorn gab ihr neue Kraft. Sie stand auf. „Ich geh jetzt heim." Sie schwankte.

„Hinsetzen." Mit einem Finger stieß er sie aufs Sofa. „Sie sind nicht in der Verfassung, nach Hause zu gehen."

„Warum nur?" flüsterte sie. „Warum mußte das passieren? Sie war doch so glücklich, so voller Leben."

„In ein paar Minuten wird die Polizei dasein. Sie wird mit Ihnen reden wollen."

Sarah hob den Kopf. „Die Polizei?"

„In solchen Fällen ist das üblich."

„Nennen Sie sie nicht einen Fall. Sie war ein menschliches Wesen. Sie war –"

„Sie war eine Selbstmörderin", sagte Roper. „Sie hat sich in die kleine fensterlose Küche eingeschlossen und das Gas aufgedreht. Daran können Sie nichts ändern. Sie können sie nicht zurückholen. Wenn wir Glück haben, finden wir heraus, warum. Aber bald werden ein paar beamtete Typen hiersein und Ihnen eine Menge Fragen stellen. Ich erwarte von Ihnen, daß Sie besonnen und kooperativ sind. Ich erwarte –"

„Sie erwarten?"

„Ich erwarte, daß Sie ein wenig Standesbewußtsein zeigen."

Sie sah ihn wütend an, holte tief Luft und trat nach ihm, so fest sie konnte. Er zuckte weder zusammen, noch rieb er sich das Schienbein. Er lächelte sie grimmig an. Sie ging in die Küche und machte Kaffee, während Roper sich ein Hemd überzog. Als sie sich endlich getraute, aus der Tür zu ihrem Haus hinüberzuschauen, sah sie einen jungen Mann in Polizeiuniform und einen älteren im Straßenanzug durchs Gartentor kommen. „Da sind sie", sagte sie zu Roper.

Die Befragung dauerte eine halbe Stunde. Sarah erschien das meiste völlig nebensächlich. Fast alle Fragen über Frannys Familie oder ihren Beruf konnte sie nicht beantworten. Als die Beamten merkten, daß sie aus ihr nichts herausbekamen, gingen sie.

Ehe Sarah das Kutscherhaus verließ, gestattete sie sich einen Blick auf Roper. Er stand am Kamin, die Hände in den Taschen vergraben, und starrte auf ein verkohltes Holzscheit. Seine Miene war distanziert und unnahbar. Als sie wieder in ihrer Wohnung war, rief sie ihre Schwester an und war darauf gefaßt, sich ein „Hab ich's nicht gesagt" anhören zu müssen. Doch Elise überraschte sie. Als sie gehört hatte, was geschehen war, war sie voller Mitgefühl. „O Sarah, wie schrecklich, wie furchtbar für dich. Hör mal, ich komm sofort rüber."

Sarah fütterte Hund und Katze und saß dann da und schaute aus dem Küchenfenster. Sie war wie betäubt, so als habe sie einen Alptraum gehabt und beim Erwachen festgestellt, daß er wahr sei. Warum war das geschehen? Franny hatte so glücklich gewirkt, so verliebt. Warum also?

Innerhalb kürzester Zeit war der Krisenstab der Familie eingetroffen. Anscheinend hatte Elise Olivia benachrichtigt, und sie hatte die Nachricht an Eldredge und Bea weitergegeben. Sie saßen da wie Leute bei einer Totenwache.

Olivia sprach als erste. „Eine solche Tragödie", murmelte sie. „So jung."

„Es ist schwer zu glauben."

„Und doch hört man täglich von solchen Sachen."

Bea war es, die diese Litanei unterbrach, und ihre Stimme knisterte vor Ungeduld. „Ich möchte wetten, das arme Ding hat sich mit irgendeinem schäbigen Lumpen eingelassen, der sie hat sitzenlassen, höchstwahrscheinlich schwanger."

Eldredge beeilte sich, einen gemäßigteren Ton anzuschlagen. „Wissen Sie, ich kann nur dankbar sein, daß ich meine Jugend in einer Welt genossen habe, in der Ritterlichkeit noch eine Tugend war."

Zum Glück blieben sie nicht lange. Olivia versprach, eine Nußtorte zu backen. Eldredge tätschelte Sarahs Hand. „Nur Mut, meine Liebe. Und wenn Sie uns brauchen, rufen Sie sofort an", sagte er, als hätten er und Olivia ein Leben lang alles miteinander geteilt. Elise umarmte sie besorgt und gab ihr einen flüchtigen Kuß.

Bea wartete, bis alle anderen auf den Verandastufen waren, dann zog sie Sarah von der Tür zurück. „Ich wollte dir nur schnell erzählen", sagte sie halb flüsternd, „daß ich endlich etwas über unseren Freund David herausbekommen habe."

„Herausbekommen?"

„Durch meine Zuträgerin in Richmond. Erinnerst du dich?"

„Bea!" rief Olivia vom Gartentor.

„Komme schon!" Bea warf Sarah einen schlauen Blick zu. „Ich erzähle es dir später. Weißt du, wenn man erst mal so alt ist wie ich, sollte man sich über gar nichts mehr wundern. Schließlich hat jeder etwas zu verbergen." Sie grinste und lief die Treppe hinunter.

Mechanisch verschloß Sarah die Tür, ging ins Wohnzimmer und setzte sich. Sie empfand kein Bedürfnis nachzudenken. Sie merkte gar nicht, wie die Zeit verging, bis sie feststellte, daß das Licht in schrägen Strahlen durch die Westfenster zu fallen begann.

Sie raffte sich auf und ging hinüber ins Kutscherhaus. Roper saß in einem der Armsessel und nahm ein kleines Radio auseinander. Major lag neben seinem Stuhl. Sie ging in die Küche und öffnete den Kühlschrank. Zum Glück war er besser bestückt als Olivias. Sie nahm sich ein Steak heraus, knipste den Gasherd an und fing an, Salat zu waschen. Als sie die Teller mit dem Essen hereinbrachte und sie auf den Couchtisch stellte, lächelte Roper, ohne etwas zu sagen, und legte eine Platte auf. Sie aßen, während ein Klavierkonzert von Mozart mit seiner Anmut und Harmonie nach den schlimmen Erlebnissen einen gewissen Trost vermittelte.

Nach dem Essen goß Roper ihr einen Brandy ein und bastelte weiter an seinem Radio. Sarah machte es sich in einem Sessel ihm gegenüber gemütlich. Sie betrachtete eingehend sein Gesicht, die breite Stirn über den vorspringenden Backenknochen. Sie konnte sich vorstellen, wie er als Junge ausgesehen hatte, und fragte sich, wie dieser Junge – nein, er war ja damals schon ein junger Mann gewesen – in die abscheuliche Drogengeschichte hineingeraten war. Plötzlich dachte sie an David. Was Bea wohl entdeckt hatte?

Sie stand auf, goß sich noch einen Brandy ein und ließ sich wieder in den Sessel fallen. Am liebsten hätte sie sich betrunken und wäre dann zu Hause bewußtlos ins Bett gefallen. Aber der Brandy half nicht. Immer wieder mußte Sarah daran denken, wie Franny in der duftenden Frühlingsnacht dastand und sagte: „Egal, wie sehr man im Winter am Boden ist, wenn's Frühling wird, meint man, daß sich jetzt alles ändert."

Sarah merkte nicht, daß sie weinte, bis sie heiße Tränen auf ihren Wangen fühlte. Sie versuchte aufzuhören, aber die Tränen tropften weiter.

Dann spürte sie Arme um sich, spürte, daß sie hochgehoben wurde wie ein Kind. Roper trug sie zum Sofa und hielt sie fest umschlungen. Schluchzend drückte sie ihr Gesicht in seine Halsbeuge. Sie sehnte sich plötzlich danach, allen Kummer und Zorn über Frannys Schicksal herauszulassen, endlich ihre Angst zu gestehen vor dem Unbekannten, der heimlich in ihrem Haus herumstöberte, und Roper das seltsame Erlebnis mit David zu erzählen. Seine kriminelle Vergangenheit war ihr egal, sie konnte ihre Last nicht mehr allein tragen. „Roper", flüsterte sie.

„Still", sagte er, und seine große Hand strich ihr über das Haar. „Ganz still."

VII

NOCH ehe Sarah die Augen öffnete, wußte sie, daß es Morgen war. Ich muß aufstehen, dachte sie, konnte sich aber nicht rühren. Erstaunt wurde ihr bewußt, daß Roper bei ihr lag. Er atmete langsam und gleichmäßig und hielt sie fest in seinen Armen. Und sie waren nicht auf dem Sofa, sondern in einem Bett. Eigentlich hätte die Situation sie aus der Fassung bringen müssen, aber sie war ganz entspannt und wunderte sich nur darüber, daß es ihr wie das Natürlichste auf der Welt vorkam, hier bei ihm im Bett zu liegen. Sie sah in das Gesicht neben ihr auf dem Kissen. Er wirkte so jung und wehrlos. Sie rückte noch näher, hob die Hand und berührte eine seiner dichten Brauen. „Roper?" Er öffnete seine Augen. „Wie spät ist es?" fragte sie.

Er hob den Kopf und schielte auf seine Armbanduhr. „Beinahe sechs", sagte er. Er beugte sich herüber und küßte sie sanft. „Guten Morgen."

„Wie bin ich hergekommen?"

„Du hast die Brandyflasche ausgetrunken. Danach hast du mehrere Liebessonette von Shakespeare zitiert und ein paar ziemlich fragwürdige Limericks, alle mit starkem New Yorker Akzent."

„Hab ich nicht!"

„Schließlich hast du den empörenden Versuch unternommen, mich zu verführen. Du hast mich durch die ganze Wohnung gejagt, aber ich habe erbittert gekämpft, um meine Tugend zu verteidigen. Als gar nichts mehr half, habe ich zum Schürhaken gegriffen, doch dann stand ich plötzlich mit dem Rücken zur Wand, und ich wußte, ich war verloren. Und dann, ganz plötzlich..."

„Was?"

„... bist du ohnmächtig geworden", sagte Roper und sank grinsend in die Kissen zurück.

Sarah lachte und boxte gegen seine Schulter. Aber sie war verunsichert. Sie hatte die Nacht mit einem Mann verbracht, der sich wenig um gesellschaftliche Konventionen scherte. Doch bis auf die Schuhe war sie immer noch vollständig angezogen. „Wir haben doch ... nicht...", stotterte sie.

„Nein, haben wir nicht." Seine Stimme klang rauh. „Aber in Versuchung war ich schon." In seinen Augen funkelte es übermütig. „Um ehrlich zu sein, ich war drauf und dran, zum Zuge zu kommen, da schlug der Wind um, und ich hörte die Glocken von Saint Michael die Stunde schlagen..."

„Roper –"

„Sie gemahnten mich an die alten Wertbegriffe und sprachen von uralten Riten. Mit einem Mal sah ich Sarah Anne Eliot, ganz in Weiß, durch die Kirche schreiten, eine Verherrlichung der Unschuld." Er blickte auf sie nieder. „Du hast ja keine Ahnung, wie schön du bist." Langsam nahm er ihr Gesicht in beide Hände und küßte sie zärtlich. Anfangs waren seine Küsse sanft, aber allmählich wurden sie immer leidenschaftlicher. Sie hielten sich eng umschlungen, so als wollten sie einander nie wieder loslassen.

Da erklang das Sechsuhrläuten der Kirchenglocken. Mit großer Anstrengung riß Roper sich los. Sie sahen einander sehnsüchtig an und fingen im gleichen Moment an zu lachen.

Das Frühstück aßen sie auf der Terrasse. Sarah war ganz gerührt über die Art, wie Roper ihr den Stuhl unterschob, den Toast bestrich, ihr seinen Pullover um die Schultern legte. Doch dann, mitten im Glücklichsein, fiel ihr Franny ein. Sie fühlte, daß ihr Tränen in die Augen stiegen, und sagte rasch: „Weißt du, was ich gern täte? Rausfahren aus dieser Stadt. Irgendwohin auf eine der Inseln."

Roper eilte zum Telefon, rief seine Tante und seinen Onkel an und teilte ihnen mit, sie bekämen Besuch. Um neun Uhr waren sie unterwegs in den Süden.

Von allen Inseln südlich der Stadt war ihr Edisto die liebste, weil sie nicht zu einem modischen Strandbad verbaut worden war. Vom Meer und dem Festland durch einen großen Salzsumpf getrennt, war Edisto einst ein wichtiges Baumwollanbaugebiet gewesen. Jetzt, im Frühling, blühten hier unzählige Jasmin- und Rosensträucher.

Sarah achtete jedoch kaum auf die Landschaft ringsum, sondern war mit sich selbst und ihren Gefühlen beschäftigt. Sie mußte dauernd an Franny denken, aber trotzdem durchströmte sie ein Glücksgefühl, das neu für sie war. Sie verglich ihre Mädchenphantasien, die sich um David gerankt hatten, mit dieser Wirklichkeit. Roper legte seinen Arm um sie und zog sie an sich. Schwindel überkam sie, und verwundert über sich selbst, legte sie ihren Kopf auf seine Schulter. Sie wußte, daß sie ausschließlich in der Gegenwart lebte, und alles andere war ihr gleichgültig. Sie wußte auch, daß er das Schreckliche, das er begangen hatte, bedauerte und daß er versuchte, einen neuen Anfang zu finden. Dazu brauchte man Mut, und an Mut fehlte es Roper Chalfont nicht.

„Meine Tante und mein Onkel werden dir gefallen", sagte er.

„Ist dein Onkel pensioniert?"

Roper lachte. „Gary war schon von Anfang an so was wie pensioniert. Er schreibt viel. Er kann nicht davon leben, aber es interessiert ihn – das und die Herausforderung, von dem zu existieren, was Grund und Boden hergeben. Janet verkauft hin und wieder ein Bild. Sie malt wirklich gut."

Als sie von der Hauptstraße in einen ausgefahrenen Feldweg einbogen, war Sarah voller Vorfreude: einen unbefestigten Weg hinunterfahren – das war wie ein Überraschungspäckchen öffnen. Der Frieden, den diese Landschaft ausstrahlte, verfehlte nicht seine Wirkung auf sie. Die Wälder zu beiden Seiten wucherten wild, und erst als sie an einem hohen Bambusgehölz vorbeigefahren waren, sah sie den liebevoll angelegten Garten.

„Sie ziehen so ziemlich alles, was sie brauchen", erklärte Roper. „Bohnen, Tomaten, Kürbisse, Gemüse. Ihre übrige Nahrung, Fisch und Schalentiere, kommt aus dem Wasser. Sie kaufen höchstens mal ein paar Grundnahrungsmittel."

Das Haus war eine zweistöckige Blockhütte aus verwittertem Zypressenholz mit einer Veranda. Riesige Eichen umstanden das Haus.

Ein hochgewachsenes, schlankes Paar und ein kleiner Junge liefen auf sie zu, als sie Roper erkannten. Roper half Sarah aus dem Auto und stellte sie einander vor: „Dieses schöne Mädchen ist meine Tante Janet, und dieser ulkige alte Kauz ist ihr Mann Gary." Er legte den Arm um Sarah. „Ich möchte euch Sarah Eliot vorstellen, die unter anderem meine leidgeprüfte Vermieterin ist."

Sarah schüttelte ihnen etwas verlegen die Hand.

„Und das hier ist Charlie." Roper ging zu dem Jungen, der am Haus stehengeblieben war, und führte ihn zu Sarah. Er war klein, braun gebrannt und hatte einen roten Lockenkopf. Sie schüttelten einander förmlich die Hand.

„Ich koche gerade Suppe", sagte Janet. „Komm mit, Sarah, du kannst mir helfen." Sie nahm Sarahs Arm. Als sie ins Haus gingen, rief sie dem Jungen zu: „Charlie, du holst uns ein paar Kräuter, ja?"

Roper und Gary gingen zum Steg, wo ein Ruderboot vertäut lag und Krabbennetze zum Trocknen aufgespannt waren.

Janet öffnete die Tür zum Haus und betrat einen lichterfüllten Raum. Es dauerte Sekunden, ehe sie merkte, daß er, von der Veranda beschattet, eigentlich halbdunkel war. Das Licht kam von den riesigen Aquarellen an den Wänden. Sie trat von einem zum anderen, gefesselt von der Leichtigkeit, mit der Janet die Moorlandschaften, die schrägen Sonnenstrahlen in den Pinienwäldern eingefangen hatte.

Die Möblierung war sparsam. Betten dienten als Sofas, Kisten als Lampentischchen. „Wir haben ein paar alte Familienmöbel gehabt", sagte Janet, „aber die haben wir unseren Neffen und Nichten gegeben. Ich hatte keine Lust, mein Leben lang Mahagoni zu polieren."

„Habt ihr keine Kinder?" fragte Sarah.

„Nein, aber meine Schwester teilt ihre mit uns. Auch die Enkel."
Soviel also zu Charlie, dachte Sarah.

Sie aßen an einem Verandatisch zu Mittag, und Sarah kam es so vor, als sei die Suppe das Beste, was sie je gegessen hatte – oder lag es an den netten Leuten? Sie lachten viel, besonders über Janets bevorstehende Ausstellung in einem Museum in Richmond.

„Der Kerl hat uns besucht", sagte Gary, „um über die Vorbereitungen für die Vernissage zu sprechen, und sagte ein bißchen zögernd: ,Wir dachten an einen Champagnerempfang.' Ich möchte wetten, der hat sich Sorgen gemacht, ob sie wohl das richtige Kleid dafür hat."

„Ich hatte mal eins", überlegte Janet. „Ich werde es suchen müssen."

Charlie wurde es langweilig. „Glaubst du an Geister?" fragte er Sarah plötzlich.

Sarah sah ihm in die großen Augen. „Ich weiß nicht recht", sagte sie. „Manchmal schon."

Charlie beobachtete sie hoffnungsvoll. „Onkel Gary sagt, in den meisten Häusern von Charleston spukt es."

Sarah wußte nur, daß sie Nacht für Nacht merkwürdige Geräusche hörte. „Falls es bei mir ein Gespenst gibt, habe ich es jedenfalls noch nicht gesehen."

Roper warf ihr einen skeptischen Blick zu und erhob sich abrupt. „Gary, Charlie", sagte er, „wollen wir nicht die Krebsfallen wieder aufstellen?"

Nach dem Abspülen gingen Janet und Sarah zurück auf die Veranda. Sarah konnte sich nicht erinnern, wann sie sich zuletzt so unbeschwert gefühlt hatte. Schläfrig sah sie den beiden Männern und dem Jungen am Steg zu. Janet tat dasselbe. „Ich gebe Charlie sehr ungern her", sagte sie.

„Hergeben?"

Janet hielt inne und schien sich über Sarahs Frage zu wundern. „Wir hatten ihn doch nur in Pflege, bis Roper wieder seßhaft geworden ist. Seine Großeltern hatten ihn bei sich, nachdem das passiert war, aber er kann nicht mehr bei ihnen bleiben, weil sie in ein Seniorenheim gezogen sind."

„Seine Großeltern?" fragte Sarah verblüfft.

„Seine Großeltern mütterlicherseits haben für ihn gesorgt. Ich habe das Gefühl, daß Roper jetzt bereit ist für die Vaterrolle. Vor ein paar Jahren mag das anders gewesen sein, aber jetzt..." Janet lächelte. „Ich weiß noch, wie er zu uns kam, nachdem er seine Strafe abgesessen hatte, und ich ihn fragte, wohin er nun wolle. Da hat er ganz energisch gesagt: ‚Nur nicht irgendwo zwischen vier Wände.'"

Seine Großeltern hatten ihn bei sich, nachdem das passiert war, und Roper ist jetzt bereit für die Vaterrolle. Sarah konnte an nichts anderes mehr denken. Sie wandte kein Auge von Roper und Charlie, die nebeneinander auf dem Anlegesteg standen, und konnte es nicht fassen, daß sie es nicht gleich bei der Ankunft bemerkt hatte: Mit seinem dichten Haar und den ausgeprägten Gesichtszügen war Charlie ein Abbild von Roper.

„Er hat sein Wort gehalten", sagte Janet, „und so wenig Zeit wie möglich ‚zwischen vier Wänden' verbracht. Erst bekamen wir einen Brief von den Ölfeldern in Oklahoma, dann aus einem Holzfällerlager in Oregon und danach aus den verschiedensten Häfen im Nahen und Fernen Osten."

„Ist er verheiratet?" Sarah versuchte die Frage beiläufig klingen zu lassen.

„Du liebe Zeit, nein."

Sarah konnte und wollte es nicht glauben. So falsch konnte sie ihn doch unmöglich beurteilt haben! Jeder ihrer Instinkte sagte ihr, daß dies ein empfindsamer, liebevoller Mann war. Er war ein Ehrenmann, sonst hätte er doch letzte Nacht ...

„Und er nimmt Charlie demnächst mit?" fragte sie tonlos.

„Wir würden ihn nur zu gern behalten", sagte Janet, „aber er braucht jetzt unbedingt eine gute Schule und andere Kinder. Anfangs war Roper, glaube ich, ein bißchen beklommen bei dem Gedanken, ein Kind großzuziehen, aber jetzt freut er sich richtig darauf. Er mochte den Jungen schon immer gern."

Gern? Mit einem noch nie empfundenen Schmerz begann sich bei Sarah die Vorstellung von Roper aufzulösen. Finde dich damit ab, schrie es in ihrem Inneren, er ist nicht nur ein Krimineller, er hat ein Kind gezeugt und sich nicht einmal die Mühe gemacht, ihm seinen Namen zu geben. Er hat seinen eigenen Sohn im Stich gelassen und ist auf und davon, um in der Weltgeschichte herumzureisen und sich selbst zu verwirklichen. Und was ist mit Charlies Mutter? Ausrangiert? Vergessen? Durch Selbstmord geendet wie Franny?

Sarah wußte nicht, wie sie den Rest des Nachmittags überstehen sollte. Sie hörte sich selbst, wie sie mit Janet Konversation machte, aber sie konnte keinen Blick von Charlie wenden. Es tat ihr weh und machte sie wütend, als sie sah, wie der Junge sich um Roper bemühte.

Bei der Heimfahrt in die Stadt schien Roper ihr Schweigen nicht zu bemerken. Wenn er den Jungen erwähnte, tat er es ohne Verlegenheit. „Ich nehme an, Janet hat dir das mit Charlie erklärt?" fragte er.

„Ja, das hat sie."

„Er ist ein guter Junge. Ich hab verdammtes Glück."

Seine Scheinheiligkeit machte sie krank. Das, wofür er ins Gefängnis gewandert war, hätte sie ihm verziehen. Aber wie er das Kind behandelt hatte ...

„Sarah", sagte er. „Du hast hoffentlich nichts dagegen, an einen Mann mit Kind zu vermieten. Charlie wird bestimmt kein Problem sein."

„Davon bin ich überzeugt", meinte sie verkniffen.

„Hör mal, Sarah, ich wollte das, was jetzt kommt, unter romantischeren Umständen sagen, aber – also, was ich meine, ist –" Er zögerte. „Du weißt jetzt alles über mich. Janet hat doch mit dir darüber gesprochen, oder?"

„Ja."

„Eine Weile wird mich die Stadt behandeln, als hätte ich Aussatz. Das weiß ich. Ich habe vielleicht kein Recht, so etwas zu erbitten, aber glaubst du, du könntest, ich meine, es ist mir so wichtig, daß unter allen Menschen gerade du –"

„Daß ich dir verzeihe?"

„Ja." Das Wort war fast unhörbar.

Sie war sprachlos vor Empörung. Als sie endlich etwas sagte, war sie entsetzt, wie selbstgerecht sie klang. „Meine Großmutter hat immer gesagt, wir müssen dem Menschen verzeihen, wenn auch nicht seiner Handlungsweise."

„Sehr christlich, klingt aber ein bißchen kühl." Er warf ihr einen erstaunten Blick zu.

„Mehr kann ich nicht tun", antwortete sie kalt. „Du kannst es meiner altmodischen Erziehung zuschreiben."

„Aber noch vor ein paar Stunden –"

„Inzwischen hatte ich Zeit zum Nachdenken. Wie du schon sagtest, bin ich eine Art Relikt aus dem vergangenen Jahrhundert. Es mag ja ein Schock für dich sein, aber ich glaube noch an Begriffe wie Ehre und Rechtschaffenheit."

„Aber gestern nacht ... und heute morgen ..." Er schüttelte den Kopf. „Na, jedenfalls hast du meine Frage beantwortet." Es klang dumpf.

Sie blickte zu ihm hinüber, um sicherzugehen, daß der Hieb auch gesessen hatte. Sie wurde nicht enttäuscht. Sein Gesicht war verzogen und grau. Sie fuhren schweigend weiter, und als er in der Einfahrt hielt, stieg sie aus und ging ohne ein weiteres Wort auf ihr Haus zu.

Oben an der Haustür stand Duncan mit einem Stück Papier in der Hand. „Ich wollte Ihnen eben einen Zettel hinlegen", sagte er. „Sie sollen einen Leutnant Carney anrufen, unter dieser Nummer." Er reichte ihr das Papier und ging hastig die Stufen hinunter. „Die sind zu dem Schluß gekommen, daß es doch kein Selbstmord war", sagte er.

SARAH saß verkrampft auf dem Wohnzimmersofa Clay gegenüber, der sie eindringlich ansah. Sie konnte es einfach nicht fassen, daß in ihrem Haus ein Mord geschehen war. Aber sie wußte, daß es tatsächlich passiert war, und die einzig mögliche Schlußfolgerung machte ihr angst: Frannys Tod mußte irgendwie mit den unheimlichen Geräuschen zusammenhängen.

Sie hatte Kopfschmerzen, und ihre Augen waren verschwollen. Der gestrige Abend war trostlos gewesen, immer wieder hatte sie Weinkrämpfe bekommen. Sie weinte um Franny, um Roper und die Wahrheit über sein Kind. Aber trotz der schlaflosen Nacht hatte sie sich jetzt wieder einigermaßen im Griff.

„Ich könnte vielleicht hierbleiben", sagte Clay, „wenn du mit dem Polizeibeamten sprichst."

„Danke, Clay, aber das schaffe ich schon. Wieso sind die eigentlich so sicher, daß es kein Selbstmord war?"

Clay zögerte. „Kein Kohlenmonoxyd in der Lunge", sagte er. „Es wurde festgestellt, daß sie durch einen Schlag auf den Kopf getötet wurde."

„Du meinst, der Mörder wollte, daß es wie Selbstmord aussieht? Und damit wir das glauben, hat er das Gas aufgedreht?"

„So scheint es gewesen zu sein."

Sie wollte schon fragen, ob Leutnant Carney auch Roper verhört hatte, den einzigen hier, der vorbestraft war. „Hat man schon einen Verdächtigen?" fragte sie statt dessen.

„Man sucht nach ihrem Freund, einem gewissen Chip Waggoner. Er arbeitet bei einem Gebrauchtwagenhändler im Norden von Charleston."

„Haben die auch Duncan befragt?"

„Den Burschen im Parterre? Ja. Gestern abend und heute früh."

„Sonst noch jemand, Clay?"

„Der Leutnant ist recht lange bei Roper Chalfont geblieben, und man will auch mit Elise sprechen, aber ich habe darum gebeten, daß man damit bis nachmittags wartet. Das Wetter macht ihr ein bißchen zu schaffen." Als er Sarahs überraschtes Gesicht sah, wurde er ausführlicher. „Sie müssen alle verhören, die Zugang zum Haus haben."

Eine Stunde später stand Leutnant Carney vor der Tür. „Miß Eliot, es tut mir leid, Sie belästigen zu müssen", sagte er höflich.

Sie hatte erwartet, in die Mangel genommen, in eine Falle gelockt zu werden, aber er war sehr umgänglich und erzählte ihr, wie gern er in Charleston lebe, wie sehr er die Freundlichkeit der Bewohner des Südens zu schätzen wisse. „Himmelweit entfernt von New Jersey", sagte er lächelnd.

Er flößte ihr Vertrauen ein, und sie wagte zu äußern: „Mein Schwager hat erzählt, daß Sie nach Frannys Freund suchen."

„Der Mann im Parterre, McFee, sagt, er hat mehrere Männer aus der Wohnung kommen sehen. Die eine Beschreibung paßte auf Chip Waggoner, aber er hat noch einen anderen Mann gesehen, der leicht hinkte und der vor ein paar Nächten aus dem Haus kam."

„Aber das muß mein Schwager gewesen sein. Der kam nicht aus Frannys Wohnung. Warum sagt Duncan so was?"

„Er ließ durchblicken, es habe da noch mehr Männer gegeben."

„Das war nur Gehässigkeit, weil Franny nicht mit ihm ausgehen wollte. Wenn ich daran denke, wie nett sie zu ihm war." Sarah spürte, daß ihr Tränen in den Augen brannten. „Sie hat ihn sogar die Waschküche mitbenutzen lassen. Erst war ich dagegen, aber so war Franny eben, immer lieb und rücksichtsvoll."

Der Polizist, der ihre Tränen sah, wartete ein paar Sekunden, ehe er mit der Befragung fortfuhr. Sarah fand es tröstlich, mit ihm zu reden. Ehe sie es sich recht versah, erzählte sie ihm von den Geräuschen, die sie nachts hörte, und davon, daß Elise die Schlüssel zum Haus verloren hatte. „Die Geräusche kann ich mir natürlich eingebildet haben", sagte sie, „und Elise hat die Schlüssel unter dem Fahrersitz in ihrem Wagen wiedergefunden. Aber erst, als ich die Schlüssel nachmachen ließ und einen akuten Anfall von Paranoia hinter mir hatte."

„Paranoia?"

„Wissen Sie, ich habe über die Party nachgedacht, bei der Elise glaubte, ihre Schlüssel verloren zu haben, und angefangen, die armen Seelen zu verdächtigen."

Er lachte. „Arme Seelen? Wo war denn diese Party? In einem Pflegeheim?"

„Nein, bei meiner Tante." Angestachelt vom amüsierten Funkeln seiner Augen, erzählte sie von Olivia und dem Literaturkreis.

Als er sich schließlich erhob und gehen wollte, sagte er: „Ich fürchte, wir werden Sie vielleicht noch einmal stören müssen. Wissen Sie, wer zu Miß Barths Wohnung Zutritt hatte, hatte auch Zutritt zum Haupthaus durch die hintere Diele. Und umgekehrt."

„Als ich Franny sagte, sie könne die Waschküche benutzen, ist mir das nicht eingefallen. Sehr schlau war das nicht."

„Aber freundlich und rücksichtsvoll", sagte der Polizeibeamte.

Ein paar Stunden später klingelte das Telefon. Elise war am Apparat und konnte kaum sprechen vor Aufregung. „Sarah, weißt du eigentlich, was du getan hast?"

„Was denn?"

„Mußtest du dem Polizeibeamten von den Schlüsseln erzählen? Jetzt verhört er alle, die auf Olivias Geburtstagsparty waren."

„Ja, aber –"

„Clay sagt, du darfst unter keinen Umständen noch einmal mit diesem Polizeimenschen reden, wenn er nicht dabei ist. Und er findet, du solltest bei uns wohnen, bis diese schreckliche Geschichte vom Tisch ist."

„Ich wohne bei Olivia", log Sarah rasch.

„Gut. Du darfst unter keinen Umständen allein bei dir zu Hause bleiben", sagte Elise streng. „Jemand hat das Mädel umgebracht, und wer es auch war, er läuft noch immer frei herum."

Es wurde viel zu schnell dunkel. Gegen sechs Uhr machte Sarah Licht und schloß die Fenster, weil es nach Regen aussah. Sie überprüfte die Türen, ob sie auch abgeschlossen waren, ging hinunter in die Waschküche und kontrollierte die Tür zu Frannys Wohnung. Sie hastete die Treppe wieder hinauf ins Wohnzimmer und war sich nur zu bewußt, wie schwach die Beleuchtung überall war und wie viele dunkle Ecken es gab.

Schließlich ging sie, mit einem Schürhaken bewaffnet, hinauf ins Schlafzimmer. Major folgte ihr. Sie zog sich nicht aus, sondern setzte sich angezogen aufs Bett und wartete. Das Haus, in dem sie den größten Teil ihres Lebens verbracht hatte, war Feindesland und durch einen Mord geschändet worden. Sie konnte die Spannung fühlen. Jeder Laut war verstärkt, das Klirren der Fensterscheiben, der klappernde Laden.

Sie hielt den Atem an, überzeugt, daß oben wieder Schritte zu hören waren. O Gott, dachte sie, wenn Roper bloß ...

Als das Telefon klingelte, erschrak sie. Den Schürhaken immer noch in der Hand, öffnete sie die Schlafzimmertür und ging in die Diele hinaus.

„Sarah, ich bin's, Clay. Ich habe gute Nachrichten", sagte er. „Die Polizei hat diesen Chip Waggoner, Franny Barths Freund, aufgegabelt. Sie wollen es zwar noch nicht bestätigen, sind aber ziemlich sicher, den Richtigen erwischt zu haben. Seine Fingerabdrücke sind überall in ihrer Wohnung, sogar an der hinteren Dielentür, die zu deiner Wohnung führt."

„Die hintere Diele ..."

„Er hat ein paar lahme Entschuldigungen, behauptet, er sei eines Abends, als er auf Franny wartete, schnell mal nach oben geschlichen, um sich umzusehen. Offenbar ist der Bursche vorbestraft. Autodiebstahl als Jugendlicher. Weiß der Himmel, was er seither alles getrieben hat. Ich wollte es dir nur berichten, um dich zu beruhigen."

„Danke, Clay."

Sie kroch wieder ins Bett und ließ sich voller Erleichterung in die Kissen sinken. Demnach war es Frannys Freund gewesen, der nachts durch ihr Haus geisterte und nach etwas suchte, das man stehlen konnte. Wochenlang hatte er sie in Angst und Schrecken versetzt. Diese Vorfälle hatten nicht nur ihre Nerven zerrüttet, sondern auch ihr Urteilsvermögen getrübt. Sie klammerte sich daran, daß sich alles aufgeklärt hatte, aber sie war irgendwie nicht richtig überzeugt. Tief innen war sie immer noch beunruhigt. Ihr Leben schien umringt von Geheimnissen, von Menschen, die nicht die Wahrheit über sich erzählten. Sie wußte, das war bei Elise und Clay der Fall. Sogar Olivia wollte die Tatsache verbergen, daß sie bestohlen worden war. Die Beziehung zwischen David und Peter war ein Rätsel. An Duncan war etwas sonderbar. Bea war eine Theaterfigur. Und Franny, die arme Franny mit ihrem heimlichen Liebhaber ... Und Roper. Der hatte mehr zu verbergen als alle anderen.

Das Telefon klingelte erneut, und sie fuhr erschrocken zusammen. Bea schien es keineswegs peinlich zu sein, spätabends um elf anzurufen. „Ich dachte, du wüßtest gern Bescheid", begann sie. „Ich habe eben wieder mit meiner Freundin gesprochen, die mit dem Liebhaber beim FBI. Halt dich gut fest! Es sieht so aus, als habe unser Freund David ein ganzes Netz von Erfindungen um sich gesponnen. Er hat nie an einer Knabenschule unterrichtet, hat nicht einmal das Abitur. Außerdem hat es nie einen tragischen Autounfall gegeben, auch keinen monatelangen Aufenthalt in einer Rehabilitationsklinik. Wohl aber Monate anderswo – in einer Nervenheilanstalt! Seit Jahren war er immer wieder mal drin. Meine Liebe, unser David ist ein echter Psychopath! War es einen Großteil seines Lebens. Massenhaft seltsame Zwischenfälle, die seine liebe Mama später vertuscht hat. Der letzte war der schlimmste, er hat in Boston ein Mädel fast totgeschlagen. Hör zu, Sarah, es tut mir leid, dich mit alledem zu überfallen, aber –"

„Ist schon gut, Bea." Mehr brachte Sarah nicht heraus. Sie legte den Hörer wieder auf und saß eine Zeitlang da, ohne sich zu rühren.

Vielerlei Bilder von David gingen ihr durch den Kopf. Die Bezeichnung „geisteskrank" schien nicht zu passen. Sie wußte nur, daß er jung und empfindsam war und trotz seiner psychischen Probleme Träume hatte im Leben, die er verwirklichen wollte.

Während sie im Bett auf den Schlaf wartete, versuchte sie, sich gut zuzureden. Man hatte Frannys Mörder gefunden. Der nächtliche Eindringling war kein Geheimnis mehr. Aber aus irgendeinem Grund fielen ihr Beas Worte ein, so munter dahingesagt und doch so seltsam beunruhigend: *Schließlich hat jeder was zu verbergen.*

VIII

SARAH trat vor ihr Haus. Es war ein strahlender Morgen, und es hatte keine Nachtgeräusche gegeben, nicht einmal einen schlechten Traum. Sie fühlte sich wieder sicher. Und noch wichtiger: Sie hatte sich mit dem abgefunden, was sie über David erfahren hatte. Davids Tragödie war ein Teil des wirklichen Lebens, das oft verwirrend und bedrohlich war, aber das sie endlich akzeptieren mußte. Sie hatte ihr Äußeres verändert, sie hatte eine neue Frisur, trug ein grünes Leinenkleid, und auch innerlich hatte sie sich verändert. Sie war erwachsener geworden und hatte das Gefühl, daß sie geheilt war von ihren unrealistischen Jungmädchenträumen.

Fast hatte sie ihren Wagen schon erreicht, als Roper aus dem Kutscherhaus kam. Er sah sie, stutzte sekundenlang und trat dann zu ihr. Es war das zweite Mal, daß sie ihn im Anzug sah. Er sah älter aus und überraschend elegant, aber der Humor in seinen Augen war erloschen. Er lächelte nicht.

„Ich habe dich schon anrufen wollen", begann er. „Ich wollte dir sagen, daß ich ausziehe. Ich habe ein Haus an der Beaufain Street gefunden, und es ist so ziemlich das, wonach ich gesucht habe – die richtige Größe mit einem schönen Garten."

„Ich verstehe." Sie standen sich gegenüber wie zwei Fremde.

Das Schweigen war ihr peinlich, aber er schien es nicht zu bemerken. Er starrte zu ihrem Haus hinauf. „Wie ich höre, hat man den Mann festgenommen, der deine Mieterin ermordet hat", sagte er.

„Ja."

„Wohnst du immer noch allein?"

„Natürlich."

„Ist das eine gute Idee?" Er sah sie an. „Wenn die Beweise nicht ausreichen oder wenn die Kaution für ihn gezahlt wird, wird er vielleicht freigelassen."

„Das riskiere ich." Sie öffnete die Autotür und drehte sich nochmals um, ohne ihn anzusehen. „Vielen Dank für deine Fürsorge."

Auf der Fahrt zu ihrer Schwester beglückwünschte sie sich, wie gut sie ihre Gefühle im Griff hatte. Jetzt konnte sie sich über diesen herrlichen Morgen freuen.

Etta kam ihr an der Tür entgegen und strahlte sie an. „Hab dich jetzt erst erkannt, Schätzchen, hab zweimal hinschauen müssen. Du siehst richtig süß aus."

Sarah umarmte die alte Frau. „Wo ist Elise?"

„Sie veranstaltet gerade einen Wirbelsturm in der Küche."

Der Eßtisch war für zwölf gedeckt. „Heute abend trifft sich hier die High Society von Charleston!" Etta lachte gutmütig.

Elise begrüßte ihre Schwester mit einem besorgten „Sarah, bitte probier mal." Sie tauchte einen Löffel in einen Kupfertopf und hielt ihn ihr hin.

Sarah probierte und verdrehte die Augen. „Phantastisch, Elise."

Etta schaltete sich ein. „Kaldaunen waren immer schon mein Fall."

„Kalbsbries", verbesserte Elise. „Etta, ich habe nicht drei Stunden lang *riz de veau à la crème et aux champignons* gekocht, damit du dastehst und es Kaldaunen nennst."

„Kaldaunen bleiben Kaldaunen", beharrte Etta und ging kontrollieren, ob genügend Gästehandtücher im Badezimmer lagen.

„Elise, ich muß dir etwas sagen."

„Komm, wir gehen auf die Veranda. Ich steh schon den ganzen Vormittag am Herd."

Elises Veranda war bereits für den Sommer hergerichtet. Ein neuer Strohteppich war gelegt worden, alle Korbstühle weiß gestrichen, die Kissenbezüge frisch gewaschen. Blühende Blumen hingen in Töpfen zwischen den Säulen.

Elise ließ sich auf einen Stuhl fallen.

„Elise, geht es dir auch wirklich gut?" fragte Sarah leise.

Elise sah sie mit leuchtenden Augen an. „Natürlich geht es mir gut." Sie richtete sich auf. „Du wolltest mir etwas sagen?"

„Jawohl. Ich nehme eine Stellung an. Ich weiß, daß du denkst, daß niemand so verrückt sein wird, mich einzustellen. Aber mein Entschluß steht fest." Sarah zog einen Zeitungsausschnitt aus der Handtasche. „Ich habe die Anzeigen durchgesehen: Es gibt unzählige Möglichkeiten."

„Zum Beispiel?"

„Hör mal das hier: ‚Go-go-Girls, nur Tagesdienst. Beste Bezahlung. Persönliche Vorstellung erwünscht. Anfänger werden ausgebildet.'" Sarah freute sich, daß ihre Schwester darüber lachte. „Elise, ich werde Clay das Haus überlassen", sagte sie.

Elise war sprachlos, dann hellte ihre Miene sich auf. „Sarah, ich glaube, du tust das Richtige!"

„Es war nur Eigensinn, es aufzuschieben. Ich wußte, daß ich es mir nicht leisten kann, es zu halten. Hoffentlich freut sich Clay darüber."

„Du weißt doch, wie sehr er sich freuen wird. Und wie Clay schon sagte, wenn du es eines Tages wiederhaben willst, wenn du in der Lage bist, wieder darin zu wohnen –"

„Nein, ich werde nie mehr dort wohnen. Morgen melde ich mich zu einem Sekretärinnenkurs an, und dann suche ich mir eine Wohnung. Ich habe lange gebraucht, Elise, zu lang, aber ich glaube, jetzt werde ich endlich erwachsen. Keine unvernünftigen Hoffnungen mehr –"

„Ich weiß, was du meinst", unterbrach Elise sie und wiederholte dann mit leerem Blick: „Glaube mir, ich weiß es."

Zu Hause auf dem Hof angekommen, blieb Sarah noch im Wagen sitzen und starrte auf das Kutscherhaus. Erst jetzt gestattete sie sich, an Roper zu denken. Auch bei ihm hatte sie mit offenen Augen geträumt. Sie hatte ihn sich erfunden, ihn mit Eigenschaften ausgestattet, die sie bei einem Mann suchte, ihm seine Zärtlichkeit und Stärke nur angedichtet. Laß ihn gehen, befahl sie sich.

Den Rest des Tages verbrachte sie damit, ihre Sachen durchzusehen und auszusortieren. In einer praktischen kleinen Wohnung würde wohl kaum Platz für ihr Himmelbett und den hohen Wandspiegel sein. Sie stand im Wohnzimmer und betrachtete das Porträt von Thomas Benford, als sie merkte, daß es bereits dunkel geworden war. Sie öffnete die Haustür, um Major hereinzurufen, aber Terrasse und Hof waren leer. Im Kutscherhaus war kein Licht, auch nicht in Duncans Wohnung. Sie rief den Hund mehrmals, ging dann wieder hinein. Major war schon früher über Nacht ausgeblieben. Das Kätzchen hatte sich versteckt. Sie war ganz allein, aber es machte ihr nichts aus.

Ehe sie sich schlafen legte, las sie noch die Zeitung und ging die Wohnungsanzeigen durch. Dann dachte sie an alles, was sie verloren hatte und noch verlieren sollte. Erst Großmutter, dann ihre Illusionen. Und jetzt das Haus. Und Roper. Den Kloß im Hals versuchte sie hinunterzuschlucken.

Denke positiv, befahl sie sich. Sei dankbar dafür, daß du noch etwas anderes verloren hast – die Angst.

Das leise Weinen war zuerst kaum zu hören, wurde dann aber deutlicher. Sarah hob den Kopf, und noch im Halbschlaf dachte sie verschwommen, daß es wohl junge Mauersegler im Schornstein waren. Sie sank auf ihr Kissen zurück. Wieder war es zu hören, ein dünnes, klagendes Wimmern, jetzt viel näher. Das Kätzchen! Ohne die Augen zu öffnen, klopfte Sarah auf die Bettdecke und rief: „Komm, Kitty, komm hierher, komm schon, Kitty!" Aber das Kätzchen sprang nicht aufs Bett.

Das Miauen wurde zum Jammergeschrei. Sarah tastete nach der Nachttischlampe und knipste sie an. Sie sah sich um, aber das Kätzchen war nirgends zu sehen und schrie weiter. Als sie etwas wacher wurde, meinte sie, daß die Katze irgendwo hinter ihrem Bett sein mußte. Ihr wurde klar, was passiert war. Das Kätzchen war im Inneren der Wand. Es hatte das oberste Stockwerk erforscht und die Öffnung zwischen Dachstuhl und dem Dachgesims gefunden, die in die Hohlräume zwischen den Außenmauern und den Zimmerwänden führte. Mäuse und Eichhörnchen hatten sie schon früher entdeckt.

Sarah stieg aus dem Bett und schlüpfte in ihre Pantoffeln. Sie schlurfte durch die Diele, die Treppe hinauf in den zweiten Stock und war richtig froh, daß sie nach all der Angst, die sie ausgestanden hatte, nun wieder mitten in der Nacht ganz normal durch ihr Haus wandern konnte. Als sie das Licht anknipste, sah sie den Flügel ihrer Urgroßmutter, auf dem sich Schachteln häuften. Das Kätzchen miaute jetzt von der Wand gegenüber. Sarah rief laut nach ihm und drängte sich durch ein wüstes Durcheinander von Kisten und Kästen bis zu dem Türchen durch, das zum schmalen Raum zwischen Zimmerwand und äußerer Hauswand führte. Sie schob Großmutters Überseekoffer beiseite und wünschte, sie hätte eine Taschenlampe mitgebracht, aber Katzen konnten ja im Dunkeln sehen. Das Kätzchen würde sicher herauskommen, wenn es sie sah.

Sie unterdrückte energisch ihre Abneigung gegen Ratten und Spinnen und quetschte sich durch die Öffnung. Es war stockdunkel und viel enger, als sie es in Erinnerung hatte. Man hatte kaum Platz, sich hinzukauern. Den Rücken an die Außenmauer gepreßt, tastete sie nach den Dachbalken und fühlte plötzlich Glas. Flaschen lagerten dort zwischen den Unterteilungen. Was hatte Olivia erzählt – zwischen Sparren und Speicher seien die Weine untergebracht gewesen, „wie in grauer Vorzeit"? Als sie noch einmal hinauffaßte, rutschte ihr etwas Großes, Rechteckiges entgegen. Sie fing es mit beiden Händen auf und fühlte, daß es rauh und trocken war wie Stoff. Und schwer war es. Sie spürte die Erregung des Entdeckers. Irgend jemand hatte das versteckt. Es mußte wertvoll sein. Es war groß. Sie zog sachte daran, bis es zwischen ihr und der Innenwand steckenblieb. Auf Händen und Knien schob sie ihren sperrigen Fund zum erleuchteten Viereck der Öffnung und zwängte ihn hindurch. Sie mußte blinzeln, als sie wieder in dem hellen Zimmer war.

Kniend betrachtete sie das in Leinwand gewickelte große Paket, das sorgsam verschnürt war. Ungeschickt und mit zitternden Fingern löste sie die Knoten. Es schien eine Ewigkeit zu dauern. Schließlich ließ sich die Leinwand auseinanderfalten.

Das erste, was sie sah, war ein Päckchen Briefe. Darunter waren vier riesenhafte ledergebundene Bände. Sarah suchte weiter. Es gab keine Samtkassette, seidengefüttert, mit funkelnden Juwelen. Fast hätte sie geweint. Sie sah auf die Adresse auf einem der Briefe: THOMAS H. BENFORD. Charlottes Vater also. Das erklärte die Weinflaschen. „Denk an den Madeira", hatte er zu ihr gesagt. Sie seufzte, dann mußte sie lächeln. Wieder einmal hatte sie erwartet, daß das Leben wie ein Roman war. „Mädchen entdeckt Familienschmuck." Etwas strich an ihrem Knöchel entlang. Als sie hinunterschaute, war es das Kätzchen.

Morgen würde sie die Briefe durchsehen. Es konnte etwas drinstehen, was für die Familie von Interesse war. Sie legte sie auf den

Überseekoffer. Für die großen Bände würde sie Platz schaffen müssen. Die waren viel zu sperrig für die Regale in der Bibliothek. Beiläufig schlug sie den obersten Band auf und besah das Titelblatt.

> BIRDS OF AMERICA, Kupferstiche nach Originalzeichnungen von *John James Audubon,* vom Autor selbst veröffentlicht 1827–30

Sie las die Worte, las sie noch einmal. Sie hatte einen Schatz gefunden, den sie sich in ihren kühnsten Träumen nicht vorgestellt hatte. Als sie das letzte Mal über ein Blatt von Audubon gelesen hatte, war es auf eine Million Dollar geschätzt worden. Sie blätterte um und immer weiter, sah den Gelbschnabelkuckuck, den Purpurkronfink. Als sie bei der sechzehnten Bildtafel angelangt war und den Wanderfalken sah, der die Eingeweide toter Vögel fraß, klingelte es in ihrem Gedächtnis. Charlotte hatte Auralees Vogelbilder als „zu kühn und unschön" empfunden, um sie an die Wand zu hängen. Die Bilder, von denen Charlotte sprach, waren gar nicht von Auralee gemalt worden. Sie waren schon vorher hiergewesen. Sicher war dies Auralees Hochzeitsgeschenk von ihrem Vater. Sarah klappte den riesigen Band zu, legte die Hand auf den ledernen Einband und stellte sich vor, wie sehr Auralee sich gefreut haben mußte.

Plötzlich wurde es dunkel. Sekundenlang saß sie verwirrt da, bis ihr klar wurde, daß die Birne durchgebrannt war. Das hatte nichts zu bedeuten, sie hatte keine Angst mehr vor der Dunkelheit. Sie ließ sich Zeit, wieder zu Atem zu kommen, und war überwältigt von diesem Fund, der da vor ihr lag. Er war ein Vermögen wert. Schließlich erhob sie sich, zitternd vor Aufregung. Aber plötzlich durchfuhr es sie eisig, und sie blieb regungslos stehen. Sie wußte, daß sie das Dielenlicht angeknipst hatte. Unmöglich konnten beide Birnen gleichzeitig durchgebrannt sein. Sie hielt den Atem an. Der Mond schien durch das Ostfenster, und in dem dürftigen Licht sah sie die Umrisse eines Kopfes, der seltsam silbrig wirkte. Ein bleicher Kopf.

Ein Teil von ihr wollte es nicht glauben. Der Mörder, der nächtliche Schleicher, war verhaftet, der Alptraum vorüber. Sie starrte die Silhouette ungläubig an, und die Vision verschwamm vor ihren Augen. Eisig stieg die Erinnerung in ihr hoch: Sie war wieder in Mille Fleurs und lauschte auf die Schritte, die sich von unten näherten.

Noch während sie gegen das Entsetzen kämpfte, tastete sie nach etwas, das sich als Waffe verwenden ließ, und ergriff den geknoteten Verschluß eines Schuhbeutels. Mit einem Ruck schleuderte sie ihn durch den Raum. Er schlug mit dumpfem Laut auf, der morsche Stoff zerriß, und die Schuhe schlitterten übers Parkett. Währenddessen kroch sie zur Tür, verlor im Dunkeln einen Pantoffel und hatte fast die Treppe erreicht, als sie stolperte. Sie stürzte zu Boden und blieb wie betäubt liegen. Obwohl kein Geräusch zu hören war, fühlte sie, wie die unheimliche Gestalt näher kam. Wie ein Tier verkroch sie sich unter dem alten Flügel und drückte sich zitternd an die Wand. Mit verzweifelter List zog sie den anderen Pantoffel aus und schleuderte ihn die Treppe hinunter. Sie hörte, wie er weiter unten dumpf aufschlug.

Atemlos wartete sie, und als sie ein Knarren hörte, wußte sie, daß er die Treppe hinunterging und sie unten suchte. Jetzt konnte sie sich zur Hintertreppe schleichen, zur Tür, die in die Waschküche führte.

Zentimeter um Zentimeter rutschte sie in Richtung Treppe, doch als sie schließlich unter dem Flügel hervorkroch, spürte sie plötzlich einen leichten Luftzug. Sie blickte auf und sah voller Entsetzen, daß die Gestalt nicht einmal einen Meter von ihr entfernt war. Ehe sie einen klaren Gedanken fassen konnte, hatte er sich auf die Knie niedergelassen und griff nach ihr.

Sie öffnete den Mund, um zu schreien, brachte aber keinen Laut heraus. Sie fühlte sich gepackt, hervorgezerrt, hochgehoben wie ein Bündel Lumpen. Sie schlug nach dem dunklen Körper, zu verängstigt, um in sein Gesicht zu schauen, aber ihre Schläge gingen ins Leere. Eine eiserne Hand hatte ihr Haar gepackt, die andere schloß sich um ihre Kehle. Würgend, nach Atem ringend, trat sie um sich, hörte ein Keuchen und fühlte, wie die Hände sich lockerten. Sie riß sich los und stolperte zur Treppe. Als sie das Geländer erreicht hatte, packte er sie erneut und hielt sie fest. Sie hing halb über dem Geländer, und sie wußte, daß sie in der Sekunde abstürzen würde, in der er sie losließ. Aus den Augenwinkeln glaubte sie zu erkennen, wie seine Augen kalt funkelten. Sie würde sich entweder zu Tode stürzen oder sich das Rückgrat brechen. Und dann fiel sie, aber sie klammerte sich an ihm fest. Er versuchte, sich loszureißen, doch sie zog ihn mit sich, und beide stürzten hinunter auf den nächsten Treppenabsatz.

Es war wie ein böser Traum: wieder der Mantel, auf dem sie lag, sein muffiger Geruch, und wie er sich anfühlte. Ihr tat alles weh. Aber sie lebte. Der Mantel hatte sie gerettet. Da merkte sie, daß dies kein Mantel war. Voller Ekel warf sie sich seitwärts, griff nach dem Treppengeländer und zog sich hoch. Sie zwang sich hinunterzusehen. Im trüben Licht der Telefontischlampe am anderen Ende der Diele erkannte sie, daß seine Gliedmaßen in einem seltsamen Winkel dalagen. Das Gesicht war nicht zu erkennen. Sie hatte ihn mitgerissen, war auf ihn draufgefallen. So hatte er ihren Aufprall gemindert. Er rührte sich nicht.

Ihr tat alles weh, als sie sich zum Telefon schleppte. Im großen Spiegel gegenüber sah sie eine junge Frau im Nachthemd, die torkelte wie ein Kleinkind. Sie nahm den Hörer ab, rief die Vermittlung an und blickte währenddessen im Spiegel in die eigenen weit aufgerissenen Augen.

Als die Telefonistin munter fragte: „Bitte, welche Nummer wünschen Sie?", brachte sie keinen Ton heraus. Aus dem Dunkel des Treppenhauses erhob sich die Gestalt, der silberweiße Kopf schimmerte im Mondlicht. Langsam und unaufhaltsam kam diese Gestalt schwankend auf sie zu. Sie konnte den Blick nicht vom Spiegel losreißen, wagte nicht, sich umzudrehen. Wie gelähmt sah sie, wie er immer näher kam. Keine maskenhaften Züge, kein silberblondes Haar: nicht Peter Larson. Dieser Mensch hatte keine Haare, er wirkte fast wie ein Außerirdischer. Sie wandte sich um und sah, wie er seine schwarzbehandschuhten Hände nach ihr ausstreckte, als plötzlich ein explosionsähnlicher Knall und ein Wutschrei hinter ihr ertönten. Die Tür zum Arbeitszimmer wurde aufgerissen, und dann stand Roper in der Diele, warf sich auf den Einbrecher und riß ihn um. Sarah fühlte, wie ihre Beine unter ihr wegsackten, dann spürte sie gar nichts mehr.

IX

SARAH lag im Bett neben ihrer Schwester. Die Sonne schien durch die Fenster, ihr Wecker zeigte fünf Minuten nach acht. Am anderen Ende des Zimmers saß Clay, leger gekleidet, in einem kleinen Sessel. Er schlief fest.

Sarah sah ihre Schwester an. Elise trug Jeans und eines von Clays alten Hemden. Mit geschlossenen Augen, leicht geöffneten Lippen und dem zerzausten Haar war sie schöner denn je. Das Kätzchen schlief in ihrer Armbeuge.

Sarah setzte sich auf. Sie hatte Kopfschmerzen. Von unten waren Stimmen zu hören. „Elise?" sagte sie leise.

Elise schlug die Augen auf. Sie stützte sich auf und sah Sarah besorgt an. „Liebes, geht's dir gut?"

„Da unten sind Leute."

„Das sind nur die Polizeibeamten."

„Wie lange hab ich denn geschlafen?"

Elise warf einen Blick auf den Wecker. „Einige Stunden. Wir haben Dr. Rhame kommen lassen, damit er dich untersucht. Er hat dir eine leichte Dosis Beruhigungsmittel gespritzt."

„Woher wußtet ihr denn, was passiert war? Woher habt ihr –"

„Roper hat uns gestern nacht angerufen. Ich glaube, er ist immer noch unten bei den Polizisten."

Sarah tat einen tiefen Atemzug und blickte auf das schlafende Kätzchen hinunter. „Elise, hab ich es geträumt, oder war es wirklich –"

„Es war Bea Bonham", sagte Elise. „Das Ganze ist einfach unglaublich. Und Roper Chalfont, ausgerechnet der, kam angeflogen wie Superman. Weißt du, ich hab ja nie geglaubt, daß Beas Haar echt ist. Und dazu all diese Schals und Turbane! Ohne Perücke aufzutauchen war die beste Verkleidung."

„Elise, sie ist mindestens drei Meter tief gestürzt mit mir obendrauf. Wie konnte sie aufstehen und noch mal auf mich losgehen?"

„Als man sie abführte, konnte sie kaum gehen. Weißt du schon, daß Bea so wenig eine Romanschriftstellerin ist wie du und ich? Sie ist Berufsdiebin und besonders hinter Antiquitäten her. Sie ist schon ein paarmal verhaftet und verhört worden. Und immer war sie Gast des Hauses oder Freundin der Bestohlenen."

Bea hatte die Tagebücher gelesen, Jostle als Audubon identifiziert und gewußt, daß sie das Große Los gezogen hatte.

„Elise, weiß Olivia Bescheid?"

„Clay hat sie gleich heute morgen angerufen. Er wollte nicht, daß sie es in der Zeitung liest. Sarah – diese Audubon-Bände –, weißt du überhaupt, was du da gefunden hast?"

„Ja, das ist mir klar. Ich kann es immer noch nicht fassen."

„Überleg doch bloß, was du mit all diesem Geld anfangen kannst."

„Wir teilen es uns, Elise, du und ich. Das ist nur fair."

„Wir denken gar nicht daran. Clay und ich brauchen es nicht."

Sarah stand auf. Sie wechselte das Thema. „Sag mal, wieso seid ihr eigentlich angezogen wie für einen Ausflug aufs Land?"

Elise warf einen Blick hinüber auf ihren schlafenden Ehemann und lächelte. „Wir waren noch nicht zu Bett gegangen, als Roper anrief. Wir haben alles stehen- und liegenlassen und sind sofort gekommen."

Sarah öffnete ihren großen Kleiderschrank und holte einen Rock und eine Bluse heraus. „Aber du und Clay, ihr hattet doch gestern abend Gäste zum Dinner?" Sie wandte sich verwirrt um und sah, wie ihre Schwester sich wieder hinlegte und sie anstrahlte.

„Ich erklär es dir später", sagte Elise. „Wenn Zeit ist."

Sarah war ungeheuer erleichtert, als sie feststellte, daß Roper gegangen war. Sie konnte ihm nicht gegenübertreten, besonders jetzt nicht, da sie wußte, daß er ihr das Leben gerettet hatte.

Carney, der Polizeibeamte, nahm sie beim Arm und führte sie ins Wohnzimmer. „Sie haben sicherlich einige Fragen."

„Ja. Das letzte, woran ich mich erinnere, ist ein fürchterliches Krachen."

„Das wird wohl Ihr Mieter gewesen sein, der durch die Balkontür brach. Sie sind ein Glückspilz. Anscheinend ist Chalfont gegen zwölf heimgekommen. Dann hat er noch etwas gelesen. Als er zu seinem Wagen hinausging, um sich etwas zu holen, sah er, wie jemand durch die Kellertür ins Haus ging. Und im obersten Stock war Licht. Er wußte nicht genau, was los war, aber er dachte an den Mord und rief mich an. Ich erwähnte, daß Chip Waggoner ein wasserdichtes Alibi für die Zeit habe, als Sie das letzte Mal diese Geräusche hörten. Chalfont hat nicht auf mich gewartet. Er wußte, er mußte irgendwie ins Haus. Er hat eine Ausziehleiter quer über den Hof gezerrt und seitlich an den Balkon gelehnt." Der Polizist sah sie an. „Sie würden mir sehr helfen, wenn Sie mir erzählten, was im Haus passiert ist."

Sie versuchte sich an alles zu erinnern. Als sie geendet hatte, sah Carney sie kopfschüttelnd an. „Wie lange, glauben Sie, lagern diese Audubon-Bände schon da?"

„Seit August 1863." Sie erzählte ihm von den Tagebüchern, von Auralees Beziehung zu Audubon um 1830 und daß Charlotte 33 Jahre später die Foliobände zusammen mit den Briefen ihres Vaters versteckt hatte.

„Diese Bea Bonham hatte Schlüssel zu Ihrem Kellereingang und zur Vordertür. Sie hat den Kellereingang benutzt, weil sie dort vermutlich kaum gesehen wurde. Sie hatte nicht damit gerechnet, auf Franny Barth zu stoßen."

„Die Schlüssel... Bea..."

„Wir nehmen an, daß sie die Schlüssel am Tag der Party an sich genommen hat."

„Meine Schwester hat sie unter dem Fahrersitz ihres Wagens wiedergefunden."

„Wohin Miß Bonham sie gelegt hat, nachdem sie sich Duplikate hat anfertigen lassen. Meine Leute haben ihre Wohnung durchsucht, nachdem wir sie verhaftet hatten. Sie fanden eine antike Uhr und etwas Silber."

„Die hat sie bei meiner Tante Olivia mitgenommen. Es war Beas Methode, mich aus dem Haus zu locken. Sie dachte, wenn ich mir genügend Sorgen um Olivia mache, geh ich zu ihr und wohne bei ihr. Wissen Sie, auch als ich sie sah, konnte ich nicht glauben, daß sie es ist. Ich war überzeugt, es sei Peter Larson."

„Larson? Sie meinen den Burschen, der David Raeburn betreut?" Er schüttelte den Kopf. „Larson ist Masseur und Angestellter von Raeburns Mutter. Außerdem ist er so eine Art Wärter."

Erst nach einer weiteren halben Stunde verließen der Polizeibeamte und seine Leute das Haus. Sarah und Elise sahen sie von der Veranda aus weggehen. Elise legte Sarah den Arm um die Schultern. „Sarah, bist du sicher, daß alles in Ordnung ist?"

„Mir geht's prima. Nur baden würde ich gern."

„Bitte komm doch heute abend zum Essen. Es ist wichtig."

„Ich komme. Wie war die Party gestern abend?"

„Party? Ach, die hat Clay abgesagt. Wir haben ein paar Sandwichs und eine Flasche Wein eingepackt und sind an den Strand gefahren. Es war wunderschön. Wir sind stundenlang am Wasser entlanggegangen und haben geredet."

„Clay und eine Dinnerparty absagen?"

„Ich erwarte dich dann ungefähr um halb sieben, Sarah. Ich werde auch Olivia und Eldredge einladen. Zieh dir was Hübsches an, meinetwegen das weiße Voilekleid."

„Elise –"

„Um halb sieben, Sarah."

Verwundert starrte sie dem Wagen nach, in dem Elise und Clay weggefahren waren. Sie wandte sich dem Kutscherhaus zu. Ropers Wagen stand im Hof. Sie wußte, was sie zu tun hatte und daß es besser war, es sofort hinter sich zu bringen, ehe sie der Mut verließ. Er hatte ihr das Leben gerettet. Sie mußte ihm danken. Doch noch ehe sie einen Schritt getan hatte, klingelte das Telefon. Es war Olivia. „Sarah, Liebes, bist du wirklich heil?"

„Ja, Olivia. Elise und Clay sind eben weggefahren."

„Ich behaupte ja nicht, daß ich *nicht* entsetzt bin. Ich hätte Bea mein Leben anvertraut."

„Ich weiß."

„Und, Sarah, es ist zwar schlimm, was passiert ist, aber wir dürfen unsere Herzen nicht verhärten. Man weiß nie, was Menschen dazu bringt –"

„Das stimmt, Tante."

Es entstand eine Pause, dann sprach Olivia weiter. „David Raeburn ist fort. Er und Peter haben ihren Wagen vollgepackt und sind ohne ein Wort auf und davon. Ich finde das sehr ungezogen, aber mir ist ja jetzt so vieles unverständlich. Ich begreife die Menschen nicht mehr. Ich war immer so froh über neue Gesichter. Auch viele aus dem Literaturkreis sind von außerhalb. Sogar Eldredge."

„Tante Olivia", sagte Sarah. „Ich glaube, es wäre ein Akt der Nächstenliebe, wenn du Bea etwas hinüberschicken ließest, Kleider zum Wechseln, eine Zahnbürste." Es war ein unerhörtes Ansinnen, aber wie vorauszusehen war, fand Olivia es nicht unerhört.

„Ja, und einen Kuchen", meinte sie munter. „Das wird eine willkommene Abwechslung sein nach alldem Wasser und Brot oder was sie da kriegen." Sie hängte ein.

Sarah ließ sich keine Zeit zu längerem Nachdenken. Sie mußte sofort ins Kutscherhaus. Aber als sie die Haustür öffnete, stand Ropers Tante Janet vor ihr und hielt ihr eine Strickjacke hin, die Sarah nach Edisto mitgenommen hatte. „Sarah, hoffentlich störe ich nicht", sagte sie, „aber ich hab Charlie zum Zahnarzt gebracht, und da dachte ich, ich bringe dir gleich die Jacke, die du neulich liegenlassen hast."

„Bitte, komm herein", antwortete Sarah.

„Ich kann nur einen Moment bleiben." Janet folgte Sarah ins Haus und sah sich interessiert um. „Ein wundervolles altes Haus."

Sarah merkte, daß Janet keine Ahnung hatte, was sich in dem wundervollen alten Haus abgespielt hatte. Sie beschloß, ihr nichts davon zu erzählen. „Möchtest du gern einen Kaffee?"

„Nein, lieber nicht." Janet lachte. „Weißt du, als ich heute früh mit Charlie in die Stadt fuhr, hatte ich einen echten Anfall von *déjà vu*. Ich erinnerte mich plötzlich, wie ich einmal seinen Vater zum Zahnarzt gefahren habe, als Louis ungefähr in Charlies Alter war, und dabei fiel mir ein –"

„Janet", unterbrach Sarah sie. „Hast du Louis gesagt? Hast du gesagt, Charlies Vater sei Louis?"

„Ja, natürlich."

„Und ich dachte..." Sie blickte Janet sprachlos an.

Janet sah erst verwirrt aus, dann hellte ihre Miene sich auf. „Ach du lieber Himmel, und du dachtest, er gehöre zu Roper, nicht wahr? Hat Roper es denn nie erklärt?"

„Er hat nie irgend etwas erklärt."

„Ich muß mich setzen." Janet sank auf einen Stuhl. „Als ich euch beide zusammen sah, nun ja, als ich sah, wie ihr euch angeschaut habt, da nahm ich an, nun, wie ich Roper kenne, hätte ich es wissen müssen ..."

„Was wissen? Soweit ich weiß, ist Roper ein verurteilter Krimineller. Ich habe nicht nur angenommen, daß Charlie sein uneheliches Kind ist, sondern daß er die Mutter im Stich gelassen hat, ja daß sein ganzes Leben ein abscheuliches, unehrenhaftes –"

„Unehrenhaft?" fuhr Janet auf. „Junge Frau, wenn jemand ein Ehrenmann ist, dann ist es Roper." Sie hielt inne, schloß einen Moment die Augen und fuhr fort: „Was ist nur heutzutage aus der weiblichen Intuition geworden?" fragte sie erbittert. „Jahrelang habe ich gehofft, daß eine großartige Frau Roper finden und instinktiv als das erkennen würde, was er ist. Denn das verdient er."

„Ach bitte, erzähl mir alles."

„Gut, ich werde dir alles erzählen. Vor acht Jahren wurde Ropers Segelboot in der Bulls Bay aufgegriffen. Man fand Drogen. Louis und ein Freund waren an Bord. Natürlich wurden sie verhaftet. Louis rief Gary an und gestand alles. Er war wie von Sinnen vor Angst. Am nächsten Morgen hörten wir, daß Roper geschworen hatte, die Drogen gehörten ihm und Louis habe nichts davon gewußt, als er sich unerlaubterweise das Segelboot lieh. Die Geschichte war reichlich fadenscheinig, aber die Polizei hat sie geglaubt."

„Du willst damit sagen, daß er seinen Bruder gedeckt hat? Er hat wirklich –"

„Es ist ganz einfach. Louis war im letzten Semester seines Jurastudiums, er war verheiratet, hatte ein kleines Kind und war der ganze Stolz seines Vaters Louis. Der junge Louis war hoch begabt, aber ein schwacher Charakter, und Roper hat immer alle Kämpfe für ihn ausgefochten. Roper nahm auch dieses Mal die Schuld auf sich und saß die Strafe ab. Als man ihn entließ, ist er jahrelang auf Reisen gegangen. Voriges Jahr, nachdem Louis und seine Frau bei einem Unfall umgekommen waren, haben die Großeltern mütterlicherseits Charlie zu sich genommen. Schon damals hat sich Roper angeboten, ihn aufzunehmen, aber sie haben abgelehnt. Jetzt sind sie einfach zu alt und krank, um weiter für das Kind zu sorgen. Roper liebt den Jungen." Janet stand auf. „Ich muß gehen. Es tut mir leid, daß ich etwas schroff zu dir war." In der Tür wandte sie sich nochmals um. „Weißt du, wie Gary Roper nennt? Den letzten Ritter der Tafelrunde." Sie lächelte und war fort.

Schon vor Janets Besuch war Sarah nicht sehr wohl gewesen bei dem Gedanken, Roper gegenübertreten zu müssen. Jetzt hätte sie in den Boden versinken können vor Scham. David hatte solche Wörter wie Ehre und Treue gebraucht, aber Roper hatte danach gelebt.

Dreimal begann sie einen Brief, und dreimal warf sie ihn zerrissen in den Papierkorb. Als sie merkte, daß sie nicht ausdrücken konnte, was sie empfand, entschloß sie sich zu einem Kompromiß.

> Es ist schwer, sich bei jemand zu bedanken, der einem das Leben gerettet hat. Die Polizei sagt, ich hätte Glück gehabt, und sie hat recht. Hoffentlich habe ich eines Tages den Mut, Dir gegenüberzutreten. Jetzt schäme ich mich zu sehr. Heute kam Deine Tante und hat mit mir gesprochen. Sie hat mir alles erklärt. Ich konnte nur an eines denken, an unsere Heimfahrt von Edisto und was ich eingebildeter Trottel dabei von Pflicht und Ehre geschwafelt habe. Ich hatte die Chance, Dir trotz allem zu glauben. Diese Chance habe ich verpaßt. Deine Tante sagt, sie hofft, daß eines Tages eine großartige Frau auftaucht und Dich als das erkennt, was Du bist – ohne daß man es ihr erklären muß. Das hoffe ich auch.

Es klang unmöglich: ungeschickt, zusammenhanglos, gefühlsduselig, aber es war genau das, was sie empfand. Sie steckte den Brief in ein Kuvert.

Am Nachmittag kam dann ein Mann von der Bank, um die Audubon-Foliobände abzuholen und sie an einen sicheren Ort zu bringen. Major erschien einige Minuten später, schmutzig, ohne Reue und mit einem Wolfshunger. Um sechs Uhr machte Sarah sich fertig, um zu Elise und Clay zu fahren. Ironischerweise zeigte gerade jetzt, wo sie sich endlich entschlossen hatte, sich der Gegenwart anzupassen, der Wandspiegel ein Mädchen aus dem vorigen Jahrhundert: in weißem Voile mit hohem Spitzenkragen – bis auf das todtraurige Gesicht ein romantisches Bild aus vergangenen Tagen.

Sie zwang sich, an den bevorstehenden Abend zu denken, an dem anscheinend etwas gefeiert werden sollte. Deshalb stieg sie in den obersten Stock hinauf, holte eine Flasche von Ururgroßvaters Madeira, staubte sie ab und nahm sie mit. Beim Wegfahren stellte sie erleichtert fest, daß Ropers Wagen nicht im Hof stand. Mit dem

Gefühl, daß dieses Kapitel damit endgültig abgeschlossen war, schob sie den Brief unter seine Tür.

Als Etta ihr öffnete, strahlte sie über das ganze Gesicht. Sie umarmte Sarah so heftig, daß ihr alle Knochen weh taten, trat dann zurück und betrachtete sie bewundernd. „Man muß es gesehen haben! Wirklich, Kind, du bist eine Augenweide." Sarah warf einen Blick ins Eßzimmer und sah Narzissen, Tulpen und Maßliebchen in allen Vasen. „Die anderen warten in der Bibliothek", sagte Etta, immer noch strahlend.

Schon auf der Treppe hörte Sarah Gelächter. Als sie die Bibliothek betrat, stürzte Elise, heute in rosa Chiffon, auf sie zu und umarmte sie. Auch Clay, hochelegant im Abendanzug, strahlte wie Etta. Olivia hielt ihr die Wange hin. Eldredge erhob sich von seinem Stuhl und begrüßte sie mit einer charmanten Verbeugung.

Sarah wandte sich an ihre Schwester. „Was ist eigentlich los? Kandidiert Clay für den Posten des Gouverneurs?"

Elise lachte. „Aber Sarah, du hast es doch inzwischen sicher erraten."

Sarah sah, wie ihr Schwager eine Flasche Champagner aus dem großen Silberkühler nahm. „Elise! O Elise, du meinst doch nicht etwa..."

„Wir haben es gestern erfahren", sagte Elise. „Gleich nachdem du weg warst, hat Dr. Hooper angerufen. Ich hatte schon vor Wochen zu Hause einen Test gemacht, und er war positiv gewesen. Aber den Test beim Arzt hatte ich noch aufgeschoben. Ich war überzeugt, daß es doch wieder nichts wird."

„Du bekommst ein Kind", flüsterte Sarah.

„Ein Kind!" Olivia sprang auf und lief zu Elise, um sie zu umarmen.

Clay wandte sich Sarah zu – er sah mit einem Mal um Jahre jünger aus. In seinem Gesicht stand eine Bitte um etwas, was Clay und sie bisher nie verbunden hatte: Familienzusammengehörigkeit. Ohne ein Wort trat sie zu ihm, küßte und umarmte ihn. „Ach, Clay", sagte sie schließlich. „Schwagerherz!"

Von dem, was gestern abend passiert war, sprach niemand. Wie immer in Zeiten großer Anspannung oder großen Glücks schwelgten sie in Erinnerungen. Erinnerungen an längst vergangene Partys, Spiele, Scherze wurden hervorgekramt und mit nostalgischem Entzücken entstaubt.

Dann setzte man sich zu dem für die abgesagte Party vorbereiteten Essen. Sarah sah sich um und dachte: Wie schön sie doch alle sind mit ihren glücklichen Gesichtern, auch Eldredge und Olivia.

Olivia war entzückt, als Etta ihr das *riz de veau à la crème et aux champignons* reichte. „Elise, was für ein Genuß! Ich habe Innereien schon immer gern gegessen."

Etta warf Elise einen Blick unverhohlenen Triumphs zu.

Es wurden Tischreden gehalten, Erinnerungen ausgetauscht. Man nahm den Kaffee in der Bibliothek, und Sarah holte die Flasche mit dem alten Madeira hervor, um auf das Kind anzustoßen. Dann öffnete Clay die Terrassentüren, und sie genossen die duftende Nachtluft. Der Garten lag still da im Mondlicht.

„Ach, diese Stadt, diese wundervolle Stadt", flüsterte Eldredge.

Am Ende des Abends nahmen sie still, fast feierlich Abschied voneinander. Aus dem Wagen warf Sarah einen letzten Blick auf Elise und Clay, die eng umschlungen dastanden, um sich dieses Bild fürs ganze Leben einzuprägen.

Auf der Heimfahrt versuchte sie, den eigenen Kummer zu verdrängen. Die Nachricht von dem Kind änderte alles, löschte den Horror, ließ die Unsicherheit über ihre Zukunft kleinlich und egoistisch erscheinen. Machte ihr etwas klar, das sie gefühlt, aber nie verstanden hatte – das Geheimnis ihrer Familie und ihrer Heimatstadt, die Aura, die Alfred Freeman als Snobismus, Ahnenkult, Blasiertheit abgetan hatte. Es war gar kein Geheimnis, sondern es waren einfach viele Leben, die in ungebrochener Kontinuität über Jahrhunderte hinweg gelebt worden waren. Es war kein Ahnenstolz, sondern tröstliche Gewißheit, daß man sich keine Identität konstruieren oder schaffen mußte, weil man bereits bekannt war. Wenige Menschen hatten dieses Glück. Die meisten lebten in einer Welt, in der nichts von Dauer war. Sie wechselten die Stellung, zogen von einer Stadt in die andere und mußten sich immer wieder einen neuen Lebensbereich schaffen. Hier ist es anders, dachte sie dankbar. Man teilt sein Leben mit anderen, wie ich heute abend mit Eldredge. Eines Tages würde – ob nun die Wahrheit ans Licht kam oder nicht – auch Roper das wieder spüren.

Statt in die Einfahrt einzubiegen, parkte sie auf der Straße, weil sie ihm nicht begegnen wollte. Noch nicht. Wie ein verwundetes Tier floh sie die Treppe hinauf. Sie wollte vermeiden, das Kutscherhaus auch nur anzusehen, doch die strahlende Beleuchtung darin ließ sie innehalten. Lichter und Musik, jedes Fenster war erhellt. Musik drang aus der offenen Haustür. Im Hof war ein Tisch für zwei Personen gedeckt, mit weißem Tischtuch, Silber, Porzellan, einem Sektkübel und Kerzen.

Zunächst war sie starr vor Staunen. Was sie sah, paßte so gar nicht zu Roper. Sie war hin- und hergerissen zwischen dem Wunsch, die Frau zu sehen, die an diesem Tisch Platz nehmen sollte, und ihr lieber nicht zu begegnen. Sie war davon überzeugt, daß sie schön war, liebesfähig, vertrauensvoll – Eigenschaften, wie Janet sie geschildert hatte. Blindlings wandte sie sich ab und steuerte auf ihre Haustür zu.

„Sarah!" Der Ruf war laut. Wie angewurzelt blieb Sarah stehen, ehe sie zögernd und unsicher zurückging zum Treppenabsatz. Roper stand vor seiner Tür, im Frack mit weißer Fliege. Er kam auf sie zu, lächelte zu ihr herauf und wartete. Die Musik steigerte sich zu einem Crescendo. Es war weder Bach noch Mozart. Ohne es eigentlich zu wollen, stieg sie die Stufen wieder hinunter. Jetzt standen sie sich gegenüber. „Du schuldest mir etwas", sagte er feierlich. Aus der Innentasche zog er eine abgegriffene Tanzkarte mit dem auf beiden Seiten gekritzelten Namen *Roper Chalfont*.

Mit formvollendeter Höflichkeit nahm er ihren Arm und führte sie in den Innenhof. Sie fühlte sich plötzlich wieder wie auf ihrem ersten Ball, war schüchtern, unglücklich und zwischen Sehnsucht und Angst hin- und hergerissen.

„Sarah", sagte er nur.

Sie wünschte sich leidenschaftlich, daß sie sich anders benommen und nie sein Vertrauen verloren hätte. Es dauerte mehrere Sekunden, ehe sie es wagte, ihm in die Augen zu sehen. Doch in ihnen spiegelte sich nicht die verklemmte Debütantin und auch nicht der Tugendbold, der von Edelmut und Ehre schwatzte. Sie sah mit nie gekannter, plötzlich aufkeimender Freude einen verwandelten Menschen, jemand Fabelhaftes, der liebte und wiedergeliebt wurde.

Sein Lächeln war übermütig. „Bin wieder da", sagte er. „Entschuldige, daß ich dich so lange habe warten lassen."

Sie konnte nicht glauben, was da geschah. Als sie endlich sprach, klang ihre Stimme ruhig. „War es wirklich lange?" fragte sie, und es gelang ihr, die Brauen hochzuziehen. „Ist mir gar nicht aufgefallen."

Ihr Gelächter füllte den Garten, jagte eine erschrockene Spottdrossel aus dem Mimosenbaum aufs Dach des Kutscherhauses. Roper breitete die Arme aus. Und in dieser Frühlingsnacht, in der alles neu war, alle Träume möglich waren, tanzten sie.

Patricia Robinson

Die Autorin von *Das Vermächtnis der Benfords* lebte selbst viele Jahre mit ihrer Familie - ihrem Mann und zwei Töchtern – in einem alten Haus in Charleston. Die zündende Idee für ihren Roman kam der Autorin, als ihre Katze eines Tages zwischen Wand und Dachsims gefangen war. Als sie die Katze retten wollte, stellte sie fest, daß dort ein Hohlraum war, in dem ein Mensch sich verstecken konnte. Ein gutes Versteck in einem alten Haus – mehr brauchte Patricia Robinson nicht, um sich eine spannende Geschichte auszudenken ...

Patricia Robinson ist Schriftstellerin und Schauspielerin. Sie und ihr inzwischen verstorbener Mann waren lange im Theater von Charleston aktiv. „Mein Mann hat die Theatergruppe geleitet und das Bühnenbild und die Kostüme entworfen", berichtet sie. „Ich habe die Stücke geschrieben und die Pressearbeit gemacht. Wir haben eine ganze Reihe von Aufführungen zusammen gestaltet."

Das Vermächtnis der Benfords ist ihr erster Roman. Davor hat sie zusammen mit Nancy Stevenson, einer anderen Autorin, drei Krimis geschrieben, die unter dem Pseudonym Daria Macomber erschienen.

Zur Zeit ist Patricia Robinson dabei, ihr Haus zu renovieren, das 1989 vom Wirbelsturm „Hugo" schwer beschädigt wurde. Daneben findet sie noch Zeit, an ihrem neuen Buch zu arbeiten – einem Kriminalroman, der in der Theaterwelt spielt.

Nach der Übersetzung von Gerald Jung
Illustrationen von Jack McCarthy

*B*is vor kurzem galt John Kendall noch als aufstrebender junger Autor, nun ist er am Ende. Dabei hatte er sich alles so schön ausgemalt: sein neues, ungebundenes Leben als Schriftsteller, seine Bücher von Beginn an Welterfolge. Nie hätte er sich träumen lassen, daß er in seiner Londoner Dachkammer sitzen und frieren und hungern würde.

Da erhält er plötzlich ein verlockendes Angebot: Er soll in die Dienste eines prominenten Rennpferdetrainers treten, um dessen Biographie zu schreiben. John Kendall nimmt die Chance wahr und stürzt sich in die Arbeit. Gleich in den ersten Tagen stößt er auf einen ungeklärten Mord. Dann auf noch einen. Und schließlich sieht er, der scheinbare Außenseiter, sich so sehr in das Geschehen verwickelt, daß es für ihn kein Zurück mehr gibt.

Kapitel 1

ICH hatte einen Auftrag angenommen, den vier andere Autoren abgelehnt hatten. Schuld daran war der Hunger.

Obwohl die Aussicht auf ein bescheidenes Schriftstellerdasein in der Dachkammer des Hauses der Tante eines Freundes in Chiswick im Jahr zuvor noch recht verlockend gewesen war, nahm die Wirklichkeit im verschneiten Januar dramatische Formen an. Da mir ein entsprechendes Einkommen fehlte, mit dem ich mich einigermaßen hätte ernähren und kleiden können, neigte ich an jenen Tagen zu überstürzten Entscheidungen.

Für meinen Zustand war ich natürlich selbst verantwortlich. Ohne Schwierigkeiten hätte ich mich nach einer gutbezahlten Arbeit umsehen können; ich brauchte nicht zitternd vor Kälte in einem Skianzug dazusitzen, an einem Bleistiftstummel herumzukauen und an mir und meinen Fähigkeiten zu verzweifeln, nur weil mir Hirngespinste durch den Kopf jagten.

Die spartanische Ungemütlichkeit war auch nicht dem niederschmetternden Selbstmitleid zuzuschreiben, das aus dem Elend des Versagens entspringt. Nein, es handelte sich vielmehr um den bodenlosen Tiefpunkt zwischen der kurz zuvor erhaltenen Zusage, daß mein erster Roman veröffentlicht werden sollte, und dem noch weit entfernten Zeitpunkt, zu dem er sich in die höchsten Umlaufbahnen literarischen Erfolges katapultieren würde. Nach dem berauschenden Eingang der ersten Vorschußzahlung und ihrer alsbaldigen Aufteilung in alte Schulden, momentane Lebenshaltungskosten und die Miete für die nächsten sechs Monate hatte die Ernüchterung eingesetzt.

Zwei Jahre und keinen Tag mehr – das hatte ich mir vorgenommen, als ich großzügig auf die Sicherheit eines geregelten Einkommens verzichtete. Wenn es dir nicht gelingt, innerhalb dieser zwei Jahre mit einem Buch groß herauszukommen, sagte ich mir, dann mußt du zugeben, daß der Hang zur Schriftstellerei eine fixe Idee war. Es hatte schon etwas Verzweifeltes an sich, als ich auf die regelmäßigen Gehaltsüberweisungen verzichtete.

Zunächst hatte ich nämlich versucht, vor und nach der Arbeit zu schreiben, im Zug und am Wochenende. Es war jedoch nur Müll dabei herausgekommen. Nach einer gewissen Zeit in stiller Abgeschiedenheit, in der keinerlei Ausreden zugelassen wären, sah ich gewiß klarer. Das glaubte ich wenigstens.

Da ich mich mit dem Überleben unter widrigen Umständen zufällig recht gut auskannte, schreckte mich die Aussicht auf magere Zeiten nicht besonders. Im Gegenteil, ich freute mich darauf wie auf eine Art Bewährungsprobe für meinen Scharfsinn. Was ich nicht berücksichtigt hatte, war die Tatsache, daß man schon allein vom Herumsitzen und Nachdenken friert.

Der Brief von Ronnie Curzon kam an einem besonders kalten Morgen, als sich die Eisblumen wie eine langsam heruntergelassene Jalousie über die Innenseite des Dachfensters im Haus der Tante meines Freundes ausbreiteten. Das Schreiben lautete wie folgt:

> Lieber John,
> würdest Du mal bei mir im Büro vorbeischauen? Es gibt da eine Anfrage hinsichtlich der amerikanischen Lizenzrechte für Dein Buch. Könnte interessant für Dich werden. Wir sollten auf alle Fälle einmal darüber reden.
>
> Schöne Grüße, Ronnie
>
> Warum hast Du kein Telefon, wie jeder normale Mensch?

Gar wundersam erwärmte sich der Tag. Amerikanische Lizenzrechte – das betraf nur erfolgreiche Autoren. Selbstzweifel und Unsicherheit waren also nicht mehr angebracht.

„Machen Sie sich keine Sorgen", hatte Ronnie in seiner herzlichen Art gemeint, nachdem er das Manuskript, das seit einigen Wochen auf seinem Schreibtisch lag, durchgesehen hatte. „Ich bin sicher, daß wir einen Verleger dafür finden werden."

Tatsächlich machte Ronnie Curzon, literarischer Agent, mit der geschmeidigen Zunge des Handelsmannes einen Verlag für mich ausfindig; obendrein gleich ein renommiertes Haus, an das ich mich selbst nie herangewagt hätte.

„Die haben ein breitgefächertes Programm", klärte er mich freundlich auf, „und können es sich leisten, ein paar Erstlingswerke zu veröffentlichen." Er erzählte mir, daß ich, wenn ich „unheimlich viel Glück" hätte, zweitausend Exemplare verkaufen würde.

Kaum hatte ich den Brief gelesen, in dem die amerikanischen Lizenzrechte angesprochen wurden, ging ich vom Haus der Tante meines Freundes zu Ronnies Büro in der Kensington High Street, wie üblich zu Fuß. Ich machte mich etwas später am Vormittag auf den Weg, so daß ich Punkt zwölf Uhr bei Ronnie ankam. Kurz nach Mittag, so hatte ich herausgefunden, bot Ronnie seinen Besuchern gern ein Glas Wein an und ließ ein paar Sandwiches besorgen.

Ich hatte wohl die Situation falsch eingeschätzt, denn die sonst sperrangelweit geöffnete Tür zu seinem Büro war fest zu. „Er spricht gerade mit einem anderen Besucher", verkündete Daisy, seine Sekretärin, freundlich lächelnd. „Sie möchten bitte warten."

Ich ließ mich auf einem der beiden Sessel nieder, die zu diesem Zweck im Vorzimmer aufgestellt worden waren.

Nach einer Weile ging Ronnies Tür auf, und der Agent streckte den Kopf heraus, dann den Hals und ein Stückchen Schulter. „John? Komm doch bitte herein."

Ich betrat sein Büro, das mit einem Schreibtisch, einem Drehsessel, zwei Gästestühlen und einem riesigen Schrank eingerichtet war, der – grob geschätzt – tausend Bücher enthielt.

„Tut mir leid, daß ich dich habe warten lassen", fügte Ronnie hinzu. Er war kleingewachsen und hatte glattes dunkles Haar und feingliedrige Hände; stets trat er mit Anzug, gestärktem weißem Hemd und Krawatte auf.

Der andere Besucher war auf seinem Stuhl sitzen geblieben, als wolle er dort auch den Rest des Tages verbringen. Ronnie dagegen erweckte – trotz seines gewandten Auftretens – den Eindruck, als kämpfte er gegen eine schwelende Verärgerung an. Nun wandte er sich an den Mann auf dem Besucherstuhl. „Tremayne", begann er jovial, „das hier ist John Kendall, ein brillanter junger Autor."

Da Ronnie in aller Regel jeden seiner Autoren als brillant bezeichnete, auch wenn manches eher für das Gegenteil sprach, fühlte ich mich nicht besonders in Verlegenheit gebracht.

Der Besucher, ein massiger, sehr selbstsicher wirkender Mann, zeigte sich ebenfalls wenig beeindruckt. Er war grauhaarig, um die Sechzig, und er schien von der Unterbrechung nicht sehr angetan. „Wir sind noch nicht fertig mit unseren Verhandlungen", meinte er.

„Zeit für ein Gläschen Wein." Ronnie ignorierte den Einwand einfach. „Was trinken Sie, Tremayne?"

„Einen Gin Tonic."

„Ah ..., ich meinte, Weißwein oder lieber Roten?"

Sein Gast fügte sich in sein Schicksal. „Dann eben einen Roten", erwiderte er hörbar verstimmt.

„Und das ist Tremayne Vickers." Offenbar galt diese Bemerkung, mit der Ronnie seine Vorstellungszeremonie abschloß, mir. „Auch einen Roten, John?"

„Gerne."

Ronnie wuselte umher, schob Bücherstapel und Zeitungen beiseite, um Platz zu schaffen, zauberte Gläser, eine Flasche und einen Korkenzieher hervor und schenkte mit äußerster Konzentration ein. „Auf unsere Branche!" Er lächelte, reichte mir ein Glas und prostete dann Tremayne zu. „Auf den Erfolg!"

„Erfolg? Wessen Erfolg? Diese Schreiberlinge sind doch allesamt zu groß für ihre eigenen Fußstapfen."

Ronnie schaute unwillkürlich auf meine Stiefel, die im übertragenen Sinn sicher auch keine großen Spuren hinterließen.

„Es hat keinen Zweck, wenn Sie mir erzählen, das Honorar, das ich biete, sei indiskutabel", fuhr Tremayne fort. „Die Kerle sollten froh sein, daß sie etwas zu tun bekommen." Er musterte mich kurz. „Wieviel verdienen Sie pro Jahr?"

Ich lächelte ebenso sanft wie Ronnie und blieb ihm die Antwort schuldig.

„Verstehen Sie etwas von Pferderennen?" wollte er wissen.

„Ein bißchen schon", meinte ich, „aber nicht allzuviel."

Jetzt griff Ronnie ein. „Tremayne, John ist nicht der Autor, den Sie suchen."

„Schreiberling ist Schreiberling. Das kann jeder erledigen. Vorhin meinten Sie, Ihr Freund hier sei ein brillanter Autor. Wie wäre es denn mit ihm?"

Ronnie rang nach Worten. „Brillant, das ist nur so ..., äh ..., eine Art Redewendung. Er ist wißbegierig, sehr talentiert und voller Schaffensdrang."

„Also ist er nicht brillant", bemerkte Tremayne voll Bitterkeit. „Was haben Sie denn bislang veröffentlicht?" fragte er mich.

„Sechs Reiseratgeber und einen Roman", antwortete ich dienstfertig.

„Reiseratgeber? Was denn für Reiseratgeber?"

„Wie man sich im Dschungel durchschlägt oder in der Wüste. So was in der Art."

„Für Leute, die sich in den Ferien gerne das Leben schwermachen", erklärte Ronnie. „John hat für einen Reiseveranstalter gearbeitet, der sich darauf spezialisiert hat, die Unerschrockenen das Fürchten zu lehren."

„Oh!" Tremayne blickte ohne große Begeisterung in sein Weinglas und wagte einen weiteren Vorstoß: „Es muß doch jemanden geben, der sich mit Freude auf meinen Auftrag stürzt!"

„Was möchten Sie denn geschrieben haben?" fragte ich.

Ronnie machte eine Handbewegung, als wollte er sagen: Frag bloß nicht! Doch Tremayne antwortete ohne Umschweife: „Meine Lebensgeschichte."

Ich kniff die Augen zusammen, Ronnie runzelte die Stirn.

„Man sollte meinen", fuhr Tremayne fort, „daß sich diese Typen, die sich Sportreporter schimpfen, vor Freude überschlagen, wenn sie von meinem Angebot hören, aber die haben mich alle sitzenlassen." Er klang sehr betrübt. „Vier von den namhaftesten."

Die Streitsucht, die in seiner Stimme mitschwingt, dachte ich, mag einer der Gründe für seinen Verdruß sein. Mein Interesse an ihm schwand, und Ronnie, der diese Kehrtwendung spürte, schlug sofort vor, ein paar Sandwiches einzunehmen. Er öffnete die Tür zum Vorzimmer. „Daisy? Rufen Sie doch bitte unten im Delikatessengeschäft an. Die übliche Auswahl. Wer will, kann mitessen." Er schloß die Tür wieder. Tremayne gab sich weiterhin verstimmt, und ich nippte voll Dankbarkeit an meinem Wein.

„Ich habe ihnen sogar eine Wohnung in meinem Haus angeboten", brummte Tremayne schließlich. „Sie meinten alle, daß die niedrigen Verkaufszahlen die Arbeit nicht aufwiegen würden, jedenfalls nicht bei dem Honorar, das ich zu zahlen bereit bin." Gedankenverloren nahm er einen Schluck Wein und verzog das Gesicht – offenbar war er ihm zu sauer. „Allein mein Name sorgt dafür, daß das Buch verkauft wird, habe ich diesen Experten gesagt, aber die besaßen glatt die Frechheit, mir zu widersprechen."

Er schien davon auszugehen, daß ich wußte, wer er war. Ich hatte allerdings keine große Lust, ihm zu erzählen, daß ich noch nie von ihm gehört hatte.

Zumindest teilweise klärte er mich auf. „Schließlich habe ich gut an die tausend Sieger trainiert. Im Grand National, in Ascot, im Whitbread-Rennen – überall hatte ich Sieger. Ich habe ein halbes Jahrhundert Rennsport mitgemacht. Da stecken vielleicht Geschichten drin!

Kindheit ... Jugend ... Erfolge ... Mein Leben ist immer hochinteressant gewesen, verflixt noch mal!"

Beschwichtigend schenkte Ronnie Wein nach. Schließlich tauchte Daisy an der Tür auf, die verkündete, daß die Sandwiches eingetroffen seien, und wir begaben uns alle in das geräumige Vorzimmer. Der große Tisch in der Mitte war von Büchern befreit worden, und nun erwarteten uns dort Teller, Servietten und riesige Platten mit belegten Broten.

Aus den anderen Büros kamen Ronnies Partner hinzu, und es gelang mir, im Stehen eine Unmenge Brote zu vertilgen, ohne daß es – wie ich hoffte – allzusehr auffiel. Rindfleisch, Schinken, Käse: vormals ganz gewöhnliche Brotbeläge, die für mich längst zum Luxus geworden waren.

Tremayne beklagte sich erneut bei mir über die symptomatische Unfähigkeit der Gattung Sportreporter, wobei ich in schweigender Zustimmung nickte und vor mich hin kaute, als würde ich ihm aufmerksam zuhören. Nach außen hin gab mein Gesprächspartner eine eindrucksvolle Vorstellung seines unbezwingbaren Selbstbewußtseins, und doch spürte ich, daß ihn etwas in seiner Unnachgiebigkeit auf eigenartige Weise Lügen strafte. Fast schien es, als müßte er das Buch unter allen Umständen schreiben lassen, um zu beweisen, daß er wirklich gelebt hatte.

Plötzlich stellte er, mitten im Redefluß, eine unerwartete Frage. „Wie alt sind Sie?"

Ich hatte gerade den Mund voll. „Zweiunddreißig."

„Sie sehen jünger aus. Können Sie eine Biographie schreiben?"

„Keine Ahnung. Hab's nie probiert."

Ronnie faßte Tremayne behutsam am Arm und führte ihn von mir weg, während er dessen weiteres Lamento mit besänftigendem Kopfnicken quittierte. Als schließlich keine Sandwiches mehr übrig waren, verabschiedete sich Ronnie von Tremayne mit einem entschlossenen „Auf Wiedersehen". Der Rennpferdetrainer konnte sich jedoch noch immer nicht so recht zum Gehen durchringen.

„Im Augenblick kann ich Ihnen nichts anbieten", meinte Ronnie daraufhin, legte Tremayne freundschaftlich die Hand auf die Schulter und schob ihn buchstäblich zur Tür hinaus. „Ich will sehen, was ich tun kann. Wir bleiben in Verbindung."

Endlich machte sich Tremayne, wenn auch ungnädig, davon. Ronnie bat mich wieder in sein Büro.

„Tremayne wollte wissen, ob ich schon einmal eine Biographie verfaßt hätte", sagte ich und nahm auf dem Besucherstuhl Platz.

Ronnie warf mir einen flüchtigen Blick zu, bevor er sich in seinen mit dunkelgrünem Leder gepolsterten Sessel sinken ließ. „Hat er dir ein Angebot gemacht?"

„Nicht direkt."

„Wenn ich dir einen Rat geben darf: Vergiß die Sache. Gerechterweise muß man ihm lassen, daß er ein guter Pferdetrainer ist, sehr bekannt in seiner Branche. Es muß auch gesagt werden, daß er ein sehr interessantes Leben geführt hat. Aber das ist nicht genug. Es kommt sehr auf die schriftstellerische Gestaltung des Buches an."

„Kannst du ihm jemanden besorgen?"

„Nicht zu seinen Bedingungen. Er sucht einen Autor, der mindestens einen Monat lang bei ihm zu Hause wohnt, sämtliche Dokumente durchsieht und ihn in aller Ausführlichkeit interviewt. Außerdem will er siebzig Prozent des Autorenhonorars. Kein Topautor gibt sich mit dreißig Prozent zufrieden."

„Dreißig Prozent, das ist ja der reinste Hungerlohn!"

„Wie auch immer ..." Ronnie beugte sich vor und lächelte. „Sprechen wir doch über die amerikanischen Lizenzrechte an deinem Roman."

Allem Anschein nach hatte ein Literaturagent aus New York routinemäßig bei meinem Verleger angefragt, ob er nicht ein paar Eisen im Feuer habe. Der wiederum hatte ihn an Ronnie verwiesen. Nun wollte Ronnie von mir wissen, ob ich damit einverstanden sei, daß er dem amerikanischen Agenten eine Kopie meines Manuskripts schicke, damit dieser – sollte er das Buch für tauglich befinden – sich um einen amerikanischen Verleger kümmern könne.

Ich beherrschte mich insoweit, als ich den Mund nicht vor Erstaunen aufriß. Innerlich jedoch schnappte ich nach Luft.

„Was meinst du?" erkundigte sich Ronnie.

„Ich ..., äh ..., ich wäre begeistert", stotterte ich.

„Versprechen kann ich dir allerdings nichts." Sobald er von dem New Yorker Kollegen eine Nachricht erhalte, meinte Ronnie, werde er mir Bescheid geben. „Wie kommst du mit dem neuen Buch voran?" fragte er schließlich.

„Zäh."

Er erhob sich und blickte entschuldigend auf den Papierkram. Zum Abschied schüttelte er mir die Hand. „Du mußt durchhalten."

Ich ging zum Lift, fuhr die beiden Stockwerke hinab und trat hinaus in die bitterkalte Nachmittagsluft. Wie bin ich eigentlich auf Ronnie gekommen? fragte ich mich in diesem Augenblick. Ein Buch zu Ende zu bringen war eine Seite der Medaille, einen Verlag dafür zu finden die andere. Die sechs kleinen Ratgeber, die ich vor meinem Roman geschrieben hatte, waren zwar alle in einem regulären Verlag erschienen und wurden auch im Buchhandel verkauft, doch hatte ich sie ursprünglich für den Reiseveranstalter geschrieben, den Ronnie erwähnt hatte. Diese Firma konnte mir bei meinem Roman allerdings keine Hilfestellung leisten.

So hatte ich mein wertvolles Manuskript unter den Arm geklemmt und mich zu einem kleinen, aber wohlbekannten Verlagshaus aufgemacht, dort mein Buch einer hübschen jungen Dame überreicht, die mir vorschlug, es einem Literaturagenten vorzulegen. Sie gab mir eine Liste mit Namen und Adressen mit auf den Weg. „Versuchen Sie es doch bei einer von diesen Agenturen", sagte sie. „Viel Glück!"

Ich wandte mich an Ronnie Curzon aus dem einfachen Grund, weil sein Büro direkt auf meinem Heimweg lag. Mit meinen Eingebungen war ich in meinem Leben bis dahin zur Hälfte gut und zur Hälfte schlecht beraten gewesen, und doch folgte ich ihnen immer dann, wenn sie sich sehr stark bemerkbar machten.

Ronnie hatte sich als guter Tip erwiesen. Sich für die Armut zu entscheiden war so lala. Auf Tremayne Vickers' Angebot einzugehen die Hölle.

Kapitel 2

ALS ich nach Chiswick zurückschlenderte, hatte ich nicht die geringste Absicht, Tremayne Vickers jemals wieder zu treffen. Ich vergaß ihn, weil ich nur noch an das Buch dachte, an dem ich gerade arbeitete. Insbesondere daran, wie ich eine der Figuren aus einem mit Helium gefüllten Versuchsballon wieder auf die Erde bringen sollte. Ich hatte Zweifel, ob es mir gelänge. Was ich beim Schreiben als erstes kennengelernt hatte, war die Angst, alles falsch zu machen.

Mein erster Roman, den der Verlag angenommen hatte, hieß *Der endlose Marsch* und handelte vom körperlichen und psychischen Überlebenskampf einer Gruppe von Menschen, die durch ein Unglück von der Außenwelt abgeschnitten worden war. Nicht gerade sehr originell, doch ich hatte den guten Rat befolgt, nur über Dinge zu schreiben, von denen ich etwas verstand, und in Überlebenstechniken kannte ich mich nun mal am besten aus.

Ich schloß die Haustür auf und traf im Flur die Tante meines Freundes. „Hallo, mein Lieber", begrüßte sie mich. „Alles in Ordnung?"

Ich erzählte ihr, daß Ronnie mein Buch nach Amerika schicken wolle, worauf sie vor Freude erstrahlte. Sie war um die Fünfzig, geschieden, Großmutter, sehr liebenswürdig, unaufdringlich und langweilig. Als „Tantchen" war sie mir vorgestellt worden, und so nannte ich sie auch; sie schien mich als eine Art entfernten Neffen zu betrachten.

„Es ist sehr kalt geworden", meinte sie nun. „Ist Ihnen auch warm genug dort oben?"

„Ja, danke", antwortete ich. Das Elektroheizgerät, das sie für mich hatte installieren lassen, verschlang barcs Geld, deshalb schaltete ich es so gut wie nie ein.

„Schön, mein Lieber", fügte sie hinzu, und dann ging ich nach oben. Wenn ich am Polarkreis überlebt habe, dachte ich, und jetzt in einer kalten Dachkammer am Stadtrand von London das Grausen kriege, muß ich mich eigentlich schämen.

Mein Zimmer, einst die Fluchtburg von Tantchens jüngster Tochter, zierten ein verschlissener rosafarbener Teppich sowie beige Tapeten mit rankenden roten Röschen. Die Möbel – ein Bett, ein Kleiderschrank, zwei Stühle und ein Tisch – verschwanden förmlich unter der Flut von Kisten, Pappschachteln und Koffern, auf die mein gesamter weltlicher Besitz verteilt war: Kleidung, Bücher, Hausrat und Sportausrüstung, alles in Topqualität, angeschafft in den verflossenen Zeiten sorglosen Wohlstands. In der Ecke standen, gut verpackt, zwei Paar sündhaft teure Skier. Wertvolle Kameras und Objektive schlummerten in ihren Schaumstoffbetten. Ein Textverarbeitungscomputer blieb die meiste Zeit unter einer Hülle versteckt.

Gelegentlich dachte ich daran, daß ich besser essen könnte, wenn ich etwas verkaufte; doch mir kam es töricht vor, Dinge zu opfern, die ich vielleicht noch einmal brauchen würde. Die zweite Hälfte des Vorabhonorars für *Der endlose Marsch* war erst am Tage der Veröffentlichung fällig, noch ein gutes Jahr hin. Meine kleinen, wochenweise eingeteilten Geldrationen reichten nicht mehr so lange, und die Miete, die ich im voraus gezahlt hatte, war Ende Juni wieder fällig. Ich überlegte: Gesetzt den Fall, ich habe bis zu diesem Zeitpunkt das Ballonproblem gelöst und das Ergebnis gefällt meinem Verlag, dann könnte es mir gelingen, die vollen zwei Jahre durchzuhalten. Gesetzt den Fall, das Buch geht unter wie eine bleierne Ente, dann gebe ich auf und kehre zu den vergleichsweise harmlosen Gefahren der Wildnis zurück.

In dieser Nacht fielen die Temperaturen in London in den Keller, und am Morgen war Tantchens Haus ein Eisklotz.

„Wir haben kein Wasser!" rief sie mir bekümmert entgegen, als ich die Treppe hinunterkam. „Die Zentralheizung ist ausgefallen, und alle Leitungen sind eingefroren." Sie schaute mich hilflos an. „Es tut mir wirklich leid, mein Lieber, aber ich werde in ein Hotel umsiedeln, bis das alles hier vorbei ist. Ich muß das Haus schließen. Haben Sie die Möglichkeit, für ein oder zwei Wochen irgendwo anders unterzukommen?"

Bestürzung ist ein viel zu gelinder Ausdruck für das, was ich empfand. Ich half ihr beim Zudrehen sämtlicher Hähne und schaltete ihre Wasserboiler aus; im Gegenzug durfte ich ihr Telefon benutzen, um für mich ein anderes Dach über dem Kopf aufzutreiben. Ich erreichte ihren Neffen, der noch immer bei dem Reiseveranstalter arbeitete, für den ich auch tätig gewesen war.

„Hast du noch mehr Tanten?" fragte ich drängend.

„Wieso? Was hast du denn mit der einen angestellt?"

Ich erklärte ihm die Sachlage. „Stellst du mir zwei Quadratmeter Fußboden zur Verfügung, auf denen ich mein Bettzeug ausrollen kann?"

„Du kannst für ein, zwei Nächte kommen, wenn du sonst nichts findest. Wanda ist bei mir eingezogen, und du weißt ja, wie winzig die Bude ist."

Ich bedankte mich und sagte, ich würde mich wieder melden. Es war geradezu unvermeidlich, daß mir Tremayne Vickers in den Sinn kam. Also rief ich Ronnie Curzon an und schenkte ihm reinen Wein ein. „Kannst du mich bei diesem Pferdetrainer anmelden? Er hat mir freie Unterkunft und Verpflegung angeboten."

„Du arbeitest besser an deinem neuen Buch weiter."

„Es ist viel zu kalt, um sich Geschichten auszudenken."

„Tu's nicht!" riet mir Ronnie. Er war strikt dagegen.

„Ich kann was über Pferderennen dazulernen. Warum nicht? Könnte ich vielleicht in einem Buch verwenden. Reiten kann ich auch. Sag ihm das."

„Eines Tages wirst du das Opfer deiner eigenen Eingebungen."

Ich hätte vielleicht auf Ronnie hören sollen, aber ich schlug seine Warnungen in den Wind.

Als ich ihn gegen Mittag noch einmal anrief, verkündete er mit verhaltenem Triumph in der Stimme: „Tremayne ist damit einverstanden, daß du sein Buch schreibst. Du hast ihm gestern anscheinend ganz gut gefallen." Ich vermißte in seinen Worten echte Begeisterung. „Er garantiert dir eine feste Summe als Honorar", fuhr Ronnie fort und nannte einen Betrag, der mich über den Sommer hinwegretten würde. „Gezahlt wird in drei Raten – ein Viertel nach dem ersten Arbeitsmonat, ein Viertel, wenn er das Manuskript komplett in Händen hält, und die zweite Hälfte bei der Veröffentlichung. Er hat sich damit einverstanden erklärt, daß du anstelle der ursprünglich vorgesehenen dreißig Prozent an allen Rechten vierzig erhältst. Außerdem war er erfreut darüber, daß du reiten kannst. Du solltest dein Reitzeug einpacken und einen Smoking, weil du Tremayne zu irgendeinem Abendessen begleiten sollst, bei dem er als Ehrengast erscheinen wird. Und schließlich möchte er noch, daß du eine Kamera mitbringst."

„Wann erwartet er mich?" fragte ich Ronnie.

„Er sagte, er freue sich auf deine baldige Ankunft, ganz egal, wann. Du kannst sogar schon heute kommen. Er wohnt in Berkshire, in einem Dorf namens Shellerton. Wenn du ihm telefonisch mitteilst, wann dein Zug fährt, holt dich jemand am Bahnhof von Reading ab. Hier ist seine Telefonnummer." Er las sie mir vor.

„Vielen Dank, Ronnie."

„Bedank dich nicht bei mir. Schreib ..., schreib einfach weiter Romane. Das ist deine Zukunft."

„Meinst du wirklich?"

„Selbstverständlich." Er schien sich über meine Frage zu wundern. Zum Abschied wünschte er mir viel Glück. „Und verpaß deinen Zug nicht!"

Ich fuhr jedoch lieber mit dem Bus, was bedeutend billiger war. Am Busbahnhof in Reading wurde ich von einer schlotternden jungen Frau in einem gefütterten Mantel erwartet.

„Sind Sie der Schreiber?" Sie machte einen resoluten Eindruck und schien gewohnt, Befehle zu erteilen, ohne dabei unfreundlich zu wirken.

„John Kendall", erwiderte ich und nickte.

„Ich bin Mackie Vickers. Ihr Bus hatte wohl Verspätung, wie?"

„Die Straßenverhältnisse sind sehr schlecht", entschuldigte ich mich.

„Auf dem Land sind sie noch schlechter." Es war dunkel und bitter kalt. Sie führte mich zu einem Jeep und öffnete die hintere Tür. „Stellen Sie Ihre Taschen hier rein. Sie können sich unterwegs mit den anderen bekannt machen."

Im Wagen befanden sich vier frierende Passagiere, die froh zu sein schienen, daß ich endlich aufgekreuzt war. Ich verstaute meine Siebensachen und setzte mich in den Fond zwischen zwei in der Dunkelheit nur undeutlich erkennbare Gestalten, die zusammenrutschten, um mir Platz zu machen. Mackie Vickers klemmte sich hinter das Steuer, ließ den Motor an und reihte sich in den Verkehrsfluß ein. Von der Heizung her machte sich ein willkommener Schwall heißer Luft bemerkbar. „Der Schreiber hat sich als John Kendall vorgestellt", erklärte Mackie nach einer Weile.

Die Reaktion der Insassen auf diese Enthüllung hielt sich in Grenzen. Die Fahrerin wandte sich an mich. „Sie sitzen neben Tremaynes Futtermeister und dessen Frau."

„Bob Watson", erklärte die schattenhafte Gestalt neben mir. Watsons Frau schwieg.

„Neben mir hier vorn", fügte Mackie hinzu, „sitzen Fiona und Harry Goodhaven."

Weder Fiona noch Harry sagten etwas. Die Atmosphäre im Wageninneren war derart aufgeladen, daß der geringste Ansatz meinerseits, die Konversation zu beleben, im Keim erstickt wurde. Ein unheimliches Knistern lag in der Luft.

Mackie fuhr schweigend einige Minuten weiter. „Ich weiß, wir sind keine besonders guten Unterhalter", meinte sie plötzlich. „Wir haben den ganzen Tag im Gericht zugebracht. Die Laune ist auf dem Nullpunkt."

„Kein Problem", antwortete ich.

Erneut setzte Schweigen ein. „Ich kann immer noch nicht glauben, daß du so blöd warst, Harry", erklärte Fiona nach einer Weile. „Du weißt doch ganz genau, daß Lewis betrunken war."

„Alle behaupten, daß er betrunken war", entgegnete Harry, „aber ich *weiß* es nicht, oder? Schließlich habe ich nicht gesehen, daß er zuviel getrunken hat."

„Lügner", flüsterte Bob Watson neben mir, doch Harry hörte es nicht.

„Nolan kommt ins Gefängnis", fuhr Fiona bitter fort. „Ist dir das klar? Ins Gefängnis! Bloß deinetwegen."

„Die Geschworenen haben ihn noch nicht für schuldig erklärt", antwortete Harry mißmutig.

„Das werden sie aber tun, glaubst du etwa nicht? Du hättest nur zu sagen brauchen, daß Lewis betrunken war. Jetzt glauben die Geschworenen, er wäre nicht betrunken gewesen und müßte sich deswegen an alles erinnern können. Nolans gesamte Verteidigung hatte sich darauf gestützt, daß Lewis sich an nichts erinnern würde. Wie kann man nur so blöd sein!"

Harry antwortete nicht. Die Stimmung wurde noch schlechter, und ich kam mir vor, als wäre ich mitten in eine Filmvorführung geplatzt, bei der ich einfach nicht mehr in die Handlung hineinkam.

„Bob sagt auch, daß Lewis betrunken war." Fiona ließ nicht locker. „Er muß es wissen, schließlich hat er die Drinks serviert."

„*Dich* hätten sie in den Zeugenstand rufen sollen", verteidigte sich Harry. „Du hättest geschworen, daß er im Koma lag und hinausgetragen werden mußte, auch wenn du nicht mal dabei warst."

„Er lag nicht im Koma", widersprach Bob Watson.

„Halt du dich raus, Bob", fuhr ihn Harry an.

„Oh, Verzeihung", preßte Bob Watson zwischen zusammengebissenen Zähnen hervor.

„Du hättest nur zu bezeugen brauchen, daß Lewis betrunken war." Fionas Stimme bebte vor Wut. „Nolans Anwalt hätte dich am liebsten umgebracht."

„Ich hätte mal sehen wollen, wie du die Fragen des Staatsanwalts beantwortet hättest." Harry klang gereizt. „Hast du nicht gehört, was er gesagt hat? Woher wußte ich, daß Lewis betrunken war? Hatte ich ihn ins Röhrchen pusten lassen? Wieviel Gläser habe ich ihn trinken sehen? Woher wußte ich, was in den Gläsern war?"

„Du hast dich von diesem Staatsanwalt aufs Glatteis führen lassen. Du hast dich idiotisch angestellt ..." Fiona wollte sich nicht beruhigen.

Allmählich tat mir Harry ein bißchen leid.

Wir näherten uns Shellerton, wie ich einem Straßenschild entnahm, und gnädigerweise hielt Fiona ihre Zunge von nun an im Zaum. Mackie bog vorsichtig von der Hauptstraße in ein schmales Sträßchen ein. Dort hatte man den Schnee notdürftig zur Seite geschoben; trotzdem war die Fahrbahn immer noch gefährlich glatt. Die Reifen knirschten durch die Schneeverwehungen, und auf die Innenseite der Windschutzscheibe legte sich ein feiner Eisschleier. Mackie versuchte ungeduldig, ihn mit dem Handschuh wegzureiben.

An dem Sträßchen standen keine Häuser. Autos schienen ebenfalls nicht unterwegs zu sein. Jeder vernünftige Mensch blieb bei dieser Kälte zu Hause. Trotz Mackies Vorsicht spürte man ab und zu, wie die Räder des Jeeps wegrutschten, weil sie die Haftung verloren.

„Jetzt ist es noch schlimmer als heute morgen", meinte Mackie besorgt. „Die Straße ist die reinste Eisbahn." Erneut wischte sie die Windschutzscheibe frei, und dann sah sie es: Mitten auf der Straße stand, unbeweglich im Scheinwerferlicht, ein Pferd, den Kopf erschrocken in die Höhe gereckt. Für einen Augenblick schien die Zeit stillzustehen; alles erstarrte wie die Landschaft ringsumher.

„Verflixt!" entfuhr es Mackie, als sie auf das Bremspedal trat.

Der Jeep schlitterte unerbittlich über das Eis. Das Pferd, von panischem Schrecken ergriffen, suchte sein Heil in der Flucht. Unser Fahrzeug rutschte auf den Straßenrand zu, die Räder glitten über die schneebedeckte Grasnarbe. Dann kippte der Wagen seitlich in einen Entwässerungsgraben und brach mit lautem Krachen durch die dicke Eisdecke.

Zum Glück waren wir langsam gefahren, so daß der Unfall für keinen der Insassen tödliche Folgen hatte. Der Jeep lag halb auf dem Dach, die Räder drehten sich in der Luft gespenstisch weiter. Ich öffnete meine Tür, die himmelwärts zeigte, und befreite mich aus dem Wagen, noch bevor der Motor abgestorben war. Der frostige Wind schnitt mir ins Gesicht.

Bob Watson war auf seine Frau gefallen. Ich streckte die Arme ins Wageninnere, packte ihn und versuchte, ihn herauszuziehen.

Er wehrte sich, wollte sich aus meinem Griff befreien. „Ingrid!" rief er mit angsterfüllter Stimme. „Hier ist ja alles naß ..., sie liegt im Wasser!"

„Steigen Sie aus", sagte ich entschieden. „Wir ziehen Ihre Frau anschließend gemeinsam heraus."

Er ließ sich von mir so weit aus dem Wagen zerren, daß er besser nach hinten, nach seiner Frau greifen konnte. Ich zog ihn, und er zog sie, und gemeinsam schafften wir es, sie aus dem Jeep zu bergen.

Unter der Eisdecke war der Graben bis obenhin mit schmutzigbraunem Wasser gefüllt. Es stieg im Wageninneren sehr schnell, und auf dem Vordersitz brüllte Fiona nach Harry, der sie befreien sollte, doch

Harry lag, wie ich zu meinem Entsetzen sah, unter ihr begraben und lief Gefahr zu ertrinken.

Die Frau am Steuer hatte sich nicht bewegt. Ich riß die Fahrertür auf und fand Mackie, die verwirrt und halb bewußtlos im Sicherheitsgurt hing. Rasch drückte ich auf das Gurtschloß, hob sie aus dem Wagen und legte sie Bob Watson in die Arme. „Setzen Sie sie ins Gras!" riet ich ihm. „Halten Sie den Wind von ihr ab."

Bob half Mackie, sich hinzusetzen. Allmählich kam sie zu sich und fing an zu jammern; ein willkommenes Lebenszeichen.

Immerhin fließt kein Blut, dachte ich. Nicht ein einziger Tropfen. Viel Glück gehabt.

Voller Panik streckte mir nun Fiona die Arme entgegen und ließ sich leicht ins Freie heben. Ich beugte mich zu Harry hinab, der inzwischen seinen Gurt gelöst hatte und den Kopf über Wasser hielt; offenbar hatte er den ersten Schrecken einigermaßen überwunden. Er stieg aus eigener Kraft aus dem Wagen und ging triefend zu Mackie hinüber, um die er sich am meisten zu sorgen schien und die noch immer von Bob Watson gestützt wurde.

Ingrid stand auf der Straße, durchnäßt, verängstigt, hilflos und weinend. Der schneidende Wind blies ohne Unterlaß..., von ihm drohte die größte Gefahr.

„Ziehen Sie Ihrer Frau alle Kleider aus", riet ich Bob Watson.

„Was?"

„Wenn Sie ihr die nassen Kleider nicht ausziehen, erfriert sie. Fangen Sie oben an. Ziehen Sie ihr alles aus, und packen Sie sie in meinen Anorak. Schnell, solange er noch warm ist!" Ich machte den Reißverschluß auf und zog meinen Anorak aus. Die Kälte drang mir durch Pullover und Unterhemd, als wären sie nicht vorhanden.

„Ich helfe Ingrid", erklärte Fiona, da Bob noch immer zögerte. Während sie meinen Rat befolgten, ging ich um den umgekippten Wagen herum und stellte zu meiner Erleichterung fest, daß sich die Heckklappe öffnen ließ. Ich streifte mir die Ärmel hoch und fischte meine beiden Taschen aus dem Kofferraum. Harry schaute mit düsterer Miene zu, wie das Wasser davon abtropfte.

„Alles naß geworden", meinte er niedergeschlagen.

„Nein." Wasserdicht, sanddicht, ungeziefersicher – mit anderem Gepäck ging ich nicht auf Reisen, auch nicht durchs ländliche England. Ich zog den Kamerakoffer aus Aluminium aus dem Wasser und stellte ihn neben den Taschen auf die Straße.

„Was hätten Sie denn gerne?" fragte ich Harry. „Bademantel oder Smokingjackett?"

Er mußte tatsächlich lachen.

„Runter mit den Klamotten!" befahl ich. „Oberkörper zuerst freimachen!"

Bob Watson kümmerte sich wieder um Mackie, und Harry schälte sich aus seinen durchnäßten Kleidern. Ich reichte ihm ein marineblaues Seidenunterhemd und eine lange Unterhose, zwei Pullover, eine graue Hose und den Bademantel. Nie war jemand schneller in die Kleider geschlüpft.

Fiona hatte Ingrid unterdessen geholfen, sich bis zur Hüfte umzuziehen, und wartete nun darauf, daß ich ihr eine trockene Hose gab. Ich zog meine Stiefel und die Hose meines Skianzugs aus, die an Ingrid gigantisch wirkten.

Schließlich kramte ich eine dunkelblaue Sportjacke und Reitstiefel hervor, die ich selbst anziehen wollte. Die eisige Kälte stach mir durch die Wollstrümpfe in die Zehen.

„In meinen Schuhen steht das Wasser", erklärte Fiona zitternd und mit sehnsüchtigem Blick auf meine Stiefel. „Ich bin naß bis zur Halskrause. Haben Sie noch etwas übrig?"

„Ziehen Sie besser das hier an." Ich drückte ihr Stiefel, Sportjacke und eine Strickmütze in die Hand. Noch einmal wühlte ich in der Tasche herum, diesmal nach schwarzen Socken und einem Sweatshirt. „Kann ich Ihnen auch damit dienen?"

Dankend nahm sie die Kleidungsstücke an und versteckte sich hinter Ingrid, um sich umzuziehen. Ich schlüpfte in meine schwarzen Lackschuhe und mein Smokingjackett – das war immerhin besser als gar nichts.

Als Fiona fertig war, zitterte sie nicht mehr, sondern schnatterte vor Kälte. Das einzige, was ich ihr noch anbieten konnte, war die Plastikhülle, in der ich mein Smokingjackett aufbewahrt hatte. Ich stülpte sie Fiona über den Kopf und weitete das Loch aus, das normalerweise für den Haken des Kleiderbügels gedacht war. Wenigstens schützte die Hülle vor dem Wind und hielt ein bißchen Körperwärme zurück.

„Na denn!" Harry schien erstaunlich gut gelaunt. „Dank John werden wir Shellerton alle lebend wiedersehen. Ihr macht euch am besten gleich auf den Weg. Ich bleibe hier bei Mackie. Wir beide kommen nach, sobald wir können."

„Nein", erwiderte ich. „Wie weit ist es bis zum Dorf?"

„Ungefähr eineinhalb Kilometer."

„Dann marschieren wir alle zusammen los. Wir tragen Mackie. Glauben Sie mir, es ist zu kalt, um allein zurückzubleiben. Wie wäre es mit einem Tragesitz?"

Und so nahmen Harry und ich die halb bewußtlose Mackie auf unsere verschränkten Handgelenke, jeder legte sich einen ihrer Arme um den Hals, und los ging's. Bob Watson trug eine meiner Taschen mit den nassen Kleidern, Fiona schleppte die andere Tasche, Ingrid marschierte vorneweg mit meinem Kamerakoffer und leuchtete uns mit der Taschenlampe aus meiner Grundausrüstung den Weg.

„Gott sei Dank schneit es nicht", bemerkte Harry. Aber die Sterne wurden von unheilverkündenden Wolken verdeckt. Ich war froh darüber, daß es nicht allzu weit bis zum Dorf war. Mackie war nicht schwer, aber wir bewegten uns auf eisglatter Fahrbahn.

„Kommt denn hier niemals ein Auto vorbei?" fragte ich ungläubig, nachdem wir bereits einen Kilometer gegangen waren.

„Es ist nicht mehr weit", entgegnete Bob. „Sobald wir die Kurve hinter uns haben, sehen Sie schon das Dorf."

Er hatte recht. Bald erblickten wir Lichter, die Wärme und Geborgenheit verhießen. Plötzlich kam Mackie wieder zu sich und wollte wissen, was geschehen war.

„Wir sind in einen Graben gerutscht", erklärte Harry kurz und bündig.

Wir hielten an, stellten sie auf die Füße. Sie schwankte noch etwas und drückte sich die Hand an die Stirn. „Habe ich das Pferd angefahren?"

„Nein", antwortete Harry. „Hat sich davongemacht, über die Felder. Los, weiter, Mackie, wir erfrieren, wenn wir länger hier herumstehen."

Mackie weigerte sich, getragen zu werden, und so kämpften wir uns näher an das Dorf heran, eine Gruppe dunkler Gestalten, schlitternd und stolpernd. Uns war kalt bis ins Mark.

„Am besten, ihr kommt alle mit zu uns", sagte Fiona mit zitternder Stimme, als wir die ersten Häuser erreichten. „Das ist am nächsten."

Niemand widersprach ihr. Wir bogen in eine langgezogene, unbeleuchtete Seitenstraße ein, und plötzlich wies Ingrid mit der Taschenlampe den Weg zu einer breiten Auffahrt, die vor einem großen Haus in klassizistischem Stil endete.

„Da geht's lang." Fiona führte uns zu einem Seiteneingang, den sie aufschloß, nachdem sie unter einem Stein den Schlüssel hervorgeholt hatte.

Das Gefühl, endlich dem Wind entronnen zu sein, war wie eine Wiedergeburt.

Bis auf Ingrid zitterten alle am ganzen Leib, mich inbegriffen. Unsere bläulichweißen Gesichter zeigten Spuren der durchlittenen Strapazen.

„Das war die reinste Hölle", meinte Fiona. Sie war älter, als ich gedacht hatte. Nicht um die Dreißig, eher Anfang Vierzig. Die Plastikhülle reichte ihr fast bis zu den Knien, was sonderbar aussah. „Nehmt mir dieses Ding ab", flehte sie. „Und hört bloß auf zu lachen."

Folgsam streifte ihr Harry den Plastiksack über den Kopf; dabei nahm er auch die Strickmütze mit und befreite Fionas volle silberblonde Löwenmähne. Wie von Zauberhand wurde aus einer Landstreicherin eine selbstbewußte Frau, die auch in Reithosen, blauer Sportjacke und Sweatshirt große Ausstrahlung besaß. Ich lächelte ihr zu, und sie nahm meine Bewunderung dankbar auf. „Heiße Getränke", sagte sie energisch. „Harry, setz bitte den Kessel auf."

Harry – ungefähr meine Größe, aber blond und blauäugig – befolgte ihre Anordnung, als wäre er schon seit langem daran gewöhnt, Anweisungen zu erhalten, und kramte sogleich nach Löffeln, Kaffeepulver und Zucker. Auch er war älter, als ich zunächst vermutet hatte. Nach ihrer Erscheinung und ihrem Haus zu urteilen, schien es, als seien er und Fiona recht wohlhabend, vielleicht sogar reich.

Mackie setzte sich unsicher an den großen Tisch in der Mitte des Zimmers und fuhr sich mit den Fingerspitzen kreisend über die Schläfen. „Ist der Jeep in Ordnung?"

„Sieht nicht so aus", antwortete Harry. „Die Tür auf meiner Seite hat sich verzogen, als wir umgekippt sind. Das schmutzige Wasser aus dem Graben kam sofort hereingesprudelt."

„Mist!" schimpfte Mackie. „Das hat gerade noch gefehlt."

Sie kuschelte sich in ihren rehbraunen, gefütterten Mantel. Ich sah von ihr nicht mehr als die rötlichen Locken, die ihr in die Stirn fielen, die geschlossenen Augenlider, die blutleeren Lippen und ihren gequälten Gesichtsausdruck, der von Erschöpfung gekennzeichnet war.

„Ist Perkin zu Hause?" wollte Fiona von ihr wissen.

„Müßte er eigentlich. Das heißt, ich hoffe es wenigstens."

Fiona ging zum Wandtelefon und drückte einige Knöpfe. Perkin – wer immer das sein mochte – schien zu antworten und wurde sofort mit den schlechten Nachrichten überschüttet. „Ja", sagte Fiona schließlich, „der Jeep liegt im Graben ... Ich weiß nicht, wessen Pferd, herrje ... Nein, der Tag im Gericht war grauenvoll ... Mackie geht es gut, aber sie hat sich den Kopf angestoßen ... Ja, den Schriftsteller haben wir auch mitgebracht, er ist hier. Paß auf, Perkin, komm bitte her, und hol die anderen ab!" Sie legte auf.

Harry goß kochendes Wasser in eine ganze Batterie von mit löslichem Kaffee gefüllten Bechern und ging dann mit einer Tüte Milch in der einen und einer Flasche Brandy in der anderen Hand herum, um etwas zur Verfeinerung anzubieten. Alle außer Ingrid entschieden sich für Brandy. Die Eiseskälte schwand allmählich aus unseren zitternden Gliedern. Bob Watson nahm seine Kappe ab und sah plötzlich viel jünger aus; er hatte kräftiges braunes Haar und war etwas untersetzt. Harry hatte er einen Lügner genannt, aber nur so leise, daß dieser ihn nicht gehört hatte. Das sagt so einiges über Bob Watson aus, dachte ich.

Ingrid, schlank und hübsch, schaute immer noch reichlich betrübt drein. Sie saß neben ihrem Mann am Tisch, ohne etwas zu sagen und ganz auf ihn fixiert. Dagegen betrachtete mich Harry, den Rücken an den Ofen gelehnt, mit der schelmischen Heiterkeit, die unter gewöhnlichen Umständen wohl sein Wesen bestimmte. „Herzlich willkommen in Berkshire", sagte er.

„Vielen Dank."

Es war eine Erlösung, als Türenschlagen und sich nähernde Schritte Perkins Ankunft verkündeten.

Er erschien nicht allein. Als erster stürmte Tremayne Vickers in die Küche. „Die Straße war wohl gegen dich, was?" platzte er mit nicht ganz unfreundlich gemeintem Spott in unsere Runde.

Der Mann, der hinter Tremayne durch die Tür kam, sah wie eine etwas blaß geratene Kopie des Rennpferdetrainers aus: gleiche Größe, gleiche Statur, im wesentlichen sogar die gleichen Gesichtszüge, aber nichts von Tremaynes Bulligkeit. Wenn das Perkin ist, dachte ich, dann muß er Tremaynes Sohn sein.

„Hat dir dein Verstand nicht gesagt, daß man unmöglich die Abkürzung nehmen kann?" fuhr Vickers junior Mackie schroff an.

„Heute morgen ging es noch einwandfrei", antwortete Mackie. „Außerdem fahre ich immer dort entlang. Aber das Pferd ..."

Tremaynes Blick blieb an mir haften. „Sie haben es also geschafft. Sehr schön. Haben Sie sich inzwischen bekannt gemacht? Mein Sohn Perkin und Mackie, seine Frau." Er starrte mich an. „Weshalb um alles in der Welt tragen Sie ein Smokingjackett?"

„Wir sind im Wassergraben baden gegangen", antwortete Harry. „Ihr Freund, der Schriftsteller, hat uns mit trockener Kleidung ausgeholfen. Er selbst nahm mit dem Smoking vorlieb."

Tremayne sah leicht verwirrt aus. Er fragte Fiona, ob sie sich bei dem Unfall verletzt habe. „Fiona, meine Liebe..."

Die liebe Fiona konnte ihn in dieser Hinsicht beruhigen. Er benahm sich ihr gegenüber mit einem Anflug von Schalkhaftigkeit, die sie auf spielerische Art und Weise parierte. Ich vermutete, daß sie bei jedem Mann das Verlangen weckte, mit ihr zu flirten.

Mit Verspätung erkundigte sich Perkin bei Mackie nach ihrem Wohlergehen. Sie lächelte ihren Mann müde, aber verständnisvoll an, und ich gewann den Eindruck, daß in dieser Ehe sie diejenige war, die sich um alles kümmerte, die für ihren gutaussehenden Ehemann, der noch etwas Kindliches an sich hatte, die Rolle des Erwachsenen übernahm.

Perkin blieb hartnäckig, was ihr Verschulden anbelangte. „Trotzdem war es dumm von dir, dort entlangzufahren."

„Was geschehen ist, ist geschehen", sagte Tremayne, als verkünde er damit seine Lebensphilosophie, und er fügte hinzu, daß er „mal bei der Polizei durchklingeln" werde, sobald er wieder zu Hause sei.

Fiona wandte sich an mich. „Ihre Kleider – soll ich sie zusammen mit unseren nassen Sachen zur Reinigung geben?"

„Machen Sie sich darüber keine Gedanken", entgegnete ich. „Ich komme morgen vorbei und hole sie ab."

„In Ordnung." Sie lächelte sanft. „Wir sind Ihnen sehr zu Dank verpflichtet. Glauben Sie nicht, wir wüßten das nicht."

„Was wissen wir nicht?" mischte sich Perkin ein.

„Der Knabe hat uns vor der Eisverzapfung gerettet", erläuterte Harry mit seinem trockenen Humor.

„Wovor?"

„Vor dem sicheren Tod", erwiderte Mackie schlicht. „Fahren wir nach Hause." Sie erhob sich, sichtlich wiederbelebt durch die Wärme und den Kaffee mit Schuß. „Und morgen?" fragte sie in die Runde. „Wer fährt denn morgen nach Reading?"

„Oh", sagte Fiona, „das hätte ich beinahe vergessen."

Harry meldete sich zu Wort. „Ich fahre, Mackie..." Er hielt inne.

„Ich komme mit", erklärte die Angesprochene. „Das bin ich ihm schuldig."

„Ich auch", meinte Fiona. „Nolan ist schließlich mein Cousin. Obwohl – nach Harrys heutiger Zeugenaussage weiß ich nicht, ob ich ihm noch ins Gesicht sehen kann."

„Was hat Harry denn ausgesagt?" wollte Perkin wissen.

Fiona zuckte die Schultern. „Mackie wird es dir erzählen."

Tremayne gab das Zeichen zum Aufbruch. „Zeit, daß wir heimkommen. Los, Bob."

„Ja, Sir."

Bob Watson war, wie ich mich erinnerte, Tremaynes Futtermeister. Er und seine Frau Ingrid gingen zur Tür, Mackie und Perkin folgten. Ich setzte meine Tasse ab und bedankte mich bei Harry für die Stärkung.

„Kommen Sie morgen um die gleiche Zeit, um Ihre Kleider abzuholen", sagte er. „Dann nehmen wir einen zünftigen Drink, nicht nur so einen kleinen Erste-Hilfe-Schluck."

„Vielen Dank. Sehr gerne."

Er nickte mir freundschaftlich zu, Fiona ebenso, und ich packte die Tasche mit meinen trockenen Kleidern sowie den Kamerakoffer und trat hinter Tremayne und den anderen hinaus in den Schnee. Wir quetschten uns zu sechst in einen großen Volvo, Tremayne setzte sich hinter das Steuer.

Am Ortsausgang hielt Tremayne an, um Bob und Ingrid aussteigen zu lassen, dann fuhr er weiter über freies Feld. Mackie und Perkin schwiegen, und ich hatte noch immer keine Ahnung, worum es bei der Gerichtsverhandlung eigentlich ging.

Nachdem wir eine Zeitlang im Schneckentempo dahingezuckelt waren, fuhr Tremayne unter einem imposanten Torbogen hindurch und hielt vor einer geradezu riesigen Villa an, durch deren Vorhänge schwacher Lichtschein drang. Wir betraten das Haus durch den Seiteneingang und gelangten in eine warme, mit Teppichen ausgelegte Diele, von der aus Türen in alle Richtungen abgingen.

Tremayne betrat ein Zimmer zu unserer Linken. „Willkommen in Shellerton House. Fühlen Sie sich wie zu Hause. Das hier ist das Familienzimmer, wo Sie Zeitungen, ein Telefon, etwas zu trinken und all so was finden. Bedienen Sie sich ruhig selbst."

Der große Raum sah sehr gemütlich aus. In einem mächtigen

Kamin aus Natursteinen glühte ein Holzfeuer. Tremayne stellte sich ans Feuer und wärmte sich die Hände. „Perkin und Mackie wohnen auch hier, in einem abgeschlossenen Trakt des Hauses; hier in diesem Zimmer treffen wir uns immer. Wenn Sie eine Nachricht für jemanden hinterlassen wollen, heften Sie sie einfach an die Pinnwand dort drüben." Er zeigte auf einen Stuhl, auf dem eine Korktafel mit roten Stecknadeln stand. Eine davon hielt einen Zettel fest, auf dem in Großbuchstaben eine kurze Botschaft zu lesen war: BIN ZUR FÜTTERUNG WIEDER DA.

„Das stammt von meinem anderen Sohn", erklärte Tremayne. „Er ist fünfzehn."

„Ähm..." Ich zögerte. „Und Mrs. Vickers? Ihre Frau?"

„Sie hat sich aus dem Staub gemacht, und ich habe ihr nicht viele Tränen nachgeweint. Ich habe noch eine Tochter, verheiratet, wohnt in der Nähe von Paris, mit drei Kindern. Sie ist die Älteste, dann kommt Perkin. Gareth ist das Nesthäkchen."

Er serviert mir Fakten ohne eine Spur von Gefühl, dachte ich. Dabei freut er sich doch, daß ich da bin. Mir fiel auf, wie zerfahren und nervös er wirkte, ja, jetzt, da wir allein waren – beinahe schüchtern.

Als Mackie hereinkam, fand er wieder zu seiner Selbstsicherheit zurück. Sie brachte einen Eiskübel, trug ihn zu einem Tisch hinüber, auf dem eine Reihe Flaschen und Gläser standen, und mixte einen Drink. Zu einem blauen Jerseykleid trug sie enge, kniehohe schwarze Stiefel. Ihr rotbraunes, kurzgeschnittenes Haar kringelte sich neckisch auf dem wohlgeformten Kopf, doch sie war noch immer blaß. Kein Lippenstift, keinerlei Lebhaftigkeit.

Sie mixte einen Gin Tonic und reichte ihn Tremayne. „Und für Sie, John?" fragte sie mich.

„Mir genügt ein Kaffee, danke."

Um die Wahrheit zu sagen: Ich hatte keinen Durst. Allmählich hoffte ich, daß Gareth' Rückkehr „zur Fütterung" nicht mehr allzu lange auf sich warten ließe.

Perkin kam herein mit einem Glas, dessen Inhalt wie Coca-Cola aussah. Er ließ sich in einen der Ledersessel sinken und fing erneut wegen des verunglückten Jeeps zu jammern an.

„Die blöde Karre ist doch versichert", unterbrach ihn Tremayne derb.

„Was machen wir bloß ohne den Jeep?" fragte Perkin untröstlich.

„Einen neuen kaufen", gab Tremayne zurück.

Diese einfache Lösung ließ Perkin verstummen, und in Mackies Augen blitzte Dankbarkeit auf. Sie setzte sich auf ein Sofa und zog die feuchten Stiefel aus. Dann fing sie an, sich die Zehen zu massieren, und ihr Blick fiel auf meine Lackschuhe. „Ihre Schuhe eignen sich eher für den Ballsaal als für den Transport eines weiblichen Wesens durch Schnee und Eis", meinte sie. „Die ganze Geschichte tut mir wirklich sehr leid."

„Den Transport?" wiederholte Tremayne mit hochgezogenen Augenbrauen.

„Ja, habe ich das nicht erzählt? John und Harry haben mich gut einen Kilometer weit getragen, glaube ich. Beim Aufprall muß ich ohnmächtig geworden sein. Ich kann mich nur sehr schwach daran erinnern ..., kommt mir vor wie ein Traum."

Perkin starrte erst sie, dann mich an. Nicht gerade erfreut, wie mir auffiel.

Ich schenkte Mackie ein Lächeln, und sie erwiderte es. Offensichtlich mochte Perkin das überhaupt nicht. Du mußt dich vorsehen, sagte ich mir. Schließlich bist du nicht gekommen, um in den Familienverhältnissen herumzustochern, sondern um deine Arbeit zu erledigen.

„Setzen Sie sich, John." Tremayne zeigte auf einen Sessel, auf dem ich folgsam Platz nahm. „Was war im Gerichtssaal los?" fragte er Mackie.

„Es war fürchterlich." Sie schüttelte sich. „Nolan machte einen so ..., so gequälten Eindruck. Die Geschworenen halten ihn für schuldig, da bin ich sicher. Außerdem wollte Harry nicht bezeugen, daß Lewis betrunken war ..." Sie seufzte. „Ich wünschte, wir hätten diese verflixte Party niemals gegeben."

„Was geschehen ist, ist geschehen", erklärte Tremayne erneut. Dann schaute er mich an und fragte Mackie: „Hast du John eigentlich erzählt, was vorgefallen ist?" Als sie den Kopf schüttelte, klärte er mich ein wenig auf. „Letztes Jahr im April hatten wir hier eine Party, um den Sieg des Pferdes Top Spin Lob beim Grand National zu feiern. Feiern! Über hundert Leute waren hier, darunter auch Fiona und Harry, die Sie ja bereits kennengelernt haben. Ich trainiere ihre Pferde. Auch Fionas Cousins waren hier, Nolan und Lewis, zwei Brüder. Niemand weiß genau, was passiert ist, aber irgendwann im Verlauf der Nacht ist ein Mädchen ums Leben gekommen. Nolan schwört, daß es ein Unfall war. Lewis war dabei ..., er könnte zugunsten seines

Bruders aussagen, doch er behauptet, er sei betrunken gewesen und würde sich an nichts erinnern."

„Wurde Nolan wegen Mordes angeklagt?" fragte ich.

„Wegen schwerer Körperverletzung mit Todesfolge", antwortete Tremayne. „Die Anklage versucht, ihm eine Absicht zu unterstellen. Das würde auf Mord hinauslaufen. Nolans Anwälte plädieren mit Nachdruck auf fahrlässige Tötung. Der Fall zieht sich schon seit Monaten hin. Zum Glück ist der Prozeß morgen zu Ende."

„Nolan wird Berufung einlegen", warf Perkin ein.

„Bislang ist er ja noch nicht verurteilt", gab Mackie zu bedenken.

„Mackie und Harry sind zusammen in das Wohnzimmer von Mackie und Perkin gekommen, wo sich Nolan über das Mädchen beugte, das vor ihm auf dem Boden lag", erklärte Tremayne. „Lewis saß in einem Sessel. Nolan sagte, er habe nur die Hände um den Hals des Mädchens gelegt, um sie zu schütteln, und dabei sei sie zusammengebrochen und zu Boden gestürzt."

„Der Gerichtsmediziner hat heute sein Gutachten vorgelegt", ergänzte Mackie. „Seiner Ansicht nach ist das Opfer erdrosselt worden, aber er sagte auch, daß manchmal schon ganz wenig Kraftaufwand ausreicht, um jemanden zu töten. Es besteht kein Zweifel daran, daß Nolan wütend auf Olympia war – so hieß das Mädchen –, und die Anklage hat einen Zeugen aufgetrieben, der gehört hat, wie Nolan sagte: ‚Ich erwürg sie.' Also ist er ihr vermutlich an die Gurgel gegangen . . ." Sie hielt kurz inne. „Der ursprüngliche Bericht des Pathologen besagte, daß es genausogut ein Unfall gewesen sein könnte und daß man auf Strafverfolgung verzichten könne. Aber Olympias Vater hat Klage gegen Nolan erhoben."

„Wäre es nach ihm gegangen", fuhr Tremayne fort, „säße Nolan schon die ganze Zeit hinter Gittern und wäre nicht auf Kaution draußen."

Mackie nickte. „Olympias Vater hätte eine Strafe verdient für all den Ärger, den er verbreitet."

Mir kam es eher so vor, als hätte Nolan für all den Ärger gesorgt, aber ich hielt den Mund.

Tremayne wechselte das Thema, nachdem er offensichtlich genug von der Verhandlung und den damit verbundenen Unannehmlichkeiten gehört hatte. „Hätten Sie morgen früh vielleicht Lust, mitzukommen und zuzusehen, wenn meine Pferde bewegt werden?" fragte er mich.

„Sehr gern."

„Gut. Ich wecke Sie um sieben Uhr. Die erste Gruppe wird um halb acht gesattelt, also bei Anbruch der Dämmerung." Er drehte sich zu Mackie um. „Ich vermute, daß du an der Arbeit mit der ersten Gruppe nicht teilnehmen wirst?"

„Nein, leider nicht. Wir müssen wieder früh los, um rechtzeitig im Gericht zu sein."

Er nickte. „Mackie ist meine Assistentin", erklärte er.

Mein Blick wanderte von Mackie zu Perkin.

„Doch, bestimmt", fügte Tremayne hinzu. „Perkin hat mit Pferden nichts im Sinn, aber als er Mackie heiratete, hat er mich sozusagen über Nacht mit einer erstklassigen Assistentin versorgt."

Mackie freute sich über das zweifellos ernstgemeinte Lob, und es schien, als wäre auch Perkin mit dem Arrangement zufrieden.

„Das Haus ist groß", fuhr Tremayne fort, „und da Perkin und Mackie sich nicht gleich ein Eigenheim leisten konnten, haben wir es einfach geteilt, so daß zwei separate Trakte entstanden sind. Sie können übrigens im Eßzimmer arbeiten. Morgen zeige ich Ihnen, wo Sie die Zeitungsausschnitte, die Videobänder und die Bücher über die Rennpferde finden."

Essen im Eßzimmer wäre mir lieber, dachte ich.

Endlich wehte ein Schwall kalter Luft zur Tür herein, in dessen Gefolge Gareth erschien. Nachdem er seine wattierte Jacke ausgezogen hatte, deren grelle Farben in den Augen schmerzten, fragte er seinen Vater: „Was gibt's zum Abendessen?"

„Was du willst", antwortete Tremayne, dem es sichtlich gleichgültig war.

„Dann Pizza." Sein Blick fiel auf mich. „Hallo, ich heiße Gareth."

Tremayne nannte seinem Sohn meinen Namen und sagte, daß ich an einem Buch über ihn schreiben und solange im Haus wohnen würde.

Der Junge war etwa einsfünfundsiebzig groß und hatte von seinem Vater eine gehörige Portion Selbstsicherheit geerbt. Er unterzog mich einer kritischen Musterung, als wollte er noch einmal überprüfen, mit wem er es für die Dauer meines Besuches zu tun haben würde.

Schließlich ging er hinaus und kam kurz darauf noch einmal zurück. „Ich glaub, ich hab schlechte Karten", sagte er zu mir. „Sie können auch nicht kochen, was?"

Kapitel 3

AM NÄCHSTEN Morgen ging ich in die Küche. Sie war nicht ganz so hochherrschaftlich eingerichtet wie die von Fiona, doch immerhin gab es hier einen großen Tisch mit Stühlen ringsum, ebenso einen mächtigen Gasherd, der die frühmorgendliche Eiseskälte ohne Schwierigkeiten verscheuchte. Ich hatte mir schon überlegt, daß ich mir von Tremayne einen Mantel leihen könnte, doch auf einem der Stühle lagen meine Stiefel, die Handschuhe und der Skianzug, an dem, mit einer Sicherheitsnadel festgesteckt, ein Zettel hing: „Mit herzlichstem Dank zurück."

Ich mußte grinsen, nahm den Zettel ab und zog mir gerade Skianzug und Stiefel an, als Tremayne in gefüttertem Mantel, mit Mütze und gelbem Schal hereinkam und sich in die bloßen Fäuste hauchte. „Ah, da sind Sie ja", sagte er schnaufend. „Bob Watson hat vor dem Füttern Ihre Sachen vorbeigebracht. Fertig?"

Ich nickte.

„Es ist so kalt, wie ich es noch nie erlebt habe. Wir werden nicht sehr lange draußen bleiben."

Während wir durch die Diele nach draußen gingen, erkundigte ich mich nach den Fütterungszeiten.

Tremayne faßte sich kurz. „Bob kommt um sechs. Sämtliche Pferde, die im Training stehen, bekommen frühmorgens eine Ration Spezialfutter. Sehr proteinhaltig. Hält sie warm. Gibt Energie."

Schon nach wenigen Schritten saugte uns der Wind den Atem aus der Lunge. Wir überquerten einen Hof und erreichten den Stall, wo mir vor lauter Betriebsamkeit gleich der Kopf schwirrte.

„Bob Watson ist kein gewöhnlicher Futtermeister", klärte mich Tremayne auf. „Er kann einfach alles – tischlern, klempnern, betonieren. Außerdem macht er Verbesserungsvorschläge und erledigt alle handwerklichen Arbeiten größtenteils selbst."

Derjenige, dem dieser Lobgesang galt, kam auf uns zu. „Alles fertig, Boß", sagte er zu Tremayne.

„Schön. Dann laß sie heraus, Bob."

Bob nickte und gab ein Signal, woraufhin einige Türen aufgingen, aus denen Pferde geführt wurden. Die Reiter trugen Hartschalenhelme und die Pferde Decken. In der Dunkelheit, die nur von wenigen

Lichtern durchbrochen wurde, weckten diese großen, eleganten Vierbeiner, die dampfende Atemwolken ausstießen, während sie im Kreis geführt wurden und der Schnee unter ihren Hufen knirschte, in mir ein jähes Gefühl von Freude und Ergriffenheit. Zum erstenmal empfand ich Begeisterung für die Aufgabe, der ich mich verschrieben hatte.

„Wunderschön!" rief ich spontan aus. Es klang beinahe schwärmerisch.

Tremayne sah mich eindringlich an. „Sie haben etwas für Pferde übrig, nicht wahr?"

„Sie auch noch? Nach all den Jahren?"

Er nickte. „Ich liebe sie", erklärte er und fuhr in der gleichen Tonlage fort: „Weil der Jeep im Graben liegt, müssen wir uns auf dem Traktor zur Galoppstrecke begeben. Einverstanden?"

„Aber ja." Kurz darauf, als ich hoch über den kettenbewehrten Rädern des Traktors saß, erhielt ich meine erste Lektion im Trainieren von Pferden für Hindernisrennen.

Tremaynes Haus und die Stallungen lagen, wie ich jetzt sah, am Rand einer grasbewachsenen Hochebene. Die etwa zwanzig Pferde brauchten nur eine einzige öffentliche Straße zu überqueren, um zur Trainingsbahn zu gelangen, die dort oben angelegt war. Wir rumpelten über gefrorene Schlammwege hinauf, während hinter den nahe gelegenen verschneiten Hügeln ein schöner, klarer Tag anbrach.

Tremayne hielt den Traktor an; wir stiegen ab, und er führte mich auf einem mit Pulverschnee bedeckten Weg zu einer kleinen Erhebung, von der aus wir das lange dunkle Band der Trainingsbahn sehen konnten, die sich am Fuß der Hügel entlangzog.

„Die Pferde kommen dahinten zu uns herauf", sagte er. „Die Rennbahn hat einen Allwetterbelag aus Sägespänen. Erzähle ich Ihnen gerade Dinge, die Sie schon wissen?"

Ich verneinte. „Erklären Sie mir ruhig alles."

Er brummte etwas Unverständliches und setzte einen Feldstecher an die Augen. Ich schaute in die Richtung, in die er blickte, bis ich die dunklen Umrisse ausgemacht hatte, die sich in der Ferne über die dunkle Bahn bewegten. Die Pferde legten eine ungestüme Schnelligkeit an den Tag; unter ihren Hufen spritzte der Bahnbelag auf. Schließlich galoppierten sie an uns vorbei, immer zwei oder drei auf einmal.

„Der ganz links, in der nächsten Dreiergruppe, ist mein Grand-National-Gewinner, Top Spin Lob", kommentierte Tremayne, ohne das

Fernglas abzusetzen. Interessiert beobachtete ich, wie des Trainers ganzer Stolz an uns vorüberflog, doch Tremayne neben mir zuckte plötzlich vor Schreck zusammen. „Was zum Teufel ...?" rief er.

Ich schaute zu den Hügeln hinüber, sah dort die nächsten drei Pferde herangaloppieren. Zwei vorneweg, eines etwas zurückgefallen. Erst als die Tiere beinahe auf unserer Höhe waren, fiel mir auf, daß das letzte Pferd ohne Reiter ankam. „Ist der Bursche runtergefallen?" erkundigte ich mich. Keine sehr intelligente Frage.

„Sieht man doch", antwortete Tremayne vorwurfsvoll. „Aber es ist keines von meinen. Schauen Sie doch mal hin. Das ist keine von meinen Pferdedecken. Außerdem ist das gute Tier nicht gesattelt und hat kein Zaumzeug."

Tremaynes Pferde hatten leichte rehbraune Decken mit horizontalen roten und blauen Streifen. Der Überwurf des reiterlosen Pferdes war graubraun und viel dicker.

„Vermutlich halten Sie mich für übergeschnappt", sagte ich zu Tremayne, „aber vielleicht ist das hier das Pferd, das gestern abend auf der Straße herumlief, bei unserem Unfall. Es sah genauso aus wie dieses hier. Dunkel und mit so einer Decke."

„Im Winter tragen so gut wie alle Rennpferde nachts diese Decken." Tremayne überschritt die Trainingsbahn. Ich folgte ihm, und schon bald kamen wir zu der Anhöhe, hinter der die gesamte Gruppe eine weite, verschneite Grasfläche als Auslauf benutzte. Nach der Anstrengung entwich den Mäulern der Tiere der Atem in dicken weißen Wolken. Linker Hand, ein Stück von der Gruppe entfernt, stand das reiterlose Pferd, ebenfalls heftig schnaubend.

Tremayne war bei seinen Bereitern angekommen und unterhielt sich mit ihnen. „Weiß jemand, wessen Pferd das ist?"

Sie schüttelten den Kopf.

„Reitet zurück zum Hof, aber paßt auf, wenn ihr die Straße überquert." Dann wandte er sich an mich. „Würden Sie bitte zum Traktor zurückgehen? Im Führerhaus finden Sie einen Strick. Bringen Sie ihn her. Gehen Sie langsam, wenn Sie bei Ihrer Rückkehr in Sichtweite kommen."

„In Ordnung." Ich machte mich gemächlich auf den Weg, fand den Strick im Traktor, und als ich vorsichtig wieder über den Hügel in Tremaynes Blickfeld kam, stand er bereits dicht bei dem Pferd und fütterte es mit Zuckerwürfeln aus der linken Hand, während er mit der rechten die Mähne festhielt.

Ich ging weiter. Als mich das Pferd wahrnahm, wandte es mir den Kopf zu. Mit vorsichtigen Bewegungen formte ich eine Schlinge. Langsam näherte ich mich den beiden, während ich die Schlinge, die mir fast bis zu den Knien reichte, weit geöffnet hielt.

Tremayne redete besänftigend auf das Pferd ein, gab ihm ab und zu einen Zuckerwürfel zu fressen. „Ja, braver Kerl", sagte er gerade zu dem Pferd, und ohne die Stimme zu verändern, forderte er mich auf: „Wenn Sie ihm die Schlinge über den Kopf legen können, dann tun Sie es."

Ich stellte mich auf der anderen Seite neben das Pferd, so daß es, als es sich erneut zu mir umwandte, den Kopf beinahe wie von selbst durch die schaukelnde Schlinge streckte. Tremayne hatte die Mähne losgelassen, und ich zog die Schlinge nach und nach enger, bis der Knoten fest am Hals des Tieres anlag.

„Gut gemacht", lobte Tremayne. „Geben Sie mir den Strick. Ich bringe das Pferd zu meinem Hof. Können Sie Traktor fahren?"

„Ja."

„Also, dann kommen Sie nach." Tremayne zog sanft am Strick, und das große, schlanke Tier setzte sich mit ihm in Bewegung.

Ich ging zum Traktor, fuhr auf dem gleichen Weg wieder zurück und stellte das Fahrzeug an der Stelle ab, wo wir es am Morgen vorgefunden hatten.

In der sonnendurchfluteten Küche zog Tremayne Mantel, Schal und Mütze aus. Darunter kamen ein Wollpullover mit Rautenmuster und ein buntkariertes Hemd mit offenem Kragen zum Vorschein.

„Kaffee?" fragte er, bereits auf dem Weg zum Herd. Er schob den schweren Kessel auf die Kochplatte und ging dann zum Kühlschrank, dem er Brotscheiben, eine Schale mit Butter und einen Topf Marmelade entnahm. „Wie wär's mit Toasts?"

Ich antwortete, daß mir Toasts höchst willkommen seien.

„Hängen Sie Ihre Jacke an die Garderobe, gleich nebenan." Er ging in die Diele hinaus. „Dee-Dee", rief er, „Kaffee!"

Dann kam er zurück, setzte sich an den Tisch und winkte mich neben sich. Kurz darauf erschien eine braunhaarige Frau, die Jeans und einen unförmigen grauen Pullover trug, der ihr bis zu den Knien reichte.

Tremayne stellte mich vor. „Dee-Dee, das ist John Kendall, mein Schriftsteller." An mich gewandt, fügte er hinzu: „Dee-Dee ist meine Sekretärin."

Ich wollte mich höflich erheben, doch sie bedeutete mir ohne ein Lächeln, ich solle sitzen bleiben. Mein erster Eindruck von ihr, als sie vor den Herd trat, um sich einen Kaffee einzuschenken, war der einer Katze: samtpfotig, mit fließenden Bewegungen, einzelgängerisch. Tremayne beobachtete, wie ich sie ansah, und lächelte. „Rufen Sie die Leute in der Nachbarschaft an, und fragen Sie nach, ob jemand ein Pferd vermißt", trug er ihr schließlich auf. „Und bevor jemand in Panik gerät: Das Pferd ist hier, unverletzt."

Dee-Dee nickte und setzte sich auf eine Stuhlkante, als sei sie auf dem Sprung.

„Der Jeep liegt an der südlichen Zufahrt zur A 34 im Graben. Mackie ist da gestern abend reingeschlittert. Niemand verletzt. Die Werkstatt soll ihn herausfischen."

Dee-Dee nickte erneut.

„Unser Freund John wird im Eßzimmer arbeiten. Geben Sie ihm alles, was er braucht. Wenn er etwas wissen will, sagen Sie es ihm."

Dee-Dee nickte wieder.

Tremayne erteilte weitere Instruktionen, die sich Dee-Dee anscheinend problemlos merken konnte. Als sein Redeschwall versiegte, erhob sie sich und bemerkte, sie werde ihren Kaffee im Büro zu Ende trinken. „Absolut zuverlässig", meinte Tremayne, kaum daß sie draußen war.

Die nächste halbe Stunde verbrachte er am Telefon, nahm Anrufe entgegen und rief selbst an. Nachdem er seinen Toast gegessen und Kaffee getrunken hatte, teilte er mir mit, daß ich mich im Eßzimmer einrichten könne. Außerdem würde er, wenn ich einverstanden sei, gerne den Nachmittag mit mir verbringen und mir von seiner Kindheit erzählen. Wenn erst die Rennsaison wieder losgehe, erklärte er, habe er nicht mehr soviel Zeit.

„Gute Idee", stimmte ich zu.

„Dann kommen Sie mit. Ich zeige Ihnen, wo alles ist."

Wir gingen hinaus in die getäfelte Diele, und er öffnete eine Tür. „Das ist das Eßzimmer. Wir benutzen es nicht sehr oft. Sie müssen erst die Heizung aufdrehen, vermute ich."

Ich warf einen Blick in das Zimmer, das ich bald besser kennenlernen sollte: ein weitläufiger Raum mit Mahagonimöbeln, protzigen karminroten Vorhängen, gediegen beige und gold gestreiften Tapeten und einem schlichten dunkelgrünen Teppich.

„Ist doch prima", sagte ich zuvorkommend.

„Schön." Als er die Tür wieder geschlossen hatte, schlenderten wir einen breiten, mit blaßgrünem Teppich ausgelegten Gang entlang, an dessen Wänden Bilder von Pferden hingen, und öffneten am anderen Ende eine weißgestrichene Flügeltür.

„Hier kommt man zur Eingangshalle", erklärte er, „dem ältesten Teil des Hauses."

Wir gelangten in einen großen, mit Parkett ausgelegten Raum, von dem aus sich zwei Freitreppen anmutig zu einer Galerie emporschwangen. Unter der Galerie, zwischen den Treppen, befand sich eine weitere Flügeltür, die Tremayne wortlos öffnete. Sie gab den Ausblick frei auf ein elegantes Zimmer mit Möbeln in Gold und zartem Blau.

„Hier haben wir den großen Salon", sagte er. „Auch ihn benutzen wir kaum. Zuletzt feierten wir hier diese unglückselige Party." Er zog die beiden Türflügel wieder zu und zeigte auf die gegenüberliegende Seite der Eingangshalle.

„Das ist der Vordereingang, und die Tür dort rechts führt zu Perkins und Mackies Trakt. Das Haus ließ sich recht gut aufteilen. Wer braucht heutzutage noch eine so große Villa? Mein Vater hat das Anwesen für einen Apfel und ein Ei gekauft, in der Zeit der Weltwirtschaftskrise. Ich bin hier aufgewachsen."

„Ist Ihr Vater ebenfalls Pferdetrainer gewesen?" fragte ich.

Tremayne lachte. „Nein. Er hat ein Vermögen geerbt und keinen einzigen Tag in seinem Leben gearbeitet. Er ging gerne zum Pferderennen, und so kaufte er ein paar Galopper und engagierte einen Trainer für sie. Als ich größer wurde, übernahm ich einfach seine Pferde. Später baute ich auf dem angrenzenden Grundstück einen Hof mit Stallungen. Heute habe ich fünfzig Boxen, alle belegt."

Wir kehrten in den breiten Gang zurück, und er betrat einen weiteren großen Raum, in dem Dee-Dee hinter einem riesigen Schreibtisch saß; sie sah ziemlich verloren darin aus.

„Das war früher einmal das Billardzimmer." Tremayne blickte auf die Armbanduhr. „Ich überlasse Sie jetzt Dee-Dee. Bis später." Er stürmte energisch aus dem Zimmer.

„Kann ich Ihnen behilflich sein?" fragte Dee-Dee ohne große Begeisterung.

„Sie halten wohl nicht viel von dem Biographieprojekt?"

Sie blinzelte. „Das habe ich nicht gesagt."

„Aber Ihre Miene spricht Bände."

„Es ist sehr wichtig für ihn", meinte sie. „Ich finde..., wenn Sie es schon so genau wissen wollen..., er hätte sich vielleicht um einen besseren...", sie zögerte, „... oder vielmehr um einen namhafteren Autor bemühen sollen."

Ich antwortete nicht sofort, sondern ließ den Blick durch das gigantische Büro schweifen. Ich entdeckte Überreste des klassischen Einrichtungsstils, doch bestimmten ganze Reihen moderner Bücherregale und Aktenschränke das Bild; hinzu kamen Computer, Telefone, ein Fernsehapparat, Videobänder, Pappschachteln und eine weitere Korkpinnwand mit roten Reißzwecken und aufgespießten Zetteln. Die Wände waren voll mit Bildern von Pferden, die über die Ziellinie galoppierten, und einer bunten Reihe seidener Siegsschleifen.

Ich beendete die Besichtigung dort, wo ich angefangen hatte – bei Dee-Dee. „Je mehr Sie mithelfen, um so größer ist die Chance, daß das Buch ein Erfolg wird", erklärte ich.

Dee-Dee starrte mich mit unverhohlener Abneigung an. Sie mochte um die Vierzig sein, schlank, gepflegte Haut, glattes, kurzgeschnittenes Haar, unauffällige Gesichtszüge, rosa Lippenstift, kleine, kräftige Hände. Allgemeiner Eindruck: reserviert, zurückhaltend.

„Was ich hauptsächlich brauche", fuhr ich fort, „sind die Zeitungsausschnitte."

„Die sind in Schachteln aufbewahrt." Sie zeigte mit dem Kinn in die Richtung. „Dort drüben, in dem Schrank. Bedienen Sie sich."

Ich ging hinüber, öffnete die weiße Schleiflacktür und erblickte eine stattliche Reihe von Pappschachteln, ordentlich in Regale eingeräumt, die vom Fußboden bis in Kopfhöhe reichten. Auf den Vorderseiten war mit Tusche jeweils ein Datum vermerkt.

Ich holte die Schachteln heraus und machte mich mit ihnen auf den Weg ins Eßzimmer. Unterdessen widmete sich Dee-Dee an ihrem Schreibtisch wieder ihrer Arbeit, die in der Hauptsache aus Telefonieren bestand. Ich ordnete die Schachteln chronologisch und nahm dann den Deckel der ersten ab. Den vergilbten, zerknitterten Zeitungsausschnitten entnahm ich, daß Tremaynes Vater, Mr. Loxley Vickers aus Shellerton in Berkshire, ein Rennpferd namens Triple Subject, einen sechs Jahre alten Wallach, gekauft hatte, und zwar für die Rekordsumme von 1260 Pfund.

Als ich ein Geräusch hörte, blickte ich auf. Dee-Dee stand an der Tür. „Ich habe mit Fiona Goodhaven telefoniert", sagte sie unvermittelt.

„Wie geht es ihr?"

„Ganz gut. Das hat sie Ihnen zu verdanken, wie es scheint. Weshalb haben Sie mir nichts von Ihrer Rettungsaktion erzählt?"

„Sie ist im Zusammenhang mit Tremaynes Biographie nicht wichtig. Oder anders ausgedrückt: Sie hätte die Qualität des Werkes kaum beeinflußt."

„Wenn Sie am Thermostat drehen, wird es hier drin wärmer."

Sie war schon wieder draußen, bevor ich mich bei ihr bedanken konnte. Doch ich hatte begriffen, daß sie mir ein Friedensangebot unterbreitet hatte – zumindest waren die Feindseligkeiten bis auf weiteres eingestellt.

Tremayne kam zurück. Polternd betrat er das Eßzimmer, um mir mitzuteilen, daß er endlich jemanden ausfindig gemacht habe, in dessen Stall ein Pferd fehle. „Es stammt aus einem Dorf in der Nähe. Wie kommen Sie voran?"

„Ich lese gerade Zeitungsartikel über Ihren Vater."

„Ein Verrückter. Er war reinweg besessen von der Vorstellung, wie die Dinge, die er aß, hinterher in seinem Magen aussahen. Als meine Mutter noch lebte, stand es um ihn noch nicht so schlimm. Erst danach ist er weggetreten."

„Wie alt waren Sie, als Ihre Mutter ..., äh ...?"

„Zehn. Genauso alt wie Gareth, als *seine* Mutter sich aus dem Staub machte. Mit der Ausnahme, daß sie noch am Leben ist und er sie manchmal besucht."

„Sie sagten, Ihr Vater habe ein Vermögen geerbt. Hat er Ihnen etwas davon hinterlassen?"

Tremayne lachte. „Was vor siebzig oder achtzig Jahren ein Vermögen war, ist heutzutage keines mehr. Trotzdem – er hinterließ mir dieses Haus. Er lehrte mich, wie man Grundbesitz verwaltet, was er wiederum von seinem Vater gelernt hatte. Mein Großvater hat Geld angehäuft, mein Vater hat es ausgegeben. Ich schlage eher nach meinem Großvater. Manchmal sage ich Gareth, daß wir uns dies oder jenes nicht leisten könnten, obwohl es nicht stimmt. Ich möchte vermeiden, daß ein Verschwender aus ihm wird."

„Und was ist mit Perkin?"

„Perkin?" Einen Moment machte Tremayne einen entgeisterten Eindruck. „Perkin kann überhaupt nicht mit Geld umgehen. Er lebt in einer völlig eigenen Welt."

„Und was tut er da, in seiner eigenen Welt?"

„Er stellt Möbel her, vom Entwurf über das Modell bis zum fertigen Stück. Kommoden, Tische, Stühle, alles mögliche. In zweihundert Jahren sind das wertvolle Antiquitäten." Er seufzte. „Das Klügste, was Perkin jemals getan hat, war, Mackie zu heiraten. Sie verkauft seine Möbel und paßt auf, daß er etwas dabei verdient. Früher hat er manchmal Sachen für weniger Geld verkauft, als ihn deren Herstellung gekostet hatte. Ein hoffnungsloser Fall."

„Nun, solange er damit zufrieden ist..."

Tremayne fragte mich nach meinem Kassettenrecorder. „Ist er gestern nicht naß geworden? Er ist doch bestimmt ruiniert."

„Nein. Ich verstaue meine Sachen immer in wasserdichten Taschen, eine alte Angewohnheit."

„Dann holen Sie ihn, wir können anfangen. Falls Sie etwas essen möchten", fügte er hinzu, „ich ernähre mich fast nur von Broten mit Rindfleisch. Ich kaufe sie immer in Packungen zu fünfzig Stück, fix und fertig, und stecke sie in die Tiefkühltruhe."

GEGEN halb sieben Uhr abends spazierte ich hinunter nach Shellerton, um meine restlichen Kleider bei Harry und Fiona Goodhaven abzuholen. Zu dieser Zeit hatte ich drei Stunden Unterhaltung über Tremaynes außergewöhnliche Kindheit auf Kassette gebannt und meinen Arbeitgeber bei einem abendlichen Rundgang begleitet, auf dem er die Pferde noch einmal inspizierte. Als ich ihn daran erinnerte, daß ich zu den Goodhavens gehen wollte, bot er mir seinen Wagen an.

„Ich laufe eigentlich ganz gern", antwortete ich. „Wenn ich zurückkomme, koche ich etwas für uns."

„Das brauchen Sie nicht zu tun", widersprach er. „Mir ist es ziemlich egal, was ich esse."

Ich lachte. „Wer weiß, ob das so gut ist?"

Ich hatte herausgefunden, daß Gareth jeden Morgen zu einem Freund namens „Kokosnuß" radelte, von wo aus die beiden in eine fünfzehn Kilometer entfernte Schule gefahren wurden. Gareth kam selten vor sieben Uhr nach Hause. Seine Mitteilung BIN ZUR FÜTTERUNG WIEDER DA schien immer an der Pinnwand zu hängen. Tremayne erzählte mir, daß er sie nur dann abnehme, wenn er schon morgens wisse, daß er nicht vor dem Schlafengehen zurückkomme.

Nun schlenderte ich die Dorfstraße entlang, die von Shellerton zum Haus der Goodhavens führte. Ich ging außen herum zur Küchentür und klingelte.

Kurz darauf öffnete Harry die Tür. „Oh, guten Tag, kommen Sie herein. Ich hatte Sie völlig vergessen. Wissen Sie, wir haben wieder einen schrecklichen Prozeßtag in Reading hinter uns. Jedenfalls sind wir ohne Unfall zurückgekehrt, was will man mehr?"

Ich trat ein, und er machte die Tür hinter uns zu.

„Nolan und Lewis sind beide hier", erklärte der Hausherr. „Nolan wurde wegen Totschlags verurteilt. Zwei Jahre Gefängnis, ausgesetzt auf Bewährung. Er muß zwar nicht hinter Gitter, aber trotzdem ist niemand besonders glücklich über das Urteil."

„Ich kann ja ein andermal vorbeikommen", sagte ich. „Wollte nicht stören."

„Tun Sie mir einen Gefallen? Bleiben Sie, und lockern Sie die Atmosphäre ein bißchen auf."

„Gut, wenn das so ist..."

Er nickte und führte mich durch die Küche ins Wohnzimmer.

Fiona wandte sich zu uns um, als wir eintraten. „Gütiger Himmel!" rief sie. „Sie hatte ich vergessen!" Schon kam sie auf mich zu, streckte mir die Hand entgegen. „Darf ich vorstellen? Meine Cousins, Nolan und Lewis Everard." Dann wandte sie sich an die beiden Genannten. „Ein Freund von Tremayne, John Kendall."

Mackie saß in einem Sessel und begrüßte mich mit einer knappen Geste. Fionas Vettern standen neben ihr und hielten sich an ihren Drinks fest. Harry drückte auch mir ein gefülltes Glas in die Hand – Whisky, wie ich sogleich feststellte.

Nolan war ein gutaussehender Mann mit kantigem Profil, Lewis dagegen wirkte aufgeschwemmt und verweichlicht. Beide Ende Dreißig, klein, mit dunklem Haar, dunklen Augen, dunklem Dreitagebart. Nolans Sprache bestand zu fünfzig Prozent aus Kraftausdrücken und Obszönitäten. Gleich im ersten Satz erklärte er, daß er keine Lust habe, sich mit einem Fremden zu unterhalten. Ich konnte mir ohne weiteres vorstellen, wie er das Mädchen Olympia erdrosselt hatte. Harry, der auf Nolans Bemerkungen gelassen reagierte, sagte ganz ruhig: „John schreibt ein Buch über Tremayne. Er weiß über die Verhandlung Bescheid. Außerdem ist er ein Freund von uns, also bleibt er hier."

Mackie ergriff das Wort. „Jeder weiß über die Verhandlung Bescheid, schließlich stand ja heute morgen alles in der Zeitung."

Harry nickte. „Genau, ‚Fortsetzung folgt'."

„Das ist kein Witz", meinte Lewis. „Sie haben Fotos von uns

gemacht, als wir weggefahren sind." Seine Stimme klang genauso mürrisch wie die seines Bruders, wenn auch ein paar Töne höher. Anstelle obszöner Wörter benutzte er Ersatzausdrücke in der Art von „Scheibenkleister" oder „bescheiden".

„Schon nächste Woche erinnert sich die Öffentlichkeit nicht mehr daran", erwiderte Harry.

In einem Schwall von Kraftausdrücken äußerte sich Nolan dahingehend, daß sich die maßgeblichen Leute auf jeden Fall erinnern würden, allen voran die Mitglieder des Verbands für Vollblutzucht und Rennen.

Ich hatte zwei Berichte über die Geschehnisse des Vortages gelesen und dabei ein paar Tatsachen erfahren, die mir die Familie Vickers bislang verschwiegen hatte. Nolan Everard war ein bekannter Amateurjockey, der oft Fionas Pferde ritt, die wiederum von Tremayne Vickers trainiert wurden. Nolan war einst kurze Zeit mit Magdalene Mackenzie (Mackie) verlobt gewesen, die dann aber Perkin Vickers geheiratet hatte. Gewisse „Quellen" bezeugten, daß die drei Familien in Freundschaft miteinander verkehrten. Die Anklage hatte dieses Thema zwar nicht ausgeweitet, jedoch angedeutet, daß man eng zusammengerückt war, um Nolan vor seiner gerechten Strafe zu schützen.

Ein unscharfes Foto von Olympia zeigte ein blondes Schulmädchen, unreif, ein unschuldiges Opfer. Wie es schien, hatte niemand erklären können, weshalb Nolan gesagt hatte, er werde sie erwürgen.

Nolan funkelte Harry wütend an und bemerkte giftig, daß er sich in der ganzen Angelegenheit als nicht gerade hilfreich erwiesen habe, weil er nicht einmal „Tod und Teufel" geschworen habe, daß Lewis „absolut besoffen" gewesen sei.

Harry quittierte seinen Zornesausbruch nur mit einem Achselzukken.

„Ich finde immer noch, du solltest Berufung einlegen", meinte Lewis.

Nolans Antwort lief darauf hinaus, daß ihm sein Anwalt geraten habe, er solle es nicht auf die Spitze treiben, was Lewis sehr wohl wisse.

„Dein Anwalt ist doch total ... bescheiden", antwortete Lewis. „Wenn du nicht Berufung einlegst, bedeutet das soviel wie eine volle Anerkennung der Schuld."

Eisiges Schweigen erfüllte den Raum. Sie hielten Nolan wohl alle für schuldig, wenn auch in unterschiedlichem Maß. Die Sache nicht auf die Spitze zu treiben schien mir ein äußerst vernünftiger Ratschlag zu sein.

Neugierig betrachtete ich Mackie und wunderte mich über ihre frühere Verlobung mit Nolan. Außer freundschaftlicher Besorgnis schien sie jetzt nichts mehr für ihn zu empfinden; weder alte Liebe noch Abneigung. Nolan war an nichts anderem als an sich selbst interessiert.

„Bleiben Sie zum Abendessen?" fragte mich Fiona.

„Ja, tun Sie das", bat mich Harry.

„Nein, ich muß wieder weg. Ich habe Gareth und Tremayne versprochen, für sie zu kochen."

Mackie stellte ihr Glas ab. „Ich glaube, ich gehe auch gleich", erklärte sie müde. „Perkin wird schon auf die Neuigkeiten warten."

Verpackt in eine Ansammlung von Fäkalausdrücken, bemerkte Nolan schnippisch: „Wenn sich Perkin dazu bequemt hätte, nach Reading zu kommen, dann wüßte er die Neuigkeiten bereits." Außerdem erinnerte der Amateurjockey seine Zuhörer daran, daß auch Tremayne ihn nicht unterstützt habe.

Mackie stieß einen Seufzer aus. „Sie waren zu beschäftigt." Schließlich fragte sie mich: „Sind Sie mit Tremaynes Wagen gekommen?"

„Nein, ich bin zu Fuß da."

„Oh! Dann ... darf ich Sie mitnehmen?"

Ich nahm ihr Angebot an, und Harry kam mit uns zur Tür, um uns zu verabschieden. „Ihre Kleider sind hier in der Tüte", sagte er. „Wir können Ihnen nicht genug danken."

„Er ist nicht immer so", bemerkte Mackie, als wir losfuhren. „Nolan, meine ich. Er kann wirklich sehr lustig sein – jedenfalls war er das, bevor sich diese schreckliche Sache ereignet hat."

„Ich habe in der Zeitung gelesen, daß Sie mit ihm verlobt waren."

Sie lachte. „Ja, das stimmt. Ungefähr drei Monate lang, vor fünf Jahren. Wir trafen uns bei einem Reiterball. Ich wußte, wer er war, schließlich bin ich in diesem Milieu aufgewachsen. Wir verbrachten den ganzen Abend zusammen und ..., na ja ..., auch die ganze Nacht. Es kam völlig unerwartet, wie ein Blitzschlag. Erzählen Sie Perkin nichts davon. Warum nur erzählt man völlig fremden Leuten, was man sonst niemandem erzählen würde? Tut mir leid, vergessen Sie's."

„Hm", brummte ich. „Was geschah am Morgen danach?"

„Es war wie auf der Achterbahn. Wir waren Tag und Nacht zusammen. Nach zwei Wochen fragte er mich, ob ich ihn heiraten würde, und ich sagte ja. Ich war selig, im siebten Himmel. Er ritt Rennen, gewann und gewann und behauptete, ich würde ihm Glück bringen."
Sie hielt inne, doch sie lächelte dabei.

„Und dann?"

„Dann ging die Rennsaison zu Ende. Wir fingen an, die Hochzeit zu planen ..., ich weiß auch nicht. Ich kann nicht mehr genau sagen, wann mir klar wurde, daß alles ein großer Irrtum war. Nolan wurde unausstehlich. Bekam richtige Wutanfälle. Eines Tages erklärte ich einfach: ‚Es wird nicht gutgehen mit uns.' Als er mir nicht widersprach, gab ich ihm seinen Ring zurück."

Sie bog in die Auffahrt zu Tremaynes Haus ein und hielt an. „Wir sind seither Freunde geblieben, aber Perkin hat sich in Nolans Gegenwart immer unwohl gefühlt. Perkin wird schnell eifersüchtig."

Sie seufzte erneut, stieg aus dem Wagen und ging davon, während ich den Trakt betrat, in dem Tremayne wohnte, als hätte ich schon immer hier gelebt.

Tremayne, der im Familienzimmer mit einem Gin Tonic am Kamin stand, hörte sich den Ausgang von Nolans Prozeß regungslos an. „Schuldig und doch nicht bestraft", urteilte er. „Neumodische Ausreden." Er drehte sich um und schob mit dem Fuß ein Scheit Holz weiter ins Feuer hinein. „Nehmen Sie sich einen Drink."

Mackie und Perkin kamen durch die große Eingangshalle herüber, während ich noch zwischen Whisky oder Gin schwankte. Perkin ging kurz in die Küche und kehrte mit einem Glas Cola zurück.

„Was trinken Sie denn eigentlich am liebsten?" fragte Mackie, der mein Zögern auffiel.

„Wein, und zwar möglichst roten."

„Drüben im Büro muß welcher sein. Tremayne bewahrt ihn dort für die Pferdebesitzer auf, die kommen, um ihre Lieblinge zu sehen. Ich hole eine Flasche."

Sie brachte mir Bordeaux und einen Korkenzieher und drückte mir beides in die Hand.

Perkin, der lässig in einem Sessel saß, wirkte viel entspannter als am Abend zuvor, obwohl die unterschwellige Feindseligkeit mir gegenüber noch immer zu spüren war. Tremayne erkundigte sich nach seiner Meinung zu Nolans Verurteilung, und Perkin widmete sich lang und breit seinem Glas, als suche er darin die Erleuchtung.

„Ich glaube", sagte er endlich, „ich freue mich, daß er nicht ins Gefängnis muß."

Gareth stürmte mit abgehetzter Miene ins Zimmer und schien enttäuscht, mich im Sessel sitzend mit einem Glas Wein in der Hand vorzufinden. „Ich dachte, Sie hätten gesagt –", platzte er los, doch dann hielt er inne.

„Laß ihn wenigstens austrinken", sagte Mackie sanft.

Perkin reagierte auf die harmlose Bemerkung seiner Frau ziemlich gereizt. „Wenn er dem Jungen etwas versprochen hat, soll er's auch halten."

„Keine Frage!" rief ich gut gelaunt und erhob mich. Mein Blick fiel auf Tremayne. „Sind Sie einverstanden?"

„Sie können hier tun und lassen, was Sie wollen – bis auf Widerruf", meinte er. Perkin hörte diesen Beweis seines Wohlwollens nicht gerne, Gareth dafür um so mehr.

„Paps ist ja richtig begeistert von Ihnen", verriet er mir freudestrahlend, als er mich in die Küche führte.

Es gab zwei Tiefkühlschränke, beide mannshoch. Im ersten türmte sich Pizza über Pizza, sonst nichts, obwohl er nur halb voll war.

„Wir futtern uns von oben nach unten durch", lautete Gareth' durchaus vernünftige Erklärung. „Und alle zwei oder drei Monate füllen wir ihn wieder auf."

Er drückte die Tür des Tiefkühlschranks zu und öffnete den anderen, in dem sich vier Riesenpackungen mit je fünfzig Rindfleisch-Sandwiches befanden. Außerdem entdeckte ich zehn aufgeschnittene Brotlaibe (für Toast, wie Gareth erläuterte), Familienpackungen Speiseeis mit Schokosplittern (Gareth' Lieblingsnachtisch) und eine gehörige Anzahl Eiswürfelbehälter für die Gin Tonics.

Und dafür hast du deine Seele verkauft! warf ich mir insgeheim vor.

Etwa eine halbe Stunde später bat ich Tremayne und Gareth zu Tisch. Wir aßen eine Rindfleischpastete, für die das kleingehackte Fleisch von zwanzig aufgetauten Sandwiches hatte herhalten müssen, das ich mit kondensierter Pilzsuppe vermischt und dann mit einer zentimeterdicken Schicht aus gerösteten Sandwichbröseln bestreut hatte. Fasziniert hatte Gareth meine simplen Verrichtungen beobachtet, während ich ihm andere Techniken verriet, die ich erlernt hatte, um mich in Gegenden, in denen es keine Supermärkte gab, von dem zu ernähren, was ich gerade fand.

„Gebackene Würmer schmecken nicht schlecht", sagte ich. „Sie sind sehr proteinhaltig. Aber man kann auch an Mangelerscheinungen zugrunde gehen, wenn man sich nur von Kaninchen ernährt."

„Woher wissen Sie nur all diese Dinge?"

„Das ist mein Beruf, wenn man so will. Mein Einmaleins." Ich erzählte ihm von den sechs Reiseratgebern.

„Wie sind Sie denn dazu gekommen?"

„Mein Vater war ein echter Naturbursche. Eigentlich war er Bankangestellter – das ist er noch immer –, aber in jeder freien Minute schleppte er meine Mutter und mich hinaus in die freie Natur, wo wir dann im Zelt übernachteten."

„Geht er immer noch zum Camping? Ihr Vater, meine ich."

„Nein. Meine Mutter leidet an Arthritis und hat sich schon vor einiger Zeit geweigert, ihn dabei zu begleiten. Seit drei oder vier Jahren leben sie auf den Caymaninseln, mein Vater arbeitet dort in einer Bank. Das Klima in der Karibik tut meiner Mutter gut."

„Waren Sie schon einmal auf den Caymaninseln?"

Ich bejahte. „Zu Weihnachten. Das Flugticket war ein Weihnachtsgeschenk der beiden."

„Sie haben es gut!" rief der Junge.

Ich hörte einen Moment auf, das Rindfleisch kleinzuschneiden. „Das stimmt", erwiderte ich, nachdem ich kurz nachgedacht hatte. „Ich bin meinen Eltern sehr dankbar. Und du hast es mit deinem Vater ebenfalls gut getroffen."

Tremayne ließ sich die Pastete schmecken; und ich wurde auf der Stelle zum Küchenchef ernannt, was mir nur recht sein konnte. Gleich am nächsten Tag sollte ich einkaufen gehen, und ohne viel Aufhebens zückte Tremayne seine Brieftasche und gab mir so viel Geld, daß ich uns drei einen Monat lang durchfüttern konnte. Ich steckte die Scheine ein, während Gareth seinem Vater von gebackenen Würmern erzählte und von mir wissen wollte, ob ich einige Exemplare der Reiseratgeber mitgebracht hätte.

„Nein, tut mir leid, daran habe ich nicht gedacht. Aber ich könnte den Reiseveranstalter bitten, die ganze Reihe zu schicken."

„Ja, das ist eine gute Idee", sagte Tremayne. „Ich bezahle die Bücher. Sicher interessieren sich auch die anderen für Ihre Werke."

„Aber Paps...", protestierte Gareth.

„In Ordnung", beruhigte ihn Tremayne, „lassen Sie zwei komplette Reihen herschicken."

Kapitel 4

AM NÄCHSTEN Morgen rief ich meinen Freund an, der bei dem Reiseveranstalter arbeitete, und beauftragte ihn, die Bücher zu schicken.

„Heute noch?" fragte er.

„Ja, bitte."

Er kündigte an, er werde sie als Eilpaket aufgeben, wenn mir das recht sei. Tremayne hatte gemeint, ich solle die Bücher zum Bahnhof von Didcot liefern lassen, wo ich sie auf dem Weg zum Einkaufen gleich mitnehmen könne.

„Geht in Ordnung", sagte mein Freund, „du bekommst sie noch heute nachmittag."

Der Tag verwandelte sich langsam in einen Abklatsch des vorhergegangenen. Dee-Dee kam in die Küche, um sich Kaffee und Instruktionen zu holen, und ich machte mich im Eßzimmer wieder über die Schachteln mit den Zeitungsausschnitten her.

Ich entschloß mich, das Pferd sozusagen vom Schwanz her aufzuzäumen und mit den neuesten Ausschnitten zu beginnen, und arbeitete mich von Januar bis zum Dezember des vorigen Jahres durch; ein gutes Jahr für Tremayne. Er lächelte mir von sämtlichen Fotos entgegen, seltsamerweise auch von denen, die im Zusammenhang mit dem Tod der jungen Frau namens Olympia aufgenommen worden waren.

Ich las einen ganzen Stapel dieser Berichte aus den unterschiedlichsten Zeitungen. Olympia war dreiundzwanzig Jahre alt gewesen, stammte aus einer „unbescholtenen Familie" und hatte als Reitlehrerin in Surrey gearbeitet. Ihre Eltern – wen wunderte es – waren „ganz verzweifelt".

Dee-Dee kam herein, bot mir noch Kaffee an und sah, was ich gerade las. „Diese Olympia war ein sexbesessenes Flittchen", erklärte sie ohne Umschweife. „Ich war auch bei dieser Party."

„Ach ja?"

„Ihr Vater hat eine süße, unschuldige kleine Heilige aus ihr gemacht. Nolan hat natürlich auch nichts anderes gesagt, weil es ihm nicht weitergeholfen hätte, und so erzählte keiner, wie sie in Wirklichkeit war."

„Und wie war sie in Wirklichkeit?"

„Sie hatte keine Unterwäsche an", enthüllte Dee-Dee seelenruhig.

„Sie trug nur ein langes signalrotes, trägerloses Kleid, fast bis zu den Hüften geschlitzt. Also, möchten Sie jetzt noch Kaffee oder nicht?"

„Ja, bitte."

Sie entfernte sich Richtung Küche, und ich las weiter Zeitungsausschnitte. Nachdem ich einen Stapel Statistiken zum Ende der Rennsaison durchgeackert hatte, stieß ich auf folgende eigenartige Meldung, die eine Tageszeitung in Reading an einem Freitag im Juni veröffentlicht hatte: PFERDEPFLEGERIN VERMISST, lautete die Schlagzeile, und daneben war ein Foto von Tremayne abgebildet, der wiederum gut gelaunt lächelte.

> Angela Brickell (17), angestellt als „Auszubildende" bei dem prominenten Rennpferdetrainer Tremayne Vickers, erschien am Donnerstag nachmittag nicht zur Arbeit und wurde seither nicht mehr gesehen. Vickers meinte, es komme nur allzuoft vor, daß sich Pfleger ohne eine Nachricht aus dem Staub machten, doch verwundere es ihn, daß sich Miß Brickell nicht vorher ihren ausstehenden Lohn habe ausbezahlen lassen. Wer etwas über den derzeitigen Aufenthaltsort von Angela Brickell weiß, wird gebeten, sich an die Polizei zu wenden.

Auch Angela Brickells Eltern waren „untröstlich", wie es in dem Zeitungsbericht hieß.

Im Laufe der folgenden Woche hatten auch die großen Zeitungen des Landes über das Verschwinden von Angela Brickell berichtet. Obwohl in allen Blättern zwei Monate zuvor Artikel über den Tod von Olympia in Shellerton veröffentlicht worden waren, zog niemand konkrete Schlüsse aus den Fakten.

Für Juli gab es überhaupt keine Zeitungsausschnitte; im August hatte Nolan einen Sieg auf einem von Fionas Pferden geholt. Anfang September tauchte Nolan erneut in den Nachrichten auf, diesmal als Entlastungszeuge für Tremayne. Der Verband für Vollblutzucht und Rennen hatte ein Verfahren gegen ihn eröffnet, weil er im Verdacht stand, eines seiner Pferde gedopt zu haben. Das Pferd hatte positiv auf einen Test reagiert, bei dem Spuren der Stimulanzien Theobromin und Koffein nachgewiesen werden konnten, verbotene Substanzen also, die in Schokolade enthalten sind.

Das betreffende Pferd hatte im Mai ein Amateurrennen gewonnen. Nolan, der es im Auftrag der Besitzerin, Fiona, geritten hatte, war an diesem Tag selbst für das Pferd verantwortlich gewesen, da Tremayne das Rennen nicht besucht hatte. Keiner wußte etwas darüber, wie die verbotenen Substanzen in die Blutbahn des Tieres gelangt waren. Auch Mrs. Fiona Goodhaven hatte keine Erklärung dafür, obwohl sie und ihr Mann dem Rennen beigewohnt hatten. Die Ermittlungskommission stellte fest, daß sich nicht mehr ermitteln ließ, wer dem Pferd die Stimulanzien auf welchem Wege verabreicht hatte. Leider konnte man die zuständige Pflegerin nicht zu dem Vorfall befragen, weil es sich um Angela Brickell handelte, die unauffindbar war.

Angela Brickell. Du meine Güte! dachte ich.

Trotz der schwierigen Beweislage war Tremayne für schuldig befunden und zu einem Bußgeld von fünfzehnhundert Pfund verurteilt worden.

Der Rest des Jahres verlief vergleichsweise ereignislos, obwohl es eine ganze Reihe bemerkenswerter Siege zu verzeichnen gab.

Ich saß nachdenklich da, als Tremayne hereingestürmt kam. „Na, wie geht's?" fragte er.

Ich zeigte auf den Stapel Zeitungsausschnitte neben der leeren Schachtel. „Das ganze letzte Jahr habe ich mir angesehen, mit all seinen Siegern."

Er strahlte. „Ich konnte einfach nichts falsch machen. Unglaublich."

„Ist Angela Brickell jemals wiederaufgetaucht?"

„Wer? Ach, die. Nein. Keine Ahnung, wo sie geblieben ist. Nun ja, selbst der Dümmste im Renngeschäft weiß, daß man Pferden im Training keine Schokolade füttern darf. Nach den Dopingbestimmungen ist Schokolade eben ein verbotenes leistungsförderndes Mittel. Pech gehabt."

„Hätte das Mädchen großen Ärger bekommen, wenn es geblieben wäre?"

Er lachte. „Von mir bestimmt. Ich hätte sie in hohem Bogen rausgeschmissen, doch sie war schon weg, bevor ich erfuhr, daß das Pferd bei der Dopingprobe aufgefallen war. Ein reiner Routinetest. Fast jeder Sieger kommt dran." Er hielt nachdenklich inne. „Wissen Sie, es hätte praktisch jeder gewesen sein können, der hier auf dem Hof arbeitet. Ein Risiko für jeden Trainer. Man ist irgendwelchen Schurken ausgeliefert, die so etwas aus reiner Boshaftigkeit tun. Da heißt es nur: alle möglichen Vorkehrungen treffen und beten."

„Das würde ich gerne als Zitat verwenden, wenn es Ihnen recht ist."

Er blickte mich prüfend an. „Ich habe wohl doch einen guten Autor erwischt, was?"

Sein Lächeln drückte Zufriedenheit aus, und wir machten uns wieder daran, seine frühen Jahre, die er mit dem exzentrischen Vater verbracht hatte, auf Band aufzunehmen. Allem Anschein nach hatte sich Tremayne unbeschwert über einige Hürden hinweggesetzt, wie etwa die Erfahrung, sich als Stallbursche an eine Familie verdingen zu müssen, die große Fuchsjagden zu Pferd organisierte, und ein Jahr später an einen Polospieler in Argentinien.

„Mein Vater vermietete mich regelrecht, strich das Geld ein, das ich verdiente, und zog mir eins mit dem Spazierstock über, wenn ich sagte, das sei nicht fair. Er hielt die Erfahrung, daß das Leben nicht fair sei, für eine wertvolle Lektion. Aber auf der anderen Seite nahm er mich überallhin mit, in die ganze Welt. Ich habe mehr gesehen als die meisten englischen Jungs meines Alters. Er war verrückt, keine Frage, aber er ließ mir eine fabelhafte Erziehung angedeihen, an der ich auch heute nichts ändern würde."

Am späten Nachmittag, nachdem wir die Bandaufnahmen beendet hatten, lieh er mir seinen Volvo, damit ich nach Didcot fahren konnte. Ich kaufte mit der Sorglosigkeit, die nur der Luxus bietet, Lebensmittel ein, holte die Bücher vom Bahnhof ab und war wieder zu Hause, als Tremayne noch seine abendliche Runde durch die Ställe drehte.

Er kehrte zusammen mit Mackie zurück, und beide hauchten sich in die Fäuste und traten von einem Fuß auf den anderen, während sie mich fragten, ob die Bücher angekommen seien. Ich bejahte.

„Großartig!" rief Tremayne. „Bringen Sie sie mit ins Familienzimmer. Los, komm, Mackie!"

Die großen Scheite im offenen Kamin gingen nie ganz aus. Tremayne warf ein Stück Birkenholz darauf und entfachte ein neues Feuer. Natürlich durfte auch Perkin nicht fehlen; er betrat den Raum und holte sich aus der Küche eine Cola. Tremayne öffnete das Päckchen mit den Büchern und drückte Mackie und Perkin einige in die Hand. Sie waren kaum größer als Taschenbücher, hatten weiße Hochglanzeinbände, und in einem schwarzen Feld stand der Titel des Buches, jeweils in einer anderen Farbe: *Überleben im Dschungel* in Grün, *Überleben in der Wüste* in Orange, *Überleben auf See* in Blau, *Überleben in Eis und Schnee* in Hellblau, *Überleben auf Safari* in Rot und *Überleben in der Wildnis* in kräftigem Rotbraun.

„Das war gewiß eine gehörige Menge Arbeit", stellte Mackie fest, die in *Eis und Schnee* herumblätterte und die Illustrationen betrachtete.

„Einiges wiederholt sich", sagte ich. „Viele Überlebenstechniken sind gleich, Feuer anmachen zum Beispiel oder einen Unterschlupf bauen. Das kann man überall anwenden, wo man sich auch befindet."

„‚Das Überleben fängt bereits an, bevor Sie aufbrechen'", zitierte Tremayne aus den ersten Seiten von *Dschungel*. „‚Überleben ist eine Frage des richtigen Bewußtseins.'" Er blickte amüsiert auf. „Das besitze ich!"

„Stimmt."

Die drei lasen mit sichtlichem Interesse weiter. Dann platzte Gareth herein und erblickte die Bücher. „Junge, Junge! Sie sind da!"

Er schnappte sich *Überleben in der Wildnis* und stürzte sich auf die Lektüre. Ich saß da mit meinem Glas Wein und fragte mich, ob ich jemals drei Leute bei der Lektüre meines Romans *Der unendliche Marsch* erwischen würde.

„Das geht aber gut zur Sache", meinte Mackie nach einer Weile und legte ihr Buch zur Seite. „Erbeutete Tiere abziehen und ausnehmen – igitt!"

„Wenn du am Verhungern wärst, würdest du es auch tun", gab Tremayne zu bedenken.

„Da steht unheimlich viel über Erste Hilfe." Gareth blätterte nun ebenfalls in seinem Buch. „Wie man Blutungen stillt ..., Druckverbände anlegt ..., eine ganze Landkarte mit Arterien ... Was tun bei Vergiftung?"

„Mußten Sie jemals auf all den Kram zurückgreifen, um Ihr Leben zu retten?" fragte Tremayne.

„Nun ja, wie man's nimmt. Ich habe mehrere Wochen mit Hilfe dieser Methoden abseits der Zivilisation überlebt, aber es wußte immer jemand so ungefähr, wo ich mich befand. Ich hatte jederzeit die Möglichkeit, das Unternehmen abzubrechen. Grundsätzlich habe ich all diese Techniken und Kniffe in den Gebieten ausprobiert, in denen unser Reiseunternehmen Abenteuerurlaube veranstalten wollte."

„Ist denn jemals etwas schiefgegangen?" wollte Mackie wissen.

„Hin und wieder. In Kanada wurde mein Lager einmal von einem Bären verwüstet; der Kerl trieb sich noch tagelang in meiner Nähe herum."

„Wirklich?" Gareth hörte mir mit offenem Mund zu.

„Es ist nichts passiert", fügte ich hinzu. „Der Bär hat sich schließlich davongemacht."

„Toll!" rief Gareth.

„Bären sind gefährliche Menschenfresser", wies Perkin seinen Bruder zurecht. „Nicht daß du auf die Idee kommst, es John nachzumachen."

„Laß Gareth ruhig träumen", erklärte Tremayne, „das ist ganz normal. Ich glaube keine Sekunde daran, daß er auf Bärenjagd gehen will."

„Jugendliche stellen die blödsinnigsten Sachen an, Gareth ist da keine Ausnahme."

„He", protestierte Gareth, „das sagt gerade der Richtige! Wer ist denn damals aufs Dach geklettert und dann nicht mehr heruntergekommen?"

„Hört auf damit!" Mackie stöhnte. „Warum müßt ihr euch immerzu streiten?"

„Im Vergleich zu Lewis und Nolan sind wir Waisenknaben", meinte Perkin.

„Weswegen streiten sich Fionas Vettern denn?" fragte ich.

Tremayne klärte mich auf. „Aus Neid. Nolan ist der gutaussehende Draufgänger, während Lewis mehr Köpfchen hat. In nüchternem Zustand ist Lewis geradezu ein Finanzkünstler. Er wäre aber gerne der strahlende Amateurjockey wie Nolan, und dieser wiederum würde gerne als stinkreicher Gentleman die gesellschaftliche Erfolgsleiter emporklettern."

„Du gehst zu hart mit ihnen ins Gericht", murmelte Mackie.

„Aber ich habe recht." Er wandte sich mir zu und wechselte das Thema. „Wie gut können Sie reiten?"

„Äh..., auf einem Rennpferd habe ich noch nie gesessen", entgegnete ich. „Nur Verleihpferde, Touristenklepper, arabische Vollblüter in der Wüste."

„Hm." Er überlegte. „Hätten Sie Lust, morgen früh ein wenig zu reiten, wenn die anderen ihre Runden drehen? Auf einem gemütlichen alten Herrn?"

„Einverstanden."

Er nickte. „Mackie, falls du morgen früh vor mir auf dem Hof bist, richte Bob bitte aus, er soll Touchy für John satteln."

„Touchy hat den Cheltenham Gold Cup gewonnen", informierte mich Gareth.

„Tatsächlich? Sauberer alter Herr!"

„Keine Bange", Mackie lächelte mir zu, „er hat inzwischen fünfzehn Jahre auf dem Buckel und schon fast so etwas wie gute Manieren."

„Normalerweise schmeißt er die Leute nur freitags ab", fügte Gareth hinzu.

Am nächsten Morgen, einem Freitag, zog ich Reithosen, Stiefel, Anorak und Handschuhe an und ging nicht ohne Beklemmungen zum Stall hinüber. Ich hatte schon beinahe zwei Jahre auf keinem Pferd mehr gesessen, und meine behutsame Rückkehr in den Sattel hatte ich mir anders vorgestellt. Es mußte schließlich nicht gleich ein erstklassiger Spezialist für Hindernisrennen sein.

Touchy war ein Koloß mit ausgeprägten Muskelpartien. Bob Watson gab mir einen Helm und half mir in den Sattel. Von dort oben war der Erdboden ziemlich weit entfernt. Tremayne, der mich beobachtet hatte, riet mir nun, mich hinter Mackie zu halten, die die Führung der Gruppe übernehmen werde. Er selbst komme mit dem Traktor zum Start nach. Ich könne Touchy in strammem Trab auf der Allwetterbahn reiten, sobald die anderen davongaloppiert seien.

Ich hielt die Zügel fest, nahm meinen ganzen Mut zusammen und konzentrierte mich auf meine Aufgabe, um mich nicht zu blamieren.

„Heraus mit euch!" rief Bob Watson, und schon kamen die Bereiter mit ihren Schützlingen aus ihren Boxen. Die Pferde stampften im Scheinwerferlicht, tänzelten mit dampfenden Nüstern, alles wie gehabt, nur war ich jetzt ein Teil davon. Ich folgte Mackie zum Hof hinaus, über die Straße auf die Trainingsbahn und ritt mit den anderen im Kreis, während wir auf Tremaynes Ankunft warteten und es allmählich heller wurde. Noch immer war das Geläuf mit einer dünnen Schneedecke überzogen – ein klarer Morgen, bitterkalt und wunderschön.

Eine Gruppe nach der anderen verschwand auf der mit Sägespänen bestreuten Strecke, bis zuletzt nur noch Mackie und ich übrig waren.

„Ich halte mich rechts hinter Ihnen", sagte sie, schräg versetzt reitend.

„Tausend Dank", erwiderte ich ironisch.

„Sie schaffen das schon." Plötzlich war sie neben mir, schwankte dabei merkwürdig im Sattel, und ich streckte die Hand aus, um sie zu stützen. „Ist Ihnen nicht gut?" fragte ich besorgt. Sie war kreidebleich und hatte die Augen weit aufgerissen.

„Nein..., ich..." Sie schnaufte unregelmäßig. „Mir war nur auf einmal..., oh..., oh..."

Sie schwankte wieder, als würde sie jeden Moment ohnmächtig werden. Ich beugte mich zu ihr hinüber und legte den rechten Arm um ihre Taille; ich hielt sie fest, damit sie nicht vom Pferd fallen konnte.

Schließlich faßte ich mit der Linken ihre Zügel, und als sich ihr Pferd seitlich wegdrehte, rutschte sie aus dem Sattel, so daß sie halb auf meinem Knie und halb auf meinem Pferd zu liegen kam.

Ich durfte sie jetzt nicht fallen lassen, und so zog ich sie, so gut es ging, hoch, bis ich sie vor mir zwischen Sattel und Pferdehals im Gleichgewicht halten konnte. Touchy war von diesem Manöver nicht sehr begeistert, und auch Mackies Pferd hatte einen Satz zur Seite gemacht, so weit ihm das die Zügel erlaubten; es war kurz davor, sich loszureißen. Ich gab Touchy ein unmißverständliches Zeichen mit dem Schenkel, und er wandte sich gehorsam um und strebte heimwärts. Wie durch ein Wunder verstand auch Mackies Pferd, daß es wieder nach Hause ging, und sträubte sich nicht länger.

Wir hatten die ersten Schritte auf diese Weise zurückgelegt, als Mackie zu sich kam. „Was ist passiert?" fragte sie verwirrt.

Ich ließ die Pferde anhalten. „Sie sind ohnmächtig geworden und hier herübergekippt."

„Lassen Sie mich bitte hinunter. Mir ist furchtbar schlecht."

Sie drehte sich auf den Bauch und ließ sich seitlich hinabrutschen, bis sie neben dem Pferd stand. „Mackie..." Ich schwang mich, beide Zügel fest im Griff, ebenfalls aus dem Sattel und versuchte, ihr zu helfen.

„Ich fühle mich schon seit einigen Tagen nicht wohl", erklärte sie mit schwacher Stimme und suchte nach einem Taschentuch. „Vielleicht die Anspannung wegen der Verhandlung." Sie atmete einige Male tief durch und putzte sich die Nase. „So – jetzt geht es mir wieder besser. Ich verstehe das alles gar nicht."

Sie blickte mich entgeistert an, und ich sah deutlich, wie ihr etwas durch den Kopf ging, das ihren Gesichtsausdruck von Verwirrung in hoffnungsvolle Erwartung und dann in freudiges Staunen verwandelte.

„Oh!" stieß sie verzückt aus. „Glauben Sie vielleicht, daß..., ich meine, ich habe mich schon die ganze Woche morgens nicht so gut..., aber nach zwei Jahren habe ich schon nicht mehr zu hoffen gewagt. Ich hatte nicht die leiseste Ahnung..." Sie lachte. „Verraten Sie Tremayne nichts davon, auch Perkin nicht. Ich will erst noch ein bißchen warten, um sicher zu sein. Ich kann es gar nicht glauben. Ich platze gleich vor Freude."

Nie zuvor hatte ich jemanden so uneingeschränkt und aus tiefstem Herzen glücklich gesehen, und ich freute mich außerordentlich für sie.

Auf einmal schien ihr wieder einzufallen, wo wir uns befanden. „Tremayne wird sich aufregen, wenn wir ihn so lange warten lassen."

„Ich reite zu ihm und erzähle ihm, daß Sie nach Hause geritten sind, weil Sie sich nicht wohl fühlten."

„Nein, auf keinen Fall. Mir geht's schon wieder gut, sehr gut sogar. Helfen Sie mir in den Sattel."

Ich hob sie aufs Pferd und stieg dann selbst wieder auf. Sie nahm die Zügel auf, als wäre nichts geschehen, und ritt in leichtem Galopp die Trainingsbahn entlang. Ich schloß mich ihr an, in der Erwartung, den ganzen Weg in diesem gemächlichen Tempo zurückzulegen, doch sie beschleunigte erheblich. Kurz vor dem Ziel spornte sie ihr Pferd sogar zu Höchstleistungen an, so daß wir im gestreckten Galopp an Tremayne vorbeirasten. Zum Glück wurde Touchy von selbst langsamer und hielt endlich an, ohne seinen Reiter abzuwerfen, Freitag hin, Freitag her. Ich ritt völlig außer Atem zu Tremayne zurück. Mackie folgte.

„Wo seid ihr gewesen?" wollte Tremayne von mir wissen. „Ich dachte schon, Sie hätten gekniffen."

„Wir haben uns nur unterhalten", antwortete Mackie.

Tremayne sah in ihr vor Aufregung glühendes Gesicht und schwieg.

Später am Vormittag – ich war gerade in der Küche und holte Orangensaft aus dem Kühlschrank – polterte Tremayne herein und fragte mich ohne Umschweife: „Was hatten Sie denn mit Mackie zu besprechen?"

„Das wird sie Ihnen sicher selbst erzählen", erwiderte ich lächelnd.

„Mackie kommt für Sie nicht in Frage!" Seine Stimme klang angriffslustig.

„Wir haben nicht geflirtet oder wie Sie es sonst ausdrücken wollen."

Mürrisch werkelte er eine Weile vor sich hin. „Dann ist es ja gut", meinte er schließlich, und ich dachte, daß er Mackie auf seine Weise nicht weniger für sich beanspruchte als Perkin.

Am Samstag morgen ritt ich Touchy wieder, aber Mackie war nirgends zu sehen. Sie hatte Tremayne angerufen und ihm ausgerichtet, sie fühle sich nicht wohl. Zum Frühstück erschien sie allerdings mit Perkin in der Küche. Er hatte ihr den Arm um die Schultern gelegt und wirkte noch besitzergreifender als sonst.

„Wir müssen dir etwas mitteilen", sagte Perkin zu seinem Vater.

„So, was denn?" fragte Tremayne, der mit irgendwelchen Papieren beschäftigt war.

„Du wirst es nicht glauben: Wir bekommen ein Baby."

Tremayne verschlug es vor Ergriffenheit die Sprache. Er brummte etwas Unverständliches, und es klang wie das Schnurren einer Katze. Sohn und Schwiegertochter waren offenkundig zufrieden mit sich und der Welt. Sie wirkten jetzt beide viel verliebter und entspannter als je zuvor. Es schien, als wäre eine große Last, die sie sich aufgebürdet hatten, plötzlich von ihnen abgefallen.

Am Sonntag morgen besuchten Fiona und Harry Tremaynes Rennstall, um nach ihren Pferden zu sehen und sich anschließend mit dem Trainer im Familienzimmer einen Schluck zu genehmigen. Nolan begleitete sie, aber ohne Lewis. Eine Tante von Harry – ebenfalls eine Mrs. Goodhaven – war mit von der Partie. Mackie konnte die Neuigkeit, daß sie guter Hoffnung war, nicht länger für sich behalten, und Fiona und Harry umarmten sie herzlich, während Perkin eine wichtige Miene aufsetzte und Nolan halbherzig seine Glückwünsche los wurde. Tremayne spendierte zur Feier des Tages Champagner.

Ungefähr zur gleichen Zeit, fünfzehn Kilometer entfernt, stieß ein Wildhüter im Dickicht auf Angela Brickells sterbliche Überreste.

Kapitel 5

IN TREMAYNES Haus zeigte Gareth, nachdem man auf sämtliche zukünftigen Vickers getrunken hatte, Fiona und Harry meine Reiseratgeber. Harrys Tante blätterte in *Eis und Schnee*. Gelangweilt legte sie das Buch beiseite. „Wie schrecklich banal", meinte sie lediglich.

„Nun ..." Harry wandte sich an mich. „Ich habe euch noch nicht richtig miteinander bekannt gemacht. Darf ich Sie meiner Tante vorstellen, Mrs. Erica Goodhaven? Sie ist Schriftstellerin."

Der Fall war klar: Fiona und Harry wollten mich dieser Löwin zum Fraß vorwerfen; in ihren Augen blitzte die reine Schadenfreude.

„Erica", wandte Harry sich an die Tante, „John hat diese Bücher geschrieben."

„Und einen Roman", fügte Tremayne hinzu, der mir zu Hilfe kam, obwohl ich nicht sicher war, ob ich diese Hilfe benötigte. „Außerdem verfaßt er meine Biographie."

„Einen Roman?" wiederholte Harrys Tante. „Wie interessant.

Auch ich schreibe Romane. Unter meinem Mädchennamen, Erica Upton."

Jetzt wurde mir der Fall noch klarer: einer literarischen Salonlöwin hatten sie mich zum Fraß vorgeworfen, und was für einer! Erica Upton hatte sich in Schriftstellerkreisen einen ausgezeichneten Ruf erworben und mehrere Literaturpreise gewonnen.

Tremayne füllte mein Glas mit Champagner auf, als hätte ich eine Stärkung bitter nötig. „Die macht Hackfleisch aus Ihnen", flüsterte er mir zu.

Sie sah tatsächlich ein bißchen raubtierhaft aus, wie sie dort auf der anderen Seite des Zimmers stand. Ansonsten war sie eine schlanke, grauhaarige Dame in einem grauen Wollkleid; sie trug flache Schuhe und keinen Schmuck. Eine Tante wie aus dem Bilderbuch – nur daß die wenigsten Leute mit einer Tante wie Erica Upton prahlen konnten.

„Worum geht es denn in Ihrem Roman?" hakte sie sofort nach. Ihre Stimme klang gönnerhaft. Die anderen warteten gespannt auf meine Antwort.

„Ums Überleben", antwortete ich höflich. „Es handelt von einer Gruppe Reisender, die durch ein Erdbeben von der Zivilisation abgeschnitten werden. Der Titel heißt: *Der endlose Marsch*."

„Wie putzig!"

Anscheinend hat sie nicht vor, mich niederzumachen, dachte ich. „Mein Agent meint", fügte ich beiläufig hinzu, „daß der Roman eigentlich eher von den seelischen Auswirkungen der Erniedrigung und Furcht handelt."

„Sie sind zu jung", erwiderte sie, „als daß Sie wirklich etwas Ergreifendes über seelische Auswirkungen schreiben könnten. Zu jung für ein intensives Verständnis dieser Dinge, dessen man nur durch die Erfahrung tiefsten Leids teilhaftig wird."

„Sollten nicht gewisse Erkenntnisse auch einem Gefühl der Zufriedenheit zugestanden werden?"

„Meines Erachtens, nein. Wer niemals gelitten hat, arm ist oder der Melancholie erliegt, leidet unter verzerrter Wahrnehmung. Sie sind kein ernsthafter Schriftsteller." Ein schweres Geschütz – sozusagen volle Breitseite.

„Ich schreibe, um die Leute zu unterhalten", hielt ich dagegen.

„Und ich", erklärte sie einfach, „schreibe, um die Leute zu erleuchten."

Darauf fiel mir keine passende Antwort ein. Mit einer kleinen Verbeugung erwiderte ich leicht säuerlich: „Ich ergebe mich."

Sie lachte erfreut auf. Die Löwin hatte ihr Opfer verschlungen, und alles war gut. Sie drehte sich weg und fing ein Gespräch mit Fiona an.

Harry kam herüber zu mir. „Sie haben sich ganz gut geschlagen", meinte er. „Ein erfrischendes kleines Duell."

„Sie hat mich aufgespießt."

„Mal im Ernst" – offenbar spürte er, daß ich moralische Aufrüstung gebrauchen konnte –, „diese Überlebensbücher sind sehr gut. Hätten Sie etwas dagegen, wenn wir ein paar davon mit nach Hause nähmen?"

„Sie gehören eigentlich Tremayne und Gareth."

„Gut, dann werde ich sie mir von den beiden ausleihen." Er schaute mich merkwürdig an, dann ging er zu Tremayne, um mit ihm zu reden.

Angela Brickells sterbliche Überreste lagen auf der Gemarkung Quillersedge im Westen der Hügellandschaft, die Chiltern Hills heißt. Der Wildhüter, der die Leiche gefunden hatte, teilte der Polizei am Telefon mit, daß sie ihn zu Hause abholen könnten. Gemeinsam würden sie dann auf Privatwegen so nah wie möglich an den Fundort heranfahren. Den Rest des Weges müsse man zu Fuß zurücklegen.

Die ungeplante Party in Tremaynes Haus nahm ihren Fortgang. Fiona und Mackie unterhielten sich über Mackies Baby. Nolan diskutierte mit Tremayne über die Pferde, die er auch weiterhin zu reiten hoffte, sobald die Rennsaison anfing, und Perkin las allen laut vor, wie man sich verhalten soll, wenn man sich verlaufen hat. „Gehen Sie immer bergab, nicht bergauf", zitierte er. „Menschen leben in Tälern. Folgen Sie den Flüssen stromabwärts, irgendwann werden Sie auf Siedlungen stoßen."

Fiona sprang auf, um sich von allen zu verabschieden. Ich wurde bevorzugt, denn ich bekam einen Kuß auf die Wange. „Wie lange bleiben Sie hier?" fragte sie.

Tremayne kam mir mit der Antwort zuvor: „Noch drei Wochen. Dann werden wir weitersehen."

„Wir möchten Sie gerne mal zum Abendessen einladen", erklärte Fiona. „Nolan, auf geht's. Erica, fertig? Mach's gut, Mackie, paß auf dich auf!"

UNGEFÄHR zur gleichen Zeit, als wir zu Mittag aßen, kamen zwei Polizisten mit dem Wildhüter bei den kläglichen Überresten der toten Pferdepflegerin an, und das Schicksal nahm seinen Lauf. Sie knüpften Seile an Baumstämme, um den Fundort zu markieren und abzusperren, und baten über Funk um weitere Instruktionen. Hauptkommissar Doone vom Morddezernat beschloß, am nächsten Morgen mit einem Gerichtsmediziner und einem Fotografen zur Gemarkung Quillersedge zu fahren, um sich vor Ort ein Bild von dem Fall zu machen.

IN TREMAYNES Haus ging ich mit Gareth hinauf in mein Zimmer. Er wollte sich meine Überlebensausrüstung ansehen. „Ist es so eine wie in den Büchern?" fragte er, als ich einen schwarzen, wasserdichten Beutel hervorkramte, den man sich um die Taille schnallen konnte.

„Nein, nicht direkt." Ich überlegte kurz. „Zur Zeit besitze ich drei Überlebensausrüstungen. Eine kleine, die ich immer dabeihabe, diese hier für längere Ausflüge in schwierigem Gelände, und dann noch eine, die ich nicht mitgebracht habe – sie besteht aus einer kompletten Campingausrüstung für die Wildnis. Ich zeige dir zuerst die kleinste Ausrüstung, die mußt du mir aber von unten holen. Du findest sie in meinem Anorak an der Garderobe."

Er rannte eifrig davon und kam kurz darauf mit skeptischer Miene zurück; in der Hand hielt er eine flache Metallbüchse, kleiner als ein Taschenbuch und mit Klebeband verschlossen. „Ist das alles?"

Ich nickte. „Mach es vorsichtig auf."

Sorgfältig breitete er den Inhalt des kleinen Behälters auf der weißen Bettdecke aus, wobei er die einzelnen Posten laut aufsagte: „Zwei Streichholzbriefchen, ein Kerzenstummel, eine kleine Rolle dünner Draht, ein Stück gezacktes Metallband, ein paar Angelhaken, ein kleiner Bleistift und ein Stück Papier, Nadel und Zwirn, zwei Heftpflaster und ein Plastiksäckchen, zusammengefaltet und mit einer Büroklammer verschlossen." Er schaute enttäuscht drein. „Damit kann man nicht sehr viel anfangen."

„Nur ein Feuer anzünden, Holz sägen, Tiere erbeuten, Wasser auffangen, eine Landkarte anfertigen und Wunden nähen. Das gezackte Metallband ist eine aufrollbare Säge."

Er sperrte den Mund auf.

„Außerdem trage ich an meinem Gürtel immer zwei Dinge." Ich löste den Gürtel und zeigte sie ihm. „Eins ist ein Messer und das andere ein Mehrzweck-Überlebenswerkzeug."

Bei dem Instrument, das in einer schwarzen Leinenhülle mit Klettverschluß steckte, handelte es sich um ein starkes Klappmesser mit schräggezackter Schneide, das in aufgeklapptem Zustand gerade achtzehn, zusammengeklappt ganze zehn Zentimeter maß. Das andere Objekt, das ich am Gürtel trug, war etwas kleiner, flach und rechteckig.

„Was ist das?" fragte er und legte das Werkzeug auf seine Handfläche.

„Das habe ich anstelle eines normalen Taschenmessers dabei. Auf der einen Seite ist eine Klinge und auf der anderen eine kleine Schere versteckt. Das kleine runde Ding dort ist ein Vergrößerungsglas; damit kann man Feuer machen, wenn die Sonne scheint. Mit diesen komisch geformten Kanten hier kann man Büchsen öffnen, Kronkorken abziehen, Schrauben eindrehen, Fingernägel feilen und Messer schärfen. Die Rückseite ist blank poliert, damit man Signale geben kann."

„Toll, wirklich Klasse!" rief er und meinte dann, Angelhaken würden nicht allzuviel nützen, wenn weit und breit kein Fluß in der Nähe sei.

„Man kann auch Vögel mit Angelhaken fangen. Sie stürzen sich wie Fische auf den Köder."

Er starrte mich an. „Haben Sie schon Vögel gegessen?"

„Tauben, Amseln. Wenn man wirklich Hunger hat, ißt man alles mögliche."

Gareth legte die Rolle mit dem feinen Draht zurück. „Ich nehme an, dieser Draht ist für die Fallen, die im Buch beschrieben sind."

„Nur für die einfachsten."

„Ein paar von Ihren Fallen sind ganz schön gemein. Da kommst du so als harmloses Kaninchen angehoppelt, kümmerst dich nur um deine eigenen Angelegenheiten und merkst nicht, daß da ein Draht gespannt ist; du stolperst drüber, und plötzlich – zack! – hängst du zusammengeschnürt in einem Netz oder wirst von einem Holzbalken erschlagen. Haben Sie das alles ausprobiert?"

„Ja, sogar schon oft."

„Mir gefällt die Jagd mit Pfeil und Bogen viel besser", meinte der Junge.

„Na ja, ich habe eine Anleitung mit hineingenommen, wie man einen guten Bogen und wirkungsvolle Pfeile bastelt, aber mir sind Fallen lieber."

Ich gab ihm den Beutel mit der zweiten Ausrüstung und ließ ihn die drei mit Reißverschluß und Klettband verschlossenen Taschen leeren und den Inhalt wieder auf dem Bett ausbreiten. Obwohl die Tasche selbst wasserdicht war, hatte ich fast jedes einzelne Stück zusätzlich in eine kleine Plastiktüte eingewickelt und mit einem Stück Draht fest zugedreht.

Gareth machte einige der Tüten auf und wunderte sich über den Inhalt. „Erklären Sie mir, was das ist. Klar, mit zwanzig Streichholzbriefchen kann man viele Feuer anmachen, aber was haben diese Baumwollbällchen da zu suchen?"

„Sie entzünden sich leicht, so daß man damit trockene Blätter in Brand stecken kann."

„Und das hier? Diese kleine Dose mit der hellen Flüssigkeit und dem abgesägten Pinsel?"

Ich lächelte. „Das wird im Buch über das Überleben in der Wildnis erklärt: Leuchtfarbe. Wenn du dein Lager verläßt und dich auf die Suche nach Eßbarem oder Feuerholz machst, dann solltest du ja nach Möglichkeit wieder zurückfinden, oder? Also malst du mit dieser Farbe einen Klecks auf einen Baumstumpf oder einen Stein, immer so, daß man von einem Klecks aus den anderen noch sehen kann. Auf diese Weise findest du selbst im Dunkeln wieder zu deinem Lager zurück."

„Super", meinte er.

„Das kleine rechteckige Ding dort mit dem Griff ist ein starker Magnet. Damit kann man verlorene Angelhaken aus dem Wasser fischen. Man bindet den Magneten an eine Schnur und schwenkt ihn über dem Grund hin und her. Angelhaken sind sehr wertvoll."

Er legte einen gewöhnlichen Kugelschreiber mit eingebauter Taschenlampe zur Seite und zeigte sich auch von Sicherheitsnadeln, Aspirin oder Tabletten zum Wasserreinigen nicht sehr begeistert. Was ihn wirklich faszinierte, war ein winziger Flammenwerfer, der eine fauchende blaue Flamme produzierte, die heiß genug war, um Lötmetall zu schmelzen.

„Super", wiederholte er. „Das ist echt Klasse."

„Absolut zuverlässig beim Feueranzünden", bemerkte ich, „solange das Butangas reicht."

Gareth war beim letzten Stück der Ausrüstung angelangt, einem Paar Lederhandschuhe.

„Damit verdoppelst du deine Griffsicherheit", erklärte ich. „Die

Dinger schützen dich vor Kratzern und Schnittwunden. Ganz abgesehen davon sind sie Gold wert beim Brennesselpflücken."

„Ich würde sowieso keine Brennesseln pflücken."

„O doch. Gekocht schmecken die Blätter gar nicht einmal übel, aber das beste sind die Stiele, die unglaublich sehnig sind. Wenn du sie weichgeklopft hast, kannst du mit den Fasern Äste zusammenbinden, und damit baut man wiederum Schutzhütten oder Gestelle. Deine Sachen dürfen nämlich nicht auf dem Boden stehen, wegen der Feuchtigkeit und der Tiere."

„Sie wissen so vieles", meinte der Junge.

„Ich bin in der Wildnis zu Hause."

Er packte alles wieder akribisch zusammen. Da fiel ihm plötzlich etwas ein. „Sie haben keinen Kompaß!"

„Er ist nicht da drin", gab ich zu.

Ich machte eine Schublade der Kommode auf und holte ihn heraus: einen flachen, mit Flüssigkeit gefüllten Kompaß, eingefaßt in ein rechteckiges Stück Plexiglas, an dessen Rändern ein Zentimetermaß eingeprägt war. Ich zeigte ihm, wie man ihn auf die Landkarte legt und wie er es seinem Benutzer vereinfacht, Routen zu bestimmen. Schließlich erzählte ich Gareth, daß ich ihn immer in meiner Hemdentasche trüge.

„Aber er war doch in der Schublade", widersprach er.

„Ich werde wohl in Shellerton so schnell nicht verlorengehen."

„In den Chilterns schon", erwiderte er mit vollem Ernst.

Ich bezweifelte das, versicherte ihm jedoch, daß ich den Kompaß von nun an immer mitnehmen würde, womit ich mir – wie erwartet – einen skeptischen Blick einhandelte.

Wir kehrten wieder ins Familienzimmer zurück, wo Tremayne sich zu seinem abendlichen Rundgang durch den Stall aufmachte. Er lud mich ein, ihn zu begleiten, was ich mit Freuden annahm.

„Fängt an zu tauen", sagte er, als wir draußen waren. „Es tropft schon von allen Dächern. Gott sei Dank."

Tatsächlich verwandelte sich die weiße Welt über Nacht in eine grüne. Die Natur erwachte aus dem Winterschlaf, und bald begann die Rennsaison.

DRAUSSEN im stillen Unterholz von Quillersedge verbrachte Angela Brickell ihre letzte Nacht bei den kleinen Aaskäferchen, die sich an ihr gütlich getan hatten.

Am Montag morgen beförderte mich Tremayne von Touchy auf einen noch aktiv im Rennleben stehenden Galopper, einen neun Jahre alten Wallach namens Drifter. Ich durfte sogar regulär mit den Bereitern auf die Trainingsrennbahn, und mit des Schicksals und des Glückes Hilfe hielt ich mich im Sattel.

Als wir zurückkehrten, saß ein fremder Mann beim Kaffee in der Küche. Er war jung, von kleiner Gestalt und drahtig, und er besaß ein hohes Maß an Selbstbewußtsein, das er offen zur Schau trug. Sein Mundwerk war, wie ich bald herausfand, beinahe so schändlich wie das von Nolan, nur im Unterschied zu diesem auch noch sehr witzig.

„Hallo, Sam", begrüßte ihn Tremayne. „Die Arbeit ruft, was?" Er wandte sich an mich. „Das ist Sam Yaeger, unser Stalljockey." Er erläuterte Sam den Grund meiner Anwesenheit und sagte ihm auch, daß ich gerade vom Reiten käme.

Der Jockey nickte mir zu und musterte mich, offensichtlich, um herauszufinden, ob ich ihm eher nützlich oder gefährlich werden könnte. Er trug Reithosen, dazu ein grellgelbes Sweatshirt. Über seiner Stuhllehne hing ein buntgemusterter Anorak, das Gegenstück zu dem von Gareth. Außerdem hatte er seinen eigenen Helm mitgebracht, leuchtend türkis, und in roten Buchstaben war vorne YAEGER aufgemalt. Nicht gerade ein zurückhaltender Zeitgenosse, dachte ich.

Dee-Dee kam herein und wollte ihren Kaffee holen; bei Sam Yaegers Anblick strahlte sie um mindestens fünfzig Watt heller. „Guten Morgen, mein Herzblatt!" rief sie und nahm neben dem Jockey Platz. Sie flirtete nicht gerade mit ihm, schenkte ihm jedoch ihre ganze Aufmerksamkeit.

Ich bereitete Toast, und Sam Yaeger beobachtete mich mit übertrieben hochgezogenen Augenbrauen. „Sagte Tremayne vorhin nicht, Sie seien Schriftsteller? Sie sehen überhaupt nicht aus wie so ein komischer Bücherwurm."

„Die meisten Leute sehen nicht nach dem aus, was sie sind."

„Wie sehe ich denn aus?" wollte er wissen.

„Wie jemand, der im letzten Jahr neben neunundachtzig anderen Rennen das Grand National gewonnen hat und auf Platz drei der Jockeyrangliste aufgestiegen ist."

„Sie haben gekiebitzt", meinte er überrascht.

„Ich werde Sie demnächst dazu interviewen, was Sie von Ihrem Boß als Trainer halten."

Tremayne schaltete sich mit gespielter Strenge ein: „Dabei erbitte ich mir den nötigen Respekt!"

Sam beherrschte mit seiner lebhaften Art das Frühstück, und ich fragte mich, wie er wohl mit Nolan zurechtkam, einem weniger repräsentativen Vertreter seiner Zunft. Ich stellte Dee-Dee die gleiche Frage, nachdem Tremayne und Sam gegangen waren, um sich die zweite Gruppe Pferde anzusehen.

„Wie sie miteinander auskommen?" wiederholte sie amüsiert. „Überhaupt nicht. Sam kann Nolan nicht ausstehen, weil er so viele Pferde aus unserem Stall reitet. Man kann über Nolan sagen, was man will, doch niemand streitet ab, daß er ein hervorragender Jockey ist. Schon seit Jahren mischt er bei den Amateuren an der Spitze mit."

„Warum wechselt er nicht zu den Profis über?"

„Allein die Vorstellung jagt Sam kalte Schauer über den Rücken, aber Nolan zieht den Amateurstatus vor. In seinen Augen ist Sam im Gegensatz zu ihm ein einfacher Angestellter. Außerdem sind nicht nur die Pferderennen der Grund, sondern auch die Frauen."

„Frauen?"

„Die beiden sind auf diesem Gebiet ebenfalls Rivalen. In der Nacht, als Olympia starb, war Sam drauf und dran gewesen, die junge Frau zu verführen. Nolan hatte sie mit zur Party gebracht, und Sam hatte sich sofort an sie herangemacht."

„War Sam mit Olympia schon vorher..., äh..., bekannt?"

„Er hatte nie zuvor mit ihr zu tun gehabt. Keiner von uns kannte sie. Sie sah Sam nur an und fing an zu kichern. Frauen reagieren oft so, wenn sie Sam kennenlernen." Sie runzelte die Stirn. „Sagen Sie nichts. Ich bin auch dafür anfällig. Ich kann nichts dafür. Er ist halt ein lustiger Typ."

„Das habe ich gleich bemerkt."

„Wirklich? Olympia auch. Kaum war Nolan gegangen, um ihr einen Drink zu besorgen, verschwand sie mit Sam. Nolan suchte sie, aber ohne Erfolg. Er kam grollend und fluchend ins Haus zurück und sagte, er werde sie umbringen. Wie Sie sehen, schob er ihr und nicht Sam – glaube ich jedenfalls – die Schuld dafür in die Schuhe, daß er wie ein Idiot dastand. So – das ist jedenfalls an diesem Abend passiert."

„Natürlich hat das niemand bei Gericht vorgebracht", ergänzte ich.

„Selbstverständlich nicht. Sehen Sie, es wußten ja nicht viele, außerdem hätte das ein Tatmotiv für Nolan ergeben."

„Eben."

„Er wollte sie nicht umbringen. Das weiß jeder. Wenn er Sam angegriffen und umgebracht hätte, das wäre etwas anderes gewesen."

„Der Staatsanwalt muß aber doch Nolan gefragt haben, warum er so etwas gesagt hat."

„Sicher, aber Nolan behauptete, es nur deswegen geäußert zu haben, weil er sie nicht gefunden habe. Grobe Wortwahl, aber keine Drohung. Mich hat jedenfalls niemand gefragt, ob ich mehr darüber wisse, und so hat es auch niemand herausgekriegt."

Ich seufzte. „Und Sam hat nichts gesagt, weil es seinen angeknacksten Ruf noch mehr gefährdet hätte?"

„Ja. Außerdem glaubt er nicht daran, daß Nolan sie wirklich umbringen wollte." Sie schüttelte sich. „Meine Arbeit bleibt inzwischen liegen."

„Sie haben mir bei meiner geholfen."

„Schreiben Sie das bloß nicht ins Buch", ermahnte sie mich erschrocken.

„Werde ich nicht tun. Versprochen."

DRAUSSEN im Wald von Quillersedge blickte Hauptkommissar Doone auf die Überreste der Leiche, während der Pathologe ihm erklärte, daß dies einmal ein junges Mädchen gewesen war, das wahrscheinlich vor weniger als einem Jahr den Tod gefunden hatte. Zwei Polizeibeamte stießen unter einer Schicht trockenen Laubes auf ein Paar nasse, dreckige Jeans, einen BH, ein Höschen und ein T-Shirt. Doone kam zu dem Schluß, daß das Mädchen nackt gewesen sein mußte, als es starb.

Er stieß einen tiefen Seufzer aus. Solche Fälle waren ihm zuwider. Er hatte selbst Töchter in diesem Alter.

TREMAYNE kam gut gelaunt pfeifend von der Inspektion der zweiten Gruppe zurück. Er betrat das Eßzimmer und bat um einen, oder besser gesagt, um zwei Gefallen.

Der Unfalljeep war auf dem Schrottplatz gelandet. Man hatte jedoch in Newbury schon ein Ersatzfahrzeug ausfindig gemacht, einen zwar nicht neuen, wohl aber ganz brauchbaren Landrover. Tremayne fragte mich, ob ich ihn im Volvo nach Newbury begleiten würde, damit ich den Ersatzwagen nach Shellerton fahren könnte.

„Selbstverständlich", sagte ich.

Auf der Rennbahn in Windsor sollte am Mittwoch die Saison eröffnet werden. Tremayne hatte vier Pferde am Start. Er wollte gerne, daß ich mitkäme, damit ich sähe, was noch so alles zu seiner Tätigkeit gehöre.

„Mit Vergnügen", antwortete ich.

Außerdem wolle er am Abend gerne zu Freunden zum Pokern gehen – ob ich wohl bei Gareth zu Hause bleiben könnte?

„Klar", erwiderte ich.

„Dee-Dee ist der Meinung, wir nutzten Sie aus", erklärte er rundheraus. „Fühlen Sie sich auch – ausgenutzt?"

„Nein." Ich war überrascht. „Mir gefällt meine Tätigkeit. Ich möchte an allem teilhaben. Auf diese Weise lerne ich Sie besser kennen, und das kommt dem Buch zugute."

Der Tag verlief wie geplant, und am Abend, nachdem Tremayne zu seiner Pokerrunde gefahren war, fragte mich Gareth, ob ich ihm das Kochen beibringen wolle.

„Es ist ganz einfach", sagte ich. „Was willst du essen?"

Wir gingen in die Küche, und Gareth erkundigte sich nach Hackfleischsoße. Er schaute mir genau zu, wie ich meine Zutaten zusammenstellte: Hackfleisch, eine Zwiebel, Soßenpulver und ein Glas mit getrockneten Kräutern. Ich löste etwas Pulver in einem bißchen Wasser auf, schüttete es zu dem Fleisch, schnitt die Zwiebel in kleine Stückchen, gab sie hinzu, streute ein paar Kräuter darüber und rührte alles in einem Kochtopf durcheinander, setzte den Deckel darauf und ließ es kochen.

„Schreiben Sie bitte alles auf, was Sie letzte Woche gekauft haben", bat er mich. „Dann kann ich alles nachkaufen und kochen, wenn Sie wieder weg sind."

„Nichts leichter als das."

„Von mir aus könnten Sie gerne für immer bleiben." Aus seiner Stimme klang schmerzvoll die Einsamkeit.

„Ich bin noch drei Wochen hier", antwortete ich. „Hättest du Lust, vielleicht nächsten Sonntag, falls das Wetter einigermaßen mitspielt, mit mir einen Ausflug zu machen – querfeldein oder eventuell in den Wald? Ich könnte dir ein paar von den Sachen zeigen, die in den Büchern beschrieben sind ..., wie sie in der Praxis funktionieren."

Gareth strahlte, was ich als Kompliment auffaßte. „Darf ich Kokosnuß mitnehmen?" fragte er.

„Sicher."

„Schleppen wir auch die Überlebensausrüstung mit?"

„Natürlich."
„Und machen ein Feuer?"
„Am besten wohl auf eurem eigenen Grund und Boden, wenn es dein Vater erlaubt."
„Ich kann es kaum erwarten!"

AM DIENSTAG morgen lieferte der Pathologe seinen Bericht bei Hauptkommissar Doone ab. „Die stark skelettierte Leiche gehört einer jungen Frau, wahrscheinlich einssechzig bis einsfünfundsechzig groß, schätzungsweise zwanzig Jahre alt."
„Wie lange ist sie bereits tot?" wollte Doone wissen.
„Seit vergangenem Sommer, würde ich sagen."
„Todesursache? Drogen? Unterkühlung?"
„Ihr Zungenbein ist gebrochen."
Doone wirkte plötzlich sehr niedergeschlagen. „Sind Sie sicher?"
„Absolut. Sie wurde erdrosselt."
Am Dienstag nachmittag schickte Hauptkommissar Doone seine Männer los, damit sie das gesamte Gebiet absuchten, in dem die Leiche gefunden worden war. Er gab seinen Beamten den Auftrag, hauptsächlich nach Schuhen Ausschau zu halten, aber auch nach anderen Gegenständen, die irgendwie fehl am Platze schienen. Sie sollten auf einer Karte einzeichnen, wo die Fundstücke entdeckt wurden, außerdem jedes Stück einzeln katalogisieren und aufpassen, daß keine Beweismittel zerstört wurden. Er erinnerte sie daran, daß sie es jetzt mit einem Mordfall zu tun hatten.

IN SHELLERTON waren am Dienstag keine besonderen Ereignisse zu verzeichnen. Der Tag verging mit Ausreiten, Frühstück, Zeitungsausschnitte lesen, Mittagessen, Bandaufnahmen, Drinks und Abendessen.

Als ich am Mittwoch morgen von der Trainingsstrecke zurückkehrte, saß Sam Yaeger wieder in der Küche. Er wollte eine Lieferung burmesischen Teakholzes abtransportieren, die Perkin mit Geschäftsrabatt für ihn besorgt hatte.

„Sam besitzt ein Boot", teilte mir Tremayne mit. „Ein altes Wrack, das er langsam in einen Luxuskreuzer verwandelt, der einen ganzen Harem aufnehmen kann."

Yaeger grinste und stritt die Behauptung nicht ab. „Jeder Jockey muß sich um seine Zukunft kümmern. Ich kaufe ausrangierte alte

Boote und möble sie wieder auf, besser als neu. Das letzte habe ich an einen von diesen reichen Zeitungsfritzen verkauft."

„Wo liegt Ihr Boot denn?" fragte ich und beschäftigte mich mit dem Toast.

„In Maidenhead, an der Themse. Vor einiger Zeit habe ich dort ein Bootshaus erworben. Sieht aus wie Kraut und Rüben, aber ein bißchen Unordnung schadet nichts; da glauben Diebe, es gäbe nichts zu holen."

Tremayne fing an, über die Pferde zu sprechen, die er am Nachmittag in Windsor an den Start schicken wollte. „Cheesecake ist ein viel besserer Steher, als du glaubst, und nimm Just The Thing nicht hart ran, wenn du merkst, daß sie nicht durchzieht. Ich will nicht, daß sie sauer wird, unerfahren, wie sie ist."

„In Ordnung", erwiderte Sam, voll konzentriert. „Was ist mit Cashless? Soll ich ihn wieder vorne reiten? Er hat das gerne."

„Dann sieh zu, daß du ihn vor dem Feld auf die Zielgerade bekommst."

„Gut."

„Nolan reitet Telebiddy im Amateurrennen", fügte Tremayne hinzu. „Wenn ihn der Verband für Vollblutzucht und Rennen nicht herausnimmt."

Sam verdrehte die Augen, sagte aber nichts. Tremayne wandte sich zu mir um. „Wir fahren um halb eins nach Windsor."

„Gerne."

Ungefähr zur gleichen Zeit betrat Hauptkommissar Doone im Morddezernat das Besprechungszimmer und breitete alles, was seine Männer im Unterholz aufgelesen hatten, auf einer Tischplatte aus. Da waren einmal die Kleider, die man bei der Leiche gefunden hatte, und ein Paar ausgelatschte Turnschuhe, vier alte, leere, verdreckte Limonadendosen, eine zerbrochene Sonnenbrille, ein Ledergürtel mit eingerissenen Löchern, eine Ginflasche, ein blauer Plastikkamm, ein durchgekauter Gummiball, ein goldverzierter Kugelschreiber, ein rosafarbener Lippenstift, Schokoladenpapierchen und ein zerrissenes Hundehalsband.

Hauptkommissar Doone lief brütend im Zimmer hin und her und nahm die Ausbeute aus allen Blickwinkeln ins Visier. „Sprich mit mir, Mädel", sagte er. „Verrate mir, wer du bist."

Die Kleider und die Schuhe gaben keine Antwort.

Er rief seine Leute zusammen und befahl ihnen, noch einmal das Unterholz zu durchkämmen und die Suche auszuweiten. Schließlich ging er die Listen mit den vermißten Personen durch – vielleicht fand er dort einen Hinweis.

Er las den Namen ANGELA BRICKELL und den danebenstehenden Kommentar: „Steht im Verdacht, ein Rennpferd gedopt zu haben. Spurlos verschwunden."

Doone schenkte dem Motiv keine Beachtung, sondern lenkte sein Interesse auf die durchgebrannte Tochter eines Politikers. Es würde seiner stockenden Karriere ein bißchen Auftrieb verschaffen, ging es Doone so durch den Kopf, wenn sich herausstellte, daß *sie* das Opfer war.

TREMAYNE teilte mir mit, daß es nur einen einzigen Ort gab, zu dem er mich in Windsor nicht mitnehmen durfte: den Waageraum der Jockeys, das „Allerheiligste" einer Rennbahn. Sonst, sagte er, solle ich ihm immer dicht auf den Fersen bleiben.

Daraufhin lief ich ihm nach wie ein Hund, manchmal mußte ich ihm sogar hinterherrennen. Es hatte sich ergeben, daß seine vier Pferde in vier aufeinanderfolgenden Rennen liefen. Er stürzte förmlich von einem Ort zum anderen: in den Waageraum, wo er den Sattel und die Satteldecke seines Jockeys abholte, dann im Laufschritt zum Sattelplatz, wo er das Pferd eigenhändig sattelte und es in den Führring hinausschickte, an dessen Rand er sich zu den Eigentümern gesellte und dem Jockey letzte Anweisungen gab, dann hinauf auf die Tribüne, um das Pferd laufen zu sehen, wieder hinunter zum Absatteln und dann sofort wieder in den Waageraum, wo das ganze Spiel von vorn begann.

Nolan war da und erkundigte sich ängstlich bei Tremayne, ob der Verband Einspruch gegen seinen Start eingelegt habe.

Tremayne verneinte. „Du reitest. Und keine Nachfragen. Wenn sie dich nicht reiten lassen wollen, teilen sie es dir früh genug mit. Konzentrier dich ganz aufs Siegen."

Tremayne verschwand erneut im Waageraum und ließ mich mit Nolan allein. Sam Yaeger gesellte sich zu uns und ärgerte Nolan sofort damit, daß er ihm auf den Rücken klopfte. Die Stimmung zwischen den beiden war so frostig wie die kalte Luft im Freien.

„Reite Cheesecake bloß ordentlich", sagte Nolan, „ich will nicht, daß er vor dem Kim-Muir-Rennen in Cheltenham versaut wird."

„Muß ich jetzt auch noch für blöde Amateure die Amme spielen?" gab Sam zurück.

Werden die beiden denn nie erwachsen? fragte ich mich.

Jeder auf sich gestellt verhielt sich jedoch selbstbewußt, einfühlsam und absolut professionell, wie ich im Laufe des Nachmittags herausfand.

Sam machte keinerlei Zugeständnisse auf Cheesecake, sondern hielt ihn in gleichmäßigem Galopp dicht an der inneren Bahnbegrenzung, wohingegen andere, die weiter außen liefen, wiederholt nach vorn drängten und dann wieder zurückfielen. Als Cheesecake um die letzte von mehreren Kehren herumkam, patzte er beim Sprung über eine mannshohe Hecke, taumelte, so daß seine Nüstern dahinter beinahe den Boden berührten. Tremayne, der neben mir stand, stieß einen Fluch aus, doch wie durch ein Wunder kamen Pferd und Jockey wieder hoch und verloren nicht mehr als drei oder vier Längen. Sam ging über die letzten beiden Hindernisse ohne jede Rücksicht auf seine eigene Sicherheit; er holte aus Cheesecake alles heraus, was das Pferd zu bieten hatte. Mit den letzten Galoppsprüngen hatte Cheesecake eindeutig die Nase vorn.

Noch bevor der Jubel von der Tribüne verstummt war, befand sich Tremayne nach einem kurzen Spurt am Auslauf. Er untersuchte seinen erregten, schwitzenden, atemlosen vierbeinigen Schützling auf Verletzungen – keine – und folgte dann Sam in den Waageraum, wo er auch den Sattel für Just The Thing abholte.

Als er herauskam, wurde er von Nolan empfangen, der sich bei ihm über Sam beschwerte. Nolan war der Ansicht, der Jockey habe ihm sämtliche Chancen genommen, in Cheltenham auf Cheesecake zu gewinnen.

„Bis Cheltenham sind es noch sechs Wochen", beruhigte ihn Tremayne, obwohl er in Eile war. „Sam ist goldrichtig geritten. Jetzt zieh los, und mach es mit Telebiddy genauso!"

Nolan stiefelte von dannen. Er war noch immer wütend. Tremayne ließ sich zwar zu einem Seufzer, jedoch zu keinem Kommentar hinreißen.

Im nächsten Rennen saß Sam im Sattel der Stute Just The Thing und ging auf einem respektablen dritten Platz durchs Ziel.

Telebiddy sollte im nächsten Rennen laufen. Selbst in Jockeykleidung wirkte Nolan kräftig und arrogant, doch sobald er in den Sattel gestiegen war, schien er alle Großmannssucht abgestreift zu haben. Er verwandelte sich in einen Profi und war konzentriert, ruhig und sattelfest.

Nolan lieferte eine eindrucksvolle Darbietung seines Könnens, mit dem er die restlichen Amateure gnadenlos in den Schatten stellte. Er machte wertvolle Sekunden an den Hindernissen gut, sein Pferd schien immer genau an der richtigen Stelle zu springen und gewann so Länge um Länge. Das war Augenmaß, nicht Glück. Als wolle er Sam Yaeger ausstechen, flog Nolan förmlich über die letzten Hindernisse

und gewann mit zehn Längen Vorsprung, obwohl er Telebiddy am Ende sogar noch zurücknahm.

Im nächsten Rennen ging Sam auf Cashless erwartungsgemäß in Führung und hielt diese Position lange mit Leichtigkeit, bis auf die letzten, die entscheidenden fünfzig Meter. Dort „winkten" drei Jockeys, die bis dahin abgewartet hatten, mit der Peitsche und zogen an ihm vorbei.

Tremayne zuckte die Achseln. „Schade."

Wir schauten Sam nach, der loszog, um sich „zurückwiegen" zu lassen, und Tremayne vertraute mir an, daß er Cashless zur Abwechslung einmal in einem Amateurrennen einsetzen wolle. „Mal sehen, was Nolan mit ihm ausrichtet."

„Spielen Sie die beiden absichtlich gegeneinander aus?" fragte ich.

Tremayne warf mir einen vielsagenden Blick zu. „Für die Besitzer tue ich mein Bestes." Er lächelte. „Zwei Sieger – eine überdurchschnittliche Ausbeute für einen Tag auf der Rennbahn. Fahren wir nach Hause."

UNGEFÄHR zur gleichen Zeit, als wir heimwärts fuhren, brütete Hauptkommissar Doone über einer Frauenhandtasche, die Bißspuren aufwies. Den Zahnabdrücken nach war sie wahrscheinlich von einem streunenden Hund seitlich aufgebissen worden, so daß das meiste von ihrem Inhalt verlorengegangen war. In einem der Innenfächer fanden sich nur noch ein kleiner Spiegel und ein zusammenklappbares Fotoetui.

Mit äußerster Sorgfalt öffnete Doone das Etui. Es enthielt einen wasserfleckigen Schnappschuß von einem Mann, der neben einem Pferd stand. Vor seinem geistigen Auge ließ Doone noch einmal die Vermißtenliste vorbeiziehen; er hielt inne beim Namen Angela Brickell, Pferdepflegerin.

Kapitel 6

DIE Bombe platzte am Donnerstag in Shellerton.

Tremayne machte sich gerade in seinem Zimmer reisefertig, um zu den Rennen nach Dowchester zu fahren, als es an der Tür klingelte. Dee-Dee öffnete und kam kurz darauf mit geheimnisvoller Miene zu mir ins Eßzimmer zurück. „Da sind zwei Polizeibeamte", erklärte sie. „Sie haben mir nicht verraten, was sie wollen. Ich habe sie in das Familienzimmer geführt, bis Tremayne herunterkommt. Würden Sie die beiden im Auge behalten?"

„Klar", sagte ich und war schon unterwegs.

Die beiden Beamten sahen aus wie graue Mäuse, was vermutlich nicht nur an ihrer Kleidung lag.

Ich stellte mich vor. „John Kendall. Kann ich etwas für Sie tun?"

„Ich bin Hauptkommissar Doone von der Thames Valley Police", erwiderte der eine. „Das ist Kommissar Rich. Braucht Mr. Vickers noch lange? Wir müssen ihn so bald wie möglich sprechen."

„Nein, er muß gleich hiersein. Möchten Sie sich nicht setzen?"

Sie nahmen auf zwei Stühlen Platz, lehnten den Kaffee, den ich ihnen anbot, jedoch ab. Doone schien so um die Fünfzig zu sein, hatte graumeliertes Haar, einen dichten braunen Schnurrbart und große, knochige Hände.

Tremayne kam die Treppe herunter. Noch im Gehen knöpfte er sich die blau-weiß gestreiften Manschetten seines Hemdes zu, sein Jackett hatte er zwischen Unterarm und Brust geklemmt. „Na", begann er, „wen haben wir denn da?"

Doone stellte sich erneut vor. „Wir hätten Sie gerne allein gesprochen, Sir."

Tremayne bedeutete mir mit einem Blick, daß ich hinausgehen solle, und machte hinter mir die Tür zu. Ich kehrte ins Eßzimmer zurück, doch kurz darauf hörte ich, wie die Tür zum Familienzimmer wieder geöffnet wurde und Tremayne laut rief: „John, würden Sie bitte hereinkommen?"

Ich ging wieder hinein. Doone erhob Einwände gegen meine Anwesenheit, die seiner Meinung nach unnötig und störend war. Tremayne blieb stur. „Ich möchte, daß er das hört. Würden Sie bitte wiederholen, was Sie gerade gesagt haben?"

Doone zuckte die Achseln. „Ich bin hier, um Mr. Vickers darüber in Kenntnis zu setzen, daß wir die Leiche einer jungen Frau gefunden haben, von der wir annehmen, daß sie früher einmal hier gearbeitet hat."

„Angela Brickell", ergänzte Tremayne resigniert.

Ich war überrascht. „Das arme Ding! Und dabei dachten alle, sie wäre ausgerissen."

„Die beiden Herren haben ein Foto dabei", erklärte Tremayne. „Darauf ist ein Mann zu sehen, den es zu identifizieren gilt." Er wandte sich an Doone. „Zeigen Sie ihm das Bild." Er nickte in meine Richtung. „Verlassen Sie sich nicht auf meine Aussage."

Widerstrebend reichte mir Doone eine Fotografie, die in eine Plastikhülle eingeschlagen war. Ich blickte Tremayne fragend an. „Harry Goodhaven?"

Tremayne nickte mit unbeteiligter Miene. „Das ist Fionas Pferd, Chickweed, das angeblich gedopt wurde."

„Wer ist dieser Harry Goodhaven?" wollte Doone wissen.

„Der Ehemann der Pferdebesitzerin."

„Aus welchem Grund hat Angela Brickell ein Foto von Mr. Goodhaven mit sich herumgetragen?"

„Doch nicht von ihm", widersprach Tremayne. „Es handelt sich hier um die Aufnahme eines *Pferdes*. Miß Brickell war für das Pferd verantwortlich."

Diese Antwort schien den Kommissar nicht sehr zu überzeugen.

„Einem Pfleger bedeutet das Pferd, das ihm anvertraut wird, soviel wie ein eigenes Kind", bekräftigte ich. „Es ist durchaus verständlich, daß Miß Brickell ein Foto von Chickweed bei sich hatte."

Doones Begleiter, Kommissar Rich, machte sich die ganze Zeit über Notizen. Doone fragte weiter: „Sir, könnten Sie mir die Adresse von diesem Goodhaven geben?"

„Mr. Harry Goodhaven, wenn ich bitten darf", antwortete Tremayne. „Er ist der Eigentümer von Manor House in Shellerton."

Doone schaute beeindruckt auf.

„Ich bin schon spät dran", meinte Tremayne und wandte sich zur Tür. „Bleiben Sie hier, solange es Ihnen gefällt. Unterhalten Sie sich mit John, mit meiner Sekretärin oder mit wem Sie möchten."

„Ich fürchte, Sie haben mich mißverstanden, Sir", fügte Doone mißmutig hinzu. „Angela Brickell wurde erdrosselt!"

„Was?" Tremayne blieb wie vom Schlag gerührt stehen. „Ich dachte, Sie sagten..."

„Ich sagte, wir hätten ihre Leiche gefunden. Außerdem, Sir" – er zögerte kurz, als müsse er seinen ganzen Mut zusammennehmen –, „erst in der vergangenen Woche gab es einen Prozeß, bei dem es um eine andere junge Frau ging, die ebenfalls erdrosselt wurde..., und zwar hier in diesem Haus."

„Da kann es keine Verbindung geben", meinte Tremayne entschieden.

Doone hakte unverdrossen nach. „Stand Mr. Nolan Everard in irgendeiner Verbindung zu Angela Brickell?"

„Ja, selbstverständlich. Er reitet Chickweed, das Pferd auf dem Foto, schon deshalb ist er oft mit Angela Brickell zusammengekommen. Wo, sagten Sie, wurde ihre... Leiche... gefunden?"

„Ich glaube, das hatte ich noch nicht erwähnt, Sir."

Mir kam der Verdacht, daß Doone gehofft hatte, jemand würde es *wissen*. Denn wer es wußte, konnte auch derjenige sein, der sie erwürgt hatte.

„Traurige Geschichte", sagte Tremayne. „Trotz allem muß ich jetzt auf die Rennbahn. Stellen Sie ruhig allen im Haus Ihre Fragen. John, sagen Sie Mackie und Bob, was passiert ist, ja? Rufen Sie über Autotelefon an, falls Sie mich brauchen. Gut, ich muß los."

„Nun, Herr Hauptkommissar, wo wollen Sie anfangen?" Ich versuchte möglichst unbefangen zu klingen.

„Ihr Name, Sir?"

Ich nannte ihm noch einmal meinen Namen.

„Und Ihre ..., äh ..., Beschäftigung hier?"

„Ich schreibe die Geschichte dieses Rennstalls."

Es schien ihn einigermaßen zu überraschen. „Höchst interessant, da habe ich keine Zweifel. Und ..., äh ..., kannten Sie die Verstorbene?"

„Angela Brickell? Nein. Ich bin erst seit knapp zehn Tagen hier."

„Aber Sie wußten über den Fall Bescheid, Sir." Seine Stimme klang schroff.

„Erlauben Sie, daß ich Ihnen zeige, weshalb ich die Geschichte kenne? Kommen Sie mit, und sehen Sie selbst."

Ich führte den Kommissar ins Eßzimmer, wo noch die Zeitungsausschnitte lagen; ruhig erklärte ich, sie seien die Grundlage für mein zukünftiges Buch. „Irgendwo in diesem Stapel" – ich deutete auf einen der Haufen – „befindet sich ein Bericht über Angela Brickells Verschwinden. Das ist alles, was ich über sie weiß."

Der Kommissar wühlte in den Ausschnitten und fand den Artikel über das Mädchen. Er nickte einige Male und legte ihn dann wieder zurück, als hätte er daraus Aufschlüsse über meine Person erhalten. „Tja, mein Herr, Sie können mich jetzt allen anderen hier im Haus vorstellen und ihnen erklären, warum ich sie ausfrage. Aber bitte sagen Sie den Leuten nur, daß die Leiche gefunden wurde – nicht, daß man Miß Brickell erdrosselt hat."

„Aha, verstehe. Am besten fangen wir mit Dee-Dee an, Mr. Vickers' Sekretärin."

Ich führte ihn ins Büro und stellte ihn Dee-Dee vor. Kommissar Rich folgte uns wie ein Schatten, ein stummer Notizenschreiber. Ich erzählte Dee-Dee, daß man Angela Brickell gefunden habe.

„Oh, das ist schön!" entfuhr es ihr, doch dann verbesserte sie sich, als sie den Ernst der Nachricht erfuhr. „O weh!"

„Das arme Ding ist schon seit über sechs Monaten tot." Nun fragte der Kommissar Dee-Dee, ob sie wisse, welche Gründe Angela

Brickell für ihr Verschwinden gehabt haben könnte. War das Mädchen unglücklich gewesen? Hatte es Streit mit dem Freund gehabt?

„Keine Ahnung. Erst als Angela weg war, stellte sich heraus, daß sie Chickweed Schokolade gegeben haben muß. Das war dumm von ihr!"

Doone wirkte hilflos. Ich erklärte ihm die Wirkung von Theobromin.

„Ist etwa diese Tatsache damit gemeint, wenn in unseren Aufzeichnungen steht: ,Steht im Verdacht, ein Pferd gedopt zu haben'?" Er verzog angewidert das Gesicht. „Dafür lohnt es sich nicht zu sterben."

Jetzt ging mir ein Licht auf. „Fahnden Sie etwa nach Rauschgifthändlern?"

„Man muß mit allem rechnen."

„Angela Brickell hatte nichts mit Rauschgift zu tun", meinte Dee-Dee voll Überzeugung. „Sie wissen ja nicht, was Sie da sagen."

Doone ließ die Sache auf sich beruhen und kündigte an, er wolle jetzt mit den restlichen Stallangestellten reden; Dee-Dee solle niemandem vom Stand der Ermittlungen berichten, das würde er gerne selbst tun. „Ich habe es lieber, wenn ich die spontanen Reaktionen der Leute mitkriege. Meist sind die ersten Gedanken die klarsten und wertvollsten."

Auf dem Weg zum Stall bat ich Doone, bei seinen Äußerungen gegenüber Mackie, Tremaynes Schwiegertochter und Assistentin, zu berücksichtigen, daß sie schwanger war.

Er machte keine Versprechungen. Als wir dann beim Stall ankamen, stellte sich heraus, daß Mackie schon nach Hause gegangen war und Bob Watson allein emsig mit Hammer, Säge und Nägeln an einem neuen Schrank für die Sattelkammer herumbastelte.

Ich stellte die beiden einander vor. Doone sagte ihm, daß man Angela Brickells Leiche gefunden habe.

„Nein!" rief Bob. „Ich dachte immer, sie hätte einfach die Fliege gemacht."

„Hatte sie Liebeskummer wegen eines Freundes?" fragte Doone.

„Glaube kaum. Ehrlich gesagt, kann ich mich nicht sehr gut an sie erinnern. Ich weiß nur, daß sie sehr sexy war. Warum haben Sie nach einem Freund gefragt? Sie ist doch nicht etwa von einem Hochhaus runtergesprungen? Oder doch?"

Doone beantwortete seine Frage nicht. Er unterhielt sich noch eine

Weile mit Bob, erfuhr aber, soweit ich das erkennen konnte, nichts Besonderes.

„Sie sollten mit Mackie reden", erklärte Bob am Schluß. „Das ist die junge Mrs. Vickers. Die Pferdepflegerinnen erzählen ihr Sachen, die sie mir nie erzählen würden."

Doone nickte, und ich führte ihn und Rich um das Gebäude herum zu Mackies und Perkins Eingang und klingelte an der Haustür. Perkin, der einen khakifarbenen Overall trug, öffnete. Er sah wie ein richtiger Handwerker aus und verströmte einen faszinierenden Geruch von Holz und Leinöl.

„Hallo!" Er schien erstaunt über meinen Anblick. „Mackie steht gerade unter der Dusche."

Doone stellte sich vor. „Ich bin hier, um Mrs. Vickers davon zu unterrichten, daß Angela Brickell gefunden wurde."

„Wer?" fragte Perkin unbeeindruckt. „Ich wußte nicht, daß jemand vermißt wird. Ich kenne keine Angela ... Angela, wie hieß sie noch?" Langsam dämmerte es ihm. „Ist das etwa die Pferdepflegerin, die im letzten Jahr durchgebrannt ist?"

„Genau die."

„Na schön, meine Frau wird sich freuen, daß sie wieder da ist. Ich werde es ihr ausrichten."

Er machte Anstalten, die Tür wieder zu schließen, doch Doone sagte, er wolle Mrs. Vickers persönlich sprechen.

„Ach so. Von mir aus gerne. Dann warten Sie doch besser hier drin."

Er brachte uns in eine modern eingerichtete, geräumige Küche, die ich noch nie betreten hatte, und bot uns an, auf den Rattansesseln Platz zu nehmen, die um einen runden Glastisch standen.

Da erschien Mackie. Mit ihren noch feuchten Haaren wirkte sie in diesem Augenblick frisch und lebensfroh. Sie reagierte auf Doones zurückhaltende Eröffnung wie alle anderen auch. „Prima", meinte sie. „Wo ist sie?"

Die allmähliche Enthüllung der traurigen Tatsachen ließ alle Farbe aus ihrem Gesicht weichen. Sie beantwortete Doones Fragen über eine mögliche Rauschgiftsucht und Liebhaber, und er zog auf seine nüchterne Art Schlußfolgerungen.

„Sie wollen also damit sagen", ergänzte Mackie, „daß sie entweder Selbstmord begangen hat ... oder daß jemand sie umgebracht hat."

„Das habe ich nicht behauptet, Mrs. Vickers."

„Aber so gut wie." Mackie seufzte bekümmert. „Jetzt haben wir gerade Wochen und Monate der Angst und Unruhe wegen Nolan und Olympia hinter uns. Endlich könnten wir ein wenig aufatmen..., ich kann es nicht fassen..., jetzt fängt alles wieder von vorn an."

Ich borgte mir den Landrover und fuhr Rich und Doone, der mich darum gebeten hatte, hinunter ins Dorf zum Haus von Harry und Fiona. Es überraschte mich, daß mich der Kommissar immer noch dabeihaben wollte, und das sagte ich ihm auch. Eine Spur zu wichtigtuerisch, klärte er mich darüber auf, daß er die Erfahrung gemacht habe, daß sich viele Leute von einem Kriminalbeamten weniger in die Ecke getrieben fühlten, wenn er jemanden dabeihatte, den sie kannten.

„Versuchen Sie denn nicht, Ihre Gesprächspartner in die Ecke zu treiben?" fragte ich nach. „Das tun doch die meisten Ihrer Kollegen."

„Ich arbeite eben auf meine Art, Sir", entgegnete er gefaßt, „und löse dabei gemeinhin meine Fälle, das kann ich Ihnen versichern."

Wie sich herausstellte, war nur Fiona zu Hause. Sie trug ein dunkelblaues, maßgeschneidertes Kostüm und war allem Anschein nach auf dem Sprung. „Ach, Sie sind's, John. Was kann ich für Sie tun? Ich fahre gerade zum Essen. Könnten wir uns etwas beeilen?" Sie lächelte bedauernd.

„Nun..., das hier ist Hauptkommissar Doone", antwortete ich, „von der Thames Valley Police. Und Kommissar Rich."

„Harry ist doch nichts passiert?" fragte sie voller Angst.

„Nein, nein, es geht nicht um Harry – wenigstens nicht direkt. Es handelt sich um Angela Brickell. Man hat sie gefunden."

„Angela...? Schön, das freut mich. Wo war sie denn?"

Doone stellt sich sehr geschickt an, dachte ich, indem er durch Schweigen die schlimmen Nachrichten übermittelt.

„Meine Güte", fuhr Fiona fort, als sie gleich darauf begriff, welche Tragik in dem Fall lag. „Ist sie tot?"

Doone nickte. „Ich muß Ihnen einige Fragen stellen."

„Ja, aber..." Sie schaute auf die Uhr. Doone zückte die Fotografie und forderte Fiona auf, den darauf abgebildeten Mann zu identifizieren, falls ihr das möglich sei.

„Natürlich. Das ist Harry, mein Mann. Und das ist eines unserer Pferde, Chickweed. Wo haben Sie das her?"

„Aus der Handtasche der jungen Frau."

Fiona schwankte offenbar zwischen gütiger Nachsicht und Trauer. „Sie liebte Chickweed", sagte sie.

„Vielleicht sollte ich besser wiederkommen, wenn Ihr Mann zu Hause ist?"

Fiona war erleichtert. „Ja, jederzeit, tun Sie das. Heute nachmittag nach fünf oder morgen früh wird er hiersein. Wiedersehen, John."

Sie eilte zurück ins Haus, ließ die Tür offenstehen, und kurz darauf – wir standen schon neben unserem Wagen – sahen wir, wie sie herauskam, den Hinterausgang abschloß und in einem BMW davonbrauste. Frohgemut winkte sie uns zum Abschied zu.

Doone wandte sich an mich. „Wenn Sie sie mit einem Wort beschreiben sollten – welches würden Sie wählen?"

„Verläßlich", entgegnete ich. „Bodenständig."

„Hm." Er grübelte. „Ich habe das Protokoll von einem Teil dieses Gerichtsverfahrens durchgelesen, bevor ich hierhergekommen bin. Loyalität ist hier eine sehr stark ausgeprägte Tugend, würden Sie mir da zustimmen? Verläßlichkeit, Bodenständigkeit, Loyalität. Da ist was dran, nicht wahr?"

Doone mag wie eine graue Maus wirken, dachte ich, doch hinter seinen beiläufigen Bemerkungen verbirgt sich ein hochintelligenter Beobachter.

Er sagte, er wolle mit den anderen Pflegerinnen reden, bevor sie die Neuigkeiten anderweitig erführen, ebenso mit den Stallburschen.

Ich brachte Doone und Rich zur „Herberge", einem Haus im Dorf, in dem die Pferdepflegerinnen untergebracht waren. Doone saß väterlich auf einem geblümten Sofa im Aufenthaltsraum, und ohne den Fall zu dramatisieren, unterrichtete er die Mädchen über Angela Brickell.

Nur vier der sechs Pflegerinnen waren zur gleichen Zeit wie Angela auf dem Hof beschäftigt gewesen. Sie wußten nichts von einem festen Freund. Angela galt als launisch, eine „Geheimniskrämerin", darin waren sich alle einig. Sie vermuteten, daß Sam Yaeger, der Jockey des Stalles, etwas mit ihr gehabt hatte, aber darauf „sollte man nicht viel geben".

„Hatten Angela und Sam Streit?"

„Mit Sam Yaeger streitet man sich nicht", bekannte die hellste von ihnen. „Man geht mit ihm ins Bett. Aber niemand nimmt Sam ernst. Das ist alles nur Spaß. Er würde nie ein Mädchen dazu zwingen. Es ist völlig locker mit ihm."

Dachte Doone, daß es mit Angela möglicherweise nicht ganz so locker vonstatten gegangen war? Der Kommissar bedankte sich bei den Mädchen, und wir verabschiedeten uns und fuhren durch das Dorf zurück bis vor einen Flachbau, in dem die Stallburschen wohnten, soweit sie Junggesellen waren. Keinem schien Angelas Schicksal besonders nahezugehen, genau wie den Mädchen; auch sie wußten nichts Näheres über die Ermordete.

„Und nun?" fragte mich der Hauptkommissar, nachdem wir uns verabschiedet hatten. „Was denken Sie?"

„Das Denken ist doch wohl eher Ihre Aufgabe", konterte ich.

Er lächelte frostig. „Ich höre mir alles an, was die Leute zu sagen haben. Von falschem Stolz halte ich nicht viel. Ich lasse mir bei der Lösung meiner Fälle gerne helfen."

FAST den gesamten Freitag über arbeitete ich an dem Buch und bekam Doone nicht zu Gesicht, doch am Samstag erfuhr ich, daß er den vorangegangenen Tag damit zugebracht hatte, Angst und Schrecken zu verbreiten.

Tremayne hatte mich gefragt, ob ich nicht lieber mit Fiona, Harry und Mackie zum Rennen nach Sandown fahren wolle, er selbst müsse sich in Chepstow um fünf andere Galopper kümmern. „Um ehrlich zu sein, Sie würden mir nur im Weg stehen. Fiona und Harry nehmen Mackie mit. Ich frage, ob Sie auch mitfahren können, sofern im Auto genug Platz ist."

Ich durfte mitfahren. Fiona drehte sich auf dem Beifahrersitz um und unterhielt sich mit Mackie und mir. Tief beunruhigt erzählte sie uns, daß Doone ihnen am Vortag einen Besuch abgestattet habe, der außerordentlich nervenaufreibend verlaufen sei. „Er hat Harry mehr oder weniger beschuldigt, das Mädchen erwürgt zu haben."

„Was?" rief Mackie. „Das ist doch lächerlich."

„Das findet Doone nicht", entgegnete Harry verärgert. „Hat er euch das Foto von mir und Chickweed gezeigt?"

Mackie und ich bejahten.

„Nun, es sieht so aus, als hätte er es vergrößern lassen. Ich sollte ihm bestätigen, daß die Sonnenbrille, die ich auf dem Bild trug, meine eigene sei. Ich habe geantwortet: ‚Das ist meine Sonnenbrille.' Dann hat er gefragt, ob auch der Gürtel und der Kugelschreiber, die auf dem Foto zu sehen sind, mir gehörten..." Er machte eine kleine Pause und fuhr dann fort: „Ihr werdet es nicht glauben..., aber die Beamten haben meine Sonnenbrille, meinen Gürtel und meinen Kugelschreiber bei dem Mädchen gefunden. Ich weiß nicht, wie die Sachen dort hingekommen sind. Doone ist der Meinung, ich hätte sie bei meinem Treffen mit Angela liegenlassen."

„Doone wollte haargenau wissen, wo Harry an dem Tag gewesen ist, als das Mädchen verschwand", empörte sich Fiona.

„Er glaubt, ich hätte sie umgebracht", erklärte Harry. „Da besteht kein Zweifel."

„Wo waren Sie an diesem Tag?" fragte ich. „Vielleicht haben Sie ja ein perfektes Alibi."

„Vielleicht schon", antwortete er, „aber ich weiß nicht, wo ich war. Können Sie mit Sicherheit sagen, was Sie am Dienstag nachmittag in der zweiten Juniwoche im letzten Jahr gemacht haben?"

„Nicht auf Anhieb", sagte ich.

„Wir führen einen großen Terminkalender", schaltete sich Fiona wütend ein. „Ich habe den vom letzten Jahr ausgegraben. Am fraglichen Tag steht überhaupt nichts drin."

„Keine Besprechungstermine? Keine Besucher?" Ich versuchte, ihnen auf die Sprünge zu helfen.

Harry und Fiona verneinten wie aus einem Mund. Harry, dessen beträchtliches persönliches Vermögen dem Fionas nicht nachstand, verbrachte seine Zeit auf sehr lukrative Weise damit, Privatfirmen als Berater zur Seite zu stehen. Er erinnerte sich daran, daß er im Juni kaum Termine wahrgenommen hatte.

„Ende Mai waren wir in Uttoxeter, um uns Nolan auf Chickweed anzusehen", sagte Fiona besorgt. „Angela war auch dort und hat sich um das Pferd gekümmert. Das war der Tag, an dem ihm jemand Theobromin und Koffein gefüttert hat, und wenn Angela Chickweed nicht selbst Schokolade gegeben hat, dann muß sie es jemand anderem erlaubt haben. Nachlässigkeit eben. Jedenfalls hat Chickweed gewonnen, und Angela fuhr mit dem Pferdetransporter nach Shellerton zurück. Ich kann mich nicht daran erinnern, die junge Dame noch einmal gesehen zu haben."

„Ich auch nicht", meinte Harry.

„Jemand muß die Gegenstände an den Fundort gelegt haben, um den Verdacht auf Harry zu lenken", fügte Mackie bekümmert hinzu.

„Doone geht davon aus, daß es eine Affekthandlung war", bemerkte Harry. „Ich habe ihn gefragt, wie er darauf komme. Leute, die im Affekt einen Menschen umbrächten, hat er mir erklärt, ließen in der Erregung oft Sachen fallen, ohne es zu bemerken."

Am Führring in Sandown wirkte unsere kleine Gruppe, die zuschaute, wie Fionas Pferd Chickweed vorgestellt wurde, ziemlich niedergeschlagen.

Fiona berichtete Nolan von Doones Anschuldigungen. Nolan äußerte Harry gegenüber, daß er jetzt, da er selbst unter Mordanklage stehe, bestimmt besser nachempfinden könne, was er durchgemacht habe. Harry meinte dagegen, daß er immerhin nicht mit einem toten Mädchen neben sich angetroffen worden sei.

„Viel besser bist du aber auch nicht dran, mein Lieber", erwiderte Nolan bissig.

„Nolan!" Fiona hatte die Unterhaltung satt. „Konzentriere dich auf das Rennen. Harry, kein Wort mehr von diesem verflixten Fall. Es wird sich alles aufklären. Wir müssen nur etwas Geduld aufbringen."

Harrys gequälter Gesichtsausdruck fiel mir auf, und ich brauchte eine Weile, bis ich erkannte, daß er Angst hatte.

Mackie begleitete Nolan, bis er im Sattel saß, und dann gingen wir zu viert zur Tribüne; auf dem Weg dorthin gesellte sich Harry zu mir. „Ich möchte Ihnen etwas anvertrauen." Seine Stimme zitterte. „Doone hat gemeint..., das Mädchen hätte keine Kleider angehabt, als es starb."

„Ach du lieber Himmel." Ich ließ vor Schreck den Mund offenstehen, und nun klappte ich ihn bewußt zu.

„Doone hat mich gefragt, wie ich denn ohne Gürtel herumlaufen konnte. Ich konnte die Geschichte Fiona noch nicht beichten. Sie würde sich Gedanken machen..., und, ehrlich gesagt, das könnte ich nicht ertragen."

Wir waren bei den Tribünen angekommen und stiegen hinauf. Die Rennpferde tänzelten auf dem Weg zu den Startboxen an uns vorüber. Nolan saß auf Chickweed, dem eleganten Braunen, und wirkte ganz wie ein Profi.

In diesem Augenblick schloß sich uns der dickliche, unsportliche Lewis an; er wollte wissen, ob der Verband sich zu Nolans Start geäußert habe.

„Mit keiner einzigen Silbe", erwiderte Fiona. „Toi, toi, toi!"

„Wenn sie ihn sperren wollten", räsonierte Lewis, „hätten sie ihm das bestimmt mitgeteilt. Der Kerl fällt wohl immer wieder auf die Füße."

„Brüderliche Liebe", warf Fiona ironisch ein.

„Er steht in meiner Schuld", brummte Lewis mit so finsterer

Miene, daß jeder von uns ahnte, um was für eine Schuld es sich handelte.

„Wirst du eine Gegenleistung einfordern?" fragte Harry mit unverhülltem Sarkasmus.

„Auch ohne deine Hilfe", gab Lewis scharf zurück.

„Meineid ist nicht meine Stärke."

Lewis grinste; er wirkte auf mich wie eine Schlange, die ihre Giftzähne zeigt. „Ich bin nämlich der abgef... eimteste Schauspieler von euch allen." Schließlich spürte er die allgemeine Abneigung. „Was hätte ich denn tun sollen?" fuhr er fort. „Hätte ich aussagen sollen, daß er sie unter wüstesten Schimpfworten zur Schnecke gemacht und sie dann am Hals gepackt und geschüttelt hat, bis ihr die Augen aus den Höhlen getreten sind?"

Niemand antwortete ihm.

„Sie sind aus den Startboxen!" rief Fiona, Sekundenbruchteile vor der offiziellen Durchsage. Angestrengt blickte sie durch ihr Fernglas.

Ich erkannte Chickweed leicht an seiner Blesse, die sich mit jedem Galoppsprung hinter der Einzäunung auf und nieder bewegte. Der Braune flog über das erste Hindernis und auch über die folgenden sechs. Mit einer Länge Vorsprung galoppierte er vor dem Verfolgerfeld um die langgezogene Kurve zum Eingang der Zielgeraden und setzte schließlich zum Sprung über das drittletzte Hindernis an.

„Oh, jetzt aber!" Fiona explodierte beinahe vor Spannung. „Chicky, Chickweed..., los, drüber weg!"

Chickweed flog über das Hindernis, als hätte er die Aufforderung seiner Besitzerin gehört. Auch das vorletzte Hindernis nahm er glatt, konnte seinen unmittelbaren Verfolger jedoch nicht abschütteln, der den Abstand bis zum letzten Hindernis verkürzte. Chickweed machte einen spektakulären Satz – und verlor dadurch wertvolle Zeit in der Luft. Sein Verfolger, der das Hindernis in einer flacheren Flugbahn übersprungen hatte, landete früher und kam schneller weg.

Fiona verstummte angesichts der drohenden Niederlage.

Doch Nolan dachte nicht daran, jetzt aufzugeben. Er trieb Chickweed wie ein Dämon voran, holte weit aus, ließ die Peitsche zweimal niedersausen. Mit frischer Kraft nahm Chickweed den Kampf auf. Der Jockey im Sattel des führenden Pferdes glaubte, er hätte den Sieg schon in der Tasche, und ließ das Rennen einen Moment zu früh auslaufen. Nolan fing ihn einen Galoppsprung vor dem Ziel ab: Chickweed hatte den Kopf vorn, genau an der Stelle, an der es darauf ankam.

Mir wurde klar, daß Nolan dieses Rennen gewonnen hatte. Nolan ganz allein, nicht das Pferd. Nolan war der beste Beweis, daß Furchtlosigkeit und Sattelfestigkeit nicht genügten, um ein Rennen zu gewinnen. Es war wie mit dem Überleben: eine Frage des richtigen Bewußtseins.

WIR kamen in Shellerton an, noch bevor Tremayne aus Chepstow zurückgekehrt war. Fiona ließ Mackie vor ihrem Hauseingang aus dem Wagen steigen, während ich zu Tremaynes Trakt hinüberging, die Tür mit dem Schlüssel öffnete, den er mir gegeben hatte, und das Licht anknipste. Im Familienzimmer schichtete ich die alten, noch glühenden Holzscheite auf und erweckte mit Hilfe des Blasebalgs ein paar neue zum Leben; dann goß ich mir ein Glas Wein ein und fühlte mich wie zu Hause.

Ein Klopfen an der Hintertür riß mich aus meiner Behaglichkeit; ich mußte mich umdrehen, um zu sehen, wer eingetreten war. Eine junge Frau mit einem schüchternen, fragenden Lächeln, hübsch, braunhaarig, sehr zurückhaltend: Bob Watsons Frau Ingrid.

„Guten Abend. Wollen Sie sich nicht zu mir setzen?" begrüßte ich sie herzlich. „Leider ist außer mir niemand im Haus."

„Ich dachte, vielleicht Mackie – Mrs. Vickers..."

„Sie ist drüben in ihrer Wohnung."

„Oh. Na dann..." Sie trat ein paar Schritte näher, nervös, wollte sich aber nicht setzen. Offenbar rang sie mit sich, und plötzlich sprudelte es aus ihr hervor wie ein Sturzbach. „Bob weiß nicht, daß ich hier bin", begann sie ängstlich. „Eigentlich wollte ich mit Ihnen reden. Sie sind an diesem Abend so nett zu mir gewesen. Bob weiß, daß Sie mich vor Unterkühlung bewahrt haben, und ... Ich muß es jemandem sagen, glaube ich, und Sie sind ..., äh ..., am verläßlichsten."

„Dann fangen Sie an. Reden Sie. Ich höre zu."

Ganz unvermittelt erklärte sie: „Angela Brickell war katholisch, genau wie ich."

„Wirklich?" Ich wußte mit dieser Neuigkeit nichts anzufangen.

Ingrid nickte. „Heute abend habe ich im Lokalrundfunk gehört, daß Angelas Leiche gefunden wurde. Der Sprecher meinte, daß bei ihrem Tod nicht alles mit rechten Dingen zugegangen sei. Wie auch immer, nachdem sie im letzten Jahr verschwunden ist, trug mir Mrs. Vickers auf, alle ihre Sachen aus der Herberge zu schaffen und ihren Eltern zu schicken. Das habe ich auch getan."

„Was haben Sie bei ihren Sachen gefunden?" fragte ich in der Hoffnung, auf der richtigen Spur zu sein. „Etwas, das Sie beunruhigt, seit Sie wissen, daß Angela tot ist?"

In Ingrids Miene zeichnete sich Erleichterung ab. „Ich habe es weggeworfen. Es war ein Schwangerschaftstest. Sie muß ihn selbst durchgeführt haben. Ich fand nur noch die leere Schachtel."

Kapitel 7

ALS Tremayne nach Hause kam, ergriff Ingrid die Flucht.

„Was wollte sie denn?" fragte Tremayne, nachdem er Zeuge ihrer überstürzten Verabschiedung geworden war.

„Mir etwas mitteilen, das sie nicht für sich behalten wollte", antwortete ich nachdenklich. „Angela Brickell war möglicherweise schwanger."

„Was?" Er blickte mich fassungslos an. *„Schwanger?"*

Ich erzählte ihm von der leeren Testpackung. „Sie war katholisch, sagt Ingrid. Also kam für sie eine Abtreibung kaum in Frage. Aber das muß noch lange nichts mit ihrem Tod zu tun haben."

„Könnte aber." Er starrte Löcher in die Luft.

„Harry hat Ärger bekommen." Ich erzählte ihm von Doones Anschuldigungen, Chickweeds Sieg auf der Rennbahn und von Lewis' Geständnis, einen Meineid geleistet zu haben.

Tremayne mixte sich einen Gin Tonic und teilte mir mit, daß er seinerseits einen miesen Tag in Chepstow hinter sich habe. „Eins meiner Pferde hat sich an der letzten Hürde überschlagen, obwohl es den Sieg bereits in der Tasche hatte. Sam blieb zwar unversehrt, aber vor Dienstag ist er gewiß nicht einsatzfähig."

Er setzte sich ächzend in einen Sessel und streckte die Beine aus. Mackie und Perkin kamen auf den üblichen Drink vorbei, doch nicht einmal Nolans Sieg auf Chickweed vermochte die düstere Stimmung zu vertreiben.

„Angela schwanger?" Mackie schüttelte ungläubig den Kopf.

„So was Leichtsinniges", sagte Perkin. „Dieses dumme Ding macht uns nichts als Schererein. Mackie regt sich unnötig auf, und dabei sollte sie sich gerade jetzt entspannen und glücklich fühlen."

Mackie drückte dankbar Perkins Hand, eine Geste, die Vorfreude und Vertrautheit ausdrückte.

Gareth platzte herein, den Kopf voller Pläne für den Ausflug, den ich glatt vergessen hatte – was er mir untrüglich vom Gesicht ablesen konnte.

„Aber Sie sagten doch, Sie würden uns alles mögliche beibringen und wir würden ein Feuer machen."

Tremayne zog die Augenbrauen hoch. „Wollen Sie sich wirklich damit belasten?"

„Eigentlich habe ich es selbst vorgeschlagen, in einem unbesonnenen Augenblick."

Gareth nickte lebhaft. „Kokosnuß kommt um zehn Uhr vorbei."

Der Sonntag morgen kroch grau in grau mit eisigem Nieselregen über das Land. Tremayne meinte, wir sollten unsere „Expedition", wie Gareth es nannte, abblasen; er ging dann aber auf meinen Kompromißvorschlag ein, sofort den Rückzug anzutreten, sobald der Junge zum erstenmal nieste.

Kokosnuß erschien in leuchtendgelbem Ölzeug auf seinem Fahrrad und schenkte uns ein Grinsen, das seinesgleichen suchte. Als er in der Küche seinen Südwester abnahm, konnte ich unschwer erkennen, wie er zu seinem Namen gekommen war: Ein Schopf drahtiger hellbrauner Haare stand ihm eigenwillig vom Kopf ab. Er war knapp fünfzehn Jahre alt, hatte helle, intelligente Augen, eine große Nase und einen weichen Mund mit noch kindlichen Lippen.

„Oben hinter dem Obstgarten ist ein Stückchen Brachland", sagte Tremayne. „Dort könnt ihr hingehen."

Gareth erhob Einwände. „Aber Paps –"

„Hört sich doch gut an", unterbrach ich ihn entschlossen. „Wer überleben will, hat oft keine Wahl. Aber der Februar ist ein schlechter Monat, um sich von Mutter Natur zu ernähren, deshalb müssen wir ein bißchen Speck mitnehmen. Vergeßt eure Handschuhe und eure Taschenmesser nicht. Wir brechen in zehn Minuten auf."

Tremayne begleitete uns zur Tür, um das unerschrockene Expeditionsteam zu verabschieden. Wir stiefelten so gut wie ohne Ausrüstung los, abgesehen von dem Überlebenspaket, das ich um die Hüfte trug, und den Taschenmessern der Jungen. Es nieselte, doch das schien den beiden nichts auszumachen. Gareth führte uns zuerst durch einen nicht mehr bewirtschafteten Garten, dann kamen wir über eine sanft ansteigende Wiese mit gut fünfzig kahlen Apfelbäumen zu einer Hochfläche mit einem kleinen Stück Brachland, das auf einer Seite von einem eingefallenen Steinmäuerchen und auf den anderen drei Seiten von einer mit wenigen Bäumen durchsetzten, zerzausten Weißdornhecke eingefaßt war. Gareth blickte sich gelangweilt auf dem Gelände um, doch ich fand, daß Tremayne eine gute Wahl getroffen hatte.

„Als allererstes", begann ich, „bauen wir einen Unterstand, der auch Schutz für das Feuer bietet." Ich packte meine Überlebensausrüstung aus und gab Gareth den Sägedraht. „Schieb je einen Stock durch die Schlaufen am Ende des Drahts, dann kannst du mit Kokosnuß eins von diesen Bäumchen absägen und hierherbringen. Am besten, ihr sägt so nahe am Boden wie möglich."

Sie hüpften mit frischem Mut davon. Als die Jungs schnaufend und mit roten Wangen zurückkehrten und das Resultat ihrer Anstrengungen hinter sich herschleppten, hatte ich ein paar alte, verrostete Zaunpfähle aus der Erde gezogen, eine Anzahl saftiger Gerten aus der Weißdornhecke geschnitten und einige Handvoll dürrer Grashalme aufgehäuft. Wir rupften Brennesseln vom Vorjahr aus, deren Stränge wir zum Zusammenbinden verwendeten, und eine knappe Stunde nachdem wir von zu Hause aufgebrochen waren, bewunderten wir unseren fertigen Unterstand. Er maß etwa zwei auf zwei Meter, hatte eiserne Eckpfosten und ein leicht geneigtes Dach aus Ästen und dicht verflochtenen Weißdorngerten, die wir mit einer dicken Schicht Grasbüschel bedeckt hatten. Der Regen tropfte von seiner niedrigen Seite herab, so daß wir im Trockenen saßen.

„So weit, so gut", sagte ich. „Als nächstes suchen wir uns bei der eingestürzten Mauer dort drüben ein paar flache, trockene Steine; wir brauchen sie als Unterlage für die Feuerstelle. Danach ziehen wir los und klauben alles auf, was klein, trocken und brennbar ist. Sobald wir genug Zeug zum Anzünden haben, spalten wir Brennholz."

Nach einer weiteren Stunde harter Arbeit entfachten wir mit Hilfe eines Streichholzes, eines Kerzenstummels, mit verdorrten Blättern und trockenem Gras ein hübsches kleines Feuer, das selbstbewußt gegen alle nieselnden Unwägbarkeiten anflackerte. Gareth und Kokosnuß erweckten den Anschein, als wäre entgegen allen Erwartungen plötzlich die Sonne aufgegangen.

Unser Mittagessen bestand vorwiegend aus pflanzlicher Kost, deren Zutaten wir in dem verwilderten Garten aufgetrieben hatten: Petersilienwurzeln und eine Handvoll winziger Rosenkohlknospen, dazu einen ziemlich bitteren grünen Salat aus Wegerich, Steckrüben und Löwenzahn. Der Hunger der beiden Jungen war jedoch so gewaltig, daß sie sich gierig auf den Speck stürzten, den sie in Streifen geschnitten und auf angespitzten Stöckchen über dem Feuer gebraten hatten.

Wir saßen in unserem Unterschlupf, das Feuer brannte, der feine Regen schien nie mehr aufhören zu wollen. „Überlebenstraining ist nicht gerade der reinste Spaß, stimmt's?" meinte Gareth nach einer Weile.

Ich pflichtete ihm bei. „Aber im Ernstfall geht es schließlich meist um Leben oder Tod."

„Wenn wir Robin Hood und die Gesetzlosen von Sherwood Forest wären", fügte er in seiner kindlichen Phantasie hinzu, „würden uns jetzt die Häscher des Sheriffs von Nottingham jagen."

Kokosnuß schaute sich unwillkürlich nach Feinden um. Für ein paar Sekunden bekamen sie einen Einblick in eine viel brutalere Welt als die ihre, eine Welt, in der Hunger und Kälte normal, Gefahren allgegenwärtig und tödlich waren. Eine primitive Welt, in der die Starken zu essen hatten und die Schwachen starben.

Als das bleigraue Tageslicht allmählich schwand und es immer dunkler wurde, zogen wir das Feuer auseinander, löschten die Glut im nassen Gras und machten uns auf den Heimweg. Gareth drehte sich noch einmal zu unserem Unterschlupf um und wirkte einen Moment ein wenig wehmütig, doch dann rannten er und Kokosnuß unter Freudengeheul und Luftsprüngen los, um sich wieder in die vertrauten Fesseln der Zivilisation zu begeben.

„Führe mich zu einer Pizza!" rief Gareth, als er zur Hintertür hineinstürmte. „Oder besser gleich zu dreien."

Lachend zog ich meinen Skianzug aus und ließ die beiden in der Küche allein. Mich lockte die Wärme des Familienzimmers, wo ich Harry, Fiona, Nolan, Lewis, Perkin, Mackie und Tremayne antraf, ein Häuflein niedergeschlagener Seelen, die sich über ganz andere Dinge Sorgen machten.

„Ah..., John", begrüßte mich Tremayne. „Sind die Jungs noch am Leben?"

„Mehr oder weniger." Ich holte mir ein Glas Wein und setzte mich auf einen freien Hocker. Die Atmosphäre im Raum war bedrückend.

„Wenn Harry es nicht getan hat, wer sonst?" Lewis stellte diese Frage, aber niemand antwortete; offenbar war sie bereits zu oft gestellt worden.

„Doone wird es herausfinden", murmelte ich.

„Er versucht es nicht einmal", sagte Fiona ungehalten, „weil er nur noch Harry im Sinn hat. Es ist eine Schande."

Der Beweis dafür, daß Doone immer noch herumspukte, stellte sich jedenfalls genau zu diesem Zeitpunkt in Gestalt von Sam Yaeger ein, der sich draußen mit lautem Hupen ankündigte und wutentbrannt ins Haus gepoltert kam. „Tremayne!" rief er schon in der Tür und hielt dann erstaunt inne, als er den versammelten Clan erblickte. „Oh, da sind ja alle."

„Du solltest dich doch schonen!" herrschte ihn Tremayne an.

„Zum Teufel damit! Ich liege friedlich zu Hause und pflege wie befohlen meine Wunden, da taucht plötzlich so 'n Kriminaler auf. Und wißt ihr auch, was mir der Kerl für eine Überraschung mitbringt? Eure Pferdepflegerinnen haben ihm erzählt, ich hätte mit dieser verflixten Angela Brickell ein bißchen Onkel Doktor gespielt."

„Und? Hast du das?" fragte Tremayne.

„Darum geht's nicht. Viel wichtiger ist, daß es nicht an einem Dienstag im Juni letzten Jahres war. Also fragt mich dieser Doone, was ich an diesem Tag gemacht hätte, als ob ich mich daran noch erinnern könnte. Er hat gemeint, er müsse jede Möglichkeit überprüfen, und ich habe ihm gesagt, da hätte er aber viel zu tun, wenn er alle Kandidaten unserer guten Angie überprüfen wollte, ganz zu schweigen von denen auf ihrer Wunschliste." Er machte eine kurze Pause. „Einmal hat sie sogar Bob Watson schöne Augen gemacht."

„Da hätte sie sich mit Ingrid anlegen müssen", schaltete sich Mackie ein. „Sie traut keinem der Mädchen auf dem Hof."

„Nun ja, man kann nie wissen", schloß Sam finster.

Gareth und Kokosnuß kamen herein, den Mund mit Pizza vollgestopft. „Wir sind am Verhungern", erklärte Tremaynes Jüngster mampfend. „Wir haben Wurzeln gegessen und Löwenzahnblätter, und wer im Sherwood Forest lebt, der hat nicht alle Tassen im Schrank."

Sam verstand die Welt nicht mehr. „Was ist denn in euch gefahren?"

„Überlebenstraining." Gareth ging zum Tisch, schnappte sich *Überleben in der Wildnis* und drückte es Sam in die Hand. „John hat das geschrieben und noch fünf andere Bücher in der Art. Heute haben wir eine Schutzhütte gebaut und ein Feuer gemacht und Wurzeln gekocht."

Tremayne klärte seine Gäste vergnügt über unser Abenteuer auf.

„Da weiß man erst, wie gut es einem geht, wenn man zu Hause ein eigenes Bett hat und eine Gefriertruhe voll Pizza", meinte Gareth nachdenklich. „Ich wäre aber wieder dabei, wenn Sie so etwas noch mal machen. War nicht so schlecht, das Ganze."

„Nächsten Sonntag", schlug ich vor. „Wir können draußen andere Sachen ausprobieren."

Die beiden Jungs schienen sich mit dem vagen Versprechen zufriedenzugeben und kehrten in die Küche zurück, um sich mit Nachschub zu versorgen. Sam, der inzwischen in dem Buch geblättert hatte, bemerkte, daß einige der etwas komplizierteren Fallen ganz so aussähen, als könnte man damit nicht nur wilde Tiere, sondern auch Menschen umbringen.

Ich stimmte Sam zu. „Es gibt Fallen, die sollte man nur errichten, wenn man sicher ist, daß man weit und breit das einzige menschliche Wesen ist."

„Wie fühlt man sich, wenn man schon nach einem Tag Gareth' Vertrauen gewonnen hat?" fragte Nolan böse. „Wie Supermann? Ich würde Sie gerne mal ein Hindernisrennen reiten sehen."

„Ich auch." Tremaynes Stimme klang herzlich; er nahm damit Nolans Worten die Schärfe. „Wir sollten uns um eine Gastlizenz für Sie bemühen, John."

Niemand nahm ihn ernst. Nolan war beleidigt. Er konnte noch nicht einmal im Scherz ertragen, daß ihm jemand sein Territorium streitig machte.

Am Montag stand Doone wieder vor der Tür. Er wollte die Termine überprüfen, an denen Chickweed gewonnen hatte und Harry auf der Rennbahn gewesen war. Tremayne durchforstete seinen Terminkalender und sein Gedächtnis und kam zu dem Ergebnis, daß er sich an keine Gelegenheit erinnern konnte, bei der Harry ohne Fiona beim Pferderennen gewesen sei.

„Und wie war das mit dem vierten Sonntag im April?" erkundigte sich Doone hinterhältig. „Ihr Reisefuttermeister glaubt, Mrs. Goodhaven hätte an diesem Tag Grippe gehabt. Wenn Mrs. Goodhaven krank zu Hause im Bett lag –"

„Sie haben keine Ahnung, wovon Sie reden", unterbrach ihn Tremayne. „Angela Brickell war während der Rennen für die Pferdepflege verantwortlich. Sie konnte Chickweed nicht einfach stehenlassen und sich mit Harry aus dem Staub machen."

„Aber wenn ich Ihren Reisefuttermeister richtig verstanden habe", fuhr Doone in seinem eintönigen Singsang fort, „dann mußten Sie an jenem Tag in Uttoxeter auf Angela Brickell warten, denn als alle abfahrbereit waren, konnte man sie nirgends finden. Sie hatte das Pferd unbeaufsichtigt zurückgelassen und kam gerade noch rechtzeitig, wollte aber nicht sagen, wo sie gewesen war."

„Auf der Rennbahn gibt es keine Heimlichkeiten", entgegnete Tremayne. „Ich glaube kein Wort von Ihren Andeutungen."

„Angela Brickell starb ungefähr sechs Wochen später", sagte Doone, „kurz nachdem sie einen Schwangerschaftstest durchgeführt hatte."

„Hören Sie auf damit!" fuhr ihn Tremayne an. „Das sind Unterstellungen der gemeinsten Art. Sie richten sich gegen einen Ehrenmann, der seine Frau über alles liebt."

„Ehrenmänner, die ihre Frauen lieben, Sir, sind nicht immun gegen unerwartete Leidenschaften." Doone wandte sich an mich. „Was halten Sie davon?"

„Ich glaube nicht, daß Mr. Goodhaven etwas mit dem Fall zu tun hat. Es könnte schließlich auch jemand gewesen sein, der gar nicht zum Rennstall gehört."

„Sie hat hier gearbeitet", meinte der Hauptkommissar barsch. „Die meisten Mörder entstammen dem unmittelbaren Umkreis des Opfers." Er musterte mich abschätzend. „Tut mir leid, Sir. Ihre Loyalität scheint hier nicht angebracht."

„Ich möchte nichts mehr davon hören", erklärte Tremayne. „Sie reimen sich einen schönen Quatsch zusammen."

„Wir haben Mr. Goodhavens Sachen bei dem Mädchen gefunden, und sie hatte ein Foto von ihm bei sich, und das ist kein Quatsch."

In der Stille, die nach dieser düsteren Zurechtweisung eintrat, machte sich Doone wortlos davon; Tremayne war verstört und sagte, er wolle zu den Goodhavens hinunterfahren, um ihnen Beistand zu leisten.

Kaum war er hinausgegangen, rief Fiona an. „John! Ich kann Ihnen gar nicht sagen, wie schlimm es ist. Doone glaubt..." Ihre Stimme überschlug sich vor Aufregung. „Harry hält so einiges aus, aber dieses..., dieser Dauerbeschuß macht ihn fertig."

„Er hat vermutlich Angst davor, daß Sie an ihm zweifeln."

„Was?" Sie klang bestürzt. „Nicht eine Sekunde lang!"

„Dann sagen Sie ihm das."

„Das werde ich tun." Sie machte eine kurze Pause. „Wer hat das Mädchen umgebracht, John?"

„Ich weiß es nicht."

„Aber Sie können es herausfinden. Sie erkennen Dinge, die wir nicht wahrnehmen, weil wir nicht genügend Abstand haben."

„Vielleicht möchten Sie die Wahrheit überhaupt nicht wissen."

„Oh!" Es war ein Schrei nach Offenbarung. „John, bitte holen Sie die Kastanien für uns aus dem Feuer!"

Ohne eine Antwort auf ihre ungewöhnliche Fürbitte abzuwarten, legte sie den Hörer auf. Ich fragte mich ernsthaft, was man von mir, dem Fremden, der in ihrer Mitte lebte, erwartete.

AM DIENSTAG war die Presse aus allen möglichen undichten Stellen voll informiert. Die Vorverurteilung durch die öffentliche Meinung lief auf Hochtouren. Harry Goodhaven hatte angeblich mit der Pferdepflegerin geschlafen, sie geschwängert und dann erwürgt, um die Ehe mit seiner „wohlhabenden Frau Fiona" nicht zu gefährden.

Die Zeitungsberichte vom Mittwoch waren sogar noch schlimmer. Harry rief mich kurz nach dem Mittagessen an. „Wenn ich vorbeikomme und Sie abhole, würden Sie mir dann den Gefallen tun und mit mir ein bißchen durch die Gegend fahren?"

„Klar."

„Prima. Dann bis in zehn Minuten."

Harry fuhr in seinem BMW vor – es war das gleiche Modell wie Fionas –, und ich setzte mich auf den Beifahrersitz. Ich bemerkte die Streßfalten in seinem Gesicht. Aus seinen blauen Augen war jede Spur von Humor gewichen.

„Nett von Ihnen, daß Sie mitkommen", begann er. „Das Leben ist ganz schön be..."

„Es wird nichts so heiß gegessen, wie's gekocht wird", versuchte ich ihn zu trösten. „Sonst hätte Doone Sie längst verhaften lassen."

Er sah mich von der Seite an und fuhr los. „Glauben Sie das wirklich? Jeden Tag steht er vor unserer Tür, um mich ein Stück weiter in sein Netz zu treiben."

„Er versucht nur, Sie aus der Reserve zu locken", sagte ich leichthin.

Harry lenkte den Wagen Richtung Reading. Wir fuhren auf die Hügel zu, in deren Nähe die Gemarkung Quillersedge lag.

„Fiona meint, ich soll mich von ihm nicht aus der Ruhe bringen lassen. Sie verhält sich wundervoll, geradezu phantastisch. Aber dieser Hauptkommissar macht mich noch verrückt. Er läßt diese ungeheuerlichen Fragen vom Stapel, als wären es harmlose Gedankenspiele...

‚Hat sich das Mädchen freiwillig ausgezogen?' Was soll ich darauf antworten? Ich war doch nicht dabei."

„Genau das ist die Antwort."

„Er glaubt mir nicht."

„Dennoch – er ist sich seiner Sache nicht sicher, ihn beunruhigt etwas." Ich machte eine kleine Pause. „Warum fahren wir hier entlang?"

„Um zu unserem Ziel zu kommen."

„Wir fahren also nicht einfach nur durch die Gegend?"

„Nein."

Über eine weite Strecke war die Straße auf beiden Seiten von Mischwald gesäumt, der verwildert aussah. Wer bereit war, sich durch das dichte Unterholz zu kämpfen, konnte bereits nach fünf Metern von der Straße aus nicht mehr gesehen werden. Aber man mußte schon einen triftigen Grund haben, um sich da hineinzuwagen.

Wir fuhren eine ganze Weile auf Straßen und durch Ortschaften, die mir unbekannt waren. Schließlich bogen wir auf eine Schotterstraße ein, die uns zu einer großen, baufälligen Scheune, einem ausgedehnten Schrottplatz und einem kleineren Schuppen führte. Hinter diesem Durcheinander erblickte ich eine weite schmutziggraue Wasserfläche.

„Wo sind wir?" fragte ich, als der Wagen langsam zum Stehen kam.

„An der Themse", erklärte Harry, „die nach alldem Regen und der Schneeschmelze über die Ufer getreten ist. Wir befinden uns bei Sams Bootshaus. Hier waren wir alle zu seinem riesigen Grillfest eingeladen. Sam war gerade ‚Champion Jockey' geworden ..., es muß so vor achtzehn Monaten gewesen sein. Eine der besten Partys, auf der wir je waren ..." Seine Stimme erstarb, auf seiner Stirn perlte Schweiß.

„Warum sind Sie so nervös?"

„Kommen Sie mit", meinte er verkrampft. „Gut, daß ich Sie dabeihabe."

„In Ordnung. Wohin gehen wir?"

„Ins Bootshaus." Er zeigte auf den kleineren der beiden Schuppen. „Das größere Gebäude dort drüben ist Sams Werkstatt. Das Bootshaus wird kaum benutzt, soviel ich weiß; bei seiner Party hatte er darin allerdings eine Bar eingerichtet. Ich soll dort jemanden treffen, bin aber zu früh dran."

„Wen wollen Sie hier treffen?"

„Einen Unbekannten." Er stieg aus dem Wagen, und ich folgte

ihm. „Jemand will mir etwas mitteilen", fuhr er fort, „das mir bei Doone aus der Patsche helfen soll. Ich wollte ..., ich wollte nur ein bißchen Unterstützung ..., einen Zeugen eventuell. Sie finden das bestimmt hirnverbrannt."

„Nein. Wie wurde dieses Treffen vereinbart?"

„Am Telefon, heute morgen. Die Stimme habe ich nicht erkannt. Ich weiß nicht einmal, ob es ein Mann oder eine Frau war."

„Weshalb ausgerechnet hier?"

Er runzelte die Stirn. „Keine Ahnung. Deshalb wollte ich nicht allein herkommen."

„Na schön", schloß ich. „Wir werden ja sehen."

Aus der Nähe sah das Bootshaus noch baufälliger aus als von weitem. Die Wände bestanden aus verwitterten Backsteinen, die Längsseiten reichten über das Ufer bis in den Fluß hinein.

Entsprechend Sams Lebensphilosophie hatte die morsche Holztür weder Klinke noch Vorhängeschloß; sie ließ sich beim geringsten Druck mit der Hand nach innen öffnen. Die Fenster sorgten für sehr viel Licht, doch waren lediglich ein nackter Holzfußboden und eine Flügeltür aus Glas zu sehen, die auf einen Balkon über dem angeschwollenen Fluß führte.

„Haben Bootshäuser in ihrem Inneren kein Wasser?"

„Doch, es ist genau unter uns", antwortete Harry. „Einen Stock tiefer befindet sich das Bootsbecken, man gelangt dorthin durch eine zweite Tür vom Fluß her. Die Bar war damals unten. Sam hatte bunte Lichter aufgehängt, sogar unter Wasser waren welche ..., es hat phantastisch ausgesehen." Er seufzte. „Das alles kommt mir schon wie eine halbe Ewigkeit vor."

„Hatte Sam auch Nolan zu seiner Party eingeladen?"

„Sam war bester Laune. Er hatte alle eingeladen, auch Angela ..." Er hielt inne und schaute auf die Uhr. „Es wird langsam Zeit."

Entschlossen drehte er sich um und machte einen Schritt auf den Balkon am anderen Ende des Raumes zu; die alten Dielen knarrten unter seinen Füßen.

Auf dem Boden, ungefähr auf halbem Weg zum Balkon, lag ein weißer Briefumschlag. Harry bückte sich, weil er offenbar annahm, daß es sich vielleicht um eine an ihn gerichtete Botschaft handeln könnte. Gerade als er das Kuvert aufheben wollte, gab ein großer Teil des Fußbodens mit furchtbarem Krachen unter ihm nach und sauste mit dem aufschreienden Harry hinunter in das Bootsbecken.

Kapitel 8

HARRYS Sturz hatte sich so schnell und unerwartet ereignet, daß ich beinahe hinterhergeschlittert wäre. Im letzten Augenblick gelang es mir, mich auf einem Fuß blitzschnell zu drehen und nach hinten flach auf die Bretter zu werfen, die sicheren Halt versprachen.

Rasch streifte ich meinen Anorak ab und robbte an das entstandene Loch heran, bis ich über den Rand in das Bootsbecken schauen konnte, doch ich konnte Harry nicht sehen. Kein Lebenszeichen von ihm.

Ich zog meine Stiefel aus, schleuderte sie zur Seite und schwang mich an einem hervorstehenden Querbalken nach unten. Außer trübem braunem Wasser war nichts zu sehen. Ich winkelte die Beine an, um einigermaßen sanft zu landen, ließ den Balken los und spürte, wie die eisige Kälte des Wassers die Luft aus meiner Lunge preßte. Mit den Füßen tastete ich nach dem Grund, dann holte ich tief Luft, tauchte und suchte unter Wasser nach Harry. Sehen konnte ich in der dreckigen Brühe überhaupt nichts.

Er mußte dasein! Allmählich wurde die Zeit knapp. An der Wasseroberfläche schnappte ich nach Luft, tauchte wieder unter, suchte Harry mit Händen und Füßen. Ich ertastete alles mögliche, Steine, scharfkantige Metallstücke, aber nichts Lebendiges.

Erneut Luft holen. Ich sah mich nach Luftblasen um, hoffte ihn auf diese Weise zu finden, und schließlich erkannte ich einen roten Fleck auf dem Wasser, dicht vor mir.

Ich tauchte auf die scharlachroten Schlieren zu und spürte den Bewußtlosen sofort; er rührte sich nicht, und als ich ihn an die Oberfläche ziehen wollte, gelang es mir nicht. Harry hing irgendwo fest! Ich packte ihn unter den Armen und zerrte, bis er endlich freikam und wir an die Oberfläche schnellten.

Augenblicklich hielt ich seinen Kopf hoch, obwohl ich selbst kaum Luft bekam. Er atmete immer noch nicht. Zum Glück fand ich mit den Füßen Grund, so daß ich mich über ihn beugen und mit der Mund-zu-Mund-Beatmung beginnen konnte.

Trotz des Auftriebs im Wasser war Harry sehr schwer. Meine Füße unten im Schlamm wurden taub. Komm zurück, Harry, komm zurück! flehte ich stumm, während ich ihm rhythmisch meinen Atem einhauchte, bis mir selbst schwindlig wurde.

Plötzlich spürte ich einen Ruck in seiner Brust. Einen Moment konnte ich es nicht glauben, aber dann hustete er, und ein Strahl schmutzigen Wassers schoß in hohem Bogen aus seinem Mund. Er fing heftig zu husten an und schnappte nach Luft. Schließlich öffnete er die Augen und stöhnte, und ich sah mich um, wie wir am besten aus dieser Falle entkamen, die allmählich ungastlich wie eine Gefängniszelle wurde.

Eine zweite Tür, hatte Harry gesagt, vom Fluß her. Tatsächlich konnte ich sie erkennen, ihr unteres Ende lag knapp fünfzehn Zentimeter über der Wasseroberfläche. Ein paar Meter weiter, an der Längsseite des Gebäudes, entdeckte ich ein herabgelassenes Rollgitter. Dahinter wälzte sich der Fluß vorbei, mit kleinen Strudeln an der Wasseroberfläche, die ins Bootshaus hereinkreiselten.

Ich zog Harry vorsichtig mit und bewegte mich zur Wand hin, und zu meiner großen Erleichterung stieß ich dort auf einen hölzernen Steg, unter Wasser ungefähr in Hüfthöhe. Ich hob Harry hoch, bis er auf dessen Brettern saß, hievte mich selbst hinauf, so daß wir beide nebeneinanderhockten und den Kopf aus dem Wasser streckten. Noch kein erwähnenswerter Fortschritt, höchstwahrscheinlich aber die Rettung vor dem sicheren Tod.

Das Loch, durch das Harry gestürzt war, befand sich in der Mitte der Decke. Wenn ich mich auf den Steg stellte, konnte ich es nicht erreichen. Anscheinend fehlte an der Stelle ein Stück vom Querbalken.

Harry hatte zu husten aufgehört, wirkte aber immer noch sehr benommen. Die roten Schlieren im Wasser waren Blut, das von einer Wunde an Harrys Bein stammte. Ich überlegte, ob ich zuerst die Blutung stillen oder ihn in dieser unsicheren Stellung sitzen lassen sollte, um einen Ausgang zu suchen; da hörte ich plötzlich das Knarren der Eingangstür über uns, durch die auch Harry und ich den Schuppen betreten hatten.

Meine erste Regung war, um Hilfe zu rufen, wer auch immer dort oben angekommen sein mochte. Doch verhielt ich mich still, weil mir etwas durch den Kopf ging: Harry war hierhergekommen, um jemanden zu treffen. Er hatte das Bootshaus betreten und war gerade dabei, einen Umschlag vom Fußboden aufzuheben. Dann hatten die Holzdielen unter ihm nachgegeben, ein Stück Querbalken fehlte, und wäre ich nicht dabeigewesen, wäre Harry sicher im Bootsbecken ertrunken, womöglich aufgespießt auf einen unter der Wasseroberfläche verborgenen scharfkantigen Gegenstand. Ich war mir der Gefahr sehr bewußt, in der wir schwebten. Der Unbekannte dort oben war nicht unser Retter, sondern unser Feind.

Stille. Dann knarrten Stufen, ehe die Tür leise wieder zugemacht wurde. Nach einer Weile hörte ich, wie eine Autotür zugeschlagen, ein Motor angelassen wurde und ein Wagen davonfuhr.

„Verfluchter Mist!" meinte Harry plötzlich. „Mir ist k-kalt."

„Trauen Sie sich zu, hier einen Augenblick allein sitzen zu bleiben?" fragte ich.

„John, um Himmels willen..." Seine Stimme klang schwach.

„Ich lasse Sie nicht lange allein", fügte ich eilig hinzu.

An der Wand entlang watete ich auf die Tür zu, neben der sich eine schmale Plattform befand. Ich kletterte hinauf und drückte die Türklinke hinunter. Die Tür war fest verschlossen.

An der Wand neben der Tür befanden sich drei elektrische Schalter. Ich betätigte sie alle, doch nichts geschah.

Enttäuscht ließ ich mich wieder ins Wasser gleiten und machte ein paar Schwimmzüge auf das Rollgitter zu. Wenn ich Glück hatte, reichte es nicht ganz bis auf den Flußgrund hinab. Ich atmete tief ein und hangelte mich langsam am Gitter nach unten. Tatsächlich war zwischen der Unterkante des Rollgitters und dem schlammigen Boden ein Spalt, allerdings nicht größer als ein paar Handbreit. Außerdem hatte sich davor eine Menge Gerümpel angesammelt, das vom Sog der Flußströmung dort festgehalten wurde.

Ich mußte zum Luftholen an die Oberfläche zurück. „Harry? Unter dem Metallgitter ist eine Lücke. Ich tauche unten durch und hole Sie dann gleich raus."

„In Ordnung. Beeilen Sie sich."

Tief Luft holen. Untertauchen, nach unten hangeln. An der Unterseite schloß das Rollgitter nicht mit einer geraden Querleiste ab, sondern mit einem ausgezackten Saum. Nichts wie durch! befahl ich mir, als ich merkte, daß es mich ins Innere des Bootshauses zurückzog.

Ich ließ mich auf den Grund gleiten, um mit dem Kopf zuerst und dem Gesicht nach oben durchzuschlüpfen. Du darfst nicht mit der Kleidung an den Metallzacken hängenbleiben..., jetzt darunterkriechen..., nichts überhasten..., ja nicht hängenbleiben..., außen am Gitter festhalten..., nicht loslassen. Die Strömung des Flusses war beträchtlich. Ganz gerade bleiben..., weiter so..., Schultern durch, Rücken durch, Beine..., gleich geht dir die Luft aus..., die Lunge schmerzt ..., vorsichtig, vorsichtig ..., bald Atem schöpfen ..., jetzt noch die Füße ..., geschafft!

Ich tauchte auf und sog die Luft tief ein. Schnaufend und schlotternd klammerte ich mich an das Gitter.

„Harry?" rief ich hinein.

„O John ..." Grenzenlose Erleichterung schwang in seiner Stimme mit. „Gott sei Dank!"

„Jetzt dauert es nicht mehr lange", erwiderte ich angestrengt.

Ich hangelte mich seitlich am Gitter entlang, und so gelang es mir, mich um die Ecke des Bootshauses herumzuschlängeln, aus dem Wasser zu steigen und mich endlich auf das grasbewachsene Ufer sinken zu lassen. Mir war bitter kalt, aber ich war draußen.

Als ich aufstand, merkte ich, wie weich mir die Knie geworden waren. Die Tür zum Bootsbecken ließ sich auch von außen nicht öffnen. Also ein Telefon suchen und Hilfe anfordern: die Feuerwehr und einen Rettungswagen. Wenn ich aber in Sams Werkstatt kein Telefon fand, mußte ich mit Harrys Wagen zum nächsten Anwesen fahren ...

Die Sache hatte nur einen Haken: Harrys Wagen war nicht mehr da. Bevor ich etwas unternahm, fiel mir ein, mußte ich meine Stiefel anziehen. Ich betrat das Bootshaus durch die unverschlossene obere Tür.

Der zweite Haken: Auch meine Stiefel fehlten. Ebenso mein Anorak.

Es gab keinen Zweifel mehr, daß jemand die Absicht gehabt hatte, Harry zu ermorden. Ich rannte zu Sams Werkstatt. Zu meiner Erleichterung stellte ich fest, daß ich ohne Schwierigkeiten hineingelangte – auch an dieser Tür befand sich kein Schloß.

Rasch schaute ich mich nach einem Telefon um, konnte jedoch keines entdecken. Überall lagen verrostete Werkzeuge und Blechteile herum; mitten in dem Gerümpel entdeckte ich ein Stemmeisen und einen schweren Holzhammer. Damit eilte ich zum Bootshaus zurück und bearbeitete die untere Tür, indem ich das Stemmeisen in der Nähe des Schlüssellochs zwischen den hölzernen Türrahmen und das Mauerwerk hämmerte. Der alte Holzrahmen splitterte und gab den Schließbolzen frei, so daß ich die Tür aufreißen konnte. Ich sprang ins kalte Wasser, wobei ich die Zähne aufeinanderbiß.

Harry war der Kopf auf die Schulter gesackt, bedrohlich dicht über dem Wasser.

„Kommen Sie schon, Harry!" drängte ich. „Wachen Sie auf!"

Er blickte apathisch zu mir auf, sein Blick verriet Schwäche und Schmerz. Ich zog ihn durch das Wasser bis zu der Plattform; mit letzter Kraft hievte ich ihn hinauf, ehe ich ihn draußen aufs Gras bettete.

„Mann, Harry, wieviel wiegen Sie eigentlich?" fragte ich keuchend.

„Wüßte nicht, was Sie das angeht", murmelte er.

Ich lachte erleichtert. Wenn er trotz aller Schmerzen so antworten konnte, dann saß er dem Tod noch nicht auf der Schippe. Nun wußte ich, daß wir beide es schaffen würden.

Sein Bein schien nicht mehr zu bluten. Dennoch – je schneller ich ihn zu einem Arzt brachte, um so besser.

In der Nähe der schmalen Straße, an deren Ende das Bootshaus lag, standen keine Häuser. Andererseits sah ich nur wenige Meter entfernt ein Ruderboot kieloben am Ufer liegen, groß genug für zwei. Wenn es nur nicht voller Lecks war ...

Ich drehte das Boot um. Auf den ersten Blick war es intakt, obwohl Dollen und Ruder fehlten.

Egal. Ein Stück Holz mußte als Paddel herhalten. Lag ja genug herum. Ich suchte mir eine geeignete Latte und legte sie ins Boot.

„Kommen Sie, Harry. Wir müssen Sie ins Boot schaffen."

„Ins Boot?"

„Ja. Jemand hat Ihr Auto geklaut."

Er schaute verdutzt drein, aber dann bedeutete er mir, ich solle ihm aufhelfen, damit er sich auf seinen linken Fuß stellen konnte. Mit meiner Unterstützung schaffte er die paar Hopser zum Boot. Ich half ihm, sich auf der Ruderbank in der Mitte niederzulassen.

„Halten Sie sich gut an den Seiten fest", sagte ich. „Alles klar?"

Ich schob und zerrte das Wasserfahrzeug, bis es rückwärts die Uferböschung hinabrutschte. Als es aufspritzend im angeschwollenen Fluß landete, sprang ich hinein. Die Strömung erfaßte das Boot sofort. Ich quetschte mich an Harry vorbei, nahm im Heck Platz und griff nach der Holzlatte. Damit konnte ich zwar nur sehr eingeschränkt steuern, doch gelang es mir, den Bug des Bootes stets vorn zu halten.

Folgen Sie den Flüssen stromabwärts, irgendwann werden Sie auf Siedlungen stoßen ... Meine Reiseratgeber und meine Unterhaltung mit Gareth kamen mir in den Sinn. *Ein paar von Ihren Fallen sind ganz schön gemein.*

Viele Fallen sind so konstruiert, daß das Opfer auf scheinbar festem Untergrund einbricht und in einer darunterliegenden Grube auf angespitzten Pfählen den Tod findet.

Im Boot war jetzt ein bißchen Wasser, das um unsere Füße schwappte. Der breite Fluß verengte sich unerwartet. Zu unserer Linken erblickten wir ein Schild mit der Aufschrift GEFAHR! und kurz darauf einen kleineren Hinweis SCHLEUSE, mit einem Pfeil nach rechts.

Ich steuerte mit aller Kraft nach rechts, dort lagen wir sicher richtig. Keine Schleuse ohne Schleusenwärter.

Wir trieben weiter wie in einem Alptraum. Das Wasser zu unseren Füßen stieg immer höher. Es schien ewig zu dauern, bis wir zur Schleuseneinfahrt gelangten. Endlich entdeckten wir auf der rechten Seite Anlegestellen für Boote, die die Schleuse passieren wollten. Ich ließ das Boot bis vor das Schleusentor treiben, machte es fest und stieg aus.

„Es dauert bestimmt nicht lange", sagte ich zu Harry. Dann klopfte ich an die Tür des Schleusenwärterhäuschens, und zu unserem großen Glück öffnete uns ein gebeugter Herr mit freundlichen Augen.

„Wohl in den Fluß gefallen, was?" fragte er gut gelaunt und musterte mich eingehend in meinen nassen Sachen. „Möchten Sie telefonieren?"

ICH fuhr mit Harry im Rettungswagen zum Krankenhaus nach Maidenhead. Wir waren beide in Decken gewickelt, Harry zusätzlich in eine mit Folie beschichtete, gefütterte Spezialdecke für Patienten mit Unterkühlung.

Es stellte sich heraus, daß Harrys Wade von einem spitzen Gegenstand glatt durchbohrt worden war. Die Ein- und Austrittswunde war sauber und mit geronnenem Blut verkrustet. Die Ärzte stopften Harry mit Antibiotika voll und nähten die beiden Wunden. Bis Fiona sich an meiner Schulter ausgeweint hatte, saß Harry bereits ansprechbar in einem mollig warmen Ruheraum.

„Aber warum?" fragte mich Fiona, halb verärgert, halb verwundert. „Warum ist er überhaupt zu Sams Bootshaus gefahren?"

„Er wird Ihnen alles erzählen", beruhigte ich sie. „Die Ärzte sagen, es gehe ihm gut."

„Sie sind ja völlig durchnäßt!" Sie schob mich auf Armeslänge von sich. „Sind Sie auch in das Bootsbecken gefallen?"

„So in etwa." Die Heizung des Krankenhauses hatte das Ihrige getan und meine Kleider auf dem Leib getrocknet; ich kam mir vor wie ein Wäscheständer und hatte immer noch keine Schuhe oder Stiefel.

Eine Krankenschwester erschien, um Fiona abzuholen. Sie durfte

Harry jetzt sehen. Ängstlich ging sie mit, drehte sich aber noch einmal um und rief mir zu, ich solle auf sie warten.

Als sie eine halbe Stunde später zurückkam, machte sie einen ziemlich mitgenommenen Eindruck. „Harry ist schläfrig", sagte sie. „Er hat mir lauter wirre Geschichten erzählt ... Wie sind Sie bloß mit einem Boot ins Krankenhaus gekommen?"

„Das schildere ich Ihnen auf dem Heimweg." Sie übergab mir kommentarlos ihre Autoschlüssel. Auf der Fahrt nach Shellerton, in der einsetzenden Dunkelheit, berichtete ich ihr mit vorsichtig gewählten Worten, was uns auf Sams Grundstück zugestoßen war.

Ich hielt vor Tremaynes Haus an. Fiona verkündete, sie gehe mit hinein, um in Gesellschaft „ihr Zittern zu kurieren".

Tremayne, Mackie und Perkin hatten sich im Familienzimmer versammelt, wo sie wie gewohnt ihren Schlummertrunk zu sich nahmen. Tremayne begann sogleich, Fiona aufzumuntern; er spürte wohl, daß es Ärger gegeben hatte.

„Ich glaube, jemand wollte Harry umbringen", erklärte Fiona bemüht ruhig und unterbrach damit Tremaynes Plaudereien.

„Was?" Die Gesichter der Anwesenden waren starr vor Schreck.

„Er wäre in Sams Bootshaus beinahe ertrunken."

„Meine Liebe", erwiderte Tremayne entschieden, „es muß sich hier um einen furchtbaren Unfall handeln. Wer will denn schon Harry umbringen?"

„Niemand", sagte Perkin. Seine Stimme klang wie Tremaynes entferntes Echo. „Ich meine, hat Harry gesagt, daß ihn jemand umbringen wollte?"

Fiona schüttelte den Kopf. „Man hat ihm in der Klinik starke Beruhigungsmittel gegeben. Ich kam selbst auf diese Idee, aber ich habe auch Angst, mich eingehender damit zu beschäftigen."

„Dann hör auf damit, meine Liebe." Mackie legte ihr den Arm um die Schulter und küßte sie auf die Wange. „Es ist schrecklich, aber zum Glück ist Harry nichts Schlimmes passiert."

Alle bemühten sich sehr, Fiona zu trösten, bis sie sich die größte Besorgnis von der Seele geredet hatte.

Mit Doone lag die Sache am nächsten Tag etwas anders. Er kam einfach ins Wohnzimmer, wo ich gerade arbeitete, und setzte sich mir gegenüber an den Tisch. „Sie haben gestern also den Helden gespielt, wie mir Mr. Goodhaven erzählt hat", begann er nüchtern. „Unfall oder Mordversuch?"

„Letzteres würde ich sagen", entgegnete ich. „Haben Sie Harrys Wagen gefunden?"

„Noch nicht." Er warf mir einen finsteren Blick zu. „Wo würden Sie nach dem Fahrzeug suchen?"

Ich überlegte kurz. „An einem Abgrund."

Er sah mich fragend an.

„Vielleicht eher im übertragenen Sinn. Angenommen, Harry wäre gestern nachmittag für immer verschwunden und Sie hätten sein Auto später an einem Abgrund gefunden – was hätten Sie gedacht?"

„An Selbstmord", erwiderte er prompt. „Ein Eingeständnis seiner Schuld."

„Ende der Ermittlungen? Fall erledigt?"

Er starrte mich mit düsterem Blick an. „Möglich. Aber solange wir keine Leiche finden, müssen wir immer noch an ein mögliches Untertauchen denken."

„Aber Sie hätten in Harrys Fall keine anderen Verdächtigen in Betracht gezogen, weil Sie ihn für den Schuldigen hielten."

„Die Tatsachen würden darauf hindeuten. Untertauchen oder Selbstmord wäre die Bestätigung."

„Aber an dieser Beweisführung stört Sie etwas. Weil Sie niemanden festgenommen haben. Ich kann nur Vermutungen anstellen: zum Beispiel, daß Harrys Sonnenbrille, sein Kugelschreiber und sein Gürtel nur deswegen bei Angela gefunden wurden, weil sie diese Gegenstände mit sich herumtrug."

„Weiter, weiter", sagte er unbeteiligt. Ich erkannte, daß ihm diese Überlegungen nicht neu waren.

„Angenommen, es war ihr gelungen, sich ein paar von Harrys persönlichen Sachen anzueignen, die sie ständig mit sich herumschleppte. Das würde nur beweisen, daß sie in Harry verknallt war, aber nicht, daß er bei ihrem Tod zugegen war."

„Das alles habe ich auch in Betracht gezogen."

„Wer auch immer Harrys Wagen gestohlen hat", fuhr ich fort, „der hat auch meinen Anorak und meine Stiefel geklaut. Ich vermute, daß derjenige, der die Sachen an sich genommen hat, jetzt ganz schön in Panik ist, wenn er feststellen muß, daß ich Harry gerettet habe. Vermutlich war das Ganze ein fehlgeschlagener Versuch, Harrys Schuld zu beweisen. Außerdem werden Sie jetzt eine Menge Nachforschungen in die Wege leiten müssen."

„Ich möchte, daß Sie morgen früh zum Bootshaus kommen",

erklärte er förmlich. „Dort werde ich Mr. Yaeger um neun Uhr treffen."

Ich nickte.

„Nun, ich habe tatsächlich damit begonnen, auch andere Leute zu vernehmen", fügte Doone zögernd hinzu.

„Sam Yaeger hat es uns erzählt. Jeder weiß, daß Sie Ihren Kreis erweitert haben."

TREMAYNE lieh mir seinen Volvo, damit ich zum Bootshaus fahren konnte, und erinnerte mich daran, daß am gleichen Tag das Galadiner zu seinen Ehren stattfinden werde. Viele Größen des Rennsports wurden erwartet, die ihm ihre Aufwartung machen wollten.

Sam und Doone waren bereits da, als ich beim Bootshaus eintraf. „Kommen Sie, Sir", sagte Doone, als ich aus dem Wagen gestiegen war. „Führen Sie uns bitte vor, was sich am Mittwoch nachmittag hier abgespielt hat."

„Harry wollte hier jemanden treffen, also gingen wir ins Bootshaus." Ich folgte dem Weg, den wir zwei Tage vorher eingeschlagen hatten, die anderen kamen hinterher. „Wir haben einfach die Tür aufgemacht, sie war nicht verschlossen."

„Ist sie nie", bestätigte Sam.

„Dann sind wir hineingegangen. Wir haben uns über die tolle Party unterhalten, die Sam hier veranstaltet hat. Harry wollte zu der Flügeltür dort drüben gehen, da hat er den Brief entdeckt. Als er sich bückte, um ihn aufzuheben, ist der Bretterboden durchgebrochen."

„Kann das denn sein?" fragte Doone Sam. „Wie lange ist es her, daß der Boden stabil genug war, um eine Party abzuhalten?"

„Letzten Juli vor einem Jahr."

„Ziemlich schnell verrottet", kommentierte Doone mit seiner Singsangstimme.

„Wie auch immer", fuhr ich fort, „ich habe Schuhe und Anorak ausgezogen, alles hier hingelegt und mich ins Wasser fallen lassen. Von der unteren Tür aus können Sie es besser sehen." Ich drehte mich um und ging den Pfad an der Seite des Gebäudes hinunter. „Die Tür hier unten führt zum Bootsbecken."

Sam fingerte an dem zersplitterten Türrahmen herum. „Haben Sie diese Zerstörung angerichtet? Die Tür war nicht zugeschlossen. Der Schlüssel steckte von innen."

„Ganz bestimmt nicht. Daß ich sie aufbrechen mußte, tut mir leid."

Sam zuckte mit den Schultern und riß die Tür auf. Unseren Augen bot sich ein mir allzu vertrauter Anblick. Das Wasser roch muffig, nach Schlamm und Winter.

„An der rechten Wand befindet sich eine Art Steg", erklärte ich Doone. „Wenn Sie mir hier entlang folgen möchten", fügte ich mit entschlossenem Gesichtsausdruck hinzu, „zeige ich Ihnen bei dem Loch in der Decke eine interessante Tatsache."

Sie starrten beide mit offenkundigem Widerwillen auf die schlammige Flut; dann fiel Sam eine mögliche Lösung ein. „Wir schauen es uns von einem Boot aus an."

„Warten Sie – was ist mit dem Rollgitter?" fragte ich. „Was passiert mit dem Krempel, der im Bootsbecken herumschwimmt, wenn Sie das Gitter raufziehen?"

„Wovon reden Sie da?" fragte uns Doone.

„Der Grund des Beckens besteht aus Schlamm, und er fällt zum Fluß hin ab", erläuterte ich. „Wenn das Gitter hochgezogen wird, holt sich die Strömung alles Treibgut, das sich dahinter angesammelt hat. Harry ist auf einen spitzen Gegenstand unter Wasser gestürzt. Er wäre in wenigen Minuten tot gewesen. Wenn Sam das nächstemal das Rollgitter hochgezogen hätte, wäre Harrys Leiche unbemerkt davongetrieben, und niemand hätte je erfahren, daß er hiergewesen war." Ich machte eine Pause. „Wann hätten Sie das Gitter das nächste Mal hochgezogen?" fragte ich Sam schließlich.

„Sobald ich das Loch in der Decke entdeckt hätte. Ich hätte mir die Sache von unten angeschaut. Aber zur Zeit komme ich so gut wie nie hierher. Nur im Sommer." Er warf Doone einen schelmischen Blick zu. „Dann schlafe ich auf einer Luftmatratze."

„Mit Mädchen wie Angela Brickell?" fragte Doone.

Sam verstummte erschrocken.

Eins zu null für den Hauptkommissar, dachte ich. „Was liegt da alles herum unter Wasser in Ihrem Bootshaus?" fragte ich den verunsicherten Jockey.

„Keine Ahnung", antwortete er unbeteiligt.

„Wenn Sie das Gitter raufziehen, erfahren wir es nie."

„Aha." Doone funkelte Sam verständig an. „Also ein Fall für unsere Suchmannschaften. Gibt es da drinnen Licht?"

„Der Hauptschalter ist oben im Schuppen", erwiderte Sam, mit den Gedanken offenbar woanders. „Da liegt nichts drin, höchstens ein paar leere Bierdosen."

„Harry hat sich nicht an einer Bierdose aufgespießt", gab ich zu bedenken.

Sam drehte sich auf dem Absatz um und ging den Pfad zu seiner Werkstatt hinauf.

„Es könnte sich sehr wohl um einen Unfall handeln, Sir", meinte Doone verlegen.

Ich nickte. „Eine gute Falle sieht nicht wie eine Falle aus."

„Zitieren Sie gerade jemanden?"

„Ja, mich selbst. Ich habe eine ganze Menge über Fallen geschrieben. Meine Bücher liegen überall in Tremaynes Villa herum. Alle haben darin geblättert. Man muß nur die Anleitungen befolgen, und schon hat man sein Opfer erledigt."

„Ich muß mir diese Bücher mal ansehen."

Sam kehrte mit finsterer Miene zurück und drückte auf die drei Schalter, die zwei Tage vorher nicht funktioniert hatten. Anstandslos gingen an der Decke ein paar Strahler an und beleuchteten die uralten Backsteinwände und die verwitterten grauen Balken, die die Dielen des darauf liegenden Fußbodens stützten; mit Ausnahme der Stelle, an der sich das Loch befand.

„Da oben fehlt ein Stück vom Querbalken", bemerkte ich, „oder sehe ich das falsch?"

Sam nickte widerwillig. „Nein, ganz im Gegenteil. Aber ich habe nichts davon gewußt. Woher auch?"

„Sie selbst, Sir", erklärte Doone bedeutungsvoll, „besitzen sowohl das Wissen als auch die Werkzeuge, um an Ihrem Bootshaus etwas zu manipulieren."

„Aber ich war's nicht." Sams Erwiderung klang kämpferisch, nicht ängstlich. „Jeder kennt dieses Bootshaus. Alle sind hiergewesen. Einen so dünnen Balken kann jeder durchsägen, das ist ein Kinderspiel. Ich meine, fast jeder kann schließlich mit einer Säge umgehen! Sie etwa nicht?"

Doone schien bereit, ihm beizupflichten. „Ich sehe mich oben mal um, wenn ich darf, Sir", antwortete er jedoch nur.

Wir betraten den Schuppen äußerst behutsam durch die obere Tür, aber soweit wir erkennen konnten, war der Holzboden bis auf die Stelle über dem fehlenden Balkenstück in gutem Zustand. Keines der Bretter war vermodert.

„Die Dielen sind nicht überall fest angenagelt", erklärte uns Sam. „Nur hier und da. Meistens sitzen sie richtig fest, aber wenn wir einen heißen, trockenen Sommer haben, dann zieht sich das Holz zusammen, und man kann sie einfach hochheben. Das letzte Mal habe ich sie vor der Party hochgehoben, um die Leuchtgirlanden an der Decke anzubringen."

Ich kniete nieder und robbte auf das Loch zu. Sogleich erkannte ich, daß so, wie die Bretter verlegt waren, der präparierte Balken die Hauptlast zu stützen hatte. Mehrere Dielen, einschließlich der drei, die unter Harrys Gewicht nachgegeben hatten, bildeten eine Art Wippe, weil ihnen mit dem fehlenden Balkenstück der Halt genommen worden war. Die Bretter waren nicht durchgebrochen, wie ich zuerst angenommen hatte, sondern unversehrt zusammen mit Harry hinunter in das Becken gestürzt.

Ich testete einige Dielen vorsichtig, indem ich mit der Hand darauf drückte, zog mich dann allerdings auf sichere Bretter zurück. „Um das Loch herum ist es immer noch höchst gefährlich."

Doone wandte sich an Sam. „Ich muß wissen, Sir, wann diese Manipulationen hätten ausgeführt werden können."

Sam dachte eine Weile nach. „Mittwoch vor einer Woche habe ich hier auf dem Weg zum Rennen nach Windsor eine Ladung Holz abgeladen. Freitag bin ich ebenfalls eine Zeitlang hier gewesen, etwa einen halben Tag. Am Samstag bin ich in Chepstow geritten, gestürzt, und dann konnte ich bis Dienstag nicht reiten. Montag war ich auch hier, habe ein bißchen herumgewerkelt. Am Dienstag war ich wieder beim Rennen, in Warwick. Am Mittwoch in Ascot, gestern in Wincanton." Er machte eine Pause. „Nachts bin ich nie hier gewesen."

„Welche Rennen haben Sie am Mittwoch nachmittag geritten?" erkundigte sich Doone.

„Das Zwei-Meilen-Hindernisrennen, das Dreijährigen-Hindernisrennen und das Dreijährigen-Jagdrennen."

Doone zückte sein Notizbuch und schrieb die Antworten des Jockeys auf.

Sam dämmerte allmählich etwas. „Ich war nicht hier, um Harrys Wagen wegzufahren, falls Sie das meinen."

„Ich muß viele Leute danach fragen, wo sie sich am Mittwoch nachmittag aufgehalten haben", entgegnete Doone sachlich. „Momentan kann ich jedoch mit meinen Nachforschungen fortfahren, ohne Ihnen beiden noch mehr von Ihrer wertvollen Zeit zu stehlen, meine Herren."

„Kompanie entlassen?" fragte Sam bissig.

Doone beschied uns unbekümmert, daß wir wieder von ihm hören würden.

Sam begleitete mich zu Tremaynes Wagen, den ich auf dem mit Steinen übersäten Gras geparkt hatte. Seinem Schritt haftete noch die gewohnte natürliche Munterkeit an, doch sein Selbstvertrauen schien gelitten zu haben. „Glauben Sie, daß ich Harry diese Falle gestellt habe?" fragte er.

„Sie könnten es jedenfalls gewesen sein."

„Klar, ein Kinderspiel. Aber ich war's nicht." Er schaute mir in die Augen; in seinem Blick spiegelte sich teils Angst, teils seine ungebrochene Kämpfernatur.

„Wenn Sie Angela Brickell nicht umgebracht haben", fügte ich hinzu, „haben Sie auch keinen Grund, Harry zu ermorden. Das wäre unsinnig."

„Ich habe dieser blöden Gans nichts getan." Er schüttelte den Kopf, als wollte er sie aus seinem Gedächtnis verdrängen. „Sie war mir zu anhänglich, wenn Sie's genau wissen wollen. Sie hatte es immer mit der Todsünde und wollte mich deshalb ganz schnell heiraten!"

Ich hörte fasziniert zu, und die launische Miß Brickell verwandelte sich plötzlich in eine wirkliche Person, einen verwirrten Teenager, der im Bedürfnis, sein Herz auszuschütten, im Gefühl starken Verlangens und womöglich auch in der Gewißheit einer Schwangerschaft Druck auf einen Mann ausgeübt hatte, der dem nicht gewachsen war. Einen Mann – diese Idee kam mir als Geistesblitz –, der wußte, wie leicht Olympia mit einem einfachen Würgegriff aus dem Weg geräumt worden war.

„Gehen Sie heute abend zu Tremaynes Ehrenschmaus?" fragte mich Sam gut gelaunt, als wollte er damit die Gedanken an den Mordfall von sich abschütteln.

„Ja. Sie auch?"

Er grinste. „Das fragen Sie noch? Ich würde erschossen, wenn ich nicht mitjubeln würde. Und außerdem" – er zuckte gleichgültig die Achseln, um von seinen wahren Gefühlen abzulenken –, „der alte Knabe hat es verdient. Er ist eigentlich ein ganz prima Kerl, wissen Sie."

„Dann sehen wir uns dort", sagte ich zustimmend.

Er eilte zu Doone zurück, der noch immer in sein Notizbuch schrieb, und als ich wegfuhr, gingen die beiden einträchtig auf den oberen Schuppen zu.

Ich war zum verabredeten Zeitpunkt in Shellerton, so daß Tremayne mit seinem Volvo nach Newbury fahren konnte. Er ließ mich mit meinem Buchprojekt allein – immerhin nahm das erste Kapitel allmählich Formen an.

Ich konnte mich aber nicht konzentrieren, weil ich dauernd an die Falle denken mußte, die Harry in Sams Bootshaus gestellt worden war. Und an Angela Brickell. Unter der Oberfläche des alltäglichen Lebens in Shellerton schwamm ein mörderischer Hai – geräuschlos, unerkannt, und ständig wuchsen ihm neue Zähne. Ich hoffte, daß er Doone bald ins Netz ginge, aber ich glaubte nicht so recht daran.

Am Nachmittag rief Fiona an, um mir zu sagen, daß sie Harry aus der Klinik abgeholt habe und er mich sehen wolle. Mit einem Seufzer ließ ich meinen leeren Schreibblock liegen und marschierte ins Dorf.

Fiona umarmte mich wie einen verlorengeglaubten Bruder und führte mich in das grün- und rosafarbene Wohnzimmer, wo Harry, blaß und mit dunklen Ringen unter den Augen, in einem Lehnsessel saß und sein verbundenes Bein auf einem großen, gepolsterten Hocker hochgelegt hatte. „Wie geht's dem Bein?" erkundigte ich mich.

„Mies. Es wiegt mindestens eine Tonne. Na ja, wenigstens weiß ich aus wohlinformierten Kreisen, daß ich wahrscheinlich mit dem Leben davonkomme. Wie wäre es mit einem Whisky?"

Ich schüttelte den Kopf.

„Dann entführen Sie also jetzt Aschenbrödel zum Ball?" fügte er hinzu.

„Wie bitte?"

„Fiona zu Tremaynes Party. Sie gehen doch hin, oder etwa nicht?"

Ich nickte.

„Nein, Harry", protestierte Fiona, „ich lasse dich nicht allein."

„Tremayne wäre sicher traurig, wenn du nicht kämst. Er zählt auf dich. John begleitet dich. Und außerdem" – in seinen Augen blitzte der Schalk – „weiß ich schon, wer dankend von meiner Einladung Gebrauch machen wird: Erica, meine nobelpreisverdächtige Tante."

Kapitel 9

Die Auszeichnung für Tremaynes Lebenswerk kam auf Betreiben einer Hotelkette zustande, die sich mit einem Paukenschlag in der Rennsportszene einführen wollte. Die Kette „Castle Houses" hatte den Preis für ein Hindernisrennen gestiftet und außerdem das Galadiner auf der Haupttribüne arrangiert. Die ganze Angelegenheit, so hatte mir Mackie erzählt, sei im Grunde nur eine gigantische Werbeveranstaltung. Aber warum sollte man sich dort nicht trotzdem gut amüsieren?

Vor der Abfahrt kamen wir alle im Familienzimmer zusammen. Tremayne sah in seinem Smoking unerwartet weltmännisch aus. Perkin trug ein Jackett, das für ihn eine Nummer zu klein geraten schien, doch die überraschendste Verwandlung hatte sich an Gareth vollzogen: Er hatte sich in Schale geworfen und wirkte viel älter als fünfzehn.

„Steht dir ausgezeichnet", sagte Mackie herzlich; auch sie sah chic aus in ihrem schimmernden schwarzen Kleid mit Samtborten. „Und Johns Smoking hat unseren Sturz in den Graben offenbar bestens überstanden."

Dieser Zwischenfall lag für mich schon in unendlich weiter Ferne: Zwei Wochen und drei Tage trennten mich bereits von meinem lautlosen, verzweifelten Einzelkämpferdasein in der Dachkammer.

Tremayne war mit sich und der Welt zufrieden. „Morgen können Sie Fringe reiten", meinte er. „Das ist der Fünfjährige in der Eckbox. Sie können ihm auf der Trainingsbahn beibringen, wie man über Ginsterbüsche springt."

„Oh, das freut mich", antwortete ich verblüfft. Mackie lächelte.

„Wenn Sie noch eine Zeitlang hierbleiben", fuhr Tremayne fort, „und im Training ordentlich arbeiten, dann wüßte ich nicht, warum Sie nicht einmal bei einem Amateurrennen starten sollten, falls Sie Spaß daran haben."

„Super!" platzte Gareth heraus. „Sagen Sie ja."

Da waren sie wieder, meine guten alten Eingebungen. „Ja, warum nicht?" Ich schaute Tremayne an. „Vielen Dank."

Er nickte strahlend. „Wir kümmern uns gleich nächste Woche um Ihre Lizenz."

Wir kletterten alle in den Volvo und fuhren zu Shellerton Manor, wo die ganze Truppe Harry einen kurzen Besuch abstattete. Müde, aber gut gelaunt hielt er von seinem Sessel aus Audienz.

„Wie hat sich das angefühlt?" fragte Perkin neugierig mit einem Seitenblick auf das bandagierte Bein.

„Es passierte zu schnell, als daß ich viel gespürt hätte." Harry grinste. „Ohne John wäre ich wahrscheinlich schon im Jenseits, ohne überhaupt etwas mitgekriegt zu haben."

„Hör auf!" rief Fiona. „Ich darf nicht einmal daran denken. Tremayne, los jetzt, sonst kommt ihr zu spät. John und ich holen Erica ab und treffen euch auf der Haupttribüne." Sie scheuchte alle hinaus.

Harry und ich blieben allein zurück. „Wissen Sie, wer es getan hat?" fragte mich Harry, sichtlich angestrengt.

Ich schüttelte den Kopf.

„Es kann niemand gewesen sein, den ich kenne." Aus seinen Worten klang heraus, daß er das zumindest wünschte. „Sie wollten mich *umbringen*, verflixt noch mal! Es ist schrecklich, wenn du weißt, daß dich jemand so sehr haßt, daß er ... Dieser Gedanke schmerzt mehr als mein Bein."

Ich zögerte. „Vielleicht war nicht Haß das Motiv. Der Täter hat die Aktion eher wie einen Zug beim Schachspiel aufgefaßt. Und der ist nicht aufgegangen. Der erdrückende Verdacht gegen Sie hat sich in Luft aufgelöst, alle wissen jetzt, daß Sie unschuldig sind. Der Schuß ging also nach hinten los, nicht schlecht für uns."

Fiona kam wieder herein, drapierte sich ein flauschiges weißes Tuch um das rote Seidenkleid, sagte, sie wolle wirklich nicht zu diesem Galadiner gehen, und wurde erneut von ihrem Mann dazu ermuntert. Es gehe ihm gut, beteuerte er, also adieu, amüsiert euch gut, laßt Tremayne ordentlich hochleben.

Fiona nahm mich in ihrem Wagen mit. Erica Upton, die wir nach einem kleinen Umweg in Richtung Westen abholten, durfte auf dem Beifahrersitz Platz nehmen. „Harry hat mir ans Herz gelegt, Sie in Ruhe zu lassen, weil Sie ihm das Leben gerettet haben", verkündete die Starautorin ohne Umschweife. „Ein richtiger Spielverderber."

Bis zur Ankunft auf der Rennbahn gelang es uns, sämtliche Feindseligkeiten einzustellen. In Windeseile waren dort schwarze und silberne Glitzervorhänge von der Decke bis zum Boden gespannt worden, um die Ränge vorübergehend in eine Ehrentribüne zu verwandeln.

Die Hintergrundmusik unterschied sich wohltuend von dem Gebrüll der Buchmacher. Ich traf eine Menge Leute, die ich vom Sehen kannte.

Bob Watson war da, sehr elegant in einem dunkelgrauen Anzug, zusammen mit Ingrid, die auf ihre zurückhaltende Art in ihrem blaßblauen Kostüm hübsch aussah und nicht von seiner Seite wich. Mackie hatte mir erzählt, daß Ingrid stets dafür sorgte, daß Bob nicht viele Gelegenheiten erhielt, anderen Frauen schöne Augen zu machen.

Sam Yaeger, der geborene Salonlöwe, erschien in einem weißen

Smoking und einem weißen Rüschenhemd mit Schnürsenkelkrawatte, und trotz seiner selbstbewußten Miene wirkte er sehr angespannt. Wie sich herausstellte, hatte Doone ihn beschuldigt, die Manipulationen in seinem Bootshaus selbst vorgenommen zu haben. „Er hat mein Alibi nachgeprüft", berichtete Sam, „und herausgefunden, daß ich zwischen den ersten beiden und dem letzten Rennen in Ascot Zeit genug gehabt hätte, um nach Maidenhead zu fahren und Harrys Auto abzuholen."

„Er ist hartnäckig."

„Nachdem Sie weg waren, hat er seine Truppe herbeigepfiffen", fuhr Sam fort. „Die haben jede Menge Krempel aus dem Bootsbecken gefischt: einen alten Fahrradrahmen, ein verrostetes Eisengeländer, ein Metallgitter ..., das alles hat mal irgendwo auf dem Grundstück herumgelegen. Er glaubt, ich hätte die Sachen ins Wasser geworfen, in der Hoffnung, daß Harry sich darin verheddert."

„Was auch geschehen ist."

„Doone wollte wissen, ob ich Ihren Anorak und die Stiefel in Harrys Auto gelegt hätte. Er hat mich so sehr auf die Palme gebracht, daß ich heute nachmittag ein Rennen verloren habe, das ich hätte gewinnen müssen."

Anscheinend hatte er fürs erste genügend Dampf abgelassen. Er wandte sich ab, um mit einer Frau mittleren Alters zu flirten, die ihn am Arm berührt hatte.

Nolan, der aus einigen Schritten Entfernung Sam betrachtete, ließ seine schlechte Laune an mir aus. „Warum hauen Sie nicht einfach aus Shellerton ab?" fragte er mich drohend.

„Das werde ich zu gegebener Zeit tun."

„Ich habe Tremayne schon Bescheid gesagt, daß es Ärger gibt, wenn er Sie auch nur eines von meinen Rennen reiten läßt." Er schien mich mit Blicken durchbohren zu wollen. „Ich weiß nicht, was Fiona an Ihnen findet. Lassen Sie die Finger von ihren Pferden, kapiert?"

Er stapfte davon und machte damit Platz für seinen Bruder Lewis, der mir die mißglückte Imitation eines Lächelns schenkte. „Nolan mag Sie nicht besonders, mein Guter", meinte er und schaute mich dabei schräg von der Seite an. „Passen Sie auf, daß er Ihrem Hals nicht zu nahe kommt."

„Sie haben doch *Ihren* Hals für ihn riskiert, oder nicht?"

„Manchmal hasse ich ihn", erklärte er und trollte sich schließlich, als habe er bereits genug gesagt.

Die eifrig schwatzenden Grüppchen der Gäste bildeten immer neue Konstellationen, und mit dem Glas in der Hand begrüßte man sich mit freudig überraschten Ausrufen. Tremayne nahm die herzlichen Gratulationen mit glaubwürdiger Bescheidenheit entgegen.

Die Menge drängte zum Abendessen. Jeweils zehn Personen setzten sich an einen Tisch, und sofort beäugte jeder seine Tischnachbarn. Ich saß an Tisch sechs zwischen Mackie und Erica Upton.

„Ich habe darum gebeten, neben Ihnen sitzen zu dürfen", klärte mich Erica auf, während ich mich niederließ.

„Aha. Wieso denn das?"

„Verfügen Sie über so wenig Selbstvertrauen?"

„Wenn ich in der Wüste bin, besitze ich jede Menge davon. An der Schreibmaschine dagegen eher wenig. Und Sie?"

„Solche Fragen beantworte ich nicht." Aus ihrer Stimme klang eiserner Wille. Erica Upton war eine Frau, die sich nicht die geringste Blöße gab.

„Ich würde mir zutrauen, Sie heil durch die Wüste zu bringen", sagte ich.

Sie musterte mich durchdringend. „Ich hoffe, das soll kein Kompliment sein."

„Nur eine Einschätzung meiner eigenen Fähigkeiten", erwiderte ich.

„Sie sind mutiger geworden, seit wir uns zuletzt gesehen haben." Zufrieden drehte sie sich um, um sich mit Nolan, ihrem anderen Tischnachbarn, zu unterhalten.

Derart verlassen, wandte ich mich Mackie zu, die mich anlächelte. „Sie hat in Ihnen einen würdigen Gegenspieler gefunden", meinte sie.

Ich schüttelte den Kopf. „Nein, wenn ich schreiben könnte wie sie oder reiten wie Sam und Nolan ..., wenn ich nur eine Sache so gut könnte, dann wäre ich glücklich."

Sie lächelte noch liebenswürdiger. Perkin machte neben ihr eine unverständliche Bemerkung, um ihre Aufmerksamkeit auf sich zu lenken, und so beobachtete ich eine Zeitlang Tremayne, der gerade von der Sponsorengattin geehrt worden war, einer überspannten Quasselstrippe in unvorteilhaftem Zitronengelb. Nun überstand er auf bewundernswerte Weise die Konversation bei Lachssoufflé und Beef Wellington, während Lewis, der zur Linken der Dame saß, einen Becher Wodka kippte, den er sich aus dem Flachmann in seinem Jackett eingeschenkt hatte. Fiona sah mißbilligend zu.

Gareth zappelte verdrossen zwischen Lewis und Perkin herum, schlang alles in sich hinein und schaute gelangweilt drein. Perkin verbot ihm, gegen das Tischbein zu treten, und Gareth schmollte, was bei ihm ungewohnt war. Mackie machte eine versöhnliche Bemerkung, woraufhin Perkin etwas Unverständliches brummte.

Sie drehte sich zu mir um. „Was ist denn bloß mit denen los?" fragte sie mit gerunzelter Stirn.

„Die Anspannung."

„Wegen Harry?" Sie spürte, daß sie recht hatte. „Wir tun so, als ob alles in Butter wäre, dabei stellt sich insgeheim jeder die Frage ... Nichts erscheint einem mehr sicher."

Das Essen neigte sich dem Ende zu; jetzt wurden Reden gehalten. Ein paar vornehme Herren vom Jockey-Club sprachen Tremayne ihr höchstes Lob aus. Dann brachte ein livrierter Bediensteter von Castle Houses ein Geschenk für Tremayne, eine silberne Schale, deren Rand mit einem Kreis kleiner galoppierender Pferde verziert war.

Vor Dankbarkeit überflog Tremaynes Gesicht ein Hauch von Rot. Er nahm die Schale entgegen.

Blitzlichter zuckten. Tremayne hielt eine kurze Rede und bedankte sich bei allen. Bewegt setzte er sich wieder. Alle applaudierten lautstark.

Die Hintergrundmusik wurde beschwingter. Perkin führte Mackie auf die Tanzfläche, die sich an die Tische anschloß. Nolan schnappte sich Fiona, Lewis wurde immer betrunkener, Gareth verdünnisierte sich, und der Sponsor hielt Ausschau nach seiner gelbgewandeten Lady.

Erica und ich hielten uns am Rand des Geschehens auf. Sie ließ den Blick über die Gäste schweifen. „Jemand hat versucht, Harry umzubringen. Ein außerordentlich beunruhigender Gedanke."

„Es war eine vorsätzlich geplante Tat. Angela Brickells Tod mag mehr oder weniger zufällig passiert sein, aber die Attacke auf Harry war gut vorbereitet." Ich hielt kurz inne. „Mein Gott!" entfuhr es mir plötzlich.

„Was ist Ihnen eingefallen? Wissen Sie, wer es getan hat?"

„Nein, aber mir ist etwas klargeworden, was Doone längst klar war." Ich runzelte die Stirn. „Daß Holz schwimmt, weiß schließlich jedes Kind."

Sie schaute verwirrt drein. „Natürlich schwimmt Holz."

„Die Bretter, die mit Harry in das Bootsbecken gefallen sind ..., sie sind untergegangen und nicht wieder aufgetaucht. Doone muß herausfinden, weshalb."

„Was ist daran so wichtig?"

„Nun, der Täter konnte nicht völlig sicher sein, daß Harry unter Wasser aufgespießt und sofort ertrinken würde. Also angenommen, Harry überlebt den Sturz und rettet sich schwimmend. Er kennt sich im Bootshaus aus, weiß, daß es eine Tür gibt, und es fällt genug Tageslicht herein. Wie befreit er sich aus seinem Gefängnis? Die Tür geht nach außen auf. Da schwimmen die Bodenbretter herum, also nimmt er sich eins als Rammbock. Wenn man groß und stark ist wie Harry, wie lange dauert es wohl, bis man draußen ist?"

„Vermutlich nicht sehr lange."

„Als der Täter zum Bootshaus zurückkam", fuhr ich fort, „nahm er keine Anzeichen wahr, daß Harry dabei war, sich zu befreien. Vermutlich hatte Harrys Widersacher schon vorher auf der Lauer gelegen und gewartet, bis er Harrys Wagen kommen hörte."

Sie wollte etwas antworten, kam aber nicht mehr dazu, weil wir uns beide gleichzeitig den Tänzern zuwandten, in deren Mitte ein Boxkampf in vollem Gange war. Sam und Nolan schlugen wild aufeinander ein, kaum weiter als fünfzehn Meter von Tisch sechs entfernt. Sams weißes Jackett verunzierten Blutflecke. Nolans Hemd war aufgerissen und enthüllte ein Stück seiner behaarten Brust. Als Perkin versuchte, die beiden Kampfhähne zu trennen, wurde er von Nolan mit einem eleganten Haken niedergestreckt. Der Amateurjockey wußte mit seinen Fäusten schnell und sicher umzugehen.

Ohne nachzudenken, betrat ich die Tanzfläche, um den Streit zu schlichten.

„Hört auf, ihr Idioten!" begann ich.

Nolan schenkte mir für den Bruchteil einer Sekunde seine Aufmerksamkeit und beantwortete meine Bemerkung mit einem geschickten Schlag in meine Richtung, ehe er sich wieder seinem eigentlichen Gegner zuwandte. Als ich den Treffer verdaut hatte, rannte ich mit der ganzen Wucht meines Körpers gegen Nolan an und stieß ihn zur Seite. Er wirbelte herum – mit wutverzerrtem Gesicht.

Ich hatte verschwommen mitbekommen, daß sich die anderen Gäste von der Tanzfläche verflüchtigt hatten. Mir war auch nicht entgangen, daß Nolan vom Faustkampf eine ganze Menge mehr verstand als ich. Als die Band sich widerstrebend zu einer unplanmäßigen Pause durchgerungen hatte, war Lewis' näselnde Stimme zu hören: „Fünf

Pfund für vier auf beide Teilnehmer!" verkündete er. Alle lachten. Alle bis auf Nolan.

In einem richtigen Boxkampf hätte ich ihn niemals schlagen können, also mußte ich mich auf Tricks und Finten verlassen. Dem Mienenspiel der Zuschauer entnahm ich, daß Nolan auf mich zustürzte, daher ging ich blitzschnell in die Hocke, wich aus und boxte ihm mit aller Kraft in die Rippen. Dann stemmte ich meine Schulter gegen seinen Körper und wuchtete ihn in die Luft, so daß er völlig den Kontakt mit dem Boden verlor. Als er wieder auf die Füße kam, stand ich hinter ihm und drehte ihm den Arm auf den Rücken. „Sie können nicht ganz dicht sein", bemerkte ich mit Nachdruck. „Der gesamte Jockey-Club ist hier versammelt. Machen Sie sich keine Sorgen um Ihre Lizenz?"

Anstelle einer Antwort trat er nach hinten und traf mich am Schienbein.

„Dann werde ich alle Ihre Pferde reiten", fügte ich boshaft hinzu. Ich ließ ihn los, schleuderte ihn in die Richtung von Sam und Perkin und sah endlich, wie er von mehreren Gästen gepackt wurde, die ihn davon abhielten, sich alle Sympathien zu verscherzen. Trotzdem wandte er sich noch einmal nach mir um. „Ich bringe Sie um!" schrie er wütend.

Ich stand reglos da und dachte an Harry.

ALS erstes entschuldigte ich mich bei Tremayne.

„Nolan hat angefangen", meinte Mackie. Sie schaute besorgt nach der geröteten Schwellung auf Perkins Wange, vom gleichen Kaliber wie die, die ich mir eingehandelt hatte.

Perkin saß verärgert und verwirrt am Tisch. Das Rennpublikum zerstreute sich; man ließ die Band erneut aufspielen.

Nolan war nirgendwo zu sehen. Sam fing wieder an, Witze zu reißen. „Ich bin mit ihm zusammengerasselt, mehr nicht", verkündete er mit tragikomischen Gesten. „Na ja, ich hab ihm lediglich gesagt, er solle sich eine andere Pferdebesitzerin suchen als Fiona, und schon zieht er mich am Ohr und knallt mir eine auf die Nase, da hab ich ihm natürlich auch eine verpaßt."

„Nolan ist gewalttätig", stellte Tremayne unbeirrt fest. „Man geht nicht hin und schlägt mit einem Stock nach einer Klapperschlange." Er schaute mich von der Seite an. „Sind Sie in Ordnung?"

„Ja."

„John war einmalig!" sprudelte Mackie hervor, und Perkin setzte eine finstere Miene auf. Erica Upton schenkte mir ein ironisches Lächeln, wobei sie mich an eine Hexe erinnerte.

„Wir gehen nach Hause", kündigte Tremayne unvermittelt an. Er stand auf, küßte Fiona zum Abschied, schnappte sich die Schachtel mit seiner Silberschale und wartete darauf, daß ihm seine Söhne und seine Schwiegertochter Gefolgschaft leisteten. Wir folgten ihm demütig. Er legte einen imposanten, auf gewisse Weise erschreckenden Abgang hin. Sein Mißvergnügen war für alle weithin sichtbar. Und trotzdem war er es, der die schwelende Feindseligkeit zwischen seinen Jockeys mit verschiedenen Methoden schürte. Daß er jetzt auch noch mich ins Spiel brachte, schien mir kein gutes Rezept für einen Waffenstillstand.

„Ich sollte morgen vielleicht doch besser nicht reiten", erklärte ich, als wir den Eingang zum Parkplatz erreicht hatten.
Tremayne blieb sofort stehen. „Haben Sie Angst?"
„Nolan und Sam sehen es nicht gerne, das ist alles."
Er starrte mich durchdringend an. „Sie wollten doch bei dem einen oder anderen Rennen mitreiten, oder nicht?"
„Ja, schon."
„Dann trainieren Sie morgen Fringe."
„In Ordnung."

Kapitel 10

Ich ritt Drifter in der ersten Gruppe am Morgen und stürzte mitten auf der Galoppstrecke.

Tremayne zeigte keine Spur von Mitgefühl; seine ganze Besorgnis galt dem Pferd. „Sie müssen sich besser konzentrieren", meinte er. „Was zum Teufel haben Sie denn da getrieben?"
„Drifter ist seitlich ausgebrochen."
„Sie haben ihn nicht entschlossen genug vorwärts galoppiert. Keine Entschuldigungen. Mangelnde Konzentration, das ist alles."
Ein Stallbursche fing Drifter ein und brachte ihn zu uns zurück.
„Los, rauf!" befahl Tremayne verdrießlich.
Ich kletterte wieder in den Sattel. Vermutlich hatte er recht mit der Unkonzentriertheit.
Als ich in der Nacht unter einem kristallklaren Sternenhimmel vom

Dorf nach Hause marschiert war und mir die kalte Luft in die Lunge stach, waren Mordgelüste in mir hochgekommen. Nur mit Mühe war ich eingeschlafen, und dann hatten mich Angstträume gequält. Beim Aufstehen war ich wie gerädert gewesen.

Ich ritt Drifter mit dem Rest der Gruppe zurück und fand mich zum Frühstück ein. Tremayne wirkte nach den Ereignissen des Vorabends immer noch sehr bedrückt. Ich machte Toast. „Fühlen Sie sich fit genug, um Fringe zu reiten?" fragte er.

„Wenn Sie es erlauben."

Er musterte mich eingehend. „Passen Sie mal auf", sagte er ein bißchen linkisch, „ich möchte meine schlechte Laune nicht an Ihnen auslassen. Sie hierherzuholen war die beste Idee, die ich je hatte."

Vor Überraschung suchte ich nach Worten, um ihm zu danken, doch das Telefon kam mir zuvor. Tremayne nahm den Hörer ab. „Ja bitte?" brummte er. Dann überflog sein Gesicht plötzlich auf wundersame Weise ein Lächeln. „Hallo, Ronnie. Wollen Sie sich erkundigen, wie es mit dem Buch vorangeht? Ihr Mann arbeitet daran. Was? Ja, er ist hier. Augenblick." Er reichte mir den Hörer. „Ronnie Curzon ist am Apparat."

„Tag, Ronnie", begann ich.

„Wie läuft's?"

„Ich reite ziemlich viel."

„Stürz dich lieber aufs Schreiben. Ich habe Neuigkeiten für dich. Mein Kollege aus Amerika hat mich gestern abend wegen deines Romans angerufen. *Der endlose Marsch* gefalle ihm wirklich sehr gut, hat er gemeint. Er will das Manuskript gern übernehmen und ist überzeugt, es bei einem namhaften Verlag unterzubringen."

„Ronnie!" Ich mußte schlucken. „Bist du sicher?"

„Natürlich. Ich hab dir doch immer gesagt, daß dein Roman gut ist." Er verabschiedete sich und legte auf.

Lächerlich – ich hätte beinahe geweint.

„Was ist passiert?" wollte Tremayne wissen. „Was hat er Ihnen mitgeteilt?"

„Mein Roman wird in Amerika veröffentlicht ..., wahrscheinlich."

„Herzlichen Glückwunsch!" Tremayne freute sich mit mir und strahlte übers ganze Gesicht.

„Sie müssen schon entschuldigen, wenn ich jetzt gleich einen Luftsprung mache ... Ich bin ganz aus dem Häuschen!" Ich schaute ihn an.

„Ist es Ihnen ähnlich ergangen, als Top Spin Lob das Grand National gewonnen hat?"

„Ich war zehn Tage lang überglücklich, sozusagen im siebten Himmel."

Ich entdeckte, daß Ronnies Neuigkeiten mir eine ganze Menge Selbstvertrauen eingeflößt hatten, als ich Fringe aus dem Stall holte. Der Hengst war jünger, spritziger und unberechenbarer als Drifter. Während ich die Zügel hielt und die Steigbügelriemen um ein paar Löcher verlängerte, machte er ein paar spielerische Bocksprünge, um sich bei seinem neuen Reiter einzuführen.

Tremayne gab mir Anweisungen. „Gehen Sie mit ihm auf die Strecke mit den drei Hindernissen dort drüben, und bringen Sie ihn aus mittlerem Galopptempo drüber. Bob Watson begleitet Sie. Fringe springt recht gut, aber er will geführt werden. Und niemals vergessen: Sie sagen dem Pferd, was es zu tun hat, nicht umgekehrt. Alles klar?"

Ich nickte.

„Dann los!"

Ich versuchte mir einzureden, daß lediglich ein kleiner Jagdgalopp vor mir lag. Ich war schon öfter auf einem Pferd über Hindernisse gesprungen, aber noch nie auf einem Vollblüter, und noch nie hatte ich mir Gedanken über die Haltungsnoten gemacht.

Bob ritt mit seinem Pferd im Kreis und wartete auf mich. „Der Boß meint, Sie sollen unmittelbar neben mir reiten, aber auf der Außenbahn, damit er immer sieht, was Sie anstellen."

Ich nickte; mein Mund war trocken. Bob fragte mich mit hochgezogenen Augenbrauen, ob ich soweit sei, und befahl seinem Pferd durch einen kurzen Fersendruck anzugaloppieren. Fringe war so ehrgeizig, daß er sofort zu ihm aufschloß.

Vor uns das erste Hindernis aus Ginsterbüschen. Die Entfernung einschätzen..., Zügel aufnehmen, damit der Hengst kürzer galoppiert... Fringe begriff, doch es war schon zu spät. Er legte einen Zwischenschritt ein, kam zu nahe an das Hindernis heran, stockte, setzte beinahe aus dem Stand darüber hinweg und fiel um Längen hinter Bobs Pferd zurück.

Zweites Hindernis, schon besser; ich verkürzte die Zügellänge drei Galoppsprünge vorher und spürte, wie das Pferd zum richtigen Zeitpunkt abhob.

Drittes Hindernis. Die Entfernung war ungünstig, wir erwischten den Absprung nicht sauber, so daß Fringe mit den Hufen gegen die

Holzstange knallte, die den Ginsterbüschen Halt gab. Ich fiel nach vorn, konnte mich gerade noch abstützen – schrecklich!

Wir zügelten die Pferde am Ende der Trainingsbahn und trotteten zurück zu Tremayne, der uns mit seinem Fernglas erwartete. Er gab keinen Kommentar ab. „Zweiter Durchgang, los, Bob!" meinte er nur. Offenbar sollten wir zurückkehren und noch einmal von vorn anfangen.

Nun nahm ich mir etwas mehr Zeit, um Fringe auf die Sprünge vorzubereiten, und so blieb der Hengst flott bis zum Schluß auf einer Höhe mit Bobs Pferd. Ich war begeistert und erleichtert zugleich.

Als wir zum Stall zurückfuhren, fragte Tremayne nur, ob ich mit meiner Leistung zufrieden sei.

„Ich werd's schon noch lernen", antwortete ich grimmig. Er schwieg.

Doch als wir im Haus angekommen waren, kramte er eine Zeitlang im Büro herum und kam schließlich mit einem Formular ins Eßzimmer, legte es auf den Tisch und forderte mich auf zu unterschreiben. Wie ich gleich darauf feststellte, handelte es sich um einen Antrag für eine Amateurjockeylizenz. Ich unterschrieb wortlos und fühlte mich wie ein Schuljunge.

Tremayne brummte und brachte das Papier wieder weg. Kurz darauf kam er zurück und bat mich, ihn auf die Rennbahn nach Newbury zu begleiten. Mackie und Fiona seien mit von der Partie. Schließlich verriet er mir, warum ich mitkommen sollte. „Offen gesagt, die beiden Frauen haben mich darum gebeten. Harry wünscht auch, daß Sie dabei sind, und ..., nun ..., ich ebenfalls."

„In Ordnung."

Er machte sich wieder davon, und nachdem ich kurz überlegt hatte, ging ich ins Büro, um Doone auf dem Polizeirevier anzurufen. Mir wurde mitgeteilt, er sei momentan nicht da. Ich hinterließ meinen Namen und eine Nachricht. „Fragen Sie ihn", trug ich dem diensthabenden Beamten auf, „warum die Bretter im Bootshaus nicht aufgetaucht sind."

Wir fuhren zur Rennbahn und sahen, wie Nolan auf Fionas Pferd Groundsel um eine Länge auf den zweiten Platz verwiesen wurde. Danach schauten wir Sam zu, der zwei von Tremaynes Pferden sieglos ins Ziel brachte. „Kein Tag ist wie der andere", meinte Tremayne philosophisch.

Auf der Hinfahrt hatte uns Fiona erzählt, daß die Polizei angerufen und ihnen mitgeteilt habe, Harrys Wagen sei am Bahnhof von Reading gefunden worden.

Vom Bahnhof in Reading konnte man in die weite Welt fahren. Ich dachte an die Theorie vom Abgrund. Also hatte der Täter jemanden belasten wollen. Der mutmaßliche Selbstmord schied aus.

SOWOHL Sam als auch Nolan wußten von meinem Training mit Fringe. „Demnächst werden wohl Sie hier meine Stelle einnehmen", meinte Sam, allerdings nur im Spaß. Nolan dagegen fluchte und funkelte mich böse an, bis er Tremaynes warnenden Blick bemerkte und sich grollend zurückzog.

„Sam hat Bob angerufen, um sich zu informieren", berichtete Tremayne hinterher. „Bob hat ihm erzählt, daß Sie sich ganz gut angestellt haben. Und Sam konnte es kaum erwarten, es Nolan mitzuteilen. Ich habe es selbst gehört. Das sind vielleicht ein paar Schwachköpfe!"

Den ganzen Nachmittag über wich Fiona nicht von meiner Seite und drehte sich nach mir um, wenn ich mal einen Schritt zurückblieb. Mir war klar, daß sie ihre Angst nicht so leicht abschütteln konnte. Wenn Mackie nicht gerade Tremayne zur Hand gehen mußte, blieb sie in Fionas Nähe, und sie unterhielten sich mit Nolan in einer Mischung aus Schrecken, Entrüstung und Mitleid.

Nolan war verstimmt, weil er auf Groundsel verloren hatte, und der Mißerfolg verstärkte seinen Unmut gegen mich. Ich war selbst nicht sehr angetan von dem Gedanken, mir einen so gewalttätigen Menschen zum Feind gemacht zu haben, und sah keinen anderen Ausweg als absolute Zurückhaltung. Das Dumme daran war nur, daß ich seit dem Training am Morgen nicht mehr die geringste Neigung zur Zurückhaltung verspürte.

AM NÄCHSTEN Tag, einem Sonntag, mußte ich mein Versprechen einlösen und Gareth und Kokosnuß zu einem zweiten Abenteuerausflug mitnehmen.

Zwar schien die Sonne, aber es war immer noch kalt, ein guter Tag zum Wandern. Ich schlug den beiden Jungs vor, mit dem Landrover ein Stück hinauszufahren bis zu einem Waldparkplatz und dann so lange querfeldein zu marschieren, wie ihre Begeisterung anhielt.

„Wo geht ihr hin?" erkundigte sich Tremayne.

„Die Straße entlang, Richtung Reading", sagte ich. „Dort gibt es ein größeres Waldgebiet, nicht eingezäunt und ohne Verbotsschilder."

Tremayne nickte. „Gehört zur Gemarkung Quillersedge."

„Wir zünden im Wald lieber kein Feuer an", fügte ich hinzu, „deshalb nehmen wir uns Essen und Wasser mit. Aber nur Nahrung, die wir auch so sammeln oder erbeuten könnten."

„Na schön", stimmte Gareth zu, ganz Praktiker wie sein Vater. „Wie wär's mit Schokolade anstelle von Löwenzahnblättern?"

Ich war mit Schokolade einverstanden. Der Tag sollte erträglich bleiben.

Um zehn Uhr machten wir uns auf den Weg, holten Kokosnuß ab und fuhren in den Wald. Ich stellte den Wagen auf einem der Parkplätze ab und verschloß die Türen, nachdem die Jungs ausgestiegen waren. Gareth trug natürlich wieder seine grellbunte Jacke. Kokosnuß hatte sein gelbes Ölzeug gegen einen ähnlich augenschädlichen Anorak eingetauscht. Nur ich paßte mich – in Jeans und einer weiten olivgrünen Jacke, die ich von Tremayne geborgt hatte – unauffällig in die Landschaft ein.

Die Jungen streiften die Tragriemen ihrer hellblauen Nylonrucksäcke über die Schultern, und so drangen wir in das Dickicht aus Erlen, Haselsträuchern, Birken, Eichen, Kiefern und Fichten vor. Durch Unterholz und kratzige Dornenranken bahnten wir uns einen Weg.

Nach gut einem Kilometer machten sich erste Ermüdungserscheinungen bemerkbar. Soweit ich meiner Landkarte entnehmen konnte, befanden wir uns mitten im westlichen Ausläufer des Waldes von Quillersedge, als Gareth auf einer kleinen Lichtung stehenblieb und das Thema Essen erwähnte.

„Einverstanden", sagte ich. „Wir können uns aus Reisig ordentliche Unterlagen zum Sitzen bauen. Heute brauchen wir ja keine Schutzhütte."

Sie schichteten Reisighaufen auf und legten dann ihre Rucksäcke darüber, die sie vorher ausgeleert hatten.

Gareth hatte einen Fotoapparat mitgebracht und knipste die Sitze und unser Essen. „Geräucherte Forelle!" rief er. „Das ist ein Fortschritt im Vergleich zu den Wurzeln."

„Man kann die gefangenen Forellen räuchern", erklärte ich. „Am leichtesten lassen sie sich mit einem Dreizack aufspießen."

Wir aßen die Forellen mit ungesäuertem Brot und rundeten unser Mahl mit gemischten Trockenfrüchten und gerösteten Walnüssen und

Mandeln ab. Die Jungen deklarierten die Mahlzeit zum Festessen, verglichen mit der am vorangegangenen Sonntag, und belohnten sich für ihren Marsch mit Schokolade.

„Wurde nicht Angela Brickell hier in der Nähe umgebracht?" fragte Gareth beiläufig.

„Ja..., ich glaube schon."

„Es muß letzten Sommer gewesen sein", sinnierte er. „Sicher war es warm, und an den Bäumen raschelten die Blätter."

„Mhm." Gute Vorstellungsgabe, dachte ich.

„Sie wollte mich küssen", erklärte er plötzlich und verzog das Gesicht.

Sowohl Kokosnuß als auch ich schauten ihn verdutzt an.

„So häßlich bin ich auch wieder nicht", antwortete er beleidigt.

„Häßlich nicht", versicherte ich ihm, „aber noch ziemlich jung."

„Sie hat gesagt, ich würde bald erwachsen werden." Er wirkte verlegen, genau wie Kokosnuß. „Sie lief immer bei uns auf dem Hof herum und hat mich oft so komisch angeguckt. Dann ist sie abgehauen, und ich war echt froh." Er schaute mich furchtsam an. „Ich weiß, es ist falsch, sich über den Tod von jemandem zu freuen."

„Hast du dich denn darüber gefreut?"

Er dachte nach. „Na ja, das vielleicht nicht, aber erleichtert war ich schon. Ich hab mich vor ihr richtig gefürchtet." Er schämte sich. „Trotzdem hab ich oft an sie denken müssen."

„Sie wird nicht das einzige Mädchen bleiben, das sich für dich interessiert", erklärte ich nüchtern. „Beim nächsten Mal brauchst du keine Schuldgefühle mehr zu haben." Nachdenklich sammelte ich die Verpackungen unserer Mahlzeit ein. „In welcher Richtung steht der Landrover?" fragte ich die beiden Jungen schließlich.

„Da lang." Gareth zeigte, ohne zu zögern, nach Osten.

„Da lang." Kokosnuß deutete nach Westen.

„Wo ist Norden?" fragte ich.

Auf Anhieb tippten beide daneben, konnten die Himmelsrichtung dann aber im zweiten Anlauf vom Stand der Sonne ungefähr ablesen; ich erklärte ihnen daraufhin, wie man eine Uhr als Kompaß benutzt. „Den Stundenzeiger auf die Sonne richten, dann verläuft zwischen diesem Zeiger und zwölf Uhr die Nord-Süd-Achse."

Kokosnuß schaute auf seine Uhr und blickte sich um. „Dort ist Norden!" rief er und streckte den Zeigefinger aus. „Aber wo steht der Landrover?"

„Wenn ihr nach Norden geht, kommt ihr wieder an die Straße", bemerkte ich.

„Was soll das heißen, *ihr?*" fragte Gareth. „Sie gehen mit. Sie müssen uns den Weg zeigen."

„Ich habe mir gedacht, es würde euch mehr Spaß machen, den Rückweg selbst zu finden. Und", fuhr ich rasch fort, ehe der Junge widersprechen konnte, „damit ihr nicht verlorengeht, wenn es dunkel wird, könnt ihr die Bäume unterwegs mit Leuchtfarbe kennzeichnen. So seid ihr immer in der Lage, hierher zurückzufinden."

„Super!" Gareth war begeistert.

„Ich folge euch", fügte ich hinzu, „aber ihr werdet mich nicht sehen. Bevor ihr euch völlig verirrt, gebe ich euch Bescheid. Ansonsten hängt euer Überleben ganz von euch ab." Ich machte den Reißverschluß an meiner Gürteltasche auf und gab Gareth die kleine Farbdose und den abgesägten Pinsel, die ich ihrer Plastiktüte entnahm. „Denkt daran, die Farbflecken immer so anzubringen, daß ihr sie von beiden Richtungen sehen könnt, vom Hinweg und vom Rückweg aus. Und nie den letzten Klecks aus den Augen verlieren. Wartet auf mich, wenn ihr die Straße erreicht habt."

„Los, wir gehen den gleichen Weg zurück, auf dem wir hergekommen sind", sagte Gareth zu seinem Freund.

Ich sah den beiden zu, wie sie sich eine ungünstige Stelle aussuchten und das erste Zeichen bedächtig auf den Stamm eines Schößlings malten. Eine Route rückwärts zu verfolgen ist unheimlich schwer. Alle Spuren, die wir auf dem Herweg hinterlassen hatten, wiesen in den Wald herein, nicht hinaus.

Die Jungen zogen ihre Uhren zu Rate, bewegten sich in nördlicher Richtung zwischen den Bäumen hindurch und markierten unterwegs recht fleißig. Sie winkten mir einmal zu, ich winkte zurück, und eine Zeitlang konnte ich ihre hellen Jacken im flirrenden Licht der Nachmittagssonne erkennen. Nachdem sie verschwunden waren, folgte ich langsam ihren Markierungen.

Ich konnte mich sehr viel schneller bewegen als sie. Außer der Landkarte hatte ich meinen Kompaß mitgebracht, mit dessen Hilfe ich ständig die von den Jungen eingeschlagene Richtung überprüfte. Sie kamen ein wenig nach Nordosten ab, aber nicht so weit, daß sie sich ernsthaft hätten verlaufen können, und nach einer Weile korrigierten sie ihre Richtung mehr nach Norden hin. Ihre Farbmarkierungen waren immer schon von weitem zu erkennen.

Während ich meinen beiden Schützlingen langsam folgte, fühlte ich mich unbeschwert und von tiefem inneren Frieden erfüllt. Ein paar Vögel zwitscherten, ansonsten lag eine beruhigende Stille über dem Wald.

Der Rückmarsch über anderthalb Kilometer zog sich dahin, doch gegen Ende konnte man schon vereinzelte Autos hören. Mit Gejohle brachen Gareth und Kokosnuß durch das Gestrüpp, das sie von der Straße trennte. Ich beeilte mich und trat unmittelbar nach ihnen aus dem Wald heraus, was Gareth sehr verblüffte. „Wir dachten, Sie wären kilometerweit hinter uns!" rief er.

„Ihr habt eine hervorragende Fährte gelegt."

„Die Farbe ist so gut wie aufgebraucht." Er hielt die Dose hoch, um sie mir zu zeigen, da rutschte sie ihm aus den Fingern, und der Rest des Inhalts verteilte sich auf dem Boden. „Oje, tut mir leid", jammerte er.

„Macht nichts." Ich hob die Dose auf, die von der ausgelaufenen Farbe ganz glitschig war, schraubte den Deckel zu und ließ sie mit dem Pinsel in die Plastiktüte fallen, bevor ich sie wieder in meinem Beutel verstaute. „Fertig zur letzten Etappe?"

Hinter der nächsten Kurve stießen wir auf den Landrover. Auf der Heimfahrt waren die beiden Jungen allerbester Laune. Zuerst setzten wir Kokosnuß zu Hause ab, dann ging es weiter zu Shellerton House.

„Der Ausflug war erstklassig!" rief Gareth Tremayne entgegen, als der Junge ins Familienzimmer stürmte.

Tremayne, Mackie und Perkin erhielten einen minutiösen Bericht über den Ablauf des Tages.

„Da draußen ist die reinste Wildnis", erzählte Gareth. „Aber im Wald herrscht eine irre Stille. Ich habe tierisch viele Fotos gemacht –" Er verstummte, seine Miene verdüsterte sich. „Augenblick mal." Er rannte aus dem Zimmer und kam mit seinem blauen Rucksack zurück, wühlte besorgt darin herum. „Meine Kamera ist nicht da!"

„Vielleicht hat Kokosnuß sie mitgenommen", meinte Perkin träge.

„Danke für den Tip." Gareth rannte zum Telefon, doch seine Hoffnungen wurden alsbald zunichte gemacht. „Kokosnuß hat die Kamera nach unserer Rast nicht mehr gesehen", erklärte Gareth, als er aufgelegt hatte. „Ich muß sie auf der Lichtung zurückgelassen haben, wo wir gegessen haben. Damit sie nicht feucht wird, habe ich sie extra an einen Ast gehängt. Wir müssen sofort wieder zurück."

„Nein." Tremaynes Verbot klang unmißverständlich. „Es wird bald dunkel."

„Bitte, Paps", flehte Gareth. „Wir haben Leuchtfarbe benutzt und können den Weg auch im Dunkeln finden." Der Junge wandte sich an mich. „Können wir nicht noch mal hinfahren?"

Ich schüttelte den Kopf. „Dein Vater hat recht. Wir könnten uns in dem Dickicht verlaufen, ob mit oder ohne Farbe." Gareth war so aufgeregt, daß ich hinzufügte: „Aber ich hole die Kamera morgen nachmittag."

„Wirklich?" Seine Niedergeschlagenheit wich neuer Hoffnung. „Oh, prima!" Ihm fiel etwas ein. „Was für ein Glück, daß ich den Farbtopf fallen gelassen habe, da können Sie sehen, wo der Trampelpfad anfängt."

„Werden Sie die Kamera wirklich wiederfinden?" fragte mich Mackie.

„Kein Problem", antwortete ich, „wenn sie noch an dem Ast auf der Lichtung hängt."

„Na schön", schloß Tremayne. „Dann laßt uns jetzt über wichtigere Dinge reden."

„Futter?" fragte Gareth erwartungsvoll. „Pizza?"

Kapitel 11

A<small>M</small> M<small>ONTAG</small> morgen saß ich wieder auf Drifter.

„Er ist übermorgen für ein Rennen in Worcester gemeldet", sagte Tremayne, als wir in der Morgendämmerung zum Stall gingen. „Heute ist sozusagen sein Abschlußtraining, also fallen Sie nicht wieder runter."

„Gehen Sie selbst mit nach Worcester?"

„Wahrscheinlich ja. Weshalb?"

„Nun ..., eventuell könnte ich Sie begleiten und mir Drifter im Rennen ansehen."

„Selbstverständlich, wenn Sie Lust dazu haben."

„Danke."

„Ich habe Ihnen zu danken, weil Sie Gareth gestern einen so schönen Tag bereitet haben." Wir waren beim Stall angekommen, wo die Pferde soeben gesattelt wurden. „Es war eine teure Kamera." Aus Tremaynes Bemerkung klang Bedauern.

„Ich finde sie gewiß. Ich weiß ziemlich genau, wo wir gerastet haben."

Er schüttelte den Kopf und lächelte: „Sie sind so ... fürsorglich. Wie Fiona schon sagte: Sie holen für uns ständig die Kastanien aus dem Feuer."

„Leider klappt das nicht immer."

Wir gingen auf die Trainingsbahn, und ich überstand den Ritt ohne Sturz; tatsächlich fühlte ich mich zum erstenmal so wohl im Rennsattel, als sei ich mit ihm verwachsen. Drifter flog in einem geschmeidigen, schnellen Galopp über die Bahn, und Tremayne meinte, er habe gute Aussichten in Worcester.

Nachdem ich das Pferd in den Stall zurückgebracht hatte, ging ich zum Frühstück ins Haus, wo ich Mackie und Sam Yaeger traf. Sie saßen mit Tremayne am Tisch und besprachen den Tagesplan für die Rennen in Nottingham. Das Pferd, das Tremayne gemeldet hatte, lahmte, und ein anderer von seinen Startern war vom Besitzer zurückgezogen worden.

„Wie man so hört, haben Sie gestern mit Gareth und Kokosnuß Indianer gespielt", meinte Sam.

„Die Buschtrommeln funktionieren offenbar gut", entgegnete ich und fragte dann Mackie, wie sie sich fühle.

Ich erfuhr, daß sie auf ihre morgendlichen Trainingsritte verzichtete. „Mir ist nach dem Aufwachen oft schlecht", antwortete sie. „Gott sei Dank."

Sam wandte sich erneut an mich. „Doone war den ganzen Samstagnachmittag über draußen im Bootshaus. Wie es scheint, hat er von Ihnen eine Nachricht erhalten."

„Was für eine Nachricht?" wollte Tremayne wissen.

„Keine Ahnung", sagte Sam. „Doone hat mich gestern angerufen, um mir mitzuteilen, daß er draußen gewesen sei und ein paar Sachen mitgenommen habe, für die er mir einen Beleg ausstellen werde." Sam schaute mich an. „Wissen Sie, um was es sich handelt? Sie haben ihn wohl mit der Nase darauf gestoßen. Er machte einen ziemlich aufgeregten Eindruck."

„Hm ..., ich habe ihn nur gefragt, warum die hinuntergestürzten Fußbodenbretter nicht wieder aufgetaucht sind. Aber schon neulich bei der Feier habe ich Erica Upton gegenüber geäußert, daß uns die Lösung dieser Frage womöglich nicht weiterbringt."

„Wenn Sie mich nicht davon abgehalten hätten", meinte Sam nachdenklich, „hätte ich das Rollgitter hochgezogen, um mit einem Boot ins Becken zu paddeln, und das ganze Zeug unter Wasser wäre hinausgespült worden, ohne daß jemand Schlüsse daraus hätte ziehen können."

„Fiona ist sicher, daß John schneller als Doone herauskriegt, wer Harry in die Falle gelockt hat", bemerkte Mackie.

Ich schüttelte den Kopf. „Ich weiß nicht, wer es getan hat. Schön wär's."

„Alles nur eine Frage der Zeit." Tremayne klang zuversichtlich. „Apropos Zeit: zweite Gruppe an den Start." Er stand auf. „Sam, ich will unser neues Pferd, Roydale, gegen Fringe testen. Du reitest Roydale, John reitet Fringe."

„In Ordnung", erwiderte Sam knapp.

Tremayne gab auch mir Anweisungen. „John, versuchen Sie nicht, Sam zu schlagen, wie bei einem richtigen Rennen. Ich möchte lediglich ein paar Dinge herausfinden. Reiten Sie so schnell wie möglich, aber sobald Sie spüren, daß Fringe nachläßt, halten Sie ihn zurück. Holen Sie nicht das Letzte aus ihm heraus."

„Gut."

„Mackie, unterhalte dich ein bißchen mit Dee-Dee, oder unternimm sonstwas. Ich will nicht, daß du auf diesem Holperweg durchgeschüttelt wirst."

„Ich bin doch nicht invalide", protestierte sie, aber sie hätte ebensogut mit einem Felsbrocken streiten können. Er ließ sie unnachgiebig zurück und fuhr Sam und mich zur Galoppstrecke.

Unterwegs wandte sich Sam an mich. „Normalerweise reitet Nolan alle Testrennen – der wird ganz schön sauer sein!"

Tremayne schaltete sich ein. „Ich habe Nolan gesagt, er dürfe so lange nicht im Training reiten, bis er sich abgeregt habe."

Sam zog die Augenbrauen in gespieltem Schrecken hoch. „Wollen Sie riskieren, daß John erschossen wird? Nolan ist ein meisterhafter Schütze."

„Red keinen Stuß!" befahl ihm Tremayne mit besorgter Miene, während er auf der Hochebene anhielt. „Konzentrier dich jetzt auf Roydale. Ich möchte mich auf dein Urteil verlassen können."

Sam nickte. Wir holten Fringe und Roydale bei den Stallburschen ab, und als Tremayne seinen Beobachterposten eingenommen hatte, galoppierten wir auf der Allwetterbahn so schnell los, wie ich noch nie zuvor geritten war. Immer wenn Roydale die Führung übernahm, legte Fringe einen Zahn zu. Die beiden Vollblüter schenkten sich nichts, und als das Ziel in Sicht kam, war alles noch offen. Knapp geschlagen, beendete ich das Rennen, völlig außer Atem, während Sam den Neuling ganz lässig aufpullen ließ und schließlich im Schritt zu Tremayne zurückkehrte, um ihm Bericht zu erstatten.

„Er ist hart im Maul wie ein Büffel", verkündete er, „scheut vor seinem eigenen Schatten und ist stur wie ein Esel. Abgesehen davon ist er schnell, wie Sie gesehen haben."

Tremayne hörte ungerührt zu. „Hat er Mumm?"

„Kann man nicht genau sagen, solange er nicht in einem richtigen Feld läuft."

„Ich melde ihn für Samstag, dann wird sich's herausstellen."

Wir gaben die Pferde ihren Betreuern zurück und fuhren mit Tremayne den Hügel hinunter. An der Straße wartete Doone in seinem Auto auf uns.

„Wen von uns wollen Sie sprechen?" fragte Tremayne mürrisch.

„So betrachtet, Sir ..., brauche ich Sie alle drei, wenn es Ihnen nichts ausmacht."

„Kommen Sie besser mit ins Haus", meinte Tremayne mit einem Achselzucken. Doone begleitete uns in die Küche, zog seinen grauen Tweedmantel aus und setzte sich an den Tisch. Er fühlt sich in Küchen wohl, dachte ich. Tremayne fragte ihn, ob er Kaffee wolle, und ich goß für jeden eine große Tasse ein.

Mackie kam herüber; der Anblick des Kommissars versetzte sie längst nicht mehr in Erstaunen. Ich machte ihr ebenfalls einen Kaffee, und sie ließ sich auf einem Stuhl nieder, während Doone ein Blatt Papier aus seiner Brusttasche zog und es Sam reichte. „Die Quittung, Sir", begann er, „für drei Bodenbretter aus Ihrem Bootshaus."

„Warum sind sie nicht aufgetaucht?" fragte Tremayne frisch von der Leber weg.

„Na, dann wissen ja wohl bereits alle Bescheid." Doone schien enttäuscht zu sein. Ich hatte nicht daran gedacht, daß er aus der Sache mit den Dielen ein Geheimnis machen wollte.

„John hat uns vorhin eingeweiht", bestätigte Tremayne.

„Sie sind nicht aufgetaucht, Sir, weil sie beschwert wurden", erklärte Doone.

„Womit denn?" wollte Sam wissen.

„Mit Steinplatten. Auf Ihrem Grundstück liegen diese Dinger haufenweise herum."

„*Steinplatten?*" fragte Sam verwirrt. „Meinen Sie diese Bruchstücke aus rosa und grauem Marmor?"

„Ist das wirklich Marmor, Sir?"
„Ich glaube schon."

Doone dachte nach, traf eine Entscheidung, ging hinaus zu seinem Wagen und kam mit einem Brett von anderthalb Meter Länge zurück, das er auf den Küchentisch legte. Das dunkle alte Holz war noch feucht. An einem Ende der Planke – und zwar auf der Seite, die nach oben zeigte – befand sich eine längliche Steinplatte.

„Ja", sagte Sam, nachdem er einen kurzen Blick darauf geworfen hatte, „das ist Marmor."

„Festgeklebt." Der Hauptkommissar nickte. „Vermutlich mit Sekundenkleber." Doone wandte sich an Sam. „Haben Sie den Marmor an die Bretter geklebt, Sir?"

„Nein und noch mal nein!" empörte sich Sam. „Ich war's nicht!"

„Das ist die Unterseite der Bodenbretter", bemerkte ich. „Deshalb haben Harry und ich keine Marmorbrocken gesehen, als wir ins Bootshaus kamen."

Doone fügte hinzu, daß sich zu beiden Seiten des Loches je ein weiteres Brett befand, an dem ein Stück Marmor klebte. Harry hatte drei davon mit in die Tiefe gerissen; insgesamt waren fünf Bretter präpariert worden.

„Haben Sie jetzt genug auf meinem Grundstück herumgeschnüffelt?" fragte Sam.

Doone schüttelte den Kopf.

„Ich will aber an meinem Boot weiterarbeiten", meinte Sam trotzig.

„Jederzeit, Sir. Kümmern Sie sich nicht darum, wenn sich meine Männer ein bißchen bei Ihnen umsehen."

„Na schön." Sam schnellte hoch, energiegeladen. „Wiedersehn, Tremayne. Wiedersehn, Mackie. Bis dann, John."

Er hängte sich seine grelle Jacke über die Schulter, stapfte zu seinem Auto und fuhr laut hupend davon. Die Küche kam uns ohne Sam gleich viel lebloser vor.

„Ich hätte gerne mit Mr. Kendall unter vier Augen gesprochen", erklärte Doone plötzlich völlig gelassen.

Tremayne hatte nichts dagegen einzuwenden. Er schlug vor, ich solle mit Doone ins Eßzimmer gehen, und der Hauptkommissar folgte mir brav mit dem Brett unter dem Arm. Ich glaubte, eine gewisse Verunsicherung bei ihm zu spüren. Offenbar wußte er nicht mehr genau, auf welcher Seite ich eigentlich stand, auf der der Schuldigen oder auf der der Polizei. Dann beschloß er aber doch, mir zu vertrauen. Er räusperte sich. „Wissen Sie, wer es getan hat?" fragte er ohne Umschweife.

„Nein", antwortete ich wahrheitsgemäß.

„Sie haben doch bestimmt Ihre Vermutungen. Ich würde sie gerne hören."

„Ich vermute, der Fallensteller war Gast bei Sam Yaegers Bootshausparty. Außerdem gehe ich davon aus, daß es sich um die gleiche Person handelt, die auch Angela Brickell umgebracht hat. Der große Unbekannte wollte Harry die Schuld in die Schuhe schieben, nur leider..."

„Nur leider?" wiederholte er neugierig.

„Jeder x-beliebige könnte Angela Brickell umgebracht haben. Allerdings waren nur ungefähr hundertfünfzig Leute auf Sams Party, und davon waren die Hälfte Frauen. Welche Frau sollte Angela Brickell verführt und dazu überredet haben, mitten im Wald sämtliche Kleider auszuziehen?"

Doone biß sich auf die Lippe. „Gut, ich stimme mit Ihnen überein: Sie ist von einem Mann umgebracht worden." Kurze Pause. „Motiv?"

„Der Täter wollte vermutlich ein Geheimnis wahren. Angenommen, das Mädchen geht mit ihm in den Wald und sagt: ‚Ich bin schwanger, du bist der Vater, was wirst du jetzt unternehmen?'" Ich überlegte einen Moment. „Vielleicht ist sie umgebracht worden, weil sie zuviel verlangt hat... und weil sie nicht abtreiben wollte."

„Da hat er sie erwürgt. Diese Methode klappte garantiert, wie alle hier nach dem Tod dieser anderen jungen Frau, Olympia, wußten. Und bei welcher Gelegenheit?"

„Keiner kann sich daran erinnern, was er an dem Tag gemacht hat, an dem Angela Brickell verschwand."

„Mit Ausnahme des Mörders", gab Doone zu bedenken. „Könnte er auch an dem Tag, an dem Mr. Goodhaven durch den Boden brach, in der Nähe gewesen sein?"

„Es war jemand dort, der seinen Wagen weggefahren hat..., keine Fingerabdrücke?"

„Handschuhe", sagte der Kommissar kurz und bündig. „Außerdem sind noch viel zuviel von Mr. Goodhavens eigenen Abdrücken da."

Im Türrahmen erschien Perkin, der seinen Overall anhatte. „Ist Mackie hier irgendwo?" fragte er. „Ich kann sie nicht finden."

„In der Küche bei Ihrem Vater", antwortete ich.

„Danke." Er warf einen Blick auf Doone und das Brett und bemerkte ironisch: „Fest am Aussortieren, was?"

„Mr. Kendall ist immer sehr hilfsbereit", erklärte Doone eine Spur zu heftig. Perkin schnitt eine Grimasse und ging zu Mackie in die Küche.

„Noch einmal zu Harrys Wagen", sagte ich zu Doone. „Vielleicht hat unser Mann sein eigenes Auto auf dem Bahnhofsparkplatz in Reading abgestellt, ist dann mit dem Zug nach Maidenhead und vom dortigen Bahnhof mit dem Bus bis in die Nähe des Flusses gefahren; schließlich ist er zu Fuß zum Bootshaus gegangen... Klingt das plausibel?"

„Könnte wohl sein, aber bislang haben wir noch keinen Zeugen gefunden, der etwas Brauchbares bemerkt hat. Wir wissen nicht, wann das Auto auf dem Parkplatz abgestellt wurde. Es könnte am Mittwoch auch an einem anderen Ort gestanden haben und erst nach Reading gebracht worden sein, nachdem unser Mann erfahren hat, daß Mr. Goodhaven noch lebt."

„Ich vermute, daß mein Anorak und meine Stiefel nicht mehr im Auto waren?"

„Keine Spur davon. Tut mir leid. Liegen wahrscheinlich auf einer Müllkippe." Er schaute sich erneut im Zimmer um. „Diese Reiseratgeber von Ihnen... Ich würde sie mir gern mal ansehen."

Ich ging hinüber ins Familienzimmer, um sie zu holen, kam jedoch lediglich mit *Dschungel*, *Safari* und *Eis und Schnee* zurück. Die anderen Bände mochten sonstwo sein, erklärte ich Doone, weil alle darin herumschmökerten. Er schlug *Dschungel* auf und blätterte schnell die Anfangskapitel durch. „Niemals barfuß gehen", hieß es dort. „Nur mit Sandalen duschen. Nehmen Sie vor dem Schlafen Ihre Schuhe mit unter das Moskitonetz."

„,Nahrung'", las Doone vor. „,Fischen, Jagen, Fallenstellen.'" Er überschlug ein paar Seiten. „,Köder nicht vergessen! Du brauchst immer einen geeigneten Köder.'" Er blickte auf. „Dieser Briefumschlag war der Köder, habe ich recht?"

Ich nickte. „Ein guter Köder."

„Wir haben ihn nicht gefunden. Das Wasser im Bootsbecken ist wie ein flüssiger Sumpf." Er vertiefte sich wieder in das Buch. „Wild kann man mit einem Speer oder Pfeil und Bogen erlegen, doch bedarf es dazu beträchtlicher Übung und einiger Geduld, weil man stundenlang auf der Lauer liegen muß. Eine Falle kann Ihnen das Warten abnehmen..."' Er las weiter. „,Die klassische Falle für große Tiere ist eine Grube mit angespitzten Stöcken, die nach oben zeigen. Bedecken Sie die Grube mit unverdächtig aussehenden Zweigen und Erde, und legen Sie den Köder direkt obenauf.'" Er schaute mich an. „Sehr anschauliche Anweisungen, sogar mit Illustrationen."

Er blickte wieder in das Buch und las leise weiter, schüttelte ab und zu den Kopf. Er legte *Dschungel* auf den Tisch und blätterte in *Safari* herum. Viele der Anleitungen zum Bau von Fallen kamen in allen Büchern vor.

„Tja, Sir", meinte Doone schließlich, „wir wissen jetzt, woher die Idee für die Falle stammt, aber wer hat sie Ihrer Meinung nach in die Praxis umgesetzt?"

Ich zuckte die Schultern.

„Wenn ich Ihnen einfach ein paar Namen nenne, sagen Sie mir dann, wer Ihrer Meinung nach in Frage kommt und wer nicht?"

„Na schön", erwiderte ich bedächtig.

„Mr. Vickers."

„Tremayne?" Ich muß sehr erstaunt geklungen haben. „Hundertprozentig nein."

„Weshalb?"

„Na ja, so etwas würde er nie fertigbringen. Tremayne Vickers ist energisch, ein bißchen altmodisch, geradeheraus und meistens sehr nett. Angela Brickell wäre nicht nach seinem Geschmack gewesen. Falls es ihr gelungen wäre, ihn zu verführen, und sie ihm dann gesagt hätte, er sei der zukünftige Vater, dann hätte es eher seinem Stil entsprochen, sie zu ihren Eltern zurückzuschicken und für sie und das Baby zu sorgen. Und was den Mordversuch an Harry betrifft..." Mir fehlten die Worte.

„In Ordnung." Doone holte sein Notizbuch hervor und schrieb bedeutsam KENDALLS EINSCHÄTZUNGEN oben auf eine neue Seite. Darunter setzte er Tremaynes Namen, versehen mit einem Kreuz. „Nolan Everard", fuhr er fort.

„Eher ja. Er tritt forsch auf, ist dynamisch und entschlossen... und gewalttätig. Er hat Olympia auf dem Gewissen; vermutlich hat er sie nicht vorsätzlich umgebracht, aber fahrlässige Tötung könnte es gewesen sein. Er konnte sich keinen zweiten Skandal leisten, während er noch auf die Eröffnung des ersten Verfahrens wartete. Falls ihm Angela Brickell mit einer Vaterschaftsklage drohte, dann hätte er vielleicht... Nolan reitet normalerweise Chickweed, das Pferd, um das sich Angela Brickell zu kümmern hatte, und sicher gab es für ihn am Rande der Rennbahn genug Gelegenheiten, sich mit ihr zu treffen. Was die Falle für Harry angeht, so wäre Nolan von seinen geistigen und körperlichen Fähigkeiten dazu in der Lage."

„Aber? Ich höre aus Ihren Worten ein Aber heraus."

Ich nickte. „Dagegen spricht: Er ist Fionas Vetter, und er braucht Fionas Pferde, um weiterhin Amateurrennen zu reiten. Er könnte nicht sicher sein, ob sich Fiona noch Rennpferde halten würde, wenn sie annehmen müßte, daß Harry ein Mörder ist ..., und sie andererseits die Vorstellung von einer Verbindung zwischen Harry und Angela Brickell quälen würde."

„Würde sich Everard über so komplizierte Dinge überhaupt Gedanken machen?"

„Die Falle war sehr gut ausgetüftelt."

Doone schrieb Nolans Namen in sein Buch und ein Fragezeichen dahinter. Unter Nolans Namen setzte er den von Bob Watson.

„Was für seine Täterschaft sprechen könnte", fuhr ich unschlüssig fort, „ist seine Frau Ingrid. Sie würde es sich nie gefallen lassen, wenn er ein Techtelmechtel mit einem Mädchen wie Angela Brickell hätte. Außerdem ist er ein außerordentlich geschickter Zimmermann."

„Gegenargumente?"

Ich zögerte. „Der Mord an Angela Brickell kann aus einer momentanen Panik heraus geschehen sein. Die Falle für Harry vorzubereiten erforderte jedoch Verschlagenheit und starke Nerven. Ich kenne Bob Watson nicht so gut, daß ich mir eine richtige Meinung über ihn bilden könnte."

Doone nickte und setzte auch hinter Bobs Namen ein Fragezeichen. Dann schrieb er Gareth' Namen auf.

Ich mußte lächeln. „Er kann's nicht gewesen sein. Angela Brickell hat ihm den Schock seines Lebens versetzt, er wäre niemals mit ihr in den Wald gegangen. Abgesehen davon hat er keinen Führerschein und war am Mittwoch nachmittag in der Schule."

„Allerdings ist bekannt, daß er sehr geschickt mit dem Jeep seines Vaters im Gelände herumkurvt, und er war am vergangenen Mittwoch nicht in der Schule, sondern auf einem Ausflug zum Windsor Safari Park. Das Bootshaus liegt ganz in der Nähe. Der verantwortliche Lehrer war außer sich, weil so viele Jungs abgehauen sind, um sich etwas zu essen zu kaufen."

Ich versuchte mir Gareth als Mörder vorzustellen. „Sie wollten wissen, was ich von diesen Leuten halte. Gareth kommt einfach nicht in Frage."

Er versah Gareth' Namen mit einem Kreuz und fügte nach kurzem Zögern ein Fragezeichen hinzu. Unter Gareth' Namen setzte er den von Perkin. „Wie sieht's mit *ihm* aus?"

„Perkin..." Ich seufzte. „Die meiste Zeit über scheint er in einer eigenen Welt zu leben. Außerdem arbeitet er sehr viel. Er käme in Frage, weil er Möbel herstellt und sich mit Holz auskennt. Ich weiß nicht recht, ob man es als be- oder als entlastend werten soll, daß er in seine Frau vernarrt ist. Er ist sehr besitzergreifend, auf eine gewisse Art wie ein kleines Kind. Sie liebt ihn und kümmert sich um ihn. Dagegen spricht: Er hat kaum etwas mit Pferden zu tun. Und an dem Morgen, als Sie zum erstenmal hier waren, erinnerte er sich nicht einmal daran, wer Angela Brickell war."

Doone preßte die Lippen zusammen, nickte dann und malte ein Kreuz hinter Perkin und dann wiederum ein Fragezeichen. „Ich kann wohl davon ausgehen, daß Mr. Goodhaven sich die Falle nicht selbst gestellt hat, um mich von seiner Unschuld zu überzeugen", meinte er, während er Harrys Namen auf die Liste setzte.

„Genau", pflichtete ich ihm bei.

„Wie auch immer, er hat Sie als Zeugen mitgenommen." Der Hauptkommissar machte eine kleine Pause. „Nehmen wir nur mal an, er hat es geplant. Nehmen wir an, er hat Sie benutzt, damit Sie bezeugen konnten, daß er in eine Falle gegangen ist."

„Wer hat dann seinen Wagen weggefahren?" fragte ich.

„Ein gewöhnlicher Autodieb."

„Das glaube ich nicht."

„Sie mögen ihn", sagte Doone. „Sie sind voreingenommen."

„Die Überschrift auf Ihrem Blatt lautet: KENDALLS EINSCHÄTZUNGEN", widersprach ich. „Wenn ich Harry richtig einschätze, können Sie ein dickes Kreuz hinter seinen Namen machen."

Doone setzte jedoch ein Fragezeichen hinzu.

„Haben Sie schon herausgefunden, wann die Falle gebaut wurde?" fragte ich nachdenklich. „Die Bodenbretter abdecken, die Marmorstücke suchen und festkleben, den Balken absägen – daran denken, die untere Tür abzuschließen... Das alles dauert so seine Zeit."

„Wann ist das denn *Ihrer* Meinung nach erledigt worden?"

„Entweder am Dienstag oder am Mittwoch morgen. Am Samstag vorher hatten Sie Ihre Nachforschungen weiter ausgedehnt..., was unserem Täter einen fürchterlichen Schrecken eingejagt haben muß. Sam Yaeger hat den ganzen Montag auf seinem Grundstück verbracht, weil er auf ärztliche Anweisung hin nach einem Sturz aussetzen mußte, doch schon am Dienstag nahm er wieder an den Rennen teil, also war das Bootshaus den ganzen Dienstag über und auch Mittwoch vormittag unbewacht."

Doone blickte mich fragend an. „Etwas vergessen Sie dabei", sagte er und fügte seiner Liste den Namen Sam Yaeger hinzu.

„Hinter dem können Sie ein Kreuz machen", sagte ich.

Doone schüttelte den Kopf. „Sie bewundern ihn, das könnte Ihr Urteil trüben."

Ich dachte darüber nach. „Ich gebe zu, daß ich ihn bewundere, vor allem wegen seines Reitstils. Er hat Mut, und er ist ein Realist." Ich hielt inne. „Zugegeben: Sie können natürlich behaupten, daß er mit seinen handwerklichen Fertigkeiten die Falle hätte bauen können. Deshalb hatten Sie ja auch Nachforschungen über ihn angestellt."

„Stimmt." Doone nickte.

„Er hat ein bißchen mit Angela im Heu herumgeknutscht", fuhr ich fort, „und das entlastet ihn eigentlich am meisten. Er wäre nicht mit ihr in den Wald gefahren. Schließlich hat er Ihnen erzählt, daß er für solche Gelegenheiten eine Luftmatratze ins Bootshaus mitnimmt. Wenn er Angela erwürgt hätte, dann dort, und ihre Leiche hätte er vom Fluß abtransportieren lassen. Ich kann mir nicht vorstellen, daß er seine Fehltritte durch einen Mord vertuschen würde. Er würde einen Skandal mit einem herzhaften Lachen quittieren."

Doone schrieb in die unterste Zeile: Lewis Everard.

„Das ist ein Außenseiter", sagte ich. „Zunächst halte ich ihn nicht für mutig genug, so eine Falle aufzubauen, andererseits ist er sowohl clever als auch hinterlistig. Vermutlich ist er viel zu wählerisch, als daß er sich mit Angela Brickell im Wald vergnügt hätte, besonders in nüchternem Zustand."

„Und was spricht für ihn als Täter?" hakte Doone prompt nach, als ich verstummte.

„Er trinkt ... Ich weiß nicht, ob er Angela in betrunkenem Zustand umbringen würde. Er muß sie bei einem der Rennen gesehen haben. Und er ist ein vorzüglicher Lügner. Seiner eigenen Aussage nach ist er der beste Schauspieler von allen."

„Dann also ein Fragezeichen?" Doones Stift blieb in der Schwebe.

Ich schüttelte langsam den Kopf. „Ein Kreuz."

„Das Kreuz mit Ihnen ist", erklärte Doone mit einem verzweifelten Blick auf die Namensliste, „daß Sie noch nicht genügend Mörder kennengelernt haben. Vielen Dank, daß Sie mir Ihre Zeit geopfert haben. Sie haben mir sehr geholfen, meine Gedanken zu ordnen."

Er schüttelte mir die Hand und ging hinaus, ein blasser Beamter in einem grauen Anzug, der seinen eigenen, ungewöhnlichen Weg zur Wahrheit suchte. Ich blieb noch eine Weile sitzen und dachte darüber nach, was er mir mitgeteilt hatte. Daß einer der Menschen, die ich mittlerweile so gut kennengelernt hatte, tatsächlich ein Mörder sein sollte, wollte ich noch immer nicht glauben.

Den Rest des Vormittags arbeitete ich mehr oder weniger an Tremaynes Buch, konnte mich aber nur schlecht konzentrieren. Tremayne machte eine Stippvisite, um mir mitzuteilen, er fahre nach Oxford zu seinem Schneider. Mackie kam aus ihrer Wohnung herüber; sie erzählte, Perkin sei nach Newbury gefahren, um Holz zu kaufen. Kurz entschlossen ging sie mit Dee-Dee zum Mittagessen, und so blieb ich in dem geräumigen Haus allein zurück.

Ich fühlte mich unbehaglich, also ging ich nach oben und zog bequemere Sachen an. Dazu zählten Turnschuhe und mein roter Pullover. Anschließend schlenderte ich ins Familienzimmer hinüber. An der Pinnwand hing immer noch Gareth' Nachricht ZUR FÜTTERUNG WIEDER DA, und mir fiel ein, daß ich versprochen hatte, seine Kamera zu suchen.

Die Unbehaglichkeit war wie weggeblasen. Ich fand ein Stück Papier und hinterließ meine Nachricht: HABE DEN LANDROVER AUSGELIEHEN, UM GARETH' KAMERA ZU HOLEN. BIN ZUR FÜTTERUNG WIEDER DA! Ich spießte den Zettel an die Korkwand, steckte Kompaß und Landkarte ein, falls ich den Trampelpfad nicht mehr finden sollte. Dann stürmte ich die Treppe hinunter und sprang in den fahrbaren Untersatz.

Es war ein herrlicher Tag, so sonnig wie der vorherige, nur windiger. Ich fuhr die Straße nach Reading entlang, bis ich glaubte, an der Stelle angekommen zu sein, an der Gareth den Farbtopf hatte fallen lassen.

Der Farbfleck war schmutzig, aber immer noch gut zu sehen, und ohne größere Schwierigkeiten fand ich von dort aus den Anfang der Spur, die schnurgerade in den Wald hineinführte. Ich folgte ihr durch das Labyrinth der Bäume und Sträucher.

Nicht nur die bleichen Farbflecke wiesen mir den Weg: Wir hatten am vorigen Tag eine gut lesbare Fährte aus abgebrochenen Zweigen und zertrampelter Erde hinterlassen. Der Wind rauschte in den Bäumen, wiegte sie hin und her und brachte in meiner Erinnerung alte Lieder zum Erklingen. Ich stapfte durch den Irrgarten und fühlte mich unbeschreiblich glücklich.

Der Pfad schlängelte sich durch den Wald und führte mich schließlich zu der kleinen Lichtung. Auf den ersten Blick sah ich Gareth' Kamera, die, wie der Junge vermutet hatte, an einem Ast hing. Ich überquerte die Lichtung, als mich plötzlich etwas mit voller Wucht in den Rücken traf.

Ich wußte nicht, was passiert war; plötzlich befand ich mich in einer anderen Welt. Ich war gestürzt, lag mit dem Gesicht nach unten auf der Erde. Mit meiner Atmung stimmte etwas nicht. Ich hatte nichts gehört. Und doch, dachte ich ungläubig, *hat jemand auf mich geschossen!*

Mein Instinkt riet mir, mich totzustellen. Ein gespenstisches Schwirren in der Luft, etwas sauste an meinem Ohr vorbei. Ich schloß die Augen. Dann ein zweiter Einschlag im Rücken.

Das also ist der Tod, sagte ich mir; und ich wußte nicht einmal, wer mich umbrachte, und auch nicht, weshalb. Kalter Schweiß brach mir am ganzen Körper aus. Ich blieb regungslos liegen. Mein Gesicht ruhte auf modrigen Blättern, und ich sog den Geruch der feuchten Erde tief ein.

Jemand wartet darauf, daß ich mich bewege, dachte ich benommen; wenn ich mich bewege, trifft mich ein drittes Geschoß, und mein Herz hört auf zu schlagen. Wenn ich mich nicht bewege, kommt dieser Jemand her, fühlt meinen Puls und gibt mir den Rest.

Ich regte mich nicht, machte keinen Muckser.

Nur der Wind rauschte in den Bäumen, niemand rührte sich. Das Atmen wurde zur Qual. Nicht mehr lange, und ich würde das Bewußtsein verlieren.

Eine Ewigkeit schien zu vergehen, und ich lebte immer noch. Meine Entschlossenheit, was das Abwarten betraf, schwand allmählich. Niemand würde so lange im Gebüsch stehenbleiben. Der Schütze hielt mich für tot. Ich war allein.

Wenn ich mich nicht bewegte, würde ich an Ort und Stelle sterben. Mit Grauen versuchte ich, meinen linken Arm zu heben. Es tat höllisch weh, und nichts rührte sich. Ich bewegte meinen rechten Arm. Genauso schlecht, sogar noch schlechter. Schließlich stützte ich beide Handflächen auf den modrigen Waldboden und versuchte, mich auf die Knie zu stemmen. Ich wurde beinahe ohnmächtig. Behutsam legte ich mich wieder auf die Erde, spürte nur noch den überwältigenden Schmerz. Abgesehen davon, daß ich mich nicht hochstemmen konnte, hing ich irgendwie am Boden fest.

Vorsichtig, schwitzend, wie von feurigen Dolchen durchbohrt, schob ich die rechte Hand zwischen meinen Körper und den Boden, bis ich an etwas stieß, das sich wie ein Stock anfühlte.

Ich muß auf einen spitzen Stock gefallen sein, dachte ich. Langsam zog ich meine Hand wieder heraus, und dann, nach einer Weile – ich konnte es kaum glauben – beugte ich den Arm, betastete meinen Rücken und berührte auch da den Stock, und dann mußte ich mich der unfaßbaren Gewißheit beugen, daß ich nicht von einer Kugel, sondern von Pfeilen niedergestreckt worden war.

ICH blieb eine Zeitlang einfach liegen, um mich mit der Ungeheuerlichkeit dieser Tatsache auseinanderzusetzen. In meinem Körper steckte ein Pfeil, der mich irgendwo in der Gegend der unteren Rippen durchbohrt hatte. Meine rechte Lunge war durchlöchert, deshalb atmete ich so seltsam. Das Geschoß saß in der Nähe des Herzens.

Entsetzlich! Aber immerhin war ich am Leben.

Überleben ist eine Frage des richtigen Bewußtseins.

Ich hatte das geschrieben, und ich wußte, daß es stimmte. Aber wie sollte ich überleben, wenn die nächste Straße knapp zwei Kilometer entfernt war und sich ein Mörder in der Nähe aufhielt, der sich versichern würde, daß ich es nicht schaffte ...? In welcher Ecke des Bewußtseins sollte ich nach dem Willen suchen, so etwas zu überleben?

Ich dachte über Rettung nach. Die war weit weg. Es würde Stunden dauern, bevor mich jemand suchte. Vor Einbruch der Dunkelheit käme ohnehin niemand. Ich stellte mir vor, ich würde sterben, während ich auf Rettung wartete, irgendwann in dieser Nacht.

Also lieber nicht warten, sondern den Versuch unternehmen, mich in Sicherheit zu bringen.

Gut. Nächste Entscheidung. In welche Richtung mußte ich mich wenden?

Die Spur lag klar und deutlich vor mir, doch war mein Beinahemörder auf diesem Weg gekommen und wieder gegangen – es mußte so gewesen sein. Sollte er aus einem bestimmten Grund zurückkehren, dann wollte ich ihm auf keinen Fall begegnen.

Ich hatte einen Kompaß. Die Straße lag nördlich von der kleinen Lichtung, und der direkte Weg führte etwas links von der Farbspur durch den Wald.

Die Spitze des Pfeils konnte sich nicht tief in die Erde gebohrt haben. Schließlich war ich gefallen, als er schon in mir steckte. Ich verdrängte alle Gedanken an mögliche Konsequenzen, umklammerte den Pfeil und drehte mich auf die Seite.

Die Spitze löste sich aus der Erde, und ich lag da, angsterfüllt und von einem Schwächeanfall bedroht. Als ich auf meine Brust sah, erblickte ich einen schwarzen Stummel, der aus dem roten Pullover ragte. So lang wie ein Finger, hart und spitz.

Nur *ein* Pfeil, sagte ich mir. Nur einer hat dich durchbohrt, wenigstens ein Vorteil. Und: erstaunlich wenig Blut.

Ich stemmte mich mit großer Anstrengung auf die Knie und war so verzweifelt, daß ich beinahe auf der Stelle aufgegeben hätte. Ich hielt den Kopf gebeugt, atmete so wenig wie möglich, starrte nur auf den Pfeil, der aus meiner Brust ragte.

Neben mir in der Erde steckte ein dünner, bleicher Stab. Mir fiel das Ding ein, das an meinem Ohr vorbeigezischt war.

Ein Pfeil, der mich verfehlt hatte.

Er war ungefähr so lang wie mein Arm, eine saubere Drechselarbeit, schnurgerade. Eine Kerbe im sichtbaren Ende, mit der man ihn auf die Bogensehne setzen konnte. Keine Feder, die den Flug stabilisierte. Auch ohne Federn hatte das Geschoß sein Ziel erreicht.

In allen meinen Ratgebern standen Anleitungen, wie man Pfeile herstellt. „Stecken Sie die Spitze in heiße Glut, damit sich die Holzfasern zusammenziehen und härten. So erreichen Sie eine größere Durchschlagskraft..." Auch an Illustrationen zur Veranschaulichung hatte ich gedacht.

Die gehärtete schwarze Spitze hatte mich glatt durchbohrt.

Schweißüberströmt führte ich sehr behutsam meine linke Hand an die Schulter, wo mich der zweite Pfeil getroffen hatte. Zitternd packte ich ihn und zog ihn ganz heraus, wobei mich ein stechender Schmerz durchzuckte. Ich nahm an, daß das Schulterblatt seine Wucht abgefangen hatte. Also mußte ich mir nur um den ersten Pfeil Sorgen machen.

Nur um den einen. Der genügte allerdings.

Ihn herauszuziehen wäre Wahnsinn gewesen, selbst wenn ich mich dazu hätte überwinden können. Ein Loch im Brustraum kann zu einem Lungenkollaps und Atemstillstand führen. Solange der Pfeil steckenblieb, hielt sich außerdem die Blutung in Grenzen. Ich konnte zwar mit dem Pfeil im Leib sterben, der Tod würde jedoch schneller eintreten, wenn ich ihn herauszog.

Die erste Faustregel beim Überleben eines Unglücks – so hatte ich geschrieben – war, zu akzeptieren, daß es passiert ist. Man mußte aus der Situation, in der man sich befand, das Beste machen.

Na schön, sagte ich mir, dann befolge deine eigenen Regeln. Akzeptiere, daß es weh tut, daß in den nächsten Stunden jede Bewegung weh tun wird. Nimm es hin.

Immer noch kniete ich auf dem Boden; jetzt drehte ich mich um und schaute nach Norden. Ich war allein auf der Lichtung. Von einem Bogenschützen weit und breit nichts zu sehen. Langsam rutschte ich auf den Knien über die Lichtung, hielt mich dabei links von dem markierten Pfad.

Halb so schlimm, dachte ich zuerst. Aber es war grauenhaft.

Denk nicht daran. Denk immer, daß du nach Norden mußt.

Es war unmöglich, den ganzen Weg bis zur Straße auf Knien zurückzulegen. Also zog ich mich an einem Ast langsam hoch. Ich klammerte mich mit aller Kraft und mit geschlossenen Augen an den Baum und wartete darauf, daß die Schmerzen nachließen. Immer wieder sagte ich mir, daß es noch schlimmer würde, wenn ich erneut hinfiele.

Norden.

Ich machte die Augen auf und zog den Kompaß aus der Tasche. Mit einer Hand hielt ich mich fest und verlängerte im Geiste die Linie der Nadel, um mir den nächsten Baum einzuprägen, den ich sehen konnte. Dann steckte ich den Kompaß wieder ein und arbeitete mich mit unvorstellbarer Langsamkeit zentimeterweise vorwärts. Nach einer Weile erreichte ich mein Ziel und hielt mich daran fest, zu Tode erschöpft. Ich hatte vielleicht zehn Meter zurückgelegt und war völlig ausgepumpt.

Nach einer Weile schaute ich noch einmal auf den Kompaß, prägte mir einen anderen Baum ein und machte mich auf den Weg. Als ich mich umdrehte, konnte ich die Lichtung nicht mehr sehen.

Ich bin geliefert, dachte ich, wischte mir den Schweiß von der Stirn und blieb ruhig stehen. Wartete, bis der Sauerstoffgehalt im Blut wieder angestiegen war und mir neue Kräfte verlieh.

Sherwood Forest, dachte ich, vor achthundert Jahren. Wessen Gesicht sollte ich dem Sheriff von Nottingham zuordnen?

Ich schleppte mich weitere zehn Meter vorwärts und dann noch einmal zehn. Vorsichtig, nicht stolpern. Bei der nächsten Verschnaufpause fing ich an, Berechnungen anzustellen. Ich hatte ungefähr fünfzig Meter zurückgelegt. Dafür hatte ich fünfzehn Minuten benötigt. Mit dieser Geschwindigkeit würde ich knapp acht Stunden brauchen, bis ich die Straße erreichte. Dann wäre es bereits eine halbe Stunde nach Mitternacht, wobei bei dieser Rechnung längere Pausen nicht berücksichtigt waren.

Sich aufgeben war einfach. Überleben dagegen nicht.

Zum Teufel mit der Selbstaufgabe, dachte ich. Los, weiter.

Nach Norden. Jeweils zehn Meter ins Auge fassen. Zehn Meter zurücklegen. Fünfmal zehn Meter. Kurze Pause.

Die Sonne sank immer tiefer, und die Dämmerung brach herein, kroch zwischen die Zweige der Kiefern, Fichten und Erlen. In meiner Phantasie verschwammen ihre Schatten zu Streifenmustern und strichen wie umherstreunende Tiger umher.

Fünfzig Meter, Pause. Fünfzig Meter, Pause. Fünfzig Meter, Pause.

In Kürze geht der Mond auf, dachte ich. Solange der Himmel klar bleibt, kann ich im Mondlicht weitergehen.

Bald konnte ich keine zehn Meter weit mehr sehen; also blieb ich stehen und ging langsam in die Knie, lehnte den Kopf gegen einen jungen Birkenstamm, erschöpft wie noch nie zuvor in meinem Leben.

Womöglich schreibe ich ja eines Tages ein Buch darüber, dachte ich.

Womöglich nenne ich es dann ... Außenseiter.

Ein unerwarteter Treffer, der dich ins Aus schießt.

Zweifellos war der Schütze nur ein paar Meter von der Lichtung entfernt gewesen, damit er freie Sicht hatte. Vielleicht hatte er den Pfeil aus unmittelbarer Nähe abgeschickt. Er hatte auf mich gewartet. Ich war direkt auf den Köder losgegangen, hatte ihm ein perfektes Ziel dargeboten, meinen breiten Rücken in einem roten Pullover, eine todsichere Sache.

Ich bin in eine Falle hineingestolpert, genau wie Harry, überlegte ich.

Wer ist der Sheriff von Nottingham?

Ich versuchte, eine bequemere Stellung einzunehmen, aber ich fand keine. Um meine Knie etwas zu entlasten, ließ ich mich auf die linke Hüfte sinken, den Kopf und die linke Körperseite gegen den Baum gelehnt.

Es wurde immer dunkler im Wald, doch zwischen den Zweigen sah ich die Sterne. Ich lauschte dem Wind. Mir wurde kalt. Ich kam mir sehr verlassen vor.

Ich atmete weiter. Ich lebte weiter. Mehr konnte ich nicht sagen.

Die allerschlimmsten Qualen ließen etwas nach.

Ich saß sehr lange in der Kälte und der Dunkelheit, rührte mich nicht. Endlich hellte sich meine Umgebung auf, und der Wald schien in sanftes Licht gebadet. Im Osten ging hell und klar der Mond auf.

Ich zog mich wieder empor, schwankte ein bißchen, schwitzte, klammerte mich überall fest, stöhnte, gab mir selbst Befehle. Setz einen Fuß vor den anderen, das ist der einzige Weg, der nach Hause führt.

Ich konnte im Mondlicht nicht weit sehen, so daß ich den Kompaß öfter zu Rate ziehen mußte. Bis zu einem gewissen Grad wurde ich unempfindlich gegen die Beschwerden und schleppte mich weiter, peilte regelmäßig meine Richtung an, atmete vorsichtig und achtete darauf, meine Leistungsgrenze nie zu überschreiten, damit ich bis zum Schluß durchhielte.

Langsam, langsam ging ich nach Norden. Als ich wieder einmal die Hand in die Tasche schob, um den Kompaß herauszuholen, war er nicht mehr da. Ich hatte ihn fallen lassen!

Ohne Kompaß konnte ich nicht weitergehen. Ich mußte umkehren, bezweifelte allerdings, daß ich ihn im Unterholz wiederfinden würde. Eine tiefe Niedergeschlagenheit überkam mich.

Du mußt die Sache in den Griff kriegen, sagte ich mir. Denk nach.

Ich war in Richtung Norden gegangen. Wenn ich mich um genau hundertachtzig Grad drehte, blickte ich in die Richtung, aus der ich gekommen war.

Das war grundsätzlich wichtig: *nachdenken!*

Ich stand da und wartete, bis die Panik abgeklungen war, dann zog ich mein Messer aus der Scheide an meinem Gürtel und ritzte einen Pfeil in die Rinde des Baumes vor mir. Wenn ich ihn mir einprägte, hatte ich nicht nur einen Pfeil im Rücken, sondern auch einen im Kopf. Der Pfeil im Baum zeigte nach Norden.

Irgendwo in der Nähe dieses Pfeils mußte der Kompaß liegen. Ich würde kriechen müssen, um überhaupt eine Chance zu haben, ihn zu finden.

Vorsichtig ließ ich mich auf die Knie hinab und drehte mich langsam um, nach Süden. Ich kroch dreißig, vierzig Zentimeter vorwärts, tastete den Boden um mich herum ab, versuchte, das Gestrüpp zu teilen, hoffte verzweifelt auf das Unmögliche. Ich drehte mich nach dem Pfeil am Baum um, kroch wieder ein Stück weiter. Nichts. Noch ein Stück und noch ein Stück. Nichts.

Der Kompaß *mußte* hier irgendwo liegen.

Die Nachtkälte zog immer mehr an, und ich war inzwischen deutlich schwächer geworden.

Auf meiner ergebnislosen Suche robbte ich bis zu dem Baum zurück, drehte dort um und kroch, ein Stück nach links versetzt, noch einmal zurück, suchte und suchte, doch Zentimeter um Zentimeter schwanden meine Hoffnungen.

Einmal, als ich mich nach dem Pfeil am Baum umdrehte, sah ich ihn nicht mehr. Ich wußte nicht mehr, wo Norden war.

Schließlich hörte ich auf zu suchen, ließ mich benebelt auf die Fersen sinken und blickte der endgültigen Niederlage ins Auge. Ich war tödlich verwundet und mußte sterben; meine Zeit verrann mit dem verblassenden Mondlicht, und die Schatten kamen näher.

Ich spürte, daß ich es nicht mehr länger aushalten konnte. Ich hatte keinen Willen mehr. Ich war immer davon überzeugt gewesen, daß das Überleben von der geistigen Entschlossenheit abhing, doch jetzt wußte ich, daß es Situationen gab, die man nicht überleben konnte. Man konnte nicht überleben, solange man nicht daran glaubte, daß man überlebte, und mein Glaube daran war erloschen, war zusammen mit Schweiß und Schmerz und Schwäche im Wind zerstoben.

Kapitel 12

ZEIT ..., unbestimmbare Zeit verrann.

Zu guter Letzt bewegte ich mich, weil mir kalt war: Ich rutschte auf den Knien im Kreis herum. Als ich aufschaute, sah ich den Pfeil in der Baumrinde wieder. Er war ganz nah, war vermutlich nie weit entfernt gewesen, nur hinter einer Gruppe von Schößlingen aus dem Blickfeld geraten.

Teilnahmslos dachte ich daran, wie wenig mir das jetzt nützte. Der Pfeil zeigte in die gewünschte Richtung, aber wenn ich zehn Meter weiterkroch – wo war dann Norden?

Der Pfeil in der Rinde befand sich direkt über mir. Ich schaute am Stamm empor – wie auf Anweisung –, bis ich ein Stück freien Himmels sah. Dort oben glitzerte das Sternbild des Großen Wagens ... und der Polarstern. Ein neuer Wegweiser!

Meine Route war von da an nicht mehr so schnurgerade und akkurat wie zuvor, doch ich kam wenigstens voran. Ich wußte nicht, wie schnell ich vorwärts kam, und ich hatte kein Interesse mehr daran, es auszurechnen. Ich wußte nur, daß ich mich dieses Mal so lange voranschleppen würde, wie meine Lunge und meine Muskeln mitspielten. Überleben oder das Ende, diese Entscheidung war gefallen.

Das Gesicht des Schützen ... Gedankensplitter purzelten unzusammenhängend durcheinander und setzten sich zu einem Rückblick auf die vergangenen drei Wochen zusammen. Ich dachte an den Mordfall Angela Brickell und an die Anschläge auf Harry und mich, und es schien so, als hätten alle drei nur aus einem Grund stattgefunden: alles so zu belassen, wie es war.

Immer ein Schritt nach dem anderen ...

Angela Brickell war vermutlich ermordet worden, damit sie den Mund hielt. Harry hatte sterben sollen, um seine Schuld festzuschreiben. Ich selbst sollte an dem gehindert werden, was Fiona und Tremayne vorausgesagt hatten: für Doone die Wahrheit herauszufinden.

Der Bogenschütze mußte jemand sein, der wußte, daß ich noch einmal wegen Gareth' Kamera hierher zurückkommen würde. Jemand, der wußte, wie man die Fährte wiederfinden konnte. Jemand, der in der Lage war, nach Anleitung einen tauglichen Bogen und spitze Pfeile anzufertigen, der Zeit hatte, sich auf die Lauer zu legen, und der unglaublich viel zu verlieren hatte.

So, wie sich in Shellerton Nachrichten blitzartig herumsprachen, könnte jeder von der verlorenen Kamera und der Möglichkeit, sie wiederzufinden, erfahren haben. Andererseits hatte mein Ausflug mit den Jungen erst gestern stattgefunden. Gütiger Gott ..., erst *gestern!*

Der Mond wanderte in silberner Pracht hinter mir über den Himmel. Linker Fuß. Rechter Fuß. An den Zweigen festhalten. Stoßweise atmen.

Die Gerüchteküche von Shellerton. Ein Wirrwarr gemeinsamen Wissens. Und doch, diesmal ..., dieses eine Mal ...

Der Bogenschütze hatte plötzlich ein Gesicht.

Doone würde mit Alibis und Tabellen jonglieren müssen, Tatmotive nachweisen, nach Fußspuren suchen. Doone hatte es mit dem hinterhältigsten Wesen zu tun, mit jemandem, der sich hervorragend verstellen konnte.

Ich kroch weiter voran. Der Mond ist vom Himmel herabgestiegen, dachte ich, und jetzt tanzt er nicht weit vor mir im Wald. Blödsinn, das kann nicht sein. Aber – ich sah einen hellen Schein.

Lichter. Ich rang mich zu ungläubigem Verstehen durch. Die Straße dort war Wirklichkeit. Ich war tatsächlich am Ziel. Am liebsten hätte ich vor Freude laut geschrien.

Als ich beim letzten Baum ankam, lehnte ich mich geschwächt dagegen und fragte mich, was ich als nächstes tun solle. Ich fühlte mich erbärmlich ausgepumpt. Langsam rutschte ich am Stamm entlang auf den Boden, lehnte Kopf und Schulter gegen die Rinde. Meiner Berechnung nach stand der Landrover ein gutes Stück weiter rechts am Straßenrand, doch es war sinnlos, dorthin zu wollen.

Aus genau dieser Richtung kam Scheinwerferlicht um eine Kurve. Ich versuchte zu winken, die Aufmerksamkeit auf mich zu lenken. Das Auto fuhr vorbei, bremste dann aber plötzlich mit quietschenden Reifen und setzte schnell zurück, bis es mit mir wieder auf einer Höhe war. Der Landrover.

Türen gingen auf, Leute sprangen heraus. Leute, die ich kannte.

Mackie rannte auf mich zu. „John, John!" rief sie und blieb wie angewurzelt stehen. „Großer Gott!"

Jetzt stand auch Perkin neben mir, den Mund vor Schrecken aufgerissen. „Was ist denn los?" rief Gareth hinter den beiden. Dann sah er mich und ließ sich mit Entsetzen im Blick neben mir nieder.

„Geh und hol Tremayne!" befahl ihm Mackie, und er sprang sofort auf und rannte weg, die Straße entlang nach rechts.

„Auf alle Fälle müssen wir den Pfeil herausziehen", sagte Perkin. Er umfaßte den Schaft und fing an zu ziehen. Kaum hatte er ihn berührt, füllte sich meine Brust wie mit flüssigem Feuer. Verzweifelt packte ich Mackies Bein und klammerte mich mit einer Kraft daran fest, die ich mir nicht mehr zugetraut hätte. Die Macht der Verzweiflung.

Mackie beugte sich zu mir herab, von Furcht und Sorge gezeichnet.

„Nicht ... den Pfeil ..., nicht ... herausziehen", flehte ich eindringlich. „Er darf es nicht tun!"

Sie stand auf. „Laß los, Perkin! Es tut ihm höllisch weh."

„Wenn der Pfeil draußen wäre, würde es nicht so weh tun", erwiderte er hartnäckig, während er den Schaft festhielt. Ich war starr vor Schrecken.

„*Nein!*" Mackie packte Perkin, von Panik ergriffen, am Arm. „Laß den Pfeil stecken, Liebling. Du bringst John sonst um."

Ohne ihr Eingreifen hätte Perkin seinen Willen durchgesetzt, doch endlich ließ er den Pfeil los. Der Schweiß rann mir übers Gesicht.

Hinter dem Landrover kam ein Wagen zum Stehen, dem zuerst Gareth entstieg und dann Tremayne, der herbeieilte wie eine Dampflok und einen Meter vor mir abrupt zum Stehen kam. „Ich habe Gareth nicht glauben wollen", meinte er. Dann ergriff er die Initiative. „Ich rufe über das Autotelefon einen Krankenwagen."

Er hastete zum Fahrzeug zurück, von wo wir seine eindringliche Stimme hören konnten. Kurz danach war er wieder da und teilte mir mit, es würde nicht lange dauern, ich müsse nur durchhalten. „Wir suchen Sie schon seit Stunden", fuhr er fort. „Wir haben die Polizei angerufen und die Krankenhäuser, dann sind wir hierher gefahren..."

„Aufgrund Ihrer Nachricht an der Pinnwand", fügte Mackie hinzu.

Gareth' Kamera baumelte an Perkins Handgelenk. Mackie bemerkte, wie ich auf sie starrte. „Ja, wir haben Ihre Spur gefunden", erklärte sie.

„Die Farbe am Straßenrand war verschwunden", stimmte Gareth ein, „aber ich konnte mich daran erinnern, wo wir gerastet haben. Und Perkin hat die Kamera dann entdeckt."

„Er ist der Spur bis zum Ende gefolgt, mit einer Taschenlampe." Mackie streichelte ihren Mann am Arm. „Ein schlauer Einfall. Nach ewigen Zeiten kam er mit Gareth' Kamera zurück. Sie hat er leider nicht gefunden."

„Ich habe die anderen nicht nach Hause fahren lassen", bemerkte Gareth. In seiner Stimme mischten sich Dickköpfigkeit und Stolz. Innerlich dankte ich ihm dafür.

„Was genau ist denn passiert?" fragte Tremayne unvermittelt.

„Erzähl ich Ihnen ... später."

„Laß ihn in Ruhe", sagte Mackie. „Er kann kaum sprechen."

Sie warteten bei mir, bis der Krankenwagen aus Reading eintraf. Mackie ging den Sanitätern entgegen. Gareth lief ebenfalls los, um seiner Schwägerin zu folgen, doch ich rief ihn mit rauhem Krächzen zurück. „Gareth, bleib hier bei mir!"

Meine Bitte überraschte ihn. „Na klar", erwiderte er sogleich und kehrte um.

Perkin wandte Gareth den Rücken zu, beugte sich zu mir herunter. „Wissen Sie, wer auf Sie geschossen hat?" Unter diesen Umständen hörte es sich wie eine normale Frage an, aber es war keine.

Ich antwortete nicht. Zum erstenmal schaute ich ihm in die Augen, in denen sich das Mondlicht spiegelte. Ich sah Perkin, den Sohn, Perkin, den Ehemann, Perkin, den Möbelschreiner. Ich sah den Mann, der dachte, er hätte mich getötet ..., ich sah den Bogenschützen.

„Wissen Sie es?" fragte er noch einmal.

Er zeigte keinerlei Gefühlsregung, obwohl mein Wissen das Zünglein an der Waage zwischen seiner Rettung und seiner Vernichtung ausmachte. Nach einer längeren Pause, in der er sich die Antwort selbst denken konnte, bejahte ich.

Etwas in ihm schien zu zerbrechen, aber äußerlich ließ er sich nichts anmerken. Er richtete sich auf und schaute zu den Sanitätern hinüber, die mit seinem Vater und seiner Frau auf uns zukamen. Er schaute auf seinen Bruder, der nur einen Schritt entfernt stand und zuhörte.

„Ich liebe Mackie über alles", erklärte er schließlich. Damit hatte er mehr als genug gesagt.

D<small>IE</small> Nacht verbrachte ich zum Glück in völliger Bewußtlosigkeit, während ich umfangreiche Näharbeiten über meinen Oberkörper ergehen lassen mußte. Ich erwachte erst spät am Vormittag inmitten eines Gewirrs von Schläuchen und Geräten. Es sah ganz danach aus, als würde ich weiterleben; die Ärzte waren optimistisch. Von einer Schwester erfuhr ich, daß ein Polizist mit mir reden wollte, doch zunächst war jeglicher Besuch verboten.

Am nächsten Tag, einem Mittwoch, atmete ich bereits ohne mechanische Hilfe, saß in die Kissen gelehnt und konnte sprechen. Obwohl ich noch am Tropf hing, meinten alle, es gehe mir prima.

Der erste, der mich besuchte, war erstaunlicherweise nicht Hauptkommissar Doone, sondern Tremayne. Er kam am Nachmittag und sah sehr blaß und um viele Jahre gealtert aus.

Nach meinem Befinden erkundigte er sich nicht. Er ging lediglich hinüber zum Fenster, schaute eine Zeitlang hinaus und drehte sich schließlich um. „Gestern ist etwas Schreckliches passiert."

„Was denn?" fragte ich besorgt.

„Perkin ..." Seine Kehle schnürte sich zusammen. Der Kummer übermannte ihn. Er tastete sich langsam zum Besucherstuhl vor und legte sich die Hand auf die Stirn, um zu verbergen, wie nahe er den Tränen war.

„Perkin", sagte er nach einer Weile. „Er hat an einem Kommodenaufsatz gearbeitet ..., und ... dabei hat er sich das Bein mit dem

Messer aufgeschlitzt. Er hat geblutet ..., versuchte noch, die Tür zu erreichen ... Der Fußboden war voll Blut ..., eine Schlagader ... Mackie hat ihn gefunden."

„O nein!" rief ich abwehrend.

„Sie ist in einer furchtbaren Verfassung." Tränen schossen ihm in die Augen. „Fiona ist bei ihr", fuhr er fort. „Sie ist ein Schatz." Er schluckte. „Ich muß jetzt wieder zurückfahren. Ich wollte es Ihnen nur persönlich mitteilen."

„Danke."

„So viele Dinge müssen erledigt werden." Seine Stimme schwankte erneut. „Ich wünschte, Sie wären bei uns. Die Pferde müssen bewegt werden. Ich brauche Ihre Hilfe."

„In ein paar Tagen bin ich wieder auf dem Damm."

Tremayne nickte. „Eine gerichtliche Untersuchung wird auch stattfinden", schloß er kläglich und verließ mich dann mit einem gequälten Lächeln.

Kurz nachdem Tremayne gegangen war, erschien Doone. Er kam sofort zur Sache. „Wer hat auf Sie geschossen?"

„Irgendein Kind, das Robin Hood gespielt hat", antwortete ich.

„Mal im Ernst."

„Im Ernst, ich habe niemanden gesehen."

Er setzte sich auf den Besucherstuhl und blickte mich nachdenklich an. „Ich habe Tremayne Vickers unten auf dem Parkplatz gesehen. Ich vermute, er hat Ihnen die schreckliche Nachricht mitgeteilt?"

„Ja. Ein furchtbarer Schlag für die ganze Familie."

„Sieht aus wie ein Unfall, doch der junge Mr. Vickers war sehr geübt im Umgang mit dem Schnitzmesser, und nach Ihrem kleinen Mißgeschick ..." Er seufzte und fragte mich schließlich, wie es mir gehe.

„Recht gut."

„Hm." Er bückte sich und hob eine Tasche auf, die er auf den Boden gestellt hatte. „Das hier wird Sie vermutlich interessieren." Er zog einen durchsichtigen Plastikbeutel hervor und hielt ihn gegen das Licht, damit ich sehen konnte, was sich darin befand. Ein Pfeil, in zwei Teile geschnitten. „Unser Labor konnte keine besonderen Werkzeugspuren feststellen. Eine scharfe Klinge, wie es sie in unserem schönen Königreich zu Tausenden gibt, genügt, um das Geschoß anzuspitzen. Daß man die Spitze im Feuer härtet, steht allerdings in Ihren Büchern."

„Nicht nur in meinen."

Er nickte. „Gestern morgen in Shellerton House äußerte ich sowohl Mr. Tremayne Vickers als auch dem jungen Ehepaar Vickers gegenüber, sie sollten sich keine Sorgen machen; ich würde mit Ihnen weiterhin zusammenarbeiten, sobald Sie wieder bei Bewußtsein seien. Gemeinsam würden wir schon auf eine Lösung des Falles hinarbeiten."

Ich schwieg dazu, was ihn zu enttäuschen schien.

„Es liegt doch in Ihrem Interesse, daß der Schütze zur Rechenschaft gezogen wird", fuhr er fort. „Oder ist Ihnen das egal?"

„Ich bin müde", entgegnete ich.

„Dann interessiert Sie wohl der Klebstoff auch nicht."

„Welcher Klebstoff?"

„Der, mit dem die Marmorplatten an die Holzbretter geklebt wurden. Wir haben ihn analysieren lassen. Gewöhnlicher Schnellkleber. Gibt's überall zu kaufen. Leider auch keine verfolgbare Spur. Wir sind noch dabei, die Alibis zu überprüfen. Alle fraglichen Personen waren jedoch ständig unterwegs, außer dem bedauernswerten jungen Mr. Vickers, der die ganze Zeit über in seiner Werkstatt gewesen ist."

Ich lächelte ihn kurz an, zeigte jedoch kein Interesse mehr für seinen Fall. Nach dieser kargen Ausbeute an Auskünften schienen seine Schnurrbartenden noch weiter nach unten zu rutschen. Er machte sich wieder auf den Weg und riet mir, ich solle gut auf mich aufpassen. Ich wünschte ihm viel Glück.

„Sie sind mir zu schweigsam", meinte er zum Abschied.

Als er gegangen war, dachte ich eine ganze Weile über den bedauernswerten jungen Mr. Vickers nach und darüber, was ich Doone hätte erklären müssen. Ich hatte es unterlassen, ihm etwas Wesentliches mitzuteilen.

Perkin gehörte zu den wenigen Leuten, die von der Kamera und der Spur gewußt hatten. Ich hatte am Sonntag morgen gehört, wie Gareth ihm alles haarklein schilderte.

Am Montag morgen war Doone mit dem Brett in Shellerton House aufgetaucht. Perkin wußte, daß ich bemerkt hatte, daß Holzbretter normalerweise schwimmen. Er hatte die Planke auf dem Eßzimmertisch liegen sehen und gehört, wie Doone mit mir in aller Vertraulichkeit beratschlagte. In diesem Augenblick mußte das, was Fiona und Tremayne von mir glaubten, wie eine felsenfeste Tatsache ausgesehen haben. John Kendall würde Doone auf die Sprünge helfen. Der Gesuchte war er, Perkin.

Gegen Mittag war Perkin weggefahren, nach Newbury, um Holz zu kaufen, wie er sagte; wahrscheinlich hatte er eher den Wald von Quillersedge angesteuert. Ich hatte das leere Haus ebenfalls verlassen und mich frohen Mutes auf den Weg in den Wald gemacht. Nur dem Zufall hatte ich es zu verdanken, daß ich je erfuhr, was für ein Geschoß mich dort niedergestreckt hatte.

Ich stellte mir vor, wie Perkin in der Nacht nach seiner Tat den Pfad entlanggeschlichen war. Insgeheim war er mit sich zufrieden, konnte er doch alle Spuren, die er unvermeidlicherweise beim erstenmal hinterlassen hatte, jetzt durch sein zweites Vorbeikommen ohne weiteres erklären. Diese Befriedigung hatte sich höchstwahrscheinlich in Luft aufgelöst, als er auf der Lichtung ankam und mich dort nicht mehr vorfand. Er hatte wohl vorgehabt zurückzukehren, um voller Entsetzen zu berichten, daß er mich tot aufgefunden habe. Statt dessen erkannte er voller Entsetzen, daß ich noch lebte, weil ich nicht mehr da war.

Wenn ich versucht hätte, die Straße auf dem Trampelpfad zu erreichen, wäre ich Perkin direkt in die Arme gelaufen. Ich fröstelte in dem warmen Krankenhauszimmer bei diesem Gedanken.

Für Perkin war es nicht schwieriger, Pfeile herzustellen, als sich die Fingernägel zu schneiden. Er mußte auch einen recht guten, starken Bogen gebaut haben – vermutlich nach den Anweisungen in einem meiner Ratgeber –, der mittlerweile, zweifellos in tausend unkenntliche Splitter zerbrochen, irgendwo weit entfernt im Unterholz lag.

Den Rest des Tages schoß mir alles mögliche durch den Kopf. Beispielsweise die Vorstellung, daß Perkin in Holz dachte wie in einer Sprache. Jede Falle, die er baute, mußte aus Holz gefertigt sein.

Perkin hatte den Schock überwinden müssen, als er im Bootshaus meine Stiefel und den Anorak erkannte und dann entdeckte, daß Harry und ich lebend wieder auftauchten. Er hatte sich diese Rückschläge nicht anmerken lassen.

Man hatte Perkin immer in seiner Werkstatt bei der Arbeit vermutet, dabei mochte er Stunden oder gar Tage woanders zugebracht haben, immer wenn Mackie sich außer Haus um die Pferde kümmern mußte. An dem Mittwoch, an dem die Falle für Harry errichtet worden war, hatte sich Mackie in Ascot aufgehalten.

Ich dachte an Angela Brickell und an die Nachmittage, die Perkin allein zu Hause verbracht hatte. Sie hatte sogar Gareth verführen wollen. Auch intelligente Männer, die ihre Frauen lieben, sind nicht immun gegen die Verlockungen junger Mädchen. Plötzliche Erregung. Schnelle, unkomplizierte Befriedigung. Ende der Geschichte.

Es sei denn, aus der Begegnung geht eine Schwangerschaft hervor. Dann war die Geschichte nicht zu Ende, vor allem, wenn das Mädchen Geld verlangte oder die Ehe des Mannes auf dem Spiel stand.

Angenommen, Angela Brickell war schwanger gewesen. Angenommen, sie wußte genau, wer der Vater war, und er würde es nicht abstreiten können. Angenommen, sie lockte ihn in den Wald, wurde dort in jeder Beziehung fordernd und fing an, Druck auf ihren Liebhaber auszuüben.

Nicht lange vorher hatte Perkin Olympia tot neben Nolan liegen sehen. Immer wieder hatte er gehört, wie schnell sie gestorben war. Angenommen, an diese Gewißheit hätte er sich in diesem Moment erinnert. All seine Probleme ließen sich buchstäblich im Handumdrehen lösen.

Ich stellte mir vor, wie sich Perkin gefühlt haben mochte. Mackie war nicht in der Lage gewesen, ein Kind zu empfangen, und sie litt sehr darunter. Angela Brickell hingegen erwartete ein Kind von ihm. Perkin liebte Mackie und konnte es nicht ertragen, daß er sie so furchtbar verletzen würde.

Die unwiderstehliche Lösung: ein schneller Tod für Angela. Vielleicht hatte aber auch er, nicht sie, den Wald ausgewählt. Vielleicht hatte er das Rendezvous geplant, vielleicht war es seine erste Falle gewesen.

Schon lange bevor Doone an die Tür klopfte, konnte sich Perkin überlegt haben, daß er – sollte man die Leiche jemals finden – einfach behaupten würde, sich nicht an das Mädchen zu erinnern. Niemandem wäre das spanisch vorgekommen, da er sich nur sehr selten bei den Pferden sehen ließ.

Sein einziger verhängnisvoller Fehler hatte darin gelegen, das Geheimnis ein für allemal begraben zu wollen, indem er versuchte, Harry verschwinden zu lassen.

An seinen Taten sollt ihr ihn erkennen . . . oder: an seinen Pfeilen.

Doone dachte wohl nicht daran, in Perkins Werkstatt nach dem passenden Holz für die Pfeile zu suchen. Perkin mußte gewöhnliches Holz benutzt haben, von dem sich gewiß noch mehr finden ließ.

Doone mit seinem Versprechen, alles aufzuklären, sobald ich

wieder bei Bewußtsein sei, mußte das Ende von Perkins Hoffnungen bedeuten haben. Ihm blieb also nur ein Ausweg.

Ich dachte an Tremayne und wie stolz er auf Perkins Arbeit war, dachte an Gareth' schwieriges Alter, an seine Verwundbarkeit. Ich dachte an Mackie, an ihr Gesicht, das vor Verwunderung und Freude gestrahlt hatte, als sie entdeckte, daß sie schwanger war. Ich dachte an das Kind, wie es in Liebe und Geborgenheit aufwachsen sollte.

Nichts war gewonnen, wenn jemand herausfand, was Perkin getan hatte. Alle würden weitaus glücklicher leben, wenn sie und der Rest der Welt im ungewissen blieben. Um dieses Ziel zu erreichen, wollte ich ihnen das einzige schenken, das ich ihnen zu geben vermochte: mein Schweigen.

DER gerichtlich bestellte Leichenbeschauer gab in der folgenden Woche, ohne zu zögern, als Perkins Todesursache einen Unfall an und bekundete den Anverwandten sein Mitgefühl. Tremayne holte mich vom Krankenhaus ab und berichtete mir auf dem Weg nach Shellerton, daß Mackie das peinliche Verhör vor Gericht tapfer hinter sich gebracht habe.

„Und das Baby?" erkundigte ich mich.

„Dem Baby geht's blendend im Bauch seiner Mutter. Es gibt Mackie die nötige Kraft. Sie sagt, Perkin sei bei ihr und werde durch das Baby immer bei ihr sein." Tremayne schaute mich kurz von der Seite an und blickte dann wieder auf die Straße. „Hat Doone inzwischen herausgefunden, wer Ihnen den Pfeil verpaßt hat?"

„Ich glaube nicht."

„Wissen Sie es selbst auch nicht?"

„Nein."

Er fuhr eine Zeitlang schweigsam weiter. „Ich dachte nur ...", stammelte er unsicher, „ich meine, es muß doch jemand gewesen sein, der wußte, daß Sie Gareth' Kamera holen würden."

„Doone gegenüber habe ich geäußert, es sei ein Kind gewesen, das Robin Hood spielte."

„Ich..., aber... ich–"

„Hören Sie auf damit", unterbrach ich ihn. „Ein Kind hat den Pfeil abgeschossen. Doone hat auch gemeint, man könne nicht beweisen, wer Angela Brickell umgebracht habe."

„John..."

Er weiß es, dachte ich. Schließlich ist er nicht dumm. Er kann sich ebensogut wie ich an zehn Fingern abzählen, wie sich alles abgespielt hat, und es muß verdammt schmerzhaft für ihn gewesen sein, das alles von seinem Sohn glauben zu müssen.

„Was mein Buch betrifft", fuhr er zögernd fort, „ich weiß nicht, ob ich es vollenden möchte."

„Ich werde daran weiterschreiben", entgegnete ich. „Es wird eine Bestätigung Ihres Lebens. Es ist jetzt sogar noch wichtiger; für Sie besonders, aber auch für Gareth, für Mackie und für Ihren künftigen Enkel."

„Sie wissen doch, wer es getan hat", erklärte er.

„Es war sicher ein Kind."

Fiona und Harry saßen mit Mackie und Gareth im Familienzimmer. Mackie sah blaß aus, wirkte aber sehr beherrscht.

„Hallo", sagte Gareth, „cool" wie immer.

„Wie geht es Ihnen?" fragte mich Harry. Und Fiona nahm mich vorsichtig in die Arme, wobei der Duft ihres Parfums meine Sinne betörte.

Mackie brachte für jeden eine Tasse Tee. Ich erinnerte mich daran, wie Harry nach unserem Sturz in den Graben den Kaffee verfeinert hatte, und hätte dieser Methode jederzeit den Vorzug gegeben.

„Hat man herausgefunden, wer auf Sie geschossen hat?" fragte mich nun auch Harry.

Ich gab ihm die Antwort, die allmählich als offizielle Erklärung anerkannt wurde: „Doone vermutet, daß es ein Kind gewesen ist, das sich einen Traum erfüllt hat", erwiderte ich. „Robin Hood oder Cowboy und Indianer. So etwas in der Art. Das wird man nie genau herausfinden."

„Wie furchtbar!" entfuhr es Mackie.

Ich schaute sie mitfühlend an. Tremayne klopfte mir auf die gesunde Schulter und verkündete, daß ich bleiben würde, um sein Buch fertigzustellen.

Alle freuten sich sichtlich, als gehörte ich zur Familie; doch ich wußte, daß ich sie noch vor dem Sommer verlassen würde. Ich würde dem Glanz des berühmten Rennpferdetrainers den Rücken kehren und wieder in die Einsamkeit meines Schriftstellerlebens eintauchen. Es war ein Bedürfnis, nach dem ich mich verzehrte, und ich würde es immer in mir spüren.

Nach einer Weile ging ich aus dem Familienzimmer und wanderte durch die große Eingangshalle zum anderen Trakt des Hauses. Dort betrat ich Perkins Werkstatt. Es roch angenehm nach Holz. Der Leimtopf auf dem Ofen war erkaltet. Alles war aufgeräumt und saubergewischt, nirgendwo auf dem gewienerten Boden zeigten verräterische Flecken an, wo er sein Leben ausgehaucht hatte.

Ich empfand ihm gegenüber keinen Haß. Statt dessen dachte ich daran, daß er sein Talent völlig vergeudet hatte. Ich konnte dieses tiefe Gefühl der Sinnlosigkeit nicht so einfach abschütteln.

Auf der Werkbank lag ein Exemplar von *Überleben in der Wildnis*. Ich nahm es widerstrebend in die Hand und blätterte darin.

Fallen. Pfeil und Bogen. Die vertrauten Anleitungen.

Bedrückt schlug ich die Seiten um, und das Buch öffnete sich wie von selbst bei einer schematischen Zeichnung in dem Kapitel über Erste Hilfe, auf der die Punkte dargestellt waren, an denen man Arterienblutungen abdrücken konnte. Ich starrte fassungslos auf die anschaulichen Illustrationen, auf denen genau zu sehen war, wo die Hauptschlagadern verliefen, an welchen Stellen sie an Armen und Handgelenken am leichtesten zu finden waren ... und wo an den Beinen.

Du lieber Himmel, dachte ich wie betäubt. Also auch das habe ich ihm beigebracht.

Dick Francis

Eine Erfahrung teilt Dick Francis mit John Kendall, dem jungen Schriftsteller aus seinem Roman *Außenseiter:* das Erlebnis, die Biographie eines Prominenten des Pferdesports zu verfassen. Dick Francis beschrieb allerdings nicht das Leben eines Trainers, sondern das des englischen Starjockeys Lester Piggot. Und in einem entscheidenden Punkt war Dick Francis seinem Romanhelden gegenüber im Vorteil: Er kennt sich im Geschehen rund um die Rennbahn bestens aus. Denn bereits sein Vater war Jockey gewesen, und er selbst ritt jahrelang mit großem Erfolg die Pferde der Königinmutter, bis ein schwerer Sturz seiner Karriere ein Ende setzte. Die übliche Laufbahn eines Exjockeys – Trainer zu werden – kam ihm erst gar nicht in den Sinn; statt dessen nahm er das Angebot einer großen Sonntagszeitung an, Reportagen über Rennsportereignisse zu schreiben. Sechzehn Jahre lang war der heute weltberühmte Autor als Sportberichterstatter tätig, ehe er seinen ersten Thriller schrieb, der natürlich im Galoppermilieu angesiedelt war. Inzwischen hat er rund dreißig Romane veröffentlicht, von denen viele auch in den Reader's Digest Auswahlbüchern erschienen sind.

Auf die Idee mit den Überlebenstechniken kam der Schriftsteller, als sein Sohn Felix, ein Lehrer, mit einer Gruppe von Abiturienten zu einem Marsch ins Innere Borneos aufbrach. „Einen Monat lang mußten sich die Expeditionsteilnehmer durch den Dschungel schlagen", berichtet Dick Francis, „wobei sie ganz auf die Ausrüstung angewiesen waren, die sie in ihren Rucksäcken trugen. Aber bei ihrer Rückkehr waren sie ungeheuer stolz auf ihre Leistung." Die Schüler überstanden alle Strapazen ohne größere Blessuren, was Dick Francis der guten Vorbereitung seines Sohnes zuschreibt. Felix hatte vor der Reise Berge von Survivalbüchern gelesen und seine Erkenntnisse an den Vater weitergegeben, der sie sogleich in seinem Thriller *Außenseiter* verarbeitete. Im allgemeinen versucht Dick Francis, seinen Romanhelden wahre Höllenqualen zu ersparen. „Aus eigener Erfahrung weiß ich ganz gut, was man einem Menschen zumuten kann", meint der Autor. „Schließlich bin ich als Jockey oft ziemlich gebeutelt worden."

DER ANWALT
Originalausgabe: „Trial"
erschienen bei Summit Books, a division of Simon & Schuster, Inc., New York
© 1990 by Clifford Irving
© für die deutsche Ausgabe: Scherz Verlag Bern, München, Wien 1991

DER LETZTE MANN VON DER „DOGGERBANK"
erschienen bei Bastei Verlag Gustav H. Lübbe GmbH & Co., Bergisch Gladbach
© by Autor und AVA – Autoren- und Verlags-Agentur GmbH,
München-Breitbrunn 1979 und 1985
© für die Fotos: S. 182/183, 219 (Mitte): Wz-Bilddienst, Wilhelmshaven;
alle übrigen Fotos aus dem Besitz des Autors

DAS VERMÄCHTNIS DER BENFORDS
Originalausgabe: „Something to Hide"
erschienen bei St. Martin's Press, New York
© 1990 by Patricia Robinson

AUSSENSEITER
Titel der 1990 bei Michael Joseph Ltd. erschienenen Ausgabe: „Longshot"
Copyright © 1990 Dick Francis
Alle dt. Rechte vorbehalten
Copyright © by Diogenes Verlag AG, Zürich

Die ungekürzten Ausgaben von
„Der Anwalt" und
„Außenseiter"
sind im Buchhandel erhältlich.